6/2

ハヤカワ文庫 SF
〈SF2094〉

氷と炎の歌⑤

竜との舞踏

〔中〕

ジョージ・R・R・マーティン

酒井昭伸訳

A DANCE WITH DRAGONS

by

George R. R. Martin

Translated by
Akinobu Sakai
Published 2016 in Japan by
HAYAKAWA PUBLISHING, INC.
This book is published in Japan by
arrangement with
THE LOTTS AGENCY, LTD.
through JAPAN UNI AGENCY, INC., TOKYO.

北部

記号について
● 都市 ● 町 ◆ 城
∴ 廃墟 ❖ 廃城
〈幽霊の森〉
霜の牙《フロストファング》
影の塔《シャドウ・タワー》
〈壁〉
黒の城《カースル・ブラック》
〈贈り物《ギフト》〉
王妃の冠《クイーンズクラウン》
海を望む東の物見城《イーストウオッチ・バイ・ザ・シー》
スケイン島
スカゴス島
〈海豹《アザラシ》の入江〉
凍結海岸
〈氷の入江〉
熊の島《ベア・アイランド》
海竜岬《シー・ドラゴン・ポイント》
最後の炉端城《ラスト・ハース》
最後の川《ラスト・リヴァー》
灰色の絶壁
カーホールド城
長い湖《ロング・レイク》
寂寥の丘《ロンリー・ヒルズ》
〈狼の森〉
深林の小丘城《ディープウッド・モット》
ドレッドフォート城
ウィンターフェル城
袖絞りの川《ウイーピング・ウオーター》
ホワイト・ナイフ川
羊頭丘陵《シープスヘッド・ヒルズ》
N
トーレンの方塞《ズ・スクウエア》
岩石海岸《ストーニイ・ショア》
〈王の道〉
折れ枝川《ブロークン・ブランチ》
古墳地帯《バロウランズ》
バロウトンの町
牡羊の門《ラムズゲート》
白い港《ホワイト・ハーバー》
細流地域《リルズ》
ソルトスピア
要塞《モウト》ケイリン
古き城《オールドカースル》
寡婦の物見城《ウイドウズ・ウオッチ》
〈ブレイズウォーター湾〉
地峡《ネック》
シスタートン
〈白浪湾〉
〈フリントの指〉
灰色沼の物見城《グレイウオーター・ウオッチ》
小石島
パップス島
三姉妹諸島《スリー・シスターズ》
クラーケン岬
燧石《すいせき》の崖
フィンガーズ
鉄《くろがね》諸島
双子城《ツインズ》
鷲の岬
海の護り城《シーガード》
オールド・ウィック島
ブラックタイド島
グレート・ウィック島
オークモンド島
緑の支流
高巣城《アイリー》
アリンの谷間《ヴェイル》
〈鉄人《くろがねびと》の入江〉
ハーロー島
古石城《オールドストーン》
〈血みどろの門〉
ソルトクリフ島
パイク島
青の支流
リヴァーラン城
赤の支流
タンブルストーン河
© 2011 Jeffrey L. Ward

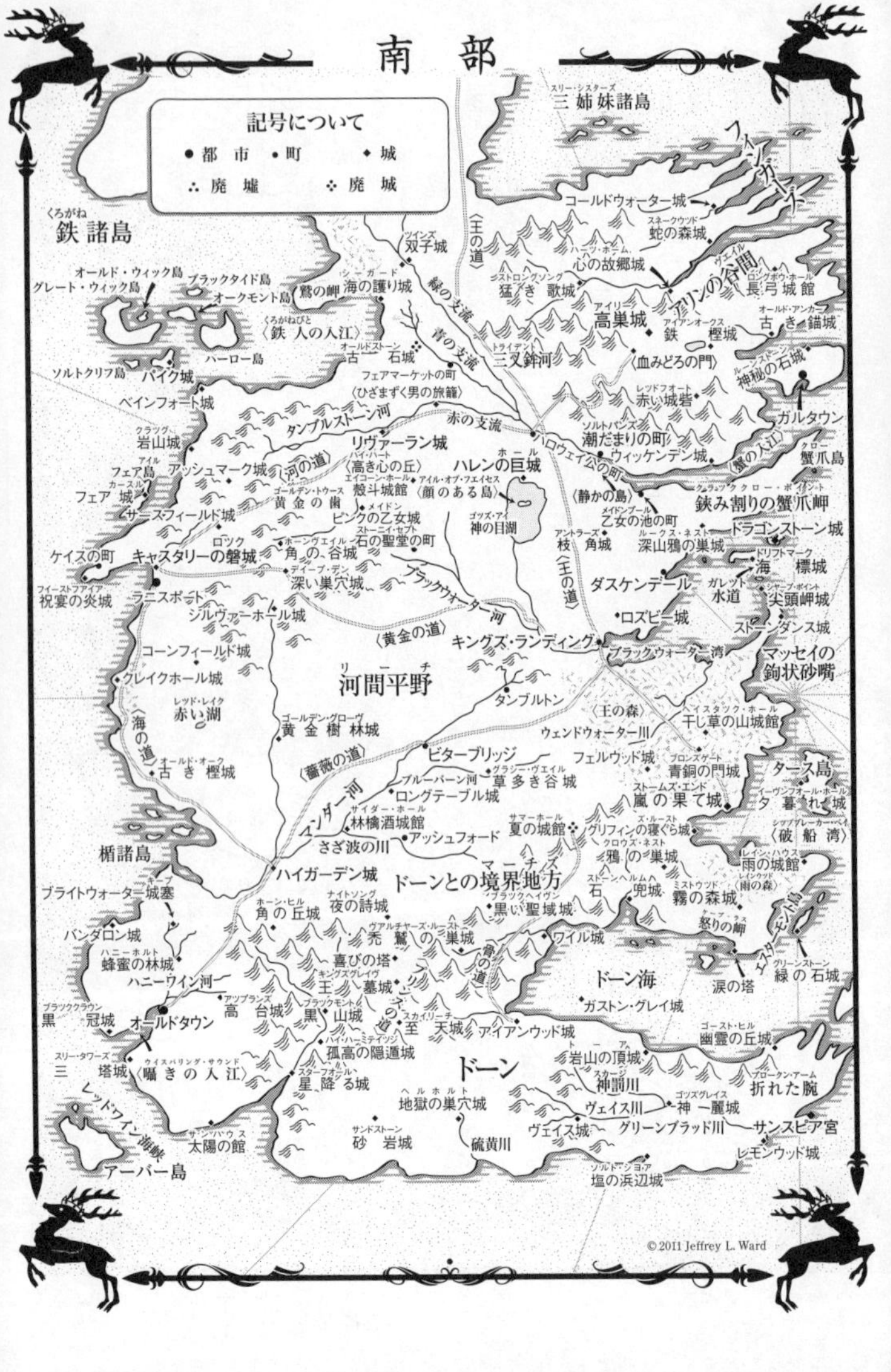
南部
記号について
●都市 •町 ◆城
∴廃墟 ⁘廃城
鉄諸島《くろがね》
オールド・ウィック島
グレート・ウィック島
ブラックタイド島
オークモント島
ハーロー島
ソルトクリフ島
パイク城
〈鉄人の入江〉《くろがねびと》
双子城《ツインズ》
鷲の岬
海の護り城《シーガード》
〈王の道〉
緑の支流
青の支流
古石城《オールドストーン》
三叉鉾河《トライデント》
フェアマーケットの町
〈ひざまずく男の旅籠〉
ベインフォート城
タンブルストーン河
赤の支流
岩山城《クラッグ》
リヴァーラン城
〈河の道〉
アッシュマーク城
フェア島《アイル》
フェア城《カースル》
〈高き心の丘〉《ハイ・ハート》
殻斗城館《エイコーン・ホール》
〈顔のある島〉《アイル・オブ・フェイセス》
ハレンの巨城《ホール》
黄金の歯《ゴールデン・トゥース》
ピンクの乙女城《メイドン》
神の目湖《ゴッズ・アイ》
サースフィールド城
石の聖堂の町《ストーニイ・セプト》
角の谷城《ホーンヴェイル》
ケイスの町
キャスタリーの磐城《ロック》
深い巣穴城《ディープ・デン》
ブラックウォーター河
祝宴の炎城《フィーストファイア》
ラニスポート
シルヴァーホール城
〈黄金の道〉
キングズ・ランディング
コーンフィールド城
クレイクホール城
河間平野《リーチ》
タンブルトン
〈海の道〉
赤い湖《レッド・レイク》
黄金樹林城《ゴールデン・グローヴ》
ビターブリッジ
〈薔薇の道〉
古き樫城《オールド・オーク》
マンダー河
ブルーバーン河
草多き谷城《グラシー・ヴェイル》
ロングテーブル城
林檎酒城館《サイダー・ホール》
さざ波の川
アッシュフォード
楯諸島
ハイガーデン城
ドーンとの境界地方《マーチズ》
ブライトウォーター城塞《キープ》
角の丘城《ホーン・ヒル》
夜の詩城《ナイトソング》
黒い聖域城《ブラックヘイヴン》
バンダロン城
禿鷲の巣城《ヴァルチャーズ・ルースト》
喜びの塔
〈骨の道〉
蜂蜜の林城《ハニーホルト》
王墓城《キングズグレイヴ》
ハニーワイン河
黒冠城《ブラッククラウン》
オールドタウン
高台城《アップランズ》
黒山城《ブラックモント》
至天城《スカイリーチ》
アイアンウッド城
三塔城《スリー・タワーズ》
〈囁きの入江〉《ウイスパリング・サウンド》
孤高の隠遁城《ハイ・ハーミテイジ》
星降る城《スターフォール》
ドーン
レッドワイン海峡
太陽の館《サンハウス》
アーバー島
砂岩城《サンドストーン》
地獄の巣穴城《ヘルホルト》
硫黄川
三姉妹諸島《スリー・シスターズ》
フィンガーズ
コールドウォーター城
蛇の森城《スネークウッド》
心の故郷城《ハーツ・ホーム》
猛き歌城《ストロングソング》
アリンの谷間《ヴェイル》
長弓城館《ロングボウ・ホール》
高巣城《アイリー》
鉄樫城《アイアンオークス》
古き錨城《オールド・アンカー》
神秘の石城《ルーンストーン》
〈血みどろの門〉
ガルタウン
赤い城砦《レッドフォート》
潮だまりの町《ソルトパンズ》
ウィッケンデン城
〈蟹の入江〉
蟹爪島《クロー》
ハロウェイ公の町
〈静かの島〉
乙女の池の町《メイドンプール》
鋏み割りの蟹爪岬《クラッククロー・ポイント》
ドラゴンストーン城
枝角城《アントラーズ》
深山鴉の巣城《ルークス・ネスト》
海標城《ドリフトマーク》
ダスケンデール
水道《ガレット》
尖頭岬城《シャープ・ポイント》
ロズビー城
ストーンダンス城
ブラックウォーター湾
マッセイの鉤状砂嘴
〈王の森〉
干し草の山城館《ヘイスタック・ホール》
ウェンドウォーター川
フェルウッド城
青銅の門城《ブロンズゲート》
タース島
嵐の果て城《ストームズ・エンド》
夕暮れ城《イーヴンフォール・ホール》
〈破船湾〉《シップブレーカー・ベイ》
夏の城館《サマーホール》
グリフィンの寝ぐら城《ズ・ルースト》
鴉の巣城《クロウズ・ネスト》
雨の城館《レイン・ハウス》
〈雨の森〉《レインウッド》
石兜城《ストーンヘルム》
霧の森城《ミストウッド》
怒りの岬《ケープ・ラス》
エスターモント島
ワイル城
涙の塔
緑の石城《グリーンストーン》
ドーン海
ガストン・グレイ城
幽霊の丘城《ゴースト・ヒル》
岩山の頂城《トーア》
神罰川《スカージ》
折れた腕《ブロークン・アーム》
ヴェイス川
神の麗城《ゴッズグレイス》
ヴェイス城
グリーンブラッド川
サンスピア宮
レモンウッド城
塩の浜辺城《ソルト・ショア》
© 2011 Jeffrey L. Ward

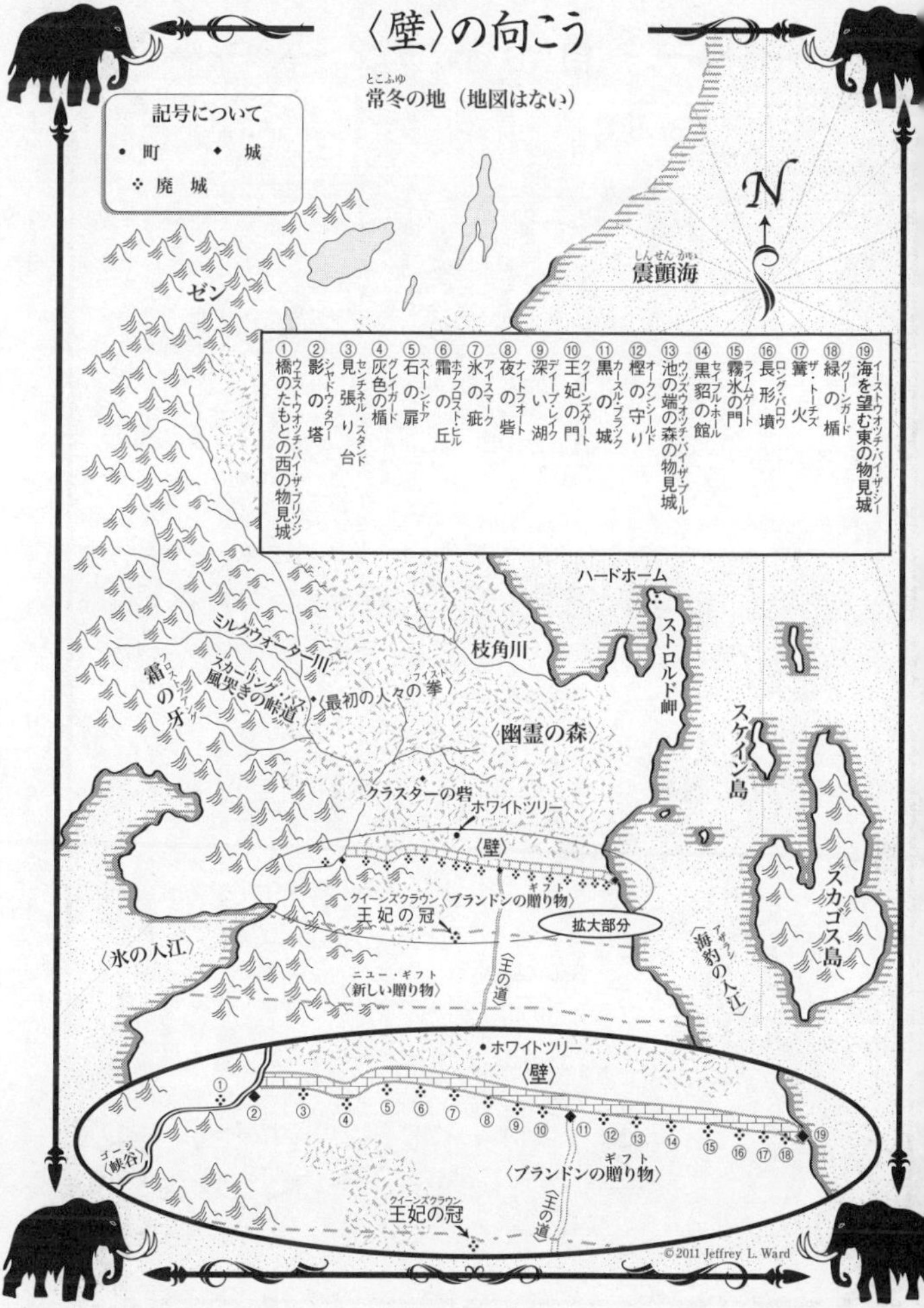
〈壁〉の向こう
常冬の地《とこふゆ》（地図はない）
記号について
• 町
◆ 城
✣ 廃城
N
震顫海《しんせんかい》
①橋のたもとの西の物見城《ウエストウォッチ・バイ・ザ・ブリッジ》
②影の塔《シャドウ・タワー》
③見張り台《センチネル・スタンド》
④灰色の楯《グレイガード》
⑤石の扉《ストーンドア》
⑥霜の丘《ホアフロスト・ヒル》
⑦氷の疵《アイスマーク》
⑧夜の砦《ナイトフォート》
⑨深い湖《ディープ・レイク》
⑩王妃の門《クイーンズゲート》
⑪黒の城《カースル・ブラック》
⑫樫の守り《オークンシールド》
⑬池の端の森の物見城《ウッズウオッチ・バイ・ザ・プール》
⑭黒貂の館《セイブル・ホール》
⑮霧氷の門《ライムゲート》
⑯長形墳《ロング・バロウ》
⑰篝火《ザ・トーチズ》
⑱緑の楯《グリーンガード》
⑲海を望む東の物見城《イーストウオッチ・バイ・ザ・シー》
ゼン
ハードホーム
ストロルド岬
ミルクウォーター川
枝角川
霜の牙《フロストファング》
風哭きの峠道《スカーリング・パス》
〈最初の人々の拳《フィスト》〉
〈幽霊の森〉
スケイン島
クラスターの砦
ホワイトツリー
〈壁〉
〈ブランドンの贈り物《ギフト》〉
王妃の冠《クイーンズクラウン》
拡大部分
〈海豹《アザラシ》の入江〉
スカゴス島
〈氷の入江〉
〈新しい贈り物《ニュー・ギフト》〉
〈王の道〉
ホワイトツリー
〈壁〉
〈峡谷《ゴージ》〉
〈ブランドンの贈り物《ギフト》〉
王妃の冠《クイーンズクラウン》
〈王の道〉
© 2011 Jeffrey L. Ward

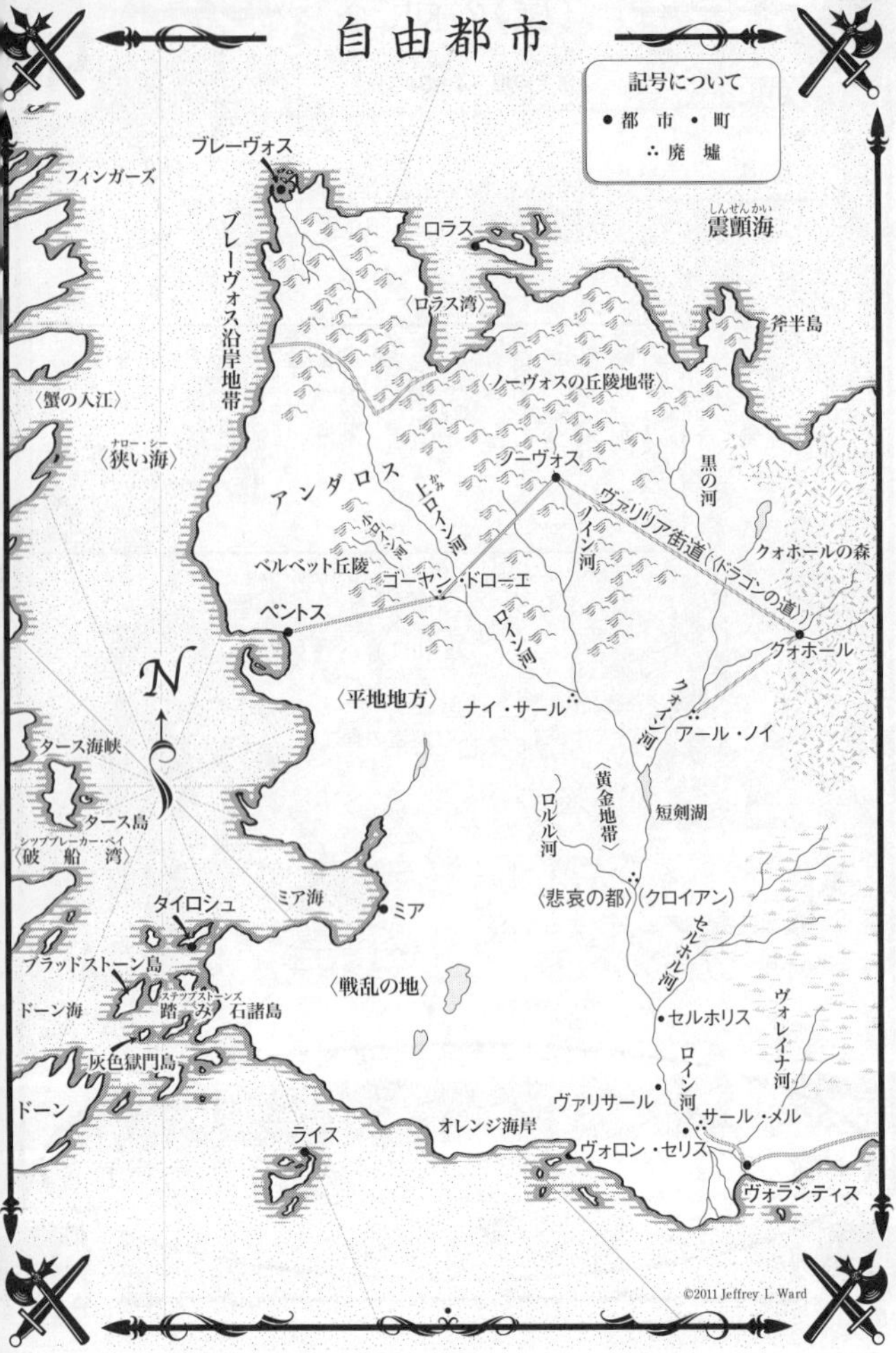
自由都市
記号について
● 都 市 • 町
∴ 廃 墟
ブレーヴォス
フィンガーズ
ブレーヴォス沿岸地帯
ロラス
〈ロラス湾〉
震顫海《しんせんかい》
斧半島
〈ノーヴォスの丘陵地帯〉
〈蟹の入江〉
〈狭い海《ナロー・シー》〉
アンダロス
上《かみ》ロイン河
小ロイン河
ノーヴォス
黒の河
ヴァリリア街道〈ドラゴンの道〉
ノイン河
クォホールの森
ベルベット丘陵
ゴーヤン・ドローエ
ペントス
ロイン河
クォホール
〈平地地方〉
ナイ・サール
クォイン河
アール・ノイ
タース海峡
タース島
〈黄金地帯〉
ロルル河
短剣湖
〈破船湾《シップブレーカー・ベイ》〉
ミア海
ミア
〈悲哀の都〉(クロイアン)
タイロシュ
セルホル河
ブラッドストーン島
〈戦乱の地〉
ドーン海
踏み石諸島《ステップストーンズ》
セルホリス
ヴォレイナ河
灰色獄門島
ロイン河
ヴァリサール
ドーン
サール・メル
ライス
オレンジ海岸
ヴォロン・セリス
ヴォランティス
©2011 Jeffrey L. Ward

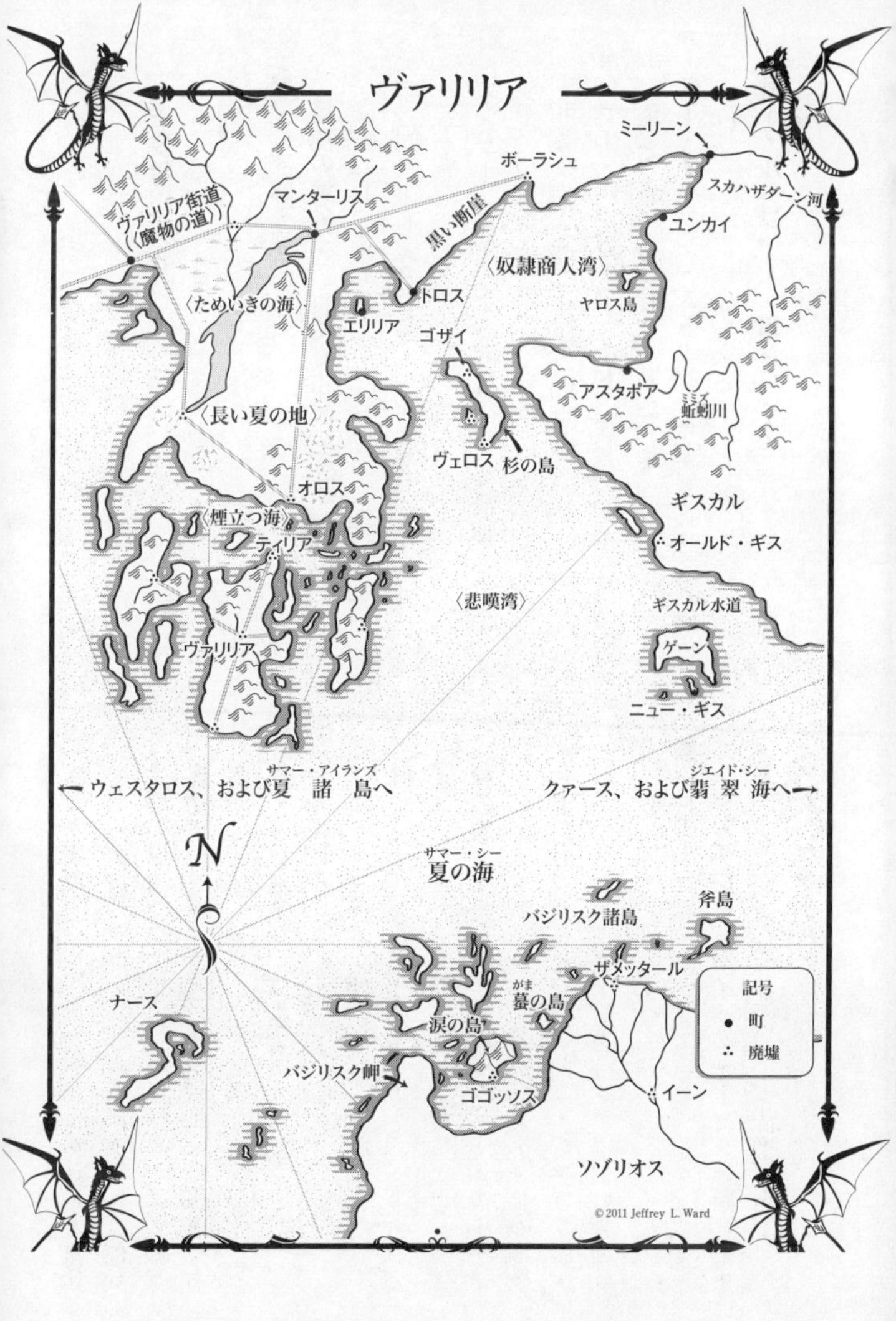

ヴァリリア
ミーリーン
ボーラシュ
スカハザダーン河
マンターリス
ヴァリリア街道
〈ヴァリリア街道（〈魔物の道〉）〉
黒い断崖
ユンカイ
〈奴隷商人湾〉
トロス
〈ためいきの海〉
ヤロス島
エリリア
ゴザイ
アスタポア
蚯蚓《ミミズ》川
〈長い夏の地〉
ヴェロス
杉の島
オロス
ギスカル
〈煙立つ海〉
ティリア
オールド・ギス
〈悲嘆湾〉
ギスカル水道
ヴァリリア
ゲーン
ニュー・ギス
←ウェスタロス、および夏　諸　島《サマー・アイランズ》へ
クァース、および翡　翠　海《ジエイド・シー》へ→
N
夏の海《サマー・シー》
斧島
バジリスク諸島
ザメッタール
記号
● 町
∴ 廃墟
蟇《がま》の島
ナース
涙の島
バジリスク岬
ゴゴッソス
イーン
ソゾリオス
© 2011 Jeffrey L. Ward

主要登場人物

■傭兵部隊〈風来《ふうらい》〉

〈襤褸《らんる》の貴公子《プリンス》〉 自由都市ペントスの元貴公子《プリンス》。隊長にして創立者

カッゴ 通称〈死体殺し〉。〈襤褸の貴公子〉の右腕

デンゾー・ダーン 武闘詩人。〈襤褸の貴公子〉の左腕

〈可憐《かれん》なメリス〉 部隊の拷問係

ヒュー・ハンガーフォード 兵長。元主計長。盗みの咎《とが》で指三本を切断される

サー・オーソン・ストーン ウェスタロス人傭兵

サー・ルシファー・ロング ウェスタロス人傭兵

〈森のウィル〉 ウェスタロス人傭兵

〈麦わらディック〉 ウェスタロス人傭兵

〈生姜《ショウガ》のジャック〉 ウェスタロス人傭兵

〈書物〉 ヴォランティスの剣士。読書家で有名

〈豆〉 弩弓《クロスボウ》使い。ミア出身

〈老骨のビル〉 年季を経た夏諸島人

ミリオ・ミラキス 傭兵。ペントス出身

〈蛙〉 クェンティン・マーテル。ドーンの公子《プリンス》

〈緑の腹〉 〈大兵肥満《だいひょうひまん》〉ことサー・アーチボルド・アイアンウッド。クェンティンの護衛

〈ドーンのジェラルド〉 サー・ジェアリス・ドリンクウォーター。クェンティンの護衛

■深林の小丘城《ディープウッド・モット》

アシャ・グレイジョイ クラーケンの娘。《黒き風《ブラック・ウインド》》の船長。深林の小丘城《ディープウッド・モット》の征服者

〈乙女のクァール〉 アシャの恋人

トリスティファー・ボトリー　アシャの元恋人。
〈宗主の港《ローズポート》〉の跡継ぎだが、領地を奪われる
〈錆髭《さびひげ》のロゴン〉　アシャの船の乗組員
〈悪たれ口〉　アシャの船の乗組員
〈こびとのロルフ〉　アシャの船の乗組員
〈長柄《ながえ》斧《おの》のローレン〉　アシャの船の乗組員
〈六本足指のハール〉　アシャの船の乗組員
〈たれまぶたのデイル〉　アシャの船の乗組員
クロム　アシャの船の乗組員
〈角笛のハーゲン〉　アシャの船の乗組員
クェントン・グレイジョイ　アシャの従兄弟
ダゴン・グレイジョイ　アシャの遠縁。
〈うわばみのダゴン〉と呼ばれる
レディ・サイベル　ガルバート（深林の小丘城《ディープウッド・モット》
城主）の弟ロベット・グラヴァーの妻。アシ
ャ・グレイジョイの人質

■ティリオンの旅

ティリオン・ラニスター　サーセイ太后の弟。
通称〈小鬼《インプ》〉。こびと。父タイウィンを殺し、
逃走中。変名ヨロ。自称ヒューガー・ヒル
大柄な騎士　ティリオンを捕えた謎の騎士
ベネッロ　〈光の王《ロード・オブ・ライト》〉ル＝ロールの大祭
司
モクォッロ　ベネッロの右腕。ル＝ロールの
祭司
〈湾岸の未亡人〉　資産家の解放奴隷。〈ヴォ
ガッロの色女〉とも
〈未亡人の息子たち〉　〈湾岸の未亡人〉の剽《ひょう》
悍《かん》な護衛たち
〈一ペンス銅貨《ペニー》〉　こびとの娘、役者
〈可愛い豚《プリティー・ピッグ》〉　〈ペニー〉の飼い豚
〈バリバリ《クランチ》〉　〈ペニー〉の飼い犬
〈四ペンス銅貨《グロート》〉　〈ペニー〉の兄。こびと。
役者
——ヴォランティスの施政者
マラクォ・メイジャール　現三頭領《トライアーク》のひとり。
〈虎〉

ドニフォス・ペイニミオン　現三頭領のひとり。〈象〉
ナイソス・ヴァッサール　現三頭領のひとり。〈象〉
アリオス・クェイダール　三頭領候補
パルクェロ・ヴェイラロス　三頭領候補
ベリコ・ステイゴーン　三頭領候補

■黒の城《カースル・ブラック》

ジョン・スノウ　ウィンターフェル城の落とし子。第九百九十八代〈冥夜の守人《ナイツ・ウォッチ》〉総帥
ゴースト　ジョン・スノウの大狼《ダイアウルフ》。純白
エディソン・トレット　通称〈陰気《ドロラス》なエッド〉。総帥つき雑士《スチュワード》
[ジオー・モーモント]　前総帥。通称〈熊の御大《オールド・ベア》〉。大物見《グレート・レンジング》の途上、部下に殺される
[ドナル・ノイ]　隻腕《せきわん》の武具師、鍛冶。巨人族〈怪力のマグ〉と〈壁〉の門で相討ち
メイスター・エイモン　治療師。顧問。盲人。百二歳。〈知識の城《シタデル》〉へ旅立つ
サムウェル・ターリー　メイスター・エイモンつき雑士《ぞうし》。肥満。本の虫。通称〈異形退治のサム〉。エイモンに付き添い、ジリとその息子とともに〈知識の城《シタデル》〉へ旅立つ
ジリ　レイダーの息子の乳母。野人の娘
ジリの子　ジリの息子。新生児で、名前はまだない
セプトン・セラダー　酔いどれ司祭《セプトン》
バウエン・マーシュ　雑士長《ロード・スチュワード》
〈三本指のホッブ〉　雑士《スチュワード》。料理人
クライダス　元メイスター・エイモンつき雑士《ぞうし》
オーウェン　雑士。通称〈薄馬鹿〉
マリー　雑士
ドネル・ヒル　雑士。通称〈色男のドネル〉
オセル・ヤーウィック　工士長《ファースト・ビルダー》
〈ビヤ樽《ケッグズ》〉　工士《ビルダー》

〈ぬかるみのアルフ〉　工士
アルベット　工士。ジョンと同期
ホルダー　工士。ジョンと同期
ジャック・ブルワー　哨士長《ファースト・レンジャー》。通称〈ブラック・ジャック〉
〈灰色羽のガース〉　哨士《レンジャー》
〈白い目《ホワイトアイ》のケッジ〉　哨士
〈王の森のアルマー〉　哨士
〈鬚面《ひげづら》のベン〉　哨士
ベドウィック　哨士。通称〈でかぶつ《ジャイアント》〉。じつは小男
パイパー　哨士。ジョンと同期。通称ピップ
グレン　哨士。ジョンと同期。通称〈野牛《オーロクス》〉
サー・アリザー・ソーン　元武術指南役
〈鉄《アイアン》のエメット〉　元東の物見城《イーストウォッチ》の哨士。現武術指南役
ヘアス　教練中の新兵。〈馬《ホース》〉と呼ばれる
アーロン　教練中の新兵。エムリックと双子
エムリック　教練中の新兵。アーロンと双子
〈繻子《サテン》〉　教練中の新兵
〈跳ね駒鳥《ホップ＝ロビン》〉　教練中の新兵
〈アッシャイのレディ・メリサンドル〉　〈紅《レッド》の女《・ウーマン》〉と呼ばれる。〈光の王《ロード・オブ・ライト》〉ル＝ロールの女祭司
デヴァン・シーワース　スタニス王の従士
ヴァル　［マンス・レイダー］の妻［ダラ］の妹。〝野人のプリンセス〟。スタニス王の虜
〈鎧骨公《ロード・オブ・ボーンズ》〉　別称〈がらがら帷子《ラトルシャツ》〉。戦《いくさ》頭《がしら》のひとり。スタニス王の虜
王妃《クイーン》セリース・バラシオン　スタニス一世の妻。フロレント家出身

王女《プリンセス》シリーン・バラシオン　スタニス一世の娘。十一歳
〈まだら顔《パッチフェイス》〉　シリーンの道化師。顔に赤緑市松模様の刺青《いれずみ》
サー・アクセル・フロレント　王妃の伯父、王妃の臣下筆頭。〈王妃の手〉を自任
〈王の山のサー・パトレック〉　王妃の騎士
ティコ・ネストリス　ブレーヴォスの〈鉄の銀行〉の使節

■白い港《ホワイト・ハーバー》

サー・ダヴォス・シーワース　通称〈玉葱《タマネギ》の騎士〉。〈雨の森《レインウッド》〉の領主。〈狭い海《ナロー・シー》〉の提督。〈王の手〉。スタニス王の使者
ワイマン・マンダリー公　白い港《ホワイト・ハーバー》の領主。きわめて肥満
サー・ウィリス・マンダリー　ワイマン公の長男、跡継ぎ。きわめて肥満。ハレンの巨城《ホール》で虜に
レオナ・マンダリー　サー・ウィリスの妻
ウィナフリッド・マンダリー　サー・ウィリスの長女
ウィラ・マンダリー　サー・ウィリスの次女
［サー・ウェンデル・マンダリー］　ワイマン公の次男。〈釁《ちぬ》られた婚儀〉で殺される
サー・マーロン・マンダリー　ワイマン公の従兄弟。ホワイト・ハーバーの守備隊長
メイスター・シオモア　顧問。教師。治療師
サー・バーティマス　〈狼の巣〉獄長
ガース　同牢番。老人
セリー　同牢番。少年
ロベット・グラヴァー　深林の小丘城《ディープウッド・モット》城主ガルバート公の弟。跡継ぎ
ウェクス　鉄人《くろがねびと》の少年。元シオン・グレイジョイの従士。口がきけない

■ミーリーン

デナーリス・ターガリエン　ミーリーンの女王、アンダル人・ロイン人・〈最初の人々〉の女王、七王国の女王、〈大草海《グレート・グラス・シー》〉の女王《カリーシ》。またの名を〈嵐の申し子《ストームボーン》デナーリス〉、〈焼けずのデナーリス〉、〈ドラゴンの母〉

ドロゴン　黒竜。女王のドラゴン

ヴィセーリオン　白竜。女王のドラゴン

レイガル　緑竜。女王のドラゴン

サー・バリスタン・セルミー　〈女王の楯《クイーンズガード》〉総帥。通称〈豪胆バリスタン〉

〈闘士《ストロング》〉ベルウァス　〈女王の楯《クイーンズガード》〉の戦士。去勢者。かつてはミーリーンの闘技場で闘奴をさせられていた

ジョゴ　コーであり、血盟の騎手。〈鞭〉

アッゴ　コーであり、血盟の騎手。〈弓〉

ラカーロ　コーであり、血盟の騎手。〈刀《アラク》〉

イリ　デナーリスの侍女。ドスラク人の少女

ジクィ　デナーリスの侍女。ドスラク人の少女

ミッサンデイ　デナーリスの侍女。ナース人の秘書官、通訳。十歳の少女

〈灰色の蛆虫《グレイ・ワーム》〉　奴隷から解放された去勢者の歩兵部隊〈穢れなき軍団《アンサリード》〉の長

ダーリオ・ナハリス　傭兵部隊〈襲鴉《ストームクロウズ》〉隊長。派手な装いのタイロシュ人

ベン・プラム　傭兵部隊〈次子《セカンド・サンズ》〉隊長。通称〈褐色《ブラウン》のベン〉。混血の傭兵

〈縞背のサイモン〉　解放奴隷の部隊〈自由な兄弟〉隊長

マーセレン　解放奴隷の部隊〈母の親兵〉隊長。去勢者。ミッサンデイの兄

ペントスのグロレオ　元大型交易船《コグ》《バレリオン》（旧名《サデュレオン》）の船長。いまは軍船なき提督

レズナク・モ・レズナク　禿頭《とくとう》の家令

スカハズ・モ・カンダク　女王の側近。元祖〈剃髪頭〉。女王の都市の守人《シティ・ウオッチ》〈真鍮の獣〉隊長

ガラッザ・ガラレ　〈緑の巫女《みこ》〉。〈巫女の神殿〉の巫女筆頭
ヒズダール・ゾ・ロラク　ミーリーンの裕福な貴人

■バロウトンの町

バーブレイ・ダスティン女公　バロウトンの町の領主
ルース・ボルトン公　ドレッドフォート城の城主
［**ドメリック・ボルトン**］　ルース公の嫡男。腹部の病で死亡
ウォルトン　ルース公の衛兵隊長。異名は〈鉄《スティール》の脛《シャンクス》〉
ラムジー・ボルトン公　元の名をラムジー・スノウ。ルース公の非嫡出子。通称〈ボルトンの落とし子〉。ホーンウッド城の城主
ウォルダー・フレイ　ウォルダー老公の十三男の長男。通称、大ウォルダー。八歳。ラムジー公の従士
ウォルダー・フレイ　ウォルダー老公の九男の長男。通称、小ウォルダー。八歳。ラムジー公の従士
〈**骨のベン**〉　ラムジー公の〈男衆《ボーイズ》〉。ドレッドフォート城の犬舎長
〈**黄色いディック**〉　ラムジー公の〈男衆〉
ルートン　ラムジー公の〈男衆〉
〈**渋面《しぶつら》のアリン**〉　ラムジー公の〈男衆〉
〈**皮剝ぎ人**〉　ラムジー公の〈男衆〉
〈**呻き声《グラント》**〉　ラムジー公の〈男衆〉
〈**〝おれのために踊れ〟のデイモン**〉　ラムジー公の〈男衆〉
〈**リーク**〉　ラムジー公の虜囚

■中空の丘の地下洞系

ブランドン・スターク　［ロブ］の弟。愛称ブラン。ウィンターフェル城の公子《プリンス》。北部の跡継ぎ。障害のある九歳の少年

サマー　ブランの大狼《ダイアウルフ》
ミーラ・リード　ブランの友。保護者。十六歳の乙女。灰色沼の物見城《グレイウオーター・ウオッチ》の城主ハウランド・リード公の娘
ジョジェン・リード　ブランの友。保護者。ミーラの弟、十三歳。緑視力を持つと見られる
ホーダー　ブランの友。保護者。知的に未発達だが気のいい大男
〈冷たい手《コールドハンズ》〉　案内人。黒一色に身を包む。かつては〈冥夜の守人《ナイツ・ウオッチ》〉の一員だったらしい謎の人物
〈三つ目の鴉〉　〈最後の緑視者《グリーンシーアー》〉
〈木の葉〉　〈大地の歌を歌う者〉。女。共通語を話す
〈黒いナイフ〉　〈大地の歌を歌う者〉
〈雪白の巻毛〉　〈大地の歌を歌う者〉
〈灰〉　〈大地の歌を歌う者〉
〈鱗〉　〈大地の歌を歌う者〉
〈石炭〉　〈大地の歌を歌う者〉

■サンスピア宮

ドーラン・ナイメロス・マーテル　サンスピア宮の宮主。ドーンの大公《プリンス》
公女《プリンセス》アリアン・マーテル　長女。サンスピア宮の跡継ぎ
公子《プリンス》トリスタン・マーテル　次男。王女ミアセラと婚約
［**公妹《プリンセス》エリア・マーテル**］　かつての王妃。王都《キングズ・ランディング》略奪のさい、犯されて殺される
［**王女《プリンセス》レイニス・ターガリエン**］　エリアの長女、幼児。王都《キングズ・ランディング》略奪のさいに殺される
［**王子《プリンス》エイゴン・ターガリエン**］　エリアの長男、赤子。王都《キングズ・ランディング》略奪のさいに殺される
［**公弟《プリンス》オベリン・マーテル**］　二つ名は〈赤い毒蛇《レッド・ヴァイパー》〉。決闘裁判でサー・グレガー・クレゲインに殺される

エラリア・サンド　プリンス・オベリンの愛人。ハーメン・ウラー公の妾腹《しょうふく》の娘
アリオ・ホター　ノーヴォス出身の傭兵。衛士長
メイスター・キャリオット　顧問。治療師。教師
王女《プリンセス》ミアセラ・バラシオン　ドーラン・マーテル大公の被後見人。公子《プリンス》トリスタンと婚約
サー・ベイロン・スワン　〈王の楯《キングズガード》〉。王都《キングズ・ランディング》からの使者

■ブレーヴォスの〈黒と白の館〉
スターク家のアリア　〈黒と白の館〉の新たな修練者。別名、アリー、ナン、〈鼬《ウィーゼル》〉、〈雛《ヒヨコ》〉、〈ソルティー〉、〈運河の猫《キャット》〉等
〈親切な男〉　〈数多《あまた》の顔を持つ神〉に仕える司祭
〈浮浪児〉　同司祭
ウマ　料理人

■〈使い鴉の木《レイヴンツリー》〉城館《ホール》
サー・ジェイミー・ラニスター　太后《たいこう》サーセイの双子の弟。〈王殺し《キングスレイヤー》〉と呼ばれる。〈王の楯《キングズガード》〉総帥
タイトス・ブラックウッド公　〈使い鴉の木《レイヴンツリー》〉城館《ホール》の城主
ホスター・ブラックウッド　タイトス公の三男。本好き
ベサニー・ブラックウッド　タイトス公の娘。八歳
ジョノス・ブラッケン公　石垣《ストーン・ヘッジ》の町の領主

目次

『竜との舞踏〔上〕』目次

『竜との舞踏〔下〕』目次

竜との舞踏

〔中〕

25

〈風来《ふうらい》〉

そのうわさは熱風のごとく野営地を駆けめぐった。

〝女王きたる。女王の軍勢は南に向かって行軍を開始せり。めざすはユンカイ――都を炎上せしめ、市民を剣の餌食とするために。われら北進し、これを迎え討たん〟

〈蛙〉はこのうわさを〈麦わらディック〉から聞いた。ディックはといえば〈老骨のビル〉から、そのビルはミリオ・ミラキスという名のペントス人から、そのペントス人は〈艦褸《らんる》の貴公子《プリンス》〉の酌人を務める従兄弟から聞いたという。

「従兄弟のやつがな、本営の天幕でカッゴ自身がそう口にするのを聞いたとよ」と〈麦わらディック〉はいった。「おれたちは本日中に出発することになる。まあ見てろって」

本日中に出発するという予想は、おおむね当たっていた。〈艦褸の貴公子〉が発した出発命令は、各隊の長と兵長を通じて全軍に通達された。いわく、各員は即座に天幕をたたみ、騾馬《ラバ》に荷を載せ、馬に鞍をつけよ。遅くとも日の変わり目にはユンカイへ発つ――。

「ユンカイのクソ野郎どもめ、おれたちを〈黄の都〉にゃ入れたがらねえぜ。娘《あま》っこどものまわりを嗅ぎまわられちゃこまるってよ」そう予言したのはミアの弩弓兵《クロスボウ》、やぶにらみのバックだ。〝バック〟はミアのことばで〝豆〟を意味し、そのため、みんなからは〈豆〉と呼ばれている。「ま、ユンカイで補給物資は仕入れられるだろうし、替え馬も手に入るかもしんねえ。そのあとはミーリーンに攻め寄せて、ドラゴンの女王と舞踏三昧《ざんまい》ってわけだあな。だから、気合い入れて働けよ。〈蛙〉、あるじの寝刃《ねたば》をしっかり合わせとけ、いつなんどきチャンバラになるかもしんねえんだからよ」

クェンティン・マーテルは、ドーンでは公子《プリンス》であり、ヴォランティスでは商人だった。が、〈奴隷商人湾〉では〈蛙〉であり、〈緑の腹〉の二つ名で呼ばれる、大兵肥満《だいひょうひまん》で頭の禿げたドーン騎士の従士でしかない。〈風来《ふうらい》〉の者たちは、適当に思いついた名前を仲間につけ、気まぐれに呼び名を変える。〈蛙〉という呼称は、クェンティンたちが内輪で呼ぶところの〈大兵肥満〉に命令を怒鳴られると、飛び跳ねるように駆けつける姿からついたものだった。〈風来〉の隊長でさえも、ほんとうの名前は自分だけに秘し、だれにも明かしてはいない。

自由傭兵部隊のなかには、〈ヴァリリアの破滅〉以後に訪れた血と混沌のさなかに生まれたものもある。いっぽうで、ついきのう生まれ、あすには消えてしまうものもある。〈風来〉は創立三十年。いまのところ、隊長は初代のままだ。おだやかな話しかたをして、悲しげな目を持ったペントスのこの貴人は、まわりから〈襤褸《らんる》の貴公子《プリンス》〉と呼ばれていた。髪も鎧も銀灰色だが、ぼろぼろのマントはさまざまな色の端切れをつぎあわせたものだ。もっとも、各端切れの色はもはやよくわからない。本来の色は、青に灰色に紫、赤に金に緑、深紅色に朱色に青空色なのだが、長年のあいだ陽にさらされつづけ、みな色褪せて、襤褸《ぼろ》切れ同然となってしまったからである。〈麦わらディック〉の話によれば、〈襤褸の貴公子〉は二十三歳のとき、ペントスのマジスターたちによって新貴公子《プリンス》に選ばれた。旧貴公子《プリンス》が断頭された数時間後のことだった。貴公子《プリンス》職を受諾するかわりに、彼は腰に剣を佩《は》くなり、気にいりの馬に飛び乗って〈戦乱の地〉へと脱出し、二度とペントスにもどることはなかった。以後、〈次子《セカンド・サンズ》〉、〈鉄の楯〉、〈乙女の兵〉と傭兵部隊を転々としたのち、五人の戦友とともに〈風来〉を創立。六人の創立者のうち、いまも生き残っているのは〈貴公子〉だけだという。〈蛙〉としては、その話がどこまでほんとうなのかはどうでもよかった。ヴォランティスで〈風来〉の契約書にサインして以来、〈襤褸の貴公子〉の姿は遠くからしか見たことがない。ドーン人たちは新入りであり、新兵であり、矢よけの使い捨て兵であり、二千人いる兵員のうちの三人にすぎないのである。それに対して隊長は、まわりを歴戦の猛者《もさ》ばかりで固めている。

「おれは従士じゃないぞ」従士に身をやつしてはどうかと提案されたとき、クェンティンは文句をいった。提案したのはジェアリス・ドリンクウォーターだ。ジェアリスはここでは〈ドーンのジェラルド〉と呼ばれており――〈背赤のジェラルド〉や〈黒のジェラルド〉と区別するためだ――ときにはドリンクと呼ばれることもある。これはうっかり〈大兵肥満〉が口をすべらせて、ふだんの通称で呼んでしまったからだった。クェンティンはつづけた。

「騎士の地位は、ドーンでみずから獲得したものだ。おれはおまえと同格の騎士なんだ」

だが、ジェアリスのいうことには一理あった。ジェアリスおよび〈大兵肥満〉のアーチは、クェンティンを警護するためここにきている。であれば、つねに〈大兵肥満〉のそばにいることが望ましい。

「アーチはこの三人のなかでいちばんの使い手ですからな」ドリンクウォーターは指摘した。

「それに、ドラゴンの女王と結婚できる可能性があるのは、ただひとり若だけなのです」

(結婚するにしろ、戦うはめになるにしろ、女王に対面できるのも、そう遠いことではないだろう)

しかし、デナーリス・ターガリエンに関するうわさを聞けば聞くほど、会うのが恐ろしくなってくるのは事実だ。ユンカイ人によれば、デナーリスはドラゴンたちに人肉を食わせ、肌をなめらかでみずみずしく保つため、処女の生き血の血風呂につかっているという。その話を聞いて〈豆〉は笑ったものの、自身は銀の女王が乱交しているという話を披露した。

「女王の隊長のひとりがな、一物が三十センチもある家系の出なんだとよ。ところが、そのくらいで満足できる女王さまじゃねえ。ドスラク人と旅してるうちに、牡馬どもにさんざんぱらやられて、人間のナニじゃ満足できねえからだになっちまったとさ」

〈書物〉は——これは理知的なヴォランティス人の剣士で、いつでもぼろぼろの巻物を読みふけっている男だ——ドラゴンの女王を残虐な殺人狂で異常者だと考えていた。

「彼女の族長《カール》は、彼女を女王とするために彼女の兄を殺した。つぎに彼女は、自分の族長《カール》を殺した――自分が女王《カリーシ》になるために。血の生贄《いけにえ》を習慣とし、しゃあしゃあとうそをつくし、気まぐれで自分の味方にも手のひらを返す。その血は彼女にも流れているのだろう。さらには休戦を破って、使節を拷問する……。彼女の父親は狂っていた。

（その血は彼女にも流れているのだろう、か）エイリス二世王は狂っていた。ウェスタロスじゅうがそれを知っている。自分の〈王の手〉をふたりも追放したあげく、三人めは焚刑《ふんけい》に処した。（もしもデナーリスが父親と同じく殺人狂だとしたら、それでもおれは結婚せねばならないのか？）

大公《プリンス》ドーランは、デナーリスが狂人であった場合の対応には言及していない。

しかし〈蛙〉としては、かつて知りえたなかでもっとも地獄に近い状態にある。ユンカイ勢は壊れた〈赤の都〉《アスタポア》は、囲壁内《いへき》で死んだ者や死にゆく者を市外に出さないように努めているものの、門を封鎖して、アスタポアの包囲網から離れられるだけで御の字だった。いまの赤い煉瓦《れんが》の通りを駆けぬけるさいに見た光景は、一生クェンティン・マーテルの脳裏につきまとうだろう。死体の山で塞《せ》きとめられた血河《けつが》。ずたずたにローブを引き裂かれて、身体を杭に刺され、てらてらと金緑色に光る蠅の大群にたかられた巫女《みこ》。血と泥にまみれて、ふらふらと街路をよろめき歩く、死にかけた人間たち。生焼けの仔犬の肉を奪《と》りあう子供たち。闘技場の窖底《あなぞこ》に全裸で放りこまれたあげく、何十頭もの飢えた犬をけしかけられて、絶叫をあげつつ食い殺された、アスタポア最後の自由王。そして、炎。いたるところに炎があった。目を閉じれば、いまも業火の光景が見える。これまでに見たいかなる城よりも大きな煉瓦のピラミッド群が炎に包まれ、あちこちで油煙まじりの黒煙が立ち昇り、巨大な黒蛇のようにくねりながら天にそそりたつ図だ。

南からの風が吹くとき、都から五キロ離れた野営地にいてさえ、空気は煙のにおいを孕《はら》む。崩れゆく赤煉瓦の囲壁の内側で、アスタポアがいまなお燻《くすぶ》っているからである。もっとも、大火はおおむね終息しており、いまはもう、風に舞う灰が大きな灰色の雪片のように飛んでくるだけでしかない。たしかに、そろそろ引きあげどきだろう。

その点には〈大兵肥満〉も同感だった。

「ころあいか」ようやく探しあてた〈大兵肥満〉こと〈緑の腹〉は、〈蛙〉に向かってそういった。〈緑の腹〉は、〈豆〉や〈書物〉や〈老骨のビル〉といっしょに賽子博打《サイコロばくち》をして、またもや負けつつあるところだ。この男は傭兵たちに好かれている。戦うときと同じように、賭けるときも勇猛果敢に賭けるが、戦闘時とちがって負けることが多いからである。「わが鎧を持て、〈蛙〉。鎖帷子《くさりかたびら》についた血はちゃんと落としたか？」

「はい、すでに」

〈緑の腹〉の鎖帷子は年代物の重たいしろもので、何度も何度もつぎをあてられているうえ、全体にかなり磨耗している。同じことは、兜、喉当て、脛当《すねあ》て、籠手《こて》のほか、体格にあっていない鎧全般にもいえた。〈蛙〉の鎧一領《いちりょう》も多少ましな程度でしかない。サー・ジェアリスの鎧にいたっては、劣悪なしろものだった。武具師がいうところの、〝傭兵伝統の鋼〟だ。いままでに何人がこの鎧を身につけたのか、何人がこの鎧をつけたまま死んでいったのか、クェンティンはあえてきかずにおいた。当初から三人が携えてきた上等な鎧は、黄金や真の名前とともに、ヴォランティスに置いてある。〈狭い海《ナロー・シー》〉を越えて剣技を売りにくる者に、名誉ある旧家出の裕福な騎士などいない。いるとすれば、汚名を背負って追放されてきた者だけだ。

「悪評を疑われるより、貧乏のほうがましだからな」

　ジェアリスから計画の説明を受けたとき、クェンティンはそういったものだった。

〈風来〉が野営地の撤収をおえるまで、一時間とかからなかった。

「全軍、乗馬」

　巨大な葦毛《あしげ》の馬に打ちまたがって、〈襤褸の貴公子〉は下知《げち》を下した。用いたことばは、隊では事実上の共通語となっている古典的ハイ・ヴァリリア語だ。灰色の斑《ふ》が散った牡馬の後軀《こうく》には、端切《はぎ》れをつぎあわせた帯布がかぶせられている。各々《おのおの》の端切れは、馬のあるじがこれまでに倒した敵の長い外衣《サーコート》から切りとったもので、〈貴公子〉のマント自体も、同様の端切れをつぎあわせてあるらしい。齢《よわい》六十を過ぎた老人ながら、〈貴公子〉は高い鞍の上で凜然《りんぜん》と背筋を伸ばし、その声は野営地の隅々にまでとどくほど力強かった。

「アスタポアは味見にすぎぬ」と〈襤褸の貴公子〉はいった。「真の馳走は、ミーリーンにあり」

　それを受けて、傭兵たちはいっせいに野太い鬨《とき》の声を張りあげた。林立する槍の螻蛄首《けらくび》ではためくのは空色のシルクの吹き流し、それよりも高く、旗竿の上で翩翻《へんぽん》と翻《ひるがえ》る旗、尾が青と白のふたまたに分かれた旗標《はたじるし》は、〈風来〉の軍旗だ。

三人のドーン人も、ほかの者らに合わせて喚声《かんせい》を張りあげた。黙っていれば無用の注目を浴びるからだ。しかし、〈血染鬚《ちぞめひげ》〉率いる〈軍猫《ぐんびょう》部隊〉のすぐあとにつづいて、〈風来〉が沿岸の街道ぞいに北へ進みだすと、〈蛙〉は〈ドーンのジェラルド〉の横に馬をならべ、「もうじきだな」と話しかけた。使ったのはウェスタロスの共通語だ。傭兵隊にはほかにもウェスタロス人がいるが、数は多くないし、付近にはいない。「もうじき行動を起こさねばならない」

「まだ早い」役者の作り笑いを浮かべて、ジェアリスは警告した。「その話は今宵、宿陣の設営後に」

アスタポアからユンカイまでは、ギスカルの沿岸ぞいに古い街道を進んで五百キロ弱あり、ユンカイからミーリーンまではさらにもう二百五十キロ弱ある。良馬にまたがった自由傭兵部隊なら、ユンカイまでは強行軍で六日、並みの行軍でも八日といったところだ。ニュー・ギスからきた歩兵部隊の場合、徒歩での行軍なので、要する日数はその一倍半。ユンカイ人とその奴隷の兵士たちとなると……。

〈豆〉がいった。

「あんな将軍さまたちじゃあ、連中、海に突っこんで溺れないのが不思議なくらいだぜ」

ユンカイ人とて、軍事に人材がいないわけではない。たとえば、ユルカズ・ゾ・ユンザクなる老英雄は、卓抜した指揮ぶりを示す。だが、〈風来〉の兵たちは遠くからしか姿を見たことがないし、それも、四十人がかりでないと運べないほど巨大な輿《こし》に乗ってやってきて、あっという間に去っていっただけだ。

いっぽう、老英雄の下につく貴人たちについては、日頃からいやでも目にせざるをえない。ユンカイの貴人たちはそこらじゅうを蜚蠊《ゴキブリ》のようにちょろちょろと走りまわっている。その半数は、ガズダン、グラズダン、マズダン、ガズナクという名前らしい。〈風来〉の兵で、ギスカル人の名前を聞きわける芸を身につけている者はすくないため、みな各貴人の特徴を小馬鹿にした仇名をつけて区別していた。

なかでも、ひときわよく目だつ貴人は〈黄色い鯨〉だ。この二つ名の由来は、異様なほどぶくぶく肥え太り、いつも黄金の縁どりがある黄色いシルクの寛衣《トカール》を着ていることにある。からだが重すぎて自力で立てず、小便をしにいくのもおおごとなので、いつも漏らした尿のにおいをただよわせており、そのつんと刺激的な悪臭は香水を大量に使っても隠しきれない。こんな人物だがユンカイ一の大金持ちだそうで、しかも奇怪趣味《グロテスク》の持ち主だった。〈黄色い鯨〉が持つ奴隷のなかには、山羊の脚と蹄《ひづめ》を持った少年、顎鬚《あごひげ》を生やした女、マンターリスから連れてきたという双頭の怪物が含まれているし、夜には半陰陽《ふたなり》が伽《とぎ》を務めるという。

「そいつな、チンポとオメコ、両方持ってんだぜ」そういったのは、〈麦わらディック〉だ。「〈鯨〉のだんな、巨人の奴隷も持ってて、奴隷娘たちとサカるのを見て喜んでたんだが、そいつが死んじまってよ。金貨ひと袋出しても新しい巨人を買いたいといってた」

二番手にくるのは〈娘っ子《あま》将軍〉だろう。この娘、鬣《たてがみ》を真っ赤に染めた白馬にまたがり、図体の大きな奴隷兵士百人を使役する。この奴隷たちは、彼女がみずから選別して育成し、手塩にかけた兵で、全員が若く、細身ながらも筋骨隆々としており、下帯、黄色いマント、みだらな絵を象嵌《ぞうがん》した長い青銅の楯、これだけしか身につけていない。奴隷たちの女主人は、齢がせいぜい十六歳で、みずからをユンカイのデナーリス・ターガリエンと位置づけているという。

三番手の〈小鳩ちゃん〉は、ほんとうのこびとではないのだが、暗いところではこびとといっても通じる体形をしていた。それほど小さな体格なのに、いつも短い脚を大股に動かし、小さな胸をめいっぱい膨らませ、巨人のようにふんぞりかえって歩く。本人とは対照的に、〈小鳩ちゃん〉指揮下の兵たちは、〈風来〉のだれも見たことがないほどの長身ぞろいだ。いちばん背が低い者でも二メートル十を越えており、いちばん長身の者となると二メートル四十に近い。全員、長い顔と長い脚を持ち、細工を凝らした鎧の脚部には高足《たかあし》を組みこんであるため、じっさい以上に背が高く見える。胴体をおおうのは薄紅《うすべに》の琺瑯《ほうろう》を引いた小札鎧《こざねよろい》だ。頭にかぶる兜はこれも長く、先端が尖った鋼の嘴《くちばし》をそなえ、頭頂部には風に揺れる薄紅の飾り羽を立てている。各人、腰には長い湾刀を吊っており、加えて、自分の背丈ほどもある長槍を持っているのだが、この槍には先端と末端に木の葉の形をした刃をつけてあった。

「ありゃあ、〈小鳩ちゃん〉が自分で奴隷同士を掛け合わせてな、のっぽを産ませてんだ」〈麦わらディック〉がみんなに教えた。「世界じゅうから、のっぽの奴隷を買ってきてよ、男女を組みあわせて、いちばん背の高い子を自分の〈紅鷺《ベニサギ》隊〉に入れてくのさ。そのうち、高足なしでもあの高さになるようにしたいんだとよ」

「拷問にかけて脚を引き延ばしたら、高足なんかいらなくなるんじゃないか」

と〈大兵肥満〉がいった。

ジェアリス・ドリンクウォーターが笑って、

「いやはや、鳥肌が立つね。薄赤《うすあか》い小札鎧に飾り羽、おまけに高足をつけた兵隊かよ。この世にこれほどすさまじいものはないな。そんなやつらに追いかけられてみろ、笑いころげてチビっちまう」

「だけど、鷺という鳥は王者然としているそうだぞ」〈老骨のビル〉がいった。

「片脚で立って蛙を食う王者がいるかよ」とドリンク。

「そもそも、鷺というのは臆病なもんだ」〈大兵肥満〉が口をはさんだ。「むかし、そこのドリンクと、ほかにもうひとり、クレタスというやつと連れだって、狩りに出かけたとき、浅瀬を歩いている鷺の群れに遭遇してな。その群れは御玉杓子《オタマジャクシ》や小魚で饗宴にふけっていて、たしかに見た目だけは堂々としていたさ。ところがそこへ、一羽の鷹が頭上を通りかかった。すると鷺ども、まるでドラゴンでも見たみたいに、大あわてで飛びたっていくじゃないか。その羽ばたきで起きた風たるやすさまじく、おれは煽りを食って馬から落ちてしまったが、クレタスはすばやく矢をつがえて一羽を射落とした。食ってみたら、これが鴨みたいな味がする。ただし、鴨ほど脂はのっていなかったがな」

〈小鳩ちゃん〉とその〈紅鷺隊〉の奇態すら顔色なからしめるのは、傭兵が〈ジャラ公〉と呼ぶ三兄弟の愚行だった。先の戦いでドラゴンの女王の〈穢れなき軍団《アンサリード》〉と対戦したさい、ユンカイ陣営の奴隷兵が総崩れになって逃げだしたことを受けて、二度とそのような失態は犯させまいと、〈ジャラ公〉三兄弟はある方策を考案した。兵員を十人ひと組にし、となりあう者同士の手首と手首、足首と足首を鎖でつないでしまったのだ。

「全員が逃げださないかぎり、あわれな奴隷兵はだれも逃げられないって寸法さ」〈麦わらディック〉が笑いながら説明した。「たとえ全員が逃げだしたとしても、早くは走れないというわけよ」

「それだと、行軍も速くできないんだ」〈豆〉がいった。「五十キロ先からだって鎖の音が聞こえるぜ、ジャラジャラとな」

そのほかにも、右に匹敵するほどいかれた連中や、もっと狂った貴人たちがいた。〈ぷるぷる頬の大将〉、〈酔いどれ征服者〉、〈猛獣使い〉、〈まんまる顔〉、〈兎〉、〈戦車乗り〉、〈馥郁《ふくいく》たる英雄〉などだ。麾下《きか》の兵員の数は、二十人の者もいれば、二百人の者もいるし、二千人の者もいる。その全員が、以上の貴人たちがみずから訓練し、装備を与えた奴隷兵にほかならない。奴隷兵使いは例外なく裕福で例外なく傲慢、例外なく指揮権を持った貴人で、ユルカズ・ゾ・ユンザクの命令にしかしたがわず、一介の傭兵を見くだし、はたからは理解できない上下関係をめぐって果てしなく口論をくりかえしている。

そのため、〈風来〉が五キロ行軍するあいだに、ユンカイ勢は四キロも遅れてしまうのがつねだった。

「くっせえ黄色のアホどもが」〈豆〉がこぼした。「なんで〈襲鴉《ストームクロウズ》〉や〈次子《セカンド・サンズ》〉がドラゴンの女王のもとに走ったか、いまだにわかってやがらねえ」

「金に目がくらんだと信じているのさ」〈書物〉がいった。「なぜわれわれの報酬がこうも高いと思う？」

「金はだいじだが命はもっとだいじだ」〈豆〉が答えた。「おれたちがアスタポアで踊った相手はヘタレばかりだったろ。ユンカイのカスどものとなりで、本物の〈穢れなき軍団〉と対戦したいか？」

「アスタポアで戦った相手も〈穢れなき軍団〉だったじゃないか」

〈大兵肥満〉が横からいった。

「だから、本物の〈穢れなき軍団〉っつってんだろがよ。そこらの若い野郎のタマを肉切り庖丁でちょん切って、ツノつき帽子をかぶせたって、〈穢れなき軍団〉にゃならねんだよ。ドラゴンの女王が手に入れたのは筋金入りの精兵だ。やつらのいるほうへ屁《ひ》を放ったって、崩れやしねえし、逃げもしねえ」

「やつらもだが、ドラゴンもだ」〈麦わらディック〉が天を見あげた。まるで、ドラゴンのことを口に出しただけで、ドラゴンたちが空から部隊に舞いおりてくると恐れているような顔つきだった。「剣を尖らせてろよ、みんな。もうじき本格的な戦《いくさ》がおっぱじまるぜえ」

〈本格的な戦か〉と〈蛙〉は思った。

このひとことは胸につかえた。アスタポアの囲壁のもとでくりひろげられた戦いも充分に本格的な戦に思えたものだが、傭兵たちはそう感じてはいない。

「あんなのは虐殺だ、戦じゃない」

戦闘の終結後、武闘詩人のデンゾー・ダーンがそう言いはなつのを〈蛙〉は耳にしている。デンゾーは副隊長のひとりで、百度の戦いを生きぬいた古参兵だ。〈蛙〉の戦闘経験など、教練場と武術大会にかぎられたものだから、これほど年季を積んだ戦士の見解に異論をさしはさめる立場にはない。

（しかし、開戦当初は充分に戦らしく思えた）

あの夜明け——蹴飛ばされて起こされ、目の前にそそりたった〈大兵肥満〉に怒鳴られていはらわたが縮みあがったときのことは、鮮明に憶えている。

「鎧をつけろ、この寝ぼすけ！〈肉捌《にくさば》きの王〉が出撃してきた。一戦交える気だ。起きろ、やつの庖丁で肉の塊にされたくなかったらな」

「〈肉捌きの王〉は死んだんだろう」

そのとき、〈蛙〉は寝ぼけまなこでそういった。

すくなくとも、新兵を古都ヴォランティスからアスタポアへ運んできた船から降りるとき、全員がそのような説明を受けていた。二番めのクレオン王は王位を奪ったものの、これまた殺害されたらしく、いまのアスタポアは娼婦派といかれた床屋派の二派閥に支配されており、それぞれの支持者は都の支配権をめぐって争っているとのことだったが……。

「あれはうそだったのかもしれん」と〈大兵肥満〉は答えた。「でなければ、またぞろ別の

〈肉捌きの王〉でも立ったのか。もしかすると最初の〈王〉が、ユンカイ人どもを殺すため、絶叫をあげて墓場から蘇《よみがえ》ってきたのかもしれん。とにかく、そんなことはどうでもいい、〈蛙〉、早く鎧をつけろ！」

天幕ひとつには十人が寝る。〈蛙〉を除く全員がすでに起きあがり、あたふたとズボンに足を通して、長靴《ちょうか》を履き、肩の上から環《リングメイル》鎧の長い帷子《かたびら》をかぶり、胸当てをつけ、脛《すね》当てや腕甲のひもを締め、兜や楯や剣帯を手にとっていた。ジェアリスはいつものようにすばやく身支度をおえ、真っ先に装備をつけおわった。アーチもその直後に身支度をすませ、ふたりしてクェンティンが鎧をつけるのに手を貸した。

三百メートル離れた場所では、アスタポアの新生〈穢れなき軍団〉が大門からぞくぞくとあふれだし、都の崩れゆく赤煉瓦の囲壁の下に戦列をなしつつあった。各兵がかぶっている一本角の青銅の兜や長い槍の刃の穂先が、朝陽を浴びてきらきらと光っている。

三人のドーン人は天幕を飛びだし、軍馬の列へ駆けていく傭兵たちに加わった。

（戦《いくさ》だ）

歩けるようになったばかりのころから、クェンティンは槍、剣、楯の修業を受けてきた。だが、その修業が、いまはまったく役にたたない。

（〈戦士〉よ、われに勇気を与えたまえ）

〈蛙〉は祈った。遠くで戦鼓《せんこ》の音が轟いている。

ドーン、ドーン、**ドーン**、ドーン、**ドーン**、ドーン。

〈大兵肥満〉が〝あそこだ〟と〈肉捌きの王〉を指さした。馬鎧をつけた軍馬の背で、背の高い人物が背筋を伸ばしてすわっている。身にまとった銅の小札鎧が、朝陽を浴びて燦然ときらめいていた。戦闘がはじまるまぎわ、ジェアリスが馬を横歩きさせ、そばに躙《にじ》り寄ってきたことを〈蛙〉は憶えている。

「なにがあってもアーチのそばを離れぬように。忘れてはなりません、若はあの娘を射とめられる唯一の方なのですぞ」

　そのときにはもう、アスタポア勢の突撃がはじまっていた。

　この時点ではまだ、死んでいるのか生きているのか定かではなかった〈肉捌きの王〉だが、いずれにせよ、まだ〈賢明なる主人《ワイズ・マスター》〉たちの意表をつく力を残していたことはまちがいない。ユンカイの高貴な指揮官たちが、トカールをはためかせ、中途半端な訓練しか受けていない奴隷兵を叱咤して戦闘態勢を固めようと右往左往している隙に、〈穢れなき軍団〉の槍兵隊が攻囲網に突っこんできたのだ。同盟軍やユンカイ人の蔑《さげす》む傭兵がいなかったら、攻囲勢は総崩れになっていただろう。だが、〈風来〉と〈軍猫部隊〉は、全傭兵がものの数分で騎乗しおえ、アスタポアの槍兵勢に猛然と懸《か》け入るいっぽう、ユンカイの野営地の向こう端では、ニュー・ギスから参陣した歩兵部隊が果敢に敵を迎え討ち、槍と槍、楯と楯とのすさまじいぶつかりあいを展開していた。

　戦いはやがて一方的な殲滅《せんめつ》戦となった。〈肉捌きの王〉は、ここにおいて、肉切り庖丁をふるう側ではなく、ふるわれる側にまわったことになる。最終的に〈王〉を斬り伏せたのは、

〈貴公子〉の右腕、カッゴだった。怪物的な馬を駆って〈王〉の親衛隊を突破したカッゴは、ヴァリリア鋼の半月刀《アラク》をふるい、肩から腰にかけ、一刀のもとにクレオン大王を切り裂いたのだ。その場面を〈蛙〉は目撃していなかったが、現場にいた者たちは、クレオンの銅鎧がシルクのようにすっぱり裂けたとき、中から猛烈な悪臭が噴きだし、くねくねと蠢《うごめ》く無数の蛆虫《うじむし》がこぼれ落ちるのを見たという。ここにいたって、クレオンはとうに死んでいたことがわかった。追いつめられたアスタポア人は、クレオンの亡骸《なきがら》を墓場から掘りだし、鎧を着せ、馬の背にくくりつけて、〈穢れなき軍団〉の士気を高めようとしたにちがいない。

クレオンが死体だと知れわたった時点でアスタポア勢の士気はついえた。新生〈穢れなき軍団〉の兵士たちは槍や楯を捨てて潰走《かいそう》したが、アスタポアの大門は固く閉じられていて、囲壁内に逃げこむことができない。そのあとにつづく殺戮《さつりく》戦で、〈蛙〉ははたすべき役割をはたした。ほかの〈風来〉兵とともに馬を駆り、逃げまどう去勢兵らをかたはしから殺していったのだ。〈大兵肥満〉のうしろにぴったりとついたまま、右に左に剣をふるい、斬って斬って斬りまくる。〈風来〉勢は〈穢れなき軍団〉に楔をうがち、槍先のごとく戦列を切り裂いていった。敵勢を突っ切って向こうに飛びだすと、〈襤褸の貴公子〉はくるりと向きを変え、ふたたび全軍を率いて〈軍団〉に斬りこんだ。〈蛙〉がようやく敵の顔を見る余裕が持てたのは、その復路でのことだった。一本角をつけた青銅の兜の下に見える顔は、自分と大差ない年齢の者たちのそれだった。

(みんな若い。悲鳴まじりに母親の名を叫んでいる)

それでも〈蛙〉は敵兵を殺した。戦場を離れるころには、手にした剣は敵の血で真っ赤に染まり、腕は疲労で持ちあげることもできないありさまになっていた。

（だが、あれは本物の戦《いくさ》ではなかった。もうじき本物の戦がはじまる。おれたちはその前に戦場を離脱しておかなければならない。さもないと、本来組むべき相手と戦うはめになる）

その晩、〈風来〉は〈奴隷商人湾〉の海岸べりに宿陣を張った。〈蛙〉は最初の見張りに立つことになり、馬列の見張りにまわされた。日没後、半月が海面を照らすころ、ひとりでやってきたジェアリスに向かって、クェンティンはいった。

「〈大兵肥満〉もきていいころなんだが」

「やつなら、〈老骨のビル〉とひと勝負しにいって、また手持ちの銀貨をすっかり巻きあげられました」ジェアリスが答えた。「いまはほうっておいてやりましょう。だいじょうぶ、あいつならいわれたとおりにやりますよ。気は進まないようですがね」

「だろうな」

クェンティン自身、おおいに気が進まないところではあった。人でぎゅうづめの船に乗り、風と海に翻弄され、象虫《ゾウムシ》のたかる堅焼きパンを食い、黒いタールのようなラム酒を飲んでは甘美な忘却に沈み、見知らぬ者たちの悪臭に悩まされつつ、黴《カビ》だらけの藁ぶとんの上で寝る……そういったことはみんな、ヴォランティスで羊皮紙にサインをし、〈襤褸の貴公子〉と一年間の戦《いくさば》働《たら》き契約を交わした時点で、覚悟していたことではあった。

だが、これからやろうとしているのは、明らかな裏切り行為にほかならない。〈風来〉が古き都ヴォランティスからここまできたのは、〈黄の都〉ユンカイとの契約にしたがって、その敵と戦うためである。しかし、いま、ドーンの三人は、契約した傭兵部隊を裏切って、敵側に寝返ろうとしている。それは新たにできた戦友たちを見捨てるということでもあった。〈風来〉はクェンティンが属すべき部隊ではないが、その戦友たちとは、ともに海を渡り、食事をともにし、肩をならべて戦い、ことばがわかる少数の者たちとは身の上話や経験談を語りあってきた間柄だ。身の上がすべて虚偽であるとはいえ、そんな戦友たちとの関係は、ミーリーンに寝返るうえで払わねばならない、つらい代償といえた。

〝それはけっして、名誉ある行ないと呼べるものではありませんよ。いいんですね〟

ヴォランティスの商館にいたとき、ジェアリスはそういって警告したものである。

いま、馬の列のあいだを見まわりながら、クェンティンはいった。

「いまごろはもう、デナーリスはユンカイまでかなりのところに迫っているかもしれないな、軍勢を引き連れて──」

「その可能性もなしとはしませんがね」とジェアリスは答えた。「おそらく、まだでしょう。進軍してくる話はこれまでにも何度となく耳にしています。アスタポア人は、デナーリスがドラゴンを連れて南下してきて、攻囲を打ち破ってくれるものとばかり思いこんでいました。しかし、そのときにはこなかったし、いまだにくる気配がありません」

「その点については、たしかなことはなにひとつわからない。とにかく、求婚しにきた当の女性と戦うはめになる前に、逃げだすことが肝心だ」

「ユンカイに着くまで待ってはどうです？」ジェアリスは周囲の丘陵を指し示した。「この地はユンカイに属する。三人の逃亡兵に食料を施す者はもちろん、家に入れてかくまおうと思う者などいはしません。しかし、ユンカイさえ通り過ぎてしまえば、あとは無人の荒野がつづくばかりです」

まちがってはいない。とはいえ、クェンティンは落ちつかなかった。

「〈大兵肥満〉は友人を作りすぎた。はじめから部隊を脱走して、デナーリスのふところへ駆けこむ予定であることは承知していたはずなのに、ともに戦った戦友を見捨てていくのを潔《いさぎよ》いとは感じていない。長く待てば待つほど、合戦前夜に敵前逃亡する感覚は強くなっていく。〈大兵肥満〉は逃亡に耐えられまい。あいつの性格は、おまえにもよくわかっているはずだ」

「いつ決行しようと、脱走は脱走ですよ」ジェアリスは反論した。「〈襤褸の貴公子〉は、脱走兵を快くは思いません。きっと追手をかけるでしょうし、追手につかまればどのようなことになるかは〈七神〉のみぞ知る。運がよければ、二度と逃亡できぬよう片脚を切られるだけですむでしょう。運が悪ければ〈可憐《かれん》なメリス〉のところへ送られるでしょうな」

不吉な名に、思わず足をとめた。〈可憐なメリス〉と聞いただけでも恐怖が走る。あれはウェスタロス人の女だが、〈蛙〉よりも背が高く、一メートル八十はあるだろう。自由傭兵部隊で二十年を過ごしてきただけに、可憐なところはどこにもない。内にも外にもだ。

ジェアリスに腕をとられた。

「待つことです。あと二、三日——それだけでいい。世界を半分がた越えてきたんだ、あと十キロや二十キロくらい、がまんなさい。ユンカイの北に進んだどこかで、かならず機会はきます」

「おまえがそこまでいうのなら」

〈蛙〉は疑わしげに答えた……。

……が、その機会は思ったよりもずっと早くに訪れた。

二日後、馬にまたがったヒュー・ハンガーフォードが〈蛙〉たちの料理用焚火に立ちより、こう声をかけてきたのだ。

「ドーン人。本営の天幕に出頭しろ」

「だれが？」ジェアリスがたずねた。「われらは全員、ドーン人だが」

「では、全員だ」

気むずかしくて陰気なハンガーフォードには、片手の指が二本しかない。ひところは隊の主計長を務めていたが、隊の金庫から金を盗んでいるところを〈襤褸の貴公子〉に見つかり、三本の指を切られてしまったのだ。いまは一介の兵長を務める。

（いったいなんの用だろう？）

いまのいままで、隊のドーン人が生きていることを〈襤褸の貴公子〉が知っているとは、思いもしなかった。しかし、呼びだしの理由をきくひまもあらばこそ、ハンガーフォードはすでに走り去っており、〈蛙〉とジェアリスとしては〈大兵肥満〉に声をかけ、命令どおり出頭するほかなかった。

クェンティンは友人たちにいった。

「なにひとつ認めるなよ。戦いの準備をしておけ」

「おれはいつでも戦いの覚悟を固めていますよ」と〈大兵肥満〉は答えた。

〈襤褸の貴公子〉が好んで〈帆布《はんぷ》の城〉と呼ぶ灰色の大帆布で作った大天幕に入ってみると、人で混み合っていた。ぱっと見ただけでも、集められた者の大半は、七王国からきた者か、ウェスタロス人の血を引くと標榜《ひょうぼう》する者であることがわかった。

(追放者か、追放者の息子たちだな)

〈麦わらディック〉は、〈風来〉の隊内には六十人のウェスタロス人がいるといっていた。そのゆうに三分の一はここにきているようだ。なかには、ディック自身をはじめ、ヒュー・ハンガーフォード、〈可憐なメリス〉、そして隊でもいちばんの弓の名手、金髪のルイス・ランスターなども混じっている。

デンゾー・ダーンもきていたし、そのとなりにはカッゴの巨軀もあった。〈肉捌きの王〉の死体を斬って以来、この大男は部隊内で〈死体殺しのカッゴ〉の異名を奉《たてまつ》られている。もっとも、本人の面前でその名を口にする者はいない。怒りっぽいことに加えて、その黒い湾刀は、持ち主と同じくらい恐ろしいものだったからである。世界じゅうにヴァリリア鋼の長剣が何百振りとあるのに対し、ヴァリリア鋼《アラク》の半月刀はほんのひと握りしか存在しないといわれる。カッゴもダーンもウェスタロス人ではないが、どちらも副隊長であり、〈襤褸の貴公子〉の帷幕《いばく》では最上位に位置する男だ。

〈貴公子〉の右腕と左腕がそろったか。とすると、大がかりな作戦がはじまるんだな）

作戦説明をはじめたのは、〈襤褸の貴公子〉そのひとだった。

「ユンカイ人より指令が下った。アスタポア人の生き残りが隠れ場所からさまよい出てきたらしい。アスタポアには死体のほかになにも残っていなかったので、生き残りたちは郊外に散らばった。何百、もしかすると何千という数だ。その全員が飢えや病にさいなまれている。ユンカイ人としては、そんなやからに〈黄の都〉付近をうろついてほしくはない。そこで、その者らを狩りたてて南のアスタポアへ追い返すか、北のミーリーンへ追いやるようにとの指示が出た。ドラゴンの女王が生き残りを引きとってくれるなら願ってもないというわけだ。半数は赤痢にかかっているし、健康な者でさえ食料の備蓄を食いつぶす役にたつ」

「ユンカイのほうがミーリーンよりも近い」ヒュー・ハンガーフォードが異論を唱えた。

「そいつらが引き返さなかったら、どうするつもりです？」

「そのための剣と騎槍《きそう》だろうが、ヒュー。もっとも、今回は弓のほうが有効かもしれんな。赤痢の徴候が見られる者からは十二分に離れていろ。全軍の半数を丘陵地帯へ捜索に出す。哨戒にあたるのは五十個分隊で、各分隊二十騎ずつの構成とする。〈血染鬚《ちぞめひげ》〉も同じ命令を受けたから、やつの〈軍猫〉も山野に展開するだろう」

集まった者たちは顔を見交わし合った。不快そうにつぶやく者もいる。〈風来〉も〈軍猫部隊〉も、いまでこそ、ともにユンカイの指揮下にあるとはいえ、一年前は〈戦乱の地〉で敵味方に分かれて戦った旧敵同士なのだ。流血の遺恨はいまもって尾を引いている。しかも、〈軍猫〉の野蛮な傭兵隊長である〈血染鬚〉は、殺戮が好きでたまらない胴間声の大男で、〝ぼろをまとった灰色鬚のじじい〟に対する侮蔑を隠そうともしない。

〈麦わらディック〉が咳ばらいをした。

「ひとつ、いいですかい？ ここに集められてるのは、みんな七王国の生まれだ。いままで隊長は、民族や言語で隊を分けたことがねえ。なんのためにおれたちを集めたんです？」

「もっともな問いだな。おまえたちは、東へ馬を駆り、丘陵地帯の奥まで分けいったのち、ユンカイを大きく迂回してミーリーンへと向かえ。途中でアスタポア人を見かけたら、北へ追いたてるか、殺すかしろ。ただし……それはおまえたちがこなすべき真の任務ではない。〈黄の都〉を越えたら、じきにドラゴンの女王の斥候隊と遭遇しよう。〈次子〉か〈襲鴉〉のどちらかだ。どちらでもいいから、遭遇したら投降しろ」

「投降しろですと？」落とし子の騎士、サー・オーソン・ストーンがおうむがえしにいった。

「では、われわれに寝返れと？」

「そういうことだ」〈艦褸の貴公子〉はうなずいた。

クェンティン・マーテルはもうすこしで笑いだしそうになった。

（神々はいかれてる）

ウェスタロス人たちは不安そうに身じろぎしている。なかには手にしたワインのカップを覗きこんでいる者もいる――カップの底に、もとめる答えが書いてあるかのように。ヒュー

・ハンガーフォードが眉根を寄せ、いった。
「では、隊長は、デナーリス女王がわれわれの帰順を認めるとお考えだと……」

「そうだ」

「……しかし、認めたとして、そのあとは？　おれたちの役目はなんです？　密偵ですか？　暗殺ですか？　それとも、使節？　女王側に鞍替えするんですか？」

カッゴが眉をひそめた。

「それは〈貴公子〉がお決めになることだ、ハンガーフォード。きさまらは黙ってご指示にしたがえばよい」

ハンガーフォードは二本指の片手をかかげた。

「いつものことながら──了解」

「正直いって」武闘詩人のデンゾー・ダーンがいった。「ユンカイは信頼に値する相手じゃないからな。それに、この戦、どっちが勝つにせよ、〈風来〉は戦利品の分け前にあずかる算段をしておかねばならんだろう。どちら側にも気脈を通じておくとは、さすが、われらが〈貴公子〉」

「おまえたちの指揮はこのメリスがとる」〈襤褸の貴公子〉はいった。「この件についても、メリスはわしの腹のうちを承知している。それに……デナーリス・ターガリエンとしても、女のほうが受けいれやすかろう」

クェンティンは〈可憐なメリス〉に視線をやった。その生気を欠いた冷たい目と、自分の目が合ったとき、背筋にぞくりと寒気が走った。

(気にいらんな)

疑念をいだいたのは、〈麦わらディック〉も同様だった。

「おれたちを信用して受けいれるとしたら、娘っ子《あま》女王はアホですぜ。いくら相手がメリスでも。いや、メリスならとくに、というべきか。だいいち、メリスは信用できねえ。何度かメリスを抱いたこのおれがそういうんだ」

おもしろいことをいってやったぞといわんばかりに、ディックはにやりと笑った。だが、ほかの者はだれも笑わなかった。とりわけ、〈可憐なメリス〉は。

「それはおまえの考えちがいだろうな、ディック」と〈襤褸の貴公子〉は答えた。「おまえたちはみなウェスタロス人だ。女王の故郷からきた同胞だ。女王と同じことばを話し、同じ神々を信仰する。おまえたちが寝返る動機だが、おまえたちウェスタロス人に対するわしのあつかいがひどいから、ということにしよう。ディック、おまえは隊のだれよりもたくさん、わしに鞭打たれたな。その証拠は背中にしっかり残っている。ヒューは三本の指を断られた。たしかに、といっても、軍規にしたがってのことだが。メリスは部隊の男の半数に姦《まわ》された。この隊での話ではないが、それをいう必要はない。〈森のウィル〉は疎《うと》まれている。単純に不潔だからだ。サー・オーソンは弟を〈悲哀の都〉送りにされたことでわしを恨んでいるし、サー・ルシファーはカッゴに奴隷女を取りあげられたことをまだ根に持っている」

「あの女に満足したら、あとでおれに返したってよかったはずだぞ」ルシファー・ロングが不満を口にした。「殺す理由なんてなかったじゃないか」

「あれは醜かったからな」とカッゴは答えた。「理由はそれで充分だ」

ふたりのやりとりなどなかったかのように、〈襤褸の貴公子〉は先をつづけた。

「ウェバー、おまえはつねづね、ウェスタロスで失った土地を取り返したいといっていたな。ランスター、おまえはわしに、気にいりの男の子を殺された。ドーンの三人、おまえたちは騙されたと不満を抱いている。アスタポアで分けた戦利品は、ヴォランティスで約束されたものよりずっとすくなかった。そしてわしは、いちばん多く分け前を取った」

「最後のは真実ですな」サー・オーソンがいった。

「最良の詐術は真実の種子を育てあげたものと決まっている」〈襤褸の貴公子〉はいった。

「おまえたちのひとりひとりに、わが隊を脱走する充分な理由がある。そして、デナーリス・ターガリエンは、傭兵が移り気であることを承知している。女王の〈次子〉や〈襲鴉〉もユンカイから金をもらっていたが、戦の潮目が向こうにかたむくや、ためらうことなく女王側に寝返った」

「いつ出発します？」ルイス・ランスターがたずねた。

「ただちに。ただし、〈軍猫〉や〈長騎槍《ちょうきそう》〉に出くわしたときは用心しろよ。おまえたちの脱走が策略であることは、この天幕にいる者しか知らん。あまり早く北行きを気どられたら、脱走兵として手足を切断されるか、返り忠としてはらわたを抉《えぐ》られることになるぞ」

三人のドーン人は無言で本営の天幕をあとにした。

（騎兵が二十騎か……。その全員が共通語をしゃべる）とクェンティンは思った。（小声でささやくだけでも、これからはうんと危険が増すな）

そこで、〈大兵肥満〉に思いきり背中をどやされた。

「さあてさて、願ってもないことになったぞ、〈蛙〉。ドラゴン狩りだ」

26 わがままな花嫁

アシャ・グレイジョイがガルバート・グラヴァーの長広間《ロングホール》内で腰を落ちつけ、腹心たちとガルバート・グラヴァーのワインを飲んでいると、ガルバート・グラヴァーの学匠《メイスター》が手紙をとどけにきた。

「マイ・レディ」メイスターの声は不安そうだった。もっとも、アシャに話しかけるとき、この男はいつも不安そうにしている。「バロウトンの町から使い鴉が……」

そう報告しながら、すこしでも早く手放したいようすで、メイスターは手紙を差しだした。

羊皮紙はきつく巻かれており、薄桃色の固い封蠟で封印されていた。

(バロウトン……)アシャはバロウトンの町の領主を思いだそうとした。(たしか、北部の貴族だったな。それも、わが友人ではない)

加うるに、この封蠟。ドレッドフォート城のボルトン家は、血のしずくの紋様を散らした薄桃色の旗標《はたじるし》をかかげて従軍していた。薄桃色の封蠟ということは、これはボルトンからの手紙にちがいない。

(わたしが手にしているこれは猛毒に等しい。焼いてしまわなければ)

そう思いながらも、結局は封蠟を破った。中に収められていた一枚の皮のようなものが、ひらひらとひざの上に舞い落ちた。羊皮紙の乾いた茶色い文字を読む。たちまち、暗かった気分はいっそうどんよりと暗くなった。

（黒き翼は黒きことばを運ぶ）

使い鴉は吉報だけを運んでくるのではない。前回、深林の小丘城《ディープウッド・モット》にとどいたのはスタニス・バラシオンからの親書で、帰順をもとめる内容だった。だが、この手紙はもっと悪い。

「北部人が要塞《モウト》ケイリンを陥《お》とした」とアシャはいった。

横に立ったまま、クァールがたずねた。

「〈ボルトンの落とし子〉のしわざかい？」

「ラムジー・ボルトン、ウィンターフェル城城主——と自分でそう署名している。しかし、そのほかにも名前が併記されている」

ラムジー・ボルトンの名前の下には、ダスティン女公、およびサーウィン女公のほかに、ライズウェル家の四人の署名があった。さらにその下には、ぞんざいに描かれた〝巨人〟の図象《ずしよう》がひとつ。これはアンバー家の紋章だ。

以上の各署名と図象は、煤と炭脂で作ったメイスターのインクで記されていたが、署名の上に金釘流の大きな文字で連ねられた主文には、茶色のインクが用いられていた。そこには、要塞《モウト》ケイリンが陥落したこと、北部総督が領地に凱旋したこと、まもなくあげられる挙式のことがつづってあり、書き出しはこんなぐあいだった。

〝この手紙をば、鉄人《くろがねびと》の血をもって記す〟

そして締めくくりは、

〝各々に鉄《くろがね》の公子《プリンス》の皮を贈る。わが領地になお無断で残留せんと欲する者は、公子と同じ運命をたどるものと心得よ〟

アシャは弟が死んだものだとばかり思っていた。

(こんな目に遭うくらいなら、死んだほうがましだ)

ひざの上に落ちたのが、まさか弟の皮膚だったとは……。アシャは薄片をつまんで蠟燭の火にかざし、くねる煙をあげて燃えていくのを眺め、炎が指を嘗《な》めるのもかまわず、皮膚が燃えつきるまで持ちつづけた。

ガルバート・グラヴァーのメイスターは、なにかを待っているようすでそばにとどまっている。

「返書は出さないぞ」

「この知らせをレディ・サイベルにお見せしても？」

「おまえがそうしたければな」

サイベル・グラヴァーが要塞《モウト》ケイリン陥落を喜ぶかどうか、アシャにはなんともいえない。レディ・サイベルは〈神々の森〉に引きこもり、子供たちの安全と夫ロベットのぶじな帰還を祈っている。

（このうえさらに祈りの種を増やしても、神さまには応えてもらえそうにないな。レディの〈心の木〉は耳も聞こえず、目も見えないらしい。まあ、それはわれらが〈溺神《できしん》〉とて同じだが）

ロベット・グラヴァーとその兄ガルバートは、〈若き狼〉につきしたがって南へ旅立った。〈釁《ちぬ》られた婚儀〉について流布しているうわさの半分でも事実なら、グラヴァー兄弟が北へもどってくることはもうないだろう。

（すくなくとも、子供たちはまだ生きている。それも、わたしのおかげで）

レディの子供たちは十《テン・》塔城《タワーズ》の伯母のもとに預けてきた。乳飲み児の娘は虚弱すぎて、もういちど苛酷な嵐の海を越えさせるのは無理だろうと判断したのだ。アシャはメイスターの手に手紙を握らせた。

「持っていけ。できるものなら、それに慰めを見いだせるがいい。もう行ってもいいぞ」

メイスターが会釈し、立ち去ると、トリス・ボトリーがアシャに顔を向けた。

「要塞《モウト》ケイリンが陥落したなら、トーレンの方塞《ズ・スクウェア》もじき陥とされる。そうなったら、つぎはここ——深林の小丘城《ディープウッド・モット》の番だ」

「もうしばらくはだいじょうぶだろう。〈割れた顎《クレフトジョー》〉がまだまだ敵の血を流してくれる」

トーレンの方塞《ズ・スクウェア》は要塞《モウト》ケイリンのような廃城ではないし、ダグマーは骨の髄まで鉄《くろがね》衆だ。降参するくらいなら死ぬまで戦いつづける。

（親父どのが生きていれば、要塞《モウト》ケイリンが陥ちることもなかったろうにな）

ベイロン・グレイジョイは、要塞《モウト》こそが北部を制圧しつづけるための鍵だと心得ていた。ユーロンもそれは承知している。それでも放置していたのは、たんに気にしていないだけだ。深林の小丘城《ディープウッド・モット》やトーレンの方塞《ズ・スクウェア》と同じく、知ったことじゃないと思っている。

「わが叔父ユーロンは、ベイロンの征服になど興味はないんだよ。ドラゴンを追って行ってしまった」

〈鴉の眼〉ユーロンは、鉄《くろがね》諸島の全戦力をオールド・ウィック島に呼び集め、日没《サンセット・シー》海の奥深くへ船出していった。もうひとりの叔父ヴィクタリオンを、鞭打たれた犬ころのごとく引き連れて。パイク島にはもう実力者は残っていない——アシャの夫を除けば。

「結果的に、われわれは孤立している」

「ダグマーなら、あっさり寄せ手をたたきつぶすさ」クロムがいった。クロムはどんな女を抱くよりも戦いが好きでたまらない男だ。「相手はしょせん狼どもだ」

「狼どもはおおぜい虐殺された」アシャは親指の爪で薄桃色の封蠟をつついた。「虐殺したのはこの皮剝ぎ人とその家来だ」

「われわれもトーレンの方塞《ズ・スクウェア》にいって、戦いに加わるべきだろう」

クェントン・グレイジョイがうながした。この男はアシャの従兄弟で、長船《ロングシップ》《じゃじゃ馬》の船長だ。

「同感だな」ダゴン・グレイジョイがうなずいた。こちらはいっそう遠い縁戚で、人呼んで〈うわばみのダゴン〉。酔っていようとしらふでいようと関係なく、根っから戦いを好む。

「なぜ〈割れた顎《クレフトジョー》〉が栄光をひとり占めせねばならん？」

ガルバート・グラヴァーの使用人のうち、ふたりがロースト肉を運んできたが、弟の皮を見てアシャの食欲は失せていた。

（わが身内はすっかり勝利をあきらめている）陰鬱な思いでアシャは悟った。（いまはもう、みんな華々しい死にざまをもとめているだけだ）

死は狼どもが与えてくれる。それはまちがいない。

（遅かれ早かれ、やつらは城を取りもどしにくる）

太陽が〈狼の森〉の向こう、丈高い松の樹々の陰に沈むころ、アシャは木の階段を昇り、かつてガルバート・グラヴァーのものであった寝室にあがっていった。酒を飲みすぎて頭が割れそうに痛い。アシャ・グレイジョイは仲間を愛している。船長連も乗組員たちも、みな愛している。だが、半数は愚か者だ。

（勇敢な愚か者ではあるさ。それでも、愚か者であることに変わりはない。〈割れた顎《クレフトジョー》〉のダグマーのもとへ行くだと？　まるで行けるみたいじゃないか）

深林の小丘城《ディープウッド・モット》とダグマーの方塞《ほうさい》は長い距離で隔てられている。そこには険しい丘陵地帯が連なり、樹々の密生する森もあれば、急流の走る川も多数あり、考えるのもいやになるほどおおぜいの北部人が住んでいる。アシャの手元にあるのは四隻の長船《ロングシップ》と二百人に満たない船乗りだけだ。そのなかには、トリスティファー・ボトリーも含まれるが、あの男はあまりあてにはできない。愛がどうのこうのと口走るばかりだからだ。トリスがトーレンの方塞《ズ・スクウェア》へ乗りこみ、〈割れた顎《クレフトジョー》〉のダグマーと枕をならべて討ち死にするところなど、とうてい想像できなかった。

クァールはガルバート・グラヴァーの寝室にまでついてきた。

「出ていけ」アシャはクァールにいった。「ひとりになる時間がほしい」

「ほしいのはおれだろう？」

クァールがキスしようとした。

アシャはクァールを押しのけて、

「二度と手を触れるな。さもないと――」

「どうするってんだ？」クァールが短剣を引き抜いた。「服を脱げ、小娘」

「クソ食らえだ、髭もない小僧っ子が」

「食らうんなら、おまえのほうがいい」

短剣のすばやいひとふりで、クァールはアシャの袖なし胴着《ジャーキン》のひもを切断した。アシャはすかさず腰の投げ斧の柄《え》をつかんだものの、短剣を放りだしたクァールに手首をつかまれ、後ろ手にひねりあげられた。手から斧がぽろりと落ちる。そのまま、グラヴァーのベッドへあおむけに突き飛ばされ、強引にキスをされ、ブラウスを引き裂かれた。両の乳房があらわになった。股間にひざ蹴りをくれようとしたが、クァールはすばやく身をひねり、両ひざを使ってアシャの脚を大きく広げさせた。

「さあて、いただくとしようか」

「やってみろ」顔につばを吐きかけた。「きっと殺してやる。きさまが寝ている隙に」

だが、クァールが入ってきたとき、アシャはしとどに濡れていた。

「クソ食らえだ」呪文のようにくりかえす。「クソ食らえ、クソ食らえ、クソ食らえ」

乳首を吸われ、声をあげた。なかば苦痛、なかば喜悦の声だった。陰部が世界そのものになっていく。要塞《モウト》ケイリンのことも、ラムジー・ボルトンのことも、弟の皮の断片のことも、すべて忘れた。選王民会のことも、王権獲得に失敗したことも忘れた。この地へ逃げてきたことも、敵たちのことも、夫のことも、みな忘れた。もはや意味があるのは、クァールの手だけだ。口だけだ。自分を愛撫する腕だけだ。身内に挿入された男根だけだ。悲鳴をあげるまで犯された。涙を流すまで犯された。子宮に子種を注ぎこまれるまで犯された。

「わたしは結婚している身だ」事後、アシャはクァールにいった。「そのわたしを手ごめにするとはな、この顎鬚《あごひげ》もない小僧。わたしの夫にタマを切られて、ドレスを着させられるがいい」

クァールにふたたび転がされた。

「やつが自分の椅子から立ちあがれりゃな」

部屋は冷え冷えとしていた。アシャはガルバート・グラヴァーのベッドから立ちあがり、ずたずたになった服をはぎとった。ジャーキンはひもを交換するだけですむが、ブラウスはぼろぼろだ。

（どのみち、気にいってた服じゃない）

ブラウスを暖炉の火に放りこんだ。残りの服は、ベッドのそばで山をなすまま放りだした。乳房はむきだしで、太腿にはクァールの精がたれている。あとで月の茶を飲まねばならない。さもないと、またひとり、クラーケンをこの世に産みだす危険を冒すことになる。

（べつにかまわないじゃないか？　親父どのは死に、母も死にかけていて、弟は生きながら皮を剝がれてる。だが、それについて、わたしにできることはなにもない。しかもわたしは結婚してる。結婚したうえで、同衾もした……ただし、夫ではない男とだが）

毛皮の下に潜りこんだとき、クァールはすでに眠っていた。

「やれやれ、いつでも殺してくれといってるようなもんじゃないか。わたしの短剣、どこへやった？」

アシャはクァールの背中に抱きつき、うしろから両手を胸にからませた。鉄《くろがね》諸島では、この男は〈乙女のクァール〉の通称で知られている。ひとつには、〈羊飼いのクァール〉、〈変わり者のクァール・ケニング〉、〈早斧のクァール〉、〈下人のクァール〉らと区別するためだが、〝乙女〟の由来はそのなめらかな頰にあった。はじめて会ったころ、クァールは顎鬚をたくわえようとしており、アシャは笑って、その貧弱な顎鬚を〝産毛《ピーチ・ファズ》〟と呼んだ。

するとクァールが、桃《ピーチ》というものは見たことがないというので、こんどの航海で南へ向かうから、ぜひ同行しろと誘ったのである。

あのころはまだ夏だった。〈鉄の玉座〉にはロバートが腰をすえ、ベイロンは〈海の石の御座《ぎょざ》〉で雌伏し、七王国は平和なもので、アシャは沿岸ぞいに《黒き風《ブラック・ウィンド》》を帆走させ、交易してまわった。フェア島《アイル》やラニスポートほか、多数の小さな港をめぐったあとにたどりついたアーバー島は、大きくて甘い桃の産地として知られるところだった。

「これだ」

はじめて桃を見たクァールの頬にぐいっと実を押しつけて、そのときアシャはそういった。クァールがひとくちかじったとたん、果汁があごを流れ落ちたため、キスをして嘗めとってやったことを憶えている。

その晩、ふたりは桃だけでなく、たがいのからだを貪りあった。朝陽が顔を出すころには、アシャはからだじゅう、汗と汗以外の液体でべとべとになっており、かつてなく深い満足をおぼえていたものだった。

(あれは六年前のこと？　それとも、七年前？)

いまや夏は薄れゆく記憶となり、アシャが最後に桃を味わってから三年になる。しかし、いまでもクァールと睦《むつ》むのは楽しい。船長にして王たちはアシャのことを望まなかったかもしれないが、クァールだけはちがう。

愛人たちはこれまでにもいた。なかには、半年間、褥《しとね》をともにした者もいるし、半夜だけ褥を共有した者もいる。だが、クァールはほかの愛人たちをぜんぶ合わせたより楽しませてくれる。二週間にいちど剃るだけですむ程度の薄い髭だが、ふさふさした顎鬚ばかりが男のあかしではない。クァールのなめらかで軟らかな肌の手ざわりは好きだ。直毛の長髪が肩にすれるさまも好きだ。キスのしかたが好きだ。親指で乳首を愛撫してやるとき浮かぶ笑顔が好きだ。陰毛は髪の毛の砂色よりも色が濃いが、アシャ自身の濃くて黒い剛毛とくらべれば綿毛のように繊細で、そこもまた気にいっている。泳ぎに向いた体格は全体に長くて細く、からだのどこにも傷痕はない。

（はにかみがちの微笑、力強い腕、繊細な指、二本の剣を巧みに操る剣技。どんな女にも、これ以上の男は望めまい）

条件さえゆるせば、喜んでクァールと結婚していただろう。だが、アシャがベイロン公の娘であるのに対して、クァールは平民の出であり、下人の孫だ。

（わたしの結婚相手とするには身分が低すぎる。かといって、わたしが一物をしゃぶるのをためらうほど身分が低すぎるわけでもない）

酔いも手伝って、にやにや笑いながら、アシャは毛皮を押しのけ、クァールのものを口に含んだ。眠ったまま、クァールが身じろぎする。ほどなく、一物が硬くなってきた。充分に硬くいきりたつころには、クァールも目を覚ましており、アシャもしっかりと濡れていた。むきだしになった自分の肩に毛皮をかけ、クァールの上にまたがり、自分自身の中にぐっと取りこむ。うんと深くまで貫かれ、たがいの性器が一体化したようになり、男根がどちらのものでで女陰がどちらのものか区別がつかなくなった。今回はふたりして同時に絶頂に達した。

「おれの愛しいレディ」事後、まだ眠たげな声で、クァールはいった。「おれの愛しい女王さま」

（ちがう）とアシャは思った。（わたしは女王じゃない。女王になることもない）

「またお寝《やす》み」

クァールの頬にキスをしてから、アシャはガルバート・グラヴァーの寝室を横切っていき、鎧窓を開け放った。月は満月に近く、夜気は澄みわたって、遠い山々までもが見わたせた。山々の頂《いただき》は白く冠雪している。

（冷たくて荒涼として人を寄せつけない雪景色も、月光のもとでは美しく見えるもんだな）

白くきらめく鋸歯《きょし》状の峰々は、まるで鋭く尖らせた牙の列のようだ。山のふもとやもっと低い峰々は影に包まれている。

海は山地より近く、せいぜい北へ二十五キロほどのところだが、彼我のあいだには多数の丘がそびえていて、アシャの位置からは海面が見えない。

（樹も生えている。あまりにもたくさんの樹々が）

〈狼の森〉。北部人たちはこの森のことをそう呼ぶ。じっさい、狼たちが遠吠えをあげぬ晩、夜闇の中で呼び交わす声が聞こえぬ晩はほとんどない。

（枝葉の海だ。これが水の海だったら……）

この深《ディープ》林《ウッド》の城は、ウィンターフェル城より海に近いとはいえ、アシャの感覚ではまだまだ遠すぎる。空気は潮ではなく、松のにおいしかしない。ここの陰気な灰色の山脈の北東には〈壁〉がそびえており、スタニス・バラシオンはそこで兵をあげた。〝敵の敵は味方〟というが、そう刻印された貨幣の裏を返せば、〝味方の敵は敵〟ということだ。鉄《くろがね》衆は、このバラシオンなる僭称者が懸命に傘下に収めようとしている北部諸公の敵にほかならない。

（自分のみずみずしい肉体を捧げるという手もあるが……）

目にかかったひとふさの髪をかきあげつつ、アシャはそう思った。だが、スタニスは結婚しているし、それはアシャも同様だ。そして、スタニスと鉄《くろがね》衆は仇敵同士の関係にある。父ベイロンの最初の反乱のさい、フェア島沖で鉄《くろがね》の軍船団を撃破し、兄ロバート王の名においてグレート・ウィック島を制圧したのは、当のスタニスなのである。

深林《ディープウッド》の城の横長の円丘《モット》は、頂を平らにならされて、その平面の外縁を取り囲むように、苔むした丸太の防柵が建てられている。防柵の内側には、岩屋のような長広間《ロングホール》が設けられていた。その一端にそそりたつのは高さ十五メートルの望楼だ。円丘の手前側のふもとには郭《ベイリー》があり、厩《うまや》、小放牧地、鍛冶場、井戸、羊囲いがそなわっている。郭のまわりは上端を尖らせた丸太の外防柵で囲われていて、そのまわりには外周に向けて下り勾配の斜面があり、さらにその外には深い壕が掘られた状態だ。郭は地形に合わせて造られたもので、おおむね長円形をしていた。外防柵には門が二ヵ所あり、各々が左右の四角い木製櫓《やぐら》で守られている。外防柵の内側上部には渡り歩廊も設けてあった。円丘の上の南側では、苔が部厚く内防柵をおおい、望楼のなかほどまで這い登っている。東西に広がる荒れ野は見張らしがよかった。

アシャがこの城を占領したときには、オート麦や大麦の畑だったのだが、襲撃のさいに蹂躙されて、その後に植えた作物も霜にやられ、全滅してしまったのだ。あとにはもう、土と灰、それと、しおれて枯れてゆく茎しか残っていない。

ここは古城だが、けっして堅城ではない。アシャがグラヴァー家からたやすく奪い取ったように、〈ボルトンの落とし子〉もあっさりアシャから奪ってしまえるだろう。もっとも、アシャが生皮を剝がされることはありえない。アシャ・グレイジョイには、生きてつかまる気など毛頭ないからである。これまでつねにそうして生きてきたように、片手に斧を持ち、口には不敵な笑みをたたえ、敢然と戦って死んでいくつもりでいる。

ディープウッド攻略のため父ベイロンから預かった長船《ロングシップ》は三十隻。いま残っているのは、自分のロングシップ《黒き風》を含めても四隻だけだ。そして、そのうちの一隻はトリス・ボトリーに属する。トリスだけはなおもそばにとどまってくれたのだ——ほかの部下たちがみな逃げてしまったあとでも。

(いや、逃げたというのは公正じゃないな。みなは新王に臣従礼《しんじゅう》をとるべく故郷へ帰ったんだから。逃げた者がいるとしたら、それはわたしだ)

あのときのことを思いだすと、いまでも恥ずかしくてたまらなくなる。

「逃げろ」と伯父の〈愛書家〉はうながした。

船長たちが流木の冠をかぶせるため、ユーロンの輿《こし》をかついで、ナーガの丘を運びおろす最中でのことである。

「同じく負け組の伯父御が、わたしひとりで逃げろというのか。伯父御もいっしょにこい。ハーロー一族をまとめて兵をあげるには、伯父御の力がいる」

　当時のアシャはユーロンと戦うつもりでいたのだが、しかし伯父はこういった。

「ハーロー一族はここに揃っている。主だった者はひととおり。だが、なかにはユーロンの名を叫んだ者もいた。ハーロー同士を戦わせるまねはできん」

「ユーロンは狂ってる。それに、危険だ。あの〝地獄の角笛〟は……」

「わしとてあの音《ね》は聞いたとも。いいから、ゆけ、アシャ。ひとたび戴冠の儀をすませれば、やつはおまえを探しはじめるぞ。やつの眼に射すくめられたくはあるまい」

「ユーロン以外の叔父たちと協力すれば……」

「……追放者として死ぬだけだ。おまえの味方をする者はひとりもいない。女王の名乗りをあげたとき、おまえは船長連に審判を委ねた。いまさらその審判をくつがえすことはできん。選王民会の選択がくつがえされたのはただの一度しかない。ヘイレグを読め」

　剣先が頭の上にぶらさがり、生きるか死ぬかの決断を強いられているとき、古文書を引きあいに出すのは、〈愛書家〉ロドリックくらいのものだろう。

「伯父御が残るんなら、わたしも残る」

　アシャは頑固にいいはった。

「ばかをいうな。ユーロンも今夜なら、世界に〝嗤《わら》う眼〟を見せよう。だが、あすになれば……。アシャ、おまえはベイロンの娘だ。おまえの継承権はユーロンよりも強い。息をしているかぎり、おまえはやつにとって危険な存在でありつづける。ここに残れば、殺されるか、〈紅蓮《ぐれん》の漕手《そうしゅ》〉と結婚させられるか、そのどちらかだぞ。どちらが悪いかはなんともいえん。とにかく、いけ。ほかに選択の余地はない」

アシャは万一にそなえ、《黒き風》を島の反対端に停泊させていた。オールド・ウィック島はさほど大きくない。朝陽が昇るまでには船に乗りこめているだろうし、アシャがいないことにユーロンが気づくころには、ハーロー島に向けてかなり距離を縮めていられるだろう。

それでもためらうアシャを逃亡に踏みきらせたのは、伯父のこんなひとことだった。

「わしのことを愛しているなら、いってくれ、娘よ。おまえが死ぬ場面を、わしに見せんでくれ」

だから、アシャは出帆した。そして、十塔城に寄り、母に別れを告げた。

「またもどってくるまで、長い時間がかかるかもしれない」

アシャのことばは、しかし、例によって意味が通じないらしく、レディ・アラニスはこういった。

「シオンはどこ？　わたしのかわいい坊やは？　あの赤ん坊はどこにいるの？」

伯母であるレディ・グウィネスのほうは、弟のロドリック公がいつごろ帰ってくるのかと、そればかりを知りたがった。

「わたしは弟よりも七歳年上なのよ。十塔城はわたしのものであるべきなの」

自分が結婚させられた——そんな知らせがとどけられたのは、アシャがまだ十塔城にいて、ロングシップに補給物資を積みこんでいる最中のことだった。

「わがままな姪っ子には躾《しつけ》が必要だ」と〈鴉の眼〉はいったという。「さいわい、あの娘を躾けるのにぴったりの男を知っている」

そして、ユーロンがアシャの夫に指名し、自分がドラゴンを追って留守にしているあいだ、鉄《くろがね》諸島の統治者代行として任命していった人物は、〈鉄床《かなとこ》壊しのエリク〉こと、エリク・アイアンメーカー老だった。エリクも往時はひとかどの男で、〈うわばみのダゴン〉が名をもらった英雄、アシャの祖父の祖父にあたるダゴン・グレイジョイと船出したことが自慢の、恐れを知らぬ掠奪者だったという。フェア島の老女たちは、いたずらをした孫を脅すとき、いまなおダゴン公とその一党の物語をするほどだ。

（選王民会ではエリクの自尊心をいたく傷つけたからな）とアシャは思った。（ご老体も、あの屈辱は忘れまい）

こうなると叔父の実力を率直に認めざるをえない。ほんのひと突きで、ユーロンは自分の敵手を支持者に変え、留守中の諸島の管理を託し、アシャという脅威を取り除いてみせたのだから。

（さぞかし腹をかかえて大笑いしたことだろうさ）

トリス・ボトリーの話では、〈鴉の眼〉はアシャの〝結婚の儀〟で、代理としてアシャの印章を使ったという。

「エリクのやつ、結婚完了の手続きとして、肉体交渉まで要求してこなけりゃいいんだが」

そのときアシャは、トリスにそういったものだった。

（もはや故郷には帰れない）とアシャは思った。（しかし、このままここに、ぐずぐずしているわけにもいかない）

不安をかきたてるのは森の静けさだ。アシャはいままで、島か船の上で人生を送ってきた。海が静かであった例《ためし》はない。波が岩場を洗う音はアシャの血の中に染みついている。だが、深林の小丘城《ディープウッド・モット》に波はなかった。あるのはただ、樹々……連綿と連なった樹々、兵士松《ソルジャー・パイン》と哨兵の木《センチネル・ツリー》、橅《ブナ》に梣《トネリコ》に古オーク、栗の樹に鉄の樹に樅《モミ》の樹だけだ。樹々の葉がさやぐ音は、波音よりもおだやかで、風が出たときにしか聞こえない。ただし、ひとたびさやぎだせば、その吐息はまわりじゅうから聞こえてくる――まるで樹々同士が、アシャには理解できない言語でささやきあっているかのように。

今夜はふだんよりも風さやぎの音が大きい気がした。

（枯れ葉がすれあう音だ）とアシャは思った。（葉の落ちた枝々が風でこすれあう音だ）

窓に背を向ける。森の樹々に背を向ける。

（足の下に甲板がないと、どうにも調子が悪い。波に揺られるのはむりでも――とにかく、腹になにか入れておくか）

今夜はワインを飲みすぎた。そのわりに、パンはほとんど口にしていないし、あの豪勢なローストにいたっては、まったく口にしていない。

月光は充分に明るかったので、衣服を選ぶのは簡単だった。厚手の黒いズボンに、キルト仕上げのブラウス、鋼の小札《こざね》でおおった緑の革の袖なし胴着《ジャーキン》を身につけ、クァールには夢を見させたまま寝室をあとにし、素足の下に板をきしませて、建物の外に設けられた外階段を降りていく。内防柵の手前の渡り歩廊を歩いて見まわっていた歩哨のひとりが、降りていくアシャに気づき、槍をかかげてみせた。アシャは口笛を吹いて歩哨に応えた。内郭を横切り、厨房へ歩いていく途中、ガルバート・グラヴァーの犬たちが吠えはじめた。

(いいぞ)とアシャは思った。(吠えてくれれば森の音がかき消される)

車輪ほどもある厚い円板形《ホール》チーズから黄色い塊を楔形に切りとっていると、部厚い毛皮のマントに身を包んだトリス・ボトリーが厨房に入ってきた。

「わが女王《きみ》」

「ざれごとはよしてくれ」

「いや、きみはいつでもおれの心を支配している。馬鹿どもが選王民会でいくらわめこうと、それを変えることはできない」

(この〝ぼくちゃん〟をどうしたものかな)

トリスが献身的であることには疑いの余地がない。ナーガの丘ではアシャの擁立者として立ち、アシャの名を叫んでくれたばかりか、王も一族も故郷も捨て、アシャに合流するため、はるばる海を越えて追いかけてきてくれたのだから。

(だが、ユーロンと正面切って対峙するだけの度胸はない)

〈鴉の眼〉が軍船の大群を率いて船出したとき、トリスはたんに最後尾につき、わざとみなから遅れ、ほかの船が見えなくなったところで、針路を変えて離脱してきただけなのである。もっとも、ただそれだけのことでも、それなりの勇気はいるだろう。もはや二度と故郷には帰れないのだから。

「チーズはどうだ？」アシャは勧めた。「ハムもあるぞ。マスタードもな」

「おれがほしいのはチーズじゃない、マイ・レディ。わかってるはずだ」ディープウッドにきて以来、トリスはふさふさした茶色の顎鬚を蓄えている。こうしたほうが顔があたたかいから、というのが本人の言い分だった。「望楼にいて、きみを見かけた」

「望楼で見張りについているはずの人間が、こんなところでなにをしている？」

「クロムがあがってきたからさ。〈角笛のハーゲン〉もだ。月光の下で枯れ葉がこすれあうのを見張るのに、そんなにたくさんの目はいらないだろう。それより、話がある」

「またか？」アシャは嘆息した。「ハーゲンの娘は知っているだろうが。赤毛のあの娘だ。どんな男にも負けないほどうまく操船するし、顔だってかわいい。齢は十七。そんな娘が、おまえに気があるんだぞ？」

「ハーゲンの娘なんかほしくない」トリスはもうすこしでアシャの腕に触れそうになったが、途中で思いなおし、手をひっこめた。「アシャ、もう出発すべきころあいだ。敵の満ち潮を押しとどめていたのは要塞《モウト》ケイリンだけなんだから。いつまでもここにぐずぐずしていたら、北部人に皆殺しにされてしまう。それはきみにもわかっているはずだ」

「わたしに逃げだせというのか？」

「きみに生きてほしいんだよ。愛しているから」

(ちがうな。おまえが愛しているのは、おまえの頭の中だけにしか存在しない無垢な乙女だ。保護を必要としている怯《おび》えた子供だ)

「わたしはおまえを愛しちゃいない」アシャはぶっきらぼうに答えた。「それに逃げだしもしない」

「こんな松と土と敵だらけの土地にしがみついてなきゃならない理由がどこにある？　われわれには船があるんだ。いっしょに船出しよう。そして、海の上で新しく生活を築こう」

「海賊としてか？」そそられる考えではあった。

(こんな陰気くさい森は狼どもにつっかえして、広々とした海原で生きてみるか)

「交易商としてさ」とトリスはいった。「〈鴉の眼〉がしたように、東へ向かって航海する。ただし、持って帰るのはドラゴンの角なんかじゃない。シルクと香料だ。いちど翡翠海《ジェイド・シー》までいってもどってくれれば、おれたちは神々なみの大金持ちになれる。オールドタウンなり自由九都市のどれかなりに屋敷をかまえることもできる」

「おまえとわたしとクァールとでか？」クァールの名が出たとたん、トリスが顔をしかめるのがわかった。「ハーゲンの娘も、おまえといっしょに翡翠海へいきたがるかもしれないぞ。かたやわたしは、いまだにクラーケンの娘だ。わたしの居場所は――」

「――どこにある？　鉄《くろがね》諸島へはもうもどれない。年寄りの夫に屈するのでないかぎり」

アシャは自分がエリク・アイアンメーカーと同衾する姿を思い描こうとした。エリク老の巨体に押しつぶされ、抱擁されて窒息しかける姿が浮かんできた。

（それでも、〈紅蓮の漕手〉や〈左手のルーカス・コッド〉よりはましか）

〈鉄床壊しのエリク〉は、かつては荒ぶる巨人であり、悪鬼のように強く、絶対的に忠実で、恐れというものをまったく知らない人間だったのだ。

（それほど悪くはないかもしれない。夫としての務めをはたそうとする前に、死んでしまう可能性も高いしな）

そうすれば、自分はエリクの花嫁ではなく、エリクの未亡人となる。それで以後の立場がよくなるか、うんと悪くなるかは、じいさまの孫どもの対応しだいだ。

（それと、叔父の対応もか。結局のところ、すべての風は、わたしをユーロンのもとへ吹きもどすらしい）

「ハーロー島には狼の人質をとってある」とアシャはいった。「それにまだ海竜岬《シー・ドラゴン・ポイント》もあるしな……親父どのの王国を引き継げないなら、自分の王国を築けばいいじゃないか」

海竜岬も、むかしからいまのように人口密度が希薄だったわけではない。各所の丘や沼のあいだに見つかる古い遺跡は、〈最初の人々〉が遺した砦のあとだ。高地にいけば、〈森の子ら〉が遺したウィアウッドの環状列樹も見つかる。

「きみが海竜岬にしがみつくのは、溺れかけた人間が難破船の破片にしがみつくのと同じだ。海竜岬にだれもがほしがるようななにがある？　鉱山はない。黄金も出ない。白銀も出ない。

錫《すず》や鉄でさえ出ない。小麦や大麦を育てるには土地が湿りすぎている」

（もともと、小麦や大麦を育てるつもりはないさ）

「なにがあるかって？　教えてやろう。ふたつの長い海岸線、百もの隠れ入江、あちこちの湖に棲む獺《カワウソ》、いくつもの川にいる鮭《サケ》、海辺の二枚貝、沖にある海豹《アザラシ》の群生地、船の建材に適する背の高い松だ」

「その船をだれが造るんだ、わが女王？　たとえ北部人が王国建設を認めてくれたとしても、臣民はどこにいる？　それとも、海豹と獺の王国でも統治するつもりか？」

アシャは悲しげな声で笑った。

「獺のほうが人間よりもよほど統治しやすいだろうさ、じっさいのところ。それに、海豹のほうが人間よりも賢い。たしかに、おまえのいうとおりだよ。いちばんいいのはパイク島へもどることかもしれないな。ハーロー島にはわたしの帰還を歓迎してくれる者たちがいる。パイク島にもだ。ベイラー公を処刑したことで、ユーロンはブラックタイド家に友人を得る見こみを失った。エイロン叔父を探しだせれば、ともに諸島をしたがえることもできるかもしれない」

あの選王民会以来、〈濡れ髪〉エイロンの行方は杳《よう》として知れないが、溺徒《できと》たちは祭主がグレート・ウィック島に雌伏していて、じきに姿を見せ、〈鴉の眼〉とその取り巻きたちに〈溺神《できしん》〉の怒りを下させるはずだと主張している。

トリスはいった。

「〈鉄床壊し〉も〈濡れ髪〉を捜索中だ。いまは溺徒たちを狩りたてている。盲《めしい》のベイロン・ブラックタイドはつかまって訊問にかけられた。〈灰色鷗《カモメ》〉翁でさえ手枷をかけられたという。ユーロンの息のかかった者がこぞって手をつくしても見つからないのに、どうやってきみが祭主を見つけられるというんだ？」

「あれはわたしの血縁者だからな。親父どのの弟だ」

これが説得力に欠ける答えであることはアシャにもわかっていた。

「おれが思っていることがわかるかい？」

「見当はつく」

「〈濡れ髪〉は死んだと思っているのさ。〈鴉の眼〉はもう〈濡れ髪〉の喉を掻き切らせた──そう思っている。アイアンメーカーが捜索しているのは、祭主がどこかに逃げのびたと見せかけるためだ。ユーロンは身内殺しの汚名を着たくないんだよ」

「叔父の前では絶対にそんなことはいわないことだな。〈鴉の眼〉に〝おまえは身内殺しと呼ばれるのを恐れている〟などといってみろ、それがまちがいだと証明するだけのために、自分の息子のひとりくらい殺しかねない」

このころにはもう、アシャの酔いもだいぶ醒めていた。トリスティファー・ボトリーには、酔いを醒まさせる効能があるのだ。

「たとえきみの叔父の〈濡れ髪〉を見つけたとしても、きみたちふたりにはなにもできまい。ふたりとも選王民会に関与していたんだから、トアゴンのように〝あの民会は非合法だ〟と主張する資格はない。きみたちは神々と人々のあらゆる法《のり》によって、民会の結果に縛られている。きみたちは——」

アシャは眉をひそめた。

「待て。トアゴン？　どのトアゴンだ？」

「トアゴン遅参王だよ」

「〈英雄の時代〉に王だった人物か？」その程度は思いだしたが、そこまでだった。「そのトアゴンがどうしたって？」

「トアゴン・グレイアイアンは王の長子で、掠奪好きの男だったが、ある日、灰色の楯島《グレイシールド》を拠点にマンダー河ぞいを荒しまわっていたとき、老齢の王が死んでしまった。トアゴンの弟たちは、長子に父王崩御を知らせず、即刻、選王民会を召集した。そうすれば、自分たちのだれかが流木の冠をかぶれると思ったんだろう。ところが、船長にして王たちは、かわりにウラゴン・グッドブラザーを支配者に選んだ。最初に新王がしたことは、前王の息子を全員処刑しろと命じることだった。その命令は実行に移されて、以後、新王は良き兄弟《グッドブラザー》ならぬ、〈悪しき兄弟《バッドブラザー》〉と呼ばれるにいたった。もっとも、じっさいには、その息子たちの兄弟ではなかったわけだがね。それからほぼ二年間、ウラゴンの支配はつづいた」

そこまで聞いて、アシャもようやく思いだした。

「そこへトアゴンが帰ってきて……」

「……先の選王民会は合法的とはいえない、自分が王位を求める機会を与えられなかったのだから、と訴えたわけだ。そのころには、〈悪しき兄弟〉が残酷なだけでなく、暗愚であることも知れわたっていたので、諸島には味方する者がひとりもいないありさまだった。その結果、祭主たちに糾弾され、諸公に反旗を翻され、みずからの船長たちによってずたずたにされてしまった。そののち、トアゴン遅参王は王位につき、四十年の長きにわたって諸島を治めた」

アシャはトリス・ボトリーの両耳をつかみ、顔をぐいと引きよせ、その唇にキスをした。

ようやくアシャが離れると、トリスは真っ赤に顔を染めて、むさぼるように息をしながら、呆然とたずねた。

「いまのは、いったい……？」

「キスと呼ばれるものさ。笑ってくれ、トリス、わたしは大馬鹿だ。この故事、憶えていてしかるべき——」

そこで急に、ことばを切った。しゃべろうとするトリスを片手で制し、聞き耳を立てる。

「戦角笛《いくさつのぶえ》の音——ハーゲンだ」

真っ先に思ったのは、夫がきた、ということだった。だが、エリク・アイアンメーカーが、わがままな花嫁を連れもどすため、わざわざこんなところまでやってくるだろうか？

「わたしは結局、〈溺神〉に愛されているようだな。ここでずっと、今後の身のふりかたを考えていたんだが——神はわたしに、戦うべき相手をつかわしたもうた」アシャはすっくと立ちあがり、短剣をパシッと腰の鞘にもどした。「戦《いくさ》が向こうからやってきたぞ」

円丘《モット》のふもとの郭《ベイリー》まで降りたときには、小走りになっていた。すぐうしろにはトリスがぴったりとついている。だが、時すでに遅く、戦いはもうおわっていた。裏門からそう遠くない東の防柵の下で、ふたりの北部人が血を流して倒れていたのだ。その横には〈長柄斧《ながえおの》のローレン〉、〈六本足指のハール〉、〈悪たれ口〉が立っていた。

「クロムとハーゲンが、こいつらが壁を乗り越えてくるのを見つけたんでさ」

〈悪たれ口〉が説明した。

「このふたりだけか?」

「五人です。こいつらが乗り越える前にふたりぶっ殺して、ハールが防柵の渡り歩廊でもうひとり。郭まで入りこんだのはこのふたりだけで」

もうひとりは血と脳漿《のうしょう》を撒き散らして死んでいた。ローレンの長柄斧で頭をかち割られたのだ。ひとりは〈悪たれ口〉の槍で貫かれて、血だまりの中、地面に串刺しにされていたが、まだ荒い息をしていた。ふたりとも革鎧を着用し、茶色と緑と黒のフードつき迷彩マントを身につけ、頭と肩には枝葉や草を縫いつけている。

「何者だ?」アシャは負傷した侵入者に問うた。

「フリント家の者だ。おまえは?」

「グレイジョイ家のアシャ。この城の主だ」

「ディープウッドはガルバート・グラヴァーどのの居城だぞ。烏賊《イカ》どもの巣ではない」

「ほかに仲間はきているのか」アシャは語気を強めた。男が返事をしないので、突き立ったままになっている〈悪たれ口〉の槍の柄をつかみ、ぐいとひねった。傷口からさらに大量の血が噴きだし、北部人は悲鳴をあげた。「潜入の目的は？」

「レ、レディだ」身をわななかせながら、男は答えた。「痛い、痛い、やめろ。おれたちはレディのためにきた。お助けするために。五人だけだ」

アシャは男の目を覗きこんだ。そして、ほんとうのことをいってはいないと見てとるや、槍に体重をかけ、さらにひねった。

「あと何人いる？　いえ。さもないと、夜明けまでじわじわといたぶられて死ぬことになるぞ」

「おおぜいだ」悲鳴の合間に、とうとう泣きだした。「何千といる。三千、いや、四千……うおお……やめてくれ……」

アシャはこれも嘘と断じて、槍をいったん引き抜き、両手で握りなおすと、男の喉を刺し貫いた。フリント家といえば山岳民族だ。ガルバート・グラヴァーのメイスターによれば、山岳民族は部族同士で仲が悪く、主導するスターク家なくして徒党を組んだりはしない。

（いや、嘘ではないかもしれない。勘ちがいしていただけの線もある。が、しかし……）

不用心が招く苦さを、アシャは選王民会で身をもって知っていた。

「この五人、本格攻勢に先立ち、内側から門をあけるために送りこまれた尖兵だ。ローレン、ハール、レディ・グラヴァーとメイスターをここへ」

「丁重に？　乱暴に？」

〈長柄斧のローレン〉がたずねた。

「丁重にだ。〈悪たれ口〉、あのろくでもない望楼に昇ってな、クロムとハーゲンに目玉をよくひんむいて見張れと伝えてこい。ほんのかすかでも動きを見かけたら、ただちに知りたい」

たちどころに、ディープウッドの郭《ベイリー》は殺気だった人間であふれかえった。アシャの部下たちは大急ぎで鎧を身につけ、防柵の渡り歩廊にあがっていく。ガルバート・グラヴァーの家令は、関係者は、みな恐怖の表情を浮かべてささやきあっている。グラヴァーの家令は、アシャがこの城を陥《お》としたとき片脚をなくしたため、地下室から運びあげてやらねばならなかった。メイスターはさかんに苦情を申し立てたが、ローレンに鎖手袋をはめた手で顔を殴られて、あとはおとなしくなった。

寝室付の侍女の手にすがり、〈神々の森〉の外へ出てきたレディ・グラヴァーは、地面に横たわる死体を見るなり、こういった。

「いつかこんな日がくると警告しておいたはずですよ、マイ・レディ」

折られた鼻から血を流しながら、人ごみをかきわけて、メイスターが前に進み出てきた。

「レディ・アシャ、おねがいです、防柵の旗標を降ろし、わたしを交渉にいかせてください。あなたがたの命乞いをしてまいります。あなたはわたしたちを適正にあつかってくださった。名誉あるあつかいをしてくださった。それを先方に伝えてきます」

「あなたの身柄を子供たちと交換しましょう」サイベル・グラヴァーの目は赤くなっていた。ろくに眠れぬ夜を何夜も泣き暮らしてきたからだろう。「ガウエンももう四歳。命名日にはいっしょにいてやれませんでした。そして、まだ乳飲み児の愛しい娘のそばにも……。子供たちを返してください。そうすれば、あなたにはいっさい危害を加えさせません。あなたの部下たちにもです」

最後の部下うんぬんは欺瞞《ぎまん》だ。ちゃんとわかっている。アシャ自身は人質交換に使われて、鉄《くろがね》諸島に船で送られ、待ち受ける夫の腕に押しつけられるだろう。従兄弟たちも身代金の対象になるはずだ。アシャの配下のなかには、トリス・ボトリーのほか、人質の身柄を買いもどせるほど財力豊かな身内を持つ者が何人かいる。だが、そのほかの者たちは、斬首刑や絞首刑に処されるか、〈壁〉送りにされるかのどちらかにちがいない。

（それでも、おのが運命を選ぶ権利はあるはずだ）

アシャは部下たちに自分の姿がよく見えるよう、樽の上に乗った。

「狼どもが牙をむきだして襲ってくる。夜明け前には門前に押しよせてくるだろう。さあ、どうする？　槍と斧を捨てて命乞いをするか？」

「否《いな》！」〈乙女のクァール〉が剣を抜き放った。

「否！」〈長柄斧のローレン〉が声をそろえる。

「否！」〈こびとのロルフ〉が吠えた。これは熊を思わせる巨漢で、いならぶ戦士たちより頭ひとつ高い。「否！　断じて、否！」

ふたたび、ハーゲンの角笛が望楼で吹き鳴らされ、郭じゅうに響きわたった。

アフゥウウウウウウウウウウウウウウウウウウウ。

長く低く咽《むせ》び泣く戦角笛《いくさつのぶえ》の音色には、血を凍らせるなにかがあった。アシャは角笛の音がきらいになってきている。オールド・ウィック島で叔父が吹かせた〝地獄の角笛〟の音は、弔《とむら》いの鐘の音《ね》となって、いまも夢をかき乱す。そして、今宵、ハーゲンが吹き鳴らす角笛の音は、この世で最後の時がせまったことを告げる音になるのかもしれない。

(どうせ死なねばならぬなら、斧を手にし、罵声を口にしながら戦死するまで)

「一同、防柵につけ!」

アシャ・グレイジョイは部下に命じると、みずからはみなに背を向けて、小丘上の望楼に向かった。背後からはぴたりとトリス・ボトリーがついてくる。

木を組んだ望楼は、山脈のこちら側ではもっとも高い構造物だ。周囲の森でひときわ高い哨兵の木や兵士松より、五、六メートルは高くそびえている。

「あすこだ、船長」

アシャが見張り台にあがると、すぐさまクロムがいった。はじめのうちは、樹々とその影、月光に照らされた丘陵や、その向こうの冠雪した峰々しか見えなかった。だが、目をこらすうちに、樹々がじりじりと近づいてきているのがわかった。

「ふふん」アシャは笑った。「ここの森山羊《モリヤギ》、松の大枝で身を飾ると見える」

森はざわざわと蠢《うごめ》きながら、城に向かって這い進んでくる――まるで、ゆっくりとうねる緑の寄せ波のように。アシャは子供のころに聞かされた物語を思いだした。〈森の子ら〉が〈最初の人々〉と戦ったとき、緑視者《グリーンシーアー》は樹々を戦士に変えたという。

「ああも多いと戦えない」トリス・ボトリーがいった。

「戦えるさ、相手が何人だろうとな、若大将」クロムがいった。「敵の数が多いほど栄光も増すってもんだ。みんな、おれたちのことを歌にする」

（だろうな。だが、その歌で歌われるのは、おまえたちの勇敢さか、わたしの愚かさか？）

海はここから二十五キロの彼方だ。いま脱出するよりも、深林の小丘城《ディープウッド・モット》の深い壕と丸太の防柵の内側に籠城し、防戦したほうが得策か？

（いや――かつてこの丘砦《きゅうさい》を急襲したとき、グラヴァー勢が防戦するうえで、丸太の防柵はさほど強固な楯にならなかった。立場が逆になっても、それが変わるとは思えない）

「あすになったらよ、海中で饗宴にありつけるぜ」

待ち切れないようすで、クロムが斧をなでた。

ハーゲンが角笛を降ろし、つっこみを入れた。

「足が乾いたまま死んだら、どうやって〈溺神〉の海中神殿にいく道を見つけるんだよ？」

「ここの森にゃあ、そこらじゅうに小川がある」クロムが請けあった。「小川はみんな川に通じてるし、川はみんな海に通じてるもんだ」

だが、アシャは死ぬつもりなどなかった。こんなところでは死なない。まだ死ねない。

「生者《しょうじゃ》のほうが死人より早く海にたどりつけるぞ。こんな陰気な森など狼どもにくれてやれ。

われわれは船にもどる」

敵勢を指揮しているのはだれだろう？　深林の小丘城《ディープウッド・モット》を攻撃するよりも先に、ロングシップを急襲して焼き討ちし、逃げ場を断つ）

（わたしが指揮していれば、深林の小丘城《ディープウッド・モット》を攻撃するよりも先に、ロングシップを急襲して焼き討ちし、逃げ場を断つ）

しかし、狼どもにとって、それはたやすいことではないだろう。やつらには自前のロングシップがないのだから。アシャは手持ちの船の半数しか陸揚げさせていない。残りの半数は安全に沖がかりさせてあり、北部人に急襲されたときは、命令一下、ただちに海竜岬へ出帆する手はずになっている。

「ハーゲン、角笛を吹き鳴らして森を揺さぶれ。トリス、鎧に身を固めろ、ついにおまえの剣の腕前をためすときがきた」トリスがすっかり蒼ざめているのに気づいて、頬をぎゅっとつねってやった。「わたしとともに、月の顔面まで血をほとばしらせてやれ。約束しよう、ひとり殺すごとに、一回、キスしてやる」

「わが女王」トリスはいった。「ここには防柵がある。しかし、いま脱出して、海にたどりつけたとしても、狼たちがわれわれの船を追いはらっていたら……」

「……死ぬだけさ」アシャは快活に応じた。「それでも足を水につけて死ねる。鉄《くろがね》の衆は波飛沫《しぶき》のにおいを嗅ぎ、背に波音を聞くときこそ、真価を発揮するんだ」

たてつづけに三度、ハーゲンが短く角笛を鳴らした。鉄《くろがね》衆に対して、船への引きあげを告げる合図だ。下の郭から、それに応える多数の蛮声と、槍や剣のガチャガチャいう響き、軍馬のいななきが聞こえてきた。

(馬も乗り手もすくなすぎる)

アシャは小丘の下へ降りる階段に向かった。下の郭では〈乙女のクァール〉が待っている。アシャの栗毛の牝馬、アシャの兜、アシャの投げ斧を用意して待っている。ほかの者たちもガルバート・グラヴァーの厩から馬を引きだしてきつつあった。

「破城槌《はじようつい》だ!」防柵の見張りが叫んだ。「破城槌がくるぞ!」

「どの門だ?」馬にまたがりながら、アシャは呼びかけた。

「北門だ!」

そのとき、深林の小丘城《ディープウッド・モット》の苔むした木柵の外で、だしぬけに喇叭《ラッパ》の音が響きわたった。

(喇叭? 狼どもが喇叭を?)

これは妙だ。だが、そんなことを考えているひまはない。というのも、

「南門をあけよ!」

と下知したとたん、北門が衝撃に打ち震えたからだ。破城槌が突っこんできたのである。

肩に斜め掛けした斧帯から柄《え》を切り詰めた投げ斧の一本を抜きつつ、アシャは命じた。

「梟《フクロウ》の刻《とき》は去った、わが兄弟たちよ。これよりのちは、槍と剣と斧の刻だ。陣列を作れ。帰るぞ! われらが故郷へ!」

鉄《くろがね》衆百人の喉から、いっせいに蛮声がほとばしった。

「故郷へ!」

「アシャ！」

トリス・ボトリーが、堂々たる葦毛の牡馬に乗り、すぐそばに駆けよってきた。郭に集合した鉄《くろがね》衆は密集体形を取り、楯や槍の持ち具合をたしかめている。〈乙女のクァール〉は、馬の乗り手ではないので、〈悪たれロ〉と〈長柄斧のローレン〉のあいだに位置をとった。

おりしもハーゲンが、望楼の階段を急いで降りはじめた。が、その途中、狼の放った矢を腹に受け、前方にかしぎ、頭から郭の地面に落下した。ハーゲンの娘が悲鳴をあげて父親のもとへ駆けよっていく。アシャは命じた。

「連れもどせ」

いまは仲間の死を悼《いた》んでいる場合ではない。娘の赤毛が乱れるのもかまわず、〈こびとのロルフ〉が娘を馬上に引きあげた。

ふたたび、アシャの耳に北門がうめく音が聞こえた。またもや破城槌を打ちこまれたのだ。

（このぶんでは、敵勢のただなかに飛びこんで、血路を斬り開かねばならないかもしれないな）

そう思うのと、一同の目の前で南門が大きく開かれるのと、同時だった。さいわい、外に敵の姿はない。

（だが、いつまで？）

「門外へ！」叫ぶと同時に、馬腹《ばふく》を蹴る。

門の外にはじめつく荒れ地が広がり、月光の下では秋霜にやられた秋蒔き小麦が腐りつつあった。その茎を踏みつけ、荒れ地を横切って森の中へ飛びこむころには、最初は用心深く進んでいた徒士《かち》も騎馬も、みな小走りになっていた。落伍者を叱咤しては進ませ、ひとりの脱落者も出ぬように見張らせるため、騎馬隊を殿《しんがり》につける。周囲からは丈の高い兵士松と節瘤だらけのオークの老木が押し迫ってくる。深林《ディープウッド》とはよく名づけたものだ。森の樹はすべて大きく、黒く、どことなくおどろおどろしい。樹々の枝同士はたがいにからみあい、風が吹くたびにぎしぎしと音をたてる。高みの枝々は月の顔をひっかいている。

(この森を抜けるのは早ければ早いほどいい。これほど森の奥深くでは、樹々はわれわれを憎んでいるからな)

南進し、ついで南西へ進むうちに、深林の小丘城《ディープウッド・モット》の木組みの望楼は樹々に隠れて見えなくなり、喇叭の音も森に呑みこまれた。

(狼どもは自分の城を取り返した)とアシャは思った。(それで満足して、見逃してくれるかもしれない)

トリス・ボトリーがとなりに馬を進めてきた。

「方向がちがうぞ」枝葉の天蓋の隙間に見え隠れする月を指さし、トリスはいった。「船のところへいくなら、北に進まないと」

「まず西だ」アシャは答えた。「陽が昇るまで西へ進む。北へ向かうのはそれからでいい」

ついで、部下のなかでも、もっともすぐれた馬の乗り手、〈こびとのロルフ〉と〈錆鬚《さびひげ》のロゴン〉に顔を向けて、

「先に進み、行く手に敵がいないか偵察してこい。海岸に着いたとき、不意をつかれるのは避けたい。狼に出くわしたら、ただちに駆けもどってきて、その旨知らせろ」

「まかしとけ」

大きな赤い顎鬚の下で、ロゴンがうなずいた。

斥候の二騎が樹々の奥へ消えてゆくと、残りの鉄《くろがね》衆は行軍を再開したが、進みは遅々としていた。月も星々も樹々が覆い隠しているうえに、足もとは暗く、障害物が多いためだ。一キロといかないうちに、従兄弟のクェントンの牝馬が穴に落ち、前脚を折るはめになった。苦しげないななきをとめるため、クェントンは馬の喉を掻き切ることを余儀なくされた。

「松明《たいまつ》を使うべきだ」トリスがうながした。

「火は北部人を呼びよせる」

アシャは答え、小声で毒づいた。城を捨ててきたのは、やはりまちがいだったか。

(いや。籠城して戦っていたら、いまごろはもう全滅していたろう)かといって、暗い森の中をのろのろ進むのもいいことではない。(もし樹々が人を殺せるなら、われわれを殺してしまうだろうからな)

アシャは兜を脱ぎ、汗に濡れる髪をかきあげた。

「二、三時間もすれば陽が昇る。この場で休止して夜明けを待とう」

停止するのはたやすい。だが、休むのはむずかしかった。だれもが眠れないでいる。櫂《かい》を動かしているときにも居眠りすることで有名な漕手、〈たれまぶたのディル〉でさえもだ。

なかには、ガルバート・グラヴァーの林檎《リンゴ》酒を革袋に入れて持ってきており、付近の仲間とまわし飲みしている者もいた。食料を持ってきた者は、持ってきていない者と分かちあった。騎馬の者らは馬に水を与えた。従兄弟のクェントン・グレイジョイは、三人の男を樹の上に昇らせ、森の中を松明が近づいてきてはいないか見張らせた。クロムは斧を研ぎ、〈乙女のクァール〉は長剣を研いでいる。馬たちは藁色の枯れ草を食《は》んでいるところだ。ハーゲンの赤毛の娘がトリス・ボトリーの手を握り、樹々のあいだへ連れていこうとしたが、すげなく断わられ、こんどは〈六本足指のハール〉に鞍替えして、ふたりで闇の中へ消えた。

(同じ立場にあれば、わたしもああするだろうな)

最後にもういちど、クァールに抱かれてわれを忘れられたら楽しいだろう。だが、さっきから身内にいやな予感がわだかまっている。はたして《黒き風》の甲板に立つことができるだろうか。できたとしても、どこに向かって船出しよう?

(鉄《くろがね》諸島への海路は閉ざされている——エリク・アイアンメーカーにひざを屈し、大股を広げ、ご老体の抱擁に耐えないかぎり。といって、ウェスタロスのどこにも、クラーケンの娘を歓迎してくれる港はない)

やはり、トリスの望みどおり、商人にでもなるか。でなければ、踏み石《ステップストーンズ》諸島にいって、あそこの海賊どもの仲間になるか。でなければ……。

「〝各々に公子の皮を贈る〟、か」

クァールがにんまりと笑い、

「それより、あんたを贈られたいね」とささやいた。「あんたの熱いあそこを――」

そこまでいいかけたときだった。

樹々のあいだからなにかが飛んできたかと思うと、鈍い音をたてて一同の中央に落下し、地面にはずんで転がった。丸くて黒っぽくて、濡れたなにかだった。ごろごろ転がりながら、長い髪をふりたてている。そのなにかがオークの根っ子のあいだにはさまり、とまったとき、〈悪たれ口〉がいった。

「〈こびとのロルフ〉のやつ――前ほどには背が高くなくなっちまったな」

この時点で、部下の半数が立ちあがり、楯や槍や斧に手を伸ばしていた。

(追手も松明を使っていない)そう考えるだけの余裕はあった。(ただし、向こうはこちらよりもこの森にくわしい)

つぎの瞬間、周囲の樹々がいっせいにはじけ、雄叫びをあげて北部人の戦士たちがなだれかかってきた。

(狼だ。血に飢えた狼にそっくりの雄叫び。北部人の鬨《とき》の声だ)

それに応えて、鉄《くろがね》衆も海の男の鯨波《げいは》を返す。たちまち斬りあいがはじまった。

このような戦いのことを歌う吟遊詩人などいない。このような乱戦のことを〈愛書家〉の愛する書物の一冊に記すメイスターなどいない。旗標が翻ることもなく、戦角笛が吹き鳴らされることもなく、大貴族が将兵を集めて合戦前の訓辞を施す場面もない。狼勢と鉄《くろがね》衆は、夜明け前の暗闇の中、影対影となり、樹の根や岩につまずき、湿った土と腐りゆく落ち葉を踏みにじりながら、壮絶な戦いをくりひろげた。鉄《くろがね》衆が着こんでいるのは鎖帷子と潮馴《しおな》れ革《がわ》の革鎧、狼勢がまとっているのは毛皮と革鎧と松の枝葉だ。頭上からは月と星々が暗黒の闘争を見おろし、複雑にからみあう葉の枯れ落ちた枝々の隙間からほのかな光を投げかけている。

アシャ・グレイジョイに襲いかかってきたひとりめの男は、眉間に投げ斧を突きたてられ、即死した。相手が倒れた隙に、アシャはそばに置いてあった楯の持ち手に手早く腕をすべりこませ、

「こい!」と叫んだ。

だが、叫んだ相手が味方なのか敵なのか、自分でもよくわからない。

戦斧《せんぷ》の柄を両手で持った北部人が目の前にぬうっとそそりたち、意味不明の怒声をわめきちらしながら、ななめに斧をたたきつけてきた。アシャはすかさず楯をかかげ、斬撃を受けとめざま、相手の腹部に短剣を突きたてた。叫び声がそれまでとはちがう響きを帯び、男は地獄に堕《お》ちていった。さっとふりかえると、そこに別の狼がいた。兜の下に覗く額めがけて突きかかる。斬りつけてきた剣がアシャの胸の下にあたったが、鎖帷子が撥《は》ね返してくれたので、その隙に短剣を相手の喉に突きたて、自分の血で溺れ死ぬにまかせた。だれかに背後から髪をつかまれた。が、短髪にしているため、頭をうしろに引っぱれずにいる。アシャは長靴《ちょうか》のかかとで相手の足の甲を踏みつけ、ぎゃっと叫ぶ男の手から頭をふりほどき、急いでふりかえった。そのときにはもう、男は地に倒れ伏して死にかけており、そばにクァールが

立っていた——長剣から血をしたたらせ、月光に目をぎらつかせながら。

ひとり北部人を倒すたびに、〈悪たれ口〉は大声で数を数えた。

「四！」敵が倒れると同時にそう叫ぶ。ついで、鼓動ひとつのち、「五！」

殺戮と血飛沫《しぶき》の嵐に怯え、どの馬もいななき、蹴りつけ、恐怖で目を剝いている。例外はトリス・ボトリーの大きな葦毛《あしげ》の牡馬だけだ。トリスはみごとに乗馬を御し、ときに棹立ちにさせ、ときに旋回させながら、縦横に剣をふるっていた。アシャは思った。

（夜が明ける前に、キスを一回、いや、三回でもしてやろう）

「七！」〈悪たれ口〉が叫んだ。

しかし——その足もとには、〈長柄斧のローレン〉が、ねじ曲がった片脚を下敷きにして倒れているのが見えた。しかも樹々のあいだからは、さらに多数の影が口々に雄叫びをあげ、葉ずれの音を響かせながら、ぞくぞくと飛びだしてきつつある。

（茂みと戦っているも同じだな）

またひとりを斬り伏せたとき、アシャはそう思った。その男は周囲の樹々よりたくさんの葉をつけていたのだ。思わず、笑い声を漏らした。その笑い声で、ますますおおぜいの狼を引きつける結果になった。襲いくる狼どもをかたはしから殺していく——自分も数を数えるべきかと思いながら。

（わたしは夫ある身、そしてこの短剣はわが乳飲み児だ。吸うのは乳ならぬ血だがな）

毛皮とウールと革鎧を貫いて、目の前の男に短剣を突きたてる。男の顔は目の前にあり、その強烈な口臭が顔にかかった。男の手がアシャの喉にかかり、ぐいぐいと絞めつけだす。絞められつつも、アシャの手には鉄の刃が男の肋骨ぞいにすべっていく感触が伝わってきた。唐突に、男がびくんと痙攣し、絶命した。やっと突き放したときには、自分も全身から力が抜けて、男の上に倒れそうになったほどだった。

しばらくのち、アシャはクァールと背中合わせで戦い、まわりじゅうからあがる呻き声と罵声にさらされ、勇敢な男たちが這いずりまわる音や、泣きながら母の名を呼ぶ声を聞いていた。だしぬけに、ひとつの茂みが肉迫し、長い槍をくりだしてきた。もう防ぎようがない。このままでは、アシャの腹とクァールの背中はもろともに貫かれ、樹の幹に縫いとめられ、ふたりとも、もがきながら死んでいくことになる――。

(ひとりで死ぬより、よほどいい)

そう思ったとたん、突きかかってきた槍兵は死んでいた。敵の槍がとどく前に、従兄弟のクェントンが斃してくれたのだ。が、鼓動ひとつのち、別の茂みがクェントンの首筋に斧をたたきつけ、従兄弟を絶命させた。

背後で〈悪たれ口〉が叫んだ。

「九――ちくしょう、てめえらみんな、くたばりやがれ!」

ハーゲンの娘が全裸で樹々の陰から飛びだしてきた。背後からふたりの狼が追いすがっている。アシャは投げ斧の一本を抜き、男の片方めがけて投げつけた。斧はくるくると回転しながら宙を飛んでいき、男の背中にどすっと突き立った。男が倒れるなり、ハーゲンの娘は地にひざをつき、男の剣をもぎとるや、その剣でもうひとりの男を刺し貫いて立ちあがると、血と泥にまみれ、長い赤毛をふりみだしたまま、戦いの荒浪に飛びこんでいった。

戦闘の大渦と荒浪に翻弄されるうちに、いつしかアシャはクァールと離ればなれになり、トリスも見失い、あたりには味方がいなくなっていた。短剣もどこかでなくした。投げ斧も投げつくした。かわりにアシャは小剣を持っていた。肉屋の肉切り庖丁を思わせる、短いが幅の広い剣だった。いつ、どこで手にしたのか、まったく記憶にない。腕が痛む。口中には血の味がするし、脚は両方ともがくがくだ。樹々のあいだをぬって、夜明け時の白々とした光がななめに射しこんでいる。

（こんなに長く？　何時間戦いつづけていたんだ？）

最後の敵は、戦斧を持った北部人だった。禿頭《とくとう》の大男で、顎鬚をたくわえ、赤錆の浮いたつぎはぎだらけの鎖帷子を着ている。いでたちから察して、この男は追撃隊の隊長か歴戦の勇士なのだろう。女が相手なのがおもしろくないと見えて、大男は罵倒のことばを吐いた。

「この女陰《アマ》！」

そして、戦斧で打ちかかるたびに、アシャの頬につばを飛び散らせつつ、同じ罵声をくりかえした。

「この女陰《アマ》！　この女陰《アマ》！」

アシャは罵倒のことばを返そうとしたが、のどが乾ききっていて、呻き声しか出てこない。男が猛然と戦斧を打ちおろしてくる。受けたアシャの硬木の楯が打ち震え、ひびが走った。

男が斧を引き抜くと同時に、長くて白っぽい木片があたりに飛び散り、何度か斬撃を受けた結果、アシャの腕に残っているのは、もはや楯の名残だけとなった。すばやくあとずさり、壊れた楯をふり捨て、さらに何歩かあとずさりつつ、右に左に身を躍らせながら、振りおろされる斧をかわしつづける。

あとずさるうちに、背中がどんと樹の幹にぶつかり、退路を断たれた。アシャの頭を両断しようと、狼が高々と戦斧を振りかぶる。アシャは右に体をかわそうとした。が、足が根にひっかかり、樹から離れられない。必死で身をひねったとたん、足がよろけた。つぎの瞬間、斧頭《ふとう》で兜の側頭部をしたたかに打ちすえられた。鋼と鋼のぶつかる音が戛然《かつぜん》と響きわたった。世界が真っ赤になり、真っ黒に暗転し、また真っ赤になった。激痛が稲妻のように脚を走りぬけていく。はるか遠いところで、北部人が毒づくのが聞こえた。

「この腐れ女陰《アマ》が」

最後の一撃を加えるべく、男がふたたび斧を振りあげた。

喇叭が吹き鳴らされたのはそのときだった。

(こんなはずはない)とアシャは思った。〈溺神〉の海中神殿で喇叭など鳴り響くことはない。波の下では、男の人魚たちが法螺貝《ホラガイ》を吹いて〈溺神〉を讃えるはずだ)

そしてアシャは夢を見た。いくつもの真っ赤な心臓が燃えあがるなかで、黄金の森に黒い牡鹿がたたずみ、大きな枝角から炎を噴きあげている夢だった。

27　ティリオン

ヴォランティスに着くころには、西の空が紫色に染まり、東の空はすっかり暗くなって、星々が顔を出しはじめていた。

（星はウェスタロスと変わらんのだな）とティリオンは思った。

そこになんらかの慰めを見いだしたことだろう――もしも鵞鳥《ガチヨウ》のように縛りあげられて、鞍にゆわえつけられていなかったなら。もがくのはとうにあきらめていた。縛《いまし》めの結び目がきつすぎるからだ。かわりに、粗礪《あらび》き粉の袋のようにぐったりとしていた。

（力を蓄えておくんだ）と自分に言い聞かせる。

もっとも、なんのために力を蓄えておくのか、自分でもよくわからない。

ヴォランティスは暗くなると囲壁《いへき》の門を閉ざしてしまう。北門の門衛たちは、閉門時刻のまぎわにやってきた者たちの身元をわずらわしげに検《あらた》めていた。ティリオンをとらえた男は、入門待ちの列に馬を進め、ライムとオレンジを満載した荷車のうしろにつけた。門衛たちは、荷車を引く男には松明《たいまつ》で門内を指し、通ってよいと合図したが、ティリオンをつかまえた男には険しい目を向けてきた。なにしろ男は、軍馬に乗った大柄なアンダル人で、長剣を佩《は》き、鎖帷子《くさりかたびら》を着用しているのだ。門衛長が呼んでこられた。門衛長と騎士がヴォランティス語でやりとりをするあいだに、門衛のひとりが虎の鉤爪つきの籠手《こて》をはずし、ティリオンの頭をなでた。

「そうそう、おれは幸運《フォーチュン》の塊だ。おまけに金《フォーチュン》もたっぷり持ってるぞ」こびとは門衛にいった。「この縄を切ってくれ、礼ははずむ」

騎士はそれを聞きのがさず、釘を刺した。

「うそをつく相手は共通語を話す者だけにしておけ、〈小鬼《インプ》〉」

騎士がそういったとき、ヴォランティスの門衛たちが、通っていいと門内へ手をふった。ふたたび馬が進みだした。門内に入り、部厚い囲壁の中を通りすぎていく。

「あんただって共通語を話すじゃないか。あんたにも礼をはずむといったら解放してくれるのか？　それとも、おれの首で貴族の地位を買うと決めてるのか？」

「おれは貴族だったのさ、生得の権利でな。空疎な称号などいらん」

「わが愛しの姉上さまからもらえるのは、その空疎な称号だけだぞ」

「はて、ラニスターはかならず借りを返すと聞いているが」

「ああ、借りた額はきっちりとな……しかし、借りた額に色をつけることはいっさいしない。たしかに、払った額に見あう食事は出るが、感謝というソースがかかっていることはないし、とどのつまり、その食事も身にはつかん」

「もしかすると、おれの望みは、おまえが罪の報いを受けることかもしれんぞ。身内殺しは、神々の目にも人間の目にも忌まわしく映るものだ」

「神々は目が見えてないのさ。人間は見たいものしか見ない」

「おれにはしっかりとおまえが見えるがな、〈小鬼《インプ》〉」騎士の口調には、なにかしら剣呑なものが宿っていた。「おれとても、誇れはしないことをいろいろとやってきた。わが家名とわが父の名を汚すまねを、いろいろとだ……しかし、自分の父親を殺すだと？　どうしたらそんなまねができる？」

「おれに弩弓《クロスボウ》を持たせて、ズボンを脱いでみせてくれ。そうしたら実演してやるよ」

（喜んでな）

「笑いごとだと思っているのか？」

「人生、笑いごとさ、あんたのも、おれのも、だれの人生も」

囲壁の内側に入り、ギルドの会館、市場、浴場の前を通りすぎた。大きな広場がいくつもあって、各々の中央では噴水が水を噴きあげながら歌っており、そこここに石のテーブルが置かれ、その上の盤上で市民たちがサイヴァスの駒を動かしていた。対局者たちはゲームに興じながら、細長い円錐状のグラスでワインを飲んでいる。各テーブルのそばには装飾的な形のランタンがかかげられて、忍びよる暗闇を閉めだすために、奴隷たちが点灯してまわる姿が見られた。玉石を敷きつめた大路の脇には、椰子《ヤシ》や杉の樹が植えられており、辻々には記念碑らしき石像が立っていた。石像の多くが首を落とされていることにこびとは気づいた。ただ、頭がないというのに、紫色の薄明のなかだと、どの石像も不思議に堂々として見える。

　軍馬が河ぞいに南へと進んでいくにつれて、道ぞいの店はしだいに小さく、みすぼらしくなっていき、道路際にならぶ並木も切株ばかりとなった。玉石も姿を消して、蹄《ひづめ》が踏むのは悪魔草へ、さらに赤ん坊の便の色をした軟らかな泥土へと化した。ロイン河にはいくつもの小さな川が注ぎこんでいる。そんな川にかかる小さな橋を渡るたびに、橋板がぎょっとするほど大きな音をたててきしみをあげる。かつてロイン河を見おろしていた大要塞は、いまは朽ちて大門も崩れており、老人の歯のない口のように、ぽっかりと穴があいているのみだ。崩れた胸墻《きょうしょう》ごしに、何頭もの山羊の姿が見えた。

（古都ヴォランティス。ヴァリリアの最初の娘都市か。誇り高きヴォランティス、ロイン河の女王、夏の海《サマー・シー》のミストレス、最古の〈旧《ふる》き血族〉の流れを汲む、高貴なる貴人と華麗なる貴婦人の故郷）

　かんだかい声で叫びつつ路地を駆けまわる半裸の子供たちも、居酒屋の戸口に立って剣の柄《つか》をいじっている壮士《ブラーヴォ》たちも、背中が曲がり、顔に刺青《いれずみ》を入れられ、いたるところを蜚蠊《ゴキブリ》のようにちょろちょろと走りまわる奴隷たちも、みんな見なかったことにしておこう。

（強大なるヴォランティス、九つの自由都市のなかでも、もっとも壮麗で、もっとも人口の多かった都市）

　だが、古代の戦争でその人口は激減してしまい、ヴォランティスの大半の地域は、都市が立っている泥地の中に沈みはじめた。

（美しきヴォランティス、噴水と咲き乱れる花の都）

だが、噴水の半分は水が停まっているし、人工の池も、半分はひび割れて水が抜けるか、よどんだ腐り水がたまるかしている。壁や舗装のひびというひびからは蔓植物が這いだして、花をつけた蔦《ツタ》がそこらじゅうを這いまわっており、無人となった店舗や天井の落ちた寺院の壁からは、あちこち若木が生えていた。

そして、この独特のにおい。蒸し暑い空気にただよう不快なにおいは、濃厚に、執拗に、鼻にからみついてくる。

(魚の生臭さが混じってるな。花の香りと象糞の臭気もだ。それに、なにか甘ったるくて、どこか土くさい、死と腐敗のにおいも)

「この都市、年のいった娼婦のにおいがするな」とティリオンはいった。「股ぐらのすえたにおいを隠そうとして、陰部にたんと香水をつけた、大年増《おおどしま》の娼婦のにおいだ。いやいや、べつに文句をたれてるわけじゃない。若い娼婦のほうがにおいはうんといいが、年のいった娼婦のほうが、手練手管にはすぐれるもんだ」

「そっちの方面にはいろいろとくわしそうだな、おれよりも」

「ああ、もちろんさ。もっとも、あんたも人のことはいえまい? おれたちが出会ったあの娼館、あんたはあそこを聖堂《セプト》だとでも思ってたのか? ひざの上で身をくねらせていたのは、あんたのちいちゃな妹か?」

騎士は渋面を作った。

「すこしは口をつぐむことを憶えたらどうだ。さもないと、その舌を結んでやる」

切り返しそうになるのを、ぐっとこらえた。前回、この大柄な騎士をからかいすぎたとき殴られた唇が、いまも大きく腫れあがっているのだ。

（硬い手とユーモアを解さない心か。最悪の縁組もあったもんだ）

それはセルホリスからの道中で身をもって学んだことだった。ついでティリオンの思考は、自分の長靴《ちょうか》のこと、そのつま先の隙間にずっと隠したままの毒茸《キノコ》のことにおよんだ。自分をつかまえた騎士は、本来するべきほど徹底的には持ちものを検めていない。

（脱出の芽はそこにある。これがサーセイなら、いつまでもおれを生かしてはおかなかったろう）

さらに南へ進むうちに、ふたたび繁栄の徴候が見えるようになってきた。廃屋はしだいに姿を消し、半裸の子供たちも減っていって、戸口の壮士たちの身なりも徐々に金のかかったものへ変化しだした。通りすぎた何軒かの宿屋も、喉を切られる心配なく眠れそうなものに見えた。河ぞいの道路ぎわには鉄の支柱がならび、その上部にはランタンがかけられて風に揺れている。道幅も広がりはじめ、建物もだんだんと立派になって、色つきガラスの大きな円蓋をそなえた建物もちらほらと現われだした。深まりゆく暮色のもと、構内に燃える炎の光を受けて、ガラスの大円蓋は、青、赤、緑、紫、とさまざまな色に輝き、彩りが美しい。

しかし、この都市の空気には、この一帯まできても、ティリオンを落ちつかない気持ちにさせるなにかがあった。ロイン河の河口にまたがって広がる都ヴォランティスの西岸の埠頭には、水夫、奴隷、商人らがひしめき、その連中を受けいれる居酒屋、宿屋、娼館も大量にあることは知っている。なのに、河口の東岸側では、異邦人の姿が見られることはめったにない。そのことから、こびとは気がついた。

（よそものは、東岸では用なしなんだ）

はじめて象とすれちがったときは、思わずまじまじと見入ってしまった。ラニスポートの動物園にも象はいた。ティリオンが七歳のとき死んだが、いちおう実物を見たことはある。しかし……この灰色の巨獣は、あのとき見た牝象の倍はあるように思える。

さらに南下すると、もっと小柄な象のうしろにくっついて進む形になった。野晒《のざらし》の白骨のようなくすんだ白の体色をした矮象《マメゾウ》は、装飾的な荷車を引かされていた。

「牛《オックス》が引かない荷車《オックスカート》は、オックスカートといえるのか？」

ティリオンは騎士に問いかけた。が、なんの反応もないので、ふたたび沈黙に沈み、目の前をゆく白い矮象のゆっくりと動く尻を眺めつつ、考えにふけった。

ヴォランティスには白い矮象がうようよしていた。やがて軍馬が〈黒の壁〉に近づき、〈大橋《ロング・ブリッジ》〉の付近の混雑した一帯に差しかかるころになると、矮象は十頭以上も見られるようになった。灰色の大型象もめずらしくない。ただし、巨獣はいずれも、背中に〝城〟を載せて運んでいた。

夕べの薄明のもとで、街路のあちこちには象糞《ぞうふん》の運搬車が出てきている。運搬車を引いているのは半裸の奴隷たちで、その役目は大小の象たちが道に放《ひ》りだした、ほかほかと湯気の立つ糞を回収することにあるらしい。運搬車には蠅の群れがわんさとたかっていた。糞運び奴隷の頬に蠅の刺青が入れてあるのは、どの仕事に従事する奴隷かがひと目でわかるようにするためだろう。

（わが愛しの姉上に、ぜひともやらせてやりたい仕事だな）とティリオンは思った。（あの美しいピンクの頬に蠅の刺青をされて、小さなシャベルを手に働く姿は、さぞ美しかろう）

このあたりまでくると、軍馬はのろのろとしか進めなくなった。河ぞいの道がひどく渋滞していたからである。往来をゆく人も動物も、大半は南へ向かっていく。河に浮かぶ丸太のように、騎士もその流れに乗った。ティリオンはまわりを流れゆく雑踏を観察した。十人のうち九人までは、頬に刺青を施された奴隷だった。

「たいへんな数の奴隷だな……みんな、どこへ向かってるんだ？」

「紅《あか》の祭司は日没どきに篝火《かがりび》を焚く。大祭司が説法会《せっぽうえ》を開くからだ。できることなら近づきたくはないが、〈大橋《ロング・ブリッジ》〉にたどりつくためには、紅の寺院の前を通っていくほかない」

河ぞいに街区を三つ通過したとき、通りの東側に広大な広場が現われた。目を引いたのは、広場で焚かれる巨大な篝火と、その奥にそびえる大寺院だった。

（なんというでかさだ。あれはベイラー大聖堂《グレート・セプト》の三倍はあるぞ）

無数の柱、階段、扶壁《ふへき》、橋、円蓋、塔が、流麗なラインを描いてつながっており、まるでひとつの巨巌《きょがん》を削りだしたかのようだった。古刹《こさつ》〈光の王の寺院《ロード・オブ・ライト》〉は、赤の王城《レッド・キープ》が建つ〈エイゴンの高き丘〉そのものに匹敵するほど大きく高くそびえている。寺院の壁面では、微妙に色合いの異なった百種もの紅色、黄色、金色、オレンジ色が混じりあい、複雑に融けあって、日没どきの夕雲のように、荘厳な色合いを作りだしていた。さらに、舞いの最中に凍てついた炎のごとく、螺旋を描きながら天にとどくほど高くそそりたつ、ほっそりとした尖塔の数々——。

（まるで炎が石と化したかのようじゃないか）

寺院に入る上がり段の手前では、一対の大きな篝火が焚かれており、その篝火のあいだに立って、ひとりの男が説法をはじめた。紅の大祭司だった。

（あれがベネッロか）

大祭司は紅い石柱の上に立っている。その石柱からは細い石橋が伸びだしていて、後方の高みにせりだしたテラスにつながり、その上には下位の祭司や侍祭司が立ちならんでいた。侍祭司が着ているのは薄い黄色や明るいオレンジ色のローブ、祭司と女祭司が着ているのは紅色のローブだ。

目の前に広がる広大な広場には、聴衆がぎっしりと詰めかけて、もはや立錐の余地もない状態だった。大半の者が紅い布を袖に留めたり、額に巻いたりしている。そして、集まった全員の目が、石柱上の大祭司にそそがれていた。例外は騎士とティリオンの目だけだ。

「そこをどけ」道路にまであふれる聴衆をぬって押し通りながら、騎士が唸るようにいった。

「道をあけろ」

ヴォランティス人たちは道をあけはするものの、みな目を吊りあげ、毒づきながら騎士をにらむ。

ベネッロの高い声は、広場の隅々にまでよく通った。背が高く痩せぎすで、やつれた顔をしており、肌は乳のように白い。その頬や、あご、剃った頭に彫られた炎の刺青は、素顔を真っ赤な仮面に仕立てあげ、目のまわりで燃えあがり、頬骨の上を流れ落ちて、唇なき口のまわりに渦を巻いていた。

ティリオンはたずねた。

「あれは奴隷の刺青じゃないのか？」

騎士はうなずいた。

「紅の寺院はな、子供の奴隷を買いいれて、祭司、寺院つきの娼婦、戦士、そのいずれかに仕立てあげるんだ。あそこを見ろ」騎士は上がり段の上を指さした。寺院の入口の手前には、装飾的な鎧とオレンジ色のマントを身にまとった男たちが、横一列にならんで立っていた。石突きを床について持った槍の穂先の形は、燃えあがる炎を思わせる。「〈炎の手〉という。〈光の王〉の聖兵、紅の寺院の守護兵だ」

（炎の騎士、というところかな）

「で、その手には何本くらいの指があるんだ？」

「きっかり一千。それ以上でも以下でもない。ひとつ炎の指が消えるたびに、新たなる炎が燃やされる」

ベネッロは頭上の月に指をつきつけ、こぶしを作り、両手を大きく広げてみせた。そして、その説法が最高潮に高まったとき——だしぬけに、大祭司の指先からゴウッと音高く火柱が噴きあがった。聴衆がどよめく。大祭司はその炎を使い、空中に文字を描きだした。

（ヴァリリアの象形文字だ）

描きだされた十の文字のうち、ティリオンに理解できるのは二字だけしかなかった。ひとつは〝破滅〟で、もうひとつは〝暗黒〟だった。

聴衆が口々に叫びだした。女たちは泣きだし、男たちはこぶしを振りたてている。

（どこかで見たような場面だぞ。こんな光景を見ると、気分が悪くなる）

思いだしたのは、ドーンに向けて出帆するミアセラを見送った日、赤の王城《レッド・キープ》に帰る途中で出くわした、荒れ狂う暴徒の姿だった。

〈半学匠《ハーフメイスター》〉ホールドンは、紅の大祭司を〈若きグリフ〉のために利用するといっていた。が、こうして実物を目のあたりにし、その説法に接してみると、それはとんでもない悪手《あくしゅ》に思えた。グリフ本人には、もっと先が読めることを期待するほかない。

（同盟のなかには敵よりも危険なものがある。しかし、コニントン公にはそのことを自力で見いだしてもらわねばならん。おれはもう助言のしてやりようがない。なにしろこっちは、さらし首になりそうな状況なんだからな）

大祭司は大寺院の背後にそびえる巨大な〈黒の壁〉を指さし、その胸壁の上を指し示した。そこには鎧を着用したひとにぎりの衛兵が立ち、下を見おろしていた。

「あの坊主、なんといってるんだ？」

ティリオンは騎士にたずねた。

「デナーリスが危機に瀕しているそうな。〈黒き眼〉がデナーリスを標的に選んだ、〈夜の使徒〉たちがデナーリスの滅亡を画策して、偽りの神殿の偽神どもに祈りを捧げている……神なき異郷の者どもを使って裏切りを……」

ティリオンの首筋の毛が逆立った。

（プリンス・エイゴンも、共闘者を見つけられまいな、ここでは）

紅の大祭司が口にしているのは、古《いにしえ》の予言だ。世界を暗黒から救う英雄の出現を説いた予言だ。

（その英雄はひとりであって、ふたりじゃない。デナーリスにはドラゴンがいる。エイゴンにはいない）ベネッロとその信奉者たちが第二のターガリエンに対してどう反応するかなど、予言の力などなくとも、たやすく読めた。（グリフにもその程度は読めるはずだ）

そう思ったことに、自分でも驚いた。われながら、エイゴン坊やの行く末がずいぶん気にかかっているらしい。

投げかけられる罵声を無視して、騎士は広場からはみでた聴衆のあいだを押し通っていく。おおむね通りぬけたとき、ひとりの男が騎馬の前に立ちはだかった。が、騎士が長剣の柄を握り、三十センチほども白刃《はくじん》を引き抜いてみせると、あわてて逃げだした。うまいぐあいに、ほかの者たちもそれに倣《なら》ってくれたので、行く手にたちまち道が開けた。騎士は軽く馬腹《ばふく》を蹴り、できた隙間を速足で進ませ、一気に聴衆のあいだを通りぬけた。しばらくのあいだ、後方に小さくなっていくベネッロの声がティリオンの耳にも聞こえていたが、青天の霹靂《へきれき》のように突如として湧き起こった大歓声に呑みこまれ、そこから先は聞こえなくなった。

やがて軍馬は厩《うまや》にたどりついた。騎士が馬を降り、厩の扉をどんどんとたたく。ほどなく、頬に馬頭の刺青を入れた、やつれた感じの奴隷が戸口に出てきた。こびとは奴隷の手で鞍の上から乱暴に引きずり降ろされて、杭に縛りつけられた。その間に、騎士は眠っていた厩のあるじを起こし、すこしでも高く馬と鞍を売ろうと価格交渉をはじめていた。

（そりゃあ、必死にもなるさ、馬一頭売ったくらいでは、世界の半分を越える船旅の旅費に足りないからな）

ティリオンの脳裏に、さほど遠くない将来、船に揺られている自分の姿が浮かんできた。どうやら自分にも予言者さまの才能があるようだ。

売値が合意に達すると、騎士は武器、楯、鞍袋を肩にかつぎ、最寄りの鍛冶屋はどこかとたずね、縛ったままのティリオンを連れてそこへ向かった。鍛冶屋もやはり閉まっていたが、騎士の怒鳴り声に応えてすぐに扉をあけた。鍛冶はティリオンをじろりと見てから、騎士が差しだしたひとにぎりの貨幣を受けとった。

「ここへこい」

騎士が命じた。ティリオンがいうとおりにすると、騎士は短剣を抜き、縛めの縄を切った。

「ふう、助かった。まずは礼をいおう」

手首をさすりながら、こびとはいった。だが、騎士は笑い、こう答えた。

「礼というのはな、自分が喜ぶことをしてくれる相手にいうものだ。これからされることを知れば、礼をいう気分ではなくなるぞ、〈小鬼《インプ》〉」

まさにそのとおりだった。

手にはめられた枷は黒鉄でできていた。太くてごつくて、こびとの見積もりが正しければ、左右の枷がそれぞれ一キロ近くはあるだろう。それに鎖が加わって、さらに重くなった。

「どうやらおれは、自分で思っていたよりも危険人物だったらしい」鎖の最後の環が金鎚で閉じられていくのを眺めながら、ティリオンはいった。鎚のひと打ちごとに、振動は肩まで伝わってくる。「それとも、あんた、おれにはこんな短い脚しかないのに、逃げてしまうんじゃないかと心配なのか?」

作業のあいだ、鍛冶は顔をあげようともしなかったが、騎士はのどの奥で不気味に笑った。

「心配なのはおまえの口だ、脚ではない。手枷をつければおまえは奴隷に見える。おまえがなにをいおうと、だれも耳を貸さん。たとえウェスタロスのことばを解する者でもな」

「ここまでしなくてもだいじょうぶさ」ティリオンはあわてて説得にかかった。「これから先は虜《とりこ》らしくよい子にしてる。ほんとうだ、ほんとうだから」

「だったら、さっそく証拠を見せてみろ——その口をつぐむことでな」

やむなくティリオンはこうべをたれ、固く口を閉じた。そのあいだに、鎖の接合はおわり、手枷と手枷、手枷と足枷、足枷と足枷がつなぎあわされた。

(このろくでもない枷と鎖、おれの体重よりも重いんじゃないか?)

それでもまだ息はできている。騎士がその気になれば、やすやすと首を刎《は》ねられるのにだ。

サーセイがもとめているのは、弟の首なんだから、首さえ持っていけばいい。さっさと首を刎ねなかったことは、この騎士の最初の過ちといえた。

（ヴォランティスから見れば、キングズ・ランディングは世界を半分隔てた彼方にあるんだ。そのあいだには、いろんなことが起こりうるぞ、騎士どのよ）

鍛冶屋を出たあとは徒歩での移動となった。ティリオンは鎖をガチャつかせつつ、大股でじれったそうに歩く騎士に遅れまいと、必死でついていった。ティリオンが遅れそうになるたびに、騎士は手枷をつかみ、乱暴に引っぱる。こびとはそのつどよろめき、ぴょんぴょん飛びはねるようにして横を進んでいく。

（もっと悪い状況だってありえた。もっと速く歩けと鞭打つこともできたんだから）

ヴォランティスの都は、ロイン河が海にキスをする河口にまたがっており、両岸の区画は〈大橋〉でつながっている。この大都でもっとも古く、もっとも豊かな街区があるのは河の東岸側だが、傭兵、蛮族、その他の武骨な異邦人は、都心では歓迎されないため、この都に滞在しようと思えば、〈大橋〉を越えて西岸に渡るほかない。

〈大橋〉へあがる関門は黒石のアーチ門で、その表面には、スフィンクス、マンティコア、ドラゴン、それよりもいっそう奇妙な怪物などが彫刻されていた。アーチ門の向こうには、ヴァリリア人がその絶頂期に建設した長大な石の〈大橋〉が延びている。溶融した石の道を支えるのは、巨大な橋脚だ。橋全体の幅はかなりあるが、道幅自体は二台の馬車がならんで通行できる程度しかないため、東西からやってきた二台の馬車がすれちがうさいには、接触しないよう、うんと徐行しなくてはならない。

徒歩で来たのは正解だった。石橋を三分の一ほど渡ったところで、甜瓜《メロン》を満載した馬車とシルクの絨毯をうずたかく積んだ馬車の車輪同士がひっかかり、交通が停まっていたのだ。歩行者の大半は足をとめ、馭者同士ののしりあいを見物していたが、騎士はティリオンの鎖をつかみ、見物人をかきわけ、ふたりが通れるだけの隙間をこじあけながら先へ進んだ。人だかりを半分ほども通過したところで、男の子が騎士の財布を掏《す》ろうとした。が、顔面に騎士の強烈なひじ打ちを食らい、ひしゃげた鼻から血を撒き散らすはめになった。

橋の上には、道の両脇に高い建物が連なっていた。店もあれば寺院もあり、酒場もあれば宿屋もあるし、サイヴァス会所や娼館もある。ほとんどは三階建てか四階建てで、一階上へあがるごとに、床が橋の内側方向へせりだしており、最上階では、左右の建物と建物が触れあわんばかりの状態にあった。それもあって、この橋を渡るのは、松明《たいまつ》で照らされた隧道《トンネル》の中を通るのに似ていた。道ぞいにはずらりと店がならび、ありとあらゆる品物が見られた。織り子やレース職人が商品をならべる店の横でガラス細工師や蠟燭職人が出店しているかと思えば、鰻《ウナギ》や牡蠣《カキ》を売る魚売りの女もいる。どの金細工師も、戸口にひとりずつ、用心棒を立てており、香料売りにいたってはふたりずつ立てていたが、これはあつかう品が金細工の倍はするからだ。店と店のあいだには、ところどころに空間が設けられて、旅人がこれまで下ってきた河を眺められるようになっていた。橋の北を向けば、夜のロイン河が広大な黒いリボンとなって連なり、河面《かわも》に星々を映しこんできらめいている。その河幅は、キングズ・

ランディングの前を流れるブラックウォーター河の五倍はあった。橋の南側に目を向ければ、河口が大きく広がって、塩からい海の水を抱擁していた。

橋の中間点付近までくると、道ぞいに立てられた何本もの鉄柱に、玉葱《タマネギ》のように連なってぶらさがるものが見られるようになった。盗っ人や掏摸《スリ》たちの、斬り落とされた手だった。その手の中に混じって、人の生首も三つ吊りさげられていた。男の首がふたつに、女の首がひとつだ。各々の首の下には板がぶらさげられて、犯した罪が書き殴ってある。さらし首のそばでは、ふたりの槍兵が見張りについていた。どちらもぴかぴかに磨きあげた兜をかぶり、銀鎖を編んだ鎖帷子《くさりかたびら》を身につけていて、両の頬には虎縞の刺青が彫られている。刺青の色は翡翠《ヒスイ》のような緑色だ。ときおり見張りたちは槍を振り動かし、生首の饗宴にあずかりにきた長元坊《チョウゲンボウ》、鷗《カモメ》、鴉などを追いはらうが、何度追いはらわれても、鳥たちはすぐに生首のもとへもどってきた。

「あいつら、なにをやったんだ？」ティリオンは率直にたずねた。

騎士は罪状の板に目をやった。

「女は奴隷で、女主人に手をあげたらしい。年配の男のほうは謀叛《むほん》を煽動して、ドラゴンの女王のために間諜行為を働いたとある」

「若いほうの男は？」

「父親を殺したそうだ」

ティリオンはあらためて腐りゆく男の首を凝視した。

（どうりでな。あの唇、まるでほほえんでるみたいじゃないか）

さらに進んだところで騎士は足をとめ、紫色のベルベットの上に飾った宝石つきの小冠《ティアラ》をしばし見つめた。そのまま先へ進んだが、数歩いってまた立ちどまり、こんどは革細工師の店に陳列してある、一双の革手袋にかがみこんだ。ティリオンとしては、ひと息つけるのがありがたかった。さんざん急《せ》かされて息が荒い。手首は手枷でひりひりしている。

ふたたび延々と歩きつづけ、ようやく〈大橋〉の遠い西詰までたどりつくと、そこからはすこし歩くだけで、人でごったがえす西岸側の河岸地区に入れた。松明に照らされた通りは、船乗り、奴隷、浮かれ騒ぐ酔っぱらいであふれていた。通りかかった巨象が背に載せている〝城〟には、半裸の娘が十人ほど乗っており、道ゆく者たちに乳房を見せてからかいながら、しきりに「マラクォ、マラクォ」と嬌声をあげていた。あんまり心をそそる眺めだったので、ティリオンは完全に気をとられ、その象が落としていった湯気の立つ糞の山をもうすこしで踏んづけてしまいそうになった。あわやというところで踏まずにすんだのは、騎士がぐいと鎖を横に引っぱってくれたからだ。ふらふらとよろめきながら、こびとは騎士にたずねた。

「なあ、あのどのくらいだ？」

「もうじき着く。目的地は〈魚売りの広場〉にある」

騎士の目的地は商館であることがわかった。商館は四階建てのばかでかい建物で、岸辺の倉庫、娼館、酒場のあいだにそそりたつその姿は、子供たちに囲まれた、太った巨漢のようだった。商館の大食堂はそうとう広かった。ウェスタロスじゅうを見まわしても、ここより広い大広間を持つ城は、全体の半分もないだろう。迷路のような造りの、薄暗く照らされた大食堂には、百もの私的な凹室《おうしつ》や隠し小部屋があり、船乗り、商人、船長、両替屋、船荷主、奴隷商人が、百もの異なる言語で嘘をつき、毒づき、だましあいをくりひろげている最中で、その喧噪が煤けた梁やひび割れた天井にこだましていた。

ここはティリオンにとっても宿泊先として都合がいい。早晩、《内気な乙女》はヴォランティスにやってくる。商館には都で最大の宿屋があるから、船荷主、船長、商人は真っ先にここへ宿をもとめにくるだろう。兎の巣穴のように入り組んだ大食堂ではさまざまな取引がなされる。ティリオンもその程度にはヴォランティスのことを知っていた。ここでグリフが〈鴨《ダック》〉やホールドンを連れて現われるのを待っていれば、じきに自分は解放される。それまでは辛抱づよく過ごすことだ。機会はきっとやってくる。

もっとも、上階にある宿泊所は、大食堂の規模から想像されるほど立派なものではなく、おまけに、安い部屋は四階の高みにあった。騎士が取ったのは、建物の端っこにある窮屈な屋根裏部屋だった。すぐ上にあるのは傾斜した屋根だ。天井は低くて、へたった羽ぶとんはすこしにおった。かしいだ厚板の床は、高巣城《アイリー》に幽閉されていたときのことを思いださせた。

(すくなくとも、ここには壁があるがな)

それに、窓もあった。この部屋で設備らしい設備といえるのは窓くらいのものだ。壁には鉄輪《かなわ》が設置してあって、奴隷の鎖をつなぐのに便利なようにできていた。騎士は獣脂蠟燭に火を点《とも》すあいだだけ鎖から手を放し、すぐにティリオンを鉄輪につないだ。

「ここまで用心せにゃならんもんかね?」力なく鎖をジャラジャラいわせながら、こびとはこぼした。「鎖をつながなくたって、どこにも逃げられやしない。窓から飛びおりるとでも思うのか?」

「可能性はある」

「ここは四階だぞ。おれは空を飛べない」

「落ちることはできる。おまえは生かして連れていきたいのでな」

(ははあん。しかし、なぜだ? サーセイはおれの生死など気にすまいに)

ティリオンはふたたび鎖をガチャつかせ、

「あんたがだれかはわかっているぞ」といった。

推測するのはむずかしいことではなかった。外衣《サーコート》に熊の紋章の縫取りがあり、楯にも熊が描かれ、領主の地位を剝奪されてうんぬんといわれれば、容易に見当はつく。

「それに、あんたの役割もだ。おれがだれかを知っているなら、おれがかつては〈王の手〉であって、〈蜘蛛《スパイダー》〉といっしょに小評議会の一角をになっていたことも知っているだろう。おれをこの旅に送りだしたのがあの宦官だと知ったら、興味をそそられるか?」(正確には、あいつとジェイミーだがな。兄のことはいわないでおこう)「おれもやつの手駒なんだよ、あんたと同じように。おれたちは相争うべきじゃないんだ」

騎士は態度を軟化させはしなかった。

「〈蜘蛛《スパイダー》〉から金はもらった。それは否定しない。だが、おれがやつの手駒であったことはただの一度もない。それに、おれが忠誠を尽くす相手はほかにいる」

「サーセイか？　だったらますます愚行だぞ、これは。姉がほしいのはおれの首だけだし、あんたは切れ味鋭い剣を持ってるじゃないか。こんな茶番はさっさとやめにして、おたがい、楽になろうぜ？」

騎士は笑った。

「これはこびとの策略か？　死をもとめることで、逆に生かしておいてもらえるとでも？」

騎士は戸口に向かった。「まあいい。厨房から食いものを持ってきてやる」

「それはご親切なことで。おれはここで待ってるよ」

「待っていることしかできまいが」

そういいながらも、部屋の外に出たあと、騎士は大きな鉄の鍵でドアを施錠していった。この商館は錠前が頑丈なことで有名なのだ。

（牢獄なみに頑丈だそうだな）こびとは苦々しく思った。（しかしまあ、すくなくとも窓はある）

この鎖から逃れられる見こみはない。そうとわかってはいるが、それでもやるだけやってみなくては。手枷から手を引き抜こうとする試みは、皮膚をすりむき、手首が血でぬるぬるするだけの結果におわった。こんどは壁から鉄輪を引き抜こうと苦闘してみたが、びくともしない。

（だめだな、これは）

鎖の長さがゆるすかぎり、ぐったりと力を抜いて、ティリオンは思った。脚が痙《つ》りかけている。このぶんだと、今夜はひどくつらい姿勢で過ごす夜になりそうだ。

（それも、何夜もつづく最初の夜にな）

室内は空気がよどんでいたので、風が入るよう、騎士は鎧戸をあけていっていた。屋根裏ではあるが、角部屋のため、さいわいこの部屋には窓がふたつある。ひとつの窓から見えているのは、〈大橋〉のほか、河向こうにそびえる、黒い壁で囲まれた古都ヴォランティスの心臓部だ。もうひとつの窓から見えるのは、下の大きな広場——長身の騎士モーモントが、〈魚売りの広場〉と呼んでいたところだった。鎖は短かったが、鉄輪に体重をあずけて横にぐっと身を乗りだせば、その窓から広場を見わたすこともできた。

（この窓から落ちたら、ライサ・アリンの天空房《スカイ・セル》から落ちるほど長い落下にはならないが、死ぬのはまちがいないな。もしかして、しこたま酔っぱらえば、勢いをつけて……）

こんなに遅い時間だというのに、広場は人で混みあっていた。船乗りたちは飲んで騒ぎ、娼婦たちは客を求めてうろつき、商人たちは取引にいそしんでいる。すぐ下を紅《あか》の女祭司が足早によぎっていった。そのうしろからは、松明を持った侍祭司が十何人か、ローブの裾を乱し、急ぎ足についていく。よそに目を転じれば、とある酒場の前に置かれたテーブルで、ふたりの男がサイヴァスにふけっているのが見えた。テーブルの横にはひとりの奴隷が立ち、サイヴァス盤の上にランタンをかかげている。どこかから、女の歌声が聞こえた。ことばはわからないが、おだやかで哀しげな調べだった。

(歌詞の内容がわかれば、泣いてしまうかもしれんな)

商館の手前近くでは、ふたりの投げ物曲芸師《ジャグラー》がたがいに火のついた松明を投げあっており、周囲に人だかりができていた。

待つ間もなく、モーモントはふたつき《タン》ジョッキ《カード》を二杯と、鴨のローストを一羽ぶん持ってもどってきた。ドアを足で閉めてから、鴨肉をふたつに裂いて、半身をティリオンに放ってよこす。空中で受けようとしたが、鎖の長さがたりず、腕をひっぱられて受けとめそこねたため、こめかみに肉が当たってしまい、顔が熱い肉汁まみれになった。鎖をジャラジャラと鳴らしながら身をかがめ、床に落ちた肉を拾おうとしたものの、なかなかうまくいかない。三度めの試みで、ようやく肉を拾いあげ、心から食べもののありがたみを感じつつ、かぶりついた。旨かった。

「こいつを流しこむエールはないのか?」

モーモントはタンカードの片方を差しだした。

「街じゅうのヴォランティス人が酔っぱらっているからな。おまえも酔ってかまうまい」

エールも甘露のように旨かった。フルーティな味わいがある。ごくごく飲み、気持ちよくげっぷをした。タンカードは白鑞《しろめ》製で、かなり重かった。

(こいつを飲み干して、あいつの頭にたたきつけてみたらどうだ? 運がよければ頭の鉢を割れるかもしれん。もっと運がよければタンカードが空振りして、あいつが激怒し、おれを

殴り殺してくれるかも）

さらにがぶりとエールを飲む。

「きょうは祝日なのか？」

「選挙期間の三日めになる。期間は十日間つづく。狂気の十日間だ。松明をかかげた行進に、演説また演説、芸を披露する役者に吟遊楽人に踊り子、自分の推《お》す候補の名誉のために命を賭して決闘する壮士《ブラーヴォ》ども、からだに三頭領《トライアーク》候補の名前をでかでかと書いた象たち。あそこのジャグラーはメシソのために曲芸をしている」

「メシソとやらには投票したくないな。おれが投票するときはちゃんと思いださせてくれ」

指についた脂をなめなめ、ティリオンはいった。下の広場では、見物人たちがジャグラーに貨幣を投げている。「三頭領の候補者連中、演劇も提供するのか？」

「票につながると思えば、なんでも提供する」モーモントは答えた。「料理に、飲みもの、演芸……アリオスは奴隷の美女百人を街頭に立たせて、好きに抱かせてやるから投票しろと訴えた」

「よしきた、そのアリオスに入れてやろう。奴隷娘のひとりを連れてきてくれ」

「選挙権を持つのは充分な財産を持つ自由ヴォランティス人だけだ。河の西側にはほとんどいない」

「なのに、こんなお祭り騒ぎが十日間もつづくのか？」ティリオンは笑った。「祭り自体は楽しいかもしらんが、三人の王というのは、ふたりほど多すぎるんじゃないか。麗しの姉と勇敢な兄といっしょに、三人で七王国を統治するところを想像してみれば、一年とたたずにひとりがほかのふたりを殺してしまう結果しか思い描けん。この都の三頭領も同じようにしないのが不思議でたまらんよ」

「そうしようとした例もあったが、数えるほどでしかない。賢いのはヴォランティス人で、われわれウェスタロス人は愚かなんだろうさ。ヴォランティス人は愚かさがもたらす報いを知っているが、お子さまを三頭領の一角にすえて悩まされたことなどない。それに、狂人がひとり選ばれるたびに、一年の任期がおわるまでは、ほかのふたりが狂人を抑制する。狂王エイリスの治世中、もうふたりの王がいて共同統治していたら、どれだけおおぜいの人間が死なずにすんだか考えてみろ」

（かわりに、狂王のそばにいたのは、おれの親父だ）

「自由都市のなかには、〈狭い海〉の西に住むわれわれのことを、ひとり残らず野蛮人だと思っている者がいる」騎士は先をつづけた。「そういった連中は、われわれがただの子供にすぎず、父親の力強い手をもとめて泣き叫ぶ幼児だとは思ってくれん」

「それとも、母親の手か？」

（サーセイがこれを聞いたら喜ぶだろうな。とりわけ、こいつがおれの首を携えてこの話をすれば）

「あんた、ずいぶんこの都にくわしいようだな」

「丸一年ちかく、この大都で暮らしていたことがある」騎士はタンカードの底に残った澱《おり》をゆすった。「スタークに追放されたとき、おれは二番めの妻とともにライスへ逃げこんだ。ブレーヴォスのほうがおれに向いていたが、暖かいところがいいと妻《リネス》がいったからだ。ゆえに、おれはロイン河で、本来なら仕えるはずだったブレーヴォス人と戦うはめになった。ところが、おれが銀貨一枚を稼ぐごとに、リネスは銀貨十枚を使ってしまう。しばらくしてライスに帰ってみると、リネスはなんと、愛人をこさえていてな。その愛人め、にこやかな顔で、おれを借財の代償として奴隷にする、それがいやなら妻をあきらめてライスから出ていけとぬかすんだ。ヴォランティスへは、そんな経緯で流れてきたのさ……からくも奴隷にされるところを逃れて、持ちものといえば、身につけた剣と服だけという状態でな」

「そしていまは、故郷へもどろうとしているわけだ」

騎士はエールの残りを飲み干した。

「あすになったら船を見つける。ベッドはおれが使うから、おまえは鎖のゆるす範囲で床に寝そべっていろ。眠れるなら眠っておけ。眠れないのなら、自分の犯した罪の数でも数えていることだな。ゆうに朝まではかかるだろう」

（犯した罪の数なら、あんただって負けちゃいないだろうが、ジョラー・モーモント）

こびとはそう思ったものの、ここは口をつぐんでおいたほうがよさそうだと判断した。

サー・ジョラーは剣帯をベッドの支柱の一本にかけ、長靴《ちょうか》を蹴飛ばすように振って脱ぐと、鎖帷子をめくりあげ、頭の上から脱ぎ、その下のウールと革の胴着も脱ぎ捨てて、最後に、汗じみのできた下着を脱いだ。傷痕のあるたくましい肉体は、黒い体毛でびっしり被《おお》われていた。

（こいつの皮を剝げたら、毛皮のマントだと偽って売れそうだ）

そんなことを考えるティリオンの前で、モーモントはへたったベッドに横たわり、すこしばかりにおう羽ぶとんの安逸に潜りこんだ。

戦利品を鎖につながれたまま放置して、たちまち騎士はいびきをかきはじめた。窓は全開になっており、欠けはじめた月の光が室内にたっぷりと射しこんできていた。窓からは下の広場の喧噪も入りこんでくる。断片的な酔吟の声、盛りのついた猫の鳴き声、ずっと遠くで剣と剣が斬り結ぶ響き。

（だれかが死ぬな）とティリオンは思った。

手枷で赤剝けた手首がうずく。鎖のおかげで、床に横になるはおろか、すわりこむこともできない。いちばんましな姿勢が、横向きになって壁にもたれかかることなのだ。しばらくして、両手が痺れて感覚がなくなった。すこし姿勢を変え、手首にかかる負担を軽くした。たちまち、感覚がいちどきにもどってきて、激痛をもたらした。悲鳴をこらえるには、歯を食いしばらねばならなかった。太矢が父親の鼠蹊部《そけいぶ》に突き刺さったときどれほど痛かったか、シェイのうそをつく喉に鎖を巻きつけて絞めあげたときどれほど苦しかったか、ティシャがおおぜいに輪姦されたときどれほどつらかったか、この状態なら想像がつく。三人の苦痛にくらべれば、いまの苦痛など、なにほどのこともないだろうが……だからといって、痛みを感じないわけではない。

(なんとか痛まない姿勢を見つけないと)

サー・ジョラーがベッドの上で寝返りを打ち、横向きになった。この状態でティリオンに見えるのは、広くて毛むくじゃらで筋肉質な背中だけだ。

(たとえ鎖から脱け出せたとしても、支柱にかけた剣帯のもとへたどりつくには、この男を乗り越えていかなきゃならない。せめて短剣だけでも抜けたなら……)

あるいは、鍵を見つけだして、ドアの錠前をはずし、階段をそっと降りて、大食堂を通りぬけ……。

(そのあと、どこへいく？　友人はいない。金もない。土地のことばも話せない)

疲労がとうとう苦痛に勝り、ティリオンは断続的な眠りに落ちた。しかし、ふくらはぎが痙《つ》り、こむらがえりを起こすたびに、こびとは悲鳴をあげ、鎖につながれたまま、わななきながら目を覚ました。そんなことをくりかえすうちに、全身の筋肉を苦痛にさいなまれつつ、ふと目覚めると、窓から朝陽が射しこんでいた。窓自体はラニスターの黄金の獅子のように燦然と輝いている。下の広場からは、魚売りたちが呼び売りする声と、鉄の輪をはめた車輪が玉石の舗装を走っていく音が聞こえた。

見ると、ジョラー・モーモントが目の前にそそりたっていた。

「鉄輪《かなわ》からはずしてやったら、いうことをきくか？」

「その〝いうこと〟のなかには、踊りもはいってるのかい？　あまりうまく踊れんかもしれないな。脚の感覚がないんだ。もしかして、腐れ落ちてしまったのかもしれん。それ以外のことだったら、なんでもいうことをきくぞ。ラニスターとしての名誉にかけて」

「ラニスターに名誉などあるものか」

そういいながら、サー・ジョラーは鉄輪から鎖をはずした。ティリオンは痺れきった脚でよろよろと前に進み、ばったりと倒れこんだ。両手に血流がもどってきて、あまりの激痛に涙が出た。

唇をかみながら、ティリオンはいった。

「どこへいくにしろ、転がしながらでないと、おれを連れてはいけないぞ」

転がすかわりに、大柄な騎士は手首同士をつなぐ鎖をひょいとつかみ、ティリオンを持ちあげた。

商館の大食堂はあいかわらず薄暗い迷宮のままで、周囲には凹室《おうしつ》や小部屋が連なっており、中央には中庭があって、そこに置かれた格子垣《トレリス》にたくさんの花をつけた蔓植物がからみつき、板石の床に複雑な形の影を投げかけていた。板石と板石の隙間に生えているのは、緑や紫の苔だ。光と影の交錯する暗い空間には、エールやワインの細口瓶のほかに、ミントの香りのする冷たい緑色の飲みものを持って、忙しげに行きかう奴隷娘たちの姿が見えた。こんなに朝早いというのに、二十にひとつのテーブルには客がついている。

あるテーブルには、ひとりのこびとがいた。髭をきれいに剃り、ピンクの頬、ぼさぼさの栗色の髪、がっしりした額、ずんぐりした鼻を持つこびとで、高いとまり木にすわり、木の

スプーンを手に、紫色のオートミールの鉢を赤い隈のある目で見つめている。たちまち、

(醜いこびとのクソ野郎め)

向こうのこびとがティリオンの視線に気づき、顔をあげ、こちらに目を向けた。

その手からスプーンが落ちた。

ティリオンはモーモントに警告した。

「あいつ、おれを見たぞ」

「それがどうした?」

「おれを知ってるんだ。おれがだれか知ってるんだ」

「姿を見られたくないなら、袋に詰めて持ち運んでやろうか」騎士は長剣の柄《つか》に手をふれた。

「あいつがおまえを奪いにくるというのなら、喜んでお相手しよう」

(喜んで殺してやろうということか)とティリオンは思った。(おまえみたいな大男の前に、あんなやつがなんの脅威になるというんだ? あいつはただのこびとだぞ?)

サー・ジョラーは静かな一角にあるテーブルにつき、朝食と飲みものを注文した。運んでこられたのは、やわらかくて平たいパンに、ピンクの魚卵、蜂蜜を塗ったソーセージ、蝗《イナゴ》の炒めもので、それを甘苦いブラック・エールで流しこんだ。ティリオンは何日も食べものにありついていない人間のように、がつがつと食べた。

「けさは食欲旺盛だな」騎士がいった。

「地獄の食いものはひどいと聞いてるんでな」

ふと戸口を見たティリオンは、ひとりの男が入ってくるのに気がついた。背が高く猫背で、先をとがらせた顎鬚《あごひげ》は紫のまだら状に染めてある。

（タイロシュの商人か）

男の入店とともに、屋外の喧噪がどっと入りこんできた。鷗《カモメ》たちの鳴き声、女の笑い声、魚売りの声――。一瞬、扉の外をイリリオ・モパティスが通りかかったような気がしたが、よく見ると、それは例の白い矮象《マメゾウ》の一頭だった。

モーモントは平たいパンのひときれに魚卵を塗り、ひとくちかじった。

「だれかがくるのを待っているようだな、こびと」

ティリオンは肩をすくめた。

「風に乗って、だれが吹きこまれてくるかわからないからな。おれがほんとうに愛した女、父親の亡霊、鴨《ダック》――なんでも可能性はある」ティリオンは蝗を口に放りこみ、嚙みしだいた。

「悪くはない味だ。虫けらにしては」

「ゆうべのここはウェスタロスの話で持ちきりだった。どこかの追放貴族が、自分の土地を取りもどすために〈黄金兵団〉を傭ったらしい。ヴォランティスにいる船長たちの半数は、足となる船を提供するため、ヴォロン・セリスの町まで遡航しようとしているそうだ」

ティリオンはつぎの蝗を嚥《の》みこんだところで、あやうく息を詰まらせそうになった。

（こいつ、おれをからかってるのか？　グリフとエイゴンの件をどこまで知っている？）

「そいつは残念だ」とティリオンはいった。「〈黄金兵団〉は、キャスタリーの磐城《ロック》を取りもどすため、おれが傭うつもりだったのに」

（これもグリフの策略のひとつか？　わざと偽の情報を広めているのか？　それとも……）

あの無邪気な小公子め、おれが撒いた餌に食いついたのか？　東へいくのではなく、西へ向かうことにしたのか？　デナーリス女王と結婚する望みを捨てて？

（つまり、ドラゴンたちをあきらめたわけか……しかし、グリフがそんなことをゆるすものかな？）

「あんたのことだって喜んで傭うぞ。生得の権利によって、父親の居城はこのおれのものだ。おれのために剣をふるうと誓え。城を取りもどした暁には、溺れんばかりの黄金であんたを埋もれさせてやる」

「融けた黄金で溺れた人間なら見たことがある。あまり愉快な見ものではなかった。おれがおまえのために剣をふるうとしたら、突きたてる先はおまえの腹だ」

「便秘の治療にはもってこいだな。なんなら、親父にきいてみるがいい」

ティリオンはタンカードに手を伸ばし、ゆっくりとエールを飲んだ。顔をよぎりかねない表情を容器で隠すためだ。やはり、船団の話はヴォランティスの目をごまかす策略にちがいない。

（うその情報を流して、自分の兵を船に満載させておき、海に出たところで船団をぶんどるつもりなんだ。この絵を描いたのはグリフか？）

成功するかもしれない。〈黄金兵団〉の総兵力は一万、百戦練磨の強者《つわもの》ぞろいで、規律もしっかりしている。

（しかし、船乗りはひとりもいない。グリフとしては、〈奴隷商人湾〉に入って海戦を余儀なくされたら、船乗りたちの喉に剣を突きつけて、いうことをきかせねばならないだろう）

おりしも、ふたたび給仕の娘がやってきた。

「〈未亡人〉がつぎにお会いになられます、お客さま。なにか貢ぎ物を持っていらっしゃいましたか？」

「持ってきた。すまんな」

サー・ジョラーは娘の手に貨幣を一枚握らせ、主人のところへ報告にもどらせた。

ティリオンは眉をひそめた。

「その未亡人というのは、だれの後家だ？」

「〈湾岸の未亡人〉のことさ。ロイン河の東側地区では、いまだに〈ヴォガッロの色女〉と呼ぶやつもいる。面と向かってはけっしていわないが」

そういわれても、さっぱりわからなかった。

「じゃあ、そのヴォガッロというのは……？」

「〈象〉のひとりだった男だ。三頭領に選ばれること七回、かなりの資産家で、港の界隈に権勢をふるっていたらしい。ほかの連中が船を建造して出帆するのをよそに、ヴォガッロは栈橋や倉庫を造り、荷の周旋をし、両替をし、船主が海の危険に遭遇した場合の保険業務を担っていたほかに、奴隷も商っていたという。ところがあるとき、気にいりの奴隷に惚れてしまってな。ユンカイで房中術〈七つの吐息の法〉を仕込まれた夜伽《よとぎ》奴隷で、それだけでも一大醜聞なのに……その奴隷を解放して女房に迎えたものだから、ますます大醜聞になった。やがてヴォガッロは死に、その女が事業を引き継ぐ。どんな解放奴隷も〈黒の壁〉の内側に住むことはゆるされない。そのため、後家はヴォガッロの邸宅を売却せざるをえなくなって、この商館に住みついた。三十二年前のことだ。その女はいまでもここに住んでいる。それがおまえの背後にいる女――中庭の向こうにいる女だ。この食堂には、自分専用のテーブルを持っていて、訪ねてくる者に謁見《えっけん》しているのさ。おっと、ふりむくなよ。いまはほかの者が〈未亡人〉に拝謁している。おれたちの番はあの男のつぎだ」

「で、その因業《いんごう》ばばあが、どんな形で役にたってくれるというんだ？」

「じきにわかるさ。先客が帰るぞ」

サー・ジョラーが立ちあがった。

ティリオンは鉄の鎖をガチャガチャいわせながら、椅子の上から飛びおりた。

（こいつはけっこう楽しめそうだ）

老婆は中庭の奥の、自分専用の一角にすわっていた。老婆のすわりかたには妙に狐じみたところがあり、その目には蜥蜴《トカゲ》を思わせるものがあった。白髪はそうとうに薄くなっていて、ピンクの地肌が覗いている。片目の下に残るかすかな傷痕は、ナイフで涙の刺青を削ぎ落としたあとだろう。テーブル上には朝食の残りが散らばっていた。鰯《イワシ》の頭に、オリーブの種、平たいパンのかけら。この〝専用テーブル〟の位置がきわめて巧妙に選ばれていることに、ティリオンは気がついた。背後には硬い石壁があり、横手には人が出入りできる植栽囲いの凹室がある。老婆からは宿屋の正面玄関全体を見わたせるのに、ここは影に包まれていて、一角の外からは中のようすがうかがえない。

ティリオンの姿を見るなり、老婆はにんまりと笑い、

「こびとかい？」と、喉を鳴らすような声でいった。おだやかだが、邪悪さを感じさせる声だった。使っているのは共通語で、外国なまりはほとんどない。「近ごろのヴォランティスときたら、こびとに蹂躙されているようだねえ。このこびと、なにか芸はあるのかい？」

（あるともさ）と、あやうくいってしまいそうになった。（弩弓《クロスボウ》を貸してくれ、そうしたら得意技を披露してやろう）

「芸などない」サー・ジョラーが答えた。

「それは残念。むかしね、ありとあらゆる芸をこなす猿を見たことがあるんだよ。あんたのこびとを見ていると、あの猿を思いだすねえ。このこびとがあんたの貢ぎ物かい？」

「ちがう。こいつだ」

サー・ジョラーは一双の手袋を取りだし、たたきつけるようにしてテーブルの上に置いた。その横には、けさがた〈未亡人〉が先客たちから受けとった貢ぎ物がずらりとならんでいた。銀のゴブレット、透けて見えるほど薄く翡翠《ヒスイ》の板を削りだして造った装飾的扇、神秘文字《ルーン》が刻まれた古代の青銅製短剣などだ。そんな宝物の数々の前だと、この手袋はひどく安っぽく

見える。

「わたしの老いてしわくちゃの手を手袋で隠せと？　こりゃまたやさしい心づかいだこと」

〈未亡人〉は手袋に手をふれようともしない。

「〈大橋〉で買ってきた」

〈大橋〉でなら、たいていのものは買えるからねえ。手袋に、奴隷に、猿」寄る年波で、〈未亡人〉の背中は曲がっていたが、黒い目はいまも力強い光をたたえていた。「それじゃ、この年老いた後家がなにをしてあげられるのか、聞かせてもらおうかね」

「至急、船便を確保してほしい。行き先はミーリーンだ」

一語。そのたった一語で、ティリオン・ラニスターの世界はひっくりかえった。

一語。ミーリーン。それとも、聞きまちがいか？

一語。ミーリーン。

（この男はミーリーンといった。おれをミーリーンに連れていくつもりなんだ）

ミーリーンは生きられることを意味する。すくなくとも、生きられる見こみがあることを意味する。

「なぜわたしのところへ？」〈未亡人〉がたずねた。「わたしゃ船なんて持ってないよ」

「おおぜいの船長に貸しがあるだろう」

（おれをクイーンのもとへ送りとどける、とこの男はいった。どのクイーンだ？　太后《クイーン》じゃない。サーセイのところへおれを売りにいくんじゃない。こいつはおれを、女王《クイーン》デナーリス

・ターガリエンのところへ連れていこうとしてるんだ。首を刎ねなかったのもそのためか。おれたちは東へいく。なのに、グリフとプリンスは西へいく。あの大馬鹿ども！）

いやもう、なにがなんだかわからない。

（いろんな策謀ともくろみが複雑に入り組んでいる。だが、すべての道はドラゴンの喉へと通じる——）

たまらずに噴きだした。げらげらと笑いだし、とめようにもとまらない。

〈末亡人〉がいった。

「あんたのこびと、なにか発作を起こしたようだよ」

「もうじき静かになる。ならないようなら、猿ぐつわをかませるまでだ」

ティリオンは両手で口を押さえた。

（ミーリーン！）

〈湾岸の末亡人〉はこびとを無視することにしたらしく、騎士に水を向けた。

「とりあえず、なにか飲むかい？」

空中にほこりが舞うなかで、給仕の娘がサー・ジョラーと〈末亡人〉の前に背の高い緑のグラスを置き、ワインをついだ。ティリオンはのどが渇いていたが、こびとの前にグラスが置かれることはなかった。〈末亡人〉はワインをすこし口に含み、口中でころがしてから、ごくんと飲みこんだ。

「ほかの追放者連中、みんな西へ船出しようとしてる。すくなくとも、この老いぼれた耳に入ってきている話じゃね。わたしに借りがある船長たちは、こぞって河を遡って、われ先に〈黄金兵団〉の金庫からわずかな金をせしめようと目の色を変えてるよ。われらが高貴なる三頭領も、十二隻の軍艦をくりだして、すくなくとも踏み石諸島《ステップストーンズ》までは船団を護送していくと約束したそうだ。ドニフォスのじいさまでさえ承諾したそうでね。なんとも栄えある冒険もあったものさ。それなのに、あんたは逆方向へいくというのかい」

「おれの用事は東にある」

「はて、その用事とはなんだろうかね？　ミーリーンに奴隷はいない。銀の女王が奴隷制を廃止しちまったからだ。闘技場もみんな閉鎖してしまったんで、流血試合を見物することもできやしない。ウェスタロスの騎士がミーリーンへいくとしたら、ほかにどんな用がある？　煉瓦の買いつけかい？　オリーブの買いつけかい？　それとも、〝ドラゴン〟目あてかい？　はははあん、図星だね」老女の笑みが獰猛さを帯びた。「銀の女王は赤んぼの肉をドラゴンに食わせてるって聞いたことがあるよ。当人は処女の生き血をためた血風呂につかって、毎晩、愛人をとっかえひっかえしてるんだそうな」

サー・ジョラーの口もとがこわばった。

「そいつはユンカイ人があんたの耳に注ぎこんだ毒だ。貴婦人たるもの、そんな汚らわしい世迷《よま》い言《ごと》を信じるのはどんなものかな」

「わたしゃ貴婦人なんかじゃないけどね、この〈ヴォガッロの色女〉でさえ、いまみたいなうわさを聞いたら、デタラメだとわかるさ。ただし、これからいうことはほんとうだよ……

ドラゴンの女王には敵が多い……ユンカイ、ニュー・ギス、トロス、クァース……そして、そう、もうじきヴォランティスも敵にまわる。こんなときに、ミーリーンへいくだって？　もうちょっとお待ち。遠からず戦士が募られるときがくる。銀の女王を倒すために、軍艦の群れが東へ漕ぎだすときがね。〈虎派〉は好んで鉤爪をひけらかすし、〈象派〉連中でさえ脅威を感じれば相手を殺すこともいとわない。〈虎〉のマラクォは栄光の味に飢えている。〈象〉のナイソスは富の大半を奴隷貿易で得ている身だ。じき第三の三頭領につく人間が、アリオスであれパルクェロであれベリコであれ、艦隊を東へ送りだすのはまちがいないよ」

サー・ジョラーは険しい顔になった。

「ドニフォスが再選されれば……」

「あの男が再選されるんなら、ヴォガッロだって再選されるさ——三十年前に死んだ、わが愛しのだんなさまさえもね」

ふいに、背後の席で大声が響いた。どこかの船乗りが文句をいいだしたのだ。

「この店じゃ、これをエールだっていうのか？　ふざけんな。猿の小便だってもっとましだぞ」

「だったら、小便を飲んでろ」別の声が答えた。

ティリオンは背後をふりかえり、声のするほうを見た。絶望的と知りつつ、この声の主が〈ダック〉とホールドンであってくれることを願っていたのだが、やはり声の主は見知らぬ男たちだった。そのほかに、さっきのこびとがいた。ふたりの男から一メートルほど離れた

ところに立ち、食いいるようにこちらを見つめている。どこかで見たような顔だ。〈未亡人〉が優雅なしぐさでワインを飲み、

「初期の〈象派〉にはね、女もいたんだよ」といった。「〈虎派〉を打倒して古《いにしえ》の戦争に終止符を打ったのも、そういう女たちだった。トリアナは四度再選されてる。ただし、残念ながら、それは三百年も前のことでね。以来、ヴォランティスは女の三頭領を出していない。ヴォランティスには選挙権を持った女だっているってのにさ。生まれのいい女は〈黒の壁〉の中にいて、大むかしからの宮殿に住んでる。わたしみたいな色物とはわけがちがうんだよ。〈旧《ふる》き血族〉は、解放奴隷に選挙権を与えてやるくらいなら、犬や子供に与えるだろうね。ともあれ、選ばれるのはベリコか、もしかすると、アリオス。どっちが選ばれるにしても、戦争には突き進む。現三頭領はそう考えてる」

「あんたはどう考えてるんだ？」とサー・ジョラーはたずねた。

（うまい）とティリオンは思った。（正鵠を射た質問だ）

「わたしかい？　わたしも戦争にはなると考えてるよ。ただし、三頭領がしたがってる戦争じゃない」老女は黒い目をきらめかせ、身を乗りだした。「この都じゃ、紅《あか》のル＝ロールは、他宗の神々をぜんぶひっくるめたよりもずっとたくさん信者を集めてる。ベネッロの説教、聞いたかい？」

「昨夜」

「ベネッロには炎の中に未来が見えるんだ」と〈未亡人〉はいった。「三頭領のマラクォは

〈黄金兵団〉を傭おうとした。知ってたかい？　紅の寺院を排除してベネッロを処刑しようと思ったのさ。虎のマントの親兵を使いたくなかったんだろう。なにしろ、親兵の半分は〈光の王《ロード・オブ・ライト》〉を信じてるありさまだからね。たしかにいまは、歴史あるヴォランティスの暗黒時代だよ、こんなしわくちゃの老婆にとってもさ。とはいえ、ミーリーンにくらべたら、半分も悲惨じゃない。だから、教えておくれ……なんだってまた銀の女王のところへなんかいきたいんだい？」

「それはあんたには関係のないことだ。船賃ははずむ。銀貨はたっぷり持っている」

（この馬鹿）とティリオンは思った。（このばあさんが払ってほしがっているのは金《カネ》なんかじゃない。敬意だ。このばあさんのことばが耳に入らないのか）

ここでティリオンは、ふたたび背後をふりかえった。例のこびとがいちだんとテーブルに近づいてきていた。手にはナイフを隠し持っているようなふしがある。ティリオンの首筋の毛が逆立ちはじめた。

「銀貨なんか取っておおきな。山ほど金貨があるんでね。それに、いくら怖い顔をしたってむだだよ。ここまで甲羅を経ると、にらまれたくらいじゃびくともしなくなるものさ。見たところ、あんたは筋金入りらしい。腰に吊った長剣のあつかいにも長《た》けてるように思える。けど、ここはわたしの領分だ。わたしが指を一本曲げるだけで、気がつくとあんたはガレー船の底にいて、櫂に鎖でつながれてミーリーンへ向かっているはめになるんだよ」

おもむろに、老婆は翡翠《ヒスイ》の扇を手にとって、開いてみせた。葉ずれの音とともに、老婆の左の蔓草でびっしりおおわれたアーチ道の陰から、すっとひとりの男が現われた。男の顔は傷だらけで、片手に剣を持っている。短いが肉切り庖丁のようにがっしりした剣だ。老婆はつづけた。

「〝〈湾岸の未亡人〉を訪ねてみろ〟とだれかにいわれたんだろうさ。ただし、そのだれかはこうも警告したはずだよ──〝〈未亡人の息子たち〉に気をつけろ〟とね。まあ、こんなに気持ちのいい朝だ、わたしだって荒事は避けたい。だから、もういちどきく。なぜあんたはデナーリス・ターガリエンのところへいきたいんだい？　世界の半分があの娘に死んでほしがっているというのにさ？」

顔を怒りでどす黒く染めながらも、ジョラー・モーモントは答えた。

「お仕えするためだ。お護りするためだ。必要とあらば、女王陛下をお護りして死ぬためだ」

〈未亡人〉は高笑いした。

「女王を助けたいと──そういうのかい？　それがあんたの目的なのかい？　いちいち名をあげられないほどたくさんの敵から──数えきれないほどたくさんの剣の群れから護りたい……そんなことを、この哀れな後家に信じさせたいっていうのかい？　あんたが騎士道精神あふれる本物のウェスタロス騎士であって、世界を半分も越えたところにいるあの娘を……なんと呼んだらいいんだろうね、あれはもう乙女じゃないが、それでもまだ穢《けが》れてはいないあの娘を……助けにいくというのかい？」

〈未亡人〉はふたたび、高々と笑い声をあげた。

「そこのこびとを連れていけば女王を喜ばせられるとでも思ってるのかい？　そいつの血の風呂につかったら、そいつの首を刎ねたら、女王が気をよくするとでも思ってるのかい？」

　サー・ジョラーはためらった。

「このこびとは、じつは――」

「――知ってるさ、そのこびとがだれなのか、どんなやつかはね」

　老婆の黒い目がティリオンに向けられた。石のように硬く冷徹な目だった。

「親族殺し、王殺し、人殺し、返り忠――ラニスターだ」

　最後のことばは唾棄せんばかりに吐きだされた。

「あんた、ドラゴンの女王になにを差しだすつもりだい、おチビ？」

（おれの憎悪だよ）といいたいところだった。

　かわりにティリオンは、手枷のゆるすかぎりの範囲で両手を広げ、こう答えた。

「おれが提供できるものなら、なんでもだ。知恵のある助言、残酷な打開策、とんぼ返りもすこし。ご希望とあらば、おれの一物も差しだそう。気にいらないようなら、この舌もだ。要望に応じて軍勢を指揮したっていいし、お御《み》足《あし》をさすったっていい。その見返りとして、おれがもとめる報酬はただひとつ――おれの姉を犯し、殺す許可だけだ」

　ティリオンの答えを聞いて、老婆はまたしても顔に微笑を浮かべ、いった。

「このこびとは正直だね、すくなくとも。それに引き替え、あんたはどうだい、騎士さまや。

あんたと同じたぐいのウェスタロス騎士は十数人、冒険家なら千人は知ってるよ。だけど、あんたほどぎらぎらぎらした欲望が透けて見える男は見たことがない。男はみんなけだものさ。利己的で横暴だ。どれほど耳に心地よいことばを弄《ろう》そうとも、その下にはかならず、小暗《おぐら》い下心が隠れてる。あんたのことは信用できない」老婆は扇で追いはらうようなしぐさをした。まるで騎士とこびとが、頭のまわりをうるさく飛びまわる蝿程度の存在でしかないように。「ミーリーンにいきたかったら、泳いでおいき。あんたにしてやれることはなにもないよ」

七つの地獄のふたが開いたのはそのときだった。

サー・ジョラーが立ちあがりかけた。〈未亡人〉が扇をぱちんと閉じる。傷だらけの顔の男が影からすべりでてきた……と同時に、背後であがった娘の怒声。ティリオンはすばやくうしろをふりむいた。例のこびとが突進してくるのが見えた。

(男じゃない、娘だ)と、唐突に悟った。(こびとの娘が男のなりをしてたんだ。そして、おれの腹を刺そうとしてる——あのナイフで)

鼓動半分のあいだ、サー・ジョラーも〈未亡人〉も傷だらけの男も、まるで動けずにいた。付近のテーブルにつく客たちはエールやワインを飲むばかりで、いっさい干渉するようすを見せない。自力で身を護らなくては。両手は鎖でつながっているため、同時に動かさざるをえず、その状態で手のとどくところにあるのは、テーブル上の細口瓶のみ。片手でその瓶をひっつかみ、くるりと向きなおりざま、突進してきたこびとと娘の顔に瓶の中身をぶちまけ、ナイフを避けるべく、横にだっと身を投げた。細口瓶が手からすべり、床に落ちて割れた。

そのあいだにも、床はぐんぐん頭に近づいてくる。したたかに激突して、ティリオンは床にころがった。そこへまたも娘が飛びかかってきた。横にすばやく身をひねる。そのとたん、娘のナイフがそれまでティリオンのいた床板に突き刺さった。娘は急いでナイフを抜きとり、ふたたび高々とふりかぶった……。

……が、急にその足が床から離れ、じたばたと宙を蹴りはじめた。サー・ジョラーの手で持ちあげられたのだ。

「放せっ！」娘は叫んだ。ウェスタロスの共通語だった。「その手を放せっ！」

サー・ジョラーの手から逃れようともがくうちに、娘の上着が裂ける音がした。

モーモントは片手で娘の襟首をつかんだまま、反対の手で短剣をもぎとり、ひとことこう命じた。

「そのへんにしておけ」

ここでようやく、宿の亭主が棍棒片手に駆けつけてきて、割れた細口瓶に目をとめるや、ぶつぶつ毒づきながら、なにがあったんだと問いかけた。

顎鬚を紫色に染めたタイロシュ人が、のどの奥で笑いながら答えた。

「こびと同士の喧嘩さ」

ティリオンは目をしばたたき、娘を見あげた。娘は顔からワインをしたたらせつつ、宙でもがいている。

「なぜだ？　おれがおまえになにをした？」

「おまえのせいで、にいさんが殺されたんだ」ここでとうとう、戦う気力がつきたらしい。モーモントにつかみあげられたまま、娘はぐったりと全身の力をぬき、目に涙をあふれさせながら語をついだ。「おまえのせいで、にいさんはあいつらに連れていかれて、殺された」

「あいつらとはだれだ？」モーモントがたずねる。

「船乗り。七王国からきた、船乗り。五人いた。酔っぱらってて。広場で馬上槍試合の芸をしていたあたしたちに目をつけて、船乗りたち、あとをつけてきたんだ。あたしは女だってわかって放されたけど、にいさんは連れていかれて、殺された。首を斬られて」

ティリオンははっとその意味を理解し、愕然とした。

（広場で馬上槍試合の芸をしていたあたしたちに目をつけて――）

ここでやっと、娘が何者かわかった。

「おまえ、豚に乗っていなかったか？　それとも、犬か？」

「犬よ」娘はすすり泣いていた。「オッポはいつも、豚に乗ってた」

（あのこびとたちだ、ジョフリーの挙式で芸をした）あの晩に起こった数々の波乱の幕開け。それがこの連中の芸だった。（なんと数奇な。世界を半分も越えたところで、またもやこの連中にかかわろうとは）

しかし、考えてみると、それほど数奇ではないかもしれない。

（こいつらに豚の半分の知能でもあれば、ジョフが死んだ晩のうちに、そそくさとキングズ・ランディングを逃げだしただろう――息子が死んだ責任を、いくぶんなりともサーセイに

とらされる前に）

「降ろしてやってくれ」ティリオンはサー・ジョラー・モーモントにたのんだ。「この娘、これ以上おれたちに危害を加えることはない」

サー・ジョラーは手を放し、床にくずおれたこびとの娘にいった。

「おまえの兄は気の毒に思うが……兄の殺害は、われらのあずかり知らぬことだ」

「ちがう、そいつのせい」

娘はひざをついて起きあがった。暴れたために裂けたうえ、ワインで濡れた上着を使って、小さな白い胸を隠している。

「あいつらがほしがったのは、その男なんだ。オッポのことをそいつだと思ったんだ」

娘は泣きながら、耳を貸してくれる者はいないかと、店内の者たちに訴えた。

「だから、この男は死ななくちゃならない。罪もないにいさんが死んだみたいに。おねがい。だれかあたしに力を貸して。だれか、そいつを殺して」

亭主が乱暴に娘の腕をつかみ、強引に立ちあがらせて、ヴォランティス語でなにごとかを叫んだ。だれが酒を弁償するのかといっているのだろう。

〈湾岸の未亡人〉がモーモントにひややかな視線を送った。

「弱き者、罪なき者を護るのが騎士じゃないのかい。かくいうわたしは、ヴォランティスでいちばん公正な乙女でね」老婆の笑い声は侮蔑に満ちていた。「あんたはなんて呼ばれてる、小娘？」

老女は古都ヴォランティスのことばで宿屋の亭主に声をかけた。ティリオンの語学力でも、〈未亡人〉がこびとの娘を自室に連れていき、ワインを与え、着るものを見つくろってやるようにというのがわかった。

こびとと亭主が去ってしまうと、〈未亡人〉は黒い目を輝かせ、しげしげとティリオンを見つめた。

「怪物というのは、もっとでかくなきゃいけないと思うんだがねえ。あんた、ウェスタロスでこそお貴族さまだったかもしれないが、ここじゃあ、残念ながら、たいした価値はない。けどまあ、できるだけのことはしてあげようじゃないか。ヴォランティスというところは、こびとにとって安全な場所じゃなさそうだからね」

「そいつはご親切なことで」ティリオンは老女にとびきりの笑みを浮かべてみせた。「親切ついでに、このすてきな鉄のブレスレットもはずしちゃもらえないかな？　この怪物、鼻が半分しかなくて、これが猛烈にかゆいんだ。この鉄鎖は短すぎて、鼻を掻きたくても掻けやしない。とってくれたブレスレットは、貢ぎ物として、喜んで進呈しよう」

「気前のいいことだねえ。けど、鉄なら若いころ、自分でもしっかり身につけてたし、いまじゃ金や銀のほうがお好みだ。それに、いうも悲しいことだけれど、ここはヴォランティス——手枷や鉄鎖が、売れ残りのパンよりも安いところだからね。奴隷の逃亡を助けることは禁止されてるしさ」

「〈一ペンス銅貨《ペニー》〉」

「おれは奴隷じゃないぞ」

「奴隷にされた人間はみんな同じ悲しい歌を歌うんだよ。だから、あんたを助けるわけにはいかない……ここではね」老婆はふたたび、身を乗りだした。「二日後に、《セレイソリ・クォーラン》という交易船《コグ》が出帆する。目的地はクァース、途中の寄港先はニュー・ギスだ。積荷はというと、錫《すず》に鉄、ウールにレースを収めた梱《こり》がたくさん、ミア産の絨毯が五十枚、塩水につけた死体がひとつ、ドラゴン・ペパーの壺が二十個——そして紅の祭司がひとり。その船に便乗しておいき」

「そうしよう」とティリオンはいった。「すまない」

サー・ジョラーが眉をひそめた。

「目的地はクァースではないぞ」

「クァースへはいかないよ。ベネッロが炎の中に行先の幻視を見てる」

老婆はそういって、狐じみた笑みを浮かべてみせた。

「なるほど」ティリオンはにやりと笑った。「おれがヴォランティス人で、自由の身で、〈旧《ふる》き血族〉だったら、三頭領選ではぜひともあんたに投票するところだ、マイ・レディ」

「だから、貴婦人《レディ》じゃないってば」〈未亡人〉は答えた。「ただの〈ヴォガッロの色女〉でけっこうだよ。さ、〈虎〉の兵士たちがこないうちに、姿をお隠し。首尾よく女王のもとへたどりつけたら、古都ヴォランティスの奴隷たちがよろしくいっていたとお伝えしてくれるかい」

〈未亡人〉はそこで、しわの寄った頬に残るかすかな傷痕に――涙の刺青を削りとった痕に――手をふれた。

「そしてね、おいでをお待ちしています、とお伝えしておくれ。どうか、一刻も早くおいでくださいますように、とね」

28 ジョン

命令を告げられたとき、サー・アリザー・ソーンの口は笑みを形作るかのように歪んだが、その目は依然として冷たく、火打ち石のように硬いままだった。

「すると、落とし子どのは、おれに死ぬための場所を与えてくださるわけか」

「死ヌ」モーモントの使い鴉がわめいた。「死ヌ、死ヌ、死ヌ」

(まったく、使えない鳥だな)

ジョンは使い鴉をはたき、追いやった。

「落とし子どのは、哨戒《レンジ》にいってこいといってるんだ。敵がいないか探って、必要なら殺せ。おまえは剣技に長けている。ここと東の物見城《イーストウォッチ》の武術指南だったんだからな」

アリザー・ソーンは長剣の柄《つか》に手をふれた。

「たしかに。おれは人生の三分の一を、農夫、阿呆、ごろつきどもに剣技の初歩を教えようとして、無為に時を費やしてきた男だ。ゆえに、北の森へいかせたところで役にはたたん」

「ダイウェンも同行する。ほかにもうひとり、年季を積んだ哨士《レンジャー》をつけよう」

「知っておかにゃならないことは、みんなおれたちが教えてやるよ」くっくっと笑いながら、ダイウェンがいった。「高貴なお生まれの尻をどうやって葉っぱで拭くかとかな。いっちょまえの哨士《レンジャー》はみんなそうやってんだ」

〈白い目《ホワイトアイ》のケッジ〉は笑い、〈ブラック・ジャック〉ブルワーはつばを吐いた。そちらには目を向けず、サー・アリザーはジョンにこういった。

「おれに拒否してほしいのだろう。そうしたら、おれの首を刎《は》ねる。スリントにしたように。そんな喜びを与えてたまるか、私生児め。おれは殺されるかもしれん。しかし、殺されるにしても、なるべく野人どもの剣にかかるよう祈っておくがいい。〈異形《ジ・アザー》〉に殺された者は、死んだままではいない……そして、生前のことを憶えている。おれはきっともどってくるぞ、スノウ総帥」

「こちらも、もどってきてくれることを祈っている」

ジョンはサー・アリザー・ソーンを友人と見なしていないが、それでも兄弟であることに変わりはない。

(兄弟のことを好きにならなければならないなんて、だれもいったことはないがな)

帰ってこない可能性が高いと知りつつ、兄弟たちを北の荒野へと送りだすのは、けっしてたやすいことではなかった。

(みな海千山千の猛者《もさ》ばかりだ)とジョンは自分に言い聞かせた。しかし、やはり海千山千だった叔父のベンジェンと部下の哨士たちを、〈幽霊の森〉はなんの痕跡もなく呑みこんでしまった。そのうちふたりだけは、足を引きずりつつ、やっとのことで〈壁〉の近くにまでもどってきて死んだが、その直後には〈亡者《ワイト》〉になっていた。ジョン・スノウがベンジェン・スタークの身になにが起こったのかと思い悩むのは、今回がはじめてではないし、これが最後でもないだろう。（もしかすると、こんど派遣する哨士隊がなんらかの手がかりを発見してくれるかもしれない）

ジョンはそう思ったものの、自分でも本気でそんなことを信じているわけではない。

サー・アリザーを含む隊の哨戒行《レンジング》を指揮するのはダイウェンだ。〈ブラック・ジャック〉ブルワーと〈白い目のケッジ〉もそれぞれ一隊ずつ率いていく。この三人は、すくなくとも任務の遂行に熱心だった。

「ありがてえ、また馬にまたがれる」門のところで、木の入れ歯のあいだから息を吸いこみながら、ダイウェンがいった。「下品なことというなって叱られそうですがね、ム＝ロード、城ん中でじっとすわってると、みんな、ケツの穴に木端《こっぱ》でもつっこまれてるみたいな気分になっちまっていけねえや」

黒の城《カースル・ブラック》で、ダイウェンほど〈幽霊の森〉にくわしい男はいない。樹々に小川の配置、食える植物の見わけ方、捕食者と被食者の習性など、なんでも知っている。

（ソーンにつけるにはもったいないほどの人材だ）

ジョンは出発する騎馬隊を〈壁〉の上から見送った。各々三人で構成された三組の班は、それぞれに二羽ずつ使い鴉を携行している。この高みから見おろすと、小型馬《ガロン》は蟻のように小さくて、各馬にまたがる哨士同士の見分けもつかない。それでも、出発していく者たちのことはよく知っていた。全員について、名前を心に刻みつけてある。

（八人の優秀な哨士たち。そして、残るひとりは……まあいい、じきにわかる）

最後の騎馬が森の中に消えると、ジョン・スノウは〈陰気なエッド《ドロラス》〉とともに、昇降籠に乗りこんだ。巻揚げ機に吊られてゆっくりと降下しだしたとき、〈壁〉の上に積もっていた雪が突風にあおられ、籠のまわりに踊った。そのなかのひとひらは、籠につきそうように、格子のすぐ外を舞いつづけた。籠より速く落ちていくため、ときどきすっかり見えなくなるのだが、そのつど突風に押しあげられてきて、また周囲を舞いはじめる。ジョンがその気になれば、格子のあいだから手をつきだし、つかむこともできただろう。

「ゆうべね、恐ろしい夢を見ましたよ、ム＝ロード」〈陰気なエッド〉がいった。「総帥がおれの雑士《スチュワード》で、おれに食事を運んできたり食器を下げたりするんですよ。総帥はおれで、もういっときも気の休まるひまがなくってね」

ジョンは笑う気になれなかった。

「おまえの悪夢はおれの現実だよ」

東の物見城《イーストウォッチ》の〈小農《コター》のパイク〉が司《つかさど》る数隻のガレー船からは、〈壁〉の北方、森におおわれた東の海岸に、ますます多くの自由の民が集まってきているとの報告がとどいていた。野営地も多数目撃されているし、造りかけの筏のほか、難破した交易船《コグ》を修理しかけている例も見つかっている。見つかったと知ると、野人はすぐさま森に隠れてしまうが、パイクのガレー船が通過すれば、またすぐ出てきていることはまちがいない。いっぽう、影の塔《シャドウ・タワー》のサー・デニス・マリスターによれば、〈峡谷《ゴージ》〉の北では、夜になると、いまでもあちこちに焚火の炎が見えるという。そのため、パイクもサー・デニスも、人員の増強をもとめてきていた。

（しかし、その人員をどこで確保しろというんだ？）

東西の両支城へは、土竜の町《モウルズ・タウン》から野人を十人ずつ送った。子供と老人ばかりで、なかには負傷者と不具者も混じっているとはいえ、全員、なんらかの仕事には従事できる。しかし、パイクもマリスターも、増員を喜ぶどころか、不満の手紙を送ってきていた。

〝増員をもとめたさい念頭にあったのは、〈冥夜の守人《ナイツ・ウォッチ》〉の人員でした。訓練され、規律を守り、忠誠心を疑う理由などない者たちでした〟

そう書いてきたのはサー・デニスだ。コター・パイクのほうはもっと過激だった。

〝送られた人員は、野人どもを近づかせぬための警告として、〈壁〉から吊るすくらいには使えれども、それ以外の使い道を思い浮かばず〟

代筆の学匠《メイスター》ハーミューンは、それに加えて、自分の意見として、こうつけくわえていた。

〝あのような者たちに寝室用便器の掃除をまかせる気にはなれません。それに、人員の質はさておき、そもそも十人ではすくなすぎます〟

長い鎖の先にぶらさげられて、きしみをあげ、金属と氷壁がこすれる音を響かせながら、鉄の檻は降下していく。やっとのことで、〈壁〉の基部まで降りきり、地面から三十センチ上でがくんと停止した。〈陰気なエッド〉がドアを押しあけ、先に飛びおりる。長靴《ちょうか》が前に降った雪の凍った層を踏みつぶし、ザクッと音をたてた。ジョンもそのあとにつづいた。

武器庫前の教練場では、例によって、〈鉄《アイアン》のエメット〉が新兵に稽古をつけていた。鋼と鋼が打ちあう響きに、ジョンは剣をふるいたくてうずうずしてきた。思いだすのは、気候がもっとあたたかく、世の中がもっと素朴だった日々——まだウィンターフェル城の小僧っ子だったころ、サー・ロドリック・カッセルの指導のもと、ロブと剣の練習に励んでいたころのことだった。だが、そのサー・ロドリックも斃《たお》れた。ウィンターフェル城を奪還しようとしたさい、〈返り忠のシオン〉と鉄人《くろがねびと》どもに殺されてしまったのだ。そして、難攻不落を誇ったスターク家の牙城は炎上し、廃墟と化した。

（おれの思い出はつらいものばかりだ）

〈鉄のエメット〉がジョンのようすに気づき、すっと片手をあげた。即座に剣の打ちあいがとまった。

「総帥。何人とやります？」

「上位三人と」

〈鉄のエメット〉はにやりと笑った。

「アーロン。エムリック。ジェイス」

〈馬《ホース》〉と〈跳ね駒鳥《ホップ＝ロビン》〉の手を借りて、ジョンは詰め物をした稽古用胴着を身につけ、その上から環鎧《リングメイル》の長い鎖帷子《ホーバーク》、脛《すね》当て、喉当て、半球形兜をかぶった。左腕は鉄で縁どった黒い松材の楯に通し、右手にはまだ刃をつけていない長剣を持つ。夜明けの光のもと、銀灰色の輝きを放つ剣は真新しく見えた。

（ドナルの鍛冶場で鍛えられた最後の剣のひと振りか。こいつに刃をつけるまで、ドナルが生きていてくれなかったのが残念だ）

長剣は〈長い鉤爪《ロング・クロー》〉より短かったが、並の鋼でできているため、こちらのほうがずしりと重い。したがって、斬撃の速度はすこし遅くなるだろう。

「まあ、使えるかな」ジョンは三人の新兵に顔を向けた。「こい」

「だれからいきますか？」アーロンがたずねた。

「三人ともだよ。いっぺんにかかってこい」

「三対一で？」ジェイスが信じられないという声を出した。「そんなの、フェアじゃない」

ジェイスはコンウィが連れてきた新人のひとりで、フェア島《アイル》からきた靴直し職人の息子だ。フェアなことにこだわるのは出身地のせいかもしれない。

「たしかにな。ここへこい」

ジェイスがそばにやってくると、ジョンはいきなり長剣で兜の上からジェイスの側頭部を殴りつけ、一瞬で地面に打ち倒し、まばたきひとつする間に胸を長靴《ちょうか》で踏みつけて、喉元に剣先を突きつけた。

「戦《いくさ》にフェアはない」とジョンはいった。「おまえは死んだ。これで二対一だ」

そのとき、砂利を踏む音が響き、横から双子が向かってきていることがわかった。

（こっちのふたりは哨士になれそうだな）

すばやく向きなおるや、アーロンの斬撃を楯の縁で受けとめ、エムリックの斬撃を長剣で受けつつ、

「槍じゃないんだぞ」と怒鳴りつける。「肉迫して斬りつけろ」

すかさず攻撃に転じて、斬撃の見本を見せた。最初の相手はエムリックだ。ななめ上から頭と肩に斬りおろす。右、左、また右——少年は楯をかかげ、ぶざまに防戦している。その楯に自分の楯をたたきつけ、脛を斬りつけた。エムリックはたまらずにくずおれた……が、すこしエムリックにかまけすぎたらしい。背後から襲いかかってきたアーロンに、大腿部のうしろ側を斬りつけられたのだ。がっくりと片ひざをついた。

(これは青痣になるな)

アーロンの第二撃を楯で受けとめ、よろりと立ちあがると、すぐさまラッシュをかけて、アーロンを教練場の隅に追いつめた。

(なかなかにすばやい)

長剣同士で斬り結ぶこと、一合、二合、三合。

(だが、もっと斬撃に力がなくてはだめだ)

そのとき、アーロンの目に安堵の色が浮かぶのが見えた。エムリックが背後に迫っている兆しだ。くるりとふりむきざま、エムリックのうしろにまわりこみ、肩胛骨を打ちすえた。エムリックはたたらを踏んで双子の兄弟にぶつかった。この時点で、ジェイスがのたのたと起きあがりかけていたので、ふたたび胸を踏みつけて、ジョンはいった。

「死体に起きあがられてはたまらんからな。〈亡者《ワイト》〉に出会えば、おまえにもこの気持ちがわかる」

それから、一歩あとずさり、長剣を下におろした。

「――大鴉なら、小鴉をつけても当然だ」背後から、うなるような声がいった。「だが、一人前の男と戦う度胸はあるのか？」

〈がらがら帷子《ラトルシャツ》〉だった。建物の壁にもたれかかり、こちらを見ている。落ちくぼんだ頬は無精髭だらけだ。薄い茶色の髪がひとふさ、小さくて黄色い目の前で風になびいていた。

「大きな口をたたくじゃないか」

「おうよ。おまえをたたきのめすなんぞわけはない」

「スタニスは燃やす人間をまちがえたか？」

「いいや」野人はあちこち欠けた虫歯だらけの茶色い歯をむきだしにして、にたりと笑った。「あいつは燃やすべき男を燃やした。それはまちがいない。人はみな、するべきことをするだけだ、スノウ。王でさえもな」

「エメット、こいつに板金鎧《プレートアーマー》を。古びた骨などではなく、鋼で鎧《よろ》わせたい」

板金鎧に身を包むと、〈鎧骨公《ロード・オブ・ボーンズ》〉はすこし背筋が伸びたように見えた。若干、背も高くなったようだ。肩も部厚くなって、ジョンが思っていたより力強そうな印象を与えた。

（鎧のおかげだ、こいつ自身の体格じゃない）ジョンは自分に言い聞かせた。（サムでさえ、ドナル・ノイの鍛えた鋼板で全身を鎧えば剛勇無双に見える）

野人は〈ホース〉が差しだした楯をわずらわしげに断わって、かわりに両手持ちの大剣を要求した。

「いい音だ」振った大剣が空気を斬り裂く音を聞いて、〈鎧骨公《がいこっこう》〉は悦に入った。「さあて、かかってこい、スノウ。きさまの軽い剣など吹っとばしてくれる」

ジョンは猛然と斬りかかった。

〈がらがら帷子《ラトルシャツ》〉は一歩下がりつつ、両手持ちの大剣を横に薙《な》ぎ、ジョンの剣を迎え討った。楯で防がなかったら、胸当てを砕かれ、肋骨を半分がた折られていただろう。強打を受けて、一瞬、ジョンはよろめいた。腕を強烈な衝撃が走りぬけた。

(思ったより斬撃が強い)

もうひとつ予想外だったのは、相手の敏捷さだ。ふたりは円を描くようにして横に移動しつつ、たがいに斬り結んだ。〈鎧骨公〉は一歩も引けをとることなく渡りあっている。両手持ちの大剣はジョンの長剣よりはるかにあつかいにくいはずなのに、野人が振りまわす剣は目にもとまらない速さだ。

〈鉄のエメット〉の教え子たちはみな、はじめのうちこそ総帥に声援を送っていたものの、〈がらがら帷子《ラトルシャツ》〉の息もつがせぬ矢継ぎ早の攻勢を目のあたりにし、じきに黙りこんだ。

(こんな攻撃を長くつづけていられるはずがない)

つぎの斬撃を受けとめながら、ジョンは自分に言い聞かせた。衝撃でうめき声が漏れる。刃をつぶしてあるというのに、大剣は松材の楯にひびを生じさせ、鉄の枠をひしゃげさせた。

(じきに疲れるはずだ。疲れないはずがない)

野人の顔面に斬りつけた。〈がらがら帷子《ラトルシャツ》〉は頭をのけぞらせ、剣をかわした。こんどはふくらはぎに斬りつけた。野人は地を蹴り、剣を飛び越えた。つぎの瞬間、大剣がジョンの左肩を打ちすえた。肩当てが金属音を響かせる。左肩から先の感覚がなくなって、ジョンはあとずさった。〈鎧骨公〉が得意げに笑いながら追いすがってくる。

(向こうは楯を持っていない)と、ジョンは自分に思いださせた。(それに、あの怪物剣は重すぎて、斬り結ぶのに向いていない。向こうが一撃をくりだすあいだに、こちらは二撃を与えられていいはずだ)

なのに、そうはなっていない。しかも、こちらの攻撃はみなはずれてしまう。斬りつけるたびに野人が体をかわし、あるいは横に飛ぶため、ジョンの斬撃はいつも肩や腕をかすめるだけにおわってしまうのだ。ほどなく、戦いはますます劣勢が濃くなり、相手の斬撃を避けようとしても、二度に一度は避けそこねるようになった。さんざんに打ちのめされて、楯は焚きつけのようなありさまになっている。とうとう、腕を振って楯を放り捨てた。兜の下は汗まみれだ。額を流れ落ちる汗が目にしみる。

(こいつは腕力がありすぎる。動きがすばやすぎる。加えてあの大剣だ、打ちこみが重いし、リーチも長い)

得物《えもの》が〈ロングクロー〉だったら、戦いはまた別の展開になっていただろう。だが……。

チャンスは〈がらがら帷子《ラトルシャツ》〉がつぎに大剣を大きくうしろへ引いたとき訪れた。ジョンは前に身を投げ、勢いに乗って相手を押し倒し、もろともに地へ倒れこんだ。組み討ったまま、ごろごろと横にころがっていく。脚と脚がからみあい、鋼と鋼がぶつかりあった。ころがるうちに、ふたりとも剣を失った。野人が股間に膝頭を蹴りつけてくる。ジョンはジョンで、鎖手袋をはめた拳で殴りつけた。転瞬の間に〈がらがら帷子《ラトルシャツ》〉が上になり、両手でジョンの頭をつかんだ。つかんだ頭をいったん持ちあげて、後頭部をがつんと地面にたたきつける。ついで野人は面頬《めんぽお》を撥《は》ねあげ、獰猛な声でいった。

「短剣さえあれば、いまごろは片目を抉《えぐ》りだしているところだぞ」

ここにおいて、〈ホース〉と〈鉄のエメット〉が後方から野人をひっつかみ、総帥の胸の上から引き離した。

「放せっ、このクソったれの鴉ども！」野人が吠えた。

ジョンは懸命に身を起こし、片膝立ちになった。頭ががんがんする。口の中は血まみれだ。その血をぺっと吐きだして、野人にいった。

「よく戦った」

「大きな口をたたくじゃないか、鴉。おれは汗ひとつかいていないぞ」

「このつぎは、そうはいかんさ」

〈陰気なエッド〉の手を借りて立ちあがり、兜のひもを解いた。兜には、かぶったときにはなかった深い凹みがいくつかできていた。

「放してやれ」

ジョンは〈跳ね駒鳥〉に兜を放り投げた。〈跳ね駒鳥〉は兜を取り落とした。

「総帥」〈鉄のエメット〉がいった。「こいつは総帥の命を脅かす発言をしました。ここにいる全員が聞いています。短剣さえあれば、総帥の――」

「短剣ならそいつは持っている。腰の剣帯にな」

〝自分よりもすばやく、力の強い敵はかならずいるものです〟かつてサー・ロドリックは、ジョンとロブにそういった。〝そういう相手とは、ひとまず教練場でまみえておくにしくはありません――戦場で相まみえざるをえなくなる前に〟

「――スノウ総帥」

静かな声が語りかけてきた。

声のほうを向くと、クライダスが壊れたアーチ道の下に立っていた。手に羊皮紙を持っている。

「スタニスからか？」ジョンはひそかに、王からの一報を期待していた。〈冥夜の守人《ナイツ・ウォッチ》〉は他事にいっさい関知しない決まりだし、どの王が覇権を握ろうと知ったことではないものの、やはり気になっていたのだ。「深林の小丘城《ディープウッド・モット》からか？」

「それが、そうじゃないんだ」

クライダスは羊皮紙を差しだした。きつく巻いたうえで、薄桃色の硬い封蠟が施してある。

（薄桃色の封蠟など使うのは、ドレッドフォート城だけだぞ）

ジョンは籠手《こて》をはずし、手紙を受けとると、封蠟を破った。そこに書いてある署名を見たとたん、〈がらがら帷子《ラトルシャツ》〉との戦いのことは念頭から消し飛んでしまった。

〝ラムジー・ボルトン、ホーンウッド城城主〟

大きな金釘流の文字で、署名にはそうあった。使われているのは茶色のインクで、親指でこすると、インクの薄片がぽろぽろと剝がれ落ちた。ボルトンの署名の下には、ダスティン女公やサーウィン女公のほかに、ライズウェル家の四人の署名があり、紋章が記されている。その下にはひときわ粗雑な筆致で、アンバー家の〝巨人〟の図象《ずしよう》が描かれていた。

〈鉄のエメット〉がたずねた。

「なんと書いてあるのか、教えてもらっていいですか、総帥？」

教えない理由はどこにもない。

「要塞《モウト》ケイリンが陥《お》ちた。鉄人《くろがねびと》の死体は皮を剝がれたうえ、〈王の道〉ぞいに立てられた杭に打たれてさらされたそうだ。ルース・ボルトンは自分に忠実な諸公にバロウトンの町へ馳せ参じるよう召集をかけている。その目的は、〈鉄の玉座〉に忠誠を誓うことと、息子の結婚式を祝うことにあり、結婚の相手は……」

つかのま、心臓がとまったかに思えた。

（ばかな。そんなことはありえない。あの子はキングズ・ランディングで死んだはずだ——父上といっしょに）

「……スノウ総帥？」クライダスがジョンの顔を覗きこんでいた。白目は暗いピンク色だ。「だいじょうぶ……じゃなさそうだね？　まるで……」

「……結婚相手はアリア・スタークとある。おれの妹だ」

アリアの姿がまざまざと目蓋の裏に浮かんできた。長くてぱっとしない顔、ぽこんと突き出たひざにひじ、泥だらけの顔にもつれた髪。結婚式となれば、徹底的にからだを洗われ、櫛も入念に入れられることだろう。しかし、アリアがウェディング・ドレスを着たところはどうしても想像できなかった。ラムジー・ボルトンと褥《しとね》をともにするところもだ。

(本心ではどんなに怖がっていても、アリアがそれを表に出すことはない。あの男が指一本でも触れようとしたら、アリアは戦うだろう)

「総帥の妹?」〈鉄のエメット〉がいった。「年齢は……」

(いまはもう十一になっているはずだが)とジョンは思った。(まだまだ子供だ)

「いや、おれに妹はいない。いるのは兄弟だけだ。おまえたちだけだ」レディ・キャトリンがこれを聞いたらさぞ喜んだだろう。だからといって、このせりふを口にするのが楽になるわけではない。気がつくと、思わず羊皮紙をぎゅっと握りしめていた。

(ラムジー・ボルトンの首を絞めるのがたやすくなるわけでもない)

クライダスが咳ばらいをした。

「返事を出すかね?」

ジョンはかぶりをふり、その場を歩み去った。

日が暮れるころには、〈がらがら帷子《ラトルシャツ》〉にやられた打ち身が紫色に腫れあがっていた。

「消えるころになると、この痣は黄色くなる」話しかけている相手はモーモントの使い鴉だ。「おれはあちこち、黄ばんだ色になっているだろうな、あの骨鎧の大将なみに」

「骨《ホネ》」使い鴉は答えた。「骨《ホネ》、骨《ホネ》」

そのとき、屋外から、かすかな話し声が聞こえてきた。声は小さすぎて、ことばとしては認識できない。

（まるで千キロもの彼方みたいじゃないか）

声の主は、レディ・メリサンドルとその信奉者たちだった。毎夕、黄昏どきが訪れると、〈紅の女〉と信奉者たちは篝火《かがりび》を焚いて、宵の祈りを捧げ、暗闇を透かしてものが見えますようにと紅《あか》い神に願う。

（夜は暗く、恐怖に満てり、だからな）

スタニスと〝王妃の兵〟がおおむね去ったいま、メリサンドルの取り巻きは大幅に減っていた。土竜《モグラ》の町からきた自由の民が五十名ほどと、王が残していった護衛兵がひとにぎり、そしておそらく、紅い神を神として仰ぐことにした黒の兄弟が十名強だ。

ジョンのからだは、六十の声を聞いた男のそれのようにこわばっていた。

（暗黒の夢だ——それと、罪の意識）

思いはすぐに、アリアのことへもどっていった。

（アリアのためにしてやれることはない。誓約のことばを口にすることで、おれはすべての親族と縁を切った。黒の兄弟のだれかが、〝自分の妹が危機に瀕している〟と申し出てきた

としても、それはおまえには関係のないことだといわざるをえない)

ひとたび誓約のことばを口にすれば、その者の血は黒く染まってしまうのである。

(そう、真っ黒になる――落とし子の心臓のように)

かつてジョンは、城鍛冶のミッケンにアリア用の剣を造らせた。壮士《ブラーヴォ》が使うタイプの剣で、アリアの手に合うよう小さく造ってある。銘は〈針《ニードル》〉。アリアはまだあの剣を持っているだろうか。〝尖ったほうで刺せ〟といって、あのときはからかったものだが、もしアリアが〈ボルトンの落とし子〉を刺そうとすれば、あの子の命にかかわる事態になるはずだ。

「スノウ」モーモント総帥の使い鴉がつぶやきを発した。「スノウ、スノウ」

だしぬけに、これ以上はもう、一瞬たりとも耐えられなくなった。

ドアの外にはゴーストがいて、牛の骨を齧り、髄をしゃぶろうとしていた。

「いつもどってきたんだ?」

大狼《ダイアウルフ》は立ちあがり、骨を放りだして、ひたひたとジョンのあとをついてきた。

武器庫の扉の内側には、マリーと〈ビヤ樽《ケッグズ》〉が見張りにつき、槍にもたれかかって立っていた。

「外は猛烈に寒いですぜ、ム=ロード」オレンジ色が目を引くもじゃもじゃの顎鬚《あごひげ》の下で、マリーがいった。「外へは、長く?」

「いや。ちょっと外気を吸ってくるだけだ」

ジョンは夜のただなかに歩み出た。まさに降るような星空だった。〈壁〉にそって強風が吹いており、月でさえ寒そうに見える。顔全体が凍りつきそうだ。そのとき、最初の突風がジョンに襲いかかり、重ね着したウールと革の内側に切りこんできて、歯の根をガチガチと鳴らした。そんな状態で郭《くるわ》を横切り、マントをバタバタとなびかせて、風の牙に真っ向から向かっていく。ゴーストもあとからついてくる。

（おれはどこへいこうとしてるんだ？　なにをしようとしてるんだ？）

黒の城《カースル・ブラック》はひっそりと静まり返り、大広間も塔もみな暗い。

（おれの居城）とジョン・スノウは思った。（おれの広間、おれの故郷、おれが取りしきる場所。それは廃城だ）

〈壁〉が落とす影の中で、大狼《ダイアウルフ》の毛皮がジョンの指をこすった。鼓動半分のあいだ、夜が一千ものにおいであふれかえった。

古い雪の表層を踏みしだく足音が聞こえてきたのはそのときだった。唐突に、気がついた。だれかがうしろにいる。夏の日のようにあたたかいにおいのするだれか――。

ふりかえると、そこにイグリットがいた。

イグリットは〈総帥の塔〉の焼け焦げた石材の下で、暗闇と思い出に包まれて立っていた。月光がその髪を照らしている。炎にキスされた赤毛を照らしている。その姿を見たとたん、口から心臓が飛びだしそうになった。

「イグリット」

「スノウ総帥」

その声はメリサンドルのものだった。

ぎょっとするあまり、うしろにのけぞった。

「レディ・メリサンドル」一歩あとずさる。「別の人間とまちがえてしまいました」

（夜の暗闇のもとでは、どんなローブも灰色と化す）

なのに、だしぬけに、メリサンドルのローブは紅《あか》く変貌していた。どうしてイグリットと見誤ったのかはわからない。メリサンドルのほうが背が高く、痩せていて年上だ。ただし、月光がその顔から年齢の差を洗い流している。鼻孔から出る息は白い柱となって立ち昇っていた。白い柱が立ち昇っているのは、白い手からもだ。こんなに寒い夜のただなかだというのに、その手はむきだしのままだった。

ジョンはいった。

「凍傷で指が落ちてしまいますよ」

「それがルー＝ロールのご意志ならばやむをえないわ。けれど、夜の力ごときでは、心の臓を神の聖なる炎にひたした者に触れることなどできません」

「心配しているのは、あなたの心臓のことじゃない。あなたの手です」

「だいじなのは心臓だけ、心だけよ。心を強く持って。絶望してはいけません、スノウ総帥。絶望とは、けっしてその名を口にしてはならない敵の武器。あなたの妹は、失われたのではないのだから」

「わたしに妹などいません」

自分のそのことばが、ナイフのごとく心に突き刺さった。

（おれの心のなにがわかるというんだ、女祭司よ？　おれの妹のなにを知っているというんだ？）

メリサンドルはおもしろがっているようだった。

「名前はなんというのです？　いないはずの、あなたの妹の名は？」

「アリアです」われながら、かすれた声だった。「正確には、異母妹ですが」

「……それはあなたが父君のご落胤《らくいん》だからね？　忘れてはいないわ。妹さんの姿は炎の中に見ました。仕組まれた結婚から逃げるために、ここへ向かっているのよ、あなたのもとへ。死にかけの馬に乗り、灰色の服に身を包む娘が。陽の光の下で見るがごとく、それは鮮明に見えましたとも。まだ起きてはいないことだけれど、いずれは現実になるでしょう」ここでメリサンドルは、ゴーストに目をやった。「触れてもいいかしら、あなたの……狼に？」

その結果を想像して、ジョンは不安をおぼえた。

「やめておいたほうがいいですよ」

「その子がわたしに危害を加えることはないわ。あなたはその子をゴーストと呼んでいるのね」

「そうです、しかし……」

「ゴースト」

メリサンドルは歌うような調子で狼の名を呼んだ。

大狼《ダイアウルフ》はひたひたと近づいていき、用心深い態度でにおいを嗅ぎながら、メリサンドルの周囲をまわりだした。女祭司が片手を差しのべると、ゴーストは手のにおいも嗅ぎ、ついでその指に鼻づらを押しつけた。

ジョンは驚いた。思わず吐いた息が白く立ち昇る。

「いつもは、こんなに……」

「……ぬくもりを感じさせる反応を示さない？　ぬくもりはぬくもりを呼ぶものよ、ジョン・スノウ」

メリサンドルの双眸《そうぼう》は一対の赤い星となり、暗闇の中で燃えていた。喉元には例の紅玉《ルビー》が第三の目となって輝いている。その輝きは、ほかの目よりもいちだんと明るい。紅い輝きを反射して、ゴーストの目も同じように赤く燃えているのが見えた。

「ゴースト」ジョンはきつい声で呼んだ。「もどれ」

大狼《ダイアウルフ》がジョンに目を向けた。まるで見知らぬ者を見るような眼差しだった。

信じられない思いで、ジョンは眉根を寄せた。

「こんな……ありえない」

「そう思う？」

メリサンドルは雪にひざをつき、ゴーストの耳のうしろを掻いた。

「あなたの〈壁〉も充分にありえない場所ですよ。けれど、ここには力があるわ。使う気になりさえすればね。あなたの中にも力はあるの。そして、このけものの中にもよ。あなたは抵抗しているけれど、それはあなたの過ち。その力を抱擁しなさい。利用しなさい」

（おれは狼じゃない）とジョンは思った。

「どうすればその力を使えるんです？」

「教えてあげる」メリサンドルは細い腕の片方をゴーストにかけ、狼の巨体に寄りそった。大狼《ダイアウルフ》が女祭司の顔を舐める。「〈光の王《ロード・オブ・ライト》〉は、その叡知によって、わたしたちを男と女に創りたもうたのです——より大いなる全体の半分ずつとして。ゆえに男女が一体となることで、そこには力が生まれるのよ。生命を産みだす力が。光をもたらす力が。影を落とす力が」

「影——」

そう口にしたとたん、世界はいっそう昏《くら》くなったように感じられた。

「大地を歩く者はみな世界に影を落とすの。薄くて弱々しい影もあれば、長くて黒々とした影もある。うしろを見てごらんなさいな、スノウ総帥。月があなたにキスをして、氷の壁に高さ五メートルもある影を刻みつけているわ」

ジョンは肩ごしにふりかえった。メリサンドルのいうとおり、影はたしかにそこにあった。月光が氷壁に黒々とした自分の影を落としている。

（〝死にかけの馬に乗り、灰色の服に身を包む娘〟）とジョンは思った。（〝ここへ向かっているのよ、あなたのもとへ〟。——アリア）

〈紅の女祭司〉に向きなおった。たしかに、ぬくもりが感じられた。

（この女《ひと》には力がある）

ひとりでに、そんな考えが浮かんできて、鉄の歯でジョンをがっちりと咥《くわ》えた。しかし、この女から恩義を受けたくはない。たとえそれが妹のためであってもだ。

「以前、ダラにいわれたことがあります。ダラというのはヴァルの姉、マンス・レイダーの妻であった女ですが。そのダラにいわせると、〝魔法は柄《つか》のない剣〟だと。魔法という剣を安全に握るすべはないのだと」

「賢明な女性ね」メリサンドルは立ちあがった。紅のローブが風に翻った。「けれど、柄のない剣であれ、剣は剣。そして剣は、まわりじゅうが敵だらけのとき、これほどたのもしいものはないわ。さあ、よくお聞きなさい、ジョン・スノウ。九羽の鴉が白き森へ飛んでいきました——あなたの敵を見いだすために。そのうちの三羽はすでに死んだも同然なの。まだ死んではいないけれど、森に死が待ち受けていることはたしか。そして、その死との邂逅《かいこう》に向けて、馬を駆っている。あなたは暗黒を探る目とするために、鴉たちを放った。けれど、あなたのもとへ帰ってくるとき、その三羽の目は失われている。炎の中に、わたしは生気をなくした三羽の白い顔を見たのよ。眼窩から目が抉《えぐ》りとられ、血の涙を流している顔をね」

メリサンドルは顔にたれた紅い毛髪をかきあげた。紅い目が爛《らん》と輝いた。

「あなたはわたしを信じてはいない。けれど、いずれは信じるようになるわ——三人の命と引き替えに。叡知を得るためなら、安い代償という者もいるかもしれないけれど……それは払わなくてもすんだかもしれない代償なのよ。あなたが送りだした者たちの、眼球を失い、ぼろぼろになった顔を目《ま》のあたりにしたとき、わたしのことばを思いだしなさい。そして、その日がきたら、わたしの手をお取りなさい」

白い肌から、白い湯気が立ち昇り、つかのま、その指から白い魔法の炎が燃えあがって、指のまわりでゆらめいているように見えた。

「わたしの手をお取りなさい」

〈紅の女祭司〉はくりかえした。

「そして、わたしにあなたの妹を助けさせるの」

29――ダヴォス

〈狼の巣〉の薄暗がりの中にいてさえ、けさのダヴォス・シーワースは不吉な雰囲気を感じとることができた。

人声で目を覚まし、足音を忍ばせて独房の木の扉に歩みよったが、板が厚すぎてことばが識別できない。夜が明けても、牢番のガースが毎朝持ってくるかゆ《ポリッジ》が運んでこられることはなかった。それはいっそう大きな不安をかきたてた。〈狼の巣〉に入れられて以来、似たり寄ったりの毎日がつづいており、たまに変化があっても、悪いほうへの変化でしかない。

（いよいよ処刑の日なのかもしれんな。こうしているいまも、ガースは砥石の前にすわって、せっせと〈レディ・ルー〉を研いでいるのかもしれん）

〈玉葱の騎士《タマネギ》〉は、最後にワイマン・マンダリーが自分に投げかけたあのことばを忘れてはいない。

「この外道を〈狼の巣〉に連れていき、頭と両手を斬り落とせ」と肥満公は命じた。「この密輪屋の首を見ないうちは、ひとくちも食事が喉を通らん――うそばかりつく歯のあいだに玉葱を咥《くわ》え、串に刺されたこやつの生首を見ないうちはな」

毎晩、ダヴォスはそのことばを頭にこだまさせつつ眠りにつき、毎朝、目覚めると同時にそのことばを思いだす。たとえ忘れていることがあっても、ガースがいつも嬉々としてそのことを思いださせる。〝死人《しびと》〟というのが、ガースがダヴォスにつけた呼び名だからだ。朝、独房にやってくると、ガースは決まってこういう。

「そら、死人にポリッジを持ってきてやったぞ」

夜は夜で、こうだ。

「さあ、蠟燭を消せ、死人」

あるときガースは、死人に紹介するために、自分の〝淑女《レディ》〟たちを連れてきた。

「この〈娼婦〉は、見栄えこそ、ぱっとしないがな」冷たい黒鉄の棒をなでさすりながら、ガースはいった。「こいつを真っ赤に灼《や》いて、おまえの一物に押しつけたら、泣きわめいておっかさんの名前を呼ぶことまちがいなしだぜ。こっちのは〈レディ・ルー〉だ。ワイマン公からのご命令がありしだい、おまえの首と両手を斬り落とすのは、この〈レディ〉の役目さ」

ダヴォスは〈レディ・ルー〉よりも大きな斧を見たことがないし、これほどに鋭利な刃も見たことがない。もうひとりの牢番によると、ガースは毎日、かなりの時間を割いて、この斧を研いでいるという。

(それでも、慈悲など請いはしないぞ)

ダヴォスは心にそう誓っていた。死ぬときは騎士として死にたい。処刑にさいして唯一の願いは、手より先に首を斬り落としてもらうことだ。ガースもそれを拒否するほど残酷ではないだろう。そうであってほしかった。

板扉の外から聞こえてくる音は低く、くぐもっていた。ダヴォスは立ちあがり、独房内を歩きまわった。独房だというのに、ここはかなり広くて妙に居心地がいい。もしかすると、かつてはいずれかの小貴族の寝室だったのかもしれない。《黒いベータ》《ブラック・ベサ》の艦長室の三倍は広いし、サラドール・サーンが《ヴァリリアン》に設けたご自慢の船長室よりもさらに広いほどだ。ひとつしかない窓は何年も前に煉瓦で塞がれていたが、壁の一面には鍋《ケトル》をかけられそうなほど大きな暖炉が残っていたし、部屋の隅には厠《かわや》までもが造りつけられていた。床の厚板は歪んでいて、割れた木端《こっぱ》だらけ、そのうえ寝藁は黴《カビ》くさかったが、この程度の悪環境なら、予想していたよりましといえる。

予想外だったのは食事の内容もだ。地下牢の食事ではあたりまえの、薄いかゆ《ポリッジ》や黴くさいパンではなく、獲れたての魚、焼きたてでほかほかのパン、香料をきかせた羊、蕪《カブ》、人参《ニンジン》、さらには蟹までも、牢番たちは運んできてくれたのである。ガースにはそれが癪にさわってたまらないらしく、「死人が生きてる人間よりもましなものを食うなんて、冗談じゃねえ」と、しじゅう文句をいっている。

食事が上等なだけでなく、ダヴォスは夜の寒さをしのぐための毛皮、火を焚くための薪、清潔な衣服、ぎとつく獣脂蠟燭まで与えられていたし、紙、羽根ペン、インクをもとめれば、つぎの日にセリーが運んでくる。本を読む習慣を絶やすまいと書物をもとめれば、セリーが

『七芒星典』を持ってきてくれる。

しかし、いくら待遇がいいとはいえ、独房は独房だ。壁は頑丈な石壁造りで、外界の音はまったく聞こえない。扉はオークと鉄製で、牢番はしっかり閂《かんぬき》をかけている。天井からは四組の頑丈な鉄の枷がぶらさがり、マンダリー公がダヴォスに鎖をかけさせて、ガースの〈娼婦〉に下げわたそうと決める日を待っている。

（きょうがその日かもしれんな。こんどガースが扉をあけるときは、ポリッジを持ってきていないかもしれん）

腹が鳴った。夜明けを迎えてからだいぶ時間がたっていることの証拠だが、依然として、食事が運ばれてくる気配はない。

（最悪なのは、死ぬこと自体よりも、いつ、どうやって死ぬかわからないことだ）

密輸屋時代に、牢獄や地下牢には何度か入れられたことがある。だが、そのときはいつも同房の囚人がいた。恐怖と希望を分かちあう話し相手がいた。ここに欠けているのはそれだ。牢番を除けば、ダヴォス・シーワースはたったひとりでこの〈狼の巣〉と向きあわなければならないのである。

城の地下に本物の地下牢が――密牢や拷問部屋や、大きな黒い鼠が暗闇の中を駆けまわるじめついた窖《あなぐら》があることは知っている。しかし、牢番たちによると、城の地下牢に囚人はいないという。

「囚人を看《み》ているのはわれわれだけさ、〈玉葱〉の」

そういったのは獄長のサー・バーティマスだった。これは痩せこけた片脚の騎士で、顔に向こう傷があり、片目のつぶれた男だ。サー・バーティマスは一杯機嫌のとき（といっても、ほとんど毎日、一杯機嫌なのだが）、自分がいかにして三叉鉾河《トライデント》の戦いでワイマン公の命を救ったかを吹聴したがる。〈狼の巣〉はその褒美だというのだ。

サー・バーティマスのいう〝われわれ〟とは、ダヴォスが見たことのない料理人、一階の兵舎に詰める衛兵六人、洗濯女ふたり、囚人を見張る牢番ふたりを指す。セリーというのはまだ十四歳の少年牢番で、洗濯女の片方の息子だそうだ。年寄りのほうはガースといって、大柄で禿頭《とくとう》で口数がすくなく、毎日毎日、同じ脂じみた革の袖なし胴着《ジャーキン》を着ており、いつもしかめ面をしていた。

密輪屋時代の経験から、ダヴォス・シーワースは、心をゆるすべきではない相手を見ればすぐにピンとくる。ガースはどうも信用できない。だから〈玉葱の騎士〉は、ガースのいる前では口をつぐむことにしていた。いっぽう、セリーとサー・バーティマスが相手のときはふつうに話をした。上等な食事の礼をいい、将来の夢や身の上を話してくれるようにと水を向け、質問にはていねいに答えを返し、こちらからは根掘り葉掘りきかないように心がけた。頼みごとをするときも、ささやかな頼みのみにとどめる。盥《たらい》一杯の水と少々の石鹸、書物や蠟燭の追加などだ。頼みはほぼ聞きいれられ、ダヴォスはきちんと感謝のことばを述べた。

獄長もセリーも、マンダリー公のことや、スタニス王のこと、フレイ家のことだけは話さなかったが、それ以外のことはあれこれと話してくれた。セリーはそれなりの齢になったら戦争にいきたい、戦功をたてて騎士になるのが夢だといった。母親のこともよくこぼした。セリーが声をひそめて打ち明けた話によると、母親は衛兵のうちのふたりと寝ているそうだ。夜間当直の日が別々なので、ふたりとも相手のことに気づいてはいないが、そのうちきっと、どちらかが不審に思うときがくる、そうなったら流血沙汰は避けられず、それが心配なのだという。少年は何夜か、独房にワインの革袋を差しいれてくれて、ダヴォスに密輸をやっていたころの話をしてくれとせがんだ。いっしょに酒を飲みながら、ダヴォスは昔話を語って聞かせたものだった。

サー・バーティマスは、牢獄の外の世界にはすこしも興味がないようだった。というより、戦傷に倒れ、乗り手を失った馬を処分され、片脚を学匠《メイスター》の鋸で切断されてからというもの、なにごとに対しても興味がなくなってしまったらしい。それでも、〈狼の巣〉を愛するようにはなっており、戦いに明け暮れた長い流血の歴史を語ることをなにより好んだ。この古城〈狼の巣〉は白い港《ホワイト・ハーバー》の町よりずっと古いのだよ、と騎士はダヴォスにいった。建設者はジョン・スターク王。海からの掠奪者の侵入を防ぐため、ホワイト・ナイフ川の川口に築城したのがはじまりだという。それ以来、この城は何代にもわたって、北部の王の嫡男以外の息子、王の兄弟、叔父、従兄弟たちの居城となってきた。そのうちに、この城を息子や孫に譲る者が何度か現われ、そのたびにスターク家の分家が誕生した。なかでも、もっとも長く続いたのがグレイスターク家で、五世紀間にわたって〈狼の巣〉を居城としている。同家の支配に終止符が打たれたのは、ドレッドフォート城がウィンターフェル城のスターク本家に反旗を翻したさい、謀叛《むほん》側に与《くみ》したからだった。

　謀叛が失敗したのち、〈狼の巣〉はさまざまな城主の手にわたる。フリント家は一世紀、ロック家は二世紀ちかくにわたってこの城を支配した。スレート家、ロング家、ホルト家、アシュウッド家も、ホワイト・ナイフ川の治安維持のために、ウィンターフェル城よりこの城を預かっている。一時期、三姉妹諸島《スリー・シスターズ》のリーヴァー家の手に落ち、北部の足がかりにされたこともあった。ウィンターフェル城と谷間《ヴェイル》との戦争中は、〈老鷹《ろうよう》〉ことオスグッド・アリンに占領され、〈鉤爪〉として記憶されるその息子により、火をかけられた歴史を持つ。老王エドリック・スタークが領土を護りきれないほど衰弱したさいには、踏み石諸島《ステップストーンズ》を根城とする奴隷商人たちに占拠されたこともあった。奴隷商人は捕虜に灼きごてをあてて、鞭で抵抗の意志をくじいたのち、海を越えて東の大陸に送りだした。その悲劇を、この黒い石の城壁は目《ま》のあたりにしている。

「長く苛酷な冬がきたのはそのときだ」サー・バーティマスはいった。「ホワイト・ナイフ川は固く凍てついて、川口までもが結氷した。吹きすさぶ北からの寒風に、奴隷商人どもは城内に閉じこもり、暖炉のそばにしがみついていた。そうやって奴隷商人が暖をとっていたとき——新たに即位した王が〈狼の巣〉攻略にやってきた。その名をブランドン・スタークという。エドリック雪鬚《ゆきひげ》王の曾孫で、人呼んで氷眼王だ。〈狼の巣〉を奪還した王は、奴隷商人どもを丸裸にしたうえで、地下牢に鎖でつながれていた奴隷たちにその身柄を与えた。伝承によれば、奴隷商人どものはらわたは、神々への供物として、〈心の木〉の枝々にかけられたという。神々というのは、古《いにしえ》の神々のことだぞ、南からきた新しい神々のことではない。あんたらの〈七神〉は冬を知らんし、冬は〈七神〉を知らん」

ダヴォスとしては、それには言い返しようがなかった。なぜなら、事実だったからである。東の物見城《イーストウォッチ》で見てきた状況からすれば、冬がどんなものかは知りたくもない。

「あんたが信じているのはどの神々だね？」

ダヴォスは片脚の騎士にたずねた。

「古の神々だよ」といって、サー・バーティマスはにんまりと笑った。そうやって笑うと、この男は髑髏《どくろ》のように見える。「わしとわしの神々は、マンダリー家がこの地に封じられる前からここにいた。おそらく、わしの先祖のなかには、はらわたを〈心の木〉にかけた者がおるだろうな」

「知らなかったよ、北部人が〈心の木〉に血の供犠《くぎ》を捧げる習慣を持っていたとは」

「あんたたち南部人が知らないことは、北部にはまだまだあるのさ」

たしかに、そのとおりだった。いま、ダヴォスは独房の中で蠟燭のそばにすわり、ここに収監されて以来、一語ずつ書き記してきた手紙を読み返した。


〝おれは密輸屋としてはそれなりだったが、騎士としてはからきしだ〟

というのは、妻にあてて書いた手紙の内容である。

〝騎士としてもダメだが、〈王の手〉としてはもっとダメだ。そのダメな〈王の手〉よりも、夫としてはもっとダメだったな。すまないと思っている、マーリャ。おまえのことは愛していた。どうか、おまえに対して犯した数々の過ちをゆるしてくれ。もしスタニスがこの戦《いくさ》に敗れれば、おれたちの土地は失われてしまうだろう。そうなったら、〈狭い海〉を越えて、息子たちをブレーヴォスに連れていき、できることなら、おれを恨まないよう、言い含めてくれないか。そのいっぽうで、もしスタニスが〈鉄の玉座〉を獲得すれば、シーワース家は存続し、デヴァンは宮廷に残れる。そうしたら、残った息子たちを貴族の地位につけるのに手をつくしてくれるはずだ。まずは小姓になり、従士になり、騎士の地位を得てな〟

もうすこし気のきいた書きかたができれば、と思わぬではなかったが、妻に遺してやれる助言はこれがせいいっぱいだった。

残った三人の息子にも、それぞれに手紙をしたためた。指先と引き替えに家名を確保してやった息子たちに、父親のことを憶えていてもらうためだ。幼いステッフォンとスタニスに宛て記した手紙は、短くて不器用でぶざまなものになった。正直にいうと、このふたりについては、ほかの息子たちの——ブラックウォーターで焼け死ぬか溺死するかした子供たち四人の——半分もよく知らないのである。デヴァンに対してはもっと長々と、自分の息子が王の従士になれたことをいかに誇らしく思っているかをつづり、最年長の息子として母親と弟たちを護る務めがあることを記したのち、結びにはこう書いた。

〝陛下には最善を尽くしたとお伝えしてくれ。陛下のご期待に応えられなかったのは残念だ。キングズ・ランディングのたもとで河が燃えた日に指の骨をなくして、つきまでいっしょになくしてしまったらしい〟

　書いた手紙をゆっくりとめくりながら、一枚一枚を何度も読み返し、この語を変えようか、ここには一語を加えてみようかと、さんざんに思い悩んだ。自分の一生の最期を見つめるにあたって、人にはもっというべきことがあるはずだ。だが、なにもことばが出てこなかった。（まあ、それほどだめな人生でもなかったかな）とダヴォスは自分で自分に言い聞かせた。〈蚤《ノミ》の溜まり場〉から身を起こして、〈王の手〉にまで昇りつめたうえ、読み書きまでも学べたんだから）

　そうやって手紙を読み返していると――ふいに、鍵束がジャラジャラと鳴る音が聞こえた。鼓動半分ののち、独房の扉が大きく開かれた。

　室内に入ってきた男は、どちらの牢番でもなかった。背が高く、険しい目つきをしており、顔には深いしわが刻まれ、乱髪は灰茶色だ。腰には長剣を佩《は》いており、深紅色に染めあげたマントは、ごつい銀色の留め具を用いて、いっぽうの肩のところで留めてある。留め具は、〝鎖手袋をはめたこぶし〟をあしらったものだった。

「シーワース公」と男はいった。「時間がない。どうか、すぐにご同道を」

ダヴォスは警戒の目で闖入者《ちんにゅう》を見つめた。なにゆえに、〝どうか〟のひとことをつける？　これから相手の首と両手を刎ねようという人間は、このように丁重な物言いはしないものだ。

「そういうあなたは？」ダヴォスはたずねた。

「お望みならばお答えする。ロベット・グラヴァーという」

「グラヴァー――。というと、深林の小丘城《ディープウッド・モット》の城主どのか」

「城主は兄のガルバートだ。いったん城主でなくなったが、貴公のスタニス王のおかげで、また城主に返り咲くことができた。王は城を盗んだ鉄《くろがね》のあばずれから深林の小丘城《ディープウッド・モット》を奪還してくださったうえ、正当な持ち主に返す旨、申し出てくださったのだ。貴公がこの牢獄の壁に閉じこめられているあいだに起こったことは数多い。要塞《モウト》ケイリンは陥落し、ルース・ボルトンがネッド・スタークの下の娘を連れて北部にもどってきた。フレイ家の大軍も引き連れてな。ボルトンは各地に使い鴉を送り、北部の全諸公にバロウトンの町へ参じるよう、呼びだしをかけている。その目的は、ボルトンに臣従礼をとり、人質を出させるためと……アリア・スタークと自分の落とし子、ラムジー・スノウとの結婚を見とどけさせるためだ。この婚姻によって、ボルトン家はウィンターフェル城の継承権を主張するつもりでいる。さ、ご同道ねがえるのか、ねがえないのか、どっちだ？」

「わたしに選択の余地はあるのかね？　貴公といっしょにいかなければ、ガースと〈レディ・ルー〉に委ねられることになるのだろう？」

「〈レディ・ルー〉？　だれだ、それは？　洗濯女のひとりか？」グラヴァーは、目に見えてじれてきていた。「ご同道ねがえれば、道々、すべて説明する」

ダヴォスは立ちあがった。

「いよいよ処刑されるのであれば、書き記した手紙を送りとどけてくださるようにおねがいしたい」

「誓って送りとどけよう……しかし、貴公が処刑されるとすれば、それはグラヴァーの手によってではないし、ワイマン公の手によってでもない。さあ、早く、わたしといっしょに」

グラヴァーは先に立ち、暗い廊下を通りぬけ、磨耗した階段を降り、城の〈神々の森〉を横切っていった。ここでは〈心の木〉が巨大に成長しており、その枝を周囲のオークや楡《ニレ》や樺《カバ》の樹にからみつかせ、立ち枯れさせていた。白い大枝は四方に伸びだして壁を突き破り、高みの窓に潜りこんでいる。その根は人間の胴ほども太く、樹冠の直径は家ほどにも育ち、そのむかし幹の表面に彫られた人間の顔は、横に大きく広がって怒っているように見えた。

ウィアウッドの向こうには赤錆びた鉄の門があった。グラヴァーはその門をあけたのち、いったん足をとめ、松明《たいまつ》に火をつけた。松明の先端が熱く赤々と燃えあがるのを待ってから、ダヴォスをうながして、さらに階段を降り、半円筒形の丸天井がある地下室へと入っていく。地下室の壁は濡れていて、白く固まった塩が層をなしており、床は水びたしで、一歩ごとに海水が足を洗った。ふたりはいくつかの地下室を通過し、ずらりとならんだ、小さくてじめじめとして悪臭を放つ、地下独房の前を通りすぎた。ここの独房は、ダヴォスが幽閉されていた独房とはまったく趣《おもむき》のちがう、みすぼらしいものだった。やがて通路は行きどまりになったが、そこでグラヴァーがぐいと押すと、石の壁が回転して、その向こうに隠し通路が現われた。隠し通路は細長い隧道《トンネル》で、そのつきあたりには、またもや階段があった。階段は上へとつづいている。

「ここはどこだ？」

階段を昇っていきながら、ダヴォスはたずねた。暗闇の中、そのことばはかすかな反響をともなっていた。

「階段下の階段だ。この通路は〈登城坂《カースル・ステア》〉の下を通って新たなる城《ニュー・カースル》に通じている。秘密の抜け道だよ。貴公の姿を見られてはまずいのでな。貴公はもう、死んだことになっているのだから」

（〝そら、死人にポリッジを持ってきてやったぞ〟）

ガースのことばを思いだしながら、ダヴォスは昇りつづけた。

ややあって、また別の壁を通りぬけ、部屋に入った。部屋の内壁は木摺《きずり》を下地にした漆喰《しっくい》塗りで、室内はこざっぱりとしてあたたかく、趣味のいい調度がそろっており、床にはミア産の絨毯が敷かれ、テーブルの上では蜜蠟の蠟燭が燃えていた。そう遠くないところから、笛《フルート》や提琴《フィドル》の音が聞こえている。壁には北部の地図を描いた羊の鞣《なめ》し革がかけられていたが、インクが薄れていることからすると、かなり古いものらしい。その地図の下に、ホワイト・

ハーバーの町を統《す》べる肥満公、ワイマン・マンダリーそのひとがすわっていた。

「すわってくれ」マンダリー公は豪華な装いに巨体を包んでいた。ベルベットの胴衣《ダブレット》は品のいい青緑色で、裾、袖、襟には金糸の刺繍が施されている。着ているマントは山鼬《オコジョ》の毛皮、肩の留め具は黄金の三叉鉾だ。「腹はへっておらんか？」

「いいえ、閣下。牢番たちが食事をきちんと与えてくれましたので」

「ワインもあるぞ、喉が渇いているのならな」

「もてなすのは、むしろ当方の役目です。王にそう命じられてきております。もてなす側の立場上、ご相伴にあずかるわけにはいきません」

ワイマン公は嘆息した。

「貴公に対しては、辱めのもてなしで迎えてしまったな。それは重々承知している。むろん、理由あってのことではあるが……とにかく、すわってワインを飲んでくれんか、これ、このとおりだ、たのむ。息子がぶじに帰還したことを祝って、飲んでやってくれ。ウィリスがな、わが長子にして跡継ぎが、当地にもどってきたのだよ。いま聞こえているのは、帰還祝いの宴《うたげ》の音にほかならん。〈男人魚の間〉では、みなが八目鰻《ヤツメウナギ》のパイや鹿肉の焼き栗添えを食し、ウィナフリッドは結婚する予定のフレイとダンスをしているところだ。ほかのフレイたちは、われらが友情を祝して酒杯をかかげておる」

音楽に混じり、おおぜいの話し声と、カップや皿を動かす音が聞こえていた。ダヴォスはなにもいわなかった。

ワイマン公はつづけた。

「たったいま、わしは公壇を降りてきたところだ。例によって食べすぎたのでな。ホワイト・ハーバーの者はみな、わしの腹具合が悪いことを知っておる。厠に立って長く中座しても、フレイの友人らに疑念をいだかれることはない。すくなくともそうであってほしいものだ」

ワイマン公は自分のカップを逆さにして伏せた。「さ、このとおり。ワインは貴公のほうが飲んでくれ、もてなす側の立場として、わしは酒を飲まん。とにかく、すわってくれんか。時間はないのに、告げねばならんことは多い。ロベット、使いだてして悪いが、〈王の手〉どのにワインを――。ごぞんじないかもしれんが、ダヴォス公、貴公はもう死んでいる」

ロベット・グラヴァーがワインのカップを満たして、ダヴォスに差しだした。ダヴォスはカップを受けとり、においを嗅いでから、口に含んだ。

「どのようにして死んだのか、おたずねしてもよろしいですか？」

「斧でだ。斬られた首と手は〈海豹《アザラシ》の門〉の上にさらされた。顔は港を一望する形で、海に向けてある。杭に刺す前に、頭をタールにつけはしたが、いまごろはもう、腐りはてておるだろう。目玉は死体漁りの鴉や海鳥にほじくりだされたという」

ダヴォスはもぞもぞと身を動かした。死んでいるというのも、奇妙な気持ちだった。

「恐れながら、わたしの身代わりになって死んだ者は？」

「それが問題になるかね？　貴公はありふれた顔だちだからな、ダヴォス公――ああ、いや、こんなことをいって、気を悪くせんでほしいのだが。処刑された男は、貴公と肌や髪の色が同じで、鼻の形も同じ、左右の耳も似ておらんではない。長い顎鬚《あごひげ》は貴公のものと同じ形にととのえさせた。首はしっかりとタールにひたした上で、玉葱を咥《くわ》えさせて、表情をわかりにくくもしておいた。左手の指も、貴公の手に合わせて、サー・バーティマスに詰めさせた。気が楽になるかもしれんからいっておくが、身代わりになったのは犯罪者だ。牢獄で生きているよりも、あそこで死んだほうが世の中の役にたつ。いずれにしても、ダヴォス公よ——わしが貴公に対して含むところはまったくない。〈男人魚の間〉であのように恨みがましい態度をとったのは、フレイの友人たちを喜ばせるための演技にほかならん」

「閣下は役者で身を立てられるべきです」とダヴォスはいった。「閣下もご家族も、まさに迫真の名演技でした。とりわけ、ご子息のご細君は、わたしに死んでほしいと本気で思っておられるように見えました。それに、ご子息のご令嬢のうち、妹君のほうは……」

「ウィラか？」ワイマン公は相好を崩した。「見たかね、あの娘《こ》の勇敢さを？　わしが舌を切ってしまうぞと脅しても、ホワイト・ハーバーがウィンターフェル城のスターク家に深い恩義があること、それも、とうてい返しきれない大きな恩義があることを、わしに向かって堂々と意見しおった。ウィラはな、本心からああいっていたのだよ。だが、本心だったのは嫁のレディ・レオナも同様だ。できることなら、あれをゆるしてやってくれ、ダヴォス公。嫁は愚かで怯えた女で、ウィリスが人生のすべてなのだ。すべての男が〈ドラゴンの騎士〉プリンス・エイモンや〈星の目のシメオン〉のようになれるわけではないし、すべての女が、ウィラやその姉、ウィナフリッドほど勇敢になれるわけでもない。ことにウィナフリッドは、すべてを承知のうえで、微塵《みじん》も恐れることなく、自分の役割を演じきったのだからな。うそつきを相手にするときは、正直者でさえもうそをつかねばならん。生き残った最後の息子が人質となっているあいだは、わしとてもキングズ・ランディングに歯向かうわけにはいかなかった。タイウィン・ラニスター公はわし宛てに、ウィリスを人質にとっている旨を直筆で書き送ってきた。息子を無傷で返してほしくば反逆を悔い改め、この町を明けわたし、〈鉄の玉座〉にすわる少年王に忠誠を誓い……タイウィン公が北部総督に任命したルース・ボルトンにひざを屈しろというのだ。拒否するというなら、ウィリスを謀叛人として処刑し、ホワイト・ハーバーを劫掠《ごうりゃく》、掠奪のうえ、わが臣民にキャスタミアのレイン家と同じ運命を追わせることになるぞ、とな。

わしはこのように肥満しておるゆえ、惰弱《だじゃく》で愚かと見る者が多い。おそらく、タイウィン・ラニスターもそのひとりであったろう。ゆえにわしは、使い鴉でこのような返書を送った。このさい、ひざを屈して門を開こう、ただしそれは息子をぶじに返してもらってからのこと――それより先に降《くだ》ることはけっしてないと。まさにそのとき、タイウィン死すの大激震が走った。そののちにフレイどもが、わが次男ウェンデルの遺骨を携えて、のこのことやってきおってな、和平を結び、婚姻をもって相互の関係をたしかなものにしたいとぬかしおる。ウィリスを五体満足で返さぬかぎり、要求には応じられぬとつっぱねたところ、やつらめ、わしが忠誠心を見せぬのならウィリスを返すことはないと答えおった。そこへ貴公の来訪だ。やつらにわが忠誠を見せつける千載一遇の機会を得られたのは、貴公のおかげにほかならぬ。

〈男人魚の間〉でわしがあのような非礼を働き、〈海豹の門〉で貴公の身代わりにした頭と両手が腐れていくのには、そんな事情があったのだよ」とダヴォスはいった。「もしもフレイがこの欺瞞に気づいたなら……」

「危険などまったく冒してはおらんさ。フレイのだれかが門の上に這いあがり、口に玉葱を咥えた男の顔を間近から調べ、別人だと気づいたなら、牢番の過ちを咎《とが》め、フレイの怒りを鎮めるために、貴公の身柄を引きわたしていただけのことだ」

ダヴォスは背筋に冷たいものが走りぬけるのをおぼえた。

「なるほど」

「わかってもらえたならありがたい。貴公にも子息がいるといっておられたな」

(三人いる)とダヴォスは思った。(以前は七人いたが)

「わしはそろそろ宴席にもどらねばならん。フレイの友人どもと乾杯するために」ワイマン公はつづけた。「やつらはわしを監視しておる。昼も夜も、わしの言動に目を光らせ、謀叛のにおいはないかと嗅ぎまわっておる。やつらの姿は貴公もその目で見たであろう。傲岸なサー・ジャレッドと、やつの甥のレイガー——ドラゴンのプリンスの名をもらい、薄笑いを浮かべたあの蛆虫野郎だ。ふたりの背後では、サイモンドが金をばらまいて暗躍しておる。すでにわしの使用人を数人、騎士をふたり買収しおったし、やつの女房の侍女は、わが道化師の褥《しとね》に潜りこんできおった。わしが送った手紙があまりにもことばすくなことに貴公の王が疑問をいだかれたとしたら、それはわしが自分のメイスターすら信用しておらんからだ。メイスター・シオモアは理非ばかりで、情に欠ける男でな。大広間でのあの者の言いぐさは聞いたろう。メイスターというものは、学鎖を身につけた時点で、従来の忠誠やしがらみを捨てるものだが、あのシオモアがラニスポートのラニスター家の一員として生まれたこと、キャスタリーの磐城《ロック》のラニスター家とも遠い縁戚関係にあることを忘れるわけにはいかん。わが身辺には、ダヴォス公よ、敵と偽りの友がひしめいていて、そやつらはわが町に蜚蠊《ゴキブリ》のごとく入りこみ、夜になるとわがからだの上を這いまわっておるのだ」

ワイマン公は太い指をぐっと握りしめ、大きなこぶしを形作った。肉のたれたあごがぷるぷる震えていた。

「わが次男ウェンデルは、客として双子城《ツインズ》に招かれた。ウォルダー公のパンと塩を口にし、友人らと婚礼を祝うために、武器を壁にかけた。そのウェンデルを、あの外道どもは謀殺しおった。謀殺した、とあえていおう。フレイどもなど、あまたの作り話を喉につかえさせて死んでしまえばよい。わしはジャレッドと酒を飲み、サイモンドと冗談をいい、レイガーにわが愛しい孫娘の手をとらせようと約束した……が、だからといって、わしが恨みを忘れたことにはならん。北部人はけっして恨みを忘れることがないのだ、ダヴォス公よ。北部人は恨みを忘れぬ。そして、いま、いよいよこの茶番に幕を引くときがきた。ついに、ついに、わが息子が城に帰ってきたのだ」

ワイマン公の口調に、ダヴォスは骨の髄まで慄然とした。

「公正さをお望みならば、閣下、スタニス王がいちばんです。あれほど公正な方は、ほかにおられません」

ロベット・グラヴァーが口をはさんだ。

「貴公の忠誠は名誉と賞賛に値するが、ダヴォス公、スタニス・バラシオンは、貴公の王であって、われらの王ではない」

「しかし、貴公らの王は亡くなられた」とダヴォスはいった。「〈襷《ちぬ》られた婚儀〉にて謀殺されたではないか――ワイマン公のご子息とともに」

「〈若き狼〉は――若狼王は亡くなった」マンダリー公は認めた。「とはいえ、あの勇敢な若者ばかりがエダード公のご子息ではないぞ。ロベット、あの少年をこれへ」

「ただちに、閣下」

グラヴァーは部屋を出ていった。

（あの少年？）

ロブ・スタークの弟のだれかが、ウィンターフェル城の廃墟に生き残っていた――そんなことがありうるのだろうか？　マンダリーはスタークのひとりをこの城にかくまっていたのか？

（その少年、ほんとうに見つかったのか？　それとも、でっちあげの偽物か？）

いずれにしても、北部人は奮いたち、蜂起するだろう。だが……スタニス・バラシオンは、詐称者と大義をともにするお方ではない。

ロベット・グラヴァーのあとについて部屋に入ってきた少年は、スタークではなかったし、身分を偽ったところで、とうていスタークとしては通用しえない人物だった。〈若き狼〉の殺された弟たちよりも年上だ。外見からすると、十四、五歳というところだろう。その目は年齢以上に老けて見えた。もつれた濃い褐色の髪の下にある顔は野性的ともいえるほどで、口は横に広く、鼻は鋭く突きだし、あごもとがっている。

「きみはだれだ？」ダヴォスはたずねた。

少年はロベット・グラヴァーに目を向けた。

「この子は口がきけないんだ。そこで、読み書きを教えた。なかなかに覚えの早い子だよ」グラヴァーは自分の剣帯から短剣を抜きだし、少年に手わたした。「シーワース公のために、おまえの名を書いてくれ」

部屋には字を書ける羊皮紙がなかったので、少年は壁に走る横木に文字を刻んだ。W……E……X。Xの字を彫るときには、ぐっと前に身をかたむけた。彫りおえると、短剣を放り投げ、パシッと空中でつかみ、自分が彫った字をほれぼれと眺めた。

「ウェクスは鉄人《くろがねびと》でな。以前はシオン・グレイジョイの従士を務めていた。その関係で、ウィンターフェル城にいたんだ」いいながら、グラヴァーは席についた。「スタニス公は、ウィンターフェル城で起こったことについて、どれだけをごぞんじだろう？」

ダヴォスはこれまでに聞いたいろいろな話を顧みて、知っていることを話した。

「ウィンターフェル城は、かつてはスターク公の被後見人であったシオン・グレイジョイが占領した。そのさいにグレイジョイは、スターク公の齢若い息子ふたりを殺害し、その首を城壁の上にさらした。そして北部人が城を奪還しに押しよせてくると、城じゅうの北部人を子供ひとり残さず殺戮したあげく、みずからもボルトン公の落とし子に斬殺された」

「斬殺されたのではない」グラヴァーが説明した。「虜《とりこ》にされたのだ。そののち、ドレッドフォート城に連れていかれた。以来、〈落とし子〉はすこしずつ、シオン・グレイジョイの生皮を剝いできたそうだ」

ワイマン公がうなずいた。

「われわれみなが聞かされていた話には、虚偽がぎっしりと詰まっておる。ちょうど、焼菓子《プディング》の干し葡萄《ブドウ》のように、ぎっしりとな。ウィンターフェル城において虐殺を働いたのは、〈ボルトンの落とし子〉にほかならぬ。まだ少年王にボルトンを名乗ってよいと認められる前――落とし子として、ラムジー・スノウと呼ばれていたころのことだ。虐殺といっても、ただ皆殺しにしたわけではないぞ。スノウのやつ、女だけは生かしておいて、縄でつないでドレッドフォート城まで歩かせていったそうな。慰みものとして狩るために」

「狩る？」

「あれは大の狩猟好きなのだよ」とワイマン・マンダリーはいった。「そして、好んで狩るのは女だ。あの男は女をはだかにひんむき、森に放す。半日待って、スノウと子分どもは、猟犬の群れを引き連れ、角笛を吹き鳴らしながら、追いたてにかかる。まれに、うまく逃げおおせて、この話を人に伝える女もいるが、大多数の者はそこまで運がよくない。女を追いつめると、ラムジーは犯したうえで生皮を剥ぎ、死体の肉は犬に与え、その生皮を記念品として、ドレッドフォート城に持ち帰るのだ。狩りをぞんぶんに楽しませてくれた女は、皮を剥ぐ前に喉を掻き切る。満足させられなかった場合は、生皮を剥いだあとで喉を掻き切る」

ダヴォスは蒼白になっていた。

「なんという……。人間がどうしてそこまで——」

「邪悪な血のなせるわざだろう」ロベット・グラヴァーがいった。「あれは強姦で生まれた落とし子だからな。少年王がなんと呼ぼうと、スノウはスノウだ」

「とはいえ、雪《スノウ》がこんなにもどす黒かったことがあるものか？」ワイマン公が問いかけた。

「ラムジーはホーンウッド公の未亡人と強引に結婚して、公の領地を簒奪《さんだつ》したのち、夫人を塔に閉じこめてそのまま忘れてしまった。飢えに苦しむあまり、夫人はとうとう自分の指を食ってしまったという。そして、ラニスターの考える王の正義とは、夫人を死なしめたこの悪鬼めに、褒美としてネッド・スタークの下の娘を与えることだったのだ」

「ボルトン家は代々、たしかに狡猾であり、残酷な家柄だった。しかしあのラムジーという男は、人の皮をかぶったけだものとしか思えん」

これはグラヴァーだ。

ホワイト・ハーバーの領主はぐっと身を乗りだした。

「フレイどもとて、たいしてましなわけではないぞ。人狼《ウォーグ》だの皮装者《スキンチェンジャー》だのを持ちだして、わが子ウェンデルを殺したのはロブ・スタークだなどと強弁しおって。なんたる傲慢か！

やつらとて、北部の者がやつらの虚言を信じるとは思っておらぬ。われわれが信じるふりをせざるをえない――そう思っているだけだ。そうしなければ死ぬだけだから、とな。ルース・ボルトンは〈釁《ちぬ》られた婚儀〉で世をたばかった。その落とし子は、ウィンターフェル城の陥落で世をたばかった。しかし、そうとわかってはいても、ウィリスを人質に取られているかぎり、わしとしてはやつらの糞を食らい、その味を讃えるほかないではないか」

「今後はどうなさいます、閣下？」ダヴォスは問うた。

ダヴォスとしては、〝今後はスタニス王に忠誠を誓おう〟といってほしいところだった。しかし、肥満公はにんまりと――〝晴ればれとした〟ともいうべき――奇妙な笑みを浮かべ、こう答えた。

「今後はひとまず、結婚式に出席しなければなるまい。目の見える者には明白であろうが、わしは太りすぎていて、馬には乗れん。子供の時分は馬を駆るのが大好きだったのだがな。若いころは武芸大会でちょっとした賞賛を浴びるほど巧みに乗りこなしたものだよ。だが、そんな時代は遠く去った。わしの肥え太ったからだは、〈狼の巣〉より苛酷な牢獄となってわが自由を奪う。それでもなお、わしはウィンターフェル城まで赴かねばならん。ルース・ボルトンはわしに臣従礼をもとめてきた。耳に心地よいベルベットのあいさつのもと、鉄の鎧をちらつかせながらな。それゆえわしは、はしけと輿《こし》を乗り継いでウィンターフェル城へ出向く――百人の騎士のほかに、双子城《ツインズ》からきたよき友人たちをともなって。フレイどもは海路でここにきた。乗っていく馬はない。ゆえに、フレイのひとりひとりに、客人に対する贈り物として、乗用馬を進呈する。南部ではいまも客人に贈り物をするのかね？」

「する者もおります、閣下。客人が出発する日には」

「ならば、貴公にもわかってもらえるかもしれんな」

ワイマン・マンダリー公は重々しく立ちあがった。

「わしはいままで、一年以上を費やして軍船を建造してきた。一部は貴公も見たはずだが、ホワイト・ナイフ川にはさらに多数の軍船を隠してある。これまでにこうむった損害を差し引いても、わしが動員できる軍勢は、地峡《ネック》の北にかぎれば、いかなる大貴族もおよばぬほど多い。わが城壁は堅固であり、わが金蔵《かねぐら》には銀がうなっておる。古き城《オールドカースル》と寡婦の物見城《ウィドウズ・ウォッチ》はわが意のままだ。わが旗《き》主《しゅ》は、十を超す小領主と百の土地持ちの騎士からなる。そこでだ、よく聞かれよ。わしには、スタニス王に対し、寡婦の物見城から牡羊の門《ラムズゲート》、羊頭丘陵《シープスヘッド・ヒルズ》、折れ枝川《ブローケン・ブランチ》の源流にかけて、ホワイト・ナイフ川以東の土地をすべて差しだす用意がある。貴公が条件を呑んでくれるならば、それを供与することをここに誓おう」

「その条件を王のもとに持ち帰ることはできますが、しかし——」

ワイマン公はさえぎった。

「わしは貴公が条件を呑んでくれるならば、といったのだ。スタニスが、ではない。わしが必要としているのは、王ではなく、密輸業者なのだから」

ロベット・グラヴァーがその意味を説明した。

「サー・ロドリック・カッセルはシオン・グレイジョイと鉄人《くろがねびと》からウィンターフェル城を

奪還しようとした。そのさい現地で起きたことの全貌を、われわれはまだつかめていないのかもしれない。〈ボルトンの落とし子〉め、和議の最中に、シオン・グレイジョイがサー・ロドリックを殺したと主張している。しかし、ウェクスによればそうではない。ウェクスがもっと文字を学ぶまで、真相は半分もわからぬわけだが……それでもこの子は、問いに対し、イエスかノーかで答えることはできる。そして、投げかけるべき問いが絞りこまれたとき、真相の究明はおおいに進捗するにいたった」

「ウィンターフェル城でサー・ロドリックとその将兵を謀殺したのは、まぎれもなく、あの〈落とし子〉だ」ワイマン公がいった。「やつはグレイジョイの鉄人《くろがねびと》も皆殺しにしている。降伏しようとした者が斬られるのを、ウェクスはたしかに見たそうだ。おまえはどうやって逃げだしたのかと問いただしたところ、ウェクスは白亜の塊を手に取って、顔のついた樹を描いた」

ダヴォスはその意味を考えた。

「古の神々に助けられたということですか？」

「ある意味で、そうなるか。ウェクスは〈心の木〉に登り、枝葉のあいだに隠れていたのだそうな。ボルトンの手下どもは、〈神々の森〉を二度捜索し、そこで見つけた者を皆殺しにしたというが、樹々の上にまで登って探そうとは思わなかったと見える。そうなのだろう、ウェクス？」

少年はグラヴァーの短剣を宙に放りあげ、パシッと受けとめてから、こくりとうなずいた。

グラヴァーがいった。

「ウェクスは長いあいだ樹の上に隠れていた。降りるのが恐ろしくなって、枝葉のあいだで眠っていたそうだ。ところが——あるとき、樹の下で話し声が聞こえた」

「死者の声がな」これはワイマン・マンダリーだ。

ウェクスはすっと片手をかかげて五本の指を広げ、短剣の先で一本ずつ、軽くたたいては折り曲げていき、四本を折ったのち、最後の指を二度たたいた。

「六人か」ダヴォスはいった。「六人いた。そういう意味か」

「そのうちのふたりは、ネッド・スタークの殺された息子だったらしい」

「口をきけないウェクスが、どうやってそこまで伝えられたのです？」

「白亜を使ってだよ。まずは、ふたりの少年を描いて……それから、狼を二頭」

「自分は鉄《くろがね》の者だから、姿を見せないほうがいい——そうウェクスは判断した」ふたたび、グラヴァーがいった。「そのかわり、聞き耳を立てた。その六人は、ウィンターフェル城の廃墟の中にぐずぐずしてはおらず、四人とふたりに分かれ、別々の方角へ向かっていった。狼ににおいを嗅ぎつけられないよう、いつも風下にとどまったまま」

ウェクスは樹を降りて、ふたりのほうに——女と少年のあとについていった。

「そして、行き先を見とどけた」ワイマン公がいった。

それでやっと、ダヴォスにもわかった。

「その少年を……閣下はほしいのですね」

「ルース・ボルトンはエダード公の息女を手に入れた。やつの野望をくじくためにも、わがホワイト・ハーバーはネッドの息子を手に入れねばならん……それと、そう、大狼《ダイアウルフ》もだ。ドレッドフォート城が少年を跡継ぎと認めなかった場合に、あの狼はなによりの証拠となる──少年がわれわれのいうとおりの者であることを証明するための。それがつまり、わしの条件だ、ダヴォス公よ。密輸業者の経験にものをいわせて、わしが仕えるべき主君をここへ連れてきてもらいたい。そうすれば、スタニス・バラシオンをわが王として受けいれよう」

古い本能につき動かされて、ダヴォス・シーワースは喉元に手を持っていった。あの指の骨は幸運の護符であり、ワイマン・マンダリーの要求に応えるためには、指の骨がもたらす幸運が欠かせない気がする。だが、指の骨はもはやない。ゆえに、ダヴォスはこうたずねた。

「閣下のもとには、わたしなどより優秀な人材がおおぜいおられるはずです。騎士に小領主、メイスター。それなのに、元密輸屋になど頼られるのはなぜです？ 船ならたくさんお持ちでしょうに」

「船ならある」ワイマン公はうなずいた。「しかるに、わが船乗りたちは、みな川船乗りか、〈白浪湾《ザ・バイト》〉の外に船出したことのない漁民ばかりだ。今回の仕事には、もっと深い色の海を渡った経験があり、さまざまな危険のすりぬけかたを知っており、だれにも見とがめられることなく、邪魔されることもなく、ひそかに船をあやつれる人間が必要となる」

「その少年──どこにいるんです？」なんとなく、ダヴォスにはわかっていた。歓迎すべき答えは返ってこないにちがいない。「いったいどこへ、その少年を迎えにいけというのです、閣下?」

ロベット・グラヴァーがうながした。

「ウェクス。教えてやれ」

口のきけない鉄人《くろがねびと》の少年は、短剣を空中に放りあげ、一回転して落ちてきたところで、パシッとつかむと、羊の鞣《なめ》し革の地図に向かって投げつけた。短剣はくるくる回転しながら宙を飛んでいき、地図の革ごと壁に突き刺さって、ビーンと震えた。少年がにやりと笑う。

鼓動半分のあいだ、ダヴォスはワイマン・マンダリーに、〝〈狼の巣〉へもどしてくれ〟とたのもうかと思った。話好きのサー・バーティマスと、死の〝淑女《レディ》〟たちを取りそろえたガースのもとへ帰してくれ——。

〈狼の巣〉であれば、囚人といえども、朝になったらポリッジを食わせてもらえる。しかし、この世には——朝メシに人肉を食らうことで知られる民族も存在しているのである。

30――デナーリス

　女王は毎朝、西の胸壁の前に立ち、〈奴隷商人湾〉に浮かぶ帆を見て船の数を数える。きょうの船の数は二十五隻だった。しかし、遠くを動いている船もあるので、正確な数は把握しきれない。ときどき数えまちがえることもあるし、同じ船を二度数えてしまうこともある。

（それがなんだというの？　十本の指があれば、人はわたしを絞め殺せるのよ。同じように、十隻も軍艦があれば……）

　すべての通商は停止し、漁民も湾に出ていこうとはしない。少数ながら、スカハザダーン河で釣り糸をたれる肝太い漁民もいるが、それでさえ危険をともなうため、ほとんどの者は、ミーリーンの多彩な煉瓦で築かれた囲壁《いへき》の内側に漁船を舫《もや》ったままにしている。

　湾に見える船のなかには、以前、ミーリーンから脱出したものも混じっていた。ダニーの軍勢がミーリーンを攻囲したさい、海に逃げた軍艦や交易ガレー船が、クァース、トロス、ニュー・ギスからの混成艦隊に加わるため、もどってきたのだ。

　提督の提案はすこしも役にたたないものだった。

「やつらに陛下のドラゴンを見せてやりましょう」とグロレオ提督はいう。「ユンカイ人に火の味を思い知らせてやるのです。そうすれば、通商の流れはまた動きだします」

「あの艦隊はね、わたしたちをじわじわ絞め殺そうとしているのよ。なのに、うちの提督ときたら、提案するのはドラゴンのことばかりじゃないの。あなたはわたしの提督でしょう、ちがうの？」

「い、いい、軍船なき提督です」

「だったら、船を造りなさいな」

「軍船は煉瓦では造れません。奴隷商人たちは、この都から百キロ以内にある立木を、一本残らず焼きつくしてしまいました」

「それなら、百と十キロまで脚を伸ばせばいいでしょう。運搬用の馬車、作業員、騾馬《ラバ》——必要なものはなんでも提供するわ」

「わたしは船乗りであって、船大工ではありません。わたしが遣わされてきたのは、陛下をペントスへお連れするためです。それなのに陛下は、ミーリーンへこられたうえ、わたしのを分解してしまわれた——攻城櫓(こうじょうやぐら)の材料とするために。あれほどの船を目にすることはもう二度とないでしょうし、この目で故郷を見ることも、古女房の顔を見ることも、やはり二度とないでしょう。それに、船団を提供しようというダクソスの申し出を退けたのは、このわたしではありません。釣り船しかない現状では、クァースの艦隊と戦うなど不可能なのです」

非難のにじむ提督の答えに、ダニーはすっかり気が滅入ってしまった。ふと気がつくと、三つの裏切りの一角をなすのは、この半白のペントス人ではないかとさえ考えていた。

（いいえ、これはただの老人。故郷を遠く離れて、心が弱くなっているだけ）

「とにかく、なにかできることがあるはずよ」

「はい、ですから、それはもう申しあげました。湾を遊弋《ゆうよく》している船は、索《つな》と瀝青《ピ》蒸留滓《ッチ》と帆布のほかに、クォホール産の松材や、ソゾリオスのチーク材、大ノーヴォスの年季を経たオーク材、水松《イチイ》、梣《トネリコ》、唐檜《トウヒ》などでできています。要するに、木の塊なのです、陛下。木は燃えます。そしてドラゴンは――」

「それ以上、わたしのドラゴンのことは聞きたくありません。もう退がりなさい。せいぜいペントスの神々に、嵐がきてわたしたちの敵を沈めてくれるよう祈っていることね」

「船乗りは嵐の到来を祈ったりしません、陛下」

「あれもしない、これもしない――おまえの返事には、ほとほとうんざり。出ていって」

サー・バリスタンはあとに残り、意見を述べた。

「当面、物資の備蓄は充分にあります。それに陛下は、豆、葡萄《ブドウ》、小麦の作付けも行なわれました。陛下のドスラク戦士は奴隷使いどもを丘陵地帯から追いだし、奴隷たちの手足から枷をはずしています。その者らも作付けを行なっていますから、じきに作物をミーリーンの市場に運んでくるでしょう。加えて、ラザールと友好が結べたことでもありますし」

（ダーリオが勝ちとってきたのだったわね。この友好にどれほどの価値があるかわからないけれど」

「ラザール人——仔羊のごとき者たち。もし仔羊にも歯があれば——」

「——狼どもも多少は慎重になるでしょうな」

これには笑ってしまった。

「あなたの孤児たち、進境はどう？」

老騎士はほほえんだ。

「まずまずです、陛下。よくおききくださいました」育成している少年たちは老騎士の誇りなのである。「四、五人、騎士の資質充分の者がおります。うまくすれば十人以上は騎士になれましょう」

「あなたほどに信頼の置ける騎士だったら、ひとりいてくれるだけでも充分よ」もっとも、遠からず、手持ちの騎士がすべて必要になる日がくるだろうけれど。「馬上槍試合を見せてもらえるかしら？　ぜひ見てみたいものね」

兄ヴィセーリスからは、七王国で見たという武芸大会の話をいろいろと聞かされている。だが、ダニー自身はいちども馬上槍試合を見たことがない。

「まだまだそこまでは仕あがっておりません。準備ができしだい、みな勇んで武勇をお目にかけます」

「早くその日が訪れるよう、祈っているわ」よき老騎士の頬にキスをしようと思ったとき、アーチ扉の戸口にミッサンデイが現われた。「どうしたの、ミッサンデイ？」

「陛下。スカハズが拝謁を願い出てまいりました」

「通しなさい」

〈剃髪頭〉はふたりの〈真鍮の獣〉をともなっていた。ひとりは鷹の仮面を、もうひとりは豺《ジャッカル》の仮面をつけた男だった。仮面はどちらも真鍮製で、目の部分に覗き穴があいている。

「主上《しゅじょう》、昨夕、ヒズダールがザク一族のピラミッドに入っていくところが目撃されました。出てきたのは夜が更けてからのことでした」

ダニーはたずねた。

「これまでにヒズダールが訪ねたピラミッドの数は？」

「十一です」

「最後の殺人があってから、何日？」

「二十六日になります」

〈剃髪頭〉の目には怒りがうかがえた。〈真鍮の獣〉にデナーリスの婚約者を尾行させて、一挙手一投足を記録させるというのは、この者の発案なのだ。

「いまのところ、ヒズダールは約束を守れているようね」

「しかし、どうやって？〈ハーピーの息子たち〉は凶刃を収めておりますが、その理由はなんです？ 高貴なるヒズダールがやめてくれ、と頼んだからですか？ むしろ、あの男はやつらの一味であり、だからこそ暗殺者どもが鳴りをひそめていると考えるべきでしょう。あいつが〈ハーピー〉本体であることも充分に考えられます」

「そもそも、〈ハーピー〉なる人間が実在するのならね」

ミーリーン市内のどこかに〈ハーピーの息子たち〉を束ねる高貴な生まれの頭目がいて、ひそかに影の軍団を司っている——スカハズはそう思いこんでいる。だが、ダニーはそんな考えを共有していない。〈真鍮の獣〉は〈ハーピーの息子たち〉を何十人と追いつめてきた。そして、捕獲時の立ちまわりで死ななかった暗殺者たちは、手厳しい訊問を受け、関係者の名前を吐いた。しかし、ダニーの見るところ、その名前はあまりにも多すぎるように思える。すべての凶行がひとりの首謀者の指示に基づくものであり、その首謀者さえ捕えて処刑してしまえばけりがつくと考えるのは、たしかに単純でわかりやすくはあるけれど、実態はそうではないように思えてならない。

(わたしの敵は無数にいるんだわ)

「ヒズダール・ゾ・ロラクはたくさんの友人を持ち、説得に長《た》けた人物よ。それに裕福でもあるわ。この平和は、おそらく金で購《あがな》ったものでしょう。あるいは、わたしたちが結婚することがミーリーンの貴人たちにとってなによりの利益になる——そう納得させられたのかもしれない」

「あれが〈ハーピー〉ではないにしても、〈ハーピー〉本人を知っているはずです。真実を見つけだすのは、いともたやすいこと。どうかヒズダールを訊問する許可をお与えください。たちまち自白を引きだしてごらんにいれます」

「だめよ。訊問で引きだされた自白は信用できません。あなたは自白の結果を山ほど持ってきたけれど、どれもこれも役にたたないものだったでしょう」

「主上——」

「だめ、といったの」

〈剃髪頭〉は渋面を作った。その醜い顔がいっそう醜くなった。

「主上、それは過ちです。〈偉大なる主人《グレート・マスター》〉であるところのヒズダールは主上をいいように翻弄している。褥《しとね》に蛇を招き入れるおつもりですか」

（褥に招き入れたいのはダーリオよ。けれど、そのダーリオをわたしは遠ざけてしまった。あなたやあなたの同類を殺させないために）

「ヒズダール・ゾ・ロラクの監視なら、引きつづき行なってかまわないわ。でも、けっして本人には危害を加えないように。わかりましたね？」

「耳はちゃんと聞こえております、主上。お言いつけにはしたがいます」ここでスカハズは、袖から羊皮紙を取りだした。「主上におかれては、これにお目通しいただきたく。湾を封鎖している全ミーリーン艦船の一覧です。船長名も記してあります。すべて〈偉大なる主人〉です」

ダニーは巻物の一覧に目を通した。ミーリーンの支配的一族の名がすべて連ねられていた。ハズカール、メレク、クァッザール、ザク、ラズダール、ガジーン、パール——さらには、レズナクとロラクの名もある。

「この一覧にある名前の者たちをどうせよと？」

「そこに名のあがった者たちは、みなこの都に親族がおります。息子、兄弟、妻、娘、母親、父親。わが〈真鍮の獣〉にその親族たちを逮捕させてください。その者らの命と引き替えに、失われた船を取りもどすことができます」

「〈真鍮の獣〉を各ピラミッドに踏みこませることは、内戦の開始を意味するのよ。ここはヒズダールを信用せざるをえないわ。わたしとしては、平和を期待するほかないの」

ダニーは羊皮紙を蠟燭の上に持っていき、巻物が燃えあがるさまを見つめた。そのあいだ、スカハズは目を怒らせてダニーを凝視していた。

スカハズが引きあげると、サー・バリスタンがはげますように、〝兄上のレイガー殿下がいまのやりとりをごらんになっていたら、誇りに思われたことでしょう〟といった。しかしダニーは、アスタポアでサー・ジョラー・モーモントがいったことばを思いだした。

〝レイガーは雄々しく戦いました。気高く戦いました。名誉に恥じぬ闘いを行ないました。それでも、結局は死んでしまったのです〟

紫大理石の広間に降りていくと、がらんとしていた。ダニーはレズナク・モ・レズナクにたずねた。

「きょうは陳情者がいないの？　羊を食われたからといって、裁きや銀貨を求めにきた者はいないの？」

「おりません、主上。都人《みやこびと》はみな恐れているのです」

「恐れるものなど、なにもないでしょうに」

だが、その夕べ、ダニーははなはだ恐ろしい話を聞くことになる。人質にとっている子供のうち、ミクラズとケズミアの給仕で、秋野菜と生姜《ショウガ》のスープの質素な食事をとっていると、イリが入ってきて、〝ガラッザ・ガラレが〈青の巫女《みこ》〉を三人ともない、ふたたび神殿から訪ねてきた〟と告げたのだ。

「〈灰色の蛆虫《グレイ・ワーム》〉もいっしょです、女王さま《カリーシ》。大至急、お会いになりたいとのことです」

「謁見の間に通しなさい。レズナクとスカハズも同席させておくように。〈緑の巫女〉は、なんの用件かいった？」

「アスタポアのことだと」

謁見の間に出向いた。報告をはじめたのは〈灰色の蛆虫〉だった。

「朝靄の中から現われたその男は、白馬《あおうま》に乗り、死にかけておりました。よろよろと都の門に近づいてきた牝馬は、腹を血と汗で薄紅色に染め、恐怖で目を剝いている状態でした。〝燃えていく、燃えていく――〟門の前まできた男は、そう叫ぶや、鞍から落ちたそうです。現場に呼ばれたこの者は、ただちに男を〈青の巫女〉のもとへ運ぶようにと指示しました。陛下のしもべたちが門内へ運びこんだところ、男はふたたび〝燃えていく〟と叫びました。寛衣《トカール》の下は骨と皮ばかりのありさまで、しかも高熱を発しておりました」

そこからは、〈青の巫女〉のひとりが話を引きとった。

「〈穢れなき軍団《アンサリード》〉が男を神殿に運びこんできましたので、わたしどもで服を脱がせまして、冷水でからだを浄《きよ》めました。服は屎尿《しにょう》だらけで、わが姉妹たちが全身を検《あらた》めましたところ、太腿に矢尻が突き刺さっているのを見つけました。刺さった矢を自分で折ったものの、矢尻がそのまま残ってしまったようです。その傷によって壊疽《えそ》が起こり、全身に毒素がまわっておりましたため、男は一時間のうちに息を引きとりました。ただ、亡くなるまでのあいだ、ずっと叫びつづけていたことばがあります——〝燃えていく〟です」

「〝燃えていく〟……」デナーリスはおうむがえしにいった。「燃えていくとは、なにが?」

「アスタポア、でございましょう、主上」別の〈青の巫女〉がいった。「といいますのは、ほかにこうも口にしたからでございます。〝アスタポアが燃えていく〟と」

「熱に浮かされていたのかもしれないわ」

「主上は賢明であらせられます」ガラッザ・ガラレがいった。「ただ、エッザラが別のものを見ておりまして」

エッザラと呼ばれた〈青の巫女〉が両手を組み、

「主上」とつぶやくような声でいった。「男の高熱は矢傷によるものではありませんでした。男は失禁と脱糞をしておりました。それも、一度ではなく、何度もです。脱糞によるしみは服のひざにまで達しており、排泄物による汚れのなかには乾いた血が混じっておりました」

「乗馬が血を流していたと、〈灰色の蛆虫〉がいっていたけれど」

「それは事実です、陛下」と〈灰色の蛆虫〉がいった。「ただし、白馬の血は、拍車によるものでした」

「この血も馬のものである可能性はございます、主上」エッザラは答えた。「しかし、この血は糞便に混じっておりましたし、下着にもついておりました」

「すなわち、下血していたのです」ガラッザ・ガラレがことばを添えた。

「まだ断言はできませんが――」エッザラがつづけた。「――もしかするとミーリーンは、ユンカイの槍よりも恐ろしいものに直面している可能性があります」

「祈らねばなりません」〈緑の巫女〉がいった。「その男をわたしたちのもとへ遣わされたのは神々です。その男は先触れとしてやってきたのです。兆しとしてやってきたのです」

「なんの兆し？」ダニーはたずねた。

「怒りと破滅の兆しです」

そんな話は信じたくもない。

「たったのひとりでしょう。足に矢を受けて病んだ、たかだかひとりの男でしょう。運んできたのは馬よ、神々ではないわ」

（そう、白い牝馬《あお》よ）

ダニーはすっと立ちあがった。

「あなたがたの助言と、あなたがたがこのあわれな男にしてくれたことに礼をいいます」

立ち去るまぎわ、〈緑の巫女〉がダニーの指にキスをした。

「わたしどもはアスタポアのために祈りを捧げます」

（そして、わたしのためにもね。そう、わたしのためにも祈ってちょうだい）

アスタポアが陥落したのであれば、ユンカイの北上を阻むものはなくなってしまう。

ダニーはサー・バリスタンに向きなおった。

「丘陵地帯に早馬を走らせて、血盟の騎手たちを呼びもどして。それから〈褐色《ブラウン》のベン〉と〈次子《セカンド・サンズ》〉も呼びもどすように」

「〈襲鴉《ストームクロウズ》〉はいかがいたしましょう？」

（ダーリオ……）

「ええ、呼びもどして」

つい三晩前に、不吉な夢を見た。ダーリオが道に倒れて死んでおり、死体を鴉たちが取りあうなか、なにも見えない目で空を見あげている夢だった。また、ダーリオが自分を裏切るところを想像して、ベッドに横たわったまま、輾転《てんてん》反側して眠れない夜もたびたびあった。じっさいダーリオは、〈襲鴉〉の仲間である小隊長たちを裏切ったことがある。

（わたしのもとへ、仲間の首を持ってきたのだったわね）

もしもダーリオが部隊ごとユンカイに寝返って、金貨の壺と引き替えにわたしを売ったとしたら？

（いいえ、ダーリオはけっしてそんなことはしない。そうでしょう？）

「〈襲鴉〉もよ。ただちに早馬を〈襲鴉〉のもとへ走らせて」

真っ先に帰還してきたのは〈次子〉だった。女王が帰還命令を出して八日後のことである。サー・バリスタンから、〝傭兵隊長がごあいさつをしたいといっています〟といわれたとき、ダニーはてっきりダーリオが帰ってきたものと思いこみ、胸をはずませた。だが、老騎士のいう傭兵隊長とは、〈褐色のベン・プラム〉であることがわかった。

〈褐色のベン〉は、顔に深い皺の刻まれた、年季の入った面構えの人物だ。古びたチーク材のような肌の色をしており、頭は総白髪で、目の端にくっきりと烏の足跡が刻まれている。革のような風合を持つ褐色の顔を見たとたん、ダニーはうれしくてたまらなくなり、思わず抱きしめてしまった。ベンは愉快そうに目を細め、

「陛下がご夫君を迎えられるとは聞いていましたが——」といった。「——それがわたしのこととは、だれもいってくれませんでしたぞ」

ふたりは声をあげて笑い、レズナクも吹きだした。が、笑いが収まると、〈褐色のベン〉はこういった。

「アスタポア人を三名、保護しました。その者らの話をぜひお耳に入れていただきたく」

「連れてきて」

デナーリスは壮麗な謁見の間に出向き、大理石の柱のあいだで丈高い蠟燭が燃えるなか、アスタポア人を引見した。見ると、三人とも、餓死しそうなありさまだったので、ただちに食べものを持ってこさせた。〈赤の都〉を脱出した十二名のうち、生き残ったのはこの三名だけだという。職業はそれぞれ、煉瓦積み職人、織り子、靴直し職人だった。

「ほかの者はどうなったの？」女王はたずねた。

「殺されました」靴直し職人が答えた。「ユンカイの傭兵たちが、アスタポアの北の丘陵に

網を張って、火災を逃れてきた者たちを狩りたててるんです」

「では、アスタポアは陥落したの？　あそこの囲壁はあんなに部厚いのに」

「部厚いのは部厚いのですが」煉瓦積み職人がいった。これは猫背で涙っぽい目の老人だ。「かなり古くて、あちこちが崩れてきておりましたから」

織り子の女がこうべをあげた。

「あたしたちは毎日、もうじきドラゴンの女王がきてくれるとはげましあっていたんです」

女は唇が薄く、細くて狭い顔についているのはとろんとして死んだ目だった。「クレオンが女王に助けをもとめたから、もうじき女王がやってくる――とみんないってました」

（たしかに、助けはもとめてきたわ。すくなくとも、そこまではほんとう）

「囲壁の外で、ユンカイはおれたちの作物を焼きはらったあげくに、おれたちの家畜を虐殺しました」靴直し職人がいった。「だもんで、囲壁の中ではみんな飢餓状態で。猫を食って、鼠を食って、革を食って。馬の革なんてごちそうです。〈喉裂きの王〉と〈娼婦の女王〉は、相手が殺された者の肉を食っているといって、なじりあうばっかりで。男も女も、ひそかに集まっては籤《くじ》を引いて、黒い石を引いた者の肉を食うありさま。ナクロズのピラミッドは、〝アスタポアの民がこんな目に遭うのはみんなクラズニス・モ・ナクロズのせいだ〟と喚く者たちに掠奪されたあげく、火をかけられました」

「デナーリスさまを非難する者もいましたけど」織り子がいった。「でも、ほとんどの者はデナーリスさまを敬愛していましたから、おたがいに、〝女王さまが助けにきてくれる〟とはげましあっていました。〝女王さまが大軍の先頭に立って助けにきてくださる、みんなにいきわたる食料をたっぷりと携えて〟と」

（自分のひざ元の民にさえ、充分に食べさせてやっていないのよ、わたしは。アスタポアに進軍していたら、ミーリーンを失っていたでしょう）

靴直し職人は、〈肉捌《にくさば》きの王〉の死体がいかにして掘りだされ、銅鎧に押しこまれたかを語った。発端はアスタポアの〈緑の巫女〉が見た幻視だった。〈肉捌きの王〉がユンカイ軍から民を護ってくれるという幻視ゆえに、腐臭を放つクレオン大王の死体は鎧を着せられ、餓死しそうな馬の背にくくりつけられた。新生〈穢れなき軍団〉の残存兵力は、その死体を最前面に押し立てて出撃したものの、ニュー・ギスからきた大部隊の鉄のあぎとに正面からつっこんでしまい、最後のひとりにいたるまで斬り殺されたという。

「そのあと、〈緑の巫女〉は〈処罰の広場〉で杭に磔《はりつけ》にされて、死ぬまで放置されました。ウロールのピラミッドでは、生存者たちが半夜を費やして最後の晩餐に興じたあと、残った料理を毒入りワインで流しこみ、朝が訪れても目覚めることのない眠りに入りました。その直後、こんどは病気が流行《はや》りだしました。赤痢《せきり》です。四人に三人が赤痢で死ぬようになると、死にかけの住民たちは狂気に陥って暴動を起こし、正門の門衛たちを殺してしまったしだいです」

ここで、老いた煉瓦積みが口をはさんだ。

「それはちがうぞ。門衛を殺したのは、赤痢から逃げようとした健康な連中だ」

「どっちでも同じだろ？」靴直し職人が言い返した。「とにかく、門衛はみんなばらばらにされて、正門は押し開かれました。するとたちまち、ニュー・ギスの大部隊がアスタポアになだれこんできました。つづいてユンカイの軍勢と傭兵の騎馬隊もです。〈娼婦の女王〉は侵入勢と戦って、ののしりながら死んでいきました。〈喉裂きの王〉は降伏して、闘技窖《あな》に放りこまれ、飢えた犬の群れに襲われてずたずたにされました」

「そのころになってもまだ、女王さまが助けにくるといっていた者はいたんです」織り子がいった。「女王さまがドラゴンに乗って、ユンカイ軍の野営地の上空高く飛ぶお姿を見た、絶対にたしかだ、と何人もがいいました。だから毎日、あたしたちは女王さまの姿をさがしつづけていたんですが」

（いきたくてもいけなかったのよ）と女王は思った。（いくわけにはいかなかったの）

「それで、アスタポアが陥落したのはいつだ？」スカハズがたずねた。「陥落したあとは、どうなった？」

「大虐殺がはじまりました。〈巫女の神殿〉は神々に治療の願いをしに集まっていた病人でいっぱいでした。包囲軍は神殿ピラミッドの扉という扉を封鎖して、松明《たいまつ》で火をかけました。それから一時間のうちに、アスタポアじゅうのいたるところで火の手があがっていきました。燃え広がるにつれて、点で燃えていた炎が線でつながっていきます。炎から逃げだそうと、通りは右往左往する群衆であふれかえりましたが、どこにも逃げ道なんてありはしません。ユンカイ軍が都の門をすべて封鎖していたからです」

「しかし、おまえたちは脱出してのけたではないか」〈剃髪頭〉がいった。「いったいどうやって逃げてきたのだ？」

答えたのは老いた煉瓦積みだった。

「わたしは煉瓦積みの職人をしております。父もそのまた父も煉瓦積みでした。祖父はわが家を都の囲壁に接する形で造っておりましたので、毎夜、すこしずつ囲壁の煉瓦をはずしていくのは簡単なことでした。友人たちに話したところ、囲壁が崩れないようにしながら隧道《トンネル》をうがつ手伝いをしてくれました。みんなも、自前の出口を確保しておくことがだいじだと賛同してくれたのです」

（あなたがたが自治できるようにと、わたしは評議会を残していったじゃないの。治療師、学者、巫女からなる評議会を）

はじめて〈赤の都〉を見たときのことはよく憶えている。赤煉瓦の囲壁の奥に広がった、乾いてほこりっぽい街は、長きにわたって残酷な夢を見ていたが、それでもおおぜいの人で活気があった。

（蚯蚓《ミミズ》川には恋人たちがキスをする小島がいくつもあるいっぽうで、〈処罰の広場〉では、罪人が生皮《なまがわ》を帯状に剝がれたうえ、蠅の群れがたかるまま、全裸で放置されていたわね）

「ここにたどりつけてよかったわ」ダニーはアスタポア人たちにいった。「ミーリーンなら安全よ」

靴直し職人は感謝し、老煉瓦積み職人はダニーの足にキスをした。だが、織り子だけは、石板のように硬く冷たい目でダニーを見つめていた。

(いまのがうそとわかっているのね。この者たちを安全にかくまうことなんてできはしない。それがわかっているんだわ。アスタポアは炎上した。つぎはミーリーンの番)

「難民はまだまだつづきますよ」アスタポアの三人が退出すると、〈褐色のベン〉がいった。「あの三人は馬に乗ってきました。ほとんどの難民は歩いてきます」

「どのくらい、いそうだね?」レズナクがたずねた。

〈褐色のベン〉は肩をすくめて、

「何百か、何千か——。病人もいれば火傷を負った者もいるし、負傷者もいる。〈軍猫《ぐんぴょう》〉と〈風来《ふうらい》〉は、槍と鞭で丘陵地帯を駆けまわり、難民を北に追いたて、動きの遅い者と見れば斬り捨てています」

「穀つぶしどもが歩いてやってくるのか……しかも、病人もだと?」レズナクは両手を揉み絞った。「主上、その難民たちを都にお入れになってはなりません」

「まったく同感ですな」〈褐色のベン・プラム〉がうなずいた。「わたしは学匠《メイスター》ではない、とお断わりしたうえでいわせていただければ、傷んだ林檎《リンゴ》は、まともな林檎から取りのけておくものです」

ダニーはたしなめた。

「難民は林檎などではないわ、ベン。みんな生身の男女であって、病人で空腹で怯えているのよ」

（わたしの子供たち……）

「やはり、アスタポアへ出向くべきだったわね」

「たとえ陛下が出向かれたところで、アスタポアを救うことはできなかったでしょう」サー・バリスタンがいった。「もとより陛下は、クレオン王に対し、今回のユンカイとの戦争を警告なさっておられたのです。そもそも、あの男は愚かなうえ、その手は血で赤く染まっていました」

（わたしの手はきれいだとでもいうの？）

ダーリオのことばを思いだした。ダーリオはいっていた――すべての王は肉を捌く側だと。捌かなければ、逆に肉にされてしまうと。

「クレオンはわたしたちの敵の敵だったわ。〈ハザットの角《つの》〉で合流しておけば、ユンカイ勢を挟撃して撃滅できていたかもしれないでしょう」

〈剃髪頭〉が異論を唱えた。

「ハザットの南へ〈穢れなき軍団〉を送りだしていれば、〈ハーピーの息子たち〉が――」

「わかっているわ。わかっていますとも。すべてはあの娘、エロエのときのくりかえしね」

〈褐色のベン・プラム〉がけげんな顔になった。

「そのエロエというのは？」

「わたしが強姦と拷問から助けた娘の名よ。わたしがしたことは、結局、エロエをいっそう悲惨な運命に追いこむだけの結果におわったわ。わたしがアスタポアでしたことは、新たに一万のエロエを作ることだったのね」

「陛下は実情をごぞんじなかったのですから――」

「わたしは女王です。実情を把握しておくのがわたしの務めでしょう」

「過ぎてしまった過去を悔やんでも詮なきことです」レズナク・モ・レズナクがいった。

「主上、おねがいでございます、高貴なるヒズダールを、ただちに王としてお迎えくださいませ。ヒズダールならば、〈賢明なる主人《ワイズ・マスター》〉たちと話をつけ、和平を結ぶことができます」

「和平の条件は？」

〝薫《かお》り高き家令に注意なさい〟とクェイスはいった。それに先立って、仮面の女影魔導師が予言した白き牝馬《あお》の到来は、現実のものとなった。とすると、高貴なるレズナクについても、予言はあたっているかもしれない。

「わたしはまだほんの小娘にすぎず、戦《いくさ》の方面にはうといけれど、ただメエメエ鳴きながらハーピーの巣に入っていく仔羊ではありません。わたしにはまだ〈穢れなき軍団〉がいるし、〈襲鴉〉も〈次子〉もいるわ。奴隷から解放した者たちの部隊だって三つあるのよ」

「それと、ドラゴンもですな」〈褐色のベン・プラム〉がいって、にやりと笑った。

「ドラゴンたちは鎖につながれて地下の窖《あなぐら》にいる」レズナク・モ・レズナクがいった。

「御しきれないドラゴンになど、なんの意味があろう。近ごろは〈穢れなき軍団〉でさえ、餌を与えるため地下扉をあけるとき、びくびくしているほどだ」

「なんと、陛下の小さなペットに怯えているのか？」

〈褐色のベン〉の目尻にはいっそう深くしわが刻まれた。おもしろがっているようだった。〈次子〉を率いる半白髭の傭兵隊長は、自由傭兵の典型であり、十以上もの人種の血が渾然と流れている人物で、ドラゴンにはいつも好意を見せていたし、ドラゴンにも気にいられていた。

「ペット？」レズナクがかんだかい声を出した。「あれはむしろ化け物だろう。子供を食う化け物だ。われわれはもう、これ以上の――」

「おだまり！」デナーリスはぴしゃりといった。「そんな話、聞きたくもない」

女王の激した口調に、レズナクは縮みあがった。

「おゆるしくださいませ、主上。わたくしは、べつに……」

〈褐色のベン・プラム〉が押しかぶせるような口調で、

「陛下――ユンカイが傭った傭兵部隊は、わがほうのふたつに対して、三つです。そのうえさらに、ユンカイはヴォランティスに使者を派遣し、〈黄金兵団〉を傭おうとしているとの話も耳にしました。〈兵団〉の兵力は一万に達します。また、ユンカイはニュー・ギスから四個軍団――もしかすると、もう何個軍団かの援軍を得たほか、〈ドスラクの海〉の各地に騎馬の使者を送りだした由。その目的は、大規模部族《カラザール》のどれかにわれわれを攻めさせるためかもしれません。となると、やはりドラゴンの力が必要だと思うのですが」

ダニーはためいきをついた。

「残念だけれど、ベン。ドラゴンを解き放つわけにはいかないの」

それがベンのもとめる答えでないことは重々わかっていた。

ベン・プラムは半白の口髭を掻きながら、

「ドラゴンで戦力バランスがとれないとなると……ユンカイの外道どもが包囲網を閉じないうちに、この都から脱出するほかありませんな……ただし、そのまえに、都の奴隷使いどもから立ちのき料を取らなくては。あの連中、自分たちの都を襲わないよう、近づいてきた族長《カール》たちに目こぼし料を払っているのです。われわれも騎馬民族と同じことをしていけない理由はない。ミーリーンをやつらに買いもどさせて、われわれは黄金や宝石のたぐいを満載した荷車を連ね、西へ赴けばよろしい」

「ミーリーンを掠奪して逃げだせというの？　冗談じゃないわ、そんなことはゆるしません。〈灰色の蛆虫〉、わたしの解放奴隷たちは戦いの準備ができていて？」

去勢兵の長は腕組みをし、答えた。

「〈穢れなき軍団〉とまではいきませんが、女王の名に恥じぬ仕あがりです。この者が槍と剣にかけて誓います、陛下」

「そう。心強いわ」

デナーリスは自分を取りまく側近たちの顔を見まわした。〈剃髪頭〉は渋面を作っている。サー・バリスタンは額にしわを寄せ、青い目は哀しげだ。レズナク・モ・レズナクは青白い顔に冷や汗を流していた。白髪で半白の口髭、革のような肌を持つ〈褐色のベン〉は表情が読めない。〈灰色の蛆虫〉は頬がなめらかで、茫洋としたその顔は完全に表情を欠く。

（ほんとうなら、ダーリオもここにいるはずだったわ。そして、わたしの血盟の騎手たちも。戦いに臨んでそばにいてこそ、〈わが血潮をめぐる血〉なのに）

（サー・ジョラー・モーモントがいないことも悲しかった。愛していたことは事実。それに、わたしにうそをついた。わたしのことを密告していた。でも、わたしを愛していたことは事実。それに、いつでもためになる助言を与えてくれたわ）

「いちどはユンカイを打ち負かしたわたしです。もういちど打ち負かすこともできるはずよ。けれど、会戦場所はどこで？　どうやって？」

「市外で戦端を開くとおっしゃるのですか？」〈剃髪頭〉は信じられないという声を出した。「それは愚かというものです。わが囲壁はアスタポアの囲壁より高くて厚く、わが防ぎ手のほうが勇敢です。ユンカイには、そう簡単にこの都を陥とすことはできません」

サー・バリスタンが異論を唱えた。

「敵に攻囲をゆるすべきとは思わぬ。敵勢は寄せ集めにすぎん。奴隷商人は戦士ではない。やつらの不意をつくことさえできれば……」

「不意をつける可能性は小さい」〈剃髪頭〉がいった。「この都には、ユンカイの内通者がおおぜいいるのだ。どんな作戦も筒抜けになる」

「こちらが集められる軍勢はどの程度の規模？」

「失礼ながら、そう大きくはありません」〈褐色のベン・プラム〉がいった。「ナハリスの見解は？　正面きって戦うとなると、〈襲鴉〉の戦力は欠かせませんが」

「ダーリオはまだ丘陵にいるのよ」（ああ、わたしはなんと馬鹿なまねをしてしまったの。ダーリオを死地に追いやってしまうなんて）「ベン、敵陣営の情勢を探る役目はあなたの〈次子〉にやってもらいます。現在地、進軍速度、現有兵力、特徴などを偵察してきて」

「そのためには、まず物資を補給せねばなりませんが。替え馬もです」

「いいわ。サー・バリスタンが手配してくれます」

〈褐色のベン〉はぽりぽりとあごを掻いた。

「ある程度、敵の傭兵を寝返らせることもできるかもしれません。多少の黄金と宝石の袋を用意していただけませんか。向こうの隊長連に鼻薬を嗅がせてみれば……結果が吉と出るか凶と出るかはわかりませんが」

「買収するのね、問題ないでしょう」買収と寝返りは、〈戦乱の地〉の自由傭兵団のあいだでは日常茶飯事だ。「買収、おおいにけっこうよ。レズナク、手配なさい。〈次子〉が出撃したら、すべての門を閉じ、囲壁上の見張りを倍増するように」

「御意に、主上」レズナク・モ・レズナクが答えた。「アスタポアの難民は、いかがいたしましょう？」

（わたしの子供たち……）

「難民は助けを求めてくるのよ。援助と保護がほしくてくるのよ。そのような者たちに背を向けるわけにはいきません」

サー・バリスタンが眉をひそめた。

「陛下。赤痢を広まるがまま放置した結果、全軍が滅びた例にはこと欠きません。この点については家令どののいうとおりです。アスタポアの難民をミーリーンに迎え入れるわけにはいきません」

ダニーは無力感にさいなまれつつ、老騎士を見つめた。ドラゴンの一族は涙というものを流せない。それがこの場合は救いだった。

「では、あなたのいうとおりにするがいいわ。難民を囲壁の外に閉めだしなさい、この……この呪いが過ぎ去るそのときまで。都の西、河のほとりに難民キャンプを設営して。食料はできるだけ提供するように。病人を健康な者から隔離することも忘れずに」全員がダニーを見つめていた。「このわたしに、もういちど同じことをいわせたいの？　さっさといって、わたしの命じたとおりになさい！」

ダニーは立ちあがり、〈褐色のベン〉のすぐ横をすりぬけて通りすぎると、階段を昇ってテラスに出た。そして、ひとりきりの安らぎに身をゆだねた。

ミーリーンはアスタポアから千キロ近くも離れているというのに、南西の空は暗く見える気がする。死にゆく〈赤の都〉から立ち昇る黒煙で煤けて、黒ずんでいるように思える。

〝煉瓦と血が生むアスタポア、煉瓦と血に染む都人《みやこびと》〟古謡が頭の中で鳴り響いた。〝灰と骨とはアスタポア、灰と骨と化す都人〟

エロエの顔を思いだそうとしたが、死んだあの娘の顔だちは煙に巻かれてまるで見えない。長いあいだ、デナーリスは南西を眺めやったまま、テラスに立っていた。やっとのことで手すりに背を向けると、夕べの寒さの中、サー・バリスタンが白マントに身を包んで立っているのに気づいた。デナーリスは老騎士に問いかけた。

「こんどの戦《いくさ》――戦えそう？」

「人はつねに戦うことができます、陛下。問われるのなら、勝てるかとおたずねください。死ぬのはたやすきことながら、勝利を得るのはむずかしい。陛下の解放奴隷部隊は、いまだ練度不足にして、実戦を経験してはおりません。傭兵たちは、かつて陛下の敵についていた者ばかり。一度あるじを裏切った以上、また裏切りはせぬかとの疑念は払拭できますまい。陛下のもとにあるのは、御しきれないドラゴンが二頭のみです。三頭めは、二度ともどってこないかもしれません。囲壁の外にいる唯一の友人はラザール人だけで、そのラザール人は戦を好まぬ民族です」

「でも、ミーリーンの囲壁は頑丈よ」

「とはいえ、囲壁まで寄せつけぬにしくはありません。それに、〈ハーピーの息子たち〉は囲壁内にいるのです。その点は〈偉大なる主人〉たちも変わりません。処刑なさらなかった〈主人〉たちと、処刑なさった〈主人〉の息子たちは、虎視眈々と復讐の機会をうかがっています」

「ええ、わかっているわ」女王はためいきをついた。「どうすればいいと思う？」

「会戦です」とサー・バリスタンは答えた。「ミーリーンは過剰なる人口をかかえ、飢えた口数が多いうえに、市内の敵が多すぎます。攻囲されれば、長くは持ちこたえられません。

それより、わたしが選ぶ地点において、北上する敵を迎え討たせてはいただけませんか」

「敵を迎え討つ――」ダニーはおうむがえしにいった。「練度不足にして、実戦を経験していない解放奴隷の部隊で？」

「どんな兵も、最初は実戦を経験しておりません、陛下。〈穢れなき軍団〉の支援があれば、それなりの働きを示すでしょう。せめて、手元に五百の騎士さえいれば……」

「じっさいには、五人すらいないじゃないの。それに、〈穢れなき軍団〉を出陣させれば、ミーリーンの治安を維持するのは〈真鍮の獣〉だけになってしまうわ」

サー・バリスタンが反論できないでいるのを見て、ダニーは目をつむり、祈りを捧げた。

（神々よ――あなたがたはわが〈太陽と星々の君〉であった族長《カール》ドロゴを連れ去りました。そして、わたしたちの勇猛なる息子が生まれる前に命を奪いました。わたしの縁者と血族の命は、もはや充分に奪われたはずです。おねがいです、こんどはわたしをお助けください。行くべき道を見定める叡知をお授けになり、わが子たちを安全に保護してやるために必要な力をお与えください）

しかし神々は、祈りに応えてはくれなかった。

ふたたび目を開いて、デナーリスはいった。

「ふたつの敵――内なる敵と外なる敵を同時に相手にしては戦えないわ。ミーリーンを保持するには、この都を掌握しなくてはならない。完全に掌握しなくてはならない。とすれば、わたしに必要なのは……必要なのは……」

その先は、なかなか口にすることができなかった。

「陛下？」

サー・バリスタンがやさしくうながした。

（女王はおのれに属すにあらず、人々に属するもの）

「……ヒズダール・ゾ・ロラクよ」

31 ―― メリサンドル

メリサンドルの部屋の中がほんとうに暗かったことは絶えてない。

窓台の上では三本の獣脂蠟燭が燃えている。夜の恐怖を窓際で閉めだすためだ。ベッドのそばでは左右に二本ずつ、もう四本の獣脂蠟燭が燃えていた。暖炉では、昼夜分かたず火が燃やされている。メリサンドルに仕える者が最初に憶えねばならぬことは、なにがあっても、けっして、絶対に、この火を絶やしてはならないということだった。

〈紅《あか》の女祭司〉は目をつむり、ひとしきり祈りを捧げてから、やおら目を開き、暖炉の炎を見つめた。

(もういちど)

念には念を入れておかなくてはならない。これまでに数々の祭司と女祭司がまがいものの幻視で破滅してきた。〈光の王《ロード・オブ・ライト》〉から託された真の幻視ではなく、おのれの願望が体現された幻視を見ては破滅してきた。スタニスは――アゾル・アハイの生まれ変わり、世界の命運をになう王は、危機のただなかへ向かって南に進軍していった。ル＝ロールはその先に待ち受けるものをお示しくださるにちがいない。

（わが眼前にスタニスの姿をお見せくださいわが神よ。あなたさまの王を、あなたさまのしもべをお見せください）

目の前に金と赤のイメージが躍り、ちらつき、融解し、融けあいながら、奇妙で恐ろしく、魅力的な形を作りだしていった。ふたたび、眼球のない顔が見えた。血を流す眼窩がじっとこちらを見つめている。つぎに、海のそばに立つ、数棟の塔が見えた。深みから湧きあがる黒い潮にさらされて、塔はぼろぼろと崩れ落ちていく。髑髏《どくろ》の形をした、いくつもの影——それが霧となって分解しだした。愛欲に駆られて睦《むつ》みあう肉体と肉体が身をよじり、ころげあい、爪をたてあう。炎の幕を通して、巨大な翼を持つ複数の影がどぎついブルーの青空を旋回するのが見える。

（あの娘。もういちど、あの娘を見いださなければ。死にかけの馬に乗り、灰色の服に身を包む娘を）

ジョン・スノウはもうじき、あの娘についてくわしい話を聞こうとするだろう。あの娘がだれかから逃げているというだけでは、説得力に欠ける。もっと多くを知りたがるはずだ。それはいつ、どこのイメージなのかを知りたがるはずだ。その答えをまだ自分は得ていない。あの娘の幻視を見たのは一度だけなのだから。

（灰のように灰色の娘。見ている間にも、幻視の娘はぼろぼろと崩れ去り、吹き散らされていった）

と、燃える炉床にひとつの顔が浮かんだ。

（スタニス？）

つかのま、そう思った……が、顔だちがちがう。

（木に彫られたような顔、死体のそれに似た白い顔）

これは、〈敵〉？　燃えあがる炎の中に、一千もの赤い目が浮かんでいる。

（顔の主はわたしを見ている）

顔のそばには狼の顔を持つ少年がいた。その少年が頭をのけぞらせ、遠吠えをあげた。

〈紅の女祭司〉は身ぶるいした。ひとすじの血が太腿を流れ落ちていく。その血はどす黒く、煙を発していた。身内で炎が燃えている。苦悶と恍惚が身内に広がり、メリサンドルを焼き焦がし、変貌させる。熱のゆらぎが肌に浮かびあがった紋様をなでた。恋人の手が愛撫するように、いつまでも。と、はるか遠い過去から、奇妙な声が呼びかけてきた。

「メロニー」

女の悲痛な声で名を呼ばれた。ついで、男の声が呼ばわった。

「七組」

女は泣いている。その涙は炎のしずくだ。なのに女は炎のしずくを飲んでいる。

暗黒の空からおびただしい雪片が降ってきた。それを出迎えるように舞いあがる無数の灰、灰色の小片。灰色と白色がたがいのまわりを舞いあうなかで、多数の火矢が天に弧を描き、木柵を飛び越えていく。寒気の中をよろよろと迫りくるのは、動く死者の群れだ。そのそばには巨大な灰色の絶壁がそそりたち、百もの洞窟の中で炎が燃えている。そのとき――風がいちだんと勢いを増し、信じられないほど冷たい純白の霧が押しよせてきた。ひとつ、またひとつと、炎が消えていく。霧が通りすぎたあとには、ただ髑髏だけが残った。

(死だ)とメリサンドルは思った。(髑髏は死だ)

薪が小さく爆《は》ぜている。その音の中に、小さくささやかれるジョン・スノウの名前が聞きとれた。その長い顔は目の前に浮かび、赤とオレンジ色の舌に囲まれて、はためくカーテンごしに見え隠れする影となり、現われてはまた消える。いまは人、いまは狼、いまはまた人――だが、髑髏はここにもあった。まわりじゅう、いたるところに髑髏があった。以前にも、ジョン・スノウが危機にさらされているのを炎の中に見たメリサンドルは、本人に警告したことがある。

(まわりじゅうに敵がいる。暗闇の中に無数の短剣が潜んでいる)

だが、ジョン・スノウは耳を貸そうとしなかった。

不信心者というのは、手遅れになるまで、耳を貸さないものなのだ。

「いったいなにが見えるんです、マイ・レディ」

若者が静かにたずねる。

(髑髏。一千もの髑髏。そしてふたたび、落とし子の若者、ジョン・スノウ)

炎の中になにが見えるのか、ときかれるたびに、メリサンドルはこう答える。

「いろいろなものが」

だが、〝見る〟ことは、このことばが示唆するほど単純なものではない。それには高度な技術を必要とする。そして、あらゆる技術がそうであるように、熟達、鍛練、研究が欠かせない。

（苦痛。苦痛もよ）

ル＝ロールは聖なる炎を通じて、灰と炭と揺らぐ炎のことばを用い、選ばれし預言者へと神託を授けられる。その内容をほんとうに理解することは、神にしかできないが、何年ものあいだ、メリサンドルは数えきれないほど何度も幻視を行ない、技術に磨きをかけてきた。その代償こそ大きかったものの、聖なる炎の中になかば顕われ、なかば隠れた秘密を見ぬく技術において、もはや所属する教団の中にさえメリサンドルの右に出る者は存在しない。

しかしいまは、自分の王の姿すら見ることもできない状態だった。

（アゾル・アハイの生まれ変わりのお姿をお見せくださいといくら祈っても、ル＝ロールが顕示されるのはスノウの顔ばかり）

「デヴァン」室内に控える従士に呼びかけた。「飲みものを」

喉がからからに渇いていた。

「かしこまりました」

少年は窓ぎわに置かれた石器の水差しからカップに水をつぎ、そばまで持ってきた。

「ありがとう」

メリサンドルは水を口に含み、ごくりと飲んでから、少年にほほえみかけた。少年は顔を赤らめた。この少年が自分になかば懸想していることをメリサンドルは知っている。

（この子はわたしを恐れつつ、わたしをもとめ、わたしを崇拝している）

そのいっぽうで、デヴァンは〈壁〉に残されたことに不満をいだいてもいた。デヴァンは王の従士として仕えることに多大な誇りを持っている。それだけに、黒の城《カースル・ブラック》に残るようスタニスに命じられたときはひどく落ちこんだものだった。この齢ごろの少年がみなそうであるように、デヴァンの頭の中も栄光に満ちた夢でいっぱいで、深林の小丘城《ディープウッド・モット》で武勇を披露する自分を思い描き、わくわくしていたのだろう。だが、同年齢の少年たちは、デヴァンを除き、従士として王の騎士に仕え、そのそばで馬に乗って戦うため、南へいってしまった。ひとり、その栄誉から除外されたことで、デヴァンは自分がなにかヘマをして――あるいは父親がなにか失敗をして――罰を受けたように感じているにちがいない。

じっさいには、デヴァンがこの地に残されたのは、メリサンドルが王にそう要求したからだった。ダヴォス・シーワースの年長の息子は四人ともブラックウォーターの戦いに臨み、王の艦隊が緑の炎で焼きつくされるなかで戦死を遂げた。五人めの息子であるデヴァンは、王に同行させるよりも自分のそばに置いておいたほうが安全だ――そうメリサンドルは判断したのである。ダヴォス公はけして感謝しないだろうし、デヴァン自身はなおさらだろうが、シーワースはもう、十二分に苦しみを味わってきたように思える。誤った信仰に導かれてはいても、ダヴォスのスタニスに対する忠誠心には疑いの余地がない。それは炎の中に何度も見てきた。

デヴァンは飲みこみが早く、頭の回転も早く、きわめて重宝する。ほかのお付きの者たちには、とてもこの有能さは望めない。南へ出発するにさいして、スタニスは十二名の警護の兵を残していったが、ほとんどの者は役たたずだ。戦いを控え、戦力になる者は残らず必要としていたため、あとに残していけるのは老人と戦えない者だけだったのである。ひとりは〈壁〉防衛戦で頭を強打して失明した者だし、ひとりは乗馬が倒れたさいに脚を折り、足を引きずっている。警護兵の長は巨人の棍棒で殴られて片腕をなくしていた。兵のうち三人は去勢されているが、これは野人の女を犯した報いでスタニスに処罰されたものだ。ほかに、ふたりの酔っぱらいと、ひとりの敵前逃亡兵がいた。逃亡兵は絞首刑にされてもしかたなく、それは王自身も認めるところだが、なにぶん高貴の出で、父も兄たちも当初からスタニスに忠誠をつくしてきた者たちなので、お目こぼしせざるをえなかったのだろう。

まわりに護衛がいるおかげで、黒の兄弟たちが自分に邪《よこしま》な心を起こしにくくはなるが、このありさまでは、万一のとき警護の役にたつ者など、ひとりもいはしない。だが、それはどうでもよかった。アッシャイのメリサンドルは、自分の身に危害がおよぶことを案じてはいない。ル＝ロールのご加護があるからだ。

もうひとくち水を飲み、カップを脇に置いて、目をしばたたくと、背伸びをし、椅子から立ちあがった。筋肉がこわばり、ずきずきうずいている。長いあいだ炎を見つめていたので、薄闇に目が慣れるのにすこし時間がかかった。目が乾いており、ひりひりするが、こすればかえってひどくなるだけだ。

見ると、炎の勢いが衰えていた。

「デヴァン、薪をくべて。いま何時？」

「もうじき夜明けです、マイ・レディ」

（夜明け。新たにもう一日が与えられるのね、ル＝ロールに讃えあれ。夜の恐怖はきょうも退けられる）

　メリサンドルは、しばしばそうするように、今夜も椅子にすわり、暖炉のそばで過ごした。スタニスが留守のいま、ベッドが使われることはほとんどない。寝ているひまなどなかった。世界の命運は自分の双肩にかかっているのだから。それにメリサンドルは、眠って夢を見ることが怖かった。

（睡眠は小さな死、夢は〈異形の王〉《ジ・アザー》のささやき。そして、わたしたちすべてを永遠の夜に引きずりこむことが夢の目的）

　眠るくらいなら、紅《あか》い神の聖なる炎が放つ紅い光を浴び、恋人のキスのごときぬくもりに頬をなでられていたほうがよほどよかった。まどろむ夜もないではないが、それはせいぜい一時間ほどのことでしかない。メリサンドルはいつでも祈っている。いつの日か、まったく眠らずにすみますようにと。いつの日か、夢から解放されますようにと。

（メロニー）とメリサンドルは思った。（七組）

　デヴァンが新しい薪を火にくべた。ほどなく炎は勢いを盛り返し、大きく、猛々しく燃えあがって、影という影を部屋の片隅へ押しもどし、望まれぬ夢をすべて貪り食った。

（闇はまた押しもどされた……しばらくのあいだは。だが、〈壁〉の向こうでは、〈敵〉の

勢力が増大しつつある。〈敵〉が勝利すれば、夜明けは二度と訪れない)

炎の中から自分を見つめていたあの顔は、〈敵〉の顔なのだろうか。

(ちがう。あの顔ではない。〈敵〉の顔はもっと恐ろしいものであるはずだ。冷たくて黒く、いかなる人間も生きたままでは正視できないほど恐ろしいものであるはずだ)

しかし、あのとき垣間見た木のような男——そして、狼の顔を持った少年は……〈敵〉の配下の存在にちがいない……〈敵〉の楯であり、闘士であるにちがいない。自分にとってのスタニスがそうであるように。

メリサンドルは窓辺に歩みより、鎧窓を押しあけた。東の空が白々と明るみかけていたが、星々はまだ暗い未明の空にかかっている。黒の城《カースル・ブラック》ではすでにもう活動がはじまっていた。黒いマントの男たちがぞろぞろと郭《くるわ》を横切り、鉢一杯のかゆ《ポリッジ》をかきこみに食堂へ向かおうとしている。〈壁〉の上で夜番を務めた兄弟たちと交替するためだ。わずかな雪花《せっか》が風に舞い、開いた窓の外をただよっていった。

「朝食をお召しあがりになりますか?」

デヴァンがたずねた。

(朝食。そう、食事をとっておかなくては)

もう何日ものあいだ、食事をとることを忘れていた。ル＝ロールはメリサンドルの肉体が必要とする栄養分をすべて与えてくださるが、それは定命《じょうみょう》の者たちには知られないようにしておいたほうがよい。

むしろ必要なのは、鉄板で焼いたパンとベーコンではなく、ジョン・スノウだが、総師のもとへデヴァンを呼びにやってもむだだろう。総師はメリサンドルの呼びだしには応じないからである。スノウはいまなお、武器庫の奥の、死んだ鍛冶が使っていた、さほど広くない続き部屋に住んでいる。自分が〈王の塔〉にはふさわしくないと思っているのか、まったく関心がないのか、どちらかだろう。それは心得違いというものだ。自分を不必要に卑下することは、じつは形を変えた自尊心の表われといえる。統治者が権力の誇示を控えるのは賢いことではない。権力そのものは、そのような誇示に支えられた部分がすくなくないのだから。

しかしあの若者は、まるっきり純朴というわけでもなかった。嘆願者のように見えるのを避けるため、自分からはメリサンドルの住まいを訪れないようにしており、用があるのならそちらから出向いてこいという。訪ねていけばいったで、待たされたり面会を断わられたりすることも多い。すくなくともその程度には、彼我の力関係をほのめかす努力をしているということだ。

「刺草茶《イラクサ》と茹で卵、それにパンとバターを。パンは焼かないで、そのまま出してちょうだい。それから、あの野人を見つけて、話があるから、きてくれるようにと伝えなさい」

「〈がらがら帷子《ラトル・シャツ》〉ですね？」

「急いで」

少年が去ると、メリサンドルはからだを浄《きよ》め、ローブを着替えた。袖には隠しポケットがたくさん作りこんである。それをたんねんにチェックし、添加剤の粉末がきちんと仕込んであることをたしかめるのが毎朝の日課だ。粉末にはさまざまな種類があった。炎の色を緑や青や銀に変えるもの、炎を猛々しく音高く荒れ狂わせ、人間の背丈より高く燃えあがらせるもの、煙を出させるもの。その煙にも種類があり、真実を話させる煙、欲情を催させる煙、恐怖をかきたてる煙、人間を即死させることのできる濃厚な黒煙など、多種多様におよぶ。〈紅の女祭司〉は、そのための粉末をすこしずつ携行することにより、身を護っているのだ。もっとも、〈狭い海〉の向こうから持ちこんだ薬剤は——彫刻を施した薬櫃《くすりびつ》の中身は——すでに四分の三がなくなっていた。各種の粉末の製法は知っているが、その材料は稀少で、この地ではほとんど手に入らない。

(けれど、わが呪力があれば充分)

〈壁〉にきてから、メリサンドルの力は増している。アッシャイにいたころより増している。ことばのひとつひとつ、しぐさのひとつひとつが潜在力を増し、以前はできなかったことができるようになっている。

(この地でわたしが送りだす影は恐るべき力を持つ。いかなる闇の存在も、その影には抗しえない)

これほど強力な魔法を意のままにあやつれる以上、じきに錬金術師や火術師《パイロマンサー》のささやかなトリックに頼る必要はなくなるはずだ。

櫃のふたを閉じ、錠をかけ、鍵をスカートの別の隠しポケットにしまいこむ。そのとき、ドアにノックの音がした。この弱々しいノックの音からすると、片腕の警護隊長だろう。

「レディ・メリサンドル、〈鎧骨公《がいこつこう》〉がきました」

「通しなさい」

メリサンドルは暖炉のそばの椅子にもどり、腰をおろした。

けさの野人は、青銅の鋲を打った硬革《ボイルド・レザー》の袖なし胴着《ジャーキン》を身につけて、その上から、緑と茶色のまだら模様の、着古したマントをはおっていた。

(骨はつけていないのね)

野人はさらに、影を身にまとっていた。うっすらとしか見えないが、断片的な灰色の霧がからだにまといついており、一歩進むたびに、その霧が顔のまわりでたゆたい、形を変えている。

(醜悪な生きもの。いつも身につけている骨と同じくらい醜悪)

V字形をした髪の生えぎわ、間隔のせまい黒い目、削げた頬、欠け歯と虫歯だらけの口の上で蛆《ウジ》のように蠢《うごめ》く口髭。

喉の付け根のくぼみで、紅玉《ルビー》が熱を持つのが感じられた。奴隷がそばにきたことを宝石が感じとったのだ。

「骨の鎧をはずしたのね」とメリサンドルはいった。

「骨がカタカタ鳴ってると気が狂いそうなんでな」

「骨はあなたの身を護ってくれるのよ。黒の兄弟たちはあなたのことを快く思っていないわ。デヴァンの話だと、ついきのうも夕食の席で口論をしたそうじゃないの」

「たいしたことじゃない。おれが暖炉のそばにいって、豆とベーコンのスープを食いだしたとき、たまたま、バウエン・マーシュのやつも何人かと暖炉のそばに陣どっていてな。あの〈柘榴《ザクロ》じじい〉め、おれが盗み聞きしにきたとでも思ったか、いまはだいじな相談の最中だ、殺戮鬼に聞き耳を立てられてはかなわんとぬかしやがる。でな、だいじな相談なら、暖炉のそばでぬくぬくやってるんじゃねえといってやったら、バウエンの野郎、顔を真っ赤にして、いまにも絞め殺されそうな音を出しやがった。ま、悶着はそれでしまいだ」

野人は窓台の縁に腰かけ、鞘から短剣を引き抜いた。

「夕メシをかっこんでいるとき、鴉のだれかがおれの肋《あばら》にナイフを突きたてるかもしれんが、それはむしろ大歓迎だ。ホッブのやつがこさえるクソまずいオートミールだって、スパイス代わりに血の一滴でもかかれば、すこしはましになるというもんさ」

抜き身の短剣になど、メリサンドルはいっさい注意を払わなかった。野人が危害を加えるつもりできたとしたら、あらかじめ炎の中に予兆が見えていたはずだ。おのれの身に危害がおよぶかどうかを調べるすべは、自分がまだ子供同然で、紅の大寺院の終身奴隷だったころ、最初に学んだことのひとつだった。いまでも、炎を覗くときは、真っ先にそれをたしかめる習慣が身についている。

メリサンドルは警告した。

「あなたが気をつけるべきは、黒の兄弟たちの目よ。ナイフではないわ」

「この魔法か、うん」手首にはめられた黒鉄の枷の表面で、紅玉《ルビー》は脈動しているかに見える。

野人が短剣の刃先で宝石をつついた。宝石にあたって、鋼は小さくカツンという音をたてた。

「眠っているときも感じるぞ。肌がぬくい感じなんだ。鉄の枷の上からでもわかる。同時に、女のキスのように軟らかくもある。まるであんたにキスされているみたいだよ。ただ、ときどき、夢の中で燃えるように熱く感じられて、あんたの唇が牙に変わることがある。毎日、この枷をはずすのは簡単だろうと思うが、いつまでたってもはずすことができない。で——やっぱり、あのろくでもない骨の鎧をまとわにゃならんのか？」

「あの呪いは、影と暗示によって成立するもの。人は思いこみでものを見るのよ。あの骨はその思いこみを助長するの」（この男を助けたのは、まちがいだったのかしら？）「魔法が効かなくなれば、あなた、殺されるわよ」

野人は短剣の先で爪の垢をほじくりだした。

「おれはわが歌を歌い、わが戦《いくさ》を戦い、サマーワインを飲み、ドーン人の女房を味わった。男は生きざまに準じた死にかたをせねばならん。おれの場合は、鋼を手に死ぬことだ」

（この男、死を夢見ている？　もしや〈敵〉にこの男を取りこまれてしまったのだろうか？死は〈敵〉の領地であり、死者は〈敵〉の兵隊だ）

「あなたの鋼なら、遠からず、思うさまふるえるようになるわ。〈敵〉が近づいてきているのよ、ほんとうの〈敵〉がね。スノウ総帥が北に送りだした哨士《レンジャー》たちは、きょうのうちにも、もどってくるわ——目を抉《えぐ》りとられて、眼窩から血を流しながら」

野人がすっと目を細めた。いまは灰色の目かと思えば、茶色の目に変わる。メリサンドルには、紅玉《ルビー》がひとつ脈動するごとに、目の色が変わるのがわかった。

「目を抉りだしたとなると、〈泣き男《ウィーパー》〉のしわざだな。いちばんよい鴉は目をなくした鴉だ——と、やつならそういうだろう。ときどき、あの男、自分の目も抉りだしたくなるんじゃないかと思う。いつも涙を流していて、かゆくてたまらんそうだから。スノウのやつめは、自由の民がトアマンドのところへ帰り、あいつの指揮下に入るものと見ている。スノウならそうするはずだからだ。スノウはトアマンドを気にいっていたし、あのペテン師のじじいもスノウを気にいっていたしな。しかし、〈泣き男〉が仕切っているとなると……うまくない。スノウにとっても、おれたちにとっても、うまくないぞ」

メリサンドルは厳粛な面持ちでうなずいた。野人のことばを真剣に受けとっているように見せるためだが、じっさいには、〈泣き男〉のことなど意にも介していない。〈泣き男〉にしたがう自由の民についてもだ。あれは敗残の者たち、破滅した者たちであって、いずれはこの地上から消え去る運命にある——〈森の子ら〉が消え去ったように。だが、この野人がそんなことばを聞いて喜ぶはずはない。といって、この男を失うわけにはいかなかった——いまはまだ。

「あなたは北のことをどのくらい知っているの？」

野人は短剣を鞘に収めた。

「どんな哨士にも、土地鑑では劣らん。ただ、とくにくわしい地域と、そうでもない地域がある。北といっても広いからな。なぜきく？」

「娘よ。死にかけの馬に乗り、灰色の服に身を包む娘。ジョン・スノウの妹」ほかのだれであるはずがあろう。スノウの妹は、保護をもとめて〈壁〉に急いでいる。メリサンドルにも、その程度までは鮮明に見えていた。「炎の中に、その娘を見たの、いちどだけだけれどね。わたしたちは総帥の信頼を勝ちとらなくてはならない。そのための唯一の方法は、この娘を助けること」

「おれにその娘を助けにいけ、というのか？　この〈鎧骨公《がいこつこう》〉さまに？」野人は笑った。「〈がらがら帷子《ラトルシャツ》〉を信用するのは阿呆だけだ。スノウはけして阿呆ではない。妹に助けがいるのなら、やつは鴉どもを派遣するだろう。おれならそうする」

「スノウはあなたとちがうのよ。誓約を立てて、その誓約に則《のっと》って生きているのだもの。〈冥夜の守人《ナイツ・ウォッチ》〉は他事にいっさい関与しない。けれど、あなたは〈冥夜の守人《ナイツ・ウォッチ》〉ではないでしょう。スノウにはできないことも、あなたならできる」

「頭の固い総帥さまがゆるしてくれればな。あんたの炎、どこにいけばその娘が見つかるか、教えてくれないのか？」

「水が見えたのよ。深くて青くて凪《な》いだ水面が。ちょうど薄い氷が張ろうとしているところだった。水面はどこまでもどこまでもつづいてるように見えたわ」

「ふむ、長い湖《ロング・レイク》か。ほかに、その娘のそばに見えたものは？」

「丘。野原。樹々。いちどだけ、鹿が一頭。それと、石。どの村からも、娘は充分に距離をとっていたわね。可能なときは小川のまんなかに馬を進めて、川づたいに移動していたわ、足跡を消して、狩人にあとをつけられないように」

野人は眉をひそめた。

「その場合、見つけるのに手間どりそうだ。北に向かっているといったな？　湖は娘の東にあったか？　西にあったか？」

メリサンドルは瞑目《めいもく》し、幻視の情景を思いだした。

「西」

「とすると、〈王の道〉は通っていないな。賢い娘だ。〈王の道〉から見て湖の対岸には、見張りもすくないし、隠れるところも多い。おれ自身も、以前、身を隠す穴を掘ったことが――」

野人は唐突にことばを切り、さっと立ちあがった。戦角笛《いくさつのぶえ》の音が響きわたったからである。

メリサンドルにはわかっていた。いまこのとき、黒の城《カースル・ブラック》じゅうで、全員が急に沈黙し、一人前の男も少年も、ひとり残らず〈壁〉に顔を向け、耳をそばだてて待機していることが。

角笛の長いひと吹きは、哨士たちが帰ってきたことを示す。しかし、もしもつづけて、もういちど吹き鳴らされた場合は……。

（その日がきたのだわ）と、〈紅の女祭司〉は思った。（スノウ総帥が、いよいよわたしのことばに耳を貸すときがきた）

嫋々《じょうじょう》と響く、ものがなしげな角笛の音が薄れたのち、静寂が訪れた。長く伸びた静寂は一時間にも感じられるほどだった。やっとのことで、野人は呪縛から解かれ、こういった。

「一回だけか。哨士どもが帰ってきたんだな」

「死んだ哨士たちがね」メリサンドルも立ちあがった。「骨の鎧をつけて、ここで待機していなさい。すぐにもどってくるわ」

「おれもいっしょにいく」

「ばかなことをいわないの。鴉たち、死体のありさまを見たあとで野人の姿を目《ま》のあたりにしようものなら、ことごとく逆上するわよ。黒の兄弟たちの頭に昇った血が下がるまでは、ここでじっとしていることね」

メリサンドルが〈王の塔〉の階段を降りていく途中、あがってくるデヴァンと出くわした。横にはスタニスが残していった警護兵のうちの二名を連れている。手にはなかば忘れていた朝食のトレイを持っていた。

「ホッブが焼きたてのパンを天火から出すまで待っていましたので。パンはほかほかです」

「わたしの部屋に置いておいて」十中八九、野人に食べられてしまうだろうが、それはいい。

「スノウ総帥がね、わたしに用があるはずなのよ。〈壁〉の向こう側でね」

（本人はまだ知らないけれど、もうじき……）

屋外に出ると、雪がちらほらと舞いはじめていた。メリサンドルと警護兵が門のところに到着したときには、門前に人だかりができていたが、鴉たちは〈紅の女祭司〉のために道をあけた。総帥はひと足早く、バウエン・マーシュと槍兵二十名を連れて、氷壁の中に入っていったという。スノウはさらに、〈壁〉の上へ十二名の弓兵をあげさせていた。付近の森に敵が潜んでいた場合の用心だ。門衛たちはむろん、〝王妃の兵〟ではなかったが、それでもメリサンドルたちを通してくれた。

氷壁の中は寒く、暗かった。狭い隧道《トンネル》はくねくねと蛇行しながら〈壁〉の中を貫いていた。すぐ目の前を、護衛のモーガンが松明《たいまつ》をかかげて進み、うしろからはメレルが戦斧《せんぷ》を持ってついてくる。どちらの兵も、どうしようもない飲んだくれだが、さすがに朝のこの時間にはしらふだった。〝王妃の兵〟に数えられるだけあって、ふたりともメリサンドルには畏敬の念を持っているし、酔っていないメレルはなかなかの使い手だ。きょうは護衛の必要はないだろうが、メリサンドルはどこへいくにも、つねにふたりは護衛を連れ歩くようにしていた。それは周囲にひとつの意志を伝えることになるからだ。

(権力の誇示よ)

三人が〈壁〉の北へ出るころには、雪は霏々《ひひ》として降りしきっていた。〈壁〉から〈幽霊の森〉の林縁《りんえん》にいたる、さんざん踏み荒らされた緩衝地帯は、でこぼこの白く冷たい掩《おお》いでおおわれている。ジョン・スノウ以下、黒の兄弟たちは、出口から二十メートルほど離れたところに立つ、三本の槍のまわりに集まっていた。

槍は長さ二メートル半で、梣《トネリコ》でできていた。いちばん左の槍はすこし曲がっていたが、ほかの二本は歪みもなく、まっすぐだ。そして、それぞれの槍の先端には、斬り落とされた首が突き刺してあった。どの首も、顎鬚《あごひげ》はびっしりと氷でおおわれていて、降りしきる雪で白いフードをかぶっている。両目があったところには、ぽっかりと眼窩が口をあけており、血まみれの黒い眼窩は、無言でなじるように、周囲の者を見おろしていた。

「だれ？」メリサンドルは鴉たちにたずねた。

「〈ブラック・ジャック〉ブルワーに、〈毛むくじゃらのハル〉、〈灰色羽のガース〉です」バウエン・マーシュが険しい声で答えた。「大地はなかば凍てついている。野人たちが槍をここまで深く突き刺すには、半夜を費やさねばならなかったはずだ。やつらはまだそこにいるかもしれない。われわれを見張っているかもしれない」

雑士長《ロード・スチュワード》は目をすがめ、林縁を眺めやった。

「まだ百人ほど森に潜んでいるかもしれないな」陰気な顔つきをした黒衣の兄弟がいった。

「千人だっているかもしれない」

「それはないだろう」ジョン・スノウがいった。「やつらは夜の闇にまぎれて贈り物を残し、逃げ去ったんだ」総帥の巨大な白い大狼《ダイアウルフ》は槍のまわりを嗅ぎまわっていたが、ふと後足をあげ、〈ブラック・ジャック〉ブルワーの首が刺さった槍に小便をかけた。「まだそこらにいるなら、ゴーストがにおいを嗅ぎつけている」

「〈泣き男〉の野郎、首から下を焼いてくれてりゃいいんだが」陰気な顔の男――〈陰気なエッド〉と呼ばれる男がいった。「さもないと、自分の首を探しに、胴体がやってくるかもしれませんぜ」

ジョン・スノウは、〈灰色羽のガース〉の首が刺さっている槍をぐっとつかみ、荒々しく地面から引き抜いた。

「ほかのふたりも降ろしてやれ」

総帥の命令を受け、四人の鴉がただちにしたがった。

バウエン・マーシュの頬は寒さで赤くなっていた。

「やはり哨士を送りだすべきではなかったのです」

「いまは過ぎたことをどうこういってる場合じゃない。この場ではだめだ。いまはだめだ」

スノウはそういうと、槍と格闘している男たちに指示した。「首を抜いて焼いてやってくれ。骨以外はなにも残すな」

ここでやっと、スノウはメリサンドルに気づいたようだった。

「マイ・レディ。よければ、いっしょにもどりませんか」

（やっとだわ）

「総帥がそう望まれるのでしたら」

ふたりそろって〈壁〉のふもとを歩きだすとともに、メリサンドルはスノウの腕に自分の腕をからませた。すぐ前をモーガンとメレルが先行し、背後からはゴーストがついてくる。女祭司はあえて口をきかず、意図的にゆっくりと歩を進めた。メリサンドルが通るところ、付近の〈壁〉が汗を流しだす。

（この〝汗〟はスノウも見落とさないでしょう）

殺人孔の鉄格子の下までくると、スノウはようやく沈黙を破った。これもまた、わかっていたことだ。

「ほかの六人はどうなりました？」

「まだ見ていないの」メリサンドルは答えた。

「見ていただけますか？」

「もちろんよ、総帥どの」

「影の塔《シャドウ・タワー》のサー・デニス・マリスターから使い鴉がきました」ジョン・スノウはつづけた。「〈峡谷《ゴージ》〉の向こうの山々で火が見えるそうです。野人たちが集合しているようだとサー・デニスは見ています。また〈髑髏橋〉を強行突破するつもりらしいと」

「そうする者もいるでしょうね」幻視に見えた多数の髑髏は、〈髑髏橋〉のことだろうか。なんとなく、そうではない気がした。「けれど、その方面から攻撃が行なわれるとしても、それは陽動でしょう。海のそばに立ついくつかの塔が、黒い血の潮に沈む光景を見ました。もっとも大がかりな攻撃がなされるのはそこでしょう」

「東の物見城《イーストウォッチ》ですか？」

（そうだったかしら？）

メリサンドルはスタニス王とともに東の物見城《イーストウォッチ》を見たことがある。王が黒の城《カースル・ブラック》へ進軍するために騎士の馬揃《うまぞろ》えを行なったのも、セリース王妃とシリーン王女を残してきたのも、あの場所だ。炎の中に見えた塔は、あそこの塔とはちがっていたようだが、幻視はしばしば現実と異なる様相を呈することがある。

「そう、東の物見城《イーストウォッチ》」

「いつです？」スノウがたずねた。

メリサンドルは両手を広げてみせた。

「あすかもしれないし、月が変わるころかもしれないし、一年後かもしれないわ。そして、あなたの行動しだいでは、わたしが見たものを完全に回避できるかもしれない」

（そうでなければ、幻視の意義などないでしょう？）

「なるほど」とスノウはいった。

門を通過し、氷壁の外に出る。〈壁〉の南側に集まった鴉は、四十人ほどに膨れあがっていて、そうとうに混みあい、押しあっていた。何人かは、メリサンドルも名前を知っている者だった。料理人の〈三本指のホップ〉、脂じみたオレンジ色の髪を持つマリー、〈薄馬鹿オーウェン〉と呼ばれる少年、酔いどれ司祭《セプトン》のセラダーだ。

「ほんとなんですか、ム＝ロード？」

〈三本指のホップ〉がきいた。

「だれだったの？」これは〈薄馬鹿オーウェン〉だ。「ダイウェンじゃないよね？」

「ガースでもないですね？」〝王妃の兵〟に近しい者で、〈ぬかるみのアルフ〉という鴉がたずねた。これは真っ先に七つの偽神を捨て、真の神ル＝ロールの信仰に改宗した者たちのひとりだ。「ガースははしこいやつだ。野人なんかにやられるはずがない」

「何人です？」マリーがたずねた。

「三人だ」とジョンは答えた。「〈ブラック・ジャック〉、〈毛むくじゃらのハル〉、ガースだった」

〈ぬかるみのアルフ〉が悲痛な叫び声を張りあげた。遠く影《シャドウ・タワー》の塔で眠っている者たちさえ目を覚ましそうなほどの大声だった。〈三本指のホッブ〉に向かって、ジョンはいった。

「アルフを寝《やす》ませて、ホットワインを飲ませてやれ」

「スノウ総帥」メリサンドルは静かにいった。「いっしょに〈王の塔〉へこられますか？ ほかに話しておくべきことがあるのですが」

スノウはしばし、メリサンドルをじっと見つめた。いつものように灰色の冷たい目だった。右手が握りしめられ、開き、また握りしめられた。

「いいでしょう。エッド、ゴーストをおれの部屋に連れていけ」

メリサンドルはそれを、こちらの護衛兵も退けろというサインだと受けとった。ふたりは余人をともなうことなく、ならんで郭を横切っていった。まわりには雪が降りしきっている。メリサンドルはできるだけジョン・スノウのとなりに寄りそって歩いた。全身から黒い霧のように放射される不信が感じとれるほどだった。

（この男はわたしを愛してはいないし、愛することもない。けれど、わたしを利用することになる。それもまたいいでしょう）

メリサンドルは、当初、スタニス・バラシオンとも同じ種類のダンスを踊った。じっさい、ふたりともけっして認めようとはしないが、この若き総帥とメリサンドルの王には共通する部分がたくさんある。スタニスは長男の陰で育った次男だし、ジョン・スノウは庶子として生まれ、嫡男の陰で育った。それも、〈若き狼〉と呼ばれる、志《こころざし》なかばで倒れた英雄の陰でだ。そして、どちらも本質的には不信心者であり、人を信用せず、疑り深い。ふたりが心底から崇拝する神々とは、名誉と本分なのである。

「妹のことをたずねないのね」

〈王の塔〉の螺旋階段を昇っていきながら、メリサンドルは水を向けた。

「いったでしょう。わたしに妹はいません。誓約のことばを口にした時点で、親族とは決別したんです。アリアを助けにいくわけにはいきません。ましてや――」

だが、メリサンドルの部屋に入ったとたん、スノウはことばを切った。野人が室内にいてメリサンドルのテーブルにつき、まだあたたかい黒パン《ブラウン・ブレッド》をちぎっては、短剣でバターを塗っていたからである。骨の鎧は身につけていたので、メリサンドルはほっとした。ただし、兜として使っている割れた巨人の頭骨は、背後の窓台に載せてある。

ジョン・スノウは身がまえた。

「きさま――」

「よう、スノウ総帥」

欠け歯と虫歯だらけの歯を見せて、野人はにやりと笑った。朝陽を浴びて、手枷の紅玉《ルビー》が赤みを帯びた暗い星のように光っている。

「ここでなにをしている」

「朝メシを食ってるのさ。食いたいんだったら、パンを分けてやるぞ」

「おまえとパンを分かちあうつもりはない」

「もったいないことを。パンはまだほかほかだぞ。ホッブのやつ、すくなくとも焼きたてのパンを出すくらいのことはできるんだな」

野人はバターを塗ったパンにかぶりつき、半分ほど嚙みちぎった。

「おれはおまえの部屋にも、こんなふうにやすやすと入りこめる。入口に警備の者を立てたところで、ただの悪い冗談でしかない。〈壁〉を五十回も登った者なら、簡単に窓から侵入できるさ。しかし、おまえを殺しにいったところでなんの益がある？　鴉どもがもっと悪い大将を選ぶだけだ」

もぐもぐと咀嚼し、嚥《の》みこんだ。

「哨士たちのことは聞いた。あいつらといっしょに、おれも送りだしておくべきだったな」

「哨士を裏切って〈泣き男〉に差しだすためか？」

「おれたちは裏切りの話をしてるのか？　おまえの野人の女房な、あの女、なんという名前だった、スノウ？　イグリット、だったか？」

野人はことばを切り、メリサンドルに顔を向けた。

「なにはともあれ、馬がいる。良馬が六頭。それにこの件、おれ単独でできる仕事じゃない。応援には土竜の町《モウルズ・タウン》に囲われてる槍の妻《スピアワイフ》が適任だ。何人か連れていこう。こういう仕事は女のほうが向いてるのさ。女がいれば、問題の娘も信用させやすいし、おれの腹案を実行に移す目途も立つ」

「この男、なにをいってるんです？」

スノウ総帥はメリサンドルにたずねた。

「あなたの妹のことですよ」メリサンドルはスノウの腕に手をかけた。「あなたには、妹を救うことができない。でも、彼にはできる」

スノウは手を振り払った。

「そうは思いません。あなたはこの怪物のことを知らないんだ。〈がらがら帷子《ラトルシャツ》〉は、日に百回手を洗っても、爪の下にこびりついた血がとれないようなやつなんですよ。こいつなら、アリアを救うどころか、犯して殺しかねない。お断わりします。もしも炎の中に、わたしがこの男に救出をたのむ展開を見たのなら、そのときはあなたの目の中に灰が入ってたんだ。

この男がわたしの許可なく黒の城《カースル・ブラック》を出ていこうとしたら、わたしみずから首を刎《は》ねます」

（どうしてもあれを見せざるをえないようね。まあ、いいでしょう）

「デヴァン、席をはずしなさい」

メリサンドルの指示を受けて、従士は部屋をすべり出ていき、ドアを閉めた。

メリサンドルは喉元の紅玉《ルビー》に手をふれ、呪文を口にした。

その音は部屋の隅々に奇妙な反響をもたらし、耳の中で蠕虫《ぜんちゅう》のようにのたうった。野人はあることばを、鴉は別のことばを聞いた。両方とも、メリサンドルの口から出たことばではない。と、野人の手枷の紅玉《ルビー》が光を失った。光と影の断片が野人の身辺で蠢《うごめ》いたのち、薄れはじめる。

骨の鎧はそのままだ。カタカタと鳴る肋骨、両腕と両肩をおおう鉤爪と牙、両肩にかかる大きな黄色の鎖骨、どれも変わらない。窓台に載せてある割れた巨人の頭骨は、依然として割れた巨人の頭骨のまま、黄色みを帯び、ひび割れ、しみだらけの状態で、あいもかわらず野蛮なにたにた笑いを浮かべている。

だが、髪の生えぎわのV字は消えた。茶色の口髭、ごついあご、血色の悪い黄ばんだ肌、小さな黒い目も、すべて消えた。何本もの灰色の指が、長い茶色の髪を這いまわっている。口の端《はた》に笑いじわが現われた。唐突に、男はそれまでよりも大柄になり、胸と肩が広くなり、脚は長く、スリムになり、髭はきれいになくなって、風焼けした顔が現われた。

ジョン・スノウの灰色の目が大きく見開かれた。

「マンス……？」

「スノウ総帥」マンス・レイダーはにこりともせずにいった。

「おまえは焼かれたはずだ……このレディに」

「焼かれたのは〈鎧骨公〉さ」

ジョン・スノウはメリサンドルに向きなおった。

「これはいったい、どういう魔法です？」

「好きなようにお呼びなさいな。魔法、偽装、幻影。ル＝ロールは〈光《ロード・オブ・ライト》の王〉なのです、ジョン・スノウ、そしてその使徒には、光を織りなす力が与えられるのですよ、ほかの者が糸で機《はた》を織るように」

マンス・レイダーがくっくっと笑った。

「おれとても最初は疑ったさ、スノウ、しかし、やらせてみても損はあるまい？　やらせてみなければ、スタニスにローストされていたのだからな」

「骨が役にたったのです」とメリサンドルはいった。「骨はものごとを記憶する。もっとも強い魔法はそのような遺物の上に成立するもの。死者の長靴《ちょうか》、髪の束、指の骨の袋。呪文のささやきと祈りがあれば、その持ち主の影を遺物から引きだし、別人の上にマントのようにかぶせることができる。被覆者の本質は変わらない。ただ表層だけが変わって見える」

ごく単純でごく簡単なことのように語って聞かせた。じっさいには、はなはだ困難な術であり、大きな犠牲を強いられるものだが、そこまで教える必要はない。それはずっとむかし、メリサンドルがアッシャイで学んだ教訓のひとつだった。魔法が簡単そうに見えれば見えるほど、人はその術者を恐れる。炎が焚刑《ふんけい》に処される〈がらがら帷子《ラトルシャツ》〉の本体を舐めたとき、メリサンドルの喉元の紅玉《ルビー》はひどく熱くなり、いまにも皮膚が煙をあげ、喉が黒く焦げるのではないかと不安になったほどだった。さいわい、スノウ総帥が〈がらがら帷子《ラトルシャツ》〉に慈悲の矢を射かけさせ、焚刑の苦しみから解放してくれたことによって、メリサンドルも高熱から解放された。スノウの挑戦的な行為にスタニスが憤然とするかたわらで、メリサンドルは、身ぶるいするほどの安堵をおぼえたものだ。

「われらが偽りの王は、態度こそ悪いけれど」メリサンドルはジョン・スノウにいった。

「あなたを裏切ることはありませんよ。なにしろ、息子を人質にとられているのですからね、それを忘れないように。それに、あなたは赤子の命を救ってやったのでしょう。その借りもあります」

「わたしが？」

「ほかにだれがいます？　犯した罪は自分の血で償え——。それがあなたがたの法の決まりではありませんか。そしてスタニス・バラシオンは、法をないがしろにするような人物ではありません。けれど、いみじくもあなたがいったように、人の法は〈壁〉で終わりを告げる。以前わたしは、〈光の王《ロード・オブ・ライト》〉があなたの祈りをお聞きとどけくださる、といいましたね。あなたは妹を救出したい。それでいてあなたは、おのれが重んずる名誉に——樹の神の前で誓った誓約に固執している」

　メリサンドルは白い指でマンス・レイダーを指さした。

「そこでこの者の出番となるのです。アリアの救出は彼にまかせなさい。それはあなたへの贈り物です——〈光の王《ロード・オブ・ライト》〉からの……そして、このわたしからのね」

32　〈リーク〉

最初に聞こえたのは〈女衆《ガールズ》〉の声だった。さかんに吠えたてながら、まっしぐらに城へと駆けてくる。多数の馬蹄が板石道を踏む轟きに、〈リーク〉は鎖をガチャつかせ、あわてて起きあがった。足首同士を繋《つな》ぐ鎖は三十センチほどしかないので、足を引きずるようにしか歩けない。これではすばやく動くのはむずかしいが、それでもできるだけ急ぎ、鎖をガチャガチャいわせて跳ねながら、藁ぶとんをあとにし、戸口に向かった。ラムジー・ボルトンが帰還した以上、いつものように〈リーク〉をそばに置いて仕えさせようとするだろう。

屋外では、寒々しい秋空のもと、騎兵たちが門からつぎつぎに駆けこんできつつあった。最初に入ってきたのは〈骨のベン〉だ。そのまわりには〈女衆〉が群がり、しきりに吠えている。そのあとから、〈皮剝ぎ人〉、〈渋面《しぶつら》のアリン〉、油を塗った長い鞭を持つ〈〝おれのために踊れ〞のデイモン〉、ダスティン女公に贈られた灰色の若駒に乗る大小ウォルダーがつづいた。ラムジー公自身が乗っているのは、ブラッド――主人と同じ気性の赤い牡馬だ。ラムジー公は笑っていた。これはひどくよい徴候かひどく悪い徴候か、そのどちらかであることを〈リーク〉は知っている。

どちらか見当をつける前に、犬たちがにおいを嗅ぎつけて駆けよってきた。犬たちは〈リーク〉が好きだ。〈リーク〉はよく犬たちと眠るし、ときどき〈骨のベン〉が〈リーク〉にも犬の餌を分けてくれる。群れは吠えながら、板石の道を一気に詰めてくると、〈リーク〉を取りかこみ、飛びかかってきて、汚れた顔を舐め、あるいは脚を甘咬みした。〈ヘリセント〉は左手を咥《くわ》え、はげしく振りたてたので、〈リーク〉は指をもう二本失うのではないかと心配になった。〈赤のジェイン〉には胸に飛びかかられ、押し倒された。この牝犬は細身で筋肉が発達している。それに対して、〈リーク〉は筋肉が萎え、肌は灰色で、骨ももろく、白髪でガリガリに痩せこけている。

やっとのことで〈赤のジェイン〉を押しのけて、よろよろとひざ立ちになったときには、騎兵たちが馬から降りようとしていた。馬で出発した人数は二十四人――帰ってきた人数も二十四人。ということは、捜索が失敗したということだ。これはまずい。ラムジーは失敗の味をおおいに憎む。

(そして、そういうときは、腹いせにだれかをいたぶりたがる)

近ごろのラムジー公は自重を余儀なくされている。バロウトンの町にはボルトン家が必要とする者たちが多く、ダスティン家やライズウェル家のほか、ボルトンにしたがう小貴族のあつかいには気をつかわざるをえない。その点はラムジーも心得ており、彼らを相手にするときには、いつも礼儀正しく接し、笑顔を絶やさないように心がけていた。しかし、閉じた扉の内側となると、これはまた別問題だ。

ラムジー・ボルトンは、ホーンウッド城城主にしてドレッドフォート城の跡継ぎたる男にふさわしい、豪華な装いに身を包んでいた。着ているのは狼の毛皮を接《は》ぎあわせたマントで、秋の冷えこみを閉めだすため、右肩のところで留めている。留め具に使っているのは狼の頭だった。剝製にした頭の黄色い牙を咬みあわさせ、毛皮を留めているのだ。左の腰に佩《は》いた湾刀は、肉切り庖丁のように部厚くて重い刃を持つ。右の腰に、長めの短剣とともに下げた皮剝ぎナイフは、小ぶりで湾曲しており、先が鉤状に曲がっていて、刃は剃刀《かみそり》のように鋭い。そしてどの刃にも、黄色い骨でこしらえた揃いの柄がつけてあった。

「〈リーク〉」愛馬ブラッドの高い鞍の上から、ラムジー公が呼びかけてきた。「におうな、きさま。郭《くるわ》の向こうからでもぷんぷんにおうぞ」

「ぞんじております、わが君」〈リーク〉としては、こういわざるをえなかった。「どうぞおゆるしを」

「おまえに贈り物を持って帰ってやった」ラムジーは身をひねり、うしろに手を伸ばすと、鞍からなにかを引っぱりだして放り投げた。「受けとれ！」

手枷を鎖でつながれ、指も欠けているので、いまの名を憶える前ほどには機敏に動けなくなっている。投げられた首は指が欠けた両手にぶつかり、指の切断面にあたって跳ね返ったのち、蛆《ウジ》の雨を降らせながら落下して、足もとにころがった。その顔には乾いた血が大量にこびりつき、だれの首かわからない。

「受けとれ、といったはずだぞ」ラムジーがいった。「拾え」

〈リーク〉は首の耳をつまんで持ちあげようとした。だめだった。肉は腐敗して緑色に変色しており、つまんだ耳がちぎれてしまったのだ。小ウォルダーが笑い、一拍おいて、ほかの者たちもどっと笑った。

「もうよい、首は放っておけ」馬を降りながら、ラムジーがいった。「それよりブラッドの世話をしろ。乗りまわして疲れているはずだ」

「かしこまりました、わが君。お世話いたします」

〈リーク〉は急いでラムジーの馬に歩みよった。斬られた首はその場に放置し、犬が食うにまかせる。

「きょうは豚の糞のにおいがするな、〈リーク〉」

ラムジーがいった。

「こいつにしては、ましになったほうでしょう」

〈〝おれのために踊れ〟のディモン〉が、鞭をまとめつつ、にやにや笑いながらいった。

小ウォルダーが鞍を降りて、

「おれの馬の世話もしておけよ、〈リーク〉。おれの小柄な従兄弟の馬もだ」

「いや、いい。自分の馬の世話は自分でする」大ウォルダーが断わった。

小ウォルダーはラムジー公のいちばんのお気にいりになっており、日々、ふるまいが公に似てきている。小柄なほうの少年フレイ、大ウォルダーは、まったく気性が異なっていて、従兄弟の悪ふざけや残虐行為にはめったに同調しない。

〈リーク〉はふたりの従士に目を向けず、ブラッドを連れて厩に向かった。牡馬が蹴ろうとするので、横に跳んでよけねばならなかった。騎兵たちはぞろぞろと大広間へ入っていく。残ったのは犬舎長の〈骨のベン〉だけで、犬たちが斬られた首を取りあっていがみあうのをやめさせようと叱りつけている。

大ウォルダーは、自分の馬を引いて厩舎までついてきた。〈リーク〉はブラッドの馬銜《はみ》をはずしながら、少年を盗み見て声をひそめた。

「だれの首です？」

声をひそめたのは、ほかの厩番《うまやばん》に話を聞かれないようにするためだ。

「だれでもないよ」自分の灰色の馬から鞍をおろしながら、大ウォルダーは答えた。「道で出くわした、どこかの老人――それだけだ。年寄りの母山羊を一頭と、仔山羊を四頭連れていた」

「閣下は山羊を取りあげるために殺したんですか？」

「閣下をスノウ公と呼んだんで殺したのさ。だけど、山羊はなかなかだった。母山羊からは乳がとれたし、仔山羊はローストにした」

（スノウ公か）ブラッドの鞍帯《くらおび》をはずそうと悪戦苦闘して、自分の鎖をガチャガチャいわせながら、〈リーク〉はうなずいた。（どんな名前にしても、怒っているときのラムジーは、そばにいたい人間じゃないな。怒っていないときもだが）

「従兄弟の方々は見つかったんですか？」

「いいや。だれも見つかるとは思っていない。みんな死んだんだ。ワイマン公が殺させたんだから。ぼくもワイマン公だったら、同じようにしていたと思う」

〈リーク〉は黙っていた。へたに思いを口にすれば、ただではすまないこともある。いくらラムジー公が大広間にいて、こちらは厩の中にいるとしてもだ。ひとことでも失言をすれば、またもや足の指をなくしかねない。へたをすると手の指をやられてしまう。

（ただし、舌だけは抜かれることがない。ラムジー公はけっしておれの舌を切りとらない。痛い思いをさせないでください、とおれが嘆願するのを聞くのが好きだからだ。おれにそういわせて喜んでるんだ）


捜索の騎行は十六日におよび、その間の食事は堅焼きパンと塩漬けビーフだけで、あとはときどき仔山羊を強奪しては食う程度だったため、ラムジー公はバロウトンの町への帰還を祝して、豪勢な晩餐会を命じた。町のすぐ外に建つ出城の城主は、ハーウッド・スタウトという名の、半白で片腕の小貴族で、断わればどうなるかわかっているから指示には応じたが、もう食料庫はからっぽに近いはずだ。スタウトの使用人たちが〝〈落とし子〉とその側近に冬の蓄えを食いつくされてしまう〟と嘆いているのを、〈リーク〉は前に聞いたことがある。

「エダード公の下の娘さ、やっこさんに召されて、貞操を奪われちまうってえじゃないさ」

ある日のこと、〈リーク〉が聞いているとも知らず、スタウトの料理人が不満を漏らすのが聞こえた。「けど、賭けてもいいよ、雪が降ってきたら、あたしらのほうが先に召されるね、天にさ。この調子でかたっぱしから食いものを食われちまっちゃあね」

それでも、ラムジー公は饗宴を命じた。それゆえ、饗宴を開かねばならない。スタウトの大広間には架台テーブルが設置されて、牡牛が一頭つぶされ、その晩、陽が沈むとともに、成果なく帰ってきた捜索隊の者たちは、ローストビーフ、大麦パン、潰した人参《ニンジン》と豌豆《エンドウ》豆を食い、大量のエールで流しこんだ。

ラムジー公の酒杯を満たすのは小ウォルダーの、公壇につく側近たちの酒杯を満たすのは大ウォルダーの役目になっている。悪臭が食欲を阻害しないようにと、〈リーク〉は戸口のそばで鎖につながれた。当人はのちに、ラムジー公が与えてもよいと判断した残飯を食べることになる。犬たちは大喜びで大広間を駆けまわり、今宵最高の娯楽を提供した。〈短軀《たんく》のウィル〉が投げ与えたひときわ肉残りの多い骨を取りあい、喧嘩をはじめた——というより、〈モード〉と〈灰色のジェイン〉が一方的に、スタウト公の猟犬の一頭に咬みついたのだ。大広間の中で三頭の戦いを見なかったのは、ただラムジー・ボルトンのみに目をすえていた〈リーク〉ひとりだけだった。

闘争は城主の猟犬が死んで決着を見た。スタウトの老犬は、もともと勝ち目などまったくなかったといっていい。一対二のうえ、ラムジーの牝犬たちは若くて強く、獰猛だったからである。犬好きの主人よりなお犬たちを愛する〈骨のベン〉は、かつて〈リーク〉に、犬の名はすべて、〈落とし子〉時代のラムジーが初代〈リーク〉と野を駆けまわっていたころ、狩りたて、犯し、殺した農夫の娘から取ったものだと語ったことがある。

「といっても、とくに閣下を楽しませた娘たちにかぎってのことだがな。めそめそ泣くやつ、命乞いするやつ、逃げようとしないやつは、牝犬となって帰ってくることもない」

こんどドレッドフォート城の犬舎で生まれる仔犬の中に、〈カイラ〉がいるのはまちがいないだろう。

「城主さまはな、狼でも殺せるように、犬たちを仕込んでなさるんだ」〈骨のベン〉がそう打ち明けたときも、〈リーク〉は黙っていた。〈女衆《ガールズ》〉が殺すように仕込まれているのは、狼は狼でも、人間の狼のほうだ。それはわかっている。しかし、よけいな口をきいて足指を切断され、その指をめぐって〈女衆〉が争うところなど見たくはない。

やがて、ふたりの使用人が犬の死体を運びだしにかかり、ひとりの老女がモップと熊手とバケツを手に、血に染まった藺草《イグサ》を掻き集めだしたとき——だしぬけに、大広間の扉が勢いよく開き、室内に一陣の風を送りこむと同時に、灰色の鎖帷子《くさりかたびら》を身につけ、鉄の半球形兜をかぶった兵士が十二名、スタウト公の蒼ざめた若い衛兵たちを肩で押しのけて——こちらは革の胴鎧に金と朽葉色のマントを着ている——どかどかと踏みこんできた。宴《うたげ》の参加者らは一様に黙りこんだが……ラムジー公だけは例外だった。それまで肉をむしっていた骨を横に放りだし、袖で口をぬぐうと、脂でぬれぬれと光る唇で微笑を浮かべ、こういったのだ。

「父上」

大広間に入ってきたドレッドフォート城城主は、けだるげに饗宴の名残を見わたし、犬の死体に目を向け、壁のタペストリーを眺めやり、鎖と手枷をつけられた〈リーク〉を見た。

そして、

「出ていけ」と、つぶやくような声で出席者たちに命じた。「すぐにだ。みな出ていけ」

ラムジー公の側近たちが、カップや皿をその場に残し、公壇を降りた。〈骨のベン〉が〈女衆〉にひと声叫ぶ。犬の群れは――なかにはまだ骨を咥えたままの犬もいる――ベンのあとにつづいて戸口へ向かった。ハーウッド公はぎくしゃくと一礼し、ひとこともいわないまま、自分の大広間を出ていった。

ラムジーはうなるような声で〈渋面《しぶつら》のアリン〉に指示した。

「〈リーク〉もだ。鎖を戸口からはずして、よそへ連れていけ」

だが、ラムジーの父親は青白い手を横に薙《な》ぎ、ひとこと命じた。

「いや。その者はここに残せ」

ルース公の護衛兵までもが大広間をあとにし、扉を閉めた。喧噪が収まったのち、室内にいるのは、ボルトン家のふたりだけ――父親と息子だけだった。ほかには〈リーク〉ひとりしかいない。

「行方不明のフレイたち、見つけてはいないようだな」

ルース・ボルトンの口調からすると、それは問いかけではなく、断定だった。

「〈八目鰻公《ヤツメウナギ》〉ことマンダリーが別れたというところまでいってみたのですが、〈女衆〉は臭跡をとらえることができませんでした」

「各地の村や砦にはあたってみたか」

「時間のむだでしたね。農夫どもはなにを見ても、なにも見えていないのとおんなじです」

ラムジーは肩をすくめた。「それがなにか問題でも？　多少のフレイがいなくなったとて、世界は残念がりやしません。双子城《ツインズ》には掃いて捨てるほどフレイがいるんだ、新たに必要になったら、すぐに見つくろえますよ」

ルース・ボルトンはパンの端切れをちぎり、口に入れた。

「ホスティーンとエイニスの歎きようたるや、ひととおりではない」

「探したかったら、探させればよろしい」

「ワイマン公は自分を責めている。その口ぶりから察するに、レイガーをとくに気にいっているらしい」

ラムジー公は腹をたてつつあった。部厚い唇をそりかえらせて、首に青筋が盛りあがっているのがその兆しだ。

「あの阿呆どもは、マンダリーのもとにとどまっているべきだったのです」

ルース・ボルトンは肩をすくめた。

「ワイマン公の輿《こし》は蝸牛の歩み……そのうえ、健康問題と肥満ゆえ、一日に数時間ほどしか移動できん。しかも頻繁に食事の休憩をとる。フレイたちは一刻も早くバロウトンにたどりつき、一族と合流したかったのだ。先行して騎行したことを、だれに責められよう」

「責められますとも、そんな馬鹿なまねをした以上は。父上はマンダリーなど信じているんですか？」

父親の色の薄い目がぎらりと光った。

「わしがそんな印象を与えたか？　ともあれ、フレイ行方不明の件で、ワイマン公はひどく取り乱している」

「ものを食えないほどには取り乱しておらんでしょう。あの豚公どの、白い港《ホワイト・ハーバー》じゅうの食いものの半分を携行しているにちがいない」

「食糧を満載した馬車が四十台だ。その内訳は、ワインと香料入りワインの樽、獲れたての八目鰻の樽、山羊の群れ、豚百頭、蟹と牡蠣《カキ》の木箱、怪物的に大きい鱈《タラ》が一匹……ワイマン公は食べるのが好きだからな。それはおまえも気づいているだろう」

「おれが気づいたのは、人質を連れてきてはいないということです」

「それはわしも気づいた」

「その件については、どう対処します？」

「むずかしいところではあるな」ルース公はからのカップを見つけると、テーブルクロスでぬぐい、細口瓶のエールで満たしてから、息子をじろりと見た。「しかし……饗宴が大好きなのは、どうやらマンダリーだけではなさそうだ」

「饗宴は父上に開いていただくはずだったのですがね、おれを歓迎するために」ラムジーは不満を漏らした。「しかも、その場所は古墳城館《バロウ・ホール》であったはずです——こんなしょんべん壺みたいにちんけな出城などではなく」

「古墳城館《バロウ・ホール》とその厨房は、わしのものではない。好き勝手にはできんさ」父親はおだやかに応じた。「わしはここでは客にすぎん。城と町は女公《レディ》ダスティンのもの。そしてレディは、おまえのことを快く思っていない」

ラムジーの顔がどす黒くなった。

「あの女の乳房を切りとって〈女衆〉に食わせてやっても、まだおれを快く思わないなどといえますかね？　あの女の生皮を剝ぎ取って、それで長靴《ちょうか》をこさえても、まだそんなことがいえますかね？」

「そんな愚行ができるか。その長靴は高くつく。バロウトンの者どもが——ダスティン家、ライズウェル家が黙ってはおらぬ」ルース・ボルトンはテーブルをはさみ、息子の向かいに腰をおろした。「レディ・バーブレイ・ダスティンは、わが二番めの妻ベサニーの妹であり、あのロドリック・ライズウェルの娘であり、ロジャー、リカード、わしと名前を同じくするルース、以上のライズウェル三兄弟の姉妹でもあり、ほかのおおぜいのライズウェルたちの従姉妹にあたる。バーブレイは亡きわが嫡子ドメリックを気にいっていた。ドメリックの死にはおまえが関与しているのではないかと疑ってもいる。そしてな、レディ・バーブレイは恨みを忘れぬ女だ。そのことに感謝するがいい。レディはいまも、夫が死んだのはネッド・

スタークのせいだと恨んでいる。それゆえにこそ、バロウトンはボルトンに忠実なのだぞ」

「忠実？」ラムジーは声を荒らげた。「あの女がおれにすることは、どれもこれも、つばを吐きかけるような行為ばかりだ。いずれかならず、あの女のお大事な木の町を燃やしてやる。つばを吐くなら吐くがいい、それで火が消せるものなら」

ルース・ボルトンは顔をしかめた。まるで、飲んでいるエールがいきなり酢になったかのような表情だった。

「ときどき、いぶかしく思うことがある——おまえはほんとうに、わが子なのかとな。わが先祖たちも、そうとうなタマだったが、けっして愚かではなかったぞ。いいから、もう口をつぐめ、おまえの世迷《よま》い言《ごと》は聞きあいた。いまのところ、たしかにわれわれの立場は盤石に見える。ラニスターとフレイの双方に強力な友人たちがいるし、不承不承ながらも、北部の大半から支持を取りつけている……しかし、ここでひょっこり、ネッド・スタークの息子のひとりが現われたらどうなる？」

（ネッド・スタークの息子はみな死んだ）と〈リーク〉は思った。（ロブは双子城《ツインズ》で殺され、ブランとリコンは……おれたちが頭をタールにひたした……）

頭がずきずきしてきた。自分の名前を知る前に起きたできごとは、なにも考えたくない。以前のできごとは、思いだすにはつらすぎる。うっすら思いだしかけただけで、ラムジーの皮剝ぎナイフのような痛みをもたらす……。

「スタークの仔狼どもは、みんな死に絶えました」エールをだばだばとカップにつぎながら、ラムジーがいった。「そして、これからも死んだままだ。醜悪な顔を出せるものなら出してみろ。わが〈女衆〉をけしかけて、仔狼どもをずたずたに引き裂かせてやる。出てくるなら、さっさと出てくるがいい、こんどもまた殺してやるまでだ」

年配のボルトンは嘆息した。

「まだだと？　なにか勘ちがいしているようだな。おまえはエダード公の息子を殺してなどいない。われわれが愛してやまなかった愛くるしい少年ふたりを殺してなどいない。それは〈返り忠のシオン〉のしわざだ、忘れたか？　真実を知れば、不承不承、友人になっている者らのうち、どれだけが友人のままでいてくれると思う？　レディ・バーブレイただひとりだけだ。おまえが長靴《ちょうか》に仕立てたがっているレディだけだ……それも、役にたたぬ長靴にな。人の皮は牛革ほど丈夫ではないし、履きやすくもない。王命によって、おまえはボルトンになった。だったら、ボルトンらしくふるまうように努めろ。世間にはおまえの悪評ばかりが広まっているぞ、ラムジー。どこにいっても、よくないうわさしか聞かん。いたるところで、おまえは恐れられている」

「けっこうなことじゃないですか」

「それは心得ちがいというものだ。なにがけっこうなものか。わしについては、いっさいのうわさがない。そうでなければ、わしがここにこうしてすわっていると思うか？　どれだけ悪評を買おうとも、慰みごとならおまえの好き勝手にしてよかろう。それについて叱責するつもりはない。しかし、もっと分別というものをわきまえろ。波風立たぬ土地、おとなしい領民。わしはそれを念頭に置いて領地を経営してきた。おまえもそれに倣《なら》え」

「だからレディ・ダスティンやあんたの豚みたいなデブ女房、あいつらの好き勝手にさせているわけだ？　わざわざバロウトンまでやってきたのは、おれにおとなしくしていろというためなんですかね？」

「そんなはずがあるか。おまえの耳に入れておくべき知らせが届いたから、こうして教えにきてやったのだ。スタニス公がついに〈壁〉を離れた」

反射的に、ラムジーは腰を浮かした。脂で濡れ光る横長の唇に薄笑いが浮かぶ。

「いまはドレッドフォート城へ向かって進軍していると？」

「意外にも、そうではない。アーノルフも意表をつかれたといっている。罠に誘いこむよう、あらゆる手をつくしたそうだが」

「じっさいはどうなんだか。カースタークの頭の二文字を刎《は》ねればスタークになる。本音はスタークの味方なんじゃないんですかね」

「〈若き狼〉がリカード公の頭そのものを刎ねて以来、その脈はなくなった。まあ、それはどうでもよろしい。スタニス公は鉄人《くろがねびと》から深林の小丘城《ディープウッド・モット》を奪還し、グラヴァー家に返した。さらにまずいことに、山岳民の各家がスタニスの下についた。ウル、ノレイ、リドル、その他もろもろがだ。スタニスの勢力は増大しつつある」

「こっちのほうが大勢力です」

「いまはな」

「やつをたたきつぶすなら、いましかない。おれをディープウッドへ進軍させてください」

「結婚式がすむまで待て」

ラムジーはたたきつけるようにしてカップを置いた。底に残るエールがテーブルクロスの上に飛び散った。

「待つのはもううんざりだ。娘は確保した。樹もある。結婚式の見届け人となる諸公も充分な数をそろえた。このさい、あすにでも式をあげて、娘の股に息子の子種を植えつけたら、乙女の血が乾かぬうちに出陣します」

（その娘も、早く出陣してくれるようにと祈るだろうな）と〈リーク〉は思った。（そして、二度と自分のベッドにもどってこないようにとも）

「息子の子種を植えつけるのは当然だが」ルース・ボルトンがいった。「ここではいかん。あの娘との挙式はウィンターフェル城で執り行なうと決めた」

ラムジー公は、あまりぞっとしないようすだった。

「あそこで？　ウィンターフェル城はおれが灰燼《かいじん》に帰せしめた城だ。忘れてしまったんですか」

「おまえのしたことではない。そう見なす向きもあるようだがな……ウィンターフェル城に火をかけ、城の者を虐殺したのは、鉄人《くろがねびと》にほかならん。〈返り忠のシオン〉のしわざだ」

ラムジーは〈リーク〉に疑わしげな視線を向けた。

「おお、そうそう、そうだった。とはいえ、それでも……あんな廃墟で挙式を？」

「いくら廃墟と化し、無惨な姿をさらしていても、ウィンターフェル城はレディ・アリアの生まれ育った場所だ。そのアリアと結婚し、同衾し、権利を主張するうえで、あそこ以上にふさわしい場所はない。しかし、それは理由の半分にすぎん。スタニスのもとへ攻めていくなど愚の骨頂──戦うなら、スタニスのほうから攻めてこさせるべきだろう。といっても、あれは用心深い男だから、バロウトンまではくるまい……だが、ウィンターフェル城へなら攻めてくる。やつの下についた山岳民は、敬愛するネッドの娘をおまえのような男のもとに放置してはおくまい。攻めてこねば、スタニスは山岳民を失う……そして、用心深い将たるあの男のことだ、進軍にさいしては、友人と同盟諸公をこぞって召集するだろう。むろん、そのなかには、アーノルフ・カースタークも含まれる」

ラムジーはひび割れた唇を舐めた。

「そして、スタニスは始末されるわけか」

「神々がそう望まれるならばな」ルースは立ちあがった。「おまえはウィンターフェル城で式をあげろ。わしは諸公に、三日後に出発するゆえ同道してくれるよう、招請しておく」

「父上は北部総督ではないですか。ひとこと命令すればいい」

「招請しても結果は変わらん。丁重に働きかけてこそ、権力はもっとも効果的に作用する。支配したいなら、そのことを学んだほうがいいぞ」ドレッドフォート城の城主は、ここで〈リーク〉に目を向けた。「ところで、おまえのペットだが、鎖をはずしてやれ。この者はわしが連れていく」

「連れていく？　どこへ？　こいつはおれの持ちものだ。取りあげたりはさせませんぞ」

　ルースはおもしろがっているような顔になった。

「おまえが持っているものは、すべてわしが与えたものだ。それをよく肝に銘じておくことだな、落とし子よ。この……〈リーク〉……については、おまえもまだ取りかえしがつかぬほど壊しきってはおらん。使い道はありそうだ。鍵を持ってきて、この鎖から解放してやれ。わしがおまえの母親を犯した日のことを悔やむ前に」

　ラムジーの口が歪んで、半開きの唇の隙間につばが光るのが見えた。いまにも短剣を引き抜き、テーブルを躍り越えてくるのではないかと思って、〈リーク〉はすくみあがった。が、かわりにラムジーは、顔に朱をそそぎ、色の薄い目を父親のさらに色の薄い目からそらすと、鍵を取りにいった。だが、もどってきてそばに片ひざをつき、手枷と足枷の錠をはずすさい、〈リーク〉の耳もとに顔を近づけて、こうささやいた。

「親父には断じてなにもいうな。親父の口にすることばは、一言半句、忘れずに憶えておけ。おまえはきっと取りもどすぞ。あのダスティンのクソアマがおまえになにをいおうともだ。おまえはだれだ？」

「〈リーク〉でございます、わが君。あなたさまのしもべの。わたしは〈リーク〉、発音は〝こそこそ《スニーク》〟のように」

「それでいい。親父がおまえを返してきたら、もう一本、指の皮を剝いでやろう。そのさいには、どの指がいいか選ばせてやる」

ひとりでに涙があふれだし、頬を流れ落ちていった。

「なぜです？」と〈リーク〉は叫んだ。声がわなないていた。「あなたさまのもとから連れだしてくれなど、わたしはお父上に頼んでおりません。お望みのことはなんでもいたします、忠実にお仕えし、ご命令にしたがいます、おねがいですから……どうか、わたしをおそばに……」

いきなり、ラムジーに顔をひっぱたかれた。

「さ、この者はご随意に」ラムジーが父親にいった。「こいつは人間でさえない。こいつのにおいには胸がむかつく」

ルース・ボルトン公につづいて屋外に出ると、バロウトンの板塀の向こうに月が昇ろうとしていた。町の外に起伏する平原を風が吹きわたる音が聞こえる。ハーウッド・スタウトのささやかな出城は町の東門のすぐ外にあった。町中にある古墳城館《バロウ・ホール》まではせいぜい一キロ半しか離れていない。ボルトン公は〈リーク〉の前に馬を連れてこさせた。

「乗れるか？」

「わたしは……閣下、はい……乗れると思います」

「ウォルトン、乗るのを手伝ってやれ」

鉄の枷がはずされたあとでさえ、〈リーク〉は老人のような動きかたしかできなかった。骨のまわりには、皮がたるんでたれている。〈渋面のアリン〉と〈骨のベン〉には、手足が痙攣しているといわれたことがあった。においもすさまじい。連れてこられた牝馬でさえ、〈リーク〉が乗ろうとすると、いやがって尻ごみしたほどだ。

もっとも、牝馬は気性が荒くなかったし、古墳城館《バロウ・ホール》への道を知っていた。門を通って町に入ると、ボルトン公は〈リーク〉の横にならび、となりあって馬を進めた。護衛の兵たちはある程度の距離をおいてついてきている。

「おまえのことは、なんと呼べばよい？」

幅の広いバロウトンの町の街路を進みながら、ボルトン公はたずねた。

（〈リーク〉、おれの名は〈リーク〉、発音は報復《リーク》のように）

「〈リーク〉とお呼びくださいませ。閣下《マイ・ロード》さえよろしければ」

「ム＝ロードだ」

ボルトンの唇がほんのすこしだけ開き、わずかに歯を覗かせた。これはほほえんだのかもしれない。

〈リーク〉にはわけがわからなかった。

「マイ・ロード？　わたしは――」

「――おまえはいま、マイ・ロードといっただろう。そこはム＝ロードというべきところだ。おまえのひとことひとことが高い身分を物語っている。農夫らしく聞こえるようにしたくば、口に泥を含んだように発音しろ。あるいは、それが二語であることがわからないほど無知で、一語だと思いこんでいるように発音しろ」

「マイ・ロ――ム＝ロードが望まれるのでしたら」

「うむ、ましになった。それにしても、おまえの悪臭には辟易するな」

「おっしゃるとおりです、ム＝ロード。申しわけございません、ム＝ロード」

「なぜあやまる？　おまえが臭いのは、わが息子のしわざであって、おまえのせいではない。それはちゃんとわかっているとも」

厩舎の前を通りすぎ、鎧戸を閉めきった宿屋の前を通りすぎた。宿屋の看板には、小麦の束の絵が描かれており、その窓からは音楽が流れてきていた。

「最初の〈リーク〉のことはよく知っている。たしかにあれは臭かったが、それはからだを洗わないからではなかった。正直なところ、あんなに清潔好きの男は見たことがない。日に三度入浴して、髪にはまるで乙女のように花を挿していたものさ。あるとき、わが二番めの妃が存命のおり、あれが妃の寝室から香水を盗もうとしているところを見つかってな。罰として、笞刑《ちけい》に処した。鞭打ち十二回だ。血が流れたが、血でさえもが異様なにおいを放っていたよ。翌年、またもや香水を盗んだ。そのときは香水をひと瓶飲んで、もうすこしで死にかけた。それでも悪臭にはなんの変化もなかった。あれの悪臭は持って生まれたものなのだ。庶民どもは呪いといっていたな。神々はあの男が悪臭を放つように創りたもうた、その魂が腐っていくことをみなに知らしめるために、というわけさ。わしの前学匠《メイスター》は、悪臭が病気の徴候だといっていたが、しかし、悪臭を除けば、あの若者は若い牡牛のように頑健だった。ただ、あまりに臭くて、だれもそばに近よらなかったので、豚といっしょに寝ていたのだが……ある日のこと、ラムジーの母親がわが城の門前に現われて、わが落とし子は乱暴で手に負えない子に育ちつつある、その子に仕える召使いをくれといってきた。それで与えたのが〈リーク〉だ。慰みものとするためだったが、やがて〈リーク〉とラムジーは分かちがたい存在となった。しかし、ときどき思う……〈リーク〉を腐敗させたのはラムジーだったのか、それともその逆だったのかとな」

　ボルトン公は一対の白月《はくげつ》のような、色のない奇妙な目で〈リーク〉を見やった。

「おまえの鎖をはずすとき、ラムジーはなんとささやいた？」

「わが君は……わが君は……」

（親父には断じてなにもいうな）

　そのことばはのどにつかえ、〈リーク〉は咳きこみ、咽《む》せはじめた。

「深呼吸をしろ。あれがなんといったかはわかっている。わしの言動を探れ、あれの秘密はしゃべるな——そういったのだろう」ボルトン公はくっくっと笑った。「まるで、あいつが秘密を持てるみたいではないか。〈渋面のアリン〉、ルートン、〈皮剝ぎ人〉、その他の側近たちは、いったいどこからきたと思っているのだろうな？　あれは本気で思っているのか？　あやつらが自分の手の者だと？」

「自分の手の者……」

〈リーク〉はおうむがえしにいった。なにか反応を求められているようだが、なんといっていいのかわからない。

「わが落とし子は、どうやって自分が生まれるにいたったかを話したか？」

ほっとしたことに、それは知っていた。

「はい、マイ……ム＝ロード。遠乗りに出られたさい、わが君のお母上に出会われて、その美しさに魅了されたとうかがいました」

「魅了された？」ボルトンは笑った。「あれはそんなことばを使ったのか？　ふうむ、あれには詩心があるようだ。もっとも、あれの詩を信じるようなら、おまえは初代の〈リーク〉よりもまだ阿呆ということになるぞ。遠乗りに出たという部分でさえ事実とちがう。あれは袖絞《ウィーピング・ウォーター》りの川ぞいに狐狩りをしていたときのことだった。たまたまわしが所有する水車場《すいしゃば》の前を通りかかると、川で若い女が洗濯をしていてな。水車場を預かる粉碾《こなひ》きは年寄りだが、聞けば齢が半分もいかない娘を新妻にもらったという。これが背が高くて、痩せぎすの女で、はなはだ健康そうだ。脚は長くて、胸は一対の熟れた紫李《プラム》のように小ぶりで固く、十人並にまあ可愛い。ひと目見たとたん、わしはその女がほしくなった。初夜権はこのわしにある。メイスターどもによれば、ジェヘアリーズ王が王の初夜権を廃したのは、怒りっぽい王妃をなだめるためだったそうだが、古い神々のしろしめすところには古い習慣が生き残っているものでな。当人たちは認めようとはせぬものの、アンバー家も初夜権の習慣を残している。山岳民のなかにも同様の一族はいるし、スカゴス島にもいる……。もっとも、スカゴス島で行なわれてきたことの半分でも見てきたのは〈心の木〉だけだが。

ともあれ、粉碾きはわしの使用人でありながら、結婚の許可を得ず、報告もしなかった。

粉碾きはわしをないがしろにしたのだ。ゆえに、わしは粉碾きを縛り首に処し、ぶらぶらと揺れる死体の下で領主の権利を行使した。正直にいうと、粉碾きを処刑してまで奪うほどの価値などない女だったよ。おまけに、その後、狐は狩りそこねるし、ドレッドフォート城へ帰る途中、気にいりの猟犬は脚を痛めるしで、なんともさんざんな日だったといえる。一年ほどして、その女め、あつかましくも、ドレッドフォート城までやってきおってな。ぎゃあぎゃあ泣きわめく赤ら顔の化け物を抱いて、わしの息子だとぬかしおる。そのとき、母親を笞刑に処したうえで、赤子は井戸に放りこんでおくべきだったのだが……その赤子はまぎれもなくわしの目を持っていた。女がいうには、死んだ亭主の弟めが、赤子の目を見たとたん、手ひどく女を打ちすえたあげく、水車場から追いだしたそうでな。わしは立腹して、女に水車場を与え、亭主の弟のほうは舌を切った。ウィンターフェル城に駆けこんで無用の訴えをし、当時の城主、リカード公をわずらわせないようにとの用心からだ。以後、女には毎年、それなりの数の仔豚と鶏、星紋銅貨の袋を送った——息子にはだれが父親かけっして教えぬようにとの条件つきで。波風立たぬ土地、おとなしい住民。それがつねに変わらぬ、わが領地経営の方針と思え」

「ご立派な方針でございます、ム＝ロード」

「ところが、女は約束をたがえた。ラムジーがどんな男に育ったかはおまえもその目で見ただろう。あの女は——女と〈リーク〉は——ラムジーの耳に生得の権利をささやきつづけた。ほんとうならば、粉碾きで満足しているべき人間なのにだぞ。あやつはほんとうに、自分が北部を支配できるなどと思っているのか？」

「わが君はム＝ロードのために戦っておられます」〈リーク〉はうっかり口走ってしまった。「わが君は強いお方です」

「牡牛とて強いさ。熊もだ。わが落とし子が戦う場面はこの目で見た。あればかりを責めるわけにはいくまい。ラムジーを仕込んだのは〈リーク〉――初代の〈リーク〉なのだからな。当の〈リーク〉は、武芸の修業など積んだことがない。なるほど、ラムジーは果敢に戦う。それは認めよう。しかし、あれは剣を、肉屋が庖丁で肉をたたき切るようにふるう」

「あの方は何者をも恐れません、ム＝ロード」

「恐れるべきなのだ。この裏切りと欺瞞の世界にあっては、恐怖こそが人を生き残らせる力なのだぞ。このバロウトンでさえ、鴉どもは空を舞いながら、われらの肉をついばむ機会を窺《うかが》っている。サーウィン家とトールハート家はあてにできん。わが肥満した友ワイマン公は裏切りをたくらんでいる。そして〈淫売殺し〉《フォアズベイン》は……やつのアンバー家は単純な者ぞろいに思えるかもしれんが、それなりの狡猾さを持ち合わせておらぬわけではない。ラムジーは、連中すべてを恐れるべきなのだ、このわしのように。こんどラムジーに会うときには、そういってやるがいい」

「いうとは……いうとは……恐れるようにいえ、ということですか？」そう考えただけで、〈リーク〉は気分が悪くなった。「ム＝ロード、わたしは……わたしはあの方にそのようなことは……もしもいおうものなら……」

「知っているさ」ボルトン公はためいきをついた。「あれの血は悪い血だ。蛭《ヒル》で吸いだしてやらねばならぬ。蛭は悪血《あくち》を吸いだしてくれる、怒りや苦痛といっしょにな。どんな人間も、しじゅう怒ってばかりいることなどはできん。しかるに、ラムジーは……あれの腐りはてた血を吸えば、蛭でさえ毒気にあてられて死んでしまうのではないかという気がする」

「わが君は、ム＝ロードのただひとりのご子息ではありませんか」

「いまはな。かつてはもうひとり息子がいた。ドメリックだ。物静かな子だったが、非常に有能だったよ。かつてはレディ・ダスティンの小姓を四年、谷間《ヴェイル》ではレッドフォート公の従士を三年務めた。ハイハープを弾きこなし、歴史書に親しみ、風のように馬を駆り……あれがまた、大の馬好きでな。レディ・ダスティンにきけば、喜んで話してくれるだろう。リカード公の令嬢さえ、競い馬ではドメリックにおよばなかったほどだ。なかば馬ではないかといわれて、乗馬が大の得意だったあの令嬢でさえもだぞ。レッドフォート公は、この子は武芸大会でも頭角を現わすと太鼓判を押してくれた。馬上槍試合の達人は、なによりもまず騎乗の技術にすぐれていなければならん」

「おっしゃるとおりです、ム＝ロード。ドメリックさまは……その……その方のお名前には、聞き覚えが……」

「ドメリックを殺したのはラムジーだ。腹の病気であったとメイスター・アサーはいうが、わしは毒殺と見る。ドメリックは谷間《ヴェイル》で、レッドフォートの息子たちと楽しく過ごしていた。それで、自分も弟をそばに置いておきたくなったのだろう、袖絞り《ウィーピング・ウォーター》の川ぞいに馬を進めて、わが落とし子を探しだした。わしは絶対にだめだと禁じておいたのだが、ドメリックも成人していて、父親より道理がわかるつもりでいたらしい。ドメリックの遺骨はいま、兄たちの遺骨とともにドレッドフォート城の地下に埋葬されている。まだ揺り籠にいるうちに死んだ兄たちといっしょにだ。残ったのはもうラムジーしかおらん。さて、意見を聞かせてくれ、公子《マイ・ロード》どのよ……身内殺しが忌みきらわれるのなら、自分の息子がもうひとりの息子を殺した場合、父親としては、どうすればよい？」

この問いかけには慄然とした。〈皮剥ぎ人〉が以前、〝落とし子は嫡出の兄を殺した〟といっているのを聞いたことがある。そんなことはとても信じる気になれなかったのだが……。

（あのとき、あれはあの男の勘ちがいだろうと思った。兄弟というものは、ときどき死ぬ。死んだからといって殺されたとはかぎらない。事実、おれの兄たちはふたりとも死んだが、おれが殺したわけではない）

「マイ・ロードは新たに三人めのお妃を迎えられました。ご子息をお作りになればよろしいのではないでしょうか」

「それをわが落とし子が喜ぶと思うか？　新妻のレディ・ウォルダは、多産系のフレイだ。自分も多産だと思っている。不思議なことに、わしはあの太った小柄な妻が好ましく思えるようになってきていてな。前の妻はふたりとも、褥《しとね》では声をたてなかったが、こんどの妻はいい声で鳴き、からだじゅうをわななかせる。これがなかなか愛おしい。ふだん、タルトをつぎつぎにほおばるのだが、その要領で息子をつぎつぎに産み落とせば、遠からずドレッドフォート城はボルトンだらけになるだろう。むろん、ラムジーはその子たちを皆殺しにする。ボルトン家にとっては、それがいちばんよい。わしは生まれてくる息子たちが成人するのを見とどけるほど長くは生きられん。どこの家であれ、少年領主は破滅のもとだ。もっとも、息子たちがつぎつぎに死んでいくのを見て、ウォルダは悲しむだろうがな……」

〈リーク〉の喉はからからに渇ききっていた。街路樹の楡《にれ》の、葉の枯れ落ちた枝々が、風にあおられてこすれあう音が聞こえる。

「マイ・ロード、わたしは――」

「ム＝ロードだ、忘れたか？」

「ム＝ロード。もしうかがってもよろしいのでしたら……どうしてわたしを所望なさったのです？　わたしはなんの役にもたたぬ者で、人間ですらありません。わたしは廃人です……それに、このにおい……」

「入浴して服を着替えれば、まともなにおいになる」

「入浴？」はらわたがぎゅっと縮みあがるのを感じた。「それは……それだけはごかんべんいただきたくぞんじます、ム＝ロード。おねがいでございます。わたしは……からだに傷が……それに、この服、これはラムジー公からちょうだいしましたもので、あの方は……あの方はおっしゃいました、命令がないかぎり、けっしてこれを脱ぐなと……」

「おまえがまとっているのは襤褸《ぼろ》だ」ボルトン公は辛抱づよくいった。「汚れて不潔な服だ。あちこち破けて、血と尿の染みができ、悪臭を放っている。そのうえ薄い。さぞかし寒いにちがいない。ひとまず、仔羊の毛織り《ラムズウール》を着せてやろう。軟らかくてあたたかいぞ。あるいは、毛皮の裏をつけたマントがいいか。どうだ、着てみるか？」

「いいえ、いいえ」

ラムジー公からたまわった衣服を奪われるわけにはいかない。自分の悲惨な姿を見られるわけにはいかない。

「では、シルクとベルベットの服のほうがいいか？　以前のおまえは、そういう服を好んでいた時期もあっただろう。憶えているぞ」

「だめです」思わず、かんだかい声が出た。「だめです、この服がいいんです。〈リーク〉の服が。わたしは〈リーク〉、発音は覗き見《ピーク》のように」

心臓が太鼓のように、ばくばくと鳴っていた。怯えきった口から出てくるのは、ほとんど金切り声に近い。

「入浴などしたくはありません。おねがいでございます、ム＝ロード、どうかこの服を取りあげないでくださいませ」

「では、せめて洗濯させてくれんか？」

「だめです。だめです、ム＝ロード、おねがいです」

服の胸のところを両手でぐっとつかみ、鞍の上で前かがみになった。ルース・ボルトンの命令を受け、警護の兵たちに路上で服を剝ぎとられるのではないかと、気が気ではなかった。

「好きにせい」ボルトンの色の淡い目は、月光のもとではうつろに見える。あたかも生身の人間ではないかのようだ。「なんにしても、おまえに危害を加えはせぬ、それは憶えておけ。おまえにはいろいろと借りがあるのでな」

「借り？　ム＝ロードが？」

自分の一部は心の中でこう叫んでいた。

（これは罠だ、おまえを弄んでるんだ、息子を思いだせ、あの息子でさえ、この父親の影にすぎない）

ラムジー公には何度も、わざと希望を持たされては、そのたびにくじかれている。

「借り……借りとはどのようなものでございましょう、ム＝ロード」

「北部だ。おまえがウィンターフェル城を奪取した晩、スターク家は粉砕され、滅亡した」

蔑むようなしぐさで青白い手を横にひと薙ぎし、ボルトンはつづけた。「いまのごたごたはスターク家の利権をめぐる争奪戦にすぎん」

やがて一行は、古墳城館《バロウ・ホール》の板塀に到着し、短い旅はおわった。複数の四角い塔の上には、風に翻る各家の旗が見える。ドレッドフォート城の〝皮を剝がれた男〟、サーウィン家の〝戦斧《せんぷ》〟、トールハート家の〝三本松〟、マンダリー家の〝男人魚〟、ロック家老公の二本の鍵が交差した〝違《ちが》い鍵〟、アンバー家の〝巨人〟にフリント家の〝石の手〟、ホーンウッド家の〝箆鹿《ヘラジカ》〟——ほかに、各家の楯を意匠ごと描いた旗もあった。〝金色と朽葉色の山形紋〟が描かれた楯はスタウト家の、〝灰色地に枠と相似形に描かれた二重白線〟の楯はスレート家のものだ。意匠は同じだが色のちがう〝馬頭〟紋が四種類ともあるからには、細流《リル》地域《ズ》のライズウェル四兄弟も勢ぞろいしているだろう。各〝馬頭〟紋の色は、それぞれ灰色、黒色、金色、茶色で、ライズウェル家は旗標《はたじるし》の色すらも統一できないのかと、巷間、物笑いの種になっている。以上の旗の上に、ひときわ高々とかかげられ、風にはためく〝牡鹿と獅子〟の旗は、はるか遠く、〈鉄の玉座〉に座す少年王の旌旗《せいき》にほかならない。

〈リーク〉は古い水車の羽根がまわる音に耳をすましながら、門楼の中を通りぬけ、芝生におおわれた郭《くるわ》に入った。すぐさま、厩番《うまやばん》の者たちが馬を預かりに駆けよってきた。

「こちらへきてもらえるか」

ボルトン公は先に立ち、城館の天守へ導いていった。そこには故ウィラム・ダスティン公の旗と、いまは女公となった未亡人の旗がかかげられていた。ダスティン公の旗は、王冠の下で一対の長柄斧《ながえおの》が交差する〝違い斧〟だ。それに対して女公の旗は、楯の図を四分割したうえで、その右上と左下には父ロドリック・ライズウェルの〝金色《こんじき》馬頭〟紋を、左上と右下には夫の紋章を配したものだった。

大広間に入るため、幅の広い板階段を昇っていくにつれて、〈リーク〉の脚は震えだした。気持ちを落ちつかせ、震えを抑えようとして、いったん立ちどまり、大古墳《バロウ》の草むす斜面を見あげる。一説によればこの大古墳は、〈最初の人々〉を率いてウェスタロスへやってきた〈最初の王〉の陵墓なのだという。その巨大さに鑑みて、この中には巨人族の王のだれかが埋葬されているにちがいないとする説もある。少数派ではあるが、これは古墳などではない、ただの丘だとする説も知られていた。しかし、もしもこれが丘ならば、はなはだ孤独な丘といわざるをえない。というのも、古墳地帯《バロウランズ》の大半は、平坦で風の吹きさらす地だからである。大広間の中では、ひとりの女性が暖炉のそばに立ち、衰えた炎に細い手をかざして温めていた。着用しているのは、頭から足の先まで、すべて黒一色だ。黄金も宝石も身につけてはいない。それでも、高貴な生まれであることはひと目でわかった。口の端にはしわが寄り、目尻にもいっそうたくさんのしわがあるが、背筋はすっと伸びて、腰も曲がってはおらず、凛《りん》とした雰囲気をただよわせている。半分がた白髪になった茶色の髪をうしろに結いあげてあるのは、未亡人であることのあかしだった。

「それは何者です？」女性はたずねた。「例の若者はどうしたの？　あなたの落とし子は、彼を差しだすことを拒否したのかしら？　この老人は彼の……まあ、なに、このにおい？　その醜悪な男、屎尿《しにょう》でもたれ流しているの？」

「この者がラムジーのところにいたあの男だよ、レディ・バーブレイ。紹介させてもらおう。鉄《くろがね》諸島を統《す》べる〈海の石の御座《ぎょざ》〉の正統継承者、グレイジョイ家のシオンだ」

（だめだ――だめだ、その名をいわないでくれ。ラムジーの耳に入る。かならず知られる、絶対にばれる。ひどい目に遭わされる）

女性は唇をすぼめた。

「予想していた人物とはずいぶんちがうわね」

「しかし、いまいったとおりの者にまちがいない」

「あなたの落とし子、この者になにをしたの？」

「察するに、すこし皮を剝いだらしい。といっても、ごく一部のどうでもいい部分の皮だ。たいしたことではない」

「この男、気がふれているの？」

「かもしれん。しかし、それでも問題はなかろう？」

〈リーク〉はもう、それ以上は聞いていられなかった。

「おねがいでございます、ム＝ロード、ム＝レディ、なにかまちがいがあったのです」

冬の嵐に翻弄される木の葉のように身を震わせて、がっくりと両ひざをついた。げっそりこけた頰を、とめどなく涙が流れ落ちていく。

「わたしはあの者ではありません、〈返り忠〉ではありません、あの者はウィンターフェル城で死にました。わたしの名は〈リーク〉です」憶えている。これが自分の正しい名前だ。

「発音は廃人《フリーク》のように」

33 ティリオン

交易船《コグ》《セレイソリ・クォーラン》がヴォランティスを出港して七日め、やっとのことで〈一ペンス銅貨《ペニー》〉が船室から甲板に這いあがってきた。臆病な森の小動物が、長い冬眠から醒めて地上に出てきた——そんなありさまだった。

黄昏を迎えて、紅《あか》の祭司が船の中央に置いた巨大な鉄の火鉢で篝火《かがりび》を焚きだすと、船乗りたちはそのまわりに集まって祈りはじめた。太い腹の底から響く祭司モクォッロの祈禱は、まるで大太鼓の轟きのようだった。

「われら汝の日輪に感謝を捧げん、われらに賜わりしぬくもりに対して。われら汝の星々に感謝を捧げん、この冷たき暗黒の海に帆をかけしわれらを天より見そなわす恩情に対して」

大きな男だ。サー・ジョラーより背が高く、幅はサー・ジョラーふたりぶんはあるだろう。祭司がまとった真紅のローブには、袖、裾、襟にオレンジ色の繻子《サテン》で炎が縫いとってある。肌は瀝青蒸留滓《ピッチ》のように黒く、髪は雪のように白い。両の頰と額には、黄色とオレンジ色で炎の刺青《いれずみ》が施されていた。手にした鉄の杖は背丈と同じくらい高く、上端にドラゴンの頭が冠されている。そして、石突きをコンと甲板に打ちつけるたびに、そのドラゴンがゴウッと音をたてて緑の炎を吐く。

信徒の唱和を誘導するのは、祭司の護衛たち——〈炎の手〉に属する五人の奴隷兵士だ。五人が詠誦する言語は歴史あるヴォランティス語だったが、ティリオンにはだいたい要旨がわかった。

（光と炎よ、われらを闇から護りたまえ、なんたらかんたら、われらの前方を照らしたまい、われらに心地よきぬくもりを施したまえ、夜は暗く、恐怖に満てり、われらを恐ろしきものどもから救いたまえ、なんたらかんたら、うんたらかんたら）

こんな不遜な表現は、口に出さないほうがいい。それはよく承知している。ティリオン・ラニスターはいかなる神も信じていないが、この船の上では、紅いル＝ロールに対し、ある程度の敬意を示すのが賢明というものだ。どうあがいても逃げられない場所まできた時点で、ジョラー・モーモントは鎖と枷をはずしてくれた。へたなことを口走り、またぞろ枷をはめられるのは避けたい。

《セレイソリ・クォーラン》は排水量五百トン。のたのた進む老朽船で、深い船倉を備えており、高い船首楼と船尾楼を持ち、甲板上には一本のマストしかない。船首楼の前部に立つグロテスクな船首像は、虫食い跡の目立つ木彫りの貴人像で、まるで便秘でもしているかのような表情をしており、片方の脇には巻物をかいこんでいる。ティリオンは、いまだかつてこれほど醜い船を見たことがなかった。乗っている船乗りもこの船に似つかわしい者ばかり。船長はさもしげな口もとをした血も涙もない男だ。太鼓腹を大きくつきだし、間隔のせまい目はいかにも貪欲そうで、サイヴァスの指し手としてはヘボのうえ、負けっぷりがこれまたひどい。船長の下には四人の航海士がいて、これは全員、解放奴隷だという。ほかに五十人、船に束縛された奴隷がおり、ひとりひとりが片頬にコグ船の船首像をぞんざいに図案化した刺青を施されていた。船乗りたちはティリオンのことを好んで〈鼻なし〉と呼んだ。いくら自分の名はヒューガー・ヒルだといっても、まったく相手にされない。

航海士のうちの三人と船乗りのうちの四分の三は、〈光の王《ロード・オブ・ライト》〉の熱心な信徒のようだ。船長についてはよくわからない。夕べの祈禱時にはいつも顔を出すが、ほかのときには姿を見せないからである。ただ、《セレイソリ・クォーラン》の真のあるじがモクォッロであることはまちがいなかった。すくなくとも、この航海中はそうだ。

「〈光の王《ロード・オブ・ライト》〉よ、汝の奴隷モクォッロを祝福したまえ、世界の暗き場所をゆく奴隷めに道を照らしたまえ」紅の祭司の祈禱は深く響いた。「しかして汝の廉直なる奴隷ベネッロを護りたまえ。ベネッロに勇気を授けたまえ。叡知を授けたまえ。ベネッロの心を炎によって満たしたまえ」

ティリオンが〈ペニー〉に気づいたのはそのときだった。船尾楼の前には昇降口があり、木の梯子で甲板下の船室へ降りていくようになっている。〈ペニー〉はそこから甲板の上に顔を突き出し、芝居じみた祈禱を眺めていたのである。下のほうの梯子段に立っているので、目から上しか見えていない。フードの下で篝火の光を反射するその目は大きく、白く見えた。例の飼い犬もそばにいる。馬上槍試合の滑稽劇をするさいに乗る大きな灰色の猟犬だ。

「マイ・レディ」

ティリオンは静かに声をかけた。いうまでもなく、相手はレディではないが、〈一ペンス銅貨《ペニー》〉などというばかげた名前を口にする気にはなれなかったし、といって、〝娘〟とも〝こびと〟とも呼びたくはない。

〈ペニー〉は怯み、顔をのけぞらせた。

「そこにいるのに、気……気づかなかったので」

「そりゃあ、おれはチビだからな」

「あたし……あたし、ずっと気分が悪くて」

犬が吠えた。

(気分も悪くなるさ、あれだけいやな思いをしたんだから)

「おれで力になれるようなら……」

「いいです」

それだけいうと、娘はすばやく頭をひっこめて、犬や牝豚といっしょに閉じこもっている船室の中に引っこんだ。むりもない話ではある。《セレイソリ・クォーラン》の乗組員は、ティリオンが乗船した当初は大歓迎してくれた。なんといっても、こびとは幸運のお守りだからだ。頭を何度も、それもごしごしという感じでなでられた。禿げてしまわなかったのが不思議なくらいだった。対するに、〈ペニー〉のほうはというと、もっと複雑な反応で迎えられた。たしかに、こびとではある。そのいっぽうで、女でもある。女は船では不吉な存在なのだ。〈ペニー〉の頭をなでようとする者もいることはいるが、〈ペニー〉が通りかかるたびに小声で毒づく者は、その三倍はいる。

（おまけに、おれの姿を見るたんびに、傷口に塩を擦りこまれることになるしな。ならず者ども、おれだと思って〈ペニー〉の兄貴の首を斬り落としたが、当のおれは、ろくでもない怪物像《ガーゴイル》みたくここにすわって、あの娘の神経をさかなでしつづけている。おれが〈ペニー〉だったら、海に突き落としたくなるだろう）

あの娘に対しては、ただあわれみしか感じない。ヴォランティスで遭遇した憂き目に遭うべき行為を、当人はいっさいしていないし、それは娘の兄も同様だ。このまえ〈ペニー〉を見たのは出港のまぎわで、その目は泣き腫らして真っ赤になっており、やつれた青白い顔に目だつ、一対の不気味な赤い穴と化していた。船が帆をあげた当初から、〈ペニー〉は犬と豚を連れて船室に閉じこもっていたが、夜になると、しくしくと泣く声が外に漏れる。あの女の涙で船が水浸しになる前に、海に捨ててしまおうか。航海士のひとりがそんなことばをつぶやいたのは、ついきのうのことだ。それがまるっきり冗談だとは、ティリオンには思えなかった。

夕べの祈りがすむと、乗組員たちはそれぞれの居場所に散っていった。見張りにつく者もいれば、腹に食いものを入れる者、ラム酒を飲む者、ハンモックに向かう者とさまざまだ。ただひとり、モクォッロだけは、毎晩そうしているように、篝火のそばにとどまった。紅の祭司は、昼間は寝ているが、暗いうちは寝ずの番につく。夜明けとともに太陽が帰ってきてくれるよう、けっして聖火を絶やすことがない。

ティリオンは篝火ごしに祭司と向かいあう形で甲板にうずくまり、夜の寒さでかじかんだ両手を火にかざした。しばらくのあいだ、モクォッロはティリオンに注意を向けなかった。ちらつく炎を一心に覗きこみ、なんらかの幻視を見つめているようだった。

(自分では先々の日々が見えるといっているが、ほんとかな?)

ほんとうだとしたら、恐るべき才能もあったものだ。ややあって、祭司は炎から目をあげ、こびとの視線をとらえた。

「ヒューガー・ヒル」厳粛なしぐさでうなずきながら、祭司は話しかけてきた。「わたしと祈るためにきたのかね?」

「夜は暗く、恐怖に満てり、とだれかに聞いたが。その火の中にはなにが見えるんだ?」

「ドラゴンだよ」モクォッロはウェスタロスの共通語で答えた。祭司の共通語は堂にいったもので、なまりはほとんどなかった。大祭司ベネッロにより、デナーリス・ターガリエンのもとへル＝ロールの信仰を伝える使者に選ばれたのも、なるほど、これはうなずける話だ。「年長のドラゴンと若輩のドラゴン、本物と偽物、明と暗の。それと、貴兄だ。大きな影を持つ小さな男が、そのただなかで牙をむいている」

「牙をむく? おれみたいに心やさしい男が?」

ティリオンはもうすこしで気をよくしそうになった。

(じっさいは、おだてるつもりでこんなことをいってるんだろうな。重要人物だといわれて、

悪い気のするやつはいない）

「あんたが火の中に見たのは〈ペニー〉じゃないのか。体格はだいたい同じだぞ」

「ちがう、わが友よ」

（わが友？　いつからそんなことになったんだ？）

「ミーリーンに着くまでどれくらいか知ってるか？」

「ずいぶん熱心に世界の救済者と会いたいようだな」

（その答えはイエスでもあり、ノーでもある。その〝世界の救済者〟とやらは、おれの首を刎《は》ねてしまうかもしれないし、自分の飼っているドラゴンたちに珍味として食わせてしまうかもしれないんだからな）

「おれはそうでもない」とティリオンは答えた。「おれとしては、現地のオリーブを食ってみたいだけだ。ただ、なにせこの船足だろう、ひとつでも味わう前に齢とって死んじまうんじゃないかと気が気じゃない。おれのイヌかきでも、こんな船よりは速く泳げるぞ。ひとつききたいんだが、この船、《セレイソリ・クォーラン》という名の元ネタは、三頭領《トライアーク》か亀か、どっちだ？」

紅の祭司は喉の奥で笑った。

「どちらでもないさ。クォーランは……支配者ではなく、仕え、助言をし、事業の手助けをする者のことを指す。きみたちウェスタロスのことばでいえば、家令やマジスターといったところかな」

（〈王の手〉みたいなもんか？）これはおもしろい。

「じゃあ、セレイソリは？」

モクォッロは鼻をこすった。

「心地よいにおいに染まったもの。共通語では薫《かお》り、というのか？　芳香？」

「すると《セレイソリ・クォーラン》は、〝悪臭ふんぷんの家令〟というところか？」

「〝薫り高き家令〟だろう、むしろ」

ティリオンは歪んだ笑みを浮かべた。

「〝悪臭ふんぷん〟のほうがらしいがな。しかし、教えてくれて礼をいうよ」

「きみを教化できて、わたしもうれしい。いつの日か、ル＝ロールの真実についても、教えさせてくれるとよいのだがね」

「いつの日かな」

（杭の上でさらし首になったときにでも頼むさ）

サー・ジョラーと共同で使用中の船室は、船室とは名ばかりのしろものだった。じめじめとして暗く、悪臭ただよう小部屋には、ハンモックを上下に重ねて吊るのがせいいっぱいの空間しかない。船室に降りてみると、モーモントは下のハンモックで、船の動きに合わせ、ゆっくりと左右に揺れていた。

「あの娘、やっとこさ、甲板の上に頭をつきだしたぞ」ティリオンはいった。「おれを見たとたん、またもやそそくさと船室に潜りこんだが」

「おまえの外見を見れば、だれでもそうするさ」

「だれもがあんたほど整った顔をしてるわけじゃないんだぜ。あの娘な、動転してるんだ。あのあわれな生きものが船縁《ふなべり》から海に飛びおりて溺れ死んだとしても、おれは驚かないね」

「〝あのあわれな生きもの〟は〈ペニー〉という」

「名前くらい、知ってるよ」

しかし、そんな名前など使いたくはなかった。兄の本名はオッポだが、通称は〈四ペンス銅貨《グロート》〉だ。〈四ペンス銅貨《グロート》〉に〈一ペンス銅貨《ペニー》〉。いちばん小さくて、小額の貨幣。もっと悪いのは、この呼び名を自分たちで選んだということだ）

そのことは、口中に不快な味を残した。ティリオンはつづけた。

「名前はどうあれ、あれには友だちが必要だ」

サー・ジョラーはハンモックの上で上体を起こした。

「なら、おまえが友だちになってやったらどうだ。なんなら、結婚してやるといい。おれはかまわんぞ」

その考えもまた、口中に不快な味を残した。

「似たもの同士といいたいのか？　じゃあ、あんたには毛むくじゃらの牝熊がお似あいだな、ええ？」

「あの娘を連れてくると言いはったのはおまえではないか」

「ヴォランティスに放置してくるわけにはいかないと言っただけだろう。だからといって、あの娘とやりたいということにはならんだろうが。あの娘はおれを死なせたがってるんだ、忘れたか？　なにがあっても絶対に友だちになりたくないのは、こっちのほうさ」

「両方とも、こびとではないか」

「ああ、そして、あの娘の兄貴もだよ。おれとまちがえられて、どこかの酔っぱらった阿呆どもに殺された、あの娘の兄貴もだ」

「なんだ？　罪の意識にでもさいなまれだしたか？」

「ちがう」ティリオンは声を荒らげた。「おれはもう、報いを受けるべき罪を、たっぷりと背負ってる。だが、あの娘の兄貴が殺された件には、おれはいっさい関係ない。ジョフリーの結婚式の晩にあのふたりが演じた役割を考えれば、本来なら悪意を持ってもおかしくないところだが、それでも、あのふたりに危害がおよべばいいと思ったことはいちどもない」

「これはまた、人畜無害な人間もいたものだ。仔羊のごとくに害がない」サー・ジョラーはハンモックを降り、立ちあがった。「ま、あのこびと娘はおまえが背負うべき荷物だからな。キスするなり、殺すなり、避けるなり、好きにしろ。おれには関係のないことだ」

そういうと、ティリオンを押しのけ、船室を出ていった。ティリオンは思った。

（あれでは、二度も追放されたのも無理ないな。おれがあるじだって、ひまを出してるぞ。あいつは冷たい。内にこもって、いつも仏頂面で、ユーモアを解さない。しかしそれは——

やつの美点でもある）サー・ジョラーは、起きている時間の大半を、船首楼をうろつくか、手すりにもたれかかって、海の彼方を眺めるかして過ごしていた。（銀の女王がいるほうを見てるんだ。デナーリスのいるほうを見てるんだ。すこしでも速くこの船が進むように、と念じながら。まあなあ、ティシャがミーリーンで待っているとしたら、おれもあんなふうになるだろうなあ）

〈奴隷商人湾〉は〝娼婦のいくところ〟だろうか？　それはなさそうだ。本で読んだかぎりでは、奴隷商人の各都市は、〝娼婦が作られるところ〟だから。

（モーモントもひとりくらい、奴隷娘を買ってくれればよかったものを）

見目よい奴隷娘でもそばにいれば、すこしは塞ぎこんだ気分も晴れたろうに……とりわけ、セルホリスでやつの一物の上にすわっていた、銀の髪の娼婦みたいな娘がいれば。

《内気な乙女》で河を下っているあいだは、グリフに神経を使ったものの、すくなくとも、あの大将の正体をさぐりだす楽しみがあったし、あの棹船に乗っていた少数の連れたちも、一応は気の合う者ばかりだった。しかしこのコグ船では、乗っているのはみな見たまんまの者だし、とくに気が合いそうな者もいない。興味を持てる相手は紅の祭司くらいか。

（あの男と、あとは〈ペニー〉だな。しかし、娘はおれを憎んでいる。ま、むりもないが）

《セレイソリ・クォーラン》上での暮らしは、ひたすら退屈なものだった。一日のうちで、もっとも刺激的なできごとといえば、灰鱗病《グレイスケール》にかかっていないかどうか、ナイフで足指と手指をつつくことなのだ。河下り中は、なにかと見るべき驚異にあふれていた。巨大亀、廃墟と化した都、石化人《せきかびと》、はだかのセプタ。つぎの屈曲部を曲がったらなにと出くわすのか、微塵も予想がつかなかった。それが海では、昼も夜もまるで変化がない。ヴォランティスを出港してしばらくのあいだ、コグ船は陸《おか》の見える距離をのろのろと進みつづけていたので、通りすぎていく岬を遠望し、岩壁や崩れゆく監視塔から飛びたっていく海鳥の群れを眺め、つぎつぎに通過していく茶色い島々を——茶色いのは、岩場がむきだしになっているためだ——数えて過ごすこともできた。ほかの船もたくさん見かけた。漁船、重々しく進む商船、櫂で波に白泡を刻む誇り高きガレー船などだ。だが、ひとたびコグ船が沿岸を離れ、深みを航海しだすと、そこにあるのはただ海と空、空気と海水ばかりだった。どこまでいっても、青海原は青海原にしか見えない。ときとして、雲が湧くこともあったが、青空は青空にしか見えない。

（青ばっかりでいやになるな）

夜は夜でもっと悪かった。なんとか眠れるときもあるのだが、それでも安眠にはほど遠い。眠ればたいてい夢を見るし、その夢の中にはかならず〈悲哀の都〉が登場するうえ、父親の顔をした石の王が待っている。夢を見るのがいやなら、上のハンモックに横たわって、下でジョラー・モーモントがかくいびきを聞かされるか、甲板に残って夜の海を眺めながら考えごとをするかの、あまりありがたくない二者択一しかなかった。月のない夜、海原は水平線から水平線まで、学匠《メイスター》のインクのように真っ黒に見える。暗くて深くて不気味な海は、見る者を慄然とさせる美しさをそなえていた。だが、あまり長く眺めていると、船縁を乗り越え、あの暗黒に飛びこめば、どんなに楽になるだろうと考えている自分に気づく。ほんの小さな水しぶきをあげるだけでいい、ティリオンの哀れを誘うささやかな物語はたちまち終わりを告げるはずだ。

(しかし、暗い淵の底には地獄があって、そこで親父が待ちかまえていたらどうする?)

毎夕、もっとも楽しみなのは夕食だった。食事は格別上等ではないが、量だけはたっぷりあるので、いそいそと食べにいく。食事をとる食堂はせまくて、けっして居心地がいい場所ではなく、〈炎の手〉の背が高い奴隷兵士たちは、背の高い乗客は気をつけていないと頭をぶつけてしまいやすい。とくにそうだった。連中が頭をぶつけるようすを、ティリオンはおおいに楽しんだものの、やがて食事はひとりでとるほうがいいと思うようになった。共通語を解さない者ばかりでぎっしりのテーブルにつき、まるで意味のわからないやりとりや冗談を聞かされることにうんざりしてしまったのだ。その冗談と笑い声が自分を肴《さかな》にしているように思えるときはなおさらだった。

食堂は船の蔵書が置いてある場所でもあった。船長はなかなかの読書家で、書物が三冊もそろっていた。一冊は駄作や愚作しか載っていない海の詩集。一冊はライスの娼館を舞台に奴隷娘のエロティックな冒険を描いた部厚い本で、これにはかなり手垢がついていた。もう一冊は『三頭領ベリコの一生』という、有名なヴォランティス人愛国者の伝記で、全四巻のうちの最終巻だけがあり、ベリコが征服と勝利を何度もくりかえしたあげく、最後に巨人に食われたところで、話は急におわっていた。海に出て三日のうちに、ティリオンは三冊ともすべて読みきってしまった。そして、ほかに読む本がないため、もういちどはじめから三冊とも読み返した。奴隷娘の物語は、文章は最低だったが、それでもいちばん楽しめる内容で、今宵もそれを本棚から取り、甜菜《ビーツ》のバター炒めや、冷めた魚のシチュー、釘を打つのに使えそうなほど硬い堅焼きパンの夕食を食べながら読んだ。

そして、主人公の娘の視点で語られる、娘と妹が奴隷商人に連れ去られるくだりを読んでいたときのこと――ふいに、〈ペニー〉が食堂へはいってきた。

「あっ」と〈ペニー〉はいった。「あたし、てっきり……じゃまするつもりはなくて……」

「じゃまじゃないさ。またぞろおれを殺そうとしたりはしないだろう？」

「しません」〈ペニー〉は赤面し、顔をそむけた。

「だったら、話し相手は大歓迎だ。この船には、話のできる人間なんて、ほとんどいないんだからな」ティリオンは本を閉じた。「こい。すわれ。食え」

これまでのところ、娘は船室の外に置いた食事にほとんど手をつけていない。いまごろはもう、飢え死にしそうなほどに空腹だろう。

「シチューはなんとか食える。魚もまあ、すくなくとも新鮮ではある」

「いえ、あたし……前に魚の骨が喉につっかえて……魚は食べれません」

「じゃあ、ワインはどうだ」ティリオンはカップにワインをつぎ、〈ペニー〉に押しやった。

「われらが船長に讃えあれ。本音をいえば、アーバー・ゴールドより小便に近いが、小便でさえ、船乗り連中が飲んでいる黒いタールみたいなラム酒よりはましだ」

娘はカップに手を触れようともしない。

「ありがとうございます、ム＝ロード、でも、いいです」あとずさりしだした。「おじゃまするべきじゃありませんでした」

戸口の外へ出る寸前、ティリオンは娘に問いかけた。

「そうやって、一生、逃げまわる気か？」

出ていこうとしかけていた娘の足が、そのひとことで、ぴたりととまった。頬がどぎついピンクに染まっていく。いまにも泣きだすのではないかと心配になった。が、娘は挑戦的に唇をつきだし、言い返した。

「あなただって逃げてるでしょ」

「そのとおり。しかしおれは特定の場所へ逃げこもうとしている。それに対して、おまえはなにかから逃げだそうとしているだけだ。そこには天と地ほどの隔たりがある」

「あなたさえいなければ、逃げる必要なんてなかったのよ」

（おれの面前でこれをいうとは……そうとう勇気がいっただろうな）

「それはキングズ・ランディングでの一件のことか？　それともヴォランティスでの一件のことか？」

「両方よ」両目にじんわりと、涙がにじみ出てきた。「なにもかもよ。あのときあなたが、王さまのご所望どおり、あたしたちと馬上槍試合のまねごとをしてくれれば、なんにも問題にはならなかったのに。絶対に傷つけたりはしなかったわ。子供の王さまを喜ばせるために、あたしたちの犬にまたがって槍試合をしたところで、あなたがどんな損をするというの？　ちょっとした慰みものになるだけじゃないの。せいぜい、みんなに笑われておしまいよ」

「おおいに笑われただろうな」とティリオンはいった。

（しかし、おれはかわりに、ジョフを笑いものにした。あれはなかなか巧妙な駆け引きじゃなかったか？）

「にいさんがいうには、人を笑わせるのはいいことだって。気高いこと、名誉なことだって。にいさんは……にいさんは……」

涙がぽろぽろと目からあふれだし、頬をつたい落ちていった。

「気の毒だったな」

ティリオンは前にもヴォランティスで同じことばをかけた。いままたくりかえしたのは、あのとき〈ペニー〉がひどく取り乱していて、聞こえなかったのではないかと思ったからだ。

こんどははっきり聞こえたようだった。

「気の毒？　気の毒というの？」唇がわななき、頬は涙に濡れていた。目は赤く縁どられた穴と化している。「あたしたちはね、あの晩のうちにキングズ・ランディングを離れたの。あたしたちが王さまの死にかかわっていると疑われたら、真相を探りだそうと拷問される、そのまえに逃げだすのがいちばんだ――にいさんがそういったからよ。最初にタイロシュへいったわ。あそこまでいけばだいじょうぶだろうと思ったけど、でも、そうじゃなかった。

あそこには知りあいの投げ物曲芸師《ジャグラー》がいたの。何年も何年も、毎日、〈酔神《すいじん》の泉〉のそばでジャグリングをしていた男がね。年寄りだから、もうむかしほど器用じゃなくて、ときどきボールを取り落としては広場のはずれまで追いかけたりしてたけど、それでもタイロシュの見物人たちは笑って小銭を投げ与えていたわ。ところが、ある朝のこと、そのジャグラーは〈トライオスの神殿〉で、死体になって発見されたの。トライオスは三頭神で、神殿の扉の横に大きな神像があってね。ジャグラーはからだを三つに切断されて、トライオスの三つの口にひとつずつ咥《くわ》えさせられていたのよ。ただ、ばらばらにされたからだをつなぎあわせてみたら──首だけがなくなっていたの」

「わが愛しの姉上への贈り物だな。そのジャグラーもこびとだったわけだ」

「こびとだったわ、あなたと同じにね。オッポも──〈グロート〉もよ。そのジャグラーのことも、あなたは気の毒だというの？」

「いまのいままで、そんなジャグラーがいたことは知らなかったが……ああ、そのとおりだ、気の毒に思う」

「あのジャグラーはあなたのせいで死んだのよ。あなたの手はあのひとの血でも汚れているのよ」

この非難は堪《こた》えた。さっきジョラー・モーモントにきつい物言いをされたあととあって、いっそう堪えた。

「老ジャグラーの血で汚れているのはおれの姉の手だ。じっさいに殺人を犯した、ならず者どもの手だ。おれの手は……」ティリオンは両の手のひらを顔に向け、じっと眺めてから、ぐっと握りしめた。「……たしかに、おれの手は干からびた古い血の層でおおわれている。身内殺しと呼ぶなら呼べ。まちがってはいない。王殺しなのもたしかだ。殺した者の内訳を教えてやろうか。母親たち、父親、甥、恋人、男と女、王、娼婦だ。ある吟遊詩人がおれを怒らせたときは、そいつをシチューにしてやった。だが、いまだかつてジャグラーを殺したことはないし、こびとを殺したこともない。おまえのろくでもない兄貴の身に起きたことについても、なじられるいわれはなにひとつない」

〈ペニー〉がワインをついでやったカップをつかみ、中身をティリオンの顔にひっかけた。

(愛しの姉上と同じことをするか)食堂のドアをたたきつけるように閉める音が聞こえたが、〈ペニー〉が出ていく姿は見えなかった。ワインが目にしみて、世界がぼやけていたからである。(あのこびととお友だちになろうとする試みもこれまでだな)

ティリオン・ラニスターは、ほかのこびとと交流したことがほとんどない。父タイウィン公は、息子がこびとであることを思いださせる者は歓迎しなかったし、こびとの芸人たちを擁する劇団のあいだでは、ラニスポートとキャスタリーの磐城《ロック》には寄りつかないほうが身のためだと知れわたっていた。近づけば、いたく公の不興を買うからだ。成長するにおよんで、ドーンのファウラー公の居城にこびとの道化師がいること、複数の岬が指のように連なったフィンガーズ地域にはこびとのメイスターがいること、沈黙の修道女《シスター》にもひとり、こびとの女がいることなどがわかってきたが、会いにいこうなどとはこれっぱかりも思わなかった。

河川地帯《リヴァーランド》のとある丘に住みつくこびとの魔女や、キングズ・ランディングに住んでいて犬とまぐわうことで知られたこびとの娼婦など、ほんとうかどうかわからない話も耳にはいってきた。こびとの娼婦の話をティリオンにしたのは愛しの姉で、おまえもまねをしたいなら、牝犬を見つくろってやろうか、とまでいわれたものだ。サーセイが怒ってワインのカップを顔に投げつけてきたのは、その直後のことだった。というのは、ティリオンが馬鹿丁寧に、はて、犬とまぐわう娼婦というのは、姉上さまのことでございましょうかと問い返したからである。

（あれは赤ワインだったな、憶えてるぞ。こんどのはゴールドだ）

ティリオンは袖で顔をぬぐった。まだ目にしみる。

その後はとんと〈ペニー〉の姿を見ることはなかった。ひさしぶりに見たのは、嵐がきた日のことだった。

その朝、潮風はよどんでいて重苦しかったが、西の空は猛々しい茜色に染まり、低くたれこめた雲の条《すじ》が、ラニスター家の色である深紅色のように赤々と燃えていた。船乗りたちは艙口《そうこう》に当て木をあてて補強し、索《つな》を張り、甲板を片づけ、結わえられていないものをすべて結わえつけるのにおおわらわとなった。

「悪い風がきやがるぜ」ひとりがティリオンに警告した。「〈鼻なし〉は下に降りてろや」〈狭い海〉を渡ったときに経験した嵐のことはよく憶えている。足の下でつきあげる船板、船がたてるすさまじいきしみの音、ワインとゲロの味――。

「いいや、〈鼻なし〉は上に残るぞ」

神々がこの命を取りあげたいのだとしたら、船上から振り落とされて溺死するか、自分のゲロで窒息して死ぬか、どちらかになるだろう。だったら、船から落ちたほうがまだましだ。頭上ではコグ船の帆布がゆっくりとはためいている。長の眠りから醒めて身動きしだした、巨獣の毛皮のようだった。そのとき、突如として吹きよせてきた突風を受け、帆がパンッとすさまじい音をたてた。船上の全員が頭上をふりあおぐ。

強風で押しやられ、コグ船は本来の針路から大幅にずれだした。背後では、真っ赤な空を背景に、つぎからつぎへと黒雲が湧きあがっていく。午前のなかばごろになると、西の空に稲光が閃き、ややあって遠い雷鳴が鈍く轟いた。海は荒れるいっぽうだ。黒い波頭がそそりたっては、《悪臭ふんぷんの家令》の船体に砕け散る。ここにいたって、乗組員は帆をたたみにかかった。船の中央にいたティリオンは船首楼に攀《よ》じ登ってうずくまり、頬を打つ冷たい雨の感触を味わった。コグ船は大きく上下動をくりかえし、これまでに乗ったどんな馬よりも荒々しく跳ねまわって、大波につきあげられては、すとんと波くぼにすべり落ちる。その衝撃は、ティリオンを骨まで揺さぶった。それでも、空気の悪いせまい船室に閉じこめられているくらいなら、まだ船首楼にいたほうがいい。

ようやく嵐が通りすぎるころには、すでにもう夜のとばりが降りかけており、ティリオン・ラニスターは下着までもずぶ濡れになっていたが、なんとなく気分が高揚していた。その高揚は、船に酔ったジョラー・モーモントが船室でゲロをぶちまけ、倒れている姿を見て、いっそう高まることになる。

こびとは夕食後も食堂内にいすわり、嵐を生き延びたことを祝して、少量の黒いタールのようなラム酒を料理人と分かちあった。料理人は大柄で脂じみた粗野なヴォランティス人で、共通語は一語しか知らなかったが（〝くそったれ《ファック》〟だ）、勇猛果敢なサイヴァスの指し手で、酔っぱらっているときはとくに強くなる。その晩は三局、対戦した。一局めはティリオンが勝ったが、あとの二局では負けてしまった。そこで、もうサイヴァスは店じまいすることにして、千鳥足で甲板にもどり、頭からラム酒と〈象〉の駒を閉めだそうと努めた。

見ると、船首楼の上に〈ペニー〉が立っていた。サー・ジョラーはよく、コグ船のなかば朽ちた不気味な船首像のそばで手すりの前に立ち、インクのような海の彼方を見すえている。同じその場所に立って、〈ペニー〉も海を見ていたのだ。うしろから見ると、子供のように小さくて無力そうだった。

このまま声をかけずに立ち去るのがいちばんだと思ったものの、そのときにはもう手遅れだった。ティリオンの足音を聞きつけて、〈ペニー〉はいった。

「ヒューガー・ヒル」

「好きに呼んでくれ」（おたがい、正体はよくわかってるんだから）「じゃまして悪かった。おれは引っこむ」

「待って」〈ペニー〉の顔は蒼白で悲しげだが、泣いていたふうではなかった。「あたしのほうこそ、ごめんなさい。ワインのこと。たしかに、にいさんを殺したのも、タイロシュで年老いたジャグラーを殺したのも、あなたではなかったのよね」

「無関係なわけじゃないが、自分の意志でかかわったわけでもない」

「いなくなって、さみしい。にいさんがよ。あたし……」

「気持ちはわかる」

気がつくと、ジェイミーのことを考えていた。

（運がよかったと思うことだな、兄貴。おまえの弟はもう死んだ。おまえを裏切る機会などないままに）

「死にたいって思ったの」〈ペニー〉はいった。「でも、きょう、嵐がきて、船が沈むかもしれないと思ったら、あたし……あたし……」

「結局、生きていたいと気づいたわけか」

（おれも同じ気持ちだった。おれたちには共通する部分があるらしい）

〈ペニー〉は歯がふぞろいなので、あまり笑みを浮かべようとしないのだが、いまは微笑を見せていた。

「吟遊詩人をシチューにしたって、ほんとう？」

「だれが？　おれが？　まさか。おれはコックじゃないぞ」

〈ペニー〉はくすくす笑った。それはまぎれもなく、若い娘の笑い声だった。十七か十八か……せいぜい十九の娘の笑い声だ。

「その吟遊詩人、なにをしてあなたを怒らせたの？」

「おれの歌を作ったのさ」

〝女は男の秘蔵の宝、恥と同時に祝福の元。鎖も城もなににせむ、女のキスにくらべれば〟

不思議なことに、歌詞はすぐに思いだせた。もしかすると、忘れたことなどなかったのかもしれない。〝黄金《きん》の手はいつも冷たいけれど、女の手だけはあたたかい〟

「ずいぶんひどい歌だったのね」

「そうでもない。『キャスタミアの雨《レイン》』とはわけがちがう。しかし部分的には……たしかに……」

「どんな歌？」

ティリオンは笑った。

「やめておけ。おれが歌うところは聞かないほうがいい」

「かあさん、あたしたちが子供のころ、よく歌を歌ってくれたのよ。にいさんとあたしに。いつもいってたわ、声がどうかなんて関係ない、だいじなのは、その歌が好きかどうかなんだって」

「母上は……？」

「……こびとだったかってこと？　ううん、でもね、とうさんはこびとだった。とうさんは三歳のとき、奴隷商人に売られたんだけど――自分のとうさんに売られたの――役者として有名になれたんで、自由を買えたんだって。とうさんは自由都市をぜんぶ旅してまわったわ。

ウェスタロスもよ、あちこちにいったっていってた。オールドタウンでは、〈はじけ豆〉と呼ばれてたそう」

（いかにもだな）ティリオンは顔をしかめまいとした。

〈ペニー〉はつづけた。

「だけど、死んじゃって、もういない。かあさんも。オッポは……最後の身内だった。でも、そのオッポもいなくなっちゃった」〈ペニー〉は顔をめぐらせて、海の彼方を眺めやった。「あたし、どうしたらいいの？　どこにいけばいいの？　手に職はないわ。できるのは馬上槍試合のショーだけ。それだって、ふたりいないとできないし」

（ちがうだろうが）とティリオンは思った。（それはおまえが〝いきたい場所〟なんかじゃない。おれにその先をいうな。そんなこと、考えるだけでもだめだ）

ことばに出して、ティリオンはいった。

「相方には、孤児の男の子でも見つけたらどうだ」

〈ペニー〉は聞こえなかったようすで先をつづけた。

「馬上槍試合はね、とうさんの発案だったの。最初の豚を仕込んだのもとうさんだったわ。だけど、仕あがるころには、病気が重くなって、豚に乗れなくなって。それでオッポが引き継いだわけ。あたしはいつも、犬に乗ってたの。いちど、ブレーヴォスの海頭《シーロード》さまの御前で演技したこともあるわ。海頭さまは大笑いなさって、あとであたしたちひとりひとりに……立派な贈り物をくださったのよ」

「姉がおまえたちを見つけたのはそこか？　ブレーヴォスか？」

「姉？」娘はとまどい顔になった。

「太后《クィーン》サーセイだ」

〈ペニー〉はかぶりをふった。

「あの方じゃなくて……男がひとり、訪ねてきたの。ペントスに。オズマンド？　ちがう、オズワルドだっけ。そんな名前だった。そのひとに会ったのはオッポでね。あたしは会ってないの。契約を交わしたのもにいさん。にいさんはいつも、なにをすればいいか知ってたし、つぎの行き先をどこにすればいいかも知ってたわ」

「つぎの行き先はミーリーンだぞ」

〈ペニー〉はきょとんとした顔になった。

「クァースでしょう？　ニュー・ギス経由で、クァースへいくんでしょう？」

「ミーリーンだ。愛犬に乗って、ドラゴンの女王の前で馬上槍試合の芸を披露してみせろ。おわったら体重ぶんの黄金をもらえる。いまのうちから、しっかり食っておいたほうがいい。女王陛下の御前で芸をするとき、ぽっちゃりして愛らしく見えるようにな」

今回、〈ペニー〉はほほえみを返さなかった。

「あたしひとりじゃ、犬に乗ってぐるぐるまわることしかできないわよ。たとえ女王さまが笑ってくれたとしても、あたし、そのあと、どこにいけばいい？　あたしたちはね、ひとつところには長くいられないの。最初は大笑いしてくれるけど、四度め、五度めともなると、見る前からなにをするかわかっちゃって、だれも笑わなくなるのよ。そうなったら、ほかの場所に移らなきゃならない。とくに上がりがいいのは大きな町。でも、いっとう好きなのは小さな町ね。小さな町の人は、銀貨は持っていないけれど、自分の家でごはんを食べさせてくれるし、子供たちはあたしたちのあとをついてまわるし」

（それは、そいつらがこびとを見たことがないからだ。しょぼいしょんべん壺みたいな町の住民はな。無神経なガキどももときたら、双頭の山羊が現われてもあとを追いまわす。じきに、ものめずらしさも失せたあとは、さっさと殺して夕メシに食っちまう）

しかし、また〈ペニー〉を泣かせたくはなかったので、かわりにこういった。

「デナーリスは心やさしいうえに、気前がいいそうだ」〈ペニー〉が聞きたがっているのはこんなことばだろう。「きっと宮廷におまえの居場所を作ってくれるぞ。安全な場所をだ。おれの姉の手がとどかない場所をだ」

〈ペニー〉はふりかえり、ティリオンを見た。

「あなたもその居場所に残るの？」

（おれの兄が流したターガリエンの血の埋め合わせとして、ラニスターの血を流す——そうデナーリスが判断しなかったならな）

このやりとり以降、こびとの娘が甲板に姿を見せる回数は増えた。つぎの日は、まだらの牝豚を連れて歩いている娘と出くわした。場所は船の中央部分で、時間帯は午後のなかば、空気はあたたかく、波は静かだった。

「この子ね、〈可愛い豚《プリティー・ピッグ》〉っていうの」

娘ははにかみがちに豚の名を教えた。

(豚が〈プリティー〉で、自分は〈ペニー〉かよ。だれかがなんとかしてやらにゃなるまいな)

〈ペニー〉からいくつか団栗《ドングリ》を手渡された。ティリオンは手ずからそれを〈プリティー〉に食わせた。

(おまえがしようとしていることが、おれにわからないと思うなよ、〈ペニー〉)

鼻を鳴らしてキーキーと鳴く大きな牝豚の前で、ティリオンはそう思った。

ほどなく、ふたりはいっしょに食事をとるようになった。何夜かは、ふたりきりで夕食をとることもあったし、狭い食堂にモクォッロの護衛たちとぎゅうづめの状態で食べることもあった。

この護衛たちのことを、ティリオンは〝五指〟と呼んでいる。〈炎の手〉に属する者で、人数が五人だからだ。この呼び名を聞いて、〈ペニー〉は笑った。その笑い声は、耳に心地よい響きをともなっていた。めったにこの笑い声が聞けないのは、心の傷がまだ真新しく、悲しみがひどく深いからだろう。

まもなく、ティリオンに倣《なら》って、〈ペニー〉もこの船のことを《悪臭ふんぷんの家令》と呼ぶようになった。だが、ティリオンが豚を〈可愛い《プリティー》ベーコン〉と呼ぶたびに〈ペニー〉が少々むっとするので、罪滅ぼしにサイヴァスを教えようとしてみたところ、これは徒労だとすぐにわかった。

「そうじゃない」と何度いったことだろう。「〈ドラゴン〉は飛ぶんだ。〈象〉は飛ばない」

その晩、〈ペニー〉は単刀直入に、自分と馬上槍試合をする気はないかとたずねた。

「断わる」

そのとき、ティリオンはきっぱりと拒否した。その〝槍試合〟に別の含みがあったのかもしれないと気づいたのは、あとになってからのことである。いずれにしても答えは同じだが、そうとわかっていれば、こんなにもそっけなくはつっぱねなかったかもしれない。

〈ペニー〉と別れたあと、ティリオンはジョラー・モーモントと共有している船室にもどり、それから何時間もハンモックに揺られて、まどろんでは目覚めることをくりかえした。夢はいつも灰色に満ちていた。霧中からぬっと伸びてくる石の手、父親のもとへとあがっていく階段——。

とうとう眠るのをあきらめ、夜気を吸いに甲板へあがった。夜間とあって、《セレイソリ・クォーラン》は大きな縞柄の帆をたたんでおり、甲板上はがらんとして人気《ひとけ》がなかった。航海士のひとりが船尾楼に立ち、中央にはモクォッロが鉄火鉢のそばにすわっているだけだ。火鉢ではまだ、熾《おき》のあいだでわずかな炎が躍っていた。

夜空に見えるのはとくに明るい星々のみで、すべて西の空にまたたいている。いっぽう、北東の空にかかった鈍い赤の輝きは、赤痣《あかあざ》のようにどぎつい色をしており、異様に大きい。

月がこうも大きく見えるのははじめてだった。怪物的なほどに膨れあがった満月は、まるで太陽を呑みこんで、高熱を発して目覚めたかに見える。船の行く手の海上には、そんな月の双子のような光が映りこみ、波という波を赤くきらめかせていた。

「いま何時だ？」ティリオンはモクォッロにたずねた。「東が北東にずれたんでないかぎり、あれが日の出のはずはないな。なんだって空が赤い？」

「ヴァリリアの上空はつねに赤いのだよ、ヒューガー・ヒル」

冷たいものがぞわぞわと背筋を這い降りていった。

「この船、ヴァリリアに近づいているのか？」

「乗組員が落ちつきをなくすほど近くにな」モクォッロは深く響く声で答えた。「陽《ひ》没する諸王国では、あの光にまつわる話が知られているかね？」

「あの沿岸に目を向けた者は破滅する——船乗りのあいだに、そんな話が伝わっているのは知っている」

ティリオン自身は、そんな話など信じてはいない。それは叔父もまた同様だった。叔父のジェリオン・ラニスターは、ティリオンが十八歳のとき、ヴァリリアをめざして船出した。ラニスター家の失われた太古の剣をはじめ、〈破滅〉を生き延びた可能性がある他の宝物を見つけにいくためだった。ティリオンとしては、ぜひとも叔父に同行したいところだったが、父タイウィン公はこの航海を〝愚者の探索《クエスト》〟と呼び、参加することを厳に禁じた。

（じっさい、その呼び名も、そう的はずれではないかもしれん）

《笑う獅子》がラニスポートを出帆してヴァリリアへ向かってから、もう十年近くになる。以来、ジュリオンの行方は杳《よう》として知れない。叔父の消息を求めてタイウィン公が派遣した者はみな、ヴォランティスまでは足跡をたどることができた。あの都市で、乗組員の半数が船を去ったため、叔父は補充要員とすべく奴隷を購入したという。船長が〝〈煙立つ海〉へ船出する〟と公言する船と契約したがる自由人など、どこにもいないからである。

「すると、あそこに見えているのが〈十四の炎〉なのか？ 火山脈の炎が雲に反射しているのか？」

「十四なのか、一万四千なのか。その数を数えようとする人間はいないがね。定命《じょうみょう》の者があまり深くあの炎を見つめるのは、賢明なことではない、わが友よ。あれは神おんみずから示された怒りの炎だ。いかなる人間の炎も、あれには太刀打ちできない。われわれは矮小な生きものなのだよ、人間という名のな」

「なかには、ふつうより矮小な人間もいるしな」

（ヴァリリアか）

古文書にいわく、〈破滅〉の日、半径一千キロ以内にあるすべての丘がいっせいに裂け、あまり粉微塵になり、灰と煙と炎が空中に満ちあふれた。破滅の炎はあまりにもまばゆく、あまりにも高熱だったため、天を遊弋《ゆうよく》していたドラゴンたちまでもが巻きこまれ、焼きつくされたという。地表には巨大な裂け目が無数に生じ、数々の宮殿、神殿、町を呑みこんだ。各地の湖は煮えたぎり、一部が酸の湖に変貌するかたわら、山々は爆裂し、無数の火柱が立ち昇り、融けた岩の弾丸が三百メートルもの高さまで噴きあげられ、撒き散らされ、真っ赤な雲からドラゴングラスと魔物どものどす黒い血の雨が降りそそぐいっぽう、北部では大地が砕け、壊れ、陥没し、怒れる海がそこにどっとなだれこんだ。世界一誇り高かった都は一瞬にして消滅し、伝説の帝国は一日にして消え、〈長い夏の地〉は黒焦げになり、あるいは水没し、あるいは荒廃しはてた。

（血と炎の上に築かれた帝国。ヴァリリア人は、みずからが蒔《ま》いた種の結果を刈りとったというわけだ）

「われらが船長は、ヴァリリアの呪いに挑む気なのかな？」

「われらが船長は、あの呪われた岸辺から遠くに離れて、沖合へ二百キロ以上は距離を取りたがっている。しかしわたしは、最短距離をとるよう命じた。ほかにもデナーリスを求めている勢力がいるからだよ」

（グリフとその若きプリンスか）

〈黄金兵団〉が西へ船出したうんぬんという話は陽動だったのか？　ティリオンはグリフのことを話そうかと思ったが、思いとどまった。紅の祭司たちを動かす予言の中には、たったひとりの英雄しか存立する余地がないように思える。第二のターガリエンの存在は、連中を混乱させるだけだろう。

ことばを選びながら、ティリオンはたずねた。

「炎の中に、ほかの勢力とやらは見えたのかい？」

「影だけは見えた」とモクォッロは答えた。「なかにひとつ、きわだった影があった。背が高く、ねじけたなにか、黒い独眼と十本の長い腕を持つなにものかが、血の海に帆をかける場面だ」

34 ブラン

月は三日月、その両端はナイフの刃のように細く、鋭い。青白い太陽が空に昇っては沈み、また昇る。赤い葉が風にさやぐ。空は黒雲におおわれ、嵐がきた。稲妻が閃き、雷鳴が轟くなか、黒い手と青く光る目を持つ死者たちが足を引きずり、丘の斜面に口をあけた裂け目のまわりをうろついているが、中まで入ってくることはできない。丘の内部では、半身不随の少年がウィアウッドの玉座につき、腕を昇り降りする使い鴉たちにまとわりつかれながら、暗闇の中、ささやき声に耳をかたむけている。

「おまえは二度と歩けるようにはならぬ」と〈三つ目の鴉〉はいった。「だが、空を飛べるようにはなる」

ときおり、はるか地下から歌声が聞こえてくる。〈森の子ら〉——ばあやなら歌声の主たちをそう呼んだろう。だが、〈大地の歌を歌う者〉には真正語で独自の名前がある。いかなる人間もその言語を話すことはできないが、使い鴉たちは話すことができる。小さな黒い目に数々の謎を秘めた鴉たちは、歌が聞こえてくればカアカアと鳴き、嘴《くちばし》でブランの肌をつつく。

月は望月、皓々《こうこう》と照る。星々は黒い空をゆっくりと回転してゆく。降った雨が凍てついて、樹々の枝々が氷の重みで何本も折れた。

ブランとミーラは、〈大地の歌を歌う者〉たちのひとりひとりに名前をつけた。〈灰〉に〈木の葉〉に〈鱗〉、〈黒いナイフ〉に〈雪白の巻毛〉に〈石炭〉だ。真の名前は長すぎて、人間の舌では発音できないと〈木の葉〉がいった。共通語をしゃべれるのは〈木の葉〉だけなので、ほかの者たちがブランたちのつけた名をどう思ったかはわからないままだった。

〈壁〉の北の地の、骨まで染み透る寒さを経験してきたあとでは、洞窟の内部はほっとするほどあたたかかったし、周囲の岩から寒さが忍びこんでくると、〈歌う者〉たちは火を熾《おこ》し、寒さを閉めだしてくれた。洞窟の中には風も吹かず、雪も降らず、氷も張らなければ、動く死体がこちらをつかもうと黒い手を伸ばしてくることもない。あるのはただ、夢と灯心草と使い鴉たちのキス——そして、闇のささやきだけだ。

〈最後の緑視者《グリーンシーアー》〉——。〈歌う者〉たちはあの人物のことをそう呼んだ。だが、ブランの夢の中では、依然として〈三つ目の鴉〉のままだ。ミーラがほんとうの名前をたずねると、〈三つ目の鴉〉は喉の奥で笑うような、不気味な音を発した。

「敏捷に動けたときには、わたしもいろいろな名前を使ったものだ。しかし、わたしにさえ、かつては母がいた。母がわたしを胸に抱いてつけてくれた名前は、ブリンデンだった」

「叔父さんにもブリンデンという人がいるよ」とブランは答えた。「正確には、かあさまの叔父さんなんだけど。〈漆黒の魚《ブラックフィッシュ》〉のブリンデンと呼ばれてる」

「おまえの叔父の名はわたしにあやかってつけられたものかもしれん。いまなお、わたしの名をもらう者はいる。もっとも、以前ほど多くはない。人々はむかしを忘れてしまうからな。記憶するのは樹々だけだ」

ひどく静かな声だったので、ブランは聞き耳を立てねばならなかった。

「このひとはね、大半が樹になってしまっているのよ」ミーラに〈木の葉〉と名づけられた〈歌う者〉が説明した。「定命《じょうみょう》を使いはたしてなお、このひとは生にしがみついているの。その目的は、わたしたちのため、あなたがたのため、人の領域のため。このひとの肉体には、もうほとんど力が残っていないわ。千とひとつの目を持っていても、見るべきものはあまりにも多い。いつの日か、あなたにもわかるでしょう」

「わかるって、なんのことだろう？」あとになって、大洞窟から運ばれていく途中、ブランはリード姉弟にたずねた。姉弟は明々と燃える松明《たいまつ》を手に持っている。向かっていく先は、大洞窟から離れた小さな岩屋――寝室に使うようにと、〈歌う者〉たちが寝床をととのえてくれた場所だ。「樹々が記憶することって、なんなんだろう？」

「古《いにしえ》の神々の秘密さ」ジョジェン・リードが答えた。ここで栄養をとり、焚火でからだをあたため、休養をとったことで、苛酷な旅で衰弱したからだはだいぶ回復していたが、顔は前より悲しげで浮かない感じになり、目には疲れきったような、同時にものに取り憑かれたような色が浮かんでいた。「〈最初の人々〉が知っていた真実は、ウィンターフェル城では忘れ去られてしまったけれど……大湿原では忘れられていない。沼地や沼地の住まい《クラノグ》では、緑に親しむ生活を送っているから、ぼくらはまだ憶えている。大地と水、土と石、オークと楡《ニレ》と柳——そういったものはすべて、ぼくらがくる前からこの地にあったし、ぼくらが立ち去ったあともそのままの姿で残りつづけるんだ」

「ここに残るのは、あなたもよ」

ミーラのことばに、ブランは悲しくなった。

（きみたちが立ち去るとき、ぼくが残りたくないといったら、どうする？）

もうすこしで、そう口にするところだったが、あやういところで、ことばを呑みこんだ。そろそろ成人の年齢に近いブランとしては、ミーラに泣き虫の子供だとは思われたくない。だから、かわりにこうたずねた。

「きみたちも緑視者になれるんじゃないか？」

「なれないのよ、ブラン」ミーラの声は悲しげだった。

「寿命に限りがある肉体にいるうちに緑の泉を飲んで、葉のささやきを聞き、樹々のように、神々のように、ものを見られる者は、ほんのわずかしかいないんだ」ジョジェンがいった。

「ほとんどの人間は緑の水を飲んでも、そんな祝福された力は授からない。ぼくが神々から授かったのは〈緑の夢〉だけさ。ぼくの仕事は、きみをここまで連れてくることにあった。ぼくの役割はもうおわったんだよ」

月は夜天にあいた黒い穴。狼たちは森の中にあって遠吠えをあげ、動く死体はいないかと吹きだまりのあいだを嗅ぎまわっている。丘の斜面から使い鴉の群れが爆発的に飛びたち、白い世界に黒い翼をはばたかせ、ギャアギャアと鋭い鳴き声をあげながら飛びまわりだす。真っ赤な太陽が昇っては沈み、また昇り、雪面を薔薇《バラ》色と薄紅色に染めあげる。丘の中では、ジョジェンがふさぎこんだようすで考えこみ、ミーラはやきもきし、ホーダーは右手に剣を、左手に松明を持って、暗い隧道《トンネル》の中をさまよい歩いている。それとも、さまよっているのはブランか？

それはだれにもわからない。

深淵に口をあける大空洞は、瀝青蒸留滓《ピッチ》のように黒く、瀝青《タール》のように黒く、鴉の羽よりも黒い。ここでは光は侵入者であり、望まれざるもの、歓迎されざるものであり、すぐに消え去るものだ。調理の焚火、蠟燭の火、灯心草の火は、すこしのあいだだけは燃えているが、ほどなく短い命がつきて消えてしまう。

〈歌う者〉たちは、ブランに専用の玉座を作ってくれた。ブリンデン公がすわっているのと同じ生きている白いウィアウッドの根に、死んではいるがまだ赤い葉をつけたままの白枝を編みあわせた玉座だ。彼らはそれを大空洞内の、深淵を覗きこむ位置に置いた。深淵の暗い空間には、はるか下を流れる地下の川のせせらぎが響いている。座面は柔らかな灰色の苔でこしらえたもので、ブランがそこに腰をすえるとすぐ、〈歌う者〉たちはあたたかい毛皮をかぶせてくれる。

ブランはそこにすわったまま、かすれ声で語られる教師のささやきに耳をかたむけた。

「暗闇を恐れてはいけない、ブラン」ブリンデン公がしゃべるときはかすかに頭が動くため、枝葉がこすれあう音をともなう。「もっとも強い樹々は地中の暗闇深くに根を張る。暗闇はおまえのマントだ。おまえの楯だ。おまえの母親に飲まされる母乳だ。暗闇はおまえを強くする」

月は三日月、その両端はナイフの刃のように細く、鋭い。風花《かざはな》が音もなく舞いおりてきて、兵士《ソルジャー・パイン》松と哨兵の木《センチネル・ツリー》を白いマントで包みこんでいく。積雪は深さを増して、洞窟の入口をすっかり被いつくしたため、サマーが外に出て群れとともに狩りをするには、そのつど白い壁を掘り進まねばならない。このところ、ブランはあまり、サマーたちといっしょに一帯を哨戒しなくなっているが、何夜かの晩には、上空からその姿を見まもることがあった。

空を飛ぶのは、建物の壁を登るよりもずっと楽しいことだった。

いまではもう、サマーの皮の中に潜りこむことは、ズボンをはくのと同じくらいに——といっても、背骨が折れる以前の話だが——簡単にできる。自分自身の皮と、使い鴉の闇夜のように黒い羽とを交換するのは、サマーに憑くよりもむずかしいことではあったが、恐れていたほどむずかしくはなかった。すくなくとも、ここの使い鴉たちが相手のときはそうだ。

「野生の馬は、人が乗ろうとすれば棹立ちになるか、後脚で蹴ろうとするかして抵抗するし、馬銜《はみ》をかませようとすれば、手に咬みつこうとする」とブリンデン公はいった。「しかし、ひとたび乗り手を受けいれた馬は、ほかの者も乗せるようになる。若鳥であれ老鳥であれ、ここの使い鴉はすべて、憑依された経験を持つ個体ばかりだ。どれでも好きな個体を選んで飛んでみるといい」

ブランは一羽を選んだが、うまく憑けなかった。別の一羽を選んだものの、これもだめ。しかし、三羽めの使い鴉は、狡猾そうな黒い目でブランを見つめて、小首をかしげたのち、口真似《クオーク》をした。つぎの瞬間、ブランは使い鴉を見つめる少年ではなく、少年を見つめる使い鴉になっていた。地下の川の音が急に大きくなり、松明の光がそれまでよりもすこし明るく感じられた。空気は奇妙なにおいで満ちている。しゃべろうとしたとたん、ギャーッという声が出た。舞いあがってみたところ、最初の飛行は壁に激突しておわり、気がつくと壊れた自分の肉体にもどっていた。使い鴉はどこかを傷めたようすもなく、そばに飛んできて腕にとまった。ブランはその羽をなで、ふたたび使い鴉の内部にすべりこんだ。すこし練習するだけで、洞窟の中を飛びまわり、天井から無数に垂れさがる長い石の牙のあいだをすりぬけられるようになった。深淵の上に飛びだして、冷たく暗い地の底に舞いおりることもできた。その鳥の中にいるのが自分ひとりではない——そう気づいたのは、そのあとのことだった。

「だれかがあの使い鴉の中にいたよ」自身の皮の中に帰ったとき、ブランはブリンデン公にそう報告した。「女の子だった。中にいるのが感じられた」

「女の子ではない。成熟した女性、〈大地の歌を歌う者〉のひとりだ」と教師は答えた。「とうのむかしに死んだ女性ながら、その一部は残っている。おまえの少年の肉体があすにでも死んだ場合、おまえの一部がサマーの中に残るように。魂に落ちる影、とでもいおうか。彼女がおまえに危害をおよぼすことはない」

「ここにいるどの使い鴉の中にも、〈歌う者〉はいるの？」

「どの使い鴉の中にもいる」とブリンデン公は答えた。「〈最初の人々〉に使い鴉で伝言を送る方法を教えたのは〈歌う者〉なんだ。しかし、当時の使い鴉はことばを自在に操れた。樹々は憶えているのに、人々は忘れてしまう。そしていま――人々は羊皮紙に伝言を書き、皮を共有したこともない使い鴉の足にくくりつけて送りだす」

ばあやからも同じ話を聞かされたことがある。だが、それはほんとうかとロブにたずねたところ、兄は笑って、おまえはグラムキンも信じるのか、と問い返しただけだった。ああ、いまロブがここにいたら、どんなにかいいだろう。

（空を飛べるといっても、にいさんは信じないだろうから、じっさいに飛んでみせてやる。にいさんだって、きっと空の飛びかたを憶えられるさ。アリアだって、サンサだって、まだ赤ん坊と変わらないリコンだって、ジョン・スノウだって。ぼくら全員で使い鴉になって、学匠《メイスター》ルーウィンの鴉小屋に住むこともできるはずだ）

しかし、これもまた、愚かな夢でしかないことはわかっていた。ときどきブランは、いま経験していることのすべてが夢なのではないかと思うことがある。じつは雪の中で眠りこみ、安全でぬくぬくとした場所の夢を見ているだけなんじゃないのか。

（目覚めなきゃだめだ）と自分に言い聞かせてみた。（いますぐ起きないと、夢を見ながら

死んじゃうぞ）

一、二度、腕をつねってみたこともあった。そうとう強くだ。しかし、つねってみても、ただ腕が痛くなるだけだった。

最初のうちは、起きたときと寝るときに記録をつけ、日数を数えようとした。だが、この洞窟の中にいると、眠りと目覚めは一体に融けあってしまう。夢は修練となり、修練は夢となる。さまざまなことがいちどきに起こり、同時にまったく起こらない。自分はほんとうに、いろいろなことをこなしているんだろうか。それとも、たんに夢を見ているだけなのか？

「皮装者《スキンチエンジヤー》として生まれるのは千人にひとりだけだ」ある日のこと、ブランが飛びかたの練習をしたあとで、ブリンデン公がいった。「そして、緑視者になれるのは、その皮装者のなかでも千人にひとりしかいない」

「緑視者というのは〈子ら〉の魔法使いを指すんだと思ってました」とブランはいった。

「つまり、〈歌う者〉たちのことだと」

「ある意味、そのとおりではあるな。おまえたちが〈森の子ら〉と呼ぶ者たちは、太陽にも似た金色《こんじき》の目を持っているが、ごくまれに、血のように赤い目を持つ者か、森の中心の樹に生える苔のような緑の目を持つ者が生まれる。この特徴によって、神々は贈り物を与えた者であることを示す標《しるし》としているわけだ。選ばれし者はみな蒲柳《ほりゆう》の質《たち》で、地上で敏捷に動ける期間は短い。あらゆる歌はバランスがとれていなければならぬ道理だよ。しかし、ひとたび樹に取りこまれた者はきわめて長い時間を生きる。一千の目、百の皮、古き樹々の根ほども深い叡知を持つ者——すなわち、緑視者として」

ブランはあまりよく理解できなかったので、リード姉弟にブリンデン公が口にした意味をたずねた。それに対して、ジョジェンはこう問い返した。

「本を読むのは好きかい、ブラン？」

「本によるかな。戦いの物語は好きだよ。姉のサンサは恋愛物が好きだけど、あんなのって、ばかげてる」

「物語を読む者は死ぬまでに一千もの生を生きる」とジョジェンはいった。「本を読まない者はひとつの生しか生きない。いっぽうで、森の〈歌う者〉には本がない。インクもないし羊皮紙もない、書きことばもない。そのかわり樹々がある。とりわけ、ウィアウッドがある。〈歌う者〉は、死ぬとき、樹に宿るんだ。葉や枝や根の中にね。そうすると、樹々はずっと憶えている。〈歌う者〉の歌を、呪文を、歴史を、祈りを、当人がこの世界について知ったすべてのことを。メイスターはウィアウッドが古《いにしえ》の神々にとっての聖なる拠《よ》りどころだというだろう。だけれど、〈歌う者〉にしてみれば、ウィアウッドは古の神々そのものにほかならない。そして、〈歌う者〉が死ぬとき、彼らは神性の一部となるんだ」

ブランは大きく目を見開いた。

「じゃあ——〈歌う者〉はぼくを殺す気？」

「ううん、ちがうわ」ミーラが答えた。「ジョジェン、ブランが怯えちゃったじゃないの」

「……怯える立場にいるのはブランじゃないのにね」とジョジェンはいった。

月は望月、皓々と照る。森閑とした森の中で、サマーは長い灰色の影となってうろついている。狩りのたびに痩せていくのは、生きている獲物が見つかりにくくなってきたためだ。洞窟入口の防備はまだ崩れておらず、動く死体は入ってくることができない。死体の大半は雪に埋もれてしまったが、そこで凍てつき、隠れたまま、機会をうかがっているのだろう。ほかの死体も陸続《りくぞく》とやってきていた。かつては男や女であった者たちで、なかには、子供であった者の姿さえ見受けられた。死んだ使い鴉たちは、葉の枯れ落ちた茶色い枝々にとまり、翼を氷の層に被われてじっとしている。一頭の雪熊が藪を踏みしだいて現われた。巨大だが、骨格がかなり露出し、頭の肉も半分がた腐れ落ちて、その下の頭骨がはっきりと見えている。サマー率いる狼の群れは、その雪熊に襲いかかるなり、ばらばらに引き裂き、さっそく貪《むさぼ》りだした。が、肉は腐っているうえ、なかば凍りついており、そのうえ、食われているあいだもひくひく動きつづけていた。

丘の内側には、まだまだ食べるものがある。洞窟の中には百種類もの茸《キノコ》が生えているし、黒い川には目のない白い魚が泳いでおり、調理してみると、目のある魚と変わらず旨かった。〈歌う者〉たちが洞窟で飼っている山羊のチーズと乳もあったし、長い夏のあいだに蓄えたオート麦、大麦、干し果実もあった。毎日食べている料理は、大麦と玉葱《タマネギ》でとろみをつけ、肉の塊を煮こんだブラッド・シチューだ。ジョジェンはこの肉が栗鼠《リス》の肉だろうといったが、ミーラは鼠の肉だという。ブランとしては、どっちでもよかった。肉は肉であり、旨かったからである。煮こんだことで肉質も軟らかくなっていた。

洞窟内は広大でひっそりとしており、時が止まっていた。丘の内部に広がった洞窟系は、生きている〈歌う者〉六十人以上、死者の骨は数千人ぶんを収容して、はるか地下深くまで連なっている。

「人間はもっと深い地下へさまよいこんではいけないの」と〈木の葉〉が警告した。「この水音を響かせている地下の川は、流れが速くて暗くて、ずっと地下深くにある太陽なき海に流れこんでいてね。その海よりさらに深くへ通じている道もいろいろあるのよ。底なしの穴、急に口をあける縦坑《たてあな》、大地の中心にまでつづく忘れられた道――。わたしの同族でさえも、そのすべてを探険しつくしてはいないわ。あなたがた人間の年月でいう一千年の一千倍も、ずっとここで暮らしてきたのによ」

七王国の人間が〈森の子ら〉と呼ぶのとは対照的に、〈木の葉〉とその同族にはまったく子供っぽいところがない。〝森に住む小さな賢者〟というのがよりふさわしい表現だ。人間とくらべれば、たしかに小さくはある。大狼《ダイアウルフ》とくらべれば、狼が小さいように。しかし、だからといって狼は大狼《ダイアウルフ》の子供ではない。〈森の子ら〉の肌は栗色で、鹿のそれのように、地色よりも色の薄いぶち模様があり、耳は大きく、人間には聞こえない音を聞きとることができる。眼球も大きくて、猫の目にそっくりの大きな金色の目は、人間の目には暗闇としか見えない場所につづく通路も識別することができる。手には親指を含めて四本の指しかなく、爪は鋭くて黒い鉤爪になっていた。

そして、その名のとおり、彼らは歌った。真正語で歌うので、ブランには内容が理解できなかったが、彼らの歌声は冬の空気のように凛《りん》として純粋だった。

「ほかのみんなはどこにいるの？」

あるとき、ブランは〈木の葉〉にたずねた。

「地の中に潜ってしまったわ」と〈木の葉〉は答えた。「岩のあいだへ、樹々のあいだへ、静かにね。あなたがたがウェスタロスと呼ぶこの地へ〈最初の人々〉がやってくる以前から、わたしたちはここに住んでいたけれど、その当時でさえ、わたしたちの数はすくなかったの。神々はわたしたちに長い寿命を与えてくださるかわりに、たくさんの数を与えてはくださらなかった。鹿を狩る狼がいないと、鹿は数が増えすぎて、森を荒廃させてしまうでしょう？それを避けるためよ。まだ黎明の時代、わたしたちという太陽が日の出を迎えていたころのお話。だけど、その太陽は沈んでしまって、種族としての退潮期を迎えてひさしいわ。巨人たちもめっきり数が減ってしまったし。あれはわたしたちの敵であり、兄弟でもあった種族なのだけれどね。西の丘陵地帯に棲んでいた大獅子は滅ぼされて、ユニコーンも絶滅寸前、マンモスもわずかに数百頭を残すのみ。大狼《ダイアウルフ》は古い種族の中で最後まで生き残るでしょうけれど、いずれは滅びるときがくるわ。人間が造った世界には、どこにも居場所がないの、彼らにも、わたしたちにもね」

そういう〈木の葉〉の口調は悲しげで、聞いているうちにブランまで悲しくなってきた。つぎのように思いなおすのは、もうすこしあとになってからのことだ。

（人間は悲しまない。むしろ、怒る。人間は憎悪し、無慈悲な復讐を誓う。〈歌う者〉なら悲しい歌を歌う局面において、人間は戦って相手を殺すんだ）

ある日、〈木の葉〉から警告されたにもかかわらず、ミーラとジョジェンは川を見にいくことにした。

「ぼくもいきたいな」とブランはいった。

ミーラは悲しげな顔になり、川は二百メートル近く下にあって、急斜面と曲がりくねった道を通っていかねばならない、最後の部分では縄をつたって降りる必要がある、と説明した。

「ホーダーでも、あなたを背負ってまた縄を攀《よ》じ登るのはむりよ。ごめんね、ブラン」

そういわれて、ブランはだれよりも――ロブよりもジョンよりも――壁登りが得意だったころのことを思いだした。自分の一部は、置いていくなんてひどいと叫びたがっていたし、別の一部は泣きたがっていたが、もう成人に近い年齢なので、ぐっとこらえた。もっとも、ミーラたちが出発すると、ブランはすぐさまホーダーの皮の中にすべりこんで、いっしょについていった。

はじめてホーダーに潜りこんだのは、嵐のさなかに湖の塔で過ごしたときのことだった。あのときとちがって、大柄な厩番は、もうブランに抵抗しようとはしない。ブランが精神の手を伸ばすたびに、きちんとしつけられた犬のように身をまるめ、隠れ場所に隠れてしまう。隠れ場所は自分の精神の奥深く、ブランでさえ手のとどかない窖《あなぐら》の中だ。

（だれも傷つけるつもりはないんだよ、ホーダー）と、肉体を借用した相手、子供の精神を持つ巨漢に向かって、ブランは心の中で語りかけた。（すこしのあいだ、また強くなりたいだけなんだ。あとでちゃんと返すから。いつもそうしているように）

ホーダーの皮を着ていても気づく者はだれもいない。ブランとしては、なにかいわれればにっこり笑い、ときどき「ホーダー」とつぶやき、あとは終始、幸せそうにほほえんでいるだけで、自分がそこにいるとは気づかれることなく、ミーラとジョジェンについていけた。それからは、ふたりが川へ探険しにいくたびに、たいていホーダーに潜ってついていった。やがて、リード姉弟もホーダーの同行を歓迎するようになった。ジョジェンも縄をつたって川に降りるところまでは簡単にできるのだが、ミーラが蛙用の稓《やす》で目のない魚を獲り、上にあがる段になると、腕が震えて登れなくなるため、からだに縄を結わえつけて、上から引きあげざるをえなくなる。それにはホーダーの力がうってつけなのだ。縄をぐいと引きあげるたびに、ブランは「ホーダー」とうめくようにいう。「ホーダー、ホーダー、ホーダー」

月は三日月、その両端はナイフの刃のように細く、鋭い。サマーが斬り落とされた人間の腕を掘りだした。白霜におおわれた黒い腕は、指を曲げ伸ばししながら、凍てついた雪の中を掘り進んでいるところだった。腕には飢えた腹を多少とも満たすだけの肉がついており、その肉を食ってしまったあと、サマーは骨を咬み砕いて髄を舐めとった。そこではじめて、黒い腕は自分が死んでいることを思いだしたのだった。

ブランはサマーとその群れとともに、狼として肉を食った。あるときは、使い鴉となって群れとともに舞いあがり、夕陽に染まる丘のまわりを旋回しつつ、氷のように冷たい空気を感じながら、敵の姿に目を光らせた。またあるときは、ホーダーとなって洞窟系を探険した。骨でいっぱいの岩屋がいくつもあったし、地の底へまっすぐに連なる縦坑《たてあな》もたくさんあった。多数の巨大蝙蝠《コウモリ》の骨格が天井からさかさまにぶらさがっている場所も見つけた。深淵の上にアーチ状にかかる細い石橋を歩いて渡ったこともある。石橋の向こうにはさらにいくつもの通路と岩屋がならんでいた。岩屋のひとつは〈歌う者〉でいっぱいで、ひとりひとりに下や周囲から白い根がからみつき、ブリンデンと同じく、ウィアウッドの玉座に埋もれていた。ほとんどの者は死んでいるように見えたが、各々の目の前を通りかかるたびに〈歌う者〉はまぶたを開き、松明《たいまつ》の光を目で追った。なかにひとり、まるでしゃべろうとするかのように、まわりがしわだらけの口を開け閉めした男もいた。ブランが「ホーダー」と話しかけると、精神の窖《あなぐら》の奥底で、本物のホーダーが身じろぎするのがわかった。

なかば死体、なかば樹木も同然のブリンデン公は、大洞窟内で根の玉座に座していると、人間というよりも、ねじくれた樹、齢ふりた骨、朽ちたウールで造った奇怪な彫像のように見える。崩れかけた青白い顔のうち、ただ一ヵ所、生気を宿しているように思える場所は、片方の赤い目——消えかけた焚火の、最後に燃え残った石炭のように、赤く燃える目だけだ。そのまわりには、ねじくれた根がからみついているうえ、ぼろぼろの革のようになった白い皮膚が剝がれてたれさがり、その下から黄変した頭骨が覗いていた。

ブリンデン公の姿を目にするたびに、いまもブランはぞっとする。しなびた肉体の各所で体内に潜りこみ、ふたたび這いだすウィアウッドの根。頬に生えた多数の茸。かつて片目があった眼窩から這い出てくる白い地虫。ブリンデン公と話すときは、松明を消してもらったほうがありがたい。暗闇の中でなら、自分にささやきかけてくる相手が、不気味なしゃべる死体ではなく、〈三つ目の鴉〉であるという幻想を持つことができる。

(いつの日か、ぼくもあのひとみたいになるんだ)

そう思うと、慄然とした。脚が動かないだけでも、いいかげん困っているのに。このうえほかの部分まで使えなくなり、体内にウィアウッドの根を張りめぐらせた状態で長い年月を生きていくことになるんだろうか。ブリンデン公は樹から生命力を引きだしているんだ、と〈木の葉〉はいった。ものも食べないし、水も飲まない。ただ眠って、夢を見て、見まもるだけだと。

(ぼくは騎士になりたかったんだよ)とブランは思いだした。(いつも駆けまわって、壁を登って、戦いの練習をしてたのに)

あれはもう、一千年も前のことに思える。

いまの自分はなんだろう? 半身不随の少年ブラン、スターク家のブランドン、失われた王国のプリンス、焼け落ちた城の城主、廃墟の跡継ぎ。当初は〈三つ目の鴉〉を魔法使いと思いこんでいた。叡知深き老魔導師で、きっとこの脚を治してもらえるだろうと思っていた。だが、それが子供の愚かな夢だったことが、いまならわかる。

(ぼくはもう、そんな空想にすがってもいい年齢じゃない。一千の目、百の皮、古き樹々の根ほども深い叡知を持った者だ）それだって、騎士と同じくらいすばらしい存在じゃないか。（すくなくとも、騎士に迫るほどいいものではある）

月は夜天にあいた黒い孔。洞窟の外では世界の営みがつづいている。陽が昇っては沈み、月が移り変わり、寒風が吠え猛る。丘の中では、ジョジェン・リードがますますむっつりと塞ぎこみ、ひとりで過ごすことが増え、姉をはらはらさせていた。ミーラはよく、ブランといっしょに小さな焚火を囲み、とりとめない話をしながら、ふたりのあいだで眠るサマーの毛皮をなでているのだが、そのあいだ弟のほうは、ひとりであちこちの洞窟をさまよい歩き、外が明るいときは洞窟の入口まで登っていく。そして、そこで何時間もひとりで立ちつくし、毛皮に身をくるんで、終始がたがた震えながら、森を眺めやっているのがつねだった。

「家にね、帰りたいのよ」ミーラはブランにいった。「でも、あの子は自分の運命と戦ってみようとさえしない。〈緑の夢〉はうそをつかないからって」

「ジョジェンは勇敢だよね」とブランは答えた。

〝人が唯一勇敢になれるのは恐怖をいだいているときだ〟。ずっとむかし、とうさまにそういわれたことがある。夏の雪の中に、大狼《ダイアウルフ》の赤ん坊たちを見つけた日のことだった。あのことばは、いまでもはっきりと憶えている。

「聞きわけてくれないのよ」ミーラがいった。「あなたの〈三つ目の鴉〉を見つけたら引き返してくれるだろうと期待していたのに……いったいなんのためにここへきたのかしら」

（ぼくのためだよ）

とブランは思い、口に出してはこういった。

「〈緑の夢〉に導かれたのさ」

「〈緑の夢〉ね」ミーラの声には苦渋がにじんでいた。

「ホーダー」とホーダーがいった。

ミーラは泣きだした。

からだが意のままにならないのが、こういうときは、とくにもどかしい。

「泣かないで」とミーラにいった。

ほんとうは、背中に腕をまわして、ぎゅっと抱きしめてやりたかった。ウィンターフェル城で怪我をしたとき、かあさまがいつもそうしてくれたように。ミーラはすぐそこにいる。ほんの一メートルしか離れていない。それなのに、どうしても手が届かない。百キロ離れているも同然だ。ミーラのそばにいくためには、両手を地につき、脚を引きずって這い進んでいかなくてはならない。地面はでこぼこで鋭い突起も多いから、遅々として進まないうえ、あちこちが擦り傷と打ち身だらけになってしまう。

（ホーダーの皮に潜ってもいい）とブランは思った。（ホーダーならミーラを抱きしめて、背中をそっとたたいてやることもできる）

そう思うと、なんだかやるせない気分になったが、それでもやはりそうしようかと考えているうちに、ミーラがいきなり焚火のそばを離れ、トンネルの暗闇の中へ駆けこんでいった。

足音が遠ざかっていく。やがて、〈歌う者〉たちの歌声しか聞こえなくなった。

月は三日月、その両端はナイフの刃のように細く、鋭い。日々は着実に過ぎて、日一日と昼が短くなるのに対し、夜は長くなっていく。しかし、丘の地下まで陽光が届くことはない。岩の大広間に月光が触れることはない。星々でさえも、ここでは異邦人だ。天の光はすべて外界のもの——時が鉄の円環をめぐり、日々、昼が夜へ、夜が昼へと移り変わる世界のものなのである。

「時は満ちた」ブリンデン公がいった。

その声に秘められたなにかにより、氷の指でなぞられたような悪寒がブランの背筋を走りぬけた。

「なんの時が？」

「つぎなる段階に進む時だ。皮装の段階を超越し、緑視者たることの意味を学ぶ時がきた」

「それは樹々が教えてくれるわ」

〈木の葉〉がそういって手招きした。別の〈歌う者〉がとことこと歩み出てきた。ミーラが〈雪白の巻毛〉と名づけた白髪の女性だった。両手に持ったウィアウッドの鉢の外側には、〈心の木〉に見られる顔に似た十二の顔が彫ってある。鉢に盛られた、とろりと濃厚な白い糊状のものには、赤黒い血管のような条《すじ》がいくつも走っていた。

「まず、これを食べてもらわなくてはならないの」

〈木の葉〉がブランに木のスプーンを手わたした。

少年は不安の面持ちで鉢を見つめた。

「これは……なに？」

「ウィアウッドの種を擂《す》り潰したペーストよ」

ペーストの見た目には、吐き気をもよおさせるなにかがあった。赤い血管のようなものはウィアウッドの樹液にすぎないのだろうが、松明の明かりのもとでは、ぎょっとするほど血そっくりに見える。とりあえず、ペーストにスプーンをつっこんではみたものの、ブランはためらった。

「これがぼくを緑視者にするの？」

「おまえを緑視者にするものは、おまえの血だ」ブリンデン公がいった。「これはおまえの才能を目覚めさせ、樹々と契《ちぎ》らせる働きを持つ」

ブランは樹と結婚したくなどなかった……が、自分のような壊れたからだの者と結婚してくれる女性がどこにいるだろう？

（一千の目、百の皮、古き樹々の根ほども深い叡知を持つ者。緑視者）

ブランは食べた。

苦かったが、団栗《ドングリ》のペーストほど苦くはなかった。最初のひとくちを嚥《の》みくだすのはつらかった。いったん嚥下して、すぐさま吐きだしそうになったほどだ。しかし、ふたくちめはだいぶましになった。みくちめはむしろ甘く感じられた。それからあとは、がつがつと貪るように食べた。なぜこれを苦いなどと思ったのだろう？　蜂蜜のような味、降ったばかりの新雪のような味、胡椒と肉桂《シナモン》の味、かあさまが最後にしてくれたキスの味みたいじゃないか。

やがて、からになった鉢が手からすべり、洞窟の床に音をたてて落ちた。

「なにも変わった感じがしない。つぎはどうなるの？」

〈木の葉〉がそっとブランの手をたたいた。

「樹々が教えてくれるわ。樹々は記憶するのよ」

わかったというしるしに、ブランは片手をあげた。ほかの〈歌う者〉たちが大洞窟の中を歩きまわり、ひとつ、またひとつと松明を消していった。ぐっと濃さを増した闇が周囲から忍びよってくる。

「さあ、目を閉じて」〈三つ目の鴉〉がいった。「自分自身の皮から外にすべり出なさい。サマーに潜りこむときのように。ただし、今回はサマーにではなく、樹の根に潜りこむんだ。樹の根をたどって地表に出て、丘を被う樹々に宿り、そこからなにが見えるかいいなさい」

ブランは目を閉じ、自分の皮の外へするりと抜けだした。

（根の中へ――ウィアウッドの中へ。ぼくは樹になるんだ）

つかのま、闇のとばりに包まれた大洞窟が見えた。ずっと下を流れる急流の音が聞こえている。

つぎの瞬間、ブランは家にもどっていた。

父エダード・スターク公が岩の上にすわっている。岩があるのは、〈神々の森〉の中――

深くて黒い池のそばだ。〈心の木〉の白い根は、老人の節こぶだらけの腕のようにエダード公を囲いこんでいる。ひざの上には大剣〈氷《アイス》〉が載せてあり、公は油布で剣身を磨いていた。

「ウィンターフェルだ」ブランはつぶやいた。

父親が顔をあげた。

「だれだ、そこにいるのは？」

問いかけながら、周囲を見まわす。

ブランは怖くなり、精神の手を引っこめた。父親と黒い池と〈神々の森〉が薄れていき、完全に消え去って、ブランはふたたび大洞窟にもどっており、母親に抱かれる子供のように、白くて太い根を手足にからみつかせたまま、ウィアウッドの玉座に収まっていた。目の前で一本の松明が灯された。

「見えたものをいってごらん」

やや離れた位置からだと、〈木の葉〉は女の子のように見える。ブランや姉のどちらかと同い年くらいの子に見える。だが、間近で見ると、ずっと年上であることは明らかだった。本人によれば、生まれて二百年はたっているという。

喉がからからに渇いていた。ごくりとつばを飲みこんで、ブランは答えた。

「ウィンターフェルが……。ぼくはウィンターフェルにもどっていた。とうさまが見えた。死んでなかった。死んでなかったんだ。とうさまが見えた。ウィンターフェル城にもどっていて、ちゃんと生きてた」

「いいえ」〈木の葉〉がいった。「おとうさんは逝ってしまったわ。死者を呼びもどそうとしてはだめ」

「だって、見たんだよ」片方の頬を、でこぼこした樹の枝が押しつけてくるのが感じられた。「〈氷《アイス》〉の手入れをしてた」

「あなたが見たものは、あなたが見たかったものなのよ。あなたの心は、おとうさんと家を欲していた。だから、それを見たの」

「見たいと望むものを見る前に、まずはものの見かたを学ばねばな」ブリンデン公がいった。「おまえが見たものは過ぎにし日々の影なのだ、ブラン。おまえはおまえの〈神々の森〉にある〈心の木〉の目を通してものを見ていた。樹にとっての時間は、人にとっての時間とはちがう。陽と土と水、これらはウィアウッドも理解できるが、日と年と世紀は理解できない。人にとって、時とは川だ。人はその流れにはまり、過去から現在へ向かって、つねに一定の方向へ流されていく。樹々の生は異なる。樹はひとつところで根を伸ばし、成長し、死んでいく。時の川に流されることはない。オークは団栗《ドングリ》であり、団栗はオークだ。そしてウィアウッドは……。人の一千年は、ウィアウッドにとっては、一瞬でしかない。ウィアウッドという門を通じて、おまえやわたしは過去を覗くことができる」

「でも」とブランはいった。「とうさまにもぼくの声が聞こえたよ」

「彼に聞こえたのは、風のささやき、葉同士がこすれあう音だ。いくら努力しても、父親に声を伝えることはできない。わかっているとも。わたしにも、ブラン、過去の亡霊がいる。

愛した兄弟、憎んだ兄弟、望んだ女性がいる。樹々を通じて、いまもなおその姿を見るが、こちらのことばは、いっさい向こうにはとどかない。過去は過去のままだ。過去から学べることはあるが、過去を変えることはできない」

「もういちど、とうさまを見れる？」

「ひとたび能力を使いこなせるようになれば、樹々が見たものを意のままに見られるようになる。きのうのことであれ、去年のことであれ、一千年の過去のことであれな。人は永遠の現在にとらわれ、記憶の霧と、未来という見通しのきかぬ影の海のはざまで生を送る。ある種の蛾は一日のうちに生まれて死ぬが、それほど短い時間であっても、その蛾にしてみれば、われわれにとっての数年、数十年に相当する、長い時間のように感じられるにちがいない。オークは三百年を、巨木の赤杉は三千年を生きる。ウィアウッドは干渉されなければ永遠に生きつづける。こういった樹々にとって、季節は蛾が一回はばたくがごとき転瞬の間に過ぎ去り、過去、現在、未来はひとつに融けあう。おまえの緑視はおまえの〈神々の森〉だけに限定されることはない。〈歌う者〉たちは樹々を目覚めさせる目的から各地の〈心の木〉に目を彫った。その目は緑視者が使い方を学ぶための最初の目となる……が、やがておまえは、樹々そのものを超越して、ものが見られるようになるであろう」

「いつ？」ブランはたずねた。

「一年後か、三年後か、十年後か。それはまだわしにも見えぬ。しかし、請けあおう、その時はかならずくる。だが、いまはもう疲れた。そして、樹々に呼ばれてもいる。この続きは、またあすにしよう」

ホーダーが「ホーダー」とつぶやいて、ブランを自分たちの岩屋へと運びだした。松明を手に、〈木の葉〉がすぐ前を歩いていく。樹を通して見たもののことを話したかったので、ミーラとジョジェンが岩屋にいてくれればいいなと思っていたのだが、帰りついてみると、中はがらんとしていて、寒かった。ホーダーはブランをベッドに横たえさせ、毛皮をかけてから、火を起こしにかかった。

（一千の目、百の皮、古き樹々の根ほども深い叡知を持つ者）

炎を眺めつつ、ミーラがもどってくるまで起きていようとブランは決めた。ジョジェンは不機嫌なままだろうが、ミーラは喜んでくれるにちがいない……。

いつ目をつぶったのかは記憶にない。

……が、ふと気がつくと、またもウィンターフェルにもどっており、〈神々の森〉で父を見おろしていた。今回、エダード公はずっと若く見えた。髪は茶色で、白いものはまったく見られない。こうべをたれて、父は祈っていた。

「……兄弟同士として、親しく成長させたまえ、相互に愛情のみが育つよう、ここに祈りを捧げん。そして、わが妃の心の中に、わが過ちを赦《ゆる》す余地を授けたまえ……」

「とうさま」ブランの声は風のささやき——葉同士がこすれあう音でしかない。「とうさま、ぼくだよ、ブランだよ。ブランドンだよ」

エダード・スタークはこうべをあげ、眉をひそめて長々とウィアウッドを凝視した。が、ひとことも口をきかない。

（見えてないんだ）ブランは気づき、がっかりした。手を伸ばして父親に触れたかったが、ブランにできるのは、ただ見まもって、耳をすますことだけだった。（ぼくは樹の中にいる。〈心の木〉の中にいる。その赤い目を通して外を見ている。でも、ウィアウッドはしゃべれない。だからぼくもしゃべれない）

エダード・スタークは祈りを再開した。ブランは目に涙があふれだすのをおぼえた。だが、これは自分自身の涙なのだろうか、それともウィアウッドの涙なのだろうか。

（ぼくが泣いたら、この樹も泣きだすのかな？）

そのあとの父のことばは、急に響きだした木と木を打ち合わせる音に呑みこまれてしまい、聞こえなくなった。朝陽を受けて霧が消えゆくように、エダード・スタークが分解していく。かわってそこに、〈神々の森〉でたわむれる、ふたりの子供が現われた。ふたりはたがいに掛け声を発しつつ、折れた枝で斬り結んでいる。片方は女の子で、相手の男の子より背丈も年齢も上だ。

（アリア！）

興奮して見まもるブランの目の前で、女の子が岩の上に飛び乗り、男の子に斬りつけた。しかし、そんなはずはない。あれがアリアなら、男の子はブラン自身だということになる。ブランはあんなに長く髪を伸ばしたことがない。

（それにアリアは、いまあの娘が男の子にやっているように、枝の剣でぼくを打ったことは

ない）

太腿をしたたかに打ちすえられ、男の子は転倒し、そばの池にはまって、ばちゃばちゃと水をはねながら叫びだした。

「静かにしなさいよ、馬鹿」枝の剣を横に放りだし、女の子がいった。「ただの水じゃない、そんなの。ばあやが聞きつけたら、とうさまのところへ言いつけに走ってっちゃうわよ」

女の子はひざをつき、弟を池から引っぱりあげにかかった。が、完全に引っぱりあげないうちに、ふたりの姿は消えていた。

それ以降、光景の断片はめまぐるしく変化しだし、ブランは変化についていけなくなって、めまいをおぼえた。父親の姿は見えない。アリアそっくりの娘の姿も見えない。代わって、身重の女が黒い池から全裸で出てきて、水をしたたらせながら〈心の木〉の前にひざまずき、古《いにしえ》の神々に〝わたしのために仇を討つ息子を授けたまえ〟と祈った。

ついで、槍のように細身で茶色い髪の娘が現われ、爪先立ちになり、ホーダーほども背の高い若き騎士の唇にキスをした。さらに、色白で精悍な感じの、黒い目をした若者が現われ、〈心の木〉から三本の枝を切りとって、その枝で矢柄をこしらえだした。場面が切り換わるたびに、〈心の木〉そのものは小さく縮んでいく。周囲に生えていた小ぶりの樹々も縮んでいき、若木になり、ついには消滅して別の成木に取って代わられ、それらもまた縮んでいき、また消滅した。ブランの目の前に現われては消えていく領主のような男たちは、みな長身でいかめしく、毛皮と鎖帷子《くさりかたびら》に身を包んでいた。なかには、地下墓所の彫像で見た憶えのある

またつぎの光景に切り換わってしまう。顔もあったが、その名前を思いだすひまもなく、

総白髪の女が近づいてきた。手には青銅の鎌を持っている。

見ているうちに、顎鬚《あごひげ》をたくわえた男が虜囚とおぼしき男を〈心の木〉の前に引きすえ、ひざまずかせた。と、ふたりのもとへ、散り敷いた赤黒い葉の絨毯を踏みしめて、

「だめだ」とブランはいった。「だめだ、やめて」

だが、向こうにはブランの声がとどかない——父親にもとどかなかったのと同じように。女が虜囚の頭髪をわしづかみにし、その喉に鎌の刃をあてがうと、すっぱりと掻き切った。彼我のあいだを何世紀もの霧に隔てられ、半身不随の少年は、男の両脚がのたうち、大地を蹴りつける場面を見つめていることしかできなかったが……男の生命力が赤い血潮となって流れだすにおよんで、ブランドン・スタークは口の中に、はっきりと血の味をおぼえた。

35 ジョン

　七日間におよぶ暗雲と吹雪ののち、正午近くになって、ようやく太陽が顔を出した。吹きだまりのなかには人の背丈よりも高い部分がある。が、雑士《スチュワード》たちが毎日せっせと雪かきをしてくれていたおかげで、通り道はきちんと確保されており、郭《くるわ》内の通行には支障がない。積雪の照り返しを受けて、〈壁〉のひびというひび、裂け目という裂け目が、淡いブルーにきらめいている。

　地上二百メートル以上の高みに立って、ジョン・スノウは〈幽霊の森〉を見おろしていた。北風が下界の樹々のあいだを勢いよく吹きぬけていく。その風に巻きあげられて、高みの枝々に積もった雪の結晶が薄い地吹雪のごとく宙にたなびき、まるで氷の幟《のぼり》のようだ。それ以外には動くものとてない。

（生命の気配はまったくないな）

　あまりぞっとする状況ではなかった。恐れている対象は生命あるものではない。とはいえ……。

（太陽は顔を出した。雪もやんだ。このつぎにこれほど森に入るのに適した日和になるのは、

月が変わるころかもしれないし、季節の変わり目かもしれない）

「エメットに新兵たちを集合させてくれ」ジョンは〈陰気なエッド《ドロラス》〉にいった。「それと、護衛がほしい。哨士《レンジャー》を十名、ドラゴングラス装備で。一時間のうちに出発の準備をととのえさせろ」

「アイ、ム＝ロード。指揮をとるのは？」

「おれだ」

エッドの口は、いつにも増して陰気に引き結ばれた。

「総帥は〈壁〉の南側の、安全であったかい場所にいたほうが安心できる——そう思う者がきっといますよ。おれはまあ、そんなことはいいませんがね。そう思う者はいます」

ジョンはほほえんだ。

「そういうことは思うだけで、おれの前では口にしないほうがいい」

ふいに突風が吹ききたり、エッドのマントをばたばたとはためかせた。

「降りたほうがいいでしょうな、ム＝ロード。この風だ、〈壁〉から吹き飛ばされちまう。まだ空を飛ぶこつは身につけちゃいないんでね」

ふたりは籠に乗り、巻揚げ機で下界へと降りだした。突風は恐ろしく冷たくて、ジョンが子供のころにばあやが話してくれた氷竜《アイスドラゴン》の息吹《ブレス》を思いださせた。風にあおられ、重たい籠が揺れている。ときおり、籠が〈壁〉をこすり、そのつど小さな結晶がはじけ、氷の雨となって下に降りそそいでいく。陽光にきらめきながら降っていくかけらは、割れたガラスの破片のようだった。
（ガラスか）とジョンは思った。（ここに持ちこむと便利かもしれないな。黒《カースル・ブラック》の城にも
ガラスの温室菜園があったほうがいい。ウィンターフェル城にあったのと同じようなやつが。
冬のさなかでも野菜を作れる）
最良の板ガラスはミア産のものだが、透明度の高い一級品は値が張る。同じ重さの香料と
いい勝負だ。といって、緑色や黄色を帯びたガラスでは役にたたない。
（必要なのは金貨だ。充分な金さえあれば、ミアのガラス吹き職人やガラス加工職人の徒弟
奴隷を買って、北部まで連れてきて、奴隷身分からの解放と引き替えに、うちの新人たちに
技術を教えさせることもできる）そうすれば、やがて温室も造れるだろう。（ただしそれは、
金があればの話だ。じっさいには、金はない）
〈壁〉の基部に降り立つと、ゴーストが積雪の上で転げまわっていた。大きな白い大狼《ダイアウルフ》は
降ったばかりの雪が好きらしい。ジョンを見たとたん、ゴーストは勢いよく立ちあがって、
ぶるっと身をふるわせ、雪を振り落とした。それを見て、〈陰気なエッド〉がいった。
「あれもいっしょに……？」
「いく」
「賢い狼ですからな。で、おれは？」
「いかない」
「賢い総帥です。ゴーストを連れていったほうが、ずっと役にたつ。野人に咬みつく歯が、

おれにはもうありませんからね」

「神々のご加護があれば、野人に遭遇することはあるまい。葦毛の去勢馬でいこう」

総帥みずから〈壁〉の北の地に赴くという話は、たちまち黒の城《カースル・ブラック》じゅうに広まった。エッドが葦毛の馬に鞍をつけていると、バウエン・マーシュが足どり荒く郭《くるわ》を横切ってきて、厩にいたジョンに意見しだした。

「総帥、ぜひともお考えなおしいただきたい。新人に誓いを立てさせるなら、聖堂《セプト》で簡単にできます」

「セプトは新しい神々のいる場所だろう。古《いにしえ》の神々は森にいる。そして古の神々を信じる者は、ウィアウッドのあいだで誓いのことばを口にすることになっている。おまえもそれはよく知っているはずだ」

「〈繻子《サテン》〉はオールドタウンからきました。アーロンとエムリックは西部からです。あの者たちの神々は、古の神々ではありません」

「どの神を信仰しろとはいわないさ。〈七神〉なり、〈紅の女《レッド・ウーマン》〉の〈光の王《ロード・オブ・ライト》〉なり、好きな神を選んだらいい。そして、新人たちは樹々を選んだ。樹々のところまでいくには、さまざまな危険がともなうにもかかわらずだ」

「〈泣き男《ウィーパー》〉がまだそこらにいて、見張っているかもしれないんですよ」

「〈環状列樹〉は馬で二時間たらずの距離だ。雪が積もっていても、それだけあればたどりつける。深夜までには帰ってこられるだろう」

「時間がかかりすぎです。賢明なことではありません」

「賢明なことではないさ。それでもやらねばならない。新人たちは〈冥夜の守人《ナイツ・ウォッチ》〉に対して誓約を立て、何千年もの長きにわたって途切れることなくつづいてきた兄弟団に加わろうとしているんだぞ。誓言《せいげん》自体もたいせつだが、この伝統もたいせつだ。貴族か庶民かを問わず、老若を問わず、身分の高低を問わず、われわれを束ねるものだからな。誓言と伝統ゆえに、われわれは兄弟となる」ジョンはマーシュの肩をぽんとたたいた。「約束するよ。かならずもどってくるから」

「もどってはこられるかもしれませんが」と雑士長《ロード・スチュワード》はいいはった。「生きた人間としてですか？　それとも、目玉を抉《えぐ》りとられ、槍の先に突き刺された首としてですか？　帰路は夜の闇の中を騎行してくることになるのですよ。積雪は、ところによっては腰までもある。歴戦の猛者《もさ》を連れていくのはけっこうです。その点はいいでしょう。しかし、〈ブラック・ジャック〉ブルワーは〈幽霊の森〉をよく知っていました。叔父上のベンジェン・スタークでさえ――」

「おれには叔父になかったものがある」ジョンは首をめぐらし、口笛を吹いた。「ゴースト。ここへ」

大狼《ダイアウルフ》は背中の雪を振り落とし、ジョンのもとへ向かってきた。哨士たちが左右に分かれ、道をあけたが、一頭の牝馬が怯えた声をあげ、あとずさりしだしたため、ローリーが手綱を強く引っぱり、動きをとめねばならなかった。

「〈壁〉の護りはまかせたぞ、バウエン雑士長」

ジョンは手綱をつかみ、馬を引いて歩きだした。やがて門を通過し、〈壁〉の内部を蛇行する氷の隧道《トンネル》を進みはじめる。

氷壁の向こうに出ると、樹々は純白の部厚いマントをまとって、高く静かにそそりたっていた。哨士と新人たちが隊列を組むかたわらで、ゴーストがジョンの馬のそばにそっと歩みよってきて、足をとめ、あたりのにおいを嗅いだ。吐く息が白く立ち昇っている。

「どうした、ゴースト？　だれかいるのか？」

視界のおよぶかぎり、森にはだれも見えない。だが、見える範囲はそう遠くまでではない。と、ゴーストがいきなり森へ駆けだし、白いマントをまとう二本の松のあいだをすりぬけ、舞いあがる雪の雲の中へ消えた。

（狩りをしたいんだな。しかし、なにを？）

遭遇する相手が野人であれば、大狼《ダイアウルフ》の心配をしてやる必要はない。

（白い森の白い狼。影のように音もなく動く。ゴーストが近づいても、野人たちは気づきもしない）

追いかけてもむだなことはわかっていた。気が向いたら、ゴーストはもどってくる。逆に、気がすむまではもどってこない。ジョンは馬腹《ばふく》を蹴った。兄弟たちが周囲を固めるとともに、それぞれの小型馬《ガロン》の蹄《ひづめ》が凍った雪の表層を踏み砕き、その下の軟らかい雪を踏みしめだす。

一同は歩調をそろえ、並み足で森の中へ入った。背後にそそりたつ〈壁〉が、しだいに低くなっていく。

兵士松《ソルジャー・パイン》も哨兵の木《センチネル・ツリー》も、白いマントで部厚くおおわれており、広葉樹の葉の枯れ落ちた枝々からは氷柱《つらら》が垂れさがっていた。白い〈環状列樹〉にいたる道は頻繁に通行されていて、みんなよく知っているが、それでもジョンは〈大麦のトム〉を先行させ、物見に出した。〈大リドル〉と〈ロングタウンのルーク〉は、東と西の茂みへとすべりこんでいく。左右の見張りを務め、なにか近づいてきたら中央の縦列に警告するためだ。哨士は手練《てだ》れぞろいで、鋼だけではなく、黒曜石でも武装しており、応援を呼ぶ必要にせまられた場合にそなえて、鞍に戦角笛をぶらさげている。

十人の哨士はみな頼りになる者たちばかりだった。

(すくなくとも、戦いにおいては頼りになるし、兄弟たちに対して忠実でもある)

〈壁〉にくる前はなにをしていたのか、ジョンには知りようがないが、ほとんどの者がそのマントと同じほど黒い過去を持っていることはまちがいなかった。とはいえ、ここでは安心して背中を預けられる仲間たちだ。肌を咬む寒風をしのぐため、みなフードをかぶっており、なかには鼻までスカーフを引きあげて、顔を隠している者もいる。しかし、ジョンはこの者たちをよく知っていた。心には全員の名前が刻みつけてある。これはみな彼の部下であり、兄弟なのである。

哨士のほかにはもう六人が同行していた。老若混成で、大柄な者もいれば小柄な者もおり、年季の入った者もいれば青い者もいる。

（新たに誓約を立てる六人だ）

〈馬《ホース》〉は土竜の町《モウルズ・タウン》で生まれ育った。双子のアーロンとエムリックはフェア島《アイル》からやってきた。

〈サテン〉はウェスタロスの南西のはずれにあるオールドタウンの娼館出身だ。この四人はすべて若者だが、〈革〉とジャックスは年配で、四十を越えており、ともに〈幽霊の森〉の出身で、ともに息子や孫息子たちがいた。〈壁〉防衛へ参加を働きかけたあの日、ジョン・スノウについてきた六十三人のうち、黒いマントをまとおうと決めた野人は、いまのところ、この二名しかいない。〈鉄のエメット《アイアン》〉によれば、六人とももう任に堪える、あとは実地に経験を積むだけの段階にまできているという。エメット、ジョン、バウエン・マーシュは、それぞれ各人の適性を検討し、所属する兵科を決めた。〈革〉、ジャックス、エムリックは哨士に、〈ホース〉は工士《ビルダー》に、アーロンと〈サテン〉は雑士に割りあてる。そしていま——いよいよ六人が誓約を口にする日がやってきた。

縦列の先頭には、武術指南役を務める〈鉄のエメット〉がつき、ジョンと轡《くつわ》を並べて馬を進めている。乗っているのは、ジョンがいままでに見たなかでもっとも醜悪な馬だ。全身が毛むくじゃらで、ぼさぼさの毛のほかには蹄だけが目だつ。

エメットはいった。

「ゆうべ、〈淫売の塔《ハーロット》〉でひと悶着あったそうですな」

「〈ハーディンの塔〉といえ」

土竜《モグラ》の町から〈壁〉にやってきた野人六十三人のうち、十九人は女と娘だった。ジョンはこの十九人を、自分が新兵だったころに寝泊まりしていた廃塔にすまわせた。うち十二人は槍の妻《スピアワイフ》なので、用もないのに言いよってくる黒衣の兄弟から、自分自身と若い娘たちを護ることができる。この〈ハーディンの塔〉に〈淫売の塔《ハーロット》〉という煽情的な名前をつけたのは、そうやって袖にされた兄弟たちだった。ジョンとしては、そんな蔑称を大目に見るつもりはない。

「酔っぱらった阿呆が三人、〈ハーディンの塔〉を売春宿とまちがえた。それだけのことだ。氷穴房《アイス・セル》に放りこんでおいたから、いまごろは過ちを悔いていることだろう」

〈鉄のエメット〉は顔をしかめた。

「男は男、誓言はことば、ことばは風のごとし。女どものまわりには見張りを立てたほうがいいのでは？」

「その見張りをだれが見張るんだ？」

〝あんたはなにも知らないんだね、ジョン・スノウ〟

イグリットにそういわれたあと、ジョンはいろいろと学んだ。教師はイグリットだった。自分自身、誓いを守れなかったのだから、どうして兄弟たちに守ることをもとめられよう。だが、野人の女を甘く見ると大火傷をする。

〝男は女を持てる。男はナイフを持てる〟と、かつてイグリットにそういわれたことがある。

〝だけど、両方は持てないんだよ〟

バウエン・マーシュも、まるっきりまちがっているわけではない。〈ハーディンの塔〉は一触即発の状態にある。

「もう三つ、支城を開こうと思うんだ」とジョンはいった。「深い湖《ディープ・レイク》、黒貂の館《セイブル・ホール》、長形墳《ロング・バロウ》、この三つだ。三つとも護りは自由の民にまかせる。指揮をとるのは主だった兄弟のだれかだ。長形墳《ロング・バロウ》は女ばかりで固めるつもりでいる。例外は支城の新支隊長と新雑士長だけで」

男女の交流はかならず起きるものと見ている。しかし、支城間の距離はかなりあるから、すくなくとも、そう簡単には行き来できないはずだ。

「で、その新支隊長を任ぜられる哀れな阿呆はだれです？」

「おれのとなりで馬を進めている男だよ」

エメットの顔をよぎった表情、恐怖と歓喜がないまぜになった表情は、めったに見られるものではなく、まさに千金の価値があった。

「こんなひどい仕打ちを受けるとは……おれがいったい、なにをしたというんです？」

ジョンは笑った。

「なにも怖がることはないさ。男ひとりでいかせはしないから。〈陰気なエッド〉を副官としてつけてやる。おまえ付きの雑士としても使うがいい」

「槍の妻どもは大喜びするでしょうな。いっそ、例の族長《マグナー》に、支城をひとつ与えてやってはどうです」

ジョンの笑みが消えた。

「あの男が信用できるんならそうしているさ。しかしシゴーンは、父親が死んだのはおれのせいだと思っている。もっとまずいことに、あいつは命令を与える側に生まれて、そういう訓練を積んでいる。命令を受けるのには慣れていないんだ。ゼン族を自由の民と混同してはいけない。〝マグナー〟は古語で〝頭首《ロード》〟を意味すると聞いた。しかも、前族長《マグナー》のスターは、ゼン族において神に近い存在だった。その息子もまた神に近い者の血を引いている。ひざを屈しろとはいわないが、命令にはしたがってもらわないとな」

「同感です、ム＝ロード。ただ、あの族長《マグナー》、なんらかの形で祭りあげてやったほうがよくありませんか。無視していると、ゼン族を率いてやっかいごとを起こしかねませんよ」

(やっかいごとを背負うのは総帥の定めだ)

そういってやりたいところではあった。

じっさい、土竜の町を訪ねた結果、いろいろやっかいごとをかかえこむはめになっている。女たちの件はもっともささやかな問題にすぎない。ハレックは——〈犬頭《ドッグズヘッド》〉と呼ばれたハーマの弟だ——恐れていたとおり、粗暴であることが判明した。黒衣の兄弟のなかには、自由の民に対し、恨み骨髄に思う者が何人も出ている。ハレックの仲間のひとりは、郭内で工士の耳を斬り落とすという挙におよんだ。おそらくそれは、いずれ降るであろう血の雨の前触れにすぎない。やはり早急に、古い支城を開く必要がある。ハーマの弟を、深い湖《ディープ・レイク》か黒貂の館《セイブル・ホール》へ、支隊長として送りだせるようにしないと。しかし、当面、どちらの支城も人が住める状態ではない。そして、オセル・ヤーウィック率いる工士隊は、まだ夜の砦《ナイトフォート》の改修で手いっぱいなのである。野人たちをすべて連れていき、戦闘で皆殺しにさせようとしていたスタニスを思いとどまらせたのは、深刻な過ちではなかったのか——そう思って悶々とした夜が何夜あっただろう。

（おれはなんにも知らないよ、イグリット。たぶん、これからもこのままだ）

〈環状列樹〉まで五百メートルに迫るころ、秋の陽光の長くて赤い矢が丸坊主になった木の枝々をすかし、ななめに射しこんできて、積雪をピンクに染めあげた。馬上の兄弟たちは、凍てついた流れを踏み渡り、氷で鎧われた鋭い角だらけの、一対の巨岩のあいだを通りぬけ、蛇行するけもの道をたどって北東へ向かった。突風が雪を巻きあげるたびに地吹雪が起こり、一行の目を刺す。ジョンはスカーフを引きあげて顔と鼻をおおうと、マントのフードを引きかぶって、

「もうそれほど遠くはないぞ」とみなに語りかけた。

だれも返事をしなかった。

姿を視認する前に、ジョンは〈大麦のトム〉のにおいを嗅ぎとった。それとも、においを察知したのはゴーストだったのだろうか。このところ、ときどきジョン・スノウは、自分と大狼《ダイアウルフ》が一体となったように感じることがある。目覚めているときでさえもだ。と、樹々のあいだに、まず巨大な白狼が現われた。全身の雪を振りはらう狼のあとから、すこし遅れてトムが現われ、低い声で報告した。

「野人です。〈環状列樹〉の内側にいます」

ジョンは一行を停止させた。

「人数は？」

「九人。見張りはいません。何人かは、死んでるのか、でなきゃ眠ってるのか。ほとんどは女みたいでした。ひとりは子供です。九人のほかに、巨人もいました。見たところ、ひとりだけでしたがね。焚火を焚いてるんで、森じゅうに煙が充満してます。馬鹿なやつらだ」

（九人と巨人か。それに対して、こちらは十七人）

だが、十七人のうち四人は子供に毛が生えた程度だし、巨人はひとりもいない。

といって、このまま〈壁〉に引き返すつもりはなかった。

（その野人たちが生きているなら、連れ帰って仲間にできるかもしれない。死んでいるなら……そうだな、死体のひとつふたつには使い道がある）

「ここからは徒歩でいく」ジョンは凍てついた大地に軽々と飛びおりた。積雪は足首までの深さがあった。「ローリー、ペイト、残って馬の見張りをしろ」

見張りの仕事は新人にまかすべきかもしれないが、遠からず新人も実戦を経験しなければならない。これは経験を積むいい機会だ。

「三日月形に展開後、包囲。三方から〈環状列樹〉内に飛びこむ。相互の間隔が広がりすぎないよう、つねに左右の仲間が見える距離をたもて。足音はこの雪が消してくれるはずだ。気づかれずに近づければ、無用の血を流さなくてすむ」

夜のとばりは急速に降《お》りつつある。夕陽の最後のひとかけが西の森の陰に呑みこまれると、夕陽の矢は完全に消え、ピンクに染まっていた積雪はふたたび白にもどった。あたりが暗くなるにつれて、世界の色彩が欠け落ちていく。宵の空は何度も洗った古い黒マントのように色褪せた灰色に変化し、最初の星々がおずおずと顔を出しはじめた。

行く手に見える骨白《こっぱく》の幹は、ウィアウッドにちがいない。樹冠に暗赤色の葉をつけているジョン・スノウはうしろに手を伸ばすと、鞘から〈長い鉤爪《ロング・クロー》〉をすらりと引き抜いた。左右に目をやり、〈サテン〉と〈ホース〉にうなずきかけ、ふたりが三日月隊形の両端へ向けて合図を伝えるのを見まもる。ころあいを見て、〈列樹〉を目差し、まずジョンが駆けだした。ほかの者たちもいっせいに駆けだしていく。足もとには古い雪が積もっているので、なんの音もしない。聞こえるのは息づかいの音だけだ。ゴーストも白い影となって、ジョンのそばを並走している。

林間の空き地には、周囲をぐるりと取りまいて、ウィアウッドの列樹がそそりたっていた。数は九本で、樹齢も大きさもほぼ同じだ。一本一本には顔が彫ってあり、ふたつとして似た顔がない。ほほえんだ顔もあれば、悲鳴をあげている顔もあり、こちらに向かってなにかを叫んでいる顔もある。深まりゆく闇の中では、顔の目は黒く見えるが、陽の光のもとでは、血のように真っ赤に見えることをジョンは知っている。

（ゴーストのそれのように真っ赤な目だ）

〈環状列樹〉の中央部分で焚かれていた焚火は、あわれをもよおすほど貧弱なしろもので、灰と燃えさしと折れた生木の枝がゆっくりと燃え、もくもくと煙を発していた。とはいえ、その貧弱な焚火でさえも、周囲に集まって暖をとっている野人とくらべれば、まだ生命力を感じさせるものといえた。

ジョンが樹間から空き地に飛びだしたとき、反応した野人はひとりだけだった。それも、子供だ。母親のぼろぼろのマントにしがみついていた子供が、怯えて泣きだしたのである。母親は目をあげ、ジョンに気づいてぎょっとした顔になった。この時点で〈列樹〉の包囲は完了しており、哨士は全員が骨白の樹々を越え、内側に飛びこんできて、黒い手袋をはめた手に鋼の剣をきらめかせ、抵抗すれば殺戮する態勢をととのえていた。

最後に気がついたのは巨人だった。それまで火のそばで身をまるめて眠っていた巨人は、子供の泣き声か、黒い長靴《ちょうか》が雪を踏みしめる音か、はっと息を呑む音か、なにがきっかけかわからないが、とにかく、ぱっと目をあけたのだ。大岩が命を吹きこまれたかのような動きぶりだった。巨人は重々しくからだを動かして、フシューッと荒い鼻息を吐きながら上体を起こすと、眠けをふりはらうために、ハムほども太い指でのそのそと目をこすった……が、悠然たる動きはそこまでだった。片手に剣をきらめかせて目の前に立つエメットの姿を見るなり、巨人は咆哮を発し、はじけるように立ちあがるや、巨大な手の片方で大槌をつかみ、ぐっと握りしめたのだ。

それに呼応して、ゴーストが牙をむいた。ジョンはすかさずその襟首をつかみ、狼を押しとどめた。

「ここで戦うつもりはない」

この哨士たちなら巨人を倒せることはわかっている。だが、犠牲を出さずにはすまない。そして、一滴でも血が流れれば、野人も闘争に加わるだろう。野人の大半、もしくは全員が死ぬだろうが、ジョンの兄弟たちにも犠牲者は出る。

「ここは神聖な場所だ。降伏しろ。そうすれば――」

巨人がふたたび哮《ほ》えた。すさまじい怒声で樹々の葉を打ち震わせながら、大槌をどすっと地面にたたきつける。大槌の柄は、長さ二メートル近い節くれだったオークの枝で、先端に取りつけられた石はパンの塊ほども大きい。衝撃は大地を震撼させた。ほかの野人たちも、武器に手を伸ばそうとしている。

やむなく、ジョン・スノウが〈ロングクロー〉をかまえかけたとき、〈環状列樹〉内部の向こう側で〈革〉の声が叫んだ。喉声の、がなるようなことばだったが、そこには音楽的な響きもあり、これは古語だとジョンにもわかった。〈革〉は長々と語りつづけた。そのうち口を閉じると、こんどは巨人がそれに応えた。あいだにいがむような音をはさんだ唸り声で、ジョンには一語も理解できなかった。〈革〉は周囲のウィアウッドを指さし、またなにかをいった。巨人もやはりウィアウッドを指さし、歯ぎしりのような音を立てて大槌を降ろした。

「話がついた」〈革〉がいった。「こいつも戦いは望んでない」

「よくやった。なんといったんだ？」

「ウィアウッドはわれわれの神でもあると。われわれは神に祈るためにきたのだと」

「じっさい、祈るわけだしな。剣をしまえ、全員だ。今宵、ここで血を流すことはしない」

九人、と〈大麦のトム〉は報告した。たしかに九人ではあるが、そのうちふたりはすでに死んでおり、ひとりは朝を待たずに死んでもおかしくない状態だった。残る六人の内訳は、母と子がひと組に、老爺《ろうや》がふたり、ぼろぼろの青銅の鎧をつけたゼン族の負傷者がひとり、硬足《ホーンフット》族の男がひとりだった。硬足族の男はこの部族のつねで裸足だったが、ひどい凍傷にかかっており、ひと目見ただけで、これはもう歩けないとわかった。のちに聞いたことだが、この〈環状列樹〉にやってきたとき、ほとんどの者は見知らぬ同士だったという。マンス・レイダーの軍勢がスタニスに打ち破られたあと、殺戮から逃れるために、この者たちは森へ逃げこみ、しばらくさまようううちに、友や親族を寒さと飢えで失い、やっとのことでここにたどりついたときにはすっかり衰弱していて、どこにもいけなくなっていたのだそうだ。

「ここには神々がいる」老爺の片方がいった。「どうせ死ぬなら、こんな聖域で死にたい」

「〈壁〉はここから何時間か南にいった場所にある」ジョンは水を向けた。「このさいだ、避難してきてはどうだ？　ほかの者たちは降伏したぞ。マンスでさえもな」

野人たちは顔を見交わした。ややあって、ひとりが答えた。

「いろんなうわさを耳にした。鴉たちが降伏した仲間をかたはしから焼き殺しているとか」

「マンスでさえ焼いたそうじゃないか」女がいった。

（メリサンドル――あなたとあなたの紅《あか》い神は、いろいろと罪作りなことをしたようです）

「われわれとともに来たい者は歓迎する。黒の城《カースル・ブラック》には食べものも避難場所もあるし、

〈壁〉はこの森に取り憑いている悪いものから護ってくれる。約束しよう、だれも焼かれることはない」

「鴉の約束じゃあね」子供を抱きよせて、母親がいった。「だいたい、そんな約束するって、何様さ？　あんた、だれだい？」

「〈冥夜の守人《ナイツ・ウォッチ》〉の総帥であり、ウィンターフェル城城主エダード・スターク公の息子だ」

ジョンは〈大麦のトム〉に顔を向けた。「ローリーとペイトにいって、馬を連れてこさせろ。必要以上に長くここにとどまっていたくはない」

「了解、ム＝ロード」

だが、引きあげる前に、ぜがひでもしておかねばならないことがある。なんといっても、そのためにこの森の中までやってきたのだから。〈鉄のエメット〉が新兵たちを呼び集めた。そして、ほかの兄弟たちがやや距離をおいて見まもるなか、新兵たちはウィアウッドの前でひざまずいた。このころにはもう、天に宿る残照も消えていた。光の源はといえば、頭上の星々と、〈環状列樹〉の中央で燃える、消えかけた焚火のほのかな赤い光だけだ。

ひざまずき、厚手の黒いフードを引きかぶった六人は、影を彫刻したといっても通るほどだった。六人が口にする誓約の唱和は、夜の広大さのもとでは矮小に聞こえた。

「夜の闇濃《こ》くならんとするいま、わが〈守人《もりうど》〉の務め始まりぬ」

　これまで何千人もがしてきたように、新兵たちは誓約のことばを口にした。〈サテン〉は歌うように甘美な声で誓言を唱え、〈ホース〉はしわがれた声でつっかえつっかえ唱和し、アーロンの声は緊張でうわずっていた。

「そはわが死のそのときまで終わることなし」

（その死の訪れが、ずっと先でありますように）ジョン・スノウは雪の上で片ひざをついた。（わが父祖の神々よ、この者たちを護りたまえ。そして、アリアを、わが妹をも護りたまえ――あの子がいまどこにいるにせよ。われは乞い願う、マンスをしてアリアを発見せしめ、わがもとへ安全に連れきたらんことを）

「われは妻《めと》を娶らず、土地を持たず、子を作らず」

新兵たちは誓約した。このことばは、何年も、何世紀もの昔から、連綿とくりかえされてきたものだ。

「われは冠を戴かず、栄光を求めず。みずからの哨所《しょうしょ》にありて、生きて死ぬ」

（森の神々よ、このことばどおりにする力をわれに与えたまえ）ジョン・スノウは心の中で祈った。（なさねばならぬことを知る知恵と、それをなす勇気を与えたまえ）

「われは暗闇の中の剣なり」六人は唱和した。ジョンの耳に、その声はしだいに変質して、いっそう力強く、いっそう確固たる声になっていくように聞こえた。「われは〈壁〉の上に立つ〈守人《もりうど》〉なり。われは寒さに抗して燃える炎なり、夜明けをもたらす光明なり、眠れる者を目覚めさせる角笛なり、人間の領土を護る楯なり」

（人間の領土を護る楯なり）

ゴーストが肩に鼻づらをこすりつけてきた。ジョンは狼の首に腕をかけた。〈ホース〉の洗っていないズボンのにおい、〈サテン〉が顎鬚《あごひげ》に梳《す》きこんでいる甘い香水の香り、恐怖がもたらすつんと強い刺激臭、巨人の強烈な麝香《ジャコウ》臭などが嗅ぎとれた。自分自身の鼓動の音も聞こえている。〈環状列樹〉内の向こう側に固まっている母子、ふたりの老人、足が凍傷にかかった硬足族の男を見ても、みな同じ〝人間〟という種族にしか見えない。

「われここに誓わん、身命と名誉を〈冥夜の守人《ナイツ・ウオッチ》〉に捧げることを、この夜に備えるために、来《きた》るべきすべての夜に備えるために」

最初に立ちあがったのはジョン・スノウだった。

「さあ、立て、〈冥夜の守人《ナイツ・ウオッチ》〉の男として」

〈ホース〉に手を差しのべ、立ちあがるのを手伝う。

風がつのりだしていた。もういかなくては。

帰路は〈環状列樹〉までの往路よりもはるかに長い時間がかかった。巨人は脚も長くて、足まわりも太いが、足運びが遅いし、しじゅう立ちどまっては大槌をふるい、雪が積もって低くたれた木の枝を払わねばならない。母親はローリーの、息子は〈大麦のトム〉の、老人ふたりはそれぞれが〈ホース〉と〈サテン〉の馬に同乗しているが、ゼン族は馬を怖がり、負傷をおして脚を引きずりつつ歩むことを選んだため、これまた進みが遅い。硬足族の男は鞍にすわれないので、小型馬《ガロン》の尻に乗せ、穀物袋のように結わえていかねばならなかった。すっかり血の気が失せ、手足が枯れ枝のように痩せた老婆は、いくらゆすっても意識を取りもどさず、これも同じく馬の尻に結わえた。

別の馬の尻にはふたつの死体も結わえられている。〈鉄のエメット〉は困惑し、ジョンに意見した。

「よけいなお荷物を運んだら、進みが遅くなるだけです。切り刻むか、焼いてしまうかしたほうがいい」

「いいや」とジョンは答えた。「持っていく。死体については、使い道があるんだ」

今夜は帰路を導く月が見えず、ときおり、雲間からわずかな星が覗くだけで、世界は黒と白と静寂に閉ざされていた。帰路は長く遅々とした、はてしない行軍となった。雪が長靴《ちょうか》やズボンにへばりつき、強風が松の樹々をざわつかせ、マントをバタバタとはためかせている。ほどなく頭上に赤い迷い星が現われ、巨木の葉のない枝々ごしに見え隠れしながら、下界を見おろしだした。〈泥棒〉——と、自由の民はあの星を呼ぶ。女を盗むのにいちばんなのは、〈泥棒〉が月の乙女《ムーンメイド》座にあるときだ、とイグリットがよくいっていた。しかし、巨人を盗むのにいちばんなのがどんなときかは、とうとう教えてくれずじまいだった。

(ふたつの死体を盗むときもな)

ふたたび〈壁〉が見えるころには、夜明け近くになっていた。近くまでいくと、張り番によって、角笛の出迎えを受けた。高所から響きわたる、巨鳥の鳴き声のような、低く深い音——。長々と、一度だけ吹き鳴らすこの音は、〝哨士帰る〟の合図だ。

〈大リドル〉が肩にかけていた戦角笛を降ろし、答礼を返した。門前までくると、待つ間もなく閂《かんぬき》がはずれ、鉄扉が押し開かれて、〈陰気なエッド・トレット〉が姿を現わした。が、ぼろぼろの野人の一団を見るや、渋い顔になり、とくに巨人をまじまじと見つめた。

「あのでかぶつを隧道《トンネル》の中に通すとなると、全身にバターを塗りたくらにゃいかんですな、ム＝ロード。だれかを食料庫に走らせますか？」

「まあ、なんとか通るだろう、バターなしでもな」

じっさい、なんとか通りはした。巨人は四つんばいになって這い進まねばならなかったが。

（かなりでかい。身長四メートルは軽く超えている。〈怪力のマグ〉よりもさらにでかい）

その〈マグ〉は、この氷の隧道の中で、ドナル・ノイとの死闘のはてに相討ちで死んだ。

（ドナルは優秀な男だった。〈守人《もりうど》〉はあまりにもたくさん、優秀な男を失ってしまった）

ジョンは〈革〉を脇へ引っぱっていった。

「あの巨人の面倒をたのむ。おまえはあいつのことばがしゃべれるだろう？　ちゃんと腹にものを入れて、火の前のあたたかい場所にいられるようにしてやってくれ。あいつのそばを離れるな。だれにもあいつを刺激させないよう、気をつけていてほしい」

「アイ」そこで〈革〉はためらいがちにつけくわえた。「ム＝ロード」

生きている野人は、戦傷と凍傷の手当てをさせにいかせた。ほとんどの者は、熱い食事とあたたかい服で生き返ったようになるだろう。ただし、硬足族は両足を失うことになりそうだった。死体は氷穴房《アイス・セル》に納めさせた。

自室にもどって、ドアのそばの服掛けにマントをかけているとき、ジョンは気がついた。留守中、使い鴉番のクライダスが訪ねてきたらしい。執務室のテーブル上に手紙が置かれていたからだ。

（東の物見城《イーストウォッチ》か影の塔《シャドウ・タワー》からだな）

ぱっと見て、そう思った。が、封蠟は金色だった。黒ではない。しかも、〝燃える心臓に包まれた牡鹿〟の紋章が押してある。

（スタニスか）

硬化した蠟を割り、丸めてあった羊皮紙を伸ばして、内容を読んだ。

（学匠《メイスター》の手になるものだが、王のことばをそのまま代書したようだ）

そこには、スタニスが深林の小丘城《ディープウッド・モット》を陥《お》としたこと、山岳地帯の各一族が合流したことが記されていた。フリント、ノレイ、ウル、リドル、みな傘下に収まったという。

〝思いがけず、はなはだ歓迎すべきことに、ほかにも支援の手が差しのべられた。熊の島《ベア・アイランド》の娘から だ。配下の将兵から〈熊御前〉と呼ばれるアリサン・モーモントが、スループ船の漁船団に兵士を忍ばせておき、浜に船を乗りあげさせていた鉄《くろがね》人《びと》の不意をつかせたのだ。グレイジョイの長船《ロングシップ》はことごとく焼き討ちか占領の憂き目に遭い、乗員はみな斬られるか降人《こうにん》になるかの運命をたどった。船長、騎士、高名な戦士、そのほか高貴な生まれの者は、生かしておいて身代金をとるか、別の使い道に利用する。その他の者は縛り首に……〟

〈冥夜の守人《ナイツ・ウォッチ》〉は他事にいっさい関与しない誓いを立てている。もちろん、王土内の内紛と闘争についてもだ。にもかかわらず、ジョン・スノウは、それなりの満足感をおぼえずにはいられなかった。手紙の先に目を通す。

〝……われらの戦勝の報が広まるにつれ、ますます多くの北部人がわがもとに馳せ参じつつある。漁民、自由騎兵、山岳民、〈狼の森〉深くの小農、鉄人《くろがねびと》を恐れて岩石海岸《ストーニィ・ショア》一帯から避難していた村人、ウィンターフェル城の門外の戦いの生き残り、かつてホーンウッド家、サーウィン家、トールハート家に忠誠を誓った者らだ。この文を記しているいま、わが勢はすでに五千に達し、日に日に膨れあがりつつある。いっぽうで、ルース・ボルトンが全軍を引き連れてウィンターフェル城に進軍中との知らせが入った。かの城で自分の庶子と貴兄の異腹の妹御の挙式を執り行なおうともくろんでいるらしい。あの者にウィンターフェル城を掌握させ、かつての堅城を復活させるわけにはまいらぬゆえ、それを阻止すべく、われらも現地へ進軍中だ。アーノルフ・カースタークとモース・アンバーもわが勢に加わる手はずになっている。わたしとしては、貴兄の妹御を救出してやりたい。もし可能ならばな。そして、ラムジー・スノウなどよりもまっとうな相手を見つけてやりたい。貴兄と貴兄の兄弟らには、そちらに帰還できる状況になるまで、〈壁〉を護りぬいてもらわねばならぬ〟

最後に、署名があった。書き手の異なる文字だった。

〝〈光の王《ロード・オブ・ライト》〉の名において、バラシオン家のスタニス、初代スタニス王にしてアンダル人・ロイン人・〈最初の人々〉の王、七王国の王、王土の守護者が、署名と印章のもとに、ここに記す〟

ジョンが手紙を脇に置くと、羊皮紙はふたたび丸まった。まるで秘密を守りたがっているかのようだった。いま読んだ内容について、ジョンはどう反応していいのかわからなかった。これまでにもたびたび、ウィンターフェル城をめぐる戦いはあった。しかし、相戦うどこの陣営にもスタークがいなかったことは、絶えてない。

「あの城はもう抜け殻だ」と、つぶやくようにいった。「あれはもはやウィンターフェル城じゃない。ウィンターフェル城の亡霊だ」

そう考えると、胸が痛んだ。ましてや、口に出していうとなれば、痛みもなおさらだった。それでも……。

〈鴉の餌《クロウフード》〉こと老モース・アンバーが、軍場《いくさば》にどれほどの兵隊を動員できるものだろうか。アーノルフ・カースタークが、どれほどの兵士を糾合できるだろうか。アンバー家の半数は〈淫売殺し《フォアズベイン》〉のホザーに率いられ、ドレッドフォート城の〝皮を剝がれた男〟の旗標《はたじるし》の下で戦うはずだし、そもそも両家の軍勢主力はロブとともに南へ赴き、いまだにもどってきてはいない。いくら荒廃しているといっても、あのウィンターフェル城に立てこもれば、城兵は寄せ手に対して圧倒的優勢をたもてる。ロバート・バラシオンならそうと見てとり、迅速に城を確保するため、夜を日についで全軍を駆けつづけさせただろう。ロバートはそれで名をあげた。しかし、ロバートの弟も同じほど果断になれるだろうか。

(むりだろうな)

スタニスは慎重な総大将だ。その軍勢はといえば、山岳民の諸公、〝王の兵〟と〝王妃の兵〟に分かれる南部の騎士と兵士、わずかな北部諸公の手勢——以上の混成部隊で、いまだ相互になじんではいない。

(迅速にウィンターフェル城を掌握するか、でなければ、まったく向かわないか、取るべき道はふたつにひとつだ)

ジョンは王に助言する立場にはない。それでも……。

改めて手紙に目をやった。〝貴兄の妹御を救出してやりたい〟——スタニスの口から出るにしては、驚くほど思いやりにあふれる感傷的なことばだった。もっとも、無神経な一文、〝もし可能ならばな〟と、つけたされたひとこと、〝そして、ラムジー・スノウなどよりもまっとうな相手を見つけてやりたい〟で、せっかくの思いやりはだいなしになっていたが。

しかし、救出しようにも、そもそもアリアがその場にいなかったならどうする？　レディ・メリサンドルの暗示したことが真実だったなら？　アリアはほんとうに、ボルトンの手から逃げおおせたのか？

（逃げられたとしても、どうやって？　たしかに、アリアはいつもすばしこくて頭の回転が速い子だった。だが、なんといっても、女の子だ。そしてルース・ボルトンは、あの子ほど価値の大きな大魚をうっかり逸してしまう手合いじゃない）

じつはボルトンが妹を手に入れてはいなかったらどうする？　今回の挙式は、スタニスを罠に誘いこむための餌かもしれない。エダード・スタークは、ジョンが知っているかぎり、ドレッドフォート城の現城主に疑念を持つ理由などまったくなかったが、にもかかわらず、ルース・ボルトンを信用してはいなかった。あのささやくような声と、色の薄い目のせいだ。

（死にかけの馬に乗り、灰色の服に身を包む娘。仕組まれた結婚から逃げだす娘）

そのことばが持つ力に乗せられて、ジョンはマンス・レイダーと六人の槍の妻を北部へと放った。

「――若い女をそろえろ。いずれも美人のな」

焚刑《ふんけい》をまぬがれた〈壁の向こうの王〉マンスは、そういって何人かの名前をあげた。土竜《モグラ》の町からこっそり六人を連れてくる役目は、〈陰気なエッド〉に委ねた。いまふりかえれば、狂気の沙汰に思える。正体を明かしたあの瞬間、マンスを打ち倒しておくべきだったのかもしれない。死んだはずの〈壁の向こうの王〉には、気は進まないながら、感服していた面もあったが、あの男は誓約破りであり、裏切り者でもある。メリサンドルのことも信用してはいない。それなのに、いつのまにか重要な位置を占め、ジョンの期待を一身に担っている。

（すべては妹を救うためだ。だが、〈冥夜の守人《ナイツ・ウォッチ》〉の男に妹はいない）

ウィンターフェル城で送った少年時代、ジョンの英雄は〈若きドラゴン〉——十四の齢でドーンを征服した少年王デイロンだった。庶子の生まれにもかかわらず、いや、それゆえにだろうか、ジョン・スノウはデイロン若竜王のように人々を栄光に導き、成長して征服者になることを夢見ていた。

いま、ジョンは成長し、〈壁〉を司る身になった。とはいえ、ジョンの心にあるのは疑念ばかりだ。その疑念の数々は、とうてい征服できそうにない。

36 デナーリス

隔離地の悪臭はあまりにもすさまじく、ダニーは吐くまいとこらえるだけでせいいっぱいだった。

鼻にしわをよせつつ、サー・バリスタンがいった。

「陛下みずから、このようなところへこられるべきではありません。このような惨状には、触れられるべきではありません」

「わたしはドラゴンの血を引く者よ」とダニーはいった。「赤痢にかかったドラゴンなど、見たことがあって？」

ヴィセーリスはよく、ターガリエンの者は凡民がかかる疫病に影響されないといっていた。デナーリスが経験してきたかぎりでは、それはほんとうだ。寒かったこと、空腹だったこと、恐ろしかったことはあるが、病気になったことはない。

「そうはおっしゃいますが」老騎士は食いさがった。「陛下には、都におもどりいただいたほうが安心できます」ミーリーンの多彩な色の煉瓦で築かれた囲壁《いへき》は、いまは一キロちかく後方にある。「赤痢は〈黎明の時代〉以来、あらゆる軍の破滅のもとでした。食料の配給はわれわれにおまかせください、陛下」

「あすはそうします。いまはここにいるわ。わたしは現状を見ておきたいの」

デナーリスは、愛馬シルバーの馬腹《ばふく》を軽く蹴った。ほかの者たちも馬でついてくる。すぐ目の前をゆくのはジョゴ、ぴったりとうしろについてくるのはアッゴとラカーロだ。三人がドスラク特有の長い鞭を持っているのは、病と死を追いはらうためにほかならない。サー・バリスタンは右横を固め、ぶちの葦毛にまたがっている。左横につくのは〈自由な兄弟〉の隊長〈縞背のサイモン〉と、〈母の親兵〉の隊長マーセレンで、それぞれうしろに六十名の騎兵をしたがえており、その任務は食料輸送の馬車を護衛することにある。そのほかの者もみな馬に乗っていた。ドスラクの戦士に、〈真鍮の獣〉、解放奴隷部隊――この全員に共通するのは、今回の任務に対する嫌悪だ。

一行のすぐうしろには、アスタポア人たちが亡者の群れのようによろよろとつづいており、デナーリスたちが一メートル進むごとに、行列はますます長くなっていく。デナーリスには理解できないことばを話す者もいるが、大半は口をきくどころではない。馬の上のダニーに向かって手を伸ばす者も多いが、シルバーが前を通りかかると、ひざをつく者も多かった。

「〈母〉よ」難民たちは、さまざまな言語で呼びかけてくる。アスタポア、ライス、古き都ヴォランティスのヴァリリア系のことば、ウェスタロスの共通語さえも混じっていた。「〈母〉よ、クァースのことば……なかには、喉音の多いドスラクのことば、流音の音節が多いおねがいです……〈母〉よ、わが妹をお助けください、病気なんです……小さなわが子らのために食べものをお与えください……おねがいです、お助けください、老いた父を……あの男《ひと》を……愛しい彼女を……わたしを……」

（わたしはなんの助けにもなってやれない）

絶望に駆られながら、ダニーはそう思った。アスタポア人に行き場はない。ミーリーンの部厚い囲壁の外には何千人もが残されている。男、女、子供、老人、小さな女の子、新生児。多くは病気にかかり、ほとんどは飢えに苦しんで、全員が死ぬことを運命づけられている。デナーリスとしては、門を開いて難民を市内に入れるわけにはいかない。できるだけの手はつくした。治師たち――〈青の巫女《みこ》〉、呪禁《じゅごん》歌い、床屋＝外科医をここに派遣したりもした。しかし、一部はみずから病に倒れたうえ、彼らの技術は、白《あお》き牝馬とともに訪れた赤痢の、速駆けするがごとき進行を食いとめる役にはたたなかった。罹病者を健康な者から隔離する試みも効果がないとわかった。デナーリスの命《めい》を受けた〈頑丈な楯〉たちは、アスタポア人たちが泣きわめき、蹴りつけ、石を投げて抵抗するのもかまわず、夫を妻から、子供を母親から、つぎつぎに引き離した。しかし、二、三日もすると、罹病者は亡くなり、健康な者は発病する。健康体と罹病者を引き離すだけでは、なんの成果もあがらないのだ。

難民に食料を与えることすら困難になってきていた。日々、デナーリスは分け与えられるかぎりの食料を送っているが、日々、難民の数が増えていくのに対し、割ける食料は減っていく。しかも、難民収容地へ食料をとどけにいった者は、あまりにも多くが赤痢にかかった。加えて、都へもどる途中、難民たちに襲われる者もいた。きのうは馬車がひっくり返され、兵士のうちふたりが殺された。本日、女王みずから食料を届けにこようと決意した裏には、そういう事情もあったのである。側近たちはひとり残らず、強硬に反対した。レズナクも、〈剃髪頭〉も、サー・バリスタンもだ。

それでもデナーリスはゆずらず、

「難民たちと向きあうのを避けたりはしません」と、頑《かたく》なにいいはった。「女王たるもの、臣民の苦しみを知っておかなくてはならないでしょう」

ともあれ、苦しみの種にだけはこと欠く心配がない。

「アスタポアからの難民は、騎乗でぞくぞくとやってきましたが、乗ってきた馬も騾馬《ラバ》も、もう残ってはいません」マーセレンが報告した。「一頭残らず食ってしまったのです、陛下。鼠も腐肉漁りの犬も、つかまえられるものはみな食ってしまいました。このごろでは仲間の死体を食う者も出てきています」

「人は人の肉を食ってはならぬ」アッゴがいった。

「よく知られたことだ」ラカーロもうなずいた。「食った者は呪われる」

「呪われるですむか」これは〈縞背のサイモン〉だ。

一行のあとからは、腹が大きく膨れた小さな子供たちもついてきた。みなひどく衰弱しているか、怯えているかで、食べものをせがむこともできない。痩せ衰え、目の落ちくぼんだ難民たちは、砂上や石のあいだにうずくまり、悪臭を放つ茶色と赤の液体を垂れ流している。寝起きする場所でそのまま下す者も多い。衰弱が著しいため、デナーリスが命じて掘らせた排泄坑まで這いずっていくこともできないのだ。黒焦げになった骨を取りあって、ふたりの女が揉めていた。そのそばでは、十歳ほどの少年が立ったまま鼠を食っていた。左手だけで鼠をつかんでいるのは、獲物を横どりしようと近づいてくる者を追いはらうために、先端を尖らせた棒を右手で握りしめているからだ。いたるところ、埋葬もされず放置された死体があった。ある死体は地面に転がり、黒いマントをかぶせられていた。だが、ダニーがそばを通りかかると、マントはいっせいに一千匹の蠅に変貌した。死にかけた幼児を抱きしめてすわりこんでいる、骨と皮ばかりの女たちもいた。女たちは、目だけでデナーリスを追っていたが、声を出すだけの体力を残している者は、こう呼びかけてきた。

「〈母〉よ……おねがいです、〈母〉よ……慈悲深い〈母〉よ」

(たしかに慈悲深いわ)ダニーの思いは苦渋に満ちていた。(あなたがたの都は灰燼《かいじん》と骨に帰した。あなたがたの同胞は、まわりじゅうで死んでゆく。そんなあなたがたを受けいれてあげられる場所は、ここにはない。施せる薬も希望もない。与えられるのは、饐《す》えたパンと蛆《ウジ》の湧いた肉、硬くなったチーズ、少量のミルクだけ。なんと慈悲深い、なんと慈悲深い)

わが子らに与える乳のない母親など、どこの世界にいるだろう。

「死体が多すぎる」アッゴがいった。「焼かないと」

「だれが焼くというのだ？」サー・バリスタンが問いかけた。「赤痢はいたるところに蔓延しているのだぞ。夜ごと百人が死んでいく」

「死体に触れるのはよくない」ジョゴがいった。

アッゴとラカーロが声をそろえた。

「それはよく知られたことだ」

「それはそうかもしれないけれど——いずれにしても、なんとかしなくてはならないわね」

ダニーはすこし考えてから、「〈穢れなき軍団《アンサリード》〉なら死体を恐れないわ。〈灰色の蛆虫《グレイ・ワーム》〉に話してみましょう」

「陛下」サー・バリスタンが意見した。「〈穢れなき軍団〉は陛下最強の兵団です。あの者たちのあいだに疫病を流行《はや》らすわけにはいきません。アスタポア人の死体はアスタポア人に埋めさせましょう」

「ああ衰弱していてはむりでしょうな」〈縞背のサイモン〉が異論を唱えた。

「食料の配給を増やせば体力も回復するでしょうに」とダニーはいった。

サイモンはかぶりをふって、

「死にゆく者に食料を施すのは無駄というものです、陛下。生きている者に与える食料さえ不足しているのですから」

これが正論であることはデナーリスにもわかっていた。とはいえ、だからといって、そのことばに胸が痛まないわけではない。

「もう充分、遠くまできたわ」と女王は判断した。「ここで配給しましょう」

すっと片手をあげる。背後で馬車の列が前のめりになり、停止した。馬車の周囲に騎兵が展開したのは、アスタポア人が食料に殺到してくるのを防ぐためだ。馬車が停止するなり、ますますおおぜいの衰弱した難民たちが足を引きずり、よろめきながら馬車に集まってきて、周囲の人垣が厚くなりだした。われ先に群がる難民を騎兵たちは押しとどめ、「順番を待て！」と叫んだ。「押すな。もどれ。下がっていろ。パンは全員の手にわたる。順番を待て」

ダニーは馬上にすわったまま、その光景を眺めていることしかできなかった。

「総帥」サー・バリスタン・セルミーに声をかける。「ほかに与えられるものはないの？　糧食があるでしょう」

「糧食は陛下の兵のためのものです。長きにわたる攻囲にそなえて、残しておかねばなりません。〈襲鴉《ストームクロウズ》〉と〈次子《セカンド・サンズ》〉には、ユンカイ勢を悩ませることはできても、追い返すことはできますまい。陛下がわたしに攻撃隊の編成をおゆるしくだされば……」

「戦わねばならないとしたら、ミーリーンの囲壁内に立てこもって戦ったほうがましだわ。ユンカイ勢にわが胸壁の頑健さを味わわせてやりましょう」女王は周囲の光景を見まわした。「それはさておき、手持ちの食料を平等に分ければ……」

「……アスタポア人は、数日のうちに割り当てを食いつくすうえ、与えたぶん、われわれが攻囲に耐える期間も短くなります」

ダニーは収容地の彼方、ミーリーンの都を囲む、多彩な色の煉瓦壁を眺めやった。一帯はおびただしい蠅と泣き声に満ち満ちている。

「神々はわが高慢を戒めるためにこの疫病を遣わされたのでしょう。あまりにもおおぜいが死んでしまったわ……このうえなお、死体を食わせるようなまねをさせてなるものですか」

ダニーはアッゴに手招きをし、呼びよせた。「都の門までひと走りして、〈灰色の蛆虫〉と〈穢れなき軍団〉を五十名、連れてきなさい」

「承知しました、女王《カリーシ》さま。カリーシの血はわが身内に。血盟の者は、なんなりとしたがいます」

アッゴは馬腹を蹴り、囲壁に向かって走り去った。

その後ろ姿を見送るサー・バリスタンの顔には、露骨に憂慮の色が浮かんでいた。

「あまり長くここにおられるものではありません、陛下。アスタポア人には、ご指示どおり食料を与えております。これ以上ここにいても、あわれな難民のためにしてやれることなどありません。都に帰るべきかと考えますが」

「帰りたいなら帰りなさい。引きとめはしないわ。わたしはだれも引きとめたりはしません。わたしにはこの者たちを治療することはできないけれど、〈母〉が気づかっているところを見せることはできるのよ」

そういって、ダニーはひらりと馬上から飛び降りた。

ジョゴが鋭く息を呑んだ。

「カリーシ、いけません！」

三つ編みの髪に結わえた鈴を小さく鳴らしながら、ジョゴも急いで下馬する。

「それ以上この者どもに近づいてはいけません！　この者どもに触れさせてはいけません！

絶対に！」

だが、ダニーはジョゴの目の前をかすめて、難民たちのもとへ歩いていった。一メートルほど離れた地面に、ひとりの老人がすわりこみ、うめき声をあげながら、灰色の雲の下面を見あげていた。ダニーはそのそばにひざをつき、悪臭に顔をしかめながらも、汚れた灰色の髪を掻きあげ、額に手をふれた。

「まるで火のよう。からだをぬぐうのに水がいるわ。それなら海水でもことたりるでしょう。マーセレン――すこし汲んできてくれる？　火葬のためには油もいるわね。死体を焼くのを手伝ってくれるのはだれ？」

アッゴが〈灰色の蛆虫〉と〈穢れなき軍団〉五十名を引き連れて、馬で駆けもどってくるころには、ダニーの行動に随員全員がいたたまれなくなり、さまざまな作業を手伝っていた。〈縞背のサイモン〉とその手勢が生者を死者から引き離し、死体を積みあげるいっぽうで、ジョゴ、ラカーロ、その他のドスラク兵はまだ歩ける者に手を貸し、海岸まで連れていかせ、水浴びをさせ、服を洗わせている。アッゴはみな気でもふれたのかという顔でそのようすを見つめていたが、〈灰色の蛆虫〉はすぐさま女王のそばにひざまずき、こういった。

「この者もお手伝いします」

正午までには、十を超える火葬壇が燃えていた。油煙が混じった黒い雲の柱がいくすじも立ち昇って、無慈悲な青空を汚している。火葬壇からあとずさったとき、ダニーの騎乗用の服は泥と煤で汚れきっていた。

「陛下」〈灰色の蛆虫〉がいった。「この者とその兄弟たちに、ここの作業がおわりしだい、海水で沐浴して汚れを落とすご許可をたまわりたく。われらが偉大な女神の法《のり》にしたがい、身を浄《きよ》めるために」

去勢兵たち独自の女神がいるとは知らなかった。

「その女神というのは？　ギスの神々の一柱《ひとはしら》なの？」

〈灰色の蛆虫〉はとまどい顔になった。

「その女神はさまざまな名で呼ばれています。〈槍の淑女〉、〈戦《いくさ》の花嫁〉、〈軍勢の母〉。しかし真の名は、女神の祭壇で一物を焼かれたあわれな者のみにしか知らされず、余人にはその名を教えてはならないことになっております。それだけはどうかご容赦ください」

「かまわないわ。もちろん、沐浴をしたいのなら、してかまいませんとも。手伝ってくれてありがとう」

「この者たちは、陛下にお仕えするために生きております」

手足の疼きと心の痛みにさいなまれながら、デナーリスがピラミッドにもどってみると、ミッサンディが古い巻物を読んでいるかたわらで、イリとジクィがラカーロをめぐり、言い争っていた。

「ラカーロには、あなたは細すぎるのよ」とジクィがいった。「まるで男の子じゃないの。ラカーロは男の子とは同衾しないわ。これはよく知られたことよ」

イリが言い返した。

「あなたが牛なみなのもよく知られたことよ。ラカーロは牛とは同衾しないわ」

ダニーはふたりの侍女にいった。

「ラカーロは、わが血を身内に宿す血盟の者。あの者の命が属するのはわたしにであって、あなたたちにではないわ」

ミーリーンを離れているあいだに、ラカーロは背が十五センチ近く伸びており、腕も足も筋骨隆々となって帰ってきた。髪の鈴も四つに増えている。侍女ふたりが気づいたように、いまではアッゴやジョゴよりも背が高い。

「さ、静かになさい。わたしは湯浴みをしないと」

これほどからだがどろどろになったように感じるのははじめてだった。

「ジクィ、この服を脱ぐのを手伝って。脱いだものは焼いてちょうだい。イリ、クェッザにいって、軽くてひんやりとした衣類を見つけてきて。きょうはとても暑かったわ」

テラスを心地よい涼風が吹きぬけていく。ダニーはふうっと安堵の吐息をつき、沐浴場にすべりこんだ。命じられるままに、ミッサンデイも服を脱ぎ、沐浴場に入ってきた。

「昨晩、この者は、アスタポア人が囲壁を引っかく音を耳にしました」

ダニーの背中を流しながら、小さな秘書官はいった。

イリとジクィは顔を見交わした。

「だれも引っかいてなどはいなかったわ」ジクィがいった。「引っかいていたとは……どうやって？」

「手でよ」ミッサンディは答えた。「煉瓦は古くて、崩れかけているでしょう。爪で煉瓦を削って、都に入ってこようとしているの」

「爪で削っていたら、何年もかかってしまうわ」これはイリだ。「囲壁はとても厚いもの。これはよく知られたことよ」

「よく知られたことね」ジクィもうなずいた。

「わたしもそういう夢を見たわ」ダニーはミッサンディの手をとった。「でもね、収容地は囲壁から一キロ近くも離れているのよ、愛しいミッサンディ。だれも囲壁を引っかいたりはしないわ」

「陛下がそうおっしゃるのでしたら、そのとおりなのでしょう」ミッサンディは答えた。「おぐしをお洗いしましょうか？　そろそろ時間でございます。レズナク・モ・レズナクと〈緑の巫女〉が、ご相談があると申しまして——」

「——婚礼の準備の件ね」水中に寝そべって聞いていたダニーは、水しぶきをあげて上体を起こした。「忘れるところだったわ」

（むしろ、忘れていたかったのかも）

「ふたりと会ったあとは、ヒズダールと会食する予定だったわね」ためいきが出た。「イリ、緑の寛衣《トカール》を持ってきて。ミア産のレースの縁どりがあるシルクのトカールを」

「あれは繕っているところです、カリーシ。レースが綻んでしまったので。青のトカールは洗いあがっていますが」

「では青を。青でも喜ばれるでしょう」

まちがってはいなかったが、完全に正しくもなかった。〈緑の巫女〉と家令は、たしかにミーリーン淑女の正装であるトカール姿を見て喜びはしたものの、このふたりがほんとうにもとめていたのは、一糸まとわぬ女王の姿だったのである。あまりの要望に疑念がぬぐえず、ふたりが話しおえたとき、デナーリスはこういった。

「気を悪くさせるつもりはないけれど、ヒズダールの母や姉妹たちの前で裸身をさらす気は、わたしにはさらさらありませんよ」

「そうおっしゃいましても」目をぱちくりさせながら、レズナク・モ・レズナクは答えた。「これはぜひそうしていただかねばなりませんので、主上《しゅじょう》。婚礼に先立ちまして、花嫁が花婿宅を訪ね、その家の者に子宮と、その……女性の部分の触診を受けますことは、伝統となっておりますので。なんのためかといいますと、たしかめるためでございます――状態に申しぶんなく、その……」

「……子供が産めるからだであることをです」ガラッザ・ガラレがあとを受けた。「これは古くからの儀式なのです、主上。触診には三人の巫女が立ちあって、しかるべき祈りを捧げねばなりません」

「まことにそのとおりで」レズナクもいった。「触診のあとには特別の焼菓子を食します。婚約の席でのみ出される、女性専用の特製菓子でございます。男は食すことを許されません。

ただ、非常に美味なものであると聞いております。それに、魔法の食物であるとも」

(わたしの子宮が萎縮していて、わたしの女性の部分が望ましからざる状態だとわかったら、それでも特別の焼菓子が出るの？)

「それは結婚後に、ヒズダール・ゾ・ロラクが自分でわたしの女性自身を調べればすむことでしょう」

(族長《カール》ドロゴがとくに欠陥などは見つけなかったのだから、どうしてヒズダールに見つかるはずがあって？)

「ヒズダールの母親と姉妹同士で女性自身を触診しあって、そのあと特別な焼菓子とやらを分かちあえばいいわ。そんなもの、わたしは食べないから。それに、高貴なるヒズダールの高貴なるお御足《みあし》を洗ったりもしません」

「主上、主上はおわかりになっておられませんのです」レズナクがいった。「未来の花婿の足を洗うというのは神聖化された伝統にほかなりません。その行為は、花嫁が花婿の侍女となることを意味します。婚礼衣装も意味あるものです。花嫁は小粒真珠《ベビー・パール》の縁飾りをたくさんつけた純白のシルクのトカールを着用し、暗赤色のベールをかぶらなければなりません」

(兎の女王たるもの、パタパタ動く長い耳をつけずに結婚するわけにはいかないでしょう)

「そんなにたくさん真珠をつけていたら、歩くときにジャラジャラうるさいじゃないの」

「真珠は多産の象徴でございまして。身につけられる真珠が多ければ多いほどに、いっそうたくさんの健康なお子たちが生まれることを示唆いたします」

「なぜわたしが百人もの子供を望まなくてはならないの？」ダニーはそこで〈緑の巫女〉に向きなおった。「それよりも、ウェスタロスの儀礼に則《のっと》って式を挙げれば……」

「それではギスの神々が真の結合とは見なしません」ガラッザ・ガラレの顔は緑のシルクのベールで隠れている。見えているのは目だけだ。緑色で理知的で哀しげな目だけだ。「その場合、都人《みやこびと》の視点からすれば、主上は高貴なるヒズダールの内縁の妻であって、法に則って結婚した妻ではありません。主上のお子たちはみな庶子となります。それを避けるためにも、主上は〈巫女の神殿〉でヒズダールとお式を挙げなければなりません。ミーリーンじゅうの貴人をすべて招き、おふたかたの結合の証人となっていただきます」

〝適当な口実を設けて、すべての貴人をピラミッドから出てこさせればよろしい〟

あのときダーリオはそういった。

（ドラゴンの家のモットーは〈炎と血〉だしね）

ダニーはそんな考えを脇へ押しやった。それは自分にふさわしい考えではない。

「好きになさい」ためいきをついた。「小粒真珠の縁飾りをたくさんつけた白いトカールを着て、〈巫女の神殿〉でヒズダールと結婚しましょう。ほかにはなにか？」

「もう一点、瑣末なことがございます、主上」レズナクがいった。「婚礼の引出物といたしましては、闘技場の興行再開が最適とぞんじます。これをヒズダールさまと主上の愛される臣民への引出物となさいますれば、ミーリーンの古くからの流儀と習慣を主上が尊重なさいますことの、格好の意思表示となりましょう」

「それに、神々へのなによりの奉納ともなります」

〈緑の巫女〉が、例のやわらかでおだやかな口調でいった。

（血で購《あがな》われる花嫁というわけね）

ダニーはもう、闘技場に関する攻防にうんざりしていた。サー・バリスタン・セルミーでさえ、デナーリスに勝ち目があるとは思っていない。

「いかなる統治者といえども、臣民を善良なだけの者にすることはできません」かつてサー・バリスタンにそういわれたことがある。「ベイラー聖徒王は〈七神〉を厚く信仰なさり、断食をされ、いかなる神々もこれ以上は望めないほど立派な大聖堂を建設なさいましたが、それでも戦争と貧困は、ついに根絶なさることができませんでした」

（女王たるもの、臣民のことばに耳を貸さなくてはね）

「挙式がすめば、ヒズダールは王になる身。王が望むようなら、闘技場の興行は王命で再開すればいいでしょう。わたしは関わりたくありません」

（血に染まるのはヒズダールの手。わたしの手ではないわ）

立ちあがった。

「夫がわたしに足を洗わせたいというなら、先に夫のほうがわたしの足を洗うべきでしょう。今宵、ヒズダールにそう伝えておきます」

そう伝えたら、婚約者どのはどう思うだろう。

だが、ふたをあけてみれば、気にする必要などはないことがわかった。ヒズダール・ゾ・

ロラクは、陽が沈んで一時間後に訪ねてきた。着用しているトカールは、赤ワインのような暗紅色の地に金の縞が一本走り、黄金のビーズの縁飾りをつけたものだった。ヒズダールにワインをついでやりながら、ダニーはレズナクと〈緑の巫女〉に会ったおり、どういう話をしたかを告げた。するとヒズダールは、きっぱりとこう答えた。

「そんなものは形骸化した儀式にすぎません。いいかげん、廃すべきたぐいの陋弊《ろうへい》ですよ。ミーリーンはもうあまりにも長いあいだ、そういった馬鹿げた弊習にとらわれてきました」

ヒズダールは女王の手の甲にキスをした。「デナーリス、わが主上よ——あなたの王にして配偶者になれるのでしたら、頭から足の先まで、わたしのほうが喜んで洗わせてもらいますとも」

「わたしの王にして配偶者となるためには、平和をもたらしてくださるだけでけっこうよ。スカハズの話では、近ごろ頻繁に伝言を受けとっているそうね」

「受けとっています」ヒズダールは長い脚を組んだ。上機嫌のようすだった。「ユンカイは和平に応じるでしょう。しかし、かならずその代償をもとめてきます。奴隷貿易の破壊は、文明世界に甚大な損害をもたらしました。ユンカイと同盟の諸都市は、賠償を要求してくるでしょうね——黄金と宝石で」

黄金と宝石だけならどうということはない。

「ほかの条件は？」

「ユンカイが以前のように奴隷貿易を再開することです。アスタポアは奴隷都市として再建されることになります。主上の干渉は認められません」

「ユンカイはさっそく奴隷貿易を再開したではありませんか、わたしがあの都から十キロと離れないうちに。あのときわたしは、引き返しましたか？　クレオン王は、対ユンカイ戦に手を貸してくれと再三泣きついてきたけれど、わたしはついに耳を貸さなかったでしょう。わたしはユンカイとの戦争などは望んではいません。何度同じことばをくりかえさなければならないの。どんな約束をしろとユンカイはいってきたのです？」

「木陰の四阿《あずまや》に棘はつきものです、わが君。申しあげるのも悲しきことながら、ユンカイは主上の約束に信を置いてはおりません。くどくどとハープの同じ弦だけを鳴らして、主上のドラゴンに燃やされたという使節のことをくりかえすばかり」

「燃えたのはトカールだけでしょう」ダニーは蔑むようにいった。

「それはそのとおりかもしれません。が、ともあれ、ユンカイは主上を信用してはいません。ニュー・ギスも同じように感じています。主上がしじゅうおっしゃるように、ことばは風のごとし。主上のいかなることばも、ミーリーンの平和を保証する効果はありません。主上の敵がもとめているのは行動のみ。われわれが結婚し、わたしが王位につき、主上のとなりで統治してはじめて、信用されるのです」

　ダニーはふたたび、ヒズダールのワインのカップを満たした。ほんとうは細口瓶の中身を頭からぶっかけ、悦に入った笑顔の上からだらだらとたれさせてやりたいところだったが、それはこらえる。

「結婚《マリッジ》か殺戮《カーニッジ》か。婚礼か戦争か。それしか選択肢はないの?」

「わたしに見える選択肢はひとつのみですよ、主上。ギスの神々の前で誓いを立てて、新生ミーリーンをともに統治することです」

女王がどう言い返してやろうかと考えているとき、背後で足音が聞こえた。

(料理ね)とダニーは思った。

高貴なるヒズダールの好物、干し紫李《プラム》と胡椒を詰めた〝犬のロースト蜂蜜がけ〟をあとでお出しする、と料理人たちがいっていたのだ。

が、ふりかえってみると、そこに立っていたのはサー・バリスタンだった。入浴したてで、白い服に身を包み、腰には長剣を下げている。

「陛下」一礼して、サー・バリスタンは切りだした。「おじゃまをして申しわけありません。急ぎお耳にお入れしておいたほうがよいことが。〈襲鴉〉が敵の情勢を探って都にもどってまいりました。恐れていたとおり、ユンカイ勢が進軍中とのことです」

ヒズダール・ゾ・ロラクの高貴な顔にいらだちがよぎった。

「主上は晩餐中だぞ。傭兵どもなど待たせておけ」

サー・バリスタンはヒズダールを無視した。

「陛下のご命令どおり、ダーリオ公には、報告はわたしにするようにとお願いしたのですが。ダーリオ公は笑って、陛下が小さな秘書官をおよこしになり、手紙の書きかたを教えさせてくださるなら、自分の血で手紙をしたためると申しまして」

「自分の血で？」ダニーは慄然とした。「それは冗談？　だめよ、そんなことはさせません、ダーリオには、わたしみずから会わなくては」

結局、自分は孤独な若い娘にすぎない。そして若い娘というものは、簡単に心変わりするものだ。

「至急、諸将と隊長たちを召集して。ヒズダール――ゆるしてくださるわね」

「ミーリーンのことがらこそが最優先ですからな」ヒズダールは鷹揚にほほえんだ。「夜はこれからも訪れます。一千の夜が」

「サー・バリスタンが出口までご案内します」

急いで退出しながら、ダニーは侍女たちを呼んだ。帰還した傭兵隊長を迎えるにあたって、トカールなど着ていたくはない。十数着ほど試着したあと、これならよいと思えるドレスにいきあたったが、ジクィが差しだした冠は退けた。

目の前で片ひざをついたダーリオ・ナハリスを見て、ダニーは胸が締めつけられるような思いをいだいた。髪には乾いた血がこびりつき、こめかみにはまだ赤く濡れ光る、生々しい切創ができていたからだ。右の袖はひじ近くまで血で濡れそぼっている。

「怪我をしたのね」

動揺のにじむ声で、ダニーはいった。

「この傷ですか？」ダーリオはこめかみの傷に手をふれた。「弩弓兵《クロスボウ》が、目を狙って太矢を射かけてきたのです。それはなんとか、かわしました。一刻も早くわが君のもとへもどろう、陛下のご温顔で温まろうと急《せ》くあまり、注意がおろそかになっていたようで」

袖を振った。赤いしずくがぽたぽたとしたたった。

「この血はわたしの血ではありません。わが兵長のひとりが〝ユンカイ勢に寝返るべきだ〟などというもので、その場で口に手をつっこみ、心臓を引きずりだしたのです。その心臓は、わが銀《しろがね》の女王のもとへ贈り物として持ち帰るつもりでいましたが、〈軍猫《ぐんびょう》〉の兵隊四人に発見されましてね。牙をむいて追いすがってきた四人のうちのひとりに、もうすこしで追いつかれそうになったものですから、持っていた心臓を顔にたたきつけてきたしだいです」

「はなはだ勇敢なことではある」サー・バリスタンがいった。が、その口調から察するに、たいしたことだとは思っていないようだ。「しかし、そんな武勇談より、陛下に報告すべきことがあるのではないか？」

「よくない知らせがいろいろあるさ、〝爺様騎士〟どの。まず、陛下、アスタポアは陥落し、奴隷商人どもが大挙して北へ進軍してきつつあります」

「それはもはや旧聞に属する」〈剃髪頭〉がいった。「古すぎて黴《カビ》くさい」

「あんたの母親も、あんたの父親にキスされたとき、やっぱり黴くさいといったんじゃないのか」ダーリオは即座に切り返した。「麗しき陛下、じっさいの話、もっと早く帰ってくるべきだったのですが、丘陵地帯にはユンカイの傭兵どもがうようよしておりまして。じつに、傭兵部隊が四隊です。陛下の〈襲鴉〉は、その四隊の警戒線を、すべて突破してこなければなりませんでした。さらに悪い知らせがあります。沿岸の街道ぞいに進軍中のユンカイ勢に、ニュー・ギスからの四個軍団が加わったのです。ニュー・ギス勢の軍象は、その数、百頭に達し、いずれも象鎧をつけ、戦楼を載せています。トロスの石投げ器部隊もきていますし、クァースの駱駝《ラクダ》騎兵も大部隊がきています。これらに加えて、さらに二個のギスカル軍団がアスタポアを出帆する予定だとのこと。捕虜どもの証言がほんとうであれば、その別動隊はスカハザダーン河の向こうで上陸して、〈ドスラクの海〉とミーリーンを分断する作戦だと聞きました」

報告の途中、ときおり大理石の床へ鮮血がしたたり落ちた。それを見るたびに、たじろぐ気持ちを抑えられなかった。ダーリオが報告をおえると、ダニーは問いかけた。

「殺されたのは、何人？」

「わが隊のですか？　数えるのをやめてしまいました。もっとも、失った数よりも得た数のほうが多いのですがね」

「こちらに寝返った者たちがいるの？」

「陛下の気高い大義に共鳴する勇敢な者たちというべきでしょう。わが君も、その者たちを見たら好意を持たれるはずです。ひとりはバジリスク諸島出身の斧使いで、ベルウァスよりもっとからだの大きな豪傑です。ぜひお会いになられるべきでしょう。ウェスタロスの者も加わりました。二十人以上はいます。ユンカイ人を快く思わぬ〈風来《ふうらい》〉の脱走兵です。あの者たちは、よき〈襲鴉〉になりましょう」

「あなたがそういうのなら」

ダニーはつまらぬ批判をする気などなかった。もうじきミーリーンには、手持ちの兵士をひとり残らず必要とするときがくる。

サー・バリスタンが眉をひそめ、ダーリオにいった。

「隊長。いま、傭兵部隊が四隊といったな。われわれが存在を把握しているのは三隊だけだ。〈風来〉、〈長騎槍《ちょうきそう》〉、〈軍猫部隊〉」

「さすがに〝爺様騎士〟どのは数の数え方を知っておられる。じつは〈次子〉がユンカイについたのです」ダーリオは顔を横に向け、ぺっとつばを吐いた。「〈褐色《ブラウン》のベン・プラム〉のやつが率先して寝返りました。このつぎ、やつの醜い顔を見たら、喉から鼠蹊部にかけてかっ捌《さば》き、黒い心臓を抉《えぐ》りだしてやります」

ダニーはなにかをいおうとしたが……ことばが見つからなかった。最後に会ったときの、あのベンの顔はよく憶えている。

（温かい顔だったのに。信用できる顔だったのに）

褐色の肌に白い髪、折れた鼻、目の端のしわ。ドラゴンたちでさえ、〈褐色のベン〉老を気にいっていた。老人のほうも、自分にはわずかながらドラゴンの血が混じっていると吹聴していたものだ。

（〝おまえは三つの裏切りに遭うだろう――ひとつは黄金ゆえの、ひとつは血ゆえの、もうひとつは愛ゆえの裏切りに〟――）

プラムの裏切りは、愛ゆえか？　それとも血ゆえか？　それをいうなら、粗野な熊の騎士、サー・ジョラーの裏切りは、なにゆえだったのか？　自分には信頼できる友人が持てないのだろうか？

（予言を活用できないのなら、予言になんの意味があるの？　朝陽が昇る前にヒズダールと結婚すれば、敵の軍勢はすべて朝露のように消え去って、わたしを平和のうちに統治させてくれるとでもいうの？）

ダーリオの報告に、謁見の間は騒然となった。レズナクは泣き叫び、〈剃髪頭〉は憤然と毒づき、血盟の騎手たちは復讐を誓った。〈闘士《ストロング》〉ベルウァスは傷だらけの腹部をこぶしで殴りつけ、〈褐色のベン〉の心臓を、紫李《プラム》と玉葱《タマネギ》を添えて食ってやると誓った。

「そのへんになさい」ダニーはいったが、そのことばが聞こえたのは、ミッサンディだけのようだった。女王は立ちあがった。「静かに！　もうたくさん」

「陛下」サー・バリスタンが床にすっと片ひざをついた。「われわれはみな陛下のご下命にしたがいます。今後、どのように対策いたしましょう」

「計画のとおりにするまでよ。食料を備蓄しなさい、できるだけ大量に」

（うしろをふりかえったら、迷ってしまう）

「すべての門を閉めて、戦える者はすべて囲壁上に配置しなくては。門を固く閉じ、だれも出してはならないし、入れてもなりません」

謁見の間はしばし静まり返った。側近たちはたがいに顔を見交わしあっている。ほどなく、レズナクがいった。

「アスタポア人はどうなさいます？」

わめきちらしたかった。歯ぎしりし、服を引き裂き、ずたずたにして、床にたたきつけてやりたかった。かわりに、デナーリスはこういった。

「すべての門を閉じなさい。これで二度めよ。三度も同じことをいわせる気？」頼ってきたアスタポア人もまた女王の子らだ。しかし、いまとなっては、その子らを助けられない。「さあ、みんな、出ていきなさい。ダーリオだけは残って。その傷の手当てをしなければ。それに、ほかにもききたいことがあります」

側近たちは一礼して、謁見の間を出ていった。ダニーはダーリオ・ナハリスをともなって階段を昇り、寝室に連れていくと、侍女たちに傷の手当てをさせた。イリが傷口を酢で洗い、ジクィが白いリネンを巻きつける。処置がおわって、侍女たちを下がらせてから、ダニーはダーリオにいった。

「服にも血のしみができているわね。脱ぎなさい」

「陛下も脱いでくださるのでしたら」

そういって、ダーリオはダニーの口にキスをした。

ダーリオの髪には血と煙と馬のにおいが濃くしみついており、押しあてられた口は硬く、熱かった。ダーリオの腕の中で、ダニーは身をわななかせた。やっとたがいの唇が離れると、ダニーはいった。

「わたしを裏切るのは、あなただとばかり思っていたわ。ひとつは血ゆえの、ひとつは黄金ゆえの、ひとつは愛ゆえの裏切り——黒魔導師たちはそういったの。わたしはてっきり……まさか〈褐色のベン〉が裏切るなんて思いもしなかったわ。わたしのドラゴンたちでさえ、ベンを信用しているように見えたのに」ダニーは傭兵隊長の両肩をぐっとつかんだ。「約束なさい、けっしてわたしを裏切らないと。裏切りにはもう耐えられない。約束して」

「けっして裏切りません、愛する女王さま」

デナーリスはダーリオを信じた。

「わたしはね、九十日の平和をくれたら結婚する、とヒズダール・ゾ・ロラクに誓ったわ。でも、いまは……。最初から、あなたのことがほしかったの。けれど、あなたは傭兵だった。気まぐれで、平気で寝返る存在だった。それに、百人の女と寝たと自慢していたわね」

「百人の女？」紫色の顎鬚《あごひげ》の奥で、ダーリオはくっくっと笑った。「失礼、わたしはうそをつきました、愛しい女王さま。千人です。しかし、ドラゴンの女性とはいちども寝たことがありません」

デナーリスは顔をあげ、ダーリオの唇に自分の唇を近づけた。

「だったら、なにをぐずぐずしているの？」

37——ウィンターフェル城の公子《プリンス》

暖炉には冷えきった黒い煤がこびりついている。室内を温めるものは蠟燭の炎しかない。ドアが開閉されるたびに、その炎が揺らぎ、震える。震えているのは、花嫁も同じだった。花嫁はレースで縁どられた白い仔羊《ラムズ》の毛織《ウール》りを身につけている。袖と身ごろには淡水真珠がたくさん縫いつけてあり、足には白い牝鹿《ドスキン》の鞣し革の室内履きを履いていた。見た目にこそ愛らしいが、けっしてあたたかい装いではない。顔は血の気が失せて蒼白のありさまだ。

(氷に彫刻した顔だな)と、毛皮で縁どられたマントを両肩にかけてやりながら、シオン・グレイジョイは思った。(でなければ、雪に埋もれていた死体の顔か)

「マイ・レディ、そろそろ時間です」

ドアの向こうで奏でられる音楽——リュートと笛と太鼓の調べが、ふたりを呼んでいる。花嫁は視線をあげた。茶色の目だった。蠟燭の光を受けてきらめいている。

「わたしはあの方の良き妻となります、ほ、ほんとうです。わたしは……わたしはあの方を喜ばせるように努めますし、あの方の息子たちも産みます。本物のアリアがなれたであろうよりも良い妻になります、きっとなります」

（そんなことをいったら殺されるぞ。いや、殺されるより、もっとひどい目に遭う）

それは〈リーク〉時代に学んだ教訓だった。

「あなたは本物のアリアなのですよ、マイ・レディ。スターク家のアリアであり、エダード公の愛娘で、ウィンターフェル城の跡継ぎです」

名前だ。この娘には、自分の名前を知ってもらわねばならない。「〈足手まといのアリア〉。あなたの姉上は、あなたのことを〈馬面のアリア〉とも呼んでいました」

「その呼び名を考えたのはわたしです。あの子の顔は長くて、馬のようだったから。でも、わたしの顔は長くない。わたしのほうが可愛いし」とうとう、涙がぽろぽろとあふれだした。「わたしはサンサのように美しくはなかったけれど、でもみんな、わたしのことを可愛いといってくれました。ラムジー公もわたしのことを可愛いと思ってくださるでしょうか」

「もちろんです」これはうそだ。「わたしにも、あなたが可愛いとおっしゃっていました」

「でも、あの方はわたしの正体をごぞんじのはず。わたしがほんとうは何者であるのかを。あの方がわたしを見る目には、それがうかがえます。あの方はいつも怒っておられるよう。たとえほほえんでいらっしゃるときでもです。けれど、わたしがわたしであるのは、自分の落ち度ではありません。そういえば、あの方は人を傷つけるのがお好きだとか」

「マイ・レディは、そのような……虚偽に耳を貸されるべきではありません」

「あの方はあなたも傷つけたと聞きました。あなたの手を。それに……」

口の中がからからに乾いていた。シオンはつづけた。

「わたしは……それだけのことをしてしまったのです。あの方を怒らせてしまったのですよ。あなたも公を怒らせるようなことをしてはなりません。ラムジー公は……やさしい方です、親切な方です。あの方を喜ばせてさしあげなさい、そうすれば、やさしくしてくださいます。良き妻におなりなさい」

いきなり、娘がしがみついてきた。

「助けてください。おねがい。あなたのことはお城の郭《くるわ》でたびたび見かけました。よく剣の練習をしていらっしゃいましたね。それに、とてもハンサムでいらっしゃった」腕をつかむ手に、ぐっと力をこめた。「いっしょに逃げてくだされば、わたし、あなたの妻になります。でなければ、あなたの……あなたの娼婦にでも……なれといわれたら、どんなものにでも。あるじなり、わたしの男なり、お好きな立場でわたしを使ってください」

シオンは娘の手から腕を引きぬいた。

「わたしは……わたしはだれの男にもなりません」

（男だったら、この娘を助けるはずだ）

「とにかく……ただアリアであることです。あの方の妻であることです。あの方を喜ばせるのです、さもなければ……。なんにしても、あの方を喜ばせることだけを考えて。そして、ほかの人間であるという話はもうおやめなさい」

（ジェイン、この女の名はジェイン、発音は苦しみ《ペイン》のように）

ドアの外で奏でられる音楽が、せきたてるような響きを帯びはじめていた。

「さあ、もう時間です。目から涙をぬぐって」

(茶色の目。灰色であるべきなのに。だれかが気づくはずだ。だれかが思いだすはずだ)

「それでいい。こんどはほほえんで」

娘はほほえもうとした。唇がわななき、口角がひくつきながら上を向いて、そのまま凍りついた。娘の歯が見えた。

(愛らしい白い歯だ。あの方を怒らせたら、この歯も愛らしいままではいられない)

シオンは娘のためにドアを押しあけ——四本の蠟燭のうち、三本が風で吹き消された——花嫁を導いて屋外の霧の中へ連れだした。向かう先には、結婚式の招待客たちが待っている。

「なぜわたしなのですか?」

あのときシオンは、そう疑問を呈した。女公《レディ》ダスティンから、花嫁を花婿へと引きわたす役を務めろといわれたときのことだ。

「あの娘《こ》の父親は死んでいるのよ。兄弟も全員ね。母親は双子城《ツインズ》で殺されたわ。叔父たちは行方不明か、死ぬか、捕虜になっているかのどれか」

「兄弟なら、まだひとりいるではありませんか」

(ほんとうは、まだ三人の兄弟が、というべきなんだが)

そう口にしそうになるのを、ぐっとこらえた。

「ジョン・スノウが、〈冥夜の守人《ナイツ・ウォッチ》〉のところに」

「あれは異母兄であり、庶子であり、しかも〈壁〉を離れられぬ身でしょう。あなたはあの娘の父親の被後見人であって、存命の親族にもっとも近い存在よ。花嫁を花婿に引きわたす役は、あなたが最適なの」

（存命の親族にもっとも近い存在……）

シオン・グレイジョイはアリア・スタークとともに育った。アリアが偽者であればそれとわかる立場にある。ボルトンがアリアに仕立てあげた娘をシオンが本物と認めれば、婚礼を見とどけに集まった北部諸公には、表立ってアリアの合法性に疑問をさしはさめなくなる。スタウト家にスレート家、〈淫売殺し《フォアズベイン》〉のアンバー、たがいに仲の悪いライズウェル各家、ホーンウッド家、サーウィン家の従兄弟たち、大肥満のワイマン・マンダリー……このだれひとりとして、シオンの半分でもネッド・スタークの娘たちのことを知っている者はいない。もてなしを受ける招待客の中に、ひそかに疑念をいだいた者が多少はいたとしても、それを心のうちにとどめおくだけの知恵はそなえているだろう。

（ボルトンは欺瞞の隠れ蓑としておれを利用し、その虚偽の上に、おれの顔をかぶせようとしている）

だからこそ、ルース・ボルトンは、シオンにふたたび貴族の装いを施させ、この猿芝居に不可欠の役割を演じさせようとしているのだ。ひとたび茶番がおわって、偽アリアの婚儀と床入りがすんでしまえば、ルース公にとって、〈返り忠のシオン〉は用済みとなる。

「この件では協力してくれんか。スタニスを打ち破った暁には、おまえが父上の御座《ぎよざ》を取りもどすためにどうするのがいちばんよいか、相談することになろう」

ルース・ボルトン公は、独特の静かな声——頻繁にうそをつき、こそこそと陰謀を語らう声でそういった。公のことばを、シオンはひとことも信じてはいない。それでも、ボルトン家のためにこのダンスを舞うのは、ほかに選択の余地などないからだ。しかし、このあとは……。

（ルース公はラムジーのもとへとおれを返すだろう。そしてラムジーは、もう何本かおれの指の皮を剝ぎ、また〈リーク〉にもどしてしまう）

そうならずにすむのだとしたら、神々が慈悲をお示しになって、スタニス・バラシオンがウィンターフェル城を急襲し、ここにいる全員を——シオン自身も含めて——剣の錆にしてしまう場合だけだ。シオンに望めるのは、それがせいいっぱいのところだった。

不思議なことに、〈神々の森〉の内側は、外側よりあたたかかった。〈森〉の境界の外側では、ウィンターフェル城は白く閉ざされていた。道は黒い氷が張っていてすべりやすく、温室庭園の割れたガラス窓を覆う白霜は月光を浴びてきらめいている。城壁ぞいには汚れた雪が吹きだまり、隅という隅にうずたかく積もっていた。なかには、扉を覆い隠すほど高く積もっているところもあった。雪の下に埋もれているのは灰と炭だ。そこここで、黒焦げになった梁が雪の中から突きだしている。皮膚や毛髪がへばりついた骨の山も、いまでは雪に埋もれて見えない。胸壁からは、槍ほども長い氷柱《つらら》が垂れさがり、まるで老人の強《こわ》い白鬚のようだった。それなのに、一歩〈神々の森〉に足を踏みいれると、大地は凍てついておらず、温泉から立ち昇る湯気は赤ん坊の吐気《とき》のようにあたたかかった。

花嫁は白と灰色の装いを身につけていた。本物のアリアが結婚できる年齢まで生き延びていたら、この色彩の装いを身につけていたはずだ。シオンが着用しているのは黒と金の服で、マントの肩のところを、バロウトンの町鍛冶に大急ぎでこしらえさせた粗雑な鉄の大海魔《クラーケン》で留めてある。しかし、フードの下では、毛髪はだいぶ抜け落ちて、残った髪もすっかり白くなっていたし、皮膚は老人のそれのごとく、灰色に色褪せていた。

(灰色か。スタークの色。おれはやっとのことで、スタークの一員になれたわけだ)

たがいの腕をからませて、たゆたう霧を脚にからみつかせながら、花嫁とシオンは石造のアーチ扉をくぐりぬけた。太鼓は乙女の心臓のごとく、小刻みに鳴り響き、数人編成の笛はかんだかく甘美な音《ね》で聴く者を誘《いざな》っている。樹々の樹冠上には、暗い空に三日月が浮かんでいたが、それは霧でなかば覆い隠されており、シルクのベールごしに覗く目のようだ。

シオン・グレイジョイは、この〈神々の森〉を知らないわけではない。子供のころはよくこの森の中で遊び、ウィアウッドの下にある冷たく黒い池に石を投げこんで水切りをしたり、オークの古木の幹に宝物を隠したり、自作の弓を持ってそっと栗鼠《リス》に忍びよったりしていた。もうすこし齢がいってからは、ロブ、ジョリー、ジョン・スノウと何度も郭で剣の練習をし、痣だらけになったからだをここの温泉で癒したものだった。〈神々の森〉に生える栗、楡《ニレ》、兵士《ソルジャー》・松《パイン》などのあいだに秘密の場所をいくつか見つけて、ひとりになりたいときはそこに隠れていたりもした。はじめて女の子にキスをしたのも、この森でのことである。のちに、ぼろぼろのキルトの上で、別の女の子と寄りそい、男になったのも、やはりこの森の、あの背が高い灰緑色の樹——哨兵の木《センチネル・ツリー》の下でのことだった。

だが、こんな状態の〈神々の森〉は初めて見る。灰色で、不気味で、全体に生あたたかい霧がたゆたい、あちこちにぼうっと光が浮かんでおり、ささやくいくつもの声は、あらゆる方向から聞こえてくるようでもあり、どこからともなく聞こえてくるようでもある。樹々の下では、温泉が湯気を立てていた。地面から立ち昇るあたたかい湯気は、潤いのある吐息となって樹々を押しつつみ、あるいは建物の壁面を這い登って、灰色のカーテンとなり、窓の外におおいかぶさっている。

〈森〉の中には小径があった。曲がりくねる小径には平たい石が敷いてあったが、石はひび割れて苔だらけで、風で飛ばされてきた土と落ち葉でなかば埋もれているうえ、太い茶色の根で押しあげられ、足もとがあぶなっかしい。そんな小径にそって、シオンは花嫁を導いていった。

（ジェイン、この娘《こ》の名はジェイン、発音は苦痛《ペイン》のように）

いや、こんなことを考えてはならない。この名が自分の口から出たとたん、指一本か耳の片方をなくすことになってしまう。一歩一歩、足もとをたしかめながら、ゆっくりと小径を歩いた。足の指が四本欠けているので、急ぐと不安定になってしまうのだ。ここで転べば、たいへんなことになる。ラムジー公の華燭の典をつまずきなどでだいなしにしようものなら、おまえのぶざまさを矯正してやるといって、足の皮をまるごと剝がれかねない。

霧はかなり濃密で、見えるのはすぐそばの樹々だけだ。そこから先は、高い影とぼやけた光がうっすらと見えるにすぎない。蛇行する小径の脇と樹々のあいだには、蠟燭が灯されており、その光は、生ぬるい灰色のスープに浮かんで淡い光を放つ蛍のようでもある。まるで奇妙な地下世界にさまよいこんだかのようだった。そこは世界と世界のはざまの、時のない場所——救われぬ霊魂がしばし陰々とさまよったのち、各々の罪にふさわしい地獄への道を見つける場所のように思えた。

（では、おれたちはみんな死んでいるのか？　眠っているうちにスタニス勢が急襲してきて、おれたちを皆殺しにしたのか？　戦いはこれから始まるのか、それとももう戦いがあって、負けてしまったあとなのか？）

そこここで松明《たいまつ》が猛々しく燃えて、結婚式の参列者たちの顔に赤い光を投げかけている。ゆらめく光を霧が反射し、投げ返しているため、参列者の顔はなかば人間のものではないかのごとく、妙にけものじみて見えた。スタウト公はマスティフ犬で、老ロック公は禿げ鷹、〈淫売殺し〉のアンバーは怪物像《ガーゴイル》で、大ウォルダー・フレイは狐、小ウォルダー・フレイは鼻輪のない赤い牡牛だ。ルース・ボルトン公自身の顔は、目があるべきところに汚れた氷のかけらをふたつつけた、淡い灰色のマスクと化していた。

参列客の頭上には、葉の枯れ落ちた茶色の枝々が広がって、その上に使い鴉がびっしりととまり、羽をふくらませながら、下の野外劇を見おろしている。

（学匠《メイスター》ルーウィンの鳥たちか）ルーウィンは死んで、ルーウィンが住んでいたメイスターの塔も火をかけられたが、使い鴉たちはこの城に残ったようだ。（じっさい、ここは使い鴉の

帰るべき場所だからだな〉

帰るべき場所があるというのはどんな気持ちなのだろう、とシオンは思った。

そのとき、霧が左右に分かれた。あたかも舞台の幕が左右に開き、新たな場面があらわになるように。正面に〈心の木〉が現われた。骨のように真っ白な枝が大きく左右に張りだし、太い白色の幹の根元には落ち葉が散り敷いて、赤と茶色の絨毯を作りだしている。使い鴉の群れは、〈心の木〉の枝々でいちだんと密集し、群れだけの秘密のことばで、なにごとかをささやきあっているようだった。

その樹の根元に、ラムジー・ボルトンが立っていた。足に履いているのは膝丈の、灰色に染めた軟らかい革の長靴《ちょうか》、身につけているのは黒いベルベットの胴衣《ダブレット》で、生地の切れ目《スラッシュ》には薄桃色のシルクが覗き、何個もの涙滴形をした柘榴石《ガーネット》を光にきらめかせている。ラムジーの顔に微笑が躍った。

「来《きた》れるはたれぞ」ラムジー公の唇は濡れていた。襟の上に見える首は赤い。「神の御前《みまえ》に来《きた》れるはたれぞ」

シオンは答えた。

「スターク家のアリア、婚姻をなさんとて、ここにぞ来《きた》れり。成長し、初花を迎え、嫡出の公女にして高貴なる生まれのアリア、ここに神々の祝福をば乞い願わん。アリアを求むるはたれぞ」

「そはわれなり」とラムジーは答えた。「ボルトン家のラムジー、ホーンウッド城の城主にして、ドレッドフォート城の跡継ぎなる者、アリアをば求めん。娘をわれに引きわたす者はたれぞ」

「グレイジョイ家のシオン、アリアの父親の被後見人たりし者なり」シオンはここで花嫁に向きなおった。「レディ・アリアよ、汝はこの者を受け入れんとするか？」

〝アリア〟は目をあげ、シオンの目を見た。

（茶色の目だ。灰色の目ではない。参列者はみんな、こんなことにも気がつかないのか？）

長いあいだ、〝アリア〟は口をきかなかった。だが、その目は切々と助けをもとめていた。

（これは好機なんだ）とシオンは思った。（みんなに打ち明けろ。いますぐ、みんなに打ち明けろ。全員の眼前で声高に自分の本名を叫べ。自分がアリア・スタークではないと一同に打ち明けて、北部諸公に、自分がいかにしてこの役割を演じさせられるにいたったかを説明するんだ）

もちろん、そんなことをすれば、この娘の命はない。それはシオンも同様だ。だが、その場合、ラムジーは怒り狂い、この場で即座に殺してくれるのではないかという期待が持てる。北の古き神々も、そのくらいのささやかな恩寵は与えてくれるかもしれない。

「——この方を受けいれます」

花嫁は蚊の鳴くような声で答えた。

周囲では霧ごしに、百本の蠟燭がぼうっと光っている。そのようすは光暈《こううん》にけぶる星々のようだった。シオンはあとずさった。ラムジーと花嫁は手と手をつなぎ、〈心の木〉の前でひざまずいて、ともにこうべをたれ、神々に対する恭順の意志を示した。ウィアウッドは、彫刻された一対の赤い目でふたりを見おろしている。大きく開いた巨大な赤い口は、笑っているかのようだ。頭上の枝で、一羽の使い鴉が口真似《クオーク》をした。

しばし無言の祈りを捧げたのち、男女は立ちあがった。すこし前に、シオンが花嫁の肩にかけたマントを、ここでいま、ラムジーが剝ぎとった。灰色の毛皮で縁どられた厚手の白いウールの地に、スターク家の〝大狼《ダイアウルフ》〟紋が描きだされたマントだ。かわってラムジーは、自分のダブレットにつけているのと同じ、赤い柘榴石《ガーネット》をちりばめた薄桃色のマントをかけた。マントの背中には、ドレッドフォート城の紋章である〝皮を剝がれた男〟が描かれている。使われている素材は、見るからに禍々《まがまが》しげな赤革だ。

ごくあっさりと、式はおわった。北部の結婚式は、はなはだ簡素なのである。司祭《セプトン》たちが式を執り行なうこともない。理由はどうあれ、シオンにしてみれば、それはありがたいことだった。ラムジー・ボルトンは新妻を抱きあげると、霧をぬって大股に歩きだした。ルース・ボルトン公と公妃レディ・ウォルダがそれにつづき、ほかの者たちもそのあとにつづいて歩きだす。楽師たちがふたたび音楽を奏で、吟遊詩人のルーベが『ふたりの心臓はひとつのごとくに搏《う》つ』を歌いはじめた。そのうえさらに、ルーベの連れてきたふたりの女性歌手が加わって、美しいハーモニーを奏でた。

気がつくと、シオンは祈りのことばを唱えるべきだろうかと考えていた。

（ここで祈りを捧げたら、古《いにしえ》の神々は聞きとどけてくれるだろうか）

北の神々をシオンは信仰していないし、かつて信仰した例《ためし》もない。自分は鉄《くろがね》の者であり、パイク島の息子であり、信じる神は鉄《くろがね》諸島の〈溺神《できしん》〉だ。だが……ウィンターフェル城は海から遠く離れている。そもそも、いかなる神も自分の願いを容れてくれたことなどない。自分がだれなのか、何者なのか、なぜまだ生かされているのか、なぜ生まれてきたのか——なにもわからない。

「シオン」

声がささやいた。そんな気がした。

びくっとして顔をあげる。

「だれだ？」

だが、見えるのは周囲の樹々と、樹々を取りまく霧ばかり。声は枯れ葉がこすれあう音のようにかすかで、憎悪のように冷たかった。

（神の声か。でなければ、亡霊の声だ）

自分がウィンターフェル城を奪取したあの日、おおぜいが死んだ。ウィンターフェル城を失ったあの日、さらにおおぜいが死んだ。いったい何人の命が失われたのだろう。

（あの日、シオン・グレイジョイは死に、〈リーク〉として生まれ変わった。〈リーク〉、〈リーク〉、発音は悲鳴《シュリーク》のように）

だしぬけに、こんなところにはいたくなくなった。

ひとたび〈神々の森〉の外に出たとたん、冷気が血に飢えた狼のように襲いかかってきて、歯の根が合わなくなった。

風に向かって前のめりになり、蠟燭と松明の長い列にそって大広間へ急ぐ。凍った雪面が足の下でザクザクと音を立てている。いきなり、突風が吹いてきて、フードをひっぺがした。まるで亡霊が凍てついた指を突きたて、顔をかきむしろうとしているかのようだった。

シオン・グレイジョイにとって、いまのウィンターフェル城は亡霊だらけの場所なのだ。これは子供のころに知っていた城――夏の日々を知っていたあの城ではない。この場所は損壊し、荒廃し、要塞よりも廃墟に近く、鴉と死体に取り憑かれている。二重の大幕壁は、まだしっかりと立っていた。花崗岩の城壁がそうたやすく火に屈することはない。しかし、城壁内の塔も天守もほとんどが屋根を失っており、なかには崩壊した棟もあった。藁屋根と木材は、残らず燃えつきた棟もあれば、部分的に残っている棟もある。温室庭園のガラスも多数が割れて、冬のあいだの食料とすべく育てられていた果実と野菜は、ことごとく枯れて黒変し、凍りついていた。郭にはいま、なかば雪に埋もれた状態で天幕がぎっしりと並んでいる。ルース・ボルトン公は、友軍のフレイ勢ともども、連れてきた軍勢をすべて城壁内に収容したのだ。各廃屋の部屋という部屋は兵に割り当てられ、都合何千もの人員がひしめき、地下室や屋根のない塔で眠っている。何世紀も無人のまま放置されてきた建物の中でもだ。

再建された厨房や屋根を葺《ふ》きなおされた兵舎からは、灰色の炊煙がいくすじも立ち昇っていた。胸壁にも矢狭間《やざま》の隙間にも雪が積もって、氷柱《つらら》が垂れさがっている。すべての色彩はウィンターフェル城から取り除かれて、残っている色は灰色と白ばかり――。

（スターク家の色だな）

それを凶兆ととるべきか、吉兆ととるべきか、シオンにはわからなかった。空でさえもが灰色だ。

（灰色に灰色が重なって、さらに灰色が濃くなっていく。世界はべったり灰色だ。どちらを見まわしても、なにもかもが灰色だ。灰色でないのは、花嫁の目の色だけ）花嫁の目の色は茶色なのである。（大きくて茶色で、恐怖にあふれた目――）

あの娘が自分に救いをもとめたのはフェアではない。いったいなにを期待していたのか。口笛を吹いて、翼を生やした馬を呼びよせ、空を飛んで、ここから連れだすとでも？　あの娘とサンサが好んで読んでいた物語の英雄のように？　こちらは自分の身でさえ救えないというのに。

（〈リーク〉、〈リーク〉、発音は屈従《ミーク》のように）

郭のそこここには、麻縄の先でなかば凍りついて、膨れあがった顔を霜で白くおおわれた死体が吊るされている。ボルトンの先遣隊が到着したとき、城には不法占拠者が住みついていた。崩れかけた天守や塔から槍先を突きつけられて追いたてられた者は二十数名に達し、そのうちとくに粗暴で反抗的な者は縛り首にされ、残りは強制労働を命じられた。しっかり働け、そうすればきっと慈悲を施してやる、というのが、先遣隊の直後に到着したボルトン公が不法占拠者に約束したことばだった。石と木なら、すぐそばの〈狼の森〉にたっぷりとある。まずはじめに、焼け落ちた各門の扉に代わって、頑丈な扉が再建された。つづいて、大広間の崩れ落ちた屋根が取り除かれ、新しい屋根が急いで取りつけられた。ひととおりの作業がおわると、ボルトン公は不法占拠者をすべて吊るしてしまった。約束どおり、慈悲を施し、ただのひとりも皮を剥がないでやったのだ。

そのころには、残りのボルトン勢もすべて到着していた。咆哮をあげて吹きよせる北風の中、兵士たちはさっそく、トメン王の牡鹿と獅子の旌旗《せいき》をウィンターフェル城の城壁に立て、その旗の下にドレッドフォート城の〝皮を剥がれた男〟の旗を立てた。シオン自身が乗ってきたのはレディ・バーブレイ・ダスティンの馬車だ。馬車に同乗していたのは、女公本人、バロウトンの召集兵数名、そして花嫁だった。結婚式のそのときまでは、レディ・アリアの後見人は自分が務めるとレディ・ダスティンがいいはったからだが、そのときはついにきた。

（もはやあの娘はラムジーのものだ。自分で誓いのことばを口にしたんだから）

この結婚によって、ラムジーはウィンターフェル城の城主となる。ジェインが怒らせないように注意しているかぎり、ラムジーに傷つけられる心配はない。

（アリア。あの娘の名はアリアだ）

毛皮の裏張りをした手袋をはめているのに、シオンの両手は痛みで疼きだした。いつでもいちばん痛むのは手だ。とくに失われた指が痛む。女たちがこの指に触れられて喜んでいた時期など、ほんとうにあったのか？

（おれもいちどはウィンターフェル城の支配者《プリンス》となった）とシオンは思った。（その結果が

このざまだ)

かつてのシオンは、人々が百年の長きにわたって自分の勲《いさお》しを歌い継ぎ、大胆さを讃える物語を語り継ぐだろうと思ったこともある。しかしいまは、人が自分の名を口にすることがあっても〈返り忠のシオン〉であり、自分にまつわる物語は裏切りの話ばっかりだ。

(ここはおれの家じゃない。おれはここでは人質だった)たしかに、スターク公はシオンのことを無下にあつかいはしなかった。だが、彼我のあいだにはつねに、あの大剣の長い鋼の影が落ちていた。(おれに親切ではあった。しかし、あたたかくはなかった。いつの日か、おれを殺さねばならないときがくるかもしれないとわかっていたからだ)

シオンは天幕のあいだをぬい、うつむきかげんに郭を横切っていった。

(おれはこの郭で戦いかたを学んだんだったな)

あのあたたかい夏の日々、指南役の老サー・ロドリックに見まもられて、ロブやジョン・スノウと剣の練習にはげんだことを思いだす。あのころの自分はどこも欠けてはいなかった。どんな男にも劣らず、ちゃんと剣の柄《つか》を握ることができた。だが、この郭には暗い思い出も宿っている。ブランとリコンが城から逃げた晩、自分はここにスターク公の臣下を集めた。そのときはラムジーが〈リーク〉のふりをしてシオンのとなりに立ち、少年ふたりがどこへ向かったかをしゃべらせるため、捕虜の何人かの皮を剝げとささやいてきた。それに対して、シオンはこう答えた。

「おれがウィンターフェル城のプリンスであるうちは、絶対にここで皮を剝ぐようなまねはさせん」

自分の支配がああも短期間におわるとは、夢にも思っていなかったのである。

（だれもおれを助けようとはしなかった。半生をともに過ごした者たちだというのに、だれひとりとしておれを助けようとはしなかった）

それでも、スターク公の臣下を救うため、できるだけのことはしたのだが、〈リーク〉の仮面をかなぐり捨てるにおよんで、ラムジーは城の者を皆殺しにした。シオン麾下《きか》の鉄衆《くろがね》もだ。

（ラムジーはおれの愛馬に火をつけた）城が陥落した日に見た、それは最後の光景だった。愛馬・微笑《スマイラー》むものが燃えていく。鬣《たてがみ》に火をつけられて、棹立ちになり、前脚で空をかき、恐怖に目を白く剝いて暴れるスマイラー。（あれもこの郭で起きたことだ）

目の前にぬっと大広間の扉がそそりたった。燃えてしまった扉に代わって新たに造られた扉は、切りだしたばかりの厚板を大急ぎで組みあわせたもので、シオンの目には、粗削りで醜く見えた。扉の前には、ふたりの槍兵が見張りに立っていた。部厚い毛皮のマントに身をくるんではいるが、顎鬚《あごひげ》には氷の粒ができており、どちらもがたがた震えている。ふたりに険悪な目でにらまれながら、シオンは足を引きずりつつ上がり段を昇り、両開きの扉のうち、右の扉を押し開いて、中にすべりこんだ。

大広間はほっとするほどあたたかく、松明が煌々と灯されていた。こんなにもおおぜいがこの大広間に集うところは見たことがない。しばし、部屋のぬくもりに身をひたしてから、やおら大広間の上座へ歩きだす。広間には長椅子がぎっしりとならべられ、客たちはひざを接して着席しており、背中と背中の隙間もほとんどないために、給仕たちは身をくねらせるようにして通っていかねばならない。上座の騎士や城主でさえも、ふだんより窮屈な思いをさせられている。

公壇の付近では、吟遊詩人のルーベがリュートを奏でながら、『美しき夏の乙女たち』を歌っていた。

（あの男、吟遊詩人を自称しているが、じっさいには幇間《たいこもち》だな）

マンダリー公は白い港《ホワイト・ハーバー》から楽師の一行を連れてきていたが、そのなかには吟遊詩人がいなかったので、ルーベが六人の女をともない、城門の前にやってきたときには、おおいに歓迎されたものだった。

「女はみんな身内です。ふたりは姉妹、ふたりは娘、ひとりは女房、ひとりは老母でして」と詩人はいった。が、当人に似ている者はだれもいなかった。「踊れる者もいれば、歌える者もいます。ひとりは笛が得意で、ひとりは太鼓が得意。洗濯女にも使えますですよ」

詩人であれ幇間であれ、ルーベの声はよく通った。リュートの演奏の腕もたしかだった。こんな廃墟の中では、これ以上のものは望めまい。

壁面には何枚もの紋章旗がかけられていた。ライズウェル家の〝馬頭〟旗は、四家そろいぶみのために、金、茶、灰、黒と、各家の地色がみんなそろっている。ほかには、アンバー家の〝吠える巨人〟。〈フリントの指〉のフリント家を表わす〝石の手〟。ホーンウッド家の〝箆鹿《ヘラジカ》〟にマンダリー家の〝男人魚〟。サーウィン家の〝黒い戦斧《せんぷ》〟に、トールハート家の〝三本松〟等だ。もっとも、派手な色をした紋章旗の数々も、その下の壁の黒い焼け焦げを隠しきれてはいない。かつて窓があったところは板で塞がれていた。天井にも違和感がある。何世紀ものあいだ煙でいぶされて真っ黒になった古い垂木は焼けてなくなり、いまは明るい色をした真新しい材木に取って代わられていたからだ。

最大の旗は、公壇のまうしろにかかげられていた。新婦と新郎のうしろにかけられているウィンターフェル城の〝大狼《ダイアウルフ》〟紋旗と、ドレッドフォート城の〝皮を剝がれた男〟の旗だ。スタークの旗を見たとたん、シオンは思いのほか衝撃をおぼえた。

（ちがう。この旗じゃない。花嫁の目の色と同じくらいちがう。プール家の旗は――アリアならぬジェイン・プールの家の旗は――白地に青の円をあしらって、外周を灰色の楯形線で縁どられている。あそこにかかっているべきは、そんな旗だ）

「〈返り忠のシオン〉」

通りかかったシオンに向かって、だれかがいった。シオンを見て、そっぽを向く者たちもいる。ひとりはぺっとつばを吐いた。

（むりもない）

シオンは謀叛《むほん》の徒であり、裏切りによってウィンターフェル城を奪いとり、ともに育った後見人の息子たち――兄弟も同然の息子たちを殺害したばかりか、要塞《モウト》ケイリンでは同族を降人《こうにん》にしたあげく生皮を剝がさせ、妹も同然の娘をラムジー公のベッドに送りこもうとしている人非人なのだ。ルース・ボルトンはシオンを利用する気かもしれないが、真の北部人はシオンを蔑みきっているにちがいない。

左足の指を三本奪われているので、ひょこひょことぶざまな歩き方しかできない。はた目には滑稽に見えるのだろう、背後で女が笑う声がした。なかば凍てついた城の墓場にさえも——雪と氷と死に囲まれたこの廃墟にさえも、女はいるらしい。

（洗濯女か）

これをもうすこしはっきりと表現するなら、非戦闘従軍者——ありていにいえば、娼婦のことだ。

女たちがどこからやってくるのか、シオンにはわからないが、いつでもどこからともなく湧いてくる——まるで、死体を這いまわる蛆《ウジ》のように。あるいは、戦《いくさ》のあとに群がってくる使い鴉のように。どんな軍勢にも従軍娼婦がいないということはない。なかには、ひと晩につづけて二十人もの男を相手にできる猛者《もさ》がいる。どんな男であろうとおかまいなしにだ。乙女のように無垢に見える者もいるが、それは商売上のごまかしにすぎない。いっぽうで、いずれかの神にささやかれた誓いのことばを盲信し、戦がおわれば忘れられる運命にあるというのに、野営地の花嫁となって、特定の兵士についてまわる者もいる。そういった女は、夜は褥《しとね》で男をあたため、朝は長靴《ちょうか》にあいた穴を繕い、日暮れには夕食を作り、戦のあとには男が作った死体から金目のものを剝ぎとる。なかには洗濯する女もいる。そんな従軍娼婦は、しばしば赤子を孕《はら》むことがあり、いずれかの野営地でみじめな薄汚れた私生児を産み落とす。だが、そんな低劣な娼婦どもにさえも、〈返り忠のシオン〉は嘲笑される立場にあった。

(笑わせておこう)

シオンの誇りは、このウィンターフェル城で潰《つい》えた。ドレッドフォート城の地下牢では、わずかな誇りをいだく余地すら与えられなかった。皮剝ぎナイフのキスの味を知る者に対し、嘲笑ごときはまったく傷つける力を持たない。

生まれついての身分と血筋のおかげで、シオンの席は公壇のはずれの壁ぎわに用意されていた。左横にすわっているのはレディ・ダスティンだ。例によって、黒いウールのドレスを身につけている。ドレスはかっちりとした仕立てで、飾り気がまったくない。右にはだれもすわっていなかった。

(みんな、不名誉の塊ととなりあうのがいやなんだな)

状況さえゆるせば、シオンは笑っていただろう。

花嫁はラムジーとその父親のあいだという、もっとも名誉のある席にすわっていた。目を伏せたままの花嫁のとなりで、ルース・ボルトン公がレディ・アリアのために乾杯の音頭をとった。

「レディがもたらす子供たちによって、われわれふたつの旧家はひとつとなる。スタークとボルトンとの長きにわたる確執に終止符が打たれるのだ」

ひどく静かな声なので、大広間内の人間はみな息をひそめ、よく聞こうと耳をそばだてた。

ボルトン公はつづけた。

「残念ながら、われらが良き友スタニスは、せっかくの宴に間にあわなかったと見える」

笑いのさざ波が湧き起こった。

「ラムジーは結婚の贈り物として、レディ・アリアにあの男の首を捧げたいと願っていたが、あてがはずれたな」

笑い声がいっそう大きくなった。

「あの男がきたら、手厚くもてなしてやろうではないか。北部人ならではの歓待で出迎えてやろうではないか。その日まではたんと食い、飲み、楽しんでおくがよい……なぜなら冬は目前に迫っており、われわれの多くは生きて春を見ることができないであろうからだ」

料理各種と飲みものは白い港《ホワイト・ハーバー》の領主が提供したものだった。黒いスタウト・ビールに黄色いビールもある。赤と金と紫のワインは、南のあたたかい土地からはるばる大積載量の船で運んできて、ワイマン公の深い地下室で寝かせてあったものだ。披露宴の招待客たちは、つぎつぎに供される料理をがつがつと貪り食った。鱈《コッド》とマッシュトポテトの焼物《ケーキ》、冬南瓜《カボチャ》、蕪《カブ》の山、厚くてでかい円板形《ホール》チーズ、黒焦げに近く炙られてなおも煙をあげているマトンの厚切りと、ビーフの肋肉《リブ》。最後に、ばかでかいウェディング・パイ三枚が切り分けられた。馬車の車輪ほどもある大きなパイには、サクサクの生地の中に、人参《ニンジン》、玉葱《タマネギ》、蕪、砂糖人参《パースニップ》、茸《キノコ》、香辛料《シーズニング》をきかせたポークなどがぱんぱんに詰めこんであり、食欲をかきたてる香り高いブラウン・グレービーをたっぷりとからめてあった。パイはラムジーが湾刀で切り分けて、ワイマン・マンダリーみずから公壇の賓客たちにサーブした。ほかほかと湯気の立つ最初のふたきれをルース・ボルトンと太ったフレイの妻に、ついでウォルダー・フレイ老公の息子であるサー・ホスティーンとサー・エイニスにもパイの皿をまわす。

「これまでに食された中で、とびきりのパイであることは保証しよう」肥満公は誇らしげにいった。「アーバー・ゴールドで流しこみながら、ひとくちひとくち、じっくりと堪能していただきたい。むろん、わしもそうさせてもらう」

そのことばどおり、マンダリー公は六きれを食いつくした。三枚あるパイから、それぞれふたきれずつを取り、ぴちゃぴちゃと唇を鳴らし、腹を打ちながらパイを貪って、とうとう上着の前半分がグレービーのしみで茶色くなり、顎鬚《あごひげ》にはパイ皮のかけらがたくさんついているありさまとなった。太ったウォルダ・フレイ妃は、マンダリー公の健啖《けんたん》ぶりにはおよばないものの、それでも三きれをたいらげた。ラムジーも旨そうに食っている。ただ、青白い花嫁だけは、目の前に置かれたひときれを見つめるばかりで、手をつけようとはしなかった。花嫁が顔をあげ、シオンを見たとき、その大きな茶色の目の奥に見えたのは、ただ恐怖だけだった。

大広間には長剣の持ちこみをいっさいゆるされていないが、全員、短剣は携行している。シオン・グレイジョイでさえもだ。短剣がなければ、どうやって肉を切ることができよう？　そして、ジェイン・プールであった娘を見るたびに、腰に吊った鋼の存在が強く意識された。

（この娘を救うすべはもうない）とシオンは思った。（だが、この娘を殺すことはたやすい。

だれもそんな事態は予想だにしていないはずだ。踊っていただく栄誉をたまわれませんかと持ちかけて、喉を掻き切ることだってできる。それが親切というものじゃないか？　そして、古《いにしえ》の神々が祈りを聞きとどけてくださるのならば、ラムジーは花嫁を殺されて怒り狂い、その場でおれを殺してくれるだろう）

死ぬのは怖くない。ドレッドフォート城の地下牢で、死よりもはるかに悲惨なものがあることは思い知った。その教訓を与えたのはラムジーだ——手の指を一本、足の指を一本と、皮を剝いでいくことで。あの苦痛だけは忘れられそうにない。

「どうしたの、食べないの」

レディ・ダスティンがたずねた。

「ええ」

ものを食べることは、いまのシオンにはむずかしい。ラムジーにあまりにもたくさん歯を砕かれ、ものを嚙むのが苦痛になっているのだ。なにかを飲むのはわりと簡単だが、指が欠けていて取り落とす恐れがあるので、ワインのカップは両手で持たなくてはならない。

「ポークパイはおきらい？　たしかに、これほど美味なポークパイはいただいたことがないわね、わが太った友人が請けあったとおりだわ」レディはそういってワインのカップを使い、マンダリー公を指し示した。「あんなにも上機嫌な肥満公を見たことがあって？　いまにも踊りだしそうじゃないの。みずからパイの皿を配ったほどだし」

たしかにそのとおりだった。ホワイト・ハーバーの領主の姿は浮かれる肥満体そのものだ。

よく笑い、よく顔をほころばせ、ほかの貴族たちと冗談を言いあって、背中をどやしつけ、楽師たちにあれこれと曲を所望している。

『終わりの夜』を演《や》ってくれ」と、マンダリー公は吠えるような大声でいった。「花嫁もきっと気にいるぞ。でなければ、勇敢なる若きダニー・フリントの歌をたのむ。だれしもがさめざめと泣くこと請けあいだ」

見ていると、新婚で浮かれているのは、肥満公のように思えてくるほどだった。

「酔っておられるのですね」とシオンはいった。

「恐怖をまぎらしているだけでしょう。骨の髄まで臆病な男なのよ、あれは」

そうだろうか？　シオンはその確証が持てなかった。肥満公の息子たちも太っていたが、ふたりとも戦場で臆病な戦いぶりを見せたことはない。

「鉄《くろがね》の民も戦《いくさ》の前に宴を開きます。戦を目前にして、人生最後になるかもしれない享楽を味わっておくのです。もしもスタニスが攻めてきたら……」

「攻めてくるわよ。かならず攻めてきますとも」レディ・ダスティンは喉の奥でくっくっと笑った。「寄せ手を前にしたら、肥満公は失禁してしまうでしょうね。愛息子を〈覿《ちぬ》られた婚儀〉で殺されたというのに、フレイたちを自分の大広間に迎えいれて、パンと塩を分かちあい、孫娘のひとりをくれてやると約束したくらいだもの。おまけに、パイまで配るなんて。かつてマンダリー家は南部から北部に逃げこんできたの。土地も各地の城も敵に奪われて、ほうほうのていで。血は争えないものよ。肥満公としても、わたしたちを皆殺しにしたくてたまらないところでしょうけれど、あの男にそんな太い肝はないわ。太いのは腹まわりだけ。汗まみれの肥満体の中で搏《う》っている心臓は、臆病で萎縮しきったしろもの……ちょうど……あなたの心臓と同じようにね」

最後のひとことには露骨な非難がこめられていたが、シオンはあえて言い返さなかった。すこしでも不遜な言動をすれば、また皮を剝がれてしまう。

「マンダリー公が、本心ではわれわれを裏切りたいと思っていると——そうマイ・レディが考えておいでなのでしたら、それをおっしゃるべき相手はボルトン公ではないでしょうか」

「ルースがそれくらい気づいていないとでも思うの？　馬鹿な子ねえ。ルースを見てごらんなさい。マンダリーの言動にいちいち目を光らせているでしょう。どの料理にしても、まずワイマン公が口にしないかぎり、絶対に食べないようにしているわ。マンダリーが同じ樽のワインを飲んでからでないと、けっしてカップにも口をつけない。肥満公が裏切るそぶりを見せたら、むしろルースは喜ぶでしょう。そのほうがおもしろくなるもの。あなたも知っているとおり、もう何年も以前から、ルースには感情というものがないの。大好きな蛭《ヒル》治療で血を吸わせているうちに、感情までも吸いつくされてしまったかのようにね。ルースは人を愛さない。人を憎みもしないし、嘆きもしない。今回の件は、ルースにとってゲームなのよ。ほどよい気晴らしなのよ。気晴らしとして狩りに興じる者もいれば、鷹狩りに熱中する者もいる、賽子《サイコロ》遊びに夢中になる者もいる。そのかわり、ルースは人間を使ってゲームをするの。あなたとわたしや、あのフレイたち、マンダリー公、自分の太った新妻、自分の落とし子でさえも、駒としてね。ルースにとって、わたしたちはゲームの駒でしかないんだわ」

　給仕がそばを通りかかった。レディ・ダスティンはカップを差しだし、ワインをつがせてから、シオンのカップも満たすようにというしぐさをした。

「ほんとうをいうとね」レディは語をついだ。「ボルトン公はたんなる一領主以上の存在になりたいの。だったらこのさい、〈北の王〉になってはどう？　タイウィン・ラニスターは死んで、〈王殺し《キングスレイヤー》〉は片手をなくし、〈小鬼《インプ》〉は逐電《ちくでん》。ラニスター家はもはや過去の勢力だわ。そして、ルースにとってありがたいことに、あなたはスターク家を排除してくれた。ウォルダー・フレイの老公も、自分の太った小さなウォルダが女王になるなら、否やはないでしょう。きたるべきスタニスとの戦いでワイマン公が生き残れば、ホワイト・ハーバーは少々うるさい存在になるかもしれないけれど……賭けてもいいわ、肥満公は生き残れない。スタニスと同様に。そしてルースは、邪魔な存在をふたつとも排除することになる。かつて〈若き狼〉を排除したように。そうしたら、残る邪魔者はだれ？」

「あなたです」とシオンはいった。「まだあなたがいます。バロウトンの町の女性領主――婚姻によってダスティンとなり、生家のライズウェル家を後ろ楯に持つあなたが」

　レディ・ダスティンは、わが意を得たりとばかりに顔を輝かせた。ひとくちワインを飲み、黒い目をきらめかせて、レディはいった。

「〈バロウトンの未亡人〉……そう、たしかにわたしがその道を選べば、やっかいな存在になれるわね。もちろん、ルースはそこまで見越していて、わたしのご機嫌をそこねないよう、神経を使っているのよ」

レディはまだしゃべろうとしかけたが、そこで学匠《メイスター》たちに目をやった。公壇の背後にある城主用の扉から、三人のメイスターが入ってきたのである。ひとりは長身、ひとりは小太り、ひとりはかなり若い。だが、その灰色のローブと学鎖を見れば、三人が黒変するまで熟した莢《さや》に収まり、学識を取得した三つの灰色の豆であることはまちがいない。戦争が起きる前、メドリックはホーンウッド公に、ロドリーはサーウィン公に、若いヘンリーはスレート公に仕えていた。そしていま、ルース・ボルトンは三人をウィンターフェル城まで連れてきて、故ルーウィンの使い鴉の面倒を見させ、この城からふたたびメッセージを送りだせるようにしたのだ。

メイスター・メドリックがボルトンのそばに片ひざをついて、なにごとかを耳打ちした。レディ・ダスティンが不愉快そうに口を歪めた。

「わたしが女王ならね、真っ先にするのは、あの灰色鼠たちを皆殺しにすることよ。どこにいっても、ちょろちょろと。領主の残り物で暮らし、仲間同士でチューチューしゃべりあい、主人の耳にああしてこそこそささやいて。でも、ほんとうはどっちが主人でどっちが仕える側なのかしら？　大領主はかならずメイスターをかかえているでしょう。下位の領主たちもみんなメイスターをほしがるわ。まるで、メイスターをかかえていなければ小物であるかのように。灰色鼠は文字を読み書きするし、文字が読めない領主に代わって手紙を読むこともするけれど、自分たちに都合がいいように内容をねじ曲げて伝えてはいないと、だれに断言できて？　そんな連中になんの存在意義があるというの？　ねえ、どう思う？」

「あの者たちは治療をします」

とシオンは答えた。そう答えるように期待されている気がしたからだ。

「治療をするわね、ええ。役たたずといった憶えはないわ。灰色鼠は、わたしたちが病気になったり怪我をしたりしたときは看病もするし、病気で錯乱した親や子を落ちつかせたりもする。わたしたちがひどく弱っているとき、心がまいっているときは、いつでもそばにつきそっているしね。ときどきは治療もするから、そのことに対してわたしたちは謝意を示す。治療に失敗したら失敗したで、灰色鼠は悲嘆にくれるわたしたちを慰める。それに対して、わたしたちはやはり謝意を示す。感謝の念から、わたしたちは城や館に灰色鼠を住まわせて、自分たちの恥や秘密を打ち明けるようになり、評議会の一員に加える。そして、遠からず、支配者は支配される立場に置かれてしまうの。

リカード・スターク公の場合がその典型だったわ。メイスター・ウェイリスというのが、彼の灰色鼠の名前でね。メイスターに姓がなくて、名だけで呼ばれるというのは、なかなか巧妙な仕組みだとは思わない？　はじめて〈知識の城《シタデル》〉の門をくぐったときには、姓と名があった者でさえもが、姓をなくしてしまうのよ。そうすることで、そのメイスターの正体や出自が見えなくなってしまうの。けれど……入念に探りさえすれば、身元は調べだせるわ。学鎖を取得する前、メイスター・ウェイリスはウェイリス・フラワーズとして知られる人物だった。フラワーズ、ヒル、リヴァーズ、スノウ……いずれも庶子につけられる姓でしょう。

庶子であることを明確に示すために、こういう姓をつけるのよ。結局は、早々にごまかしてしまうのがふつうだけれどね。ウェイリス・フラワーズは、ハイタワー家の娘を母親に持つ男で……父親は〈知識の城《シタデル》〉のさる大学匠《アーチメイスター》だといううわさだわ。灰色鼠も、わたしたちに信じさせたがっているほど潔癖ではないということかしら。なかでも最悪なのが、オールドタウンのメイスターたちでね。ウェイリスが学鎖を修めたとたんに、その正体不明の父親と友人たちは、時を移さず彼をウィンターフェル城へ派遣して、リカードの耳に蜂蜜のように甘い猛毒のことばを吹きこませたの。リカードの息子のエダードとキャトリン・タリーとの縁組を仕組んだのも、ウェイリスのしわざと見てまちがいないわ。あの男は――」

そこまでいいかけて、レディ・ダスティンはことばを切った。色の薄い目を松明の灯りにきらめかせて、ルース・ボルトンが立ちあがったからだ。

「友人諸君」ルース公は語りはじめた。大広間は静まり返り、シオンの耳には、窓に仮打ちされた板が風で小さくカタカタとなる音さえも聞きとれた。「スタニスとその騎士たちは、新たに奉ずる紅《あか》い神の旗標《はたじるし》を翻して、深林の小丘城《ディープウッド・モット》を出発した。北部山岳地帯の各一族も、毛むくじゃらの小型馬に乗って同行している。天候が崩れなければ、スタニス勢は二週間のうちにもここへ着くだろう。〈鴉の餌《クロウフード》〉ことモース・アンバーも〈王の道〉を南下してくるいっぽう、カースタークも東から進軍してくる。この付近でスタニス公と合流し、この城をわれらから奪うつもりらしい」

サー・ホスティーン・フレイが立ちあがり、意見を述べた。

「ただちに出陣して、各個に迎え討つべきだ。やつらが合流するのを指をくわえて見ている必要がどこにある？」

（それはアーノルフ・カースタークがボルトン公からの合図を待っているからさ、返り忠をするためにな）

そう思うシオンをよそに、ほかの諸公も口々に意見を叫びはじめた。ボルトン公は両手をかかげ、静粛をもとめた。

「この大広間は、かような議論をするのにふさわしい場所ではない。息子と花嫁の床入りのあいだ、主だった諸君とはわが執務室で相談をつづけようではないか。その他の者はここに残り、おおいに飲み食いを楽しんでもらいたい」

三人のメイスターにかしずかれ、ドレッドフォート城の城主がうしろの扉から出ていくと、ほかの諸公や部将たちも立ちあがり、あとにつづいた。〈淫売殺し〉と呼ばれる痩せた老人ホザー・アンバーが、ただでさえいかめしい顔に険しい表情を浮かべ、扉に向かっていく。マンダリー公はひどく酔っていたので、大広間から出ていくのにさいし、連れてきた四人の屈強な騎士の力を借りねばならなかった。

「いまだ『鼠の料理人』の歌を聴いてはおらなんだな」騎士たちの肩を借りて、ふらふらとシオンのそばを通りすぎるとき、マンダリー公がつぶやいた。「詩人や。『鼠の料理人』を歌ってくれんか」

レディ・ダスティンは最後まで公壇に残っていたうちのひとりだった。レディが扉の奥に消えてしまうと、大広間が急にいたたまれない場所に感じられたので、退出しようと思い、シオンは立ちあがった。立ってはじめて、自分もかなり酔いがまわっていることに気づいた。よろめいた拍子に給仕の娘が持っていた細口瓶を倒してしまい、こぼれたワインが暗赤色の川となって長靴《ちょうか》やズボンを濡らした。

いきなり肩をつかまれたのは、そのときだった。鉄のように硬い五本の指が、肉にぐっと食いこんでいる。

「お呼びだ、〈リーク〉」そういったのは〈渋面《しぶつら》のアリン〉だった。虫歯と歯茎のただれで口臭がひどい。〈黄色いディック〉と〈〝おれのために踊れ〟のデイモン〉もそろっている。「ラムジー公がな、花嫁をベッドに連れてくる役目はおまえにさせろとおっしゃっている」

恐怖の身ぶるいが全身を走りぬけた。

(おれはもう、自分の役割をはたしたはずだぞ。いまさら、なぜおれに？)

だが、いやだなどというべきでないことは承知していた。

ラムジー公はすでに大広間を出たあとだ。花嫁はスターク家の旗の下で、ぽつんとひとり、忘れ去られたかのように取り残され、背中を丸めてすわったまま、両手で銀のゴブレットを握りしめている。シオンは花嫁のそばに歩みよった。そのようすから察するに、一度ならずゴブレットをからにしたようだ。おそらく、泥酔してしまえば、いつのまにか試練がおわるとでも思ったのだろう。だが、そうは都合よくいかないことをシオンは知っている。

「レディ・アリア」と声をかけた。「いらっしゃい。務めをはたすときがきました」

〈落とし子の男衆《ボーイズ》〉のうち六人にともなわれて、シオンは娘を大広間の奥の扉から外へ連れだし、寒さのきびしい郭を横切って大天守へと向かった。ラムジーの寝室がある三階めざし、石段をあがっていく。寝室はあまり火災の痛手を受けていない部屋のひとつだ。石段を昇るあいだ、〈〝おれのために踊れ〟のデイモン〉は口笛を吹き、〈皮剝ぎ人〉は、ラムジー公から特別に目をかけてもらっているしるしとして、破瓜《はか》の血がついた敷布をもらえることになっている、と吹聴していた。

床入りにそなえて、寝室は入念に準備がととのえられていた。用意された家具はすべてが真新しく、いずれも貨物馬車でバロウトンの町から運んでこられたものだ。天蓋つきの四柱ベッドには羽ぶとんが敷かれ、血の色をしたベルベットの上掛けがかけてある。石の床には狼の毛皮が敷きつめてあり、暖炉では火が燃えていて、寝台脇のテーブルの上には、一本の蠟燭が灯されていた。食器台の上にはワインの細口瓶が一本、カップが二杯、筋の入った白チーズが――これは厚い円板《ホール》の塊を半分に切ったものだ――載せてあった。

寝室には一脚の椅子も用意されていた。黒いオークを削りだしたもので、赤革のシートがかぶせてある。シオンたちが入っていったとき、ラムジー公はもうその椅子にすわっていた。唇の端にはよだれの泡が光っている。

「わが愛しき娘御のご入来か。みな、ご苦労だった。さがってもいいぞ。おまえはだめだ、〈リーク〉。残れ」

（〈リーク〉、〈リーク〉、発音は覗《ピーク》きのように）

なくなった指がひくつくのをおぼえた。左手の指は二本、右手の指は一本。腰には短剣を吊っている。革の鞘に収められて眠っている。この短剣が重かった。とてつもなく重かった。

（右手でなくなったのは小指だけだ。まだ短剣は握れる）

「わが君――どのようにお仕えすればよろしいのでしょう？」

「その小娘を引きわたす役目を務めたのはおまえだからな。贈り物の包み紙をはがすのに、おまえよりうってつけの者はおるまい？　ネッド・スタークの下の娘を、これからふたりで鑑賞しようではないか」

（この娘はエダード公のほんとうの娘じゃない）もうすこしで、シオンはそう口走りそうになった。（それはラムジーとて知っているはずだ。知らないはずがない。この新しいゲームには、いったいどんな残酷な罠が仕掛けられているんだ？）

娘はベッドの支柱のそばに立ち、仔鹿のようにわなわなと震えている。シオンは娘に声をかけた。

「レディ・アリア。背中を向けてくれませんか。ガウンのひもをほどけるように」

「だめだ」ラムジー公が自分のカップにワインをついだ。「ひもなどほどいていては時間がかかりすぎる。切れ。短剣で」

シオンは短剣を引き抜いた。

（ふりむいて刺しさえすればいい。短剣はおれの手の中にある）

が、このときにはもう、ゲームの性質が見えていた。

（これもまた罠だ）

鍵束を与えられたカイラのことを思いだした。

（ラムジーはおれに自分を殺させようとしむけているんだ。それに失敗したあとで、おれが短剣を持つのに使った手の皮を剝いでしまうつもりなんだ）

ガウンの布地をぐっとつかむ。

「じっとしていて、マイ・レディ」

腰の下あたりに布のたるみがあったので、そこに刃先を差しこみ、肌を傷つけないよう、上に向かってゆっくり刃を動かしていった。鋼に断ち切られるにつれて、ウールとシルクがかすかな、ごくかすかな悲鳴をあげている。娘は震えていた。急に動かないよう、シオンは片腕をつかんでいなければならなかった。

（ジェイン、ジェイン、発音は苦痛《ペイン》のように）

腕をつかむ手に力をこめる。指が二本欠けた左手に可能なかぎり強く。

「じっとしていて」

やっとのことで、ガウンがぱさりと下に落ち、足の周囲に白い布の塊となって輪を作った。

「下着もだ」

ラムジーが命じた。〈リーク〉は命令にしたがった。

下着の切断がおわったとき、上等な花嫁衣装は白と灰色のぼろの山となり、足もとに積み重なっていた。娘の乳房は小ぶりで先端がとがり、尻は幅がせまくて初々しく、脚は小鳥の脚のように細かった。

（子供だ）この娘がいかに若いか、シオンはすっかり忘れていた。（サンサと同い年なんだ。アリアはもっと若い）

暖炉で火を焚いているというのに、寝室は冷え冷えとしていた。ジェインの青白い肌には鳥肌が立っている。胸を隠そうとするかのように、ジェインが両手を上に動かしかけたが、シオンが〝だめだ〟と口だけ動かしてみせると、ただちに動きをとめた。

「この娘をどう思う、〈リーク〉?」

ラムジー公がたずねた。

「この娘は……」

（もとめられているのはどんな答えだ?）〈神々の森〉にいく前、この娘はなんといった?

（〝みんな、わたしのことを可愛いといってくれました〟だ）

いまのこの娘は可愛くない。背中にはうっすらと腫れた線がいくすじも走り、傷の蜘蛛の巣を形作っている。だれかに鞭打たれた痕だ。

「……美しいと思います。とてもとても美しい」

ラムジーはいつもの粘液質の笑みを浮かべてみせた。

「この娘を見て、おまえの一物は勃《た》つか、〈リーク〉? ズボンの前が硬く張るか? おれより先にこいつと寝たいと思うか?」けたけたと声をあげて笑った。「ウィンターフェル城の公子《プリンス》さまにならあ、その権利はある。そのむかし、すべての領主がそうしていたようにな。初夜権だよ。しかしおまえは、領主さまなどではない。そうだろう？　ただの〈リーク〉だ。本音をいえば、男ですらない」

もうひとくち、がぶりとワインを飲むと、ラムジーはカップを部屋の向こうに投げつけた。カップは壁にあたって砕け散った。石壁を赤い川が流れ落ちていく。

「レディ・アリア。ベッドに寝ろ。そうだ、枕に頭を載せて。良き妻のありようだな。さあ、股を開け。おまえの女陰を見せてみろ」

娘はことばもなく、命令にしたがった。シオンはドアへ一歩あとずさった。ラムジー公は花嫁のとなりにすわり、片手を太腿の内側にすべらせ、二本の指を女性自身につっこんだ。娘がうっと苦痛の声をあげた。

「かさかさに乾ききっている。古い骨と変わらん」ラムジーは手をひっこめ、いきなり娘の頬をはたいた。「おまえは男を喜ばせる方法を知っていると聞いていたのだがな。うそか」

「い、いえ、マイ・ロード。手――手ほどきは受けています」

ラムジーは立ちあがった。暖炉の照り返しが顔に躍っている。

「〈リーク〉、ここにこい、おれを受けいれる準備をさせろ」

つかのま、シオンにはその意味がわからなかった。

「わたしは……まさか閣下は……ム＝ロード、わたしには、そんな……そんなまねは……」

「口で奉仕しろ」とラムジー公はいった。「いいか、手早くやれよ。おれが服を脱ぐまでにこの娘が濡れていなかったら、おまえの舌を切りとって壁に打ちつけてやるからな」
〈神々の森〉のどこかで、一羽の使い鴉が鳴いた。短剣はまだ手の中にある。
それを鞘に収めた。
（〈リーク〉、おれの名は〈リーク〉。発音は弱虫《ウィーク》のように）
〈リーク〉は身をかがめ、務めにとりかかった。

38 目を光らせる者

「では、首を見るとしようか」

大公《プリンス》がうながした。

衛士長アリオ・ホターは、愛用する長柄斧《ながえおの》の——〝鉄と七竈《ナナカマド》の妻〟の——なめらかな柄に手を這わせながら、すべてに油断なく目を向けていた。白騎士サー・ベイロン・スワンと、白騎士に随行してきた者たちに目を光らせる。別々のテーブルについた〈砂蛇《サンド・スネーク》〉たちに目を光らせる。集まった諸公や女公や公妃たちに、給仕たちに、盲《めし》いた老家令に、若き学匠《メイスター》マイルズとそのシルクのような顎鬚《あごひげ》、そして卑屈な微笑に目を光らせる。なかば光の中に、なかば影の中に身を置きながら、衛士長はすべてに目を光らせていた。

〝お仕えし、服従し、お護りします〟

それがアリオの仕事だからだ。

その他の者の目はひとつ残らず、運ばれてきた匣《はこ》に釘づけになっていた。匣は黒檀を削りだしたもので、銀の留め金と蝶番《ちょうつがい》がついている。はなはだ拵《こしら》えのみごとな匣であることはまちがいない。だが、その中身しだいでは、この歴史あるサンスピア宮に集う者の多くが、もうじき死ぬことになる。

室内履きで床にかすかな足音を立てながら、メイスター・キャリオットが大広間を横切り、サー・ベイロン・スワンのもとへ歩みよった。この小太りの小男も、真新しいメイスターのローブを着用し、くすんだ薄茶色に細い赤縞の入った幅広の帯をつけていると、それなりに立派に見える。メイスターは白騎士の前で一礼をし、その手から匣を受けとって、公壇まで運んでいった。公壇の上で、娘のアリアンと亡き公弟《プリンス》の愛人エラリアにはさまれているのは、車椅子にすわったドーラン・マーテルそのひとだ。百本の香料蠟燭を灯しているおかげで、空気中にはかぐわしい香りがたちこめている。諸公の指にも、公妃たちの腰帯やヘアネットにも、多数の宝石がきらめいていた。アリオ・ホター自身、蠟燭の光を浴びて輝くようにと、銅の小札帷子《こざねかたびら》をぴかぴかに磨きあげてきている。

大広間に静寂が降りた。

（いま、ドーンじゅうが固唾《かたず》を呑んでいる……）

メイスター・キャリオットがプリンス・ドーランの車椅子に近づいて、目の前の床に匣を置いた。いつもなら、指を的確かつ器用に動かすメイスターだが、ラッチをはずし、ふたをあける動作が、いまばかりはぎごちない。中の髑髏《どくろ》があらわになった。だれかが咳ばらいをする音がした。ファウラー家の双子姉妹の片方が、もう片方になにごとかをささやきかけた。エラリア・サンドは目をつむり、祈りのことばをつぶやいている。

衛士長の見るところ、サー・ベイロン・スワンは、引き絞った弓弦《ゆづる》のように緊張しきっていた。新たにやってきた白騎士は、先日までいた白騎士ほど長身ではなく、器量も劣るが、胸板はずっと厚く、体格もがっしりとしており、腕も筋骨隆々として太い。雪白のマントを喉のところで留めている銀のブローチには、二羽の白鳥《スワン》があしらわれている。一羽は象牙、もう一羽は黒瑪瑙《オニキス》で、アリオ・ホターの目には、二羽が闘争しているように見えた。そんなブローチをつけている騎士自身も、闘争に長《た》けているようだ。

(この男、前の白騎士のようにはあっさり死にそうにないな。あのサー・アリスとちがって、おれの斧に正面から突進してくるようなまねはするまい。むしろ、楯の陰に隠れて、おれにかかってこさせようと仕向けるだろう)

そんな事態になるとしても、ホターには対応するだけの備えができていた。長柄斧の刃は髭を剃れるほどに鋭い。

ほんの一瞬だけ、匣にちらりと目をやることを自分にゆるした。髑髏は底面に敷いた黒いフェルトに載せられて、にたにたと笑っている。髑髏というものはみんなにたにた笑うものだが、この髑髏はとりわけうれしそうに笑っていた。

(しかも、でかい)

衛士長は、これほど大きな髑髏というものを見たことがなかった。眉骨は部厚くてごつく、あごの骨もがっしりしている。蠟燭に照らされて艶を放つ髑髏は、サー・ベイロンの純白のマントのように白い。

「台座の上に置け」

プリンスはメイスターに命じた。その目には涙が光っていた。

台座とは黒大理石の石柱で、高さはメイスター・キャリオットの背丈より一メートルほど高い。小太りで小柄なメイスターは、爪先立ちになって髑髏を載せようとしたが、それでもとどかず、苦労している。代わりに載せてやろうと、アリオ・ホターが足を踏みだしかけたとき、オバラ・サンドが先にさっと動いた。いつも携えている鞭と楯がなくとも、オバラの男性的で怒っているような表情にはまったく変わりがない。身につけているのも、この場にふさわしいドレスではなく、男が着るズボンに、脛《すね》までとどくリネンの上着だ。上着は腰のところを、銅の日輪を連ねたベルトでぎゅっと絞ってある。茶色の髪はうしろで結わえて、団子状にまとめてあった。オバラはメイスターの軟らかなピンクの手から髑髏をひったくり、大理石の石柱の上に置いた。

「〈山《マウンテン》〉が馬を駆ることはもはやない」

プリンスが重々しくいった。

タイエニー・サンドがたずねた。

「この男、長く苦しみに満ちた死を迎えたのでしょうね、サー・ベイロン？」

まるで、自分のガウンはきれいかと問う乙女のような、無邪気そうな口ぶりだった。

「何日も悲鳴をあげておりました、マイ・レディ」白騎士はそう答えたものの、あまり快く思っていないことは明らかだった。「悲鳴は赤の王城《レッド・キープ》じゅうに響きわたりました」

こんどはレディ・ナイムがたずねた。

「そのお顔——なにかご不満なことでも？」

　ナイムが身につけている黄色いシルクのガウンは、極薄で透き通っており、蠟燭の灯りを受けただけでも、服の下につけた金糸や宝石が透けて見える。あまりにもみだらな衣装に、白騎士は直視するのに苦慮しているようだったが、ホターはむしろこの姿を評価していた。ナイメリアがもっとも危険でないのは裸体に近いときなのだ。なにしろ、そうでないときは、服の下のあちこちに十幾振りもの刃を忍ばせているのだから。

　レディ・ナイムはつづけた。

「サー・グレガーが極悪非道の人非人であることは衆目の一致するところ。この世に苦しむべき者がいるとしたら、それはこの者でしょう」

「それはそのとおりかもしれません」とベイロン・スワンは答えた。「しかしながら、サー・グレガーは騎士でした。そして騎士とは、剣を手にして死ぬべきものです。毒で殺すなど、下種《げす》で下劣なやりかたとしかいえません」

　騎士のことばを聞いて、レディ・タイエニーが愛らしくほほえんだ。クリーム色と緑色のガウンに、手首まであるレースの袖——。いかにも控えめで清楚な感じなので、彼女を目にするどんな男も、これはきわめて慎み深い女性だと思うだろう。しかし、アリオ・ホターは実態を知っている。タイエニーの軟らかで白い手は、オバラの鞭胼胝《だこ》のできた手に勝るとも劣らぬ恐ろしさを秘めているのだ。指のかすかな動きも見落とさないよう、衛士長は入念に目を光らせた。

プリンス・ドーランは眉をひそめた。

「いかにも、そのとおり。したが、レディ・ナイムもまた正しい。この世に泣き叫んで死ぬべき者がいるとしたら、それはこのサー・グレガーだ。この者はわが善良なる妹を惨殺し、その赤子の頭を壁にたたきつけた。いまのわしは、この者がいずれかの地獄で業火に焼かれ、エリアとその子らが安らかにあることのみを祈念しておる。これこそはドーンが待ち望んでいた正義にほかならぬ。その正義を味わうまで長生きできたことを、わしはうれしく思うぞ。ついに——ラニスター家はついに、その座右の銘が真実であることを証明してみせ、ここに古き怨讐の借りを返したのだ」

プリンスは以後の差配を、盲目の家令リカッソにまかせた。リカッソはやおら立ちあがり、乾杯の口上を述べはじめた。

「諸公ならびに女公、公妃のみなさまがた、これより、アンダル人・ロイン人・〈最初の人々〉の王にして七王国の統治者、トメン一世王を讃え、乾杯いたしましょう」

家令があいさつしているあいだに、給仕たちが招待客のあいだをまわり、手にした細口瓶から各自のカップにワインをついでまわった。ついでいるのは、ドーン産の強いワインで、血のように赤黒く、復讐のように甘美な味わいを持つ。むろんのこと、衛士長はカップなど持ってはおらず、ワインをつがれることもない。宴の席で酒を飲んだことなどないのである。ワインをつがれないのはプリンスも同様だった。プリンスが手にしているのは、メイスター・マイルズが用意した専用のワインだ。この酒は罌粟《ケシ》の乳液を混ぜあわせたもので、通風で膨れた関節の痛みをやわらげる効果がある。

乾杯の音頭とともに、白騎士はワインに口をつけた。が、儀礼から口をつけたことはひと目でわかった。それは白騎士の連れたちも変わらない。同じことは、プリンセス・アリアンにも、岩山《トー》の頂城《ア》のレディ・ジョーディンにも、神麗《ゴッズグレイス》城の女城主にも、〈レモンウッド城の騎士〉にも、亡霊の丘《ゴースト・ヒル》城の女城主にも……さらには、亡き公弟オベリンの愛人であり、オベリンがキングズ・ランディングで討たれたとき、ともに王都に滞在していたエラリア・サンドにもいえることだった。ホターはそれよりも、ワインにまったく口をつけぬ者たちの動きに気を配った。サー・デイモン・サンド、トレモンド・ガーガレン公、ファウラー家の双子姉妹、ダゴス・マンウッディ、地獄の巣穴《ヘルホルト》城のウラー家の者たち、〈骨の道〉のワイル家の者たちだ。

(騒ぎを起こすとすれば、このうちのだれかだろう)

ドーンはウェスタロスの他地域から隔絶され、他領と性格を異にしており、その民族性は激しやすいことで知られる。プリンス・ドーランも完全に臣下を掌握しているわけではない。プリンスに仕える諸公の多くは主君の弱腰をはがゆく思っており、ラニスター家や鉄の玉座につく少年王と干戈《かんか》を交えたくてうずうずしているのだ。

その筆頭が〈砂蛇《サンド・スネーク》〉たち――故・公弟《プリンス》オベリンこと〈赤い毒蛇《レッド・ヴァイパー》〉の、正規の婚姻にはよらぬ娘たちだった。とりわけ、そのうちの三人は開戦派の急先鋒に数えられる。ドーラン・マーテルは歴代プリンスでもずぬけた切れ者で、その判断に一介の衛士長ごときが疑問をはさむ余地はないが、それでもアリオ・ホターは不思議でならなかった。プリンスはなぜ、オバラ、ナイメリア、タイエニーの三人を、〈長槍の塔〉の孤独な独房から解放なさったりしたのだろう。

タイエニーはなにごとかをつぶやき、レディ・ナイムはすばやく手を横に薙《な》いで、乾杯のためのワインを拒否した。オバラはワインをなみなみとつがせたのち、カップをさかさまにして、中身を床にぶちまけ、給仕の娘がこぼれたワインを拭きにかかるのをよそに、卒然《そつぜん》と大広間を出ていった。やや間を置いて、公女《プリンセス》アリアンがプリンスに断わりを入れ、オバラのあとを追って出ていった。

（オバラといえども、わが小さなおひいさまに怒りの矛先を向けることはない）ホターにはわかっていた。（従姉妹同士だし、オバラもおひいさまのことは愛している）

黒大理石の柱の上に載せられ、にたにた笑う髑髏を中心に、宴は夜遅くまでつづけられた。〈七神〉と〈王の楯《キングズガード》〉の七人の兄弟に敬意を表し、コース料理には七品が供された。スープは卵とレモン仕立て、前菜はピーマンにチーズと玉葱《タマネギ》を詰めたもの。さらに八目鰻《ヤツメウナギ》のパイ、肥育鶏のロースト蜂蜜がけ、とつづいた。グリーンブラッド川の川底から獲ってきた大鯰《ナマズ》はとてつもなく大きくて、給仕が四人がかりでテーブルまで運んでこなくてはならなかった。塩と香辛料のきいた蛇のシチューは、七種の蛇をドラゴン・ペパー、ブラッド・オレンジと合わせてコトコト煮こんだうえで、味にアクセントを出すため、少量の蛇毒を加えてある。あのシチューが猛烈に辛いことをホターは知っていた。もちろん、いっさい手はつけない。

シチューのあとは、辛さに痛めつけられた舌を冷やすため、口直しのシャーベットが持ってこられた。最後のデザートとしては、客のひとりひとりに、糸飴《スパン・シュガー》で象《かたど》った髑髏の菓子が配られた。糸飴の殻を割ると、中から出てくるのは、刻んだ干し紫李《プラム》とチェリーを和《あ》えた、とろりとして甘いカスタード・クリームという趣向だった。

プリンセス・アリアンは、ピーマンのチーズと玉葱詰めが出るころにはもどってきていた。

（おれの小さなおひいさま）

ホターはそう思ったものの、すぐさま認識を改めた。いまやアリアンは成熟した女性だ。身につけている真紅のシルクがそれをよく物語っている。服装だけではない。このところ、アリアンはいろいろな意味で変わった。ミアセラ王女を女王に擁立して戴冠させようとするもくろみが何者かの裏切りで破綻し、愛する白騎士《サー・アリス》もホターの斧で壮絶な最期をとげたのち、アリアンはしばらく〈長槍の塔〉に閉じこめられ、孤独と静寂の罰を受けた。それがよほど堪えたにちがいない。しかし、そのほかにもなにかあったらしい。どうやら、幽閉から解放される前、父君からなんらかの秘密を打ち明けられたようだ。それがどんな秘密であるのか、衛士長には知る由もないのだが。

プリンスは公壇の、自分と新たな白騎士のあいだにアリアンの席を用意していた。これははなはだ名誉ある席次だ。帰ってきたアリアンは、ほほえみを浮かべてふたたび席にすわりながら、サー・ベイロンの耳になにごとかをささやいた。白騎士は返事をしないことにしたらしい。騎士が料理にはほとんど口をつけていない点にもホターは気づいている。スープをひとさじ、ピーマンをひとくち、鶏の脚を一本、魚を少々。八目鰻のパイには手をつけず、蛇のシチューはほんのすこし食べただけだ。それでも、よほど辛かったと見えて、額に汗が噴きだしていた。ホターは同情をおぼえた。はじめてドーンにきた当初は、おそろしく辛い料理に腹が熱く燃えて、口から火が出そうな思いをさせられたものだった。しかし、あれはもう何年も前のことになる。頭髪がすっかり白くなったいまは、ドーン人が食べるものならなんでも食べられる。

糸飴細工の髑髏が出されたのを見て、サー・ベイロンは口をむっと引き結び、プリンスに険しい視線を送った。侮辱されたのではないかと疑っているような顔つきだった。ドーラン・マーテルはその視線に気づかなかったが、隣席のアリアンは目ざとく気づき、

「これは料理人のささやかなジョークですのよ、サー・ベイロン」と声をかけた。「ドーン人にとっては死でさえ神聖なものではありません。どうぞお気を悪くなさらないでくださいましね」

アリアンは白騎士の手の甲をそっとひとなでし、語をついだ。

「ドーンでの滞在、楽しんでいただけていたらよろしいのですが」

「どなたも下にも置かぬあつかいをしてくださいます、マイ・レディ」

アリアンは白騎士のマントをとめているブローチに手を触れた。例の、いがみあっている二羽の白鳥だ。

「むかしから、白鳥は大好きですの。この半分も美しい鳥はおりませんわ——夏諸島《サマー・アイランズ》の

こちらがわにはね」

「そんなことをおっしゃっては、ドーン原産の孔雀《クジャク》が異論を唱えるのではありませんか」

「そうかもしれません。けれど、孔雀とは虚栄心が強く、誇り高い生きもの。けばけばしい色の羽を見せびらかして、自慢げに歩きまわります。白鳥の気高さ、黒鳥の美しさのほうがよほど望ましいわ」

サー・ベイロンは無言でうなずき、ワインを飲んだ。

（あの男、前にいた誓約の兄弟ほどたやすくは籠絡《ろうらく》できそうにないな）とホターは思った。

（サー・アリスは、年季は積んでいても、本質は子供だった。これは一人前の男だ。しかも、用心深い）

衛士長の見るところ、白騎士はひたすら居心地が悪そうにしている。

（この地になかなか慣れないのだろう。それに、好みにも合わないらしい）

気持ちはわかった。何年も前、若きプリンセスにつきしたがって、はじめてドーンの地にやってきたとき、やはりここは奇妙な地に感じられたものだった。顎鬚《あごひげ》の導師たちからは、この地に派遣されるに先立ち、ウェスタロスの共通語をたたきこまれはしたが、ドーン人は口早で、なにをいっているのかさっぱりわからなかった。ドーンの女は好色だし、ドーンのワインは酸味がきつくて、ドーンの食いものは奇妙な辛い香辛料まみれだ。そしてドーンの太陽は、ノーヴォスの青白く力の弱い太陽よりも熱く、くる日もくる日も、青空から強烈に照りつけてくる。

サー・ベイロンの旅は、ホターが当地へくるまでの旅にくらべれば短いものだった。が、それでもなにかと困難の多い旅ではあったろう。三人の騎士、八人の従士、二十人の兵士、多数の馬番や従者を連れて、はるばる王都キングズ・ランディングからやってきたのだから。それだけでもたいへんなのに、ひとたび山脈を越え、ドーンの領地に入ってからというもの、白騎士一行の進みはがくんと遅くなった。街道ぞいの城を表敬訪問するたびに、饗応、狩り、祝宴攻めにあったせいである。そのうえ、ようやくサンスピア宮までたどりついてみれば、ミアセラ王女もサー・アリス・オークハートも、いっこうに出迎えには現われない。

（なにかがおかしい、とあの白騎士とても気づいているはずだ。しかし、あの緊張ぶり——それだけが原因ではないな）

〈砂蛇〉の存在が圧力となっているのだろうか？　もしそうだとしたら、ほどなくオバラが大広間にもどってきたことは、傷口を酢で洗うにも等しい刺激をもたらしたにちがいない。オバラはひとことも発さず自分の席にすべりこむと、険しい顔のまま、むすっとしてすわりつづけた。ほほえもうとも、口をきこうともしない。

真夜中近くになって、プリンス・ドーランが白騎士に顔を向け、いった。

「サー・ベイロン、われらの寛大な太后陛下が貴公に託された手紙は拝読した。貴公もその内容をご承知と考えてよろしいか？」

ホターは白騎士が緊張するのを見てとった。

「承知しております、閣下。太后陛下からは、陛下のご息女を警護申しあげて、キングズ・

ランディングへお連れ申しあげるようにとの御下命を受けてきております。トメン王陛下は姉君に会いたいと切望しておられまして、短期間でもよい、王宮におもどりいただきたいとおっしゃっておられるのです」

　プリンセス・アリアンは悲しげな顔になった。

「まあ、わたくしたちはみな、ミアセラのことが大好きになっておりますのに。ミアセラと弟のトリスタンとは仲睦まじく、とても引き離すことなどはできません」

「プリンス・トリスタンも、キングズ・ランディングでおおいに歓迎いたしますとも」サー・ベイロン・スワンはいった。「トメン王もさぞプリンスにお会いになりたいと思し召しであられましょう。陛下には同じ齢ごろのご友人があまりおられませんので」

「少年時代に培われた絆というのは一生つづくものだからな」プリンス・ドーランがいった。「ミアセラとの結婚で、トリスタンはトメン王と兄弟の間柄になる。サーセイ太后のお考え、もっともといえよう。ふたりとも早々に顔合わせをし、友人同士になっておいたほうがよい。一時的にでもトリスタンを手放せば、ドーンじゅうが落胆するであろうが、そろそろあれも、サンスピア宮の囲壁《いへき》の外に広がる世界を見てきてよいころだ」

「キングズ・ランディングじゅうが諸手をあげて歓待することはまちがいありません」

（なぜ汗をかいているのだろう？）白騎士を見まもりながら、衛士長は思った。（大広間は汗をかくほどの室温ではないし、あの男、シチューにはほとんど手をつけていないのだぞ）

「さて、太后サーセイより提案されたもうひとつの件だが」プリンス・ドーランはつづけた。

「たしかに、わが弟の死以来、王の小評議会からドーンの席が失われているのは事実であり、そろそろ空席が満たされてもよいころではある。わしの助言が有用ならんと太后陛下が思し召しくださっていることは、はなはだ光栄に思う。しかしながら、王都までの長旅に耐えるだけの体力が、このわしにあるものかどうか……陸路ではなく、海路でいってはいかんのかの？」

「船で、ですか？」サー・ベイロンは意表をつかれた表情になった。「それは……はたしてそれは、安全な経路といえるのでしょうか、大公閣下。秋は嵐の発生しやすい季節です――すくなくとも、そう聞いております。それに……踏み石《ステップストーンズ》諸島の海賊どももおりますし。あの者どもは……」

「海賊か。いかにも。貴公のいうとおりかもしれぬ。貴公の通ってきた陸路を逆にたどったほうが安全であろう」プリンス・ドーランはにっこりとほほえんだ。「帰路の件については、またあす相談するとしよう。ウォーター・ガーデンズの離宮に着いたら、ミアセラとも話ができる。貴公の話を聞けば、ミアセラもさぞ興奮するにちがいない。当人も、弟どのに会いたくてしかたがないであろうしの」

「わたしも王女殿下のお顔を一刻も早く拝見したくてたまりません。それに、ウォーター・ガーデンズを訪ねるのも楽しみです。たいそう美しいところとうかがっておりますので」

「美しいし、平和なところだとも」プリンスは答えた。「風はひんやりと心地よく、プールには噴水があり、子供たちの笑いさざめく声にあふれておる。ウォーター・ガーデンズは、わしがこの世のどこよりも気にいりの場所でな。わが祖先のひとりが、ターガリエン出身の花嫁を喜ばせ、サンスピアのほこりと暑さから解放するために設けたのがあの離宮なのだ。花嫁の名はデナーリスといった。ドーンは七王国に組みこまれたのだよ。デナーリスがマーテル家に嫁いだことによって、かのディロン有徳王の妹でもあったデナーリスがディロンの異母兄弟と——前王の落とし子であるディモン・ブラックファイアと——相思相愛の恋仲であることは、王土じゅうに知らぬ者とてなかったが、英邁であったディロン王は、ふたりの感情より何千人もの安寧を優先させるべきであると見ぬいておったのだ——いくらふたりが、自分にとってたいせつな存在であってもな。ガーデンズを子供たちの笑い声であふれさせたのは、そのデナーリスであった。はじめは自分の子供たちだけだったが、のちに諸公や土地持ちの騎士に声をかけ、その令息や令嬢を住まわせて、王統の血を引く息子や娘たちの遊び友だちとした。そして、ある夏の日のこと——身を焦がすほどの暑さにうだる厩番、料理人、召使いの子らに哀れをもよおしたデナーリスは、その子らをプールと噴水に招いた。以来、身分の上下なく、子供たちがプールで遊びたわむれることは、伝統となっていまにつづいておる」

プリンスは車椅子の車輪をつかみ、テーブルから離れた。

「しかし、どうか中座をゆるしてくれ——こんな話を長々として、すっかり疲れてしもうた。明払暁《みょうふつぎょう》には出立せねばならぬでな。オバラ、すまぬがわしを、ベッドまで連れていってはくれぬか？　ナイメリア、タイエニー、おまえたちもきなさい。老いたおまえたちの伯父におやすみをいって、心をなごませてくれ」

かくして、プリンスの車椅子を押しつつ、サンスピア宮の宴《うたげ》の間をあとにし、長い柱廊を通りぬけ、居室へ運んでいくのは、オバラ・サンドの役目となった。そのあとからふたりの異腹の妹が、さらにプリンセス・アリアンとエラリア・サンドがつづく。アリオ・ホターは公族のあとからついていった。すぐ背後からは、室内履きを履いた足を小刻みに動かして、小柄なメイスター・キャリオットもついてくる。両手には、まるで子供でも抱くようにして、〈山〉の髑髏をかかえていた。

「まさかほんとうに、トリスタンとミアセラをキングズ・ランディングへ送る気じゃないんだろうね」車椅子を押しながらオバラがいった。その足運びは大股で荒々しく、飛ぶように移動するため、椅子の大きな木製の車輪が仕上げの粗い石の床にあたり、ガタガタと大きく鳴りつづけている。「そんなことをしてごらん、二度とあの娘《こ》に会えなくなるし、あんたの息子は一生、〈鉄の玉座〉で人質暮らしを送るはめになるよ」

プリンスは嘆息した。

「おまえはわしを阿呆だと思っておるのか、オバラ？　おまえが知らぬことはたんとあるのだぞ。なんにせよ、このようなところでものごとを談じるものではない、だれが聞いておるやも知れぬでな。口を閉じておれば、あとで納得のいく説明をしてもやろう」顔をしかめた。「もっとゆっくり押してくれ、わしのことを多少とも愛しく思うのなら。いましがたの突きあげで、右ひざにナイフで刺されたような激痛が走ったわい」

オバラは歩幅を半分に落とした。

「じゃあ、どうするってんだい？」

義妹のタイエニーが横から口を出し、

「いつものとおりでしょ」と、喉を鳴らすような声で揶揄した。「時間を稼ぎ、ものごとをうやむやにし、ごまかしてしまう。ああ、こういったことがこれほど得意な方は、われらが勇敢な伯父さまをおいてほかにいませんわ」

プリンセス・アリアンがいった。

「タイエニー、それは認識不足というものよ」

「黙らんか。全員がだ」プリンスが命じた。

沈黙は、居室のドアが背後で閉じられ、だれにも話を聞かれる恐れがなくなり、プリンスみずからが車椅子を動かして女性陣に向きなおるまでつづいた。たったこれだけの動きでも、プリンスは息を切らしていた。しかも、車輪を回転させるさい、脚をおおうミア産の毛布の端が車輪の輻《や》に巻きこまれてしまい、プリンスはあわてて手で押さえたものの、結局は間にあわず、毛布は大半がはぎとられ、青白くて軟らかい脚のなかほどの、見るも無惨なひざがあらわになった。ひざは両方とも真っ赤に腫れあがり、足指は紫色に近く、本来の大きさの倍に膨れあがっていた。この惨状を一千回も見てきたアリオ・ホターとても、いまだに正視するのはむずかしい。

プリンセス・アリアンが進み出た。

「お手伝いします、父上」

プリンスは毛布を完全にはぎとった。

「自分の毛布くらい、まだなんとかできる。すくなくとも、その程度のことはな」

じっさい、この程度のことならなんとかなるようだ。脚が動かなくなって三年になるが、手と肩の力はまだある程度残っているらしい。

「罌粟《ケシ》の乳液を、指貫一杯ぶん、持ってまいりましょうか?」

メイスター・キャリオットがたずねた。

「この痛みを消すには、バケツ一杯ほしいところだ。すまぬな、しかし、いまはよい。頭をはっきりさせておかねばならぬでの。今宵はもう、引きとってくれてよいぞ」

「かしこまりました、わが君」

メイスター・キャリオットは一礼した。軟らかなピンクの手にはいまもサー・グレガーの髑髏を抱いたままだ。

「そいつはあたしが預かるよ」オバラ・サンドがメイスターの手から髑髏を奪いとり、腕をいっぱいに伸ばしてしげしげと見つめた。「〈山〉というのは、どんな顔をしてたんだい? これが〈山〉のものだとどうしてわかる? 首を瀝青《タール》漬けにして持ってくることもできただろうに。なぜわざわざ骨にした?」

「タールでは匣の中で腐ってしまうもの」足早に出ていくメイスター・キャリットをよそに、

レディ・ナイムがいった。「だれも〈山〉が絶命するところを見てはいない。だれも〈山〉の首が斬り落とされるところを見てはいない。正直いって、そこのところは気になるけれど、あの下種な太后がわたしたちをたばかったところで、なんの得るところがあるというの？　グレガー・クレゲインが生きていれば、遅かれ早かれ、かならずそれと知れてしまう。あの男の身の丈は二メートル半近く。これほどの巨漢となると、ウェスタロスじゅうを探してもほかにはいないでしょう。そのような者がまた人前に現われたら、サーセイ・ラニスターは、七王国全土からうそつき呼ばわりされることになる。よほどの愚か者でないかぎり、そんな危険は冒さないはずよ。わたしたちをだまして得るものなど、なにもないでしょう？」

「この頭骨が、はなはだしく大きいことはまちがいない」とプリンスがいった。「そして、オベリンがグレガーに重傷を負わせたことはみな承知しておる。あのあと届いたどの報告も、クレゲインめがおおいに苦しみながら、長い時間をかけて死んでいったと伝えるものばかりだ」

「とうさまの意図したとおりにね」タイエニーがいった。「ねえさまがた、じつは、わたし、とうさまが使った毒物がなんであるのかを知っているの。とうさまの槍先が〈山〉の皮膚をすこしでも切り裂いたのなら、クレゲインがどれほどの巨漢であろうとも、死なないはずがないわ。妹のいうことは疑ってもよいけれど、とうさまのしたことを疑ってはだめよ」

オバラが憤然と応じた。

「親父どのを疑ったことはないし、これからもない」それから、髑髏にキスをするしぐさをして、「ただし――これはただの手はじめだ。それは請けあう」

「手はじめ？」エラリア・サンドが、信じられないという声を出した。「冗談じゃない――これでもう終わりにしてもらいたいものね。タイウィン・ラニスターは死んだわ。ロバート・バラシオンも。エイモリー・ローチもよ。そしてこんどは、グレガー・クレゲインまでも。エリアとその子供たちを手にかけた者は、これでみんな死んだことになる。エリアが死んだときにはまだ生まれていなかったジョフリーでさえもが死んだのよ。息を吸おうとして喉をかきむしりながら、あの子が悶えて死んでいくところを、わたしはこの目で見たの。ほかに殺さなくてはいけない人間がどこにいるというの？　ミアセラやトメンまで死なくてはならないというの？　レイニスとエイゴンの魂が安らぎを得られるように？　いったいどこまでいったら、この殺戮の連鎖は断たれるの？」

「血を流されることで始まった連鎖は、敵の血を充分に流しきるまでとまりません」レディ・ナイムが答えた。「キャスタリーの磐城《ロック》が打ち壊されて、中に巣食っている蛆虫《ウジ》と地虫が陽の下にさらされるまでとまりません。タイウィン・ラニスターと数々の悪行がことごとく破綻するときまでとまりません」

「あの男は、自分の息子の手で殺されたじゃないの」かみつかんばかりの声で、エラリアは言い返した。「これ以上のどんな報いが望めるというのよ？」

「わたしの望みは、あの男をこの手で殺すことでした」レディ・ナイムは椅子に腰をかけた。三つ編みにした長い黒髪が、いっぽうの肩からひざに垂れ落ちた。額のV字形の生えぎわは父親ゆずりのものだ。その下の双眸《そうぼう》は大きく、きらきらした輝きを絶やさない。葡萄酒《ブドウ》色の赤い唇は両端が吊りあがり、シルクの微笑を形作っている。「このわたしが手を下してさえいれば、ああも簡単には死なせなかったものを」

「サー・グレガーったら、さびしそう」司祭女《セプタ》のように品のある声で、タイエニーがいった。

「連れがいたら喜ぶことでしょうね、きっと」

いつしか、エラリアの頰は濡れていた。黒い目からはぽろぽろと涙が流れ落ちている。

(こうして泣いていても、力強さを感じさせる方だ)と衛士長は思った。

エラリアはいった。

「オベリンはエリアの復讐をもとめていたわ。そしていま、あなたたち三人は、オベリンの復讐を求めている。忘れているかもしれないけれど、わたしには四人の娘がいるの。あなたたちの妹がね。わたしのエリアは十四歳、もうじきおとなの女性になろうかというころよ。オベラは十二歳、初花を咲かせようかどうかという齢ごろ。ふたりとも、あなたたち三人を尊敬しているわ、下の娘たちが、ドリアとロリザが、上のふたりを尊敬しているようにね。あなたがたが死んだら、エリアやオベラも、あなたがたの復讐をしなければならないの？　エリアとオベラが死ねば、ドリアとロリザが？　そんなふうにして、いつまでもいつまでも、復讐の連鎖はつづくの？　もういちどききますよ。どこまでいったら、この連鎖は断たれるの？」

エラリア・サンドは〈山〉の頭に片手をかけ、語をついだ。

「あなたがたの父親が死ぬところは、この目で見たわ。あのひとを殺した者がここにいる。今夜は、この頭蓋骨をベッドに持っていってよろしくて？　ひと晩の慰めを得るために？　これはわたしを笑わせてくれるかしら？　わたしに歌を書かせるきっかけを与えてくれるかしら？　わたしが老いて病んだとき、慰めを与えてくれるかしら？」

「わたしたちになにをさせたいのかしら、マイ・レディ？」レディ・ナイムが問い返した。「わたしたちに槍を置いてほほえみを浮かべ、わたしたちに対してなされたすべての不正を忘れてしまえとでも？」

「どっちみち、戦《いくさ》は避けられないよ、あたしらが望もうと望むまいとさ」これはオバラだ。「〈鉄の玉座〉についてるのは子供の王さまだしね。スタニス公は〈壁〉に拠《よ》って、自分の大義のために北部人を呼び集めてる。太后と王妃、ふたりのクィーンはトメンをめぐって、いがみあいの真っ最中、肉のたっぷりついた骨を取りあう牝犬二匹と変わらない。鉄人《くろがねびと》は楯諸島を占領したうえ、マンダー河を遡航して、河間平野《リーチ》の奥深くまで掠奪してまわってるってことは、ハイガーデン城のタイレル家も対応に追われてるということだ。あたしたちの敵はバラバラで、混乱しきってる。いまこそ機は熟した」

「熟したとは、なんのための機が？　もっと髑髏を作るための機？」エラリアはプリンスに向きなおった。「どれだけ説いても、この子たちにはわからない。これ以上はもう、聞くに耐えません」

「娘たちのもとへ帰ってやりなさい、エラリア」プリンスはいった。「これは誓う。あの子たちに危害がおよぶことは断じてない」

「ありがとうございます、わがプリンス――」

エラリアはドーランの額にキスをし、居室をあとにした。外に出てゆくエラリアを見て、アリオ・ホターは悲しみをいだいた。

(こんなにもよい方なのに)

エラリアが出ていくと、レディ・ナイムがいった。

「あのひとが父を愛していたのは知っています。でも、父を理解していなかったのは明らかだわ」

プリンスは険しい視線を姪に向けた。

「エラリアはしっかりと弟を理解していたぞ、ナイメリア。それにエラリアは、おまえの父親を幸せにした。最終的に、やさしい心というものは、誇りや勇気よりも価値のある場合が多い。したが、それはそれとして、エラリアが知らぬこと、知らぬほうがよいことはいろいろとあるのだ。あれが恐れていた戦は、すでに始まっておる」

オバラが笑った。

「そうだろうともさ、われらが愛しいアリアンのおかげでね」

プリンセスが赤面するかたわらで、その父親の顔に発作的な怒りがよぎるのを、ホターは見のがさなかった。

「娘がなにをしたにせよ、それはおまえたちのためをも思ってしたことなのだぞ。けっして自分のためだけではない。わしがおまえであれば、そのような軽率な嘲弄は厳に慎む」

「いまのは誉めことばだよ」オバラ・サンドはゆずらなかった。「ものごとを先延ばしにし、うやむやにし、ごまかし、しらばっくれ、時を稼ぐのは、いつものように、あんたの好きにやってくれていいけどね、伯父上どの、サー・ベイロンはそのうちかならず、ウォーター・ガーデンズでミアセラと顔を合わすことになる。そうしたら、王女の片耳がなくなっていることにいやでも気がつく。そして、あんたの衛士長が愛用の〝鋼の妻〟を使って、アリス・オークハートの首を刎《は》ね、首から鼠蹊部まで斬り裂いたことを王女が話せば……」

「ちがうの」プリンセス・アリアンが、すわっていたクッションから立ちあがり、ホターの腕にそっと手をかけた。「じっさいに起こったのは、そういうことではなかったの、オバラ。サー・アリスはジェラルド・デインに殺されたのよ」

〈砂蛇〉たちは顔を見交わした。

「〈暗黒星《ダークスター》〉に？」

「ええ、あれは〈暗黒星〉のしわざだったの」ホターの〝小さなおひいさま〟はそういった。

「そのあと、ミアセラ王女も殺そうとしたわ。本人もサー・ベイロンに対して、きっとそう話すはず」

ナイムがにやりと笑った。

「すくなくとも、ミアセラを殺そうとしたことは真実よね」

「すべてが真実なのだ」

痛そうに顔をしかめながら、プリンスがいった。

（顔をしかめておられるのは通風のせいか、それともうそをつかねばならぬからか？）

「そして、いま、サー・ジェラルドは孤高の隠遁城《ハイ・ハーミティッジ》に逃げこんで、われらの手がとどかないところへいってしまった」

「〈暗黒星〉ねえ」タイエニーがつぶやくようにいい、くすくす笑った。「それはいいわ。ぜんぶ、あの男がしたことにしてしまいましょう。けれど、サー・ベイロンはそんな話を信じるかしら？」

「ミアセラの口から聞けば信じるはずよ」とアリアン。

オバラが信じられないという顔で鼻を鳴らした。

「きょうはうそをついてくれるかもしれないよ。あすもうそをついてくれるかもしれない。けどね、そのうちかならず、ほんとうのことをいうときがくる。サー・ベイロンがキングズ・ランディングに真相を持ち帰れば、たちまち進軍の戦鼓《せんこ》が鳴り響き、血が流れだす。あの男は生かして帰しちゃいけない」

「殺すのはいつだってできるわ、それはたしか」タイエニーがいった。「でも、そうなると、白騎士の随員たちまで皆殺しにせざるをえなくなってしまう。あの若くて愛らしい従士たちまでも。そんなのは……ああ、そんなのは悲しすぎるわ」

プリンス・ドーランは瞑目したのち、ふたたび目を開いた。毛布の下で片脚がわなないているのをホターの目はとらえた。

「……おまえたちが弟の娘でさえなければ、三人ともまた独房に差しもどして、骨が灰色になるまで閉じこめておくところだがな。しかし、閉じこめるかわりに、わしはおまえたちをウォーター・ガーデンズに連れていくつもりでおる。おまえたちにあそこの意義をきちんと見すえる理知があれば、得られる教訓もあろう」

「教訓？」オバラがいった。「あたしがあそこで見たのは、はだかの子供たちだけだよ」

「いかにも」とプリンスは答えた。「その話はサー・ベイロンにもした。しかし、あそこの本質まではあの者に話しておらぬ。オレンジの樹々のあいだから、子供たちがプールで水をはねて戯れるのを眺めていたデナーリスは、ふと、あることに気がついた。いいい、身分の高い子と低い子の見わけがつかぬのだ。はだかになってしまえば、みながみな同じ子供でしかない。どの子供も無垢で傷つきやすく、長い人生と愛と保護に値する者ばかり。〝ここはあなたの領地だけれど〟と、跡継ぎである息子に向かって、そのときデナーリスはいったとされる。〝なにをするにしても、あの子たちのことは忘れずにいてあげてね〟

プールを離れる齢になったとき、わしはこれとまったく同じことばを母から聞かされた。大公《プリンス》が武力をふるうはたやすい。しかしな、最終的にその代償を払うのは子供たちなのだ。子供たちのことを考えるならば、賢明なプリンスというものは、よほどの理由がないかぎり、戦争になど走ってはならぬ。勝てる見こみのない戦争などしてはならぬ。

わしは目が見えぬわけではない、耳が聞こえぬわけではない。おまえたちがみな、わしを戦争指して弱腰だ、臆病者だ、腰抜けだといっていることは知っておる。だが――おまえたちの父親はもっと深いところまで見ておった。オベリンはつねに〈毒蛇〉であった。猛毒を持ち、危険きわまりなく、予測のつかない恐怖でありつづけた。毒蛇を踏みつけにしようと思う者などおりはせぬ。対するに、わしは草だ。愛想よく、慇懃で、かぐわしい匂いをただよわせ、どんな風がこようとも受け流す。草を踏んで歩くことを怖がる者がどこにいよう。しかし、毒蛇を敵の目からかくまい、毒蛇が襲いかかるまでの隠れ場所となるのは、その草なのだぞ。おまえたちの父親とわしは、おまえたちが知っているよりもずっと緊密に連携を取りあっていたのだ……。されど、そのオベリンは逝ってしまった。いまの問題は、わが弟の娘たちに信用を置けるかどうか、その一点に尽きる。おまえたちに弟の代わりが務まるものか？」

ホターは順番に〈砂蛇〉たちを見た。

オバラ――手入れなどしていない爪、硬革《ボイルド・レザー》の革鎧、いつも怒らせている間隔の狭い目、鼠の体毛のような色をした茶色の髪。

ナイメリア――けだるげで、優雅で、淡い小麦色《オリーブ》の肌を持ち、長い黒髪を赤金色の針金で三つ編みに束ねた娘。

タイエニー――目は青く、髪は金色で、軟らかい手を持ち、くすくすとよく笑う、子供のような娘。

三人を代表して、タイエニーが答えた。

「むずかしいのはなにもしないことだわ、伯父さま。わたくしたちに役目をお与えください。

どのような役目でもこなしてみせますから。そうすれば、いかなるプリンスにもこれ以上は望めないほどに、誠実かつ忠順であることを証明いたしましょう」

「なんとも耳に心地よいことばであることよ。しかし、ことばは風のごとし。おまえたちはわが弟の娘であり、みな愛してはいるがな、これまでの経験から、おまえたちをおいそれと信用できぬことはわかっておる。ゆえに、誓約がほしい。わしに仕えると誓うか？　わしの命令どおりに動くと誓うか？」

「そうせねばならぬのなら」レディ・ナイムが答えた。

「では、いますぐ誓え。父親の墓碑にかけて」

オバラの顔が険悪になった。

「あんたがあたしの伯父でなかったら――」

「事実、伯父だ。そして、おまえの主人《プリンス》でもある。誓え。誓えぬなら、去れ」

「誓います」タイエニーがいった。「とうさまの墓碑にかけて」

「誓いましょう」レディ・ナイムもいった。「オベリン・マーテル、ドーンの〈赤い毒蛇〉、あなたよりもすぐれた人物の名にかけて」

「わかったよ」オバラがいった。「あたしもだ。親父の名において、あたしも誓う」

ホターの見まもる前で、プリンスはからだをすこし弛緩させ、椅子の背もたれにどすんと背中をあずけた。ついで、プリンスは片手を差しのべた。プリンセス・アリアンがすかさずそばに歩みより、父の手を握る。

「みなにあのことをお話しくださいい、父上」

プリンス・ドーランは、きれぎれに深呼吸をした。

「ドーンはまだ王宮に友人たちがいる。われらには伏せられていることがらを教えてくれる者たちがな。サーセイによる今回の招待は謀略だ。トリスタンがキングズ・ランディングに到着することはない。往路、〈王の森〉のどこかにて、サー・ベイロンの一行は逆徒どもに襲われ、わが息子は死ぬ。わしも王都に招かれているのは、わし自身に襲撃を目のあたりにさせ、太后への非難を封じるための策略だ。そして、その逆徒らとは何者か？　そやつらは襲撃しながら、こう叫ぶことになっておる。〝こびと、こびと〟とな。サー・ベイロンは、〈小鬼《インプ》〉の姿すらもかいま見るであろう。ほかに目撃する者がひとりもおらぬ中でだ」

アリオ・ホターは、なにが起きても〈砂蛇〉たちを愕然とさせることはできないと思っていたが——それはまちがっていたようだ。

「〈七神〉よ、われらを救いたまえ」タイエニーがささやくようにいった。「トリスタンを——なぜ？」

「あの女、狂ってるのか」これはオバラだ。「トリスタンはまだ子供だぞ」

「そんな暴虐なまね……」レディ・ナイムがいった。「そんなこと、とても信じられません。〈王の楯《キングズガード》〉の騎士がそんな外道を働くなんて」

「あれは服従することを誓った者たちだ。わが衛士長と同じようにな」プリンスはいった。

「わしとて疑念をいだいたが、わしが海路の話を持ちだしたとき、サー・ベイロンが示した動揺ぶりはおまえたちも見たであろう。船でいけば、太后の打った布石がすべてむだになる。あれはそれゆえの動揺だ」

オバラの顔は朱をそそいだようになっていた。

「あたしの槍を返しとくれ、伯父貴。サーセイは首ひとつ送りつけてきた。だったら、首の山を送り返してやろうじゃないか」

プリンス・ドーランは片手をあげて制した。指の関節はダークチェリーのように黒ずみ、同じくらいの大きさに膨れあがっている。

「サー・ベイロンはわが屋根の下に饗応した客だ。わがパンと塩を食した客だ。客に危害を加えることはせぬ。断じてな。しかし、われらはともにウォーター・ガーデンズへ旅をする。かの離宮でミアセラから話を聞いたサー・ベイロンは、太后のもとへ使い鴉を送るであろう。さらにミアセラは、自分を傷つけた男を狩ってほしいとも願う。わしの見立てに狂いなくば、あのスワンという男、断わることはできまい。オバラよ、おまえはあの白騎士を案内して、孤高の隠遁城《ハイ・ハーミティッジ》まで連れていき、防備を固めて待ち受ける〈暗黒星〉に対峙させよ。ドーンが公然と〈鉄の玉座〉に挑む機はまだ熟しておらぬゆえに、ミアセラは母親のもとへ帰さねばならん。が、わしはミアセラに同行してはいかぬ。その仕事はおまえの役目だ、ナイメリア。わしがオベリンを送りこんだときと同じように、ラニスター家はけっしていい顔をすまいが、といって、あえて断わることもできまい。小評議会には、やはりわれらの声を代弁する者が要る。宮廷のようすをじかに探る耳が要る。ただし——充分に気をつけるのだぞ。キングズ

・ランディングは蛇の巣窟だからな」
レディ・ナイムは薄く笑った。

「ご安心を、伯父上。わたしは蛇が大好きだもの」

「わたくしはどういたしましょう？」タイエニーがたずねた。

「おまえの母親は司祭女《セプタ》であった。かつてオベリンから聞いたことがあるぞ——揺りかごに横たわるおまえに、母親は『七芒星典』を読み聞かせていた、とな。おまえにもキングズ・ランディングに赴いてほしいが、赴く先は王城のある丘ではない、別の丘だ。聞くところによれば、〈剣〉と〈星〉が復活したそうな。復活させた新総司祭《ハイ・セプトン》は、前任者たちとちがって、王権の傀儡《かいらい》ではない。その者への接近を試みよ」

「喜んで。真白き衣装はわが色、わが装い。わたくしはこんなにも……無垢に見えるのですもの」

「うむ」とプリンスはいった。「うむ」

だが、そこでためらって、

「もしも……もしも新たなる事態を迎えることあらば、即刻、各自に連絡する。玉座取りのゲームにおいては、事態は急激に変化しうるからな」

「みんながわたしたちを失望させないことはわかっています、わが従姉妹たち」アリアンが従姉妹のひとりひとりに歩みより、手をぎゅっと握りしめ、それぞれの唇にやさしくキスをした。「オバラ——猛々しき烈女。ナイメリア——わが心の姉妹。タイエニー——可憐な娘。

あなたたちを愛しています。ドーンの日輪が、みなとともにあらんことを」

「〈折れぬ、枉《ま》げぬ、まつろわぬ〉」

三人は口をそろえて、ドーンの標語《モットー》を唱和した。

三人の従姉妹が引きあげたのち、アリアンはなおも室内に残った。自分のいるべき場所として、アリオ・ホターも室内に控えている。

「みな、あの父の娘らしい者たちよな」プリンスがいった。

小さなおひいさまはほほえんだ。

「三人のオベリンですね、乳房のある」

プリンス・ドーランは笑った。プリンスが笑うのを聞くのはずいぶんとひさしぶりだったので、どんな笑い声だったか、ホターはほとんど忘れかけていた。

アリアンがいった。

「やはり、キングズ・ランディングにいくのはわたしであるべきだと思います――レディ・ナイムではなく」

「危険にすぎる。おまえはわしの跡継ぎであり、ドーンの未来だ。おまえの居場所はわしのそばにある。それにもうじき、おまえには新たな仕事ができよう」

「例の手紙の仕上げの部分ですね。それでは、もう連絡が？」

プリンス・ドーランは、娘と秘密の微笑を分かちあった。

「ライスからな。大船団が入港して補給をしているそうな。おもにヴォランティスの船で、大部隊を乗せているという。それが何者であるか、どこへ向かおうとしているのか、いまだ分明ではない。ただし、多数の象を積んでいると聞く」

「ドラゴンではなく？」

「象だ。だが、大型交易船《コグ》の船倉なら、若いドラゴンを隠すことはたやすい。デナーリスがもっとも脆いのは海上においてだからな。わしがデナーリスであれば、自分の存在も意図も、可能なかぎり隠しておく。キングズ・ランディングに気づかれぬように」

「クェンティンもいっしょにいるとお考えですか？」

「いるかもしれんし、いないかもしれん。その目的地がウェスタロスであれば、どこに上陸するかが目安となろう。クェンティンが同行しているなら、可能であればグリーンブラッド川を遡航させようとするはずだ。もっとも、いまから先の話をしたところでなんになろう。さあ、キスをしておくれ。明払暁とともに、わしはウォーター・ガーデンズへ出発する」

（となると、じっさいに出発するのは正午になるな）

とホターは思った。

後刻、アリアンが退出したあと、ホターはいったん長柄斧を置き、プリンス・ドーランを抱きあげてベッドに運んだ。

「〈山〉がわが弟の頭蓋を打ち砕いた日まで、〈五王の戦い〉にドーン人の死者はひとりもいなかった」そうっと毛布をかけるホターに向かって、プリンスはつぶやくようにいった。

「考えを聞かせてくれ、衛士長や。それをわしの恥とすべきか、栄誉とすべきか？」

「そのおたずねにお答えすることは、自分の分を超えます、わが君《プリンス》」

〝お仕えし、服従し、お護りします〟

ホターが知っていることはそれだけなのだ。

39 ジョン

朝まだきの寒さの中、ヴァルは門の手前で待っていた。身につけているのは大きな熊皮のマントだ。かなりの大型サイズで、サムの太ったからだでさえ収まるほど大きい。ヴァルが乗っていく小型馬《ガロン》は、片目の白く濁った毛足の長い葦毛《あしげ》の馬で、もう鞍と頭絡《とうらく》がつけてある。そのそばには、美女には不釣り合いな護衛として、マリーと〈陰気なエッド《ドロラス》〉が立っていた。まだ暗い中、ふたりの吐く息は白い。

「目が見えない馬を与えたのか？」

信じられないという声で、ジョンは問いかけた。

「見えないっても片目だけですよ、ム＝ロード」マリーが答えた。「それ以外はね、丈夫なもんです」

そういって、小型馬の頸を軽くたたく。

「馬は片目でも、わたしはそうじゃないわ」とヴァルがいった。「自分がいかねばならないところはわかっているのだし」

「マイ・レディ、やはり、こんなことをするべきじゃない。これは危険な――」

「危険は承知の上でいくのよ、スノウ総帥。それに、わたしは南部の淑女などではないわ。自由の民の女よ。〈幽霊の森〉のことは、どんな黒衣の守人《もりうど》よりも知りつくしているもの。幽霊がわたしに取り憑くことはないしね」

（そうあってほしいものだが）

ジョンはその点に一縷《いちる》の望みをつないでいた。〈ブラック・ジャック〉ブルワーや、その連れでさえ無理だったことでも、ヴァルであれば果たせる可能性がある。おそらく、ヴァルなら自由の民から危害を加えられずにすむ。だが……おたがい、よくわかっているように、森の中に潜んでいるのは野人ばかりではない。

「食料は充分に持ったかい？」

「堅焼きパンに、ハードチーズに、オート麦のクラッカー《オートケーキ》、鱈《タラ》の塩漬け、ビーフの塩漬け、マトンの塩漬け、口の塩分を洗い流すための、甘口のワインを詰めた革袋。飢えて死ぬ心配だけはなさそうね」

「では……もう出発の時間だ」

「約束は守ります、ジョン・スノウ。かならずもどってくるわ。トアマンドがいっしょでも、いっしょでなくてもね」ヴァルは空を見あげた。月は出ているが、半月だ。「満月を迎えた日までに帰ってこなければ、探しにきて」

「そうする」

（うまくやりとげてくれよ）とジョンは思った。（さもないと、おれはスタニスに首を刎《は》ね

られてしまう)

〝プリンセスをそば近くに置いて保護してくれると約束するか?〟

あのとき、王はそういった。それに対して、ジョンは約束すると答えた。

(ただし、ヴァルはプリンセスなんかじゃない。それはスタニスに五十回もいったんだが)

説得力に欠ける言い訳ではあった。傷だらけのことばを包む繃帯というよりも、ボロ布でしかない。父上が聞いたら、いい顔をしないだろう。

(おれは人間の領土を護る剣なんだ)ジョンは自分にそう言い聞かせた。(とのつまり、それは一個の人間の名誉などより重いものでなくてはならない)

〈壁〉の下を貫く隧道《トンネル》は暗く、氷竜《アイスドラゴン》の腹のように冷たくて、蛇のように曲がりくねっている。松明《たいまつ》を手に先頭をゆくのは〈陰気なエッド〉だ。マリーは三つの門の鍵を持っていた。各門の黒鉄でできた閂《かんぬき》は人間の腕ほども太く、そう簡単には突破できない。門で見張りにつく槍兵たちは、ジョン・スノウを見ると額にこぶしをあてて敬礼をしたが、ヴァルとその小型馬に対しては、露骨にじろじろと視線を向けてきた。

〈壁〉の北面には、新たに常緑樹を伐採して造った、真新しい門扉が設けられている。その門扉をくぐって北に出ると、野人のプリンセスはしばし立ちどまり、雪におおわれた原野を見わたした。スタニス王は野人相手にここで勝利を収めたのだ。雪原の向こうには、黒々と、ひっそりと、〈幽霊の森〉が伸び広がっている。半月が投げかける月光は、ヴァルのハニーブロンドの髪を淡い白銀に、頰を雪のような白に変えていた。

大きく息を吸って、ヴァルはいった。

「空気がおいしい」

「おれの鈍い舌ではわからないな。わかるのは冷たいということだけで」

「冷たい？」ヴァルが小さく笑った。「この程度で？　空気が冷たいというのはね、痛くて息もできないほどの状態をいうのよ。〈異形《ジ・アザー》〉がやってきたら……」

〈異形《いぎょう》〉がくる――そう思っただけで、ジョンは不安をおぼえた。森へ哨戒にやった哨士《レンジャー》のうち、残り六人はまだ行方不明のままなのだ。

（まだそう判断するのは早いぞ。六人はもどってくるかもしれないじゃないか）だが、心の別の部分はこういっていた。（六人はみな死んだ。ひとり残らずだ。おまえは六人を死地に追いやったに等しい。そしていま、ヴァルにも同じことをしようとしている）

「トアマンドに、おれがいったとおりのことばを伝えてくれ」

「あなたのことばになど、洟《はな》をひっかけもしないかもしれないけれど、とにかく、伝えてはおきます」ヴァルはジョンの頬に軽くキスをした。「お礼をいっておくわね、スノウ総帥。片目の見えない馬と、鱈の塩漬けと、自由を与えてくれたことに対して。それから、希望をくれたことにも」

ふたりの吐息が混じりあい、空中で白い霧となってもつれあった。

ジョン・スノウは身を引き、いった。

「感謝の気持ちを示すんなら、連れてきてくれ――」

「――〈巨人殺し〉《ジャイアンツベイン》のトアマンドをね。わかっているわ」ヴァルは熊の毛皮のフードを引きかぶった。茶色の毛皮は使い古して、だいぶ色が褪せている。「出発する前に、ひとつだけ聞かせて。ジャールを殺したのはあなた？」

「ジャールを殺したのは〈壁〉だよ」

「そう聞いているけれど。でも、たしかなことを知りたいの」

「誓ってほんとうだ。おれはジャールを殺してはいない」

（状況が状況なら、殺していたかもしれないがな）

「そう。じゃあ、これでお別れね」

ヴァルの声はいたずらっぽい響きをともなっていた。

ジョン・スノウは調子を合わせる気分ではなかった。

（こう寒いうえに暗くては、軽口をたたく余裕などない。それに、出発時間をだいぶ過ぎている）

「別れるといっても一時的にだがな。きみはかならずもどってくる。ほかに理由はなくとも、あの子のために」

「クラスターの子？」ヴァルは肩をすくめた。「あの子はわたしの身内じゃないのよ？」

「あの子に子守り唄を歌ってやっているのを聞いた」

「あれは自分のために歌っていたのよ。それをたまたまあの子が聞いていたのは、わたしのせいじゃないわ」かすかな微笑が唇に浮かんだ。「もっとも、歌を聞いて、あの子は笑ったけれどね。いいわ、本音をいいましょう――たしかに、とても可愛いと思っているわ、あの小さな〈怪物〉のことは」

「〈怪物〉？」

「あの子の乳児名。なにか呼び名をつけなくてはならなかったものだから。どうかあの子を安全な場所であたたかく過ごさせてやってちょうだい。あの子の母親のためにも、わたしのためにも。それから、けっして〈紅の女《レッド・ウーマン》〉は近づけないように。あの女はあの子の正体を知っているの。なにしろ、炎の中にものを見る女だもの」

（アリア――）

妹を見たのが事実であってほしかった。

「灰と炭かい？」

「王とドラゴンもよ」

（またドラゴンか）

つかのま、ドラゴンの姿が見えたような気がした。夜のただなかにわだかまり、炎の海を背景に、黒々とした翼をシルエットとして浮かびあがらせる、巨大なドラゴンの姿――。

ジョンはいった。

「もし知っていたなら、〈紅《あか》の女〉はおれたちからあの子を奪いとっていたはずだ。きみの〈怪物〉ではなく、ダラの子を。真相が王の耳に入っていたら、万事おわっていただろう」

（おわっていたのは、このおれもだがな。スタニスはそれを反逆行為と見なしたろうから）

「知っていたなら、なぜ見過ごしにしたんだ？」

「そのほうが、あの女にとって都合がよかったからよ。炎は気まぐれなもの。炎がどちらへ向かうのかはだれにもわからない」ヴァルは左足を鐙《あぶみ》にかけ、右脚を大きく振り動かして、ひらりと鞍にまたがると、馬上からジョンを見おろした。「姉があなたにいったあのことば、憶えてる？」

「ああ」

（〝柄《つか》のない剣。それを安全に握るすべはない〟）

しかし、それに対してメリサンドルがいったことは正しい。たとえ柄のない剣といえども、まわりじゅうが敵だらけのときは、得物《えもの》がないよりましというものだ。

「それなら、いいわ」ヴァルは北へ馬首《ばしゅ》をめぐらせた。「では、満月を迎えた夜に――」

ジョンはひとりで去っていくヴァルを見送った――はたして、ふたたびヴァルの顔を見ることができるのだろうかといぶかしみながら。

〝わたしは南部の淑女などではないわ〟さっきヴァルがいったことばがよみがえってきた。〝自由の民の女よ〟。

兵士松の木立ちの陰に消えゆくヴァルを眺めながら、〈陰気なエッド〉がつぶやくようにいった。

「あのねえちゃんがどう思おうと勝手ですがね。正味の話、痛くて息もできないほど空気が冷たいじゃないですか。おれなら止めてますよ。止めたって結局、気分を害するだけだろうけどね」手をこすりあわせた。「この件、なんだか悲惨な結末を迎えそうですぜ」

「おまえはいつも、それはっかりだな」

「たしかに、ム＝ロード。でも、いつもそのとおりになるでしょう？」

マリーが咳ばらいをした。

「ム＝ロード？　あの野人のプリンセスをいかせたら、総帥はみんなから――」

「――あいつは半分、野人だ、掠奪者、食人種、巨人に領土を売りわたそうとする売国奴だ――そういわれるだろうな」炎を覗くまでもなく、自分がどういわれるかはわかっていた。最悪なのは、その評価が完全にはまちがっていないということだ。「ことばは風のごとし。そして風は、つねに〈壁〉に向かって吹いてくる。帰ろう」


ジョンが武器庫の奥の自室に帰りついたときにも、あたりはまだ暗いままで、ゴーストはもどってきていなかった。

（まだ狩りをしてるんだな）

このところ、白い大狼《ダイアウルフ》は頻繁に狩りをしにいくようになっており、獲物を求めて遠くへ、ますます遠くへと出かけていく。守人《もりうど》の〈壁〉と野人の土竜の町《モールズ・タウン》のあいだにある丘も平野も――とくに黒の城《カースル・ブラック》付近では――ただでさえすくなかった猟獣が狩りつくされて、もはや一頭も残っていないのだ。

（冬来《きた》る）とジョンは思った。（もうじきだ、もうすぐにくる）

はたして人間は、生きて春を見ることができるのだろうか。

〈陰気なエッド〉が厨房にいき、ブラウン・エールのタンカードとふたつきの大皿を持ってもどってきた。ふたの下にあったのは、肉の脂で焼いた鵞鳥《ガチヨウ》の卵の目玉焼き三枚、ベーコンひときれ、ソーセージ二本、ブラッド・ソーセージ一本、それと焼きたてのパン半斤だった。パンはぜんぶを、目玉焼きは一枚の半分を食べた。ベーコンも食べるつもりだったが、手をつけるひまもなく、使い鴉にかっさらわれてしまった。

「泥棒め」

毒づくジョンを尻目に、使い鴉は獲物を食べるためにばささと羽ばたいて、ドアの上の横木に舞いあがり、口真似《クオーク》をした。

「泥棒《ドロボー》」

やむなく、ソーセージをひとくち齧《かじ》った。エールを口に含み、その味を洗い流そうとしているとき、エッドがドアから顔を突き出し、外にバウエン・マーシュがきてますがと告げた。

「オセルもいっしょです。司祭《セプトン》セラダーも」

（ずいぶん早かったな）

注進におよんだのはだれだろう。ひとりだけだろうか、もっといるんだろうか。

「通してくれ」

「アイ、ム＝ロード。ただし、そのソーセージには目を光らせといたほうがいいやね。連中、取って食いそうな顔をしてますからね」

自分なら〝取って食いそう〟というような表現は使わなかったろうな、とジョンは思った。セプトン・セラダーは狼狽して憔悴しており、〝ドラゴンの鱗で身を焼くがごとくに痛飲したくてたまらないようなありさまだったし、工士長《ファースト・ビルダー》のオセルは、消化できないものを食ったような顔をしていたからだ。バウエン・マーシュが怒っていることはまちがいない。眼差しやぐっと引き結んだ口もと、赤く染まった豊頰《ほうきょう》を見ればそれとわかる。

（この赤さは寒さのせいじゃないな）

「すわってくれ」とジョンはいった。「なにか食べるか？　飲みものは？」

「朝食は食堂ですませてきました」マーシュがいった。

「わたしはまだ食えますよ」椅子に腰をおろしながら、オセル・ヤーウィックがいった。

「おことばに甘えましょう」

「ワインはありますかな？」これはセプトン・セラダーだ。

「穀粒《コーン》」ドアの上の横木から、使い鴉が叫んだ。「コーン、コーン」

「セプトンにワインを、工士長には料理を見つくろって持ってきてくれ」ジョンは〈陰気なエッド〉にたのんだ。「鳥にはなにもやらなくていいぞ」

それから、訪問者たちに向きなおって、

「ヴァルの件だな？」

「ほかにもいろいろあります」バウエン・マーシュが答えた。「みんな心配しているんです、総帥」

（おまえにみんなを代表して話をしてこいとそそのかしたのはだれだ？）

「それはこちらもだよ。オセル、夜の砦《ナイトフォート》の改修状況はどんなぐあいかな？〈王妃の手〉をもって任じるサー・アクセル・フロレントから手紙がきた。セリース王妃は、東の物見城《イーストウォッチ》の居住環境を快く思っておられず、一刻も早くご夫君の新しい居城へ移り住みたいとお考えだそうだ。どうだ、移れそうか？」

ヤーウィックは肩をすくめた。

「城の修復はおおむねおわって、厨房の屋根も取りつけました。食料、調度、薪などを運びこまないといけないが、それさえすめば、なんとか住めるでしょう。ただ、東の物見城《イーストウォッチ》ほど快適じゃありません。船からはかなり離れているから、王妃さまがこんなところは立ち去りたいと思っても、すぐにはよそへ移れないし……しかし、アイ、もう住めることは住めます。まっとうな城のていをなすまでにはまだ何年もかかるでしょうが。もっと工士《ビルダー》を使えたら、もっと早くなりますよ」

「巨人を使わせてやろうか」

オセルはぎょっとした顔になった。

「郭《くるわ》の、あの化け物を？」

「名前はウァン・ウェグ・ウァン・ダール・ウァンというんだそうだ。〈革〉から聞いた。舌の動かし方が特殊で、発音しにくいことはわかってる。〈革〉は巨人をウァン・ウァンと呼んでいるから、そう呼べばいいんじゃないかな」

ヴァン・ヴァンは、ばあやの物語に出てきた巨人にはまったく似ていない。物語の野蛮な巨人たちは、朝のかゆ《ポリッジ》に血を混ぜて食うし、牛を一頭、ぺろりとたいらげてしまう。体毛、皮、角、もろともにだ。それに対してこの巨人は、肉をまったく食わなかった。もっとも、根菜の籠を与えられると、慄然とするほどの食いっぷりを示すし、玉葱《タマネギ》も丸茹でした蕪《カブ》も、さらには生の硬い蕪でさえも、大きな四角い歯でばりばりとまるごと嚙み砕く。

「本人も働く気はある。なにをしてほしいかを理解させるのは、毎度毎度、骨かもしれないがな。話すのは古語の一変形で、共通語はまったく話さない。しかし、疲れを知らず、よく働くし、力はたいへんなものだ。ヴァン・ヴァンひとりで十人ぶんの働きができる」

オセルは難色を示した。

「わたしは……その、うちの連中は……巨人は人間の肉を食うという話ですからね……遠慮しときましょう。気持ちはありがたいですが、うちの連中に、ああいう怪物に警戒しながら働かせるというのは、どうも……」

意外な反応ではなかった。

「好きにするといい。では、巨人はここに置いておこう」

正直なところ、まだヴァン・ヴァンを手放したくない。〝あんたはなにも知らないんだね、ジョン・スノウ〟とイグリットならいっただろう。しかし、〈革〉なり、〈環状列樹〉から連れてきた自由の民なりを介して、ジョンは可能なかぎりの機会に、巨人と話をするようにしており、巨人族とその歴史についてますます多くを学びつつあった。サムがここにいて、聞きとった話を記録してくれたら、どんなにかよかっただろう。

もちろん、だからといって、ヴァン・ヴァンが体現する危険がわからないわけではない。脅かされると、巨人ははげしい反応を示すし、あの巨大な手は簡単に人間を引き裂けるほど力が強い。そんな特徴はホーダーを思いださせた。

（ただし、ホーダーの身長を倍にして、力も倍にして、知力を半分にしたような存在だがな。いつも酔っぱらっているセプトン・セラダーでさえ、一発で酔いが醒めそうな話ではある。とはいえ、トアマンドが巨人たちをしたがえているなら、ヴァン・ウェグ・ヴァン・ダール・ヴァンから聞きだす話は巨人対策に役だつかもしれない）

外に人が近づいてきたとわかったのは、モーモントの使い鴉が横木の上でいらだたしげにつぶやいたからだった。ついで、横木の下のドアが開き、ワインの細口瓶に卵とソーセージの皿を携えて、〈陰気なエッド〉が入ってきた。エッドがワインをつぐあいだ、バウエン・マーシュはじれったそうに待っていたが、エッドが出ていくと、すぐさま話をつづけた。

「エッド・トレットは気のいい男で、みんなに好かれています。〈鉄《アイアン》のエメット〉は優秀な武術指南役です。しかるに――うわさによれば、あのふたりをよそへ追いやろうとしているそうではありませんか」

「長形墳《ロング・バロウ》でも、優秀な人材は必要だ」

「一同、あそこを〈娼婦の穴〉と呼ぶようになっています」マーシュはつづけた。「しかし、それはまだよろしい。エメットに代えて、あの蛮族――〈革〉という男を武術指南役に据えようとしているという話はほんとうですか？　指南役というのは、騎士がつくべき役職――最低でも哨士がつくべき役職ですぞ」

「じっさい、あれは蛮族ではある」ジョンはおだやかに認めた。「そこは認めよう。だが、あの男の腕前は教練場で試してみた。あの男に石斧を持たせたら、城鍛冶の鍛えた鋼の剣を持つ騎士に劣らず危険だ。たしかに忍耐づよさの点では理想にほど遠いし、若い者の一部はあの男を恐れている……しかし、それは悪いことばかりじゃない。いつの日か、新兵たちは本物の戦いに直面するんだ。本物の恐怖に馴じんでおけば、実戦ではかならず役にたつ」

「あれは野人なのですよ」

「だった、というべきだろう。誓約のことばを口にするまではな。いまではもう、あの男はわれわれの兄弟だ。しかも新兵たちに、剣技以外のことまで教えてやれる。多少とも古語を学び、自由の民の流儀を知っておけば、けっして損にはなるまい」

「自由《ジユウ》」使い鴉がいった。「コーン。王《オウ》」

「みんな、あの男を信用していません」

（みんなとはだれだ？）ときいてやりたいところだった。（ぜんぶで何人だ？）

だが、そんなことを口にすれば、進みたくない道に足を踏みだすことになる。

「それは残念だな。で、ほかの用件は？」

セプトン・セラダーがいった。

「あの少年、〈孺子《サテン》〉ですが。トレットに代わって、あの少年を総帥付雑士《ぞうし》兼従士にすると聞きました。総帥、あの少年は淫売……いや、その……あえて申しあげれば……お稚児《ちご》です。オールドタウンの売春宿で客をとっていた者です」

(そういうおまえは酔っぱらいだろうが)

「〈サテン〉がオールドタウンでなにをしていたのかなど、われわれには関係ない。あれは憶えも早いし、頭もまわる。当初、ほかの新兵たちは〈サテン〉を馬鹿にしかけていたが、訓練で全員を打ち負かしたうえに、その全員と仲よくなった。戦いでは恐れを知らないし、ある程度まで読み書きもできる。おれの食事を運び、おれの馬に鞍をつけるくらい、わけはないだろう。そうは思わないか?」

「能力的には問題ないでしょう」バウエン・マーシュは顔をこわばらせていた。「しかし、みんなはあれが抜擢されることを快くは思いません。伝統的に、総帥の従士には、生まれのいやしからざる少年がなるものです。〈冥夜の守人《ナイツ・ウォッチ》〉の兄弟たちがお稚児のあとにつづいて戦いに乗りこんでいくなどと、総帥は本気で思われるのですか?」

これにはジョンもかっとなった。

「もっとたちの悪い者のあとにつづいた例は、いくらだってあるだろうが。〈熊の御大《オールド・ベア》〉は後継者のために、注意しておくべき人物について覚え書を記していた。影《シャドウ・タワー》の塔の料理人は好んで司祭女《セプタ》を犯した男だ。ひとり犯すたびに、自分の肌に七芒星の焼き印を押した結果、左の腕は手首からひじまでが七芒星で埋まっているし、左右のふくらはぎも七芒星だらけになっている。東の物見城《イーストウォッチ》には、父親の家に火をつけて、外から扉を釘で打ちつけた男がいる。

男の家族は九人ともみな焼け死んだ。それでもこの者たちが兄弟であることに変わりはない。〈サテン〉がオールドタウンでなにをしていたにせよ、いまはもうわれらが兄弟だ。おれの従士につかせる」

セプトン・セラダーがワインを口に運んだ。オセル・ヤーウィックはソーセージに短剣を突き刺した。バウエン・マーシュは顔に朱を注いですわっている。使い鴉が翼をはばたかせ、いった。

「コーン、コーン、殺《コロ》ス」

やっとのことで、雑士長が咳ばらいをした。

「きっと総帥のご判断が正しいのでしょう。ときに、氷穴房《アイス・セル》の死体のことをおたずねしてもよろしいか？　みんな、あれに不安をいだいています。それに、なぜ死体に見張りをつけておく必要が？　これではふたりの優秀な人材の浪費としかいえません。ただし、もし総帥が恐れておられるのが……」

「……死体が立ちあがることだったら、か？　むしろ、立ちあがってほしいと願っているよ」

セプトン・セラダーが蒼白になった。

「〈七神〉よ、われらを救いたまえ」赤いしずくを引いて、ワインがあごをしたたり落ちていく。「総帥――〈亡者《ワイト》〉は奇怪で反自然的な怪物です。神々の眼前に突きつけられた冒瀆です。まさか……まさか〈亡者〉と話をしようなどと思っておられるのではないでしょうね？」

「〈亡者〉は話せるのか？」ジョン・スノウは問い返した。「話せるとは思わない。だが、話せないと断言することもできない。たしかに、あれは怪物かもしれないが、死ぬ前は人間だったんだ。人間性はどの程度残っているのか？　おれが殺した男は〈亡者〉となったのち、モーモント総帥を殺そうとした。モーモントが何者であり、どこにいけば見つけられるかを憶えていたのは明らかだ」

これがメイスター・エイモンなら、ジョンの意図に気づいていただろう。それはまちがいない。サム・ターリーも、すくみあがりはしただろうが、やはり意図を察してくれたはずだ。

「大領主であったわが父は、男は敵のことを知らねばならないといっていた。われわれは〈亡者〉の知識をほとんど持っていないし、〈異形〉についてはいっそうわかっていない。だから、学ぶ必要がある」

三人には、この答えが納得いかないようだった。

首にかけた水晶をまさぐりながら、セプトン・セラダーがいった。

「これはおよそ、賢明とはいいがたいことに思えます、スノウ総帥。わたしは祈らなくては——〈老媼《ろうう》〉が輝かしいランプを高くかかげられ、叡知の道をお示しくださるようにと」

ここにいたって、そろそろジョン・スノウの忍耐も限界に近づいてきた。

「もうすこし叡知が増えるだけでも、ずいぶんとプラスになると思うんだがな」〝あんたはなにも知らないんだね、ジョン・スノウ〟「さて——そろそろ、ヴァルの話をしようか？」

「では、ほんとうなのですな？」マーシュがいった。「あの女を解き放ったというのは？」

「〈壁〉の向こうにな」

セプトン・セラダーが鋭く息を呑んだ。

「王の戦利品たるあの娘をですか。あの娘が出ていったと知れたら、ご勘気をこうむるのは必至ですよ」

「ヴァルはもどってくるさ」

（神々が嘉《よみ》したまうならば、スタニスよりも先にもどってくるはずだ）

「どうしてそうとわかるんです？」バウエン・マーシュが語気を強めた。

「自分でもどってくるといったからだよ」

「それがうそだったら？　あるいは、不慮の事故にでも遭ったら？」

「そうだな、その場合は、もっとおまえたちの好みに合った総帥を選ぶ機会が持てるだろう。しかし、そのときがくるまで、気の毒だがおれのすることとなすことに気をもんでもらわねばならない」ごくりとエールを飲む。「ヴァルを送りだしたのは〈巨人殺しのトアマンド〉を見つけだし、おれの申し出を伝えさせるためだ」

「うかがってよければ、その申し出とはなんです？」

「土竜《モグラ》の町で野人にしたのと同じ申し出だよ。食料と避難所と平和を与えるのさ——もしもトアマンドが信奉者を率いてわれわれに合流し、われらが共通の敵と戦って、〈壁〉を防衛するのに協力してくれるのであればな」

バウエン・マーシュは驚いたそぶりを見せなかった。

「トアマンドを〈壁〉の内側へ通すというのですか」とうにわかっていたといわんばかりの口調だった。「各門を開き、トアマンドと信奉者を通すと。何百人も、何千人もを」

「そんなにおおぜい残っていれば」

セプトン・セラダーが七芒星を切った。

オセル・ヤーウィックは呻き声をあげた。

バウエン・マーシュがいった。

「それを反逆と呼ぶ者もいます。相手は野人なのですぞ。蛮族、掠奪者、強姦魔――人よりけものに近いやからです」

「トアマンドはそんな男じゃない。マンス・レイダーがそんな男ではなかったのと同じだ。だいいち、おまえのいうことがすべて真実だとしても、連中はやはり人間なんだ、バウエン。おまえやおれと同じく、生きている人間、生者《しょうじゃ》たる人間なんだ。じきに冬がくる。そして、冬がきたとき、われわれ生きている人間は、力を合わせて死者を迎え討たねばならない」

「スノウ」モーモント公の使い鴉が叫んだ。「スノウ、スノウ」

ジョンは鳥を無視した。

「〈環状列樹〉から連れてきた野人たちにいろいろ話を聞いた。何人かからは興味深い話が聞けたよ。〈母なる土竜《モグラ》〉と呼ばれる、森の魔女の物語だ」

「〈母なる土竜〉?」バウエン・マーシュはおうむがえしにいった。「妙な名前ですな」

「中空の樹の下の窖《あなぐら》に住んでいたからだそうだ。実態はどうあれ、その〈母なる土竜〉、大船団が到着し、自由の民を〈狭い海〉の向こうへ運んでいく幻視を見たという。戦に敗れ、絶望に沈んでいた何千人もの民は、その幻視を信じた。〈母なる土竜〉はその者たちを引き連れて〝堅牢な家《ハードホーム》〟跡地へ向かったらしい。そこで祈りを捧げ、海を越えて救済がくるのを待つために」

オセル・ヤーウィックが眉をひそめた。

「わたしは哨士ではないので、よくは知りませんが……ハードホームは不吉な地といわれています。呪われた場所だと。叔父上でさえ、よくそういっていましたよ、スノウ総帥。連中、なぜそんなところへ？」

目の前のテーブルには地図が広げてある。地形がわかるようにと、ジョンは地図の向きを三人のほうに変え、説明した。

「ハードホームは荒浪から岬で護られた湾に面する。この湾は水深があり、最大級の船でも入港できる天然の港をそなえている。付近は樹も石も豊富だ。湾内には魚が豊富だし、岸辺からそう遠くないところには海豹《アザラシ》や海牛《カイギュウ》の群棲地もある」

「それはみんなほんとうでしょう。疑いなんて持っちゃいません」ヤーウィックがいった。「しかし、けして一夜を過ごしたい場所じゃありませんね。あそこにまつわる話はごぞんじでしょうに」

知っていた。ハードホームは、ゆくゆくは町に——〈壁〉の北では唯一ちゃんとした町になろうかという、発展途上の入植地だったのだが、六百年前、地獄に呑まれた。一夜にして、住民がいずこかへ消えてしまったのだ。奴隷にされた、虐殺されて肉にされてしまったと、どの話を信じるかで住民たちの末路は変わる。いずれにしても、ハードホームの家も公共の建物も大火災で激しく燃え盛り、その炎ははるか南の〈壁〉の上でも見えて、見張りたちは太陽が北から昇ったのかと思ったらしい。事件後には、〈幽霊の森〉にも震顫海《しんせんかい》にも、半年ちかくにわたって灰の雨が降りそそいだ。商人たちによれば、ハードホームがあった場所は悪夢のような惨状を呈していて、黒焦げになった樹々と炭化した骨で埋まり、川は膨満した死体の山で塞《せ》きとめられ、入植地に面する大絶壁にあばたのようにあいた多数の洞穴からは、血も凍る悲鳴があふれていたという。

その晩以来、六世紀の時が訪れて去ったいまもなお、ハードホームは閉鎖されたままだ。跡地は野人に占領されたとジョンは聞いているが、哨士たちにいわせれば、雑草のはびこる元入植地は、生き血に飢えた食屍鬼《グール》、魔物、燃える亡霊に取り憑かれている。

「おれとても、ハードホームを避難所に選びはしない。しかし、〝自由の民はかつて破滅を見たところに救済を見いだすであろう〟と〈母なる土竜〉が説いていたそうだ」

セプトン・セラダーが唇をすぼめた。

「救済とは〈七神〉を通じてのみ見いだされるものです。その魔女は難民を破滅に導いたのです」

「そして、〈壁〉を救済したのかもしれん」バウエン・マーシュがいった。「いま話に出ているのは敵です。敵には破滅の地で祈りをあげさせておけばよろしい。敵の神々がよりよき世界へ野人どもを送る船団を遣わすというなら、それはむしろけっこうなことだ。この世界には、やつらに分け与える食料などないのですから」

ジョンは利き手の指を曲げ伸ばしした。

「〈小農《コター》のパイク〉のガレー船は、ときどきハードホームを越えて北へいく。彼の話だと、ハードホームの跡地には、洞穴以外、避難場所などないそうだ。〝泣き叫ぶ洞穴〟と船乗りたちは呼んでいるという。〈母なる土竜〉とその意志にしたがった者たちはみな、あの地でのたれ死ぬことになる。何百人も、何千人もがだ」

「その何千人かは敵です。その何千人かは野人なのです」

(何千人もの人々だ)とジョンは思った。(男、女、子供なんだ)

怒りがむくむくと頭をもたげてきた。が、出てきたジョンの声は静かで冷たかった。

「おまえたちはそんなにも先が見えないのか? それとも、たんに見たくないだけなのか? その敵がみんな死ぬとしたら、どうなると思ってるんだ?」

「死ヌ、死ヌ、死ヌ」ドアの上で、使い鴉がいった。

「どうなるか、おれが教えてやろう」とジョンはいった。「死者とな、な、なって立ちあ、あ、あがるんだよ。何百人、何千人もがな。死んだ者たちは〈亡者〉となって立ちあがる。黒い手と薄青く光る目を持って。そして、おれたちに襲いかかってくるんだ」

なおも利き手の指を曲げ伸ばししながら、ジョンはテーブルに片手をつき、立ちあがった。

「さあ、もう帰ってもいいぞ」

セプトン・セラダーが顔を土気色にし、冷や汗をだらだらとたらしながら立ちあがった。

オセル・ヤーウィックが身をこわばらせているかたわらで、バウエン・マーシュは口を引き結び、蒼白になっている。ややあって、雑士長はいった。

「お時間をとらせました、スノウ総帥」

そして、それ以上はひとこともいわぬまま、部屋を出ていった。

40　ティリオン

牝豚はこれまでに乗った馬たちよりも気性がおだやかだった。

基本的に辛抱づよく、足どりはしっかりしている。ティリオンが背に攀《よ》じ登ったときにも鳴き声ひとつあげることはなく、楯と騎槍《ランス》に手を伸ばしたときにもじっと動かぬままだった。が、ひとたび手綱を引き、脇腹にぐっと圧力を加えたとたん、牝豚はただちに突進しだした。名前は〈プリティー〉。〈可愛い豚《プリティー・ピッグ》〉の略だ。なるほど、まだ仔豚のころから、鞍と頭絡《とうらく》をつけて仕込まれてきただけのことはある。

〈プリティー〉がとことこと甲板を駆けていくのに合わせて、ティリオンが身につけた鎧がカタカタと鳴っている。鎧といっても、板に色を塗っただけのしろものだ。腋の下はすでに汗まみれだった。大きくてがばがばの兜の下で、顔の傷ぞいに、汗のしずくが流れていく。それでいて、このばかげた一瞬、ティリオンは自分が、騎槍片手に黄金の鎧を陽光にきらめかせ、馬上槍試合の試合場に向かって乗りこんでいくジェイミーのように感じていた。

だが、湧き起こった笑い声によって、夢は霧散した。自分は華やかな闘士などではなく、棒きれを手に豚の背に乗る、一介のこびとでしかない。その目的は、ラム酒びたりの船乗りたちの、ささくれだった気分をやわらげるため、滑稽な寸劇を披露することにある。地獄のどこかで、父親ははらわたを煮えくり返らせ、ジョフリーはくすくす笑っていることだろう。死人ふたりの冷たい目が、《セレイソリ・クォーラン》の船乗りたちの目と同等の存在感を持って、この道化役者の顔にそそがれているのが感じられた。

　向こうから対戦相手がやってきた。灰色の大型犬の背に乗った〈一ペンス銅貨《ペニー》〉だ。跳ねながら甲板を横切ってくる犬の動きに合わせて、縞柄の騎槍が酔っぱらったように、左右に振れている。向こうの楯と鎧は赤く塗ってあったが、塗装があちこち剝げ、薄れてきていた。ティリオンの鎧は青だ。

（いや、おれのじゃない。〈四ペンス銅貨《グロート》〉のだ。絶対におれのじゃないぞ）

　ティリオンは〈プリティー〉の腹を蹴った。速度をあげ、〈ペニー〉に向かって突進するためだ。見物の船乗りたちは盛んに声をあげている。応援しているのか馬鹿にしているのか、はっきりとはわからない。だが、だいたいのところは見当がつく。

（なんだっておれは、こんな茶番に出るのを承知してしまったんだ？）

　答えはわかっていた。べた凪《なぎ》の中、船が〈悲嘆湾〉で立ち往生すること、すでに十二日。乗組員の気持ちはすっかりすさんでいる。毎日支給されるラム酒が底をついたら、ますますすさむだろう。帆を繕い、水漏れ穴を塞ぎ、魚を釣るだけでは、時間はありあまってしまう。じきにジョラー・モーモントが、〝この不運はこびとのせいだ〟という恨みごとを耳にするようになった。船の料理人だけは、風が吹くことを期待して、いまでもたまにティリオンの頭をなでる。が、ほかの者たちは、ティリオンが自分たちの行く手を横切るたびに、剣呑な目でにらみつけてくる。〈ペニー〉はもっとひどい目に遭っていた。こびと娘のおっぱいを揉めば、運がもどってくる――そんなうわさを料理人が広めたからだ。そのうえ料理人は、〈可愛い豚《プリティー・ピッグ》〉を〈ベーコン〉と呼びはじめた。最初にそう呼んだのはティリオンだが、あのときとちがって、もう冗談には聞こえなくなっている。

「なんとかして、船のみんなを笑わさなきゃ」懇願するような顔で、〈ペニー〉がいった。「みんなに気にいってもらわなきゃ。ショーを見せたら、きっと憂さも晴れるわ。おねがい、ム＝ロード」

そして、なんとなく、どういうわけか、どうしたことか、ティリオンは承諾してしまったのである。

（ラム酒のせいにちがいない）

最初に切れた酒は船長用のワインだった。ここに、ティリオン・ラニスターは発見した。ワインよりもラム酒のほうが、はるかに早く酔いがまわることを。

気がつくとティリオンは、〈グロート〉の青く塗った板鎧を身につけて、〈グロート〉の牝豚にまたがり、〈グロート〉の妹から兄妹のメシの種――滑稽な馬上槍試合の勘所《かんどころ》を説明されていた。かつて甥の歪んだ嗜好により、座興として犬にまたがるよう命じられ、それを拒否したがために、あやうく首を失うところだったことを思いだせば、このめぐりあわせの皮肉は痛快なほどだ。とはいえ、牝豚の上にまたがっていると、とても皮肉を楽しめる心境にはいたらない。

〈ペニー〉の先を潰した騎槍がほぼ水平に寝かされ、ティリオンの肩をかすめた。いっぽう、ティリオンがへなへなと突きだした騎槍は、相手の楯の端を音高くたたくだけにおわった。〈ペニー〉は犬に乗ったまま後方へ駆けぬけていき、ティリオンは豚の背から転げ落ちた。打ち合わせどおりだ。

(簡単なもんだ。まさに慣用句どおり、〝丸太から転げ落ちる《かんたんきわまりない》〟に等しい。この場合は豚の背中からだが)

ただし、じっさいに豚の背中から転げ落ちるのは、簡単そうに見えてけして簡単ではない。ティリオンは〈ペニー〉に教わったとおり、落ちるさいに身を丸めたものの、それでも甲板に思いきり激突し、その拍子にぐっと舌を噛んでしまった。口の中に血の味がした。それで思いだしたのは、十二のころ、キャスタリーの磐城《ロック》で晩餐のさいに、テーブル上で側転したときのことだった。あのときは、ジェリオン叔父がそばにいて、じょうずじょうずと誉めてくれたものだが、いまの観客である船乗り連には、どうにも受けが悪い。笑い声はまばらでしかなく、ジョフリーの結婚披露宴で〈グロート〉と〈ペニー〉が滑稽芸を披露したときの拍手喝采にはおよびもつかないどころか、怒って罵声を投げかけてくるやつもいる。

「やいこら、〈鼻なし〉、見かけどおりの野郎だな、みっともねえったらありゃしねえぞ」

船尾楼の上から、ひとりが叫んだ。「キンタマついてんのか、てめえよ、アマっ子なんかにやられやがって」

（おれに金を賭けてたんだな）

ティリオンは罵声を右から左に受け流した。もっとひどい罵声をたたきつけられたことは何度もある。

板鎧のせいでなかなか起きあがれず、あおむけになったまま、ひっくり返った亀のように、じたばたともがきつづけるはめになった。だが、すくなくともそれで、何人かの船乗りから笑いがとれた。

（いっそ、脚の一本でも折ってみせればよかったな。そうしたら、バカ受けしただろうに。おれが親父の腹に太矢をたたきこんでやったとき、あの厠《かわや》にもこいつらがいたら、死ぬほど笑いころげて、ズボンを穿《は》いたまんま、親父といっしょにクソを漏らしていたはずだ。このろくでなしどもも、そのくらいしてやれば上機嫌だろう）

とうとう、もがきぶりを見かねて、ジョラー・モーモントが助け起こしてくれた。

「まるで阿呆だぞ」

（そりゃあ、そう見えるようにしてるからな）

「豚に乗ってれば、英雄にゃ見えんさ」

「だからおれは、豚には近づかんのだ」

ティリオンはひもの締め金をはずし、兜を脱ぐと、血の混じるピンクの唾をぺっと吐いた。

「舌を半分がた嚙み切ったみたいな感じがする」

「つぎはもっとしっかり歯を食いしばっておけ」サー・ジョラーが肩をすくめた。「正直にいうと、もっとヘボな槍試合の騎士はたくさん見てきた」

(これは誉めことばか?)

「おれはろくでもない豚の背から落ちて舌を嚙んだんだぞ。これ以上ヘボな騎士なんているものか?」

「折れた槍の破片が目に刺さって死ぬ騎士さ」

〈ペニー〉はすでに、灰色の大型犬の背を降りていた。犬の名前は〈バリバリ《クランチ》〉という。

「じょうずな槍試合をする必要なんてないのよ、ヒューガー」まわりに人がいるときには、〈ペニー〉はかならず、ティリオンをヒューガーと呼ぶよう心がけている。「だいじなのは、見物人を笑わせて、お金を投げさせることなの」

(血と打ち身の代償に、わずかな金をもらうのかよ)

ティリオンはそう思ったものの、あえて口には出さなかった。

「そっちも失敗したくせに。だれも金なんか投げなかったじゃないか」

一ペンス銅貨《ペニー》の一枚、四ペンス銅貨《グロート》の一枚もだ。

「もっと笑いをとれるようになればお金を投げてくれるわ」そういいながら、〈ペニー〉も兜を脱いだ。鼠の毛のような色の茶色い髪が耳にかかった。茶色いのはその目もだ。ごつい額の下では、つややかな頬が紅潮している。おもむろに、革袋から団栗《ドングリ》を何個か取りだして、〈プリティー・ピッグ〉に与えた。鳴き声をあげながら、牝豚はうれしそうに〈ペニー〉の手から団栗を食べた。「白銀のデナーリス女王の御前で演技するときは、銀貨が雨あられと降るようになってるわ」

何人かの船乗りが大声で叫び、足を踏み鳴らしだした。もういちど槍試合をやれといってこの交易船《コグ》ではただひとり、まずまずのサイヴァスの指し手であるとはいえ、ティリオンは近ごろ、この男を軽蔑するようになっている。

「ほら、すこしは受けたみたいじゃない」〈ペニー〉が期待するような微笑を浮かべた。

「ね、もういちどやりましょ、ヒューガー」

いやだといおうとしたとき、船乗りのあいだから別の叫び声があがり、なにもいう必要がなくなった。朝もなかばごろのいま、船長がまたも二隻の搭載艇を降ろせと命じたのだ。コグ船の大きな縞帆はだらりとたれており、こんな状態がもう何日もつづいているが、北のどこかでは風が吹いているだろうと船長は踏んでいる。北へいくには、搭載艇で曳いていくしかない。だが、搭載艇が小型なのに対し、コグ船は大きい。小舟を漕いでコグ船を曳けば、からだがほてって汗みずくになり、ひどく消耗するし、両手は豆だらけになるうえ、背中も痛む。それでいて、なんの成果もあがらないとあって、船乗りたちはこの仕事をいやがっていた。むりもない、とティリオンも思う。

「〈湾岸の未亡人〉は、おれたちをガレー船に乗せるべきだったんだ。ガレー船なら櫂走ができるからな」苦りきった顔で、ティリオンはいった。「こんな板きれの塊、さっさと降りられたらせいせいする。くそくらえだ、こんな船」

無骨なりに、モーモントもそれなりに務めをはたして、ふたりの保護を心がけてはいた。

終演後、〈ペニー〉は犬と豚を下の船室に連れていった。

「おまえの淑女にいってやったほうがいい、船室に入ったら、中からしっかり閂《かんぬき》をかけておけと」ティリオンの横にまわって、板でできた胸甲と背甲をつなぐひもの締め金をはずしながら、サー・ジョラーがいった。「あちこちで、リブ肉だの、ハムだの、ベーコンだのの話ばかり耳にする」

「あいつの生計《たつき》の半分は、あの豚の稼ぎだぞ」

「残り半分もあやうい。ギスカル人の船乗りは犬も食うそうだ」モーモントはティリオンの胸甲と背甲をはずしおえた。「それもいっておいてやれ」

「お望みのままに」肌着は汗でびしょびしょに濡れて、胸にべっとりとへばりついていた。ティリオンは布地をつまんでひっぱり、肌と布のあいだに空気を入れた。板鎧はつけ心地が悪いだけでなく、暑くて重い。半分はそうとうに古いものと見えて、何度も何度も何度も、百回も塗りなおされたようなあとがある。そういえばジョフリーの披露宴では、いっぽうの道化騎士が楯にロブ・スタークの大狼《ダイアウルフ》を、もういっぽうがスタニス・バラシオンの紋章と色を描いていたっけな、とティリオンは思いだした。「たしかに、デナーリス女王の御前で槍試合を披露するためには、二頭ともそろっていないとまずかろう」

船乗りたちが本気で〈プリティー・ピッグ〉を肉にしようと思えば、自分にも〈ペニー〉にも止めることはできない……が、サー・ジョラーの長剣なら、一時的に思いとどまらせるくらいのことはできるかもしれない。

「その首がつながる望みをそこにかけるというわけか、〈小鬼《インプ》〉」

「よかったら、サー・インプと呼んでくれ。でだ、答えはイエスだ。ひとたびおれの真価を知ったら、女王陛下はおれをだいじにするだろう。なんといっても、おれはチビっちゃくて愛らしい男だし、獅子の同族について利用できるネタをいろいろと知っているしな。しかし、真価を知ってもらうまでは、せいぜいおもしろいやつだと思われて、愛でてもらわなくてはいかん」

「道化のまねをして飛びはねたところで、おまえの罪が消えるわけではないぞ。デナーリス・ターガリエンは、冗談と宙返りに気をそらされて本質を見誤るほど愚かな子供ではない。おまえのことは公正にあつかうだろう」

（そいつはかんべんしてくれ）

ティリオンは左右の色が異なる目でモーモントを観察した。

「それじゃあ、あんたはどんな形で歓迎されるというんだ、その公正なる女王さまに？　あたたかい抱擁か？　小娘じみたくすくす笑いか？　首斬り人の斧か？」

騎士の顔に浮かんだ不快そうな表情を見て、ティリオンはにやりと笑った。

「あんたがあの娼館で女王のお勤めをしていたなど、おれが本気で信じるとでも思うのか？　世界の半分も離れたところで女王さまをお護りしていたとでも？　でなければ、ドラゴンの女王に追放されて、逃亡暮らしの最中だったのか？　しかし、なんでまた女王は……ははあ、待てよ、あんた、女王のようすを探ってたんだっけな」

ティリオンはチョッチョッと舌を鳴らしてみせた。

「おれを手土産としてつきだして、またおそばにおいてもらうつもりと見た。下策、としかいえんぞ。血迷った飲んだくれの迷走という者さえいるだろう。だいたい、ジェイミーならまだしも、おれ程度ではどうだ？……なにしろ、ジェイミーが殺したのは女王の父親だが、おれが殺したのは自分の親父でしかないんだからな。デナーリスがおれを処刑して、自分はおれを連れてきた褒美に赦免されると思っているのかもしれんが、その逆だってありうる。むしろ、あんたのほうが豚の背に乗って、道化試合を披露したほうがいいんじゃないのか、サー・ジョラー。鉄の斑《まだら》道化服を着てだな、そう、伝説の英雄〈道化師フロリアン〉のように——」

大柄な騎士の鉄拳が顔に炸裂し、ティリオンは横に吹っとんだ。あまりにも勢いよく吹っとんだので、頭が甲板にぶつかり、大きく跳ね返ったほどだった。よろよろと起きあがり、片ひざをつく。口の中が血まみれになっているのがわかった。歯が一本折れている。それを血ごと、ぺっと吐きだした。

（やあれやれ、おれの美貌は日ごとに増すばかりだ。しかし……どうやら、こいつの古傷をつつけたようだぞ）

「どうした？　このこびとが、なにか気にさわるようなことでもいったか？」

切れた唇から手の甲で血の泡をぬぐいつつ、ティリオンは無邪気な表情を装ってたずねた。

「きさまのへらず口にはもううんざりだ、こびと」モーモントはいった。「まだ何本か歯が残っているな。それを残しておきたいなら、この航海がおわるまで、二度とおれには近づかないことだ」

「そいつはむずかしかろうよ。船室が同じなんだから」

「だったら、どこかよそに寝場所を見つけろ。船倉の中なり、甲板の上なり、どこでもいい。とにかく、おれの目のとどくところに現われるな」

「お望みのままに」

ティリオンは完全に立ちあがり、口から血を流しながらそう答えたが、そのときにはもう、大柄な騎士は甲板に長靴《ちょうか》の音を響かせて、歩み去ったあとだった。

甲板下の厨房に降りていき、水で割ったラム酒で口をすすぐ。傷口に染みて、思わず顔をしかめたとき、〈ペニー〉がやってきた。

「なにがあったのか聞いたわ。傷、ひどい？」

ティリオンは肩をすくめた。

「ちょっとだけ血が出て、歯を一本失っただけさ」（向こうのほうが、もっと深く傷ついたはずだしな）「失ったのは騎士どのの護りもだ。残念ながら、もうサー・ジョラーに護ってもらえる見こみはなくなった」

「なにをしたの？　ああ、唇から血が」〈ペニー〉は袖の布を裂き、その布でそっとたたくように血をぬぐった。「なにをいったの？」

「サー・〝熊《クマ》の胆《い》〟が聞きたくない真実を少々」

「だめよ、あの人を馬鹿にしちゃ。人との接し方を知らないの？　あんなに大きな人相手に、あんなふうにしゃべっちゃだめ。向こうはあなたを一方的に傷つけられるんだから。サー・ジョラーがその気になったら、あなたを海に放りこむことだってできるのよ。船乗りたちは溺れるあなたを見てげらげら笑うでしょう。大きな人間がいるところでは、注意しなくてはならないの。陽気にふるまえ、おどけてみせろ、笑顔を絶やさせるな、笑いをとれ。これ、とうさんにいつもいわれてたことばよ。あなたのとうさん、大きな人間を相手にするときの処世術を教えてくれなかったの？」

「うちの親父は、そういうやからを小市民と呼んでいたな。それに、親父はおよそ、陽気な男じゃなかった」もうひとくち、水で割ったラム酒を口に含んで、ぐちゅぐちゅと口の中をゆすいでから、これも吐きだした。「ま、いいたいことはわかる。こびとであるというのがどういうことなのか、このさい、勉強しておいたほうがいいかもしれん。槍試合と豚乗りの合間に教えてもらえないか」

「教えるわ、ム＝ロード。喜んで。でも、いまいった〝少々の真実〟ってなに？　どうしてサー・ジョラーはこんなにひどく殴ったの？」

「そりゃあ、愛のためだろう。おれが〝吟遊詩人をシチューにした〟のと同じ理由だよ」

つかのま、シェイのことと、手に巻きつけた黄金の手の鎖で首を絞めたさいに、その目に浮かんだ表情が思いだされた。

（〝黄金《きん》の手はいつも冷たいけれど、女の手だけはあたたかい〟）

「おまえ、処女か、〈ペニー〉？」

〈ペニー〉は真っ赤になった。

「ええ。もちろんよ。あたしなんて、だれが――」

「そのままでいろ。愛は狂気、情欲は毒だ。処女を貫きとおせ。そのほうが幸せになれる。ロイン河ぞいの薄汚い売春宿で、最愛の女《ひと》にすこしも似ていない娼婦を抱く男に出会ったりする可能性も低くなるしな」

（世界の半分がた向こうから、娼婦がどこにいくかを見つけようと、はるばる出かけてくる男に出会う可能性もな）

「サー・ジョラーのやつ、ドラゴンの女王を助けて感謝されることを夢見てるんだ。だが、王の感謝というものについては、おれもある程度知っている。王に感謝されることにくらべたら、ヴァリリアに宮殿を持つほうがまだたやすい」そこでふいに、ティリオンはことばを切った。「感じるか？　船が動いたぞ」

〈ペニー〉の顔が喜びで輝いた。

「ええ、感じられるわ。船がまた動きだしたのね。風が……」ドアに向かって駆けだした。「動くところを見てみたい。きて、競争よ」

そういって、〈ペニー〉は外に飛びだしていった。

（まだ若いな）厨房を出て、短い脚でできるだけ速く急な梯子段を昇っていく〈ペニー〉を

見ながら、ティリオンは意識して相手の年齢を思いださねばならなかった。(というよりも、子供に近い)

それでも、〈ペニー〉のはしゃぎぶりを見ていると、気持ちが明るくなった。そのあとを追って、甲板の上に出る。

帆はふたたび動きだしていた。帆布が風を孕《はら》み、いったんしぼんではまた孕むのに合わせ、赤い縞模様が蛇のようにくねくねと動いている。船乗りたちが甲板上を駆けまわり、索具を引っぱるなかで、航海士たちが歴史あるヴォランティス語を使い、つぎつぎに命令を怒鳴りだす。コグ船を曳航していた小舟の漕ぎ手たちも、曳き索《づな》をゆるめ、懸命に櫂を動かして、母船にもどってきはじめた。西から吹いてきた風は、ときに渦を巻き、ときに突風となって、いたずらっ子のごとく索《つな》と帆にまといつく。その風を受け、《セレイソリ・クォーラン》は動きだした。

(結局、どうにかミーリーンまではいけそうだな)

とティリオンは思い、ほほえんだ。

が、梯子を昇って船尾楼の上にあがり、船尾方向を眺めやったとたん、その笑みはすっと消えた。

(このあたりは空も海も青い。だが、西の彼方は……あんな色の空は見たこともない)

部厚い雲の帯が、水平線上に押し広がりつつあった。

「〝逆斜め帯《バー・シニスター》〟が──」

黒雲を指さし、そばにいた〈ペニー〉にいった。

「どういう意味？」

「逆斜め帯は庶子《バスタード》が使う紋章だ。つまり、ばかでかいくそったれ《バスタード》が背後から追いかけてくるということさ」

意外にも、まだ昼だというのに、〈炎の手〉のうちのふたりを引き連れて、モクォッロが船尾楼にやってきた。ふだんなら、紅《あか》の祭司とその護衛たちは、夕方にならなければ甲板に出てこない。それなのに……。

祭司がティリオンに重々しくうなずきかけてきた。

「見えるだろう、ヒューガー・ヒルよ。あれこそが神の怒りだ。〈光の王《ロード・オブ・ライト》〉を嘲ってはならぬ」

ティリオンはますますいやな予感をおぼえ、いった。

「〈未亡人〉はこの船が、目的地であるクァースには着かないといった。おれはそいつを、三頭領《トライアーク》の影響力がおよばない海に出たとき、船長がミーリーンに針路を変えるという意味に解釈した。あるいは、あんたが〈炎の手〉を使ってこの船を占領して、デナーリスのもとへ向かわせるんだろうと。しかしそれは、あんたらの大祭司が炎の中に見た未来とはちがう。そうだな？」

「ちがう」モクォッロの深く響く声は、葬送の鐘のように重々しく響いた。「あれこそは、大祭司が目のあたりにされたものだ」

紅の祭司はそういって、杖をかかげ、その頭部で西を指し示した。

〈ペニー〉は途方にくれていた。

「わけがわからないわ。どういうこと？」

「船室に閉じこもっていたほうがいいということさ。おれはサー・ジョラーに閉めだされたから、いよいよとなったら、おまえの船室に隠れてもいいか？」

「ええ。いいわよ……もちろん……」

それから三時間近く、船は西風を受けて走りつづけたが、そのあいだにも、嵐はぐんぐん追いすがってきた。西の空は、まず緑になり、ついで灰色になり、ついには真っ黒になった。背後には黒雲の壁が高々とそそりたち、鍋《ケトル》に入れて火にかけすぎたミルクのようにめまぐるしく対流している。船首楼の上にあがったティリオンと〈ペニー〉は、船長や乗組員たちのじゃまにならないよう、船首像のそばにしがみついて、手を握りあったまま、西のようすを見つめつづけた。

前回、経験した嵐は、たしかに恐ろしくはあったし、ひどい船酔いにかかりはしたものの、いきなり襲ってくる突風と豪雨には気分を爽快にさせる効果もあった。だが、今回の嵐は、最初からまったく様相が異なっていた。船長もそれを感じとったらしい。嵐の進行方向から逃れるべく、針路を北東微北にとった。

むだな努力だった。この嵐は桁違いに大きかったのだ。周囲の海面が荒れはじめた。風が吠え猛りだす。《悪臭ふんぷんの家令》は、船体を波に打擲《ちょうちゃく》され、高く持ちあげられてはすとんと落ちこんだ。背後の天から海にかけ、稲妻がかっとほとばしり、目もくらむ紫電の投網が海上に投げかけられた。すこし間を置いて、雷鳴が轟く。

「そろそろ隠れどきだぞ」

ティリオンは〈ペニー〉の腕をとり、甲板下の船室に連れていった。

〈プリティー〉と〈クランチ〉は恐怖で半狂乱になっていた。怯えた犬はしきりに吠えたて、おそろしくやかましい。ふたりが船室に入っていくなり、ティリオンはたちまち、犬に押し倒された。牝豚はいたるところに糞をしており、〈ペニー〉が二頭をなだめているあいだ、ティリオンはできるだけ糞をかたづけた。つぎにふたりは、固定されていないものを可能なかぎりしまいこみ、あるいは縄で結わえつけた。

「あたし、怖い」〈ペニー〉が弱音を吐いた。

そのとたん、船室がかたむき、がくんと跳ねあがったと思うと、左右に大きく翻弄された。荒浪が船体になだれかかってきたのだ。

（溺れ死ぬよりもひどい死にかたはいくらでもある。〈ペニー〉の兄貴は身をもって知った。おれの親父どのも同様だ。それにシェイ、あのうそつきの腐れアマも。〝黄金《きん》の手はいつも冷たいけれど、女の手だけはあたたかい〟）

「ゲームでもするか」とティリオンはいった。「そうすれば、すこしは嵐から気をまぎらせられるかもしれん」

「サイヴァスはいやよ」〈ペニー〉は言下に答えた。

「サイヴァスはむりだな」足もとから甲板が突きあげられるのを感じながら、ティリオンはうなずいた。こんなありさまでは、駒が船室じゅうにはじけ飛び、牝豚と犬の上に降り注ぐだけだ。「小さいころ、〈わたしの城へおいで〉のゲームをやったことはあるか?」

「ううん。教えてくれる?」

この娘に教えて、わかるだろうか。ティリオンはためらった。

(ばかなことをいっちまったな。もちろん、〈わたしの城へおいで〉をやったことなんか、あるはずがない。城で暮らしたことがないんだから)

〈わたしの城へおいで〉とは、高貴な生まれの子供たちのゲームで、礼儀、紋章学、父親の味方や敵について、ある程度の知識を教えこむためのものなのである。

「しかし、このゲームはあまり……」いいかけたとき、またもや船が荒々しく突きあげられ、ふたりは床の上に投げだされた。〈ペニー〉が恐怖の悲鳴をあげる。歯ぎしりをしながら、ティリオンはくりかえした。「このゲームはあまり、こういうときには向かない。すまんな」といって、どんなゲームがいいのか、おれには——」

「あたし、知ってる」

いきなり、〈ペニー〉にキスをされた。

ぎごちないキスだった。性急でへたくそなキスだった。しかし、完全に不意をつかれた。ティリオンは両手をつきだして、〈ペニー〉の両肩をつかみ、押しのけかけた。が、そこでためらうと、逆にぐいと引きよせ、ぎゅっと抱きしめた。〈ペニー〉の唇は乾いていて堅く、守銭奴の財布よりも堅く閉じられていた。

(せめてもの慈悲か) とティリオンは思った。

こんなことを望んでいたわけではない。〈ペニー〉は好きだし、あわれにも思っている。ある意味で、尊敬してもいる。しかし、この娘がほしくはない。そのいっぽうで、この娘を傷つけたくないという思いもあった。神々とティリオンの愛しの姉とは、この娘に十二分な苦しみを与えた。だからティリオンは、〈ペニー〉の両肩をそっと抱き、相手がキスするにまかせた。自分の唇も堅く閉じたままだ。《セレイソリ・クォーラン》は横揺れし、周囲で身ぶるいしつづけた。

やっとのことで、〈ペニー〉が何センチか顔を離した。その目に映りこむ自分自身の顔が見えた。

(きれいな目だな) とティリオンは思った。だが、その目の奥には、美しさ以外のなにかも見てとれた。(たっぷりの恐怖と、わずかな希望……だが、情欲はかけらもない。この娘のほうも、おれがほしいわけじゃないんだ——おれがこの娘をほしくはないのと同じように)

〈ペニー〉がうつむくと、ティリオンはあごの下に手をあてがい、ふたたび上を向かせた。

「この手のゲームはできないんだ、マイ・レディ」

頭上で雷鳴が轟いた。かなり近い。

「あたし、けっして……あたし、いままで男の人とキスしたことがなくて……でも思ったの、もし船が沈んじゃうんなら、あたし……あたし……」

「甘美なキスだったよ」ティリオンはうそをついた。「しかし、おれは結婚しているんだ。憶えているかな、披露宴のとき、おれといっしょにいただろう。レディ・サンサだ」

「あのひと、奥さんだったの？　とても……とてもきれいな人だった……」

（しかし、不実でもあった。サンサといい、シェイといい、おれにかかわる女は、どいつもこいつも……おれを愛してくれたのは、ただひとり、ティシャだけだった。娼婦はいったいどこへゆく？）

「たしかにな、きれいだったさ」とティリオンはいった。「そしておれたちは、神々の目と衆目のもとでいっしょになったんだ。いまは行方不明になっているかもしれないが、消息がはっきりするまでは、サンサに対して誠実なままでいたい」

「わかった」〈ペニー〉は顔をそむけた。

（おれにとっては、これは完璧な女だな）ティリオンの胸に、苦い思いがこみあげてきた。

（こんなにあからさまなうそを信じるほどうぶで純真なんだから）

船体がきしみをあげ、甲板が揺れ動き、〈プリティー〉が怯えて鳴き叫ぶ。〈ペニー〉は両手と両膝をついて床を這っていき、牝豚の頭を抱きかかえて、だいじょうぶだからね、とつぶやきかけた。こうして〈ペニー〉と〈プリティー〉を眺めていると、どちらがどちらを慰めているのかわからない。あまりにもグロテスクで、むしろ滑稽なのに、ティリオンにはほほえむことすらできなかった。

（この娘は、豚なんかよりもまっとうな慰めに値する。正直なキスに、ちょっぴりの親切。いや、どんな人間でもその程度のことには値するはずだ、からだが大きくても小さくてもな）

ティリオンは自分のカップを探したが、ようやく見つけだしたときには、ラム酒がぜんぶこぼれてしまっていた。

（溺れ死ぬのも悲惨ではあるが）げんなりしながら、ティリオンは思った。（悲しい思いをしつつ、しらふで溺れ死ぬなんて、あまりにも残酷すぎるじゃないか……）

結局のところ、溺れ死なずにはすんだ……が、いっそ溺死したほうがましだ、静かに溺れ死んだほうがましだ、と思えるときが何度もあった。嵐はその日の日中を通じて荒れ狂い、夜もだいぶ深まるころまでつづいた。湿った烈風が船のまわりを吹き荒れて、荒浪《あらなみ》が溺れた巨人のこぶしのように甲板を殴りつけてくる。この嵐で、甲板上にいた航海士一名、船乗り二名が海に落ち、料理人は熱い油が鍋《ケトル》ごと顔に飛んできて失明し、船長は船尾楼から落ちて主甲板にたたきつけられ、両脚を折った。むろん、みなあとで知ったことである。船室では〈クランチ〉が狂ったように吠えまくり、〈ペニー〉に嚙みつき、〈プリティー・ピッグ〉はふたたび糞をしはじめ、せせこましくて湿った船室を汚れた豚小屋へと変貌させていた。こんな混乱の連続の中だというのに、ティリオンがかろうじて吐かずにすんだのは、幸いなことにワインが切れていたからだった。〈ペニー〉のほうはさほど幸いとはいえない状況にあったが、いまにも破裂する寸前の樽のように、まわりじゅうで船体がきしみ、慄然とする呻き声をあげるなか、とにもかくにも、ティリオンはずっと抱きしめてやっていた。

　真夜中近くになってようやく風威が衰え、波もおだやかになってきたので、ティリオンはおそるおそる甲板に出てみた。船上の光景は暗澹たる思いをいだかせるに足るものだった。コグ船がただよっているのは、一面、ドラゴングラスのように凪いだ海面だ。頭上には星々すらも見える。だが、船を中心にして一定の範囲の外では、いまなお嵐が荒れ狂っていた。東、西、北、南——どちらを向いても黒い山脈のように黒雲がそそりたち、湧きたつ斜面と巨大な絶壁は青と紫の電光であふれかえっている。雨こそ降っていないが、足もとの甲板は濡れてすべりやすい。

　だれかが上甲板の下で悲鳴をあげているのが聞こえた。かぼそくてかんだかくて、恐怖でヒステリックになった声だ。モクォッロの声も聞こえた。紅の祭司は、船の中央部では、嵐に面と向かい、杖を頭上にかかげ、野太い声で祈りを捧げていた。船首楼に立って十余人の船乗りとふたりの〝炎の指〟がもつれた索《つな》や濡れそぼった帆と格闘していた。帆を張ろうとしているのか、たたもうとしているのか、よくわからない。しかし、どちらにしても、いま帆をいじるのはきわめて悪い考えに思えた。じっさい、そのとおりだった。

　おりしも、不吉なささやきとともに、湿気を含む冷たい風がもどってきて、ティリオンの頬をかすめ、濡れた帆をはためかせると同時に、モクォッロの真紅のローブをはげしく煽り、引っぱりだした。本能的に、ティリオンは手近の手すりをつかんだ。あやういところで間にあった。それから鼓動三つのうちに、風が咆哮をあげる烈風へ変化したのだ。モクォッロがなにごとかを叫ぶ。たちまち、杖の頭に彫られたドラゴンのあぎとから緑の炎が噴きだし、夜のただなかへと吸いこまれていった。ついで、雨が降りだし、あたりは暗黒に包まれて、一寸先も見えなくなり、船首楼も船尾楼も暴雨の壁の向こうに消えた。頭上でなにか巨大なものがはばたく音がした。見あげると、帆が翼となり、索にふたりの男をぶらさげたまま、暗天に舞いあがろうとしていた。そのとき、ベキッという音がした。（いまのはマストが折れかけた音だ）

（まずい、こいつはやばい）と考えるだけの余裕はあった。

索を見つけたので、それにつかまり、強風に前のめりになりながら、艙口《そうこう》へじりじり移動していく。嵐を避けて、船倉の中に潜りこむためだ。だが、突風で足をすくわれ、うしろに飛ばされたと思ったとたん、手すりにたたきつけられた。その手すりに必死でしがみつく。顔を雨に殴りつけられて目があけられない。口の中にふたたび血の味がした。船は足の下でうめき、うなっている。まるで厠《かわや》で気ばる太った便秘男のようだ。

つぎの瞬間、マストが折れた。

見えたわけではない。音でわかった。例のベキッという音がふたたび聞こえたかと思うと、木がへし折れる悲鳴が響きわたったのだ。だしぬけに、あたりに木の破片が飛び散っていた。破片のうちのひとつは、あと一センチほどもずれていれば、目に突き刺さっていただろう。ふたつめは首にぶつかり、三つめはふくらはぎ、長靴《ちょうか》、ズボンと連打していった。思わず、悲鳴をあげた。それでも、必死に索にしがみつき、ありったけの力をこめて握りつづける。よもや自分にそんな力があるとは思いもしなかった。

（〈未亡人〉はいった――この船は目的地に着かないと）

ティリオンはあのことばを思いだした。笑いがこみあげてきた。天に雷鳴が轟き、船板がきしみ、まわりじゅうから荒浪がなだれかかってくるなかで、どうにもこらえきれなくなり、ヒステリックにげらげらと笑いつづけた。


ようやく嵐が通りすぎ、生き残った乗客と乗組員が、雨あがりに地中から這いだしてくる地虫のごとく、ピンクの虫けらとなって甲板へと這いだしてくるころには、《セレイソリ・クォーラン》は廃船も同然の状態にあり、浸水して大きく沈んでいるうえ、左舷に十度傾き、船体には五十ヵ所以上穴があき、船倉は水浸しになり、マストはへし折れてこびとの背丈と変わらない高さになっていた。船首像も被害をまぬがれてはいなかった。巻物を持っていたほうの腕がもげてなくなっている。人員は九人が行方不明となっていた。不明者のなかには、航海士ひとり、〝炎の指〟ふたり、モクォッロ本人も含まれていた。

（ベネッロは炎のうちにこの惨状を見ていたのか？）紅の祭司の巨体が消えていると知ったとき、ティリオンは思った。（モクォッロ本人はどうなんだ？）

ティリオンはジョラー・モーモントにいった。

「予言というのは、中途半端にしつけた騾馬《ラバ》みたいなもんだな。一見、役にたちそうだが、信じたその瞬間に頭を蹴りつけてくる。あのくそったれの〈未亡人〉め、この船が目的地に着かないと知っていて、その警告だけはした。ベネッロが炎の中に未来を見たといってな。おれはそいつを行き先の話と解釈して……まあいい、いまさらどうでもいい」口をゆがめた。「とにかく、問題の予言が示していたのは、あのクソいまいましい大嵐がこの船のマストを焚きつけに変えて、船があてどなく〈悲嘆湾〉をただよいつづけるうちに、とうとう食料が尽きて、おれたちが共食いしだすということだ。最初に切り刻まれるのはどれだと思う？　豚か、犬か……それとも、おれか？」

「いちばんうるさいやつ、だろうな」

つぎの日、船長が死んだ。三日後の晩に、料理人も死んだ。残された乗組員にできるのは、廃船が浮かびつづけられるようにすることだけだった。仮の船長代理を務めることになった航海士は、船の現在地が杉の島南端の沖合だろうと見当をつけた。最寄りの岸に向けて船を曳航させるため、搭載艇を降ろしたところ、一隻は沈んでしまい、もう一隻は漕ぎ手たちが曳き索を切断して、コグ船と乗り組み仲間全員を見捨て、北へ漕ぎ去っていった。

「奴隷どもが」

ジョラー・モーモントが吐き捨てるようにいった。

当人の話によると、大嵐のあいだ、大柄な騎士はずっと眠っていたそうだ。はて、船室で悲鳴をあげていたのはどなたさまだったかな、とティリオンは思ったものの、あえて疑念は口にせずにおいた。いつの日か、だれかの脚にかじりつきたくなるときがくるかもしれない。

そのときにそなえて、歯は残しておかなくては。モーモントは〝二度と近づくな〟といったことを忘れると決めたらしいので、ティリオンもそんなことはいわれなかったふりを装った。

漂流は十九日に達し、その間、食料と真水はどんどんすくなくなっていった。太陽は容赦なく照りつけてくる。犬と豚を連れて船室に閉じこもる〈ペニー〉のために、ティリオンは繃帯を巻いたふくらはぎを引きずって食事を運び、夜は傷口が膿んでいないかと、においを嗅いだ。ほかにすることがなにもないときには、手と足の指をナイフでつついて過ごした。サー・ジョラーは毎日、剣研ぎに精を出し、きらきら光るまで剣尖を尖らせることに余念がない。残った三人の〝炎の指〟は、陽が沈むと篝火《かがりび》を焚く。乗組員の祈りを主導するときは、装飾的な鎧をかならず身につけているし、槍はいつも手元に置いている。どちらのこびとについても、頭をなでようとする船乗りはひとりもいなかった。

「また槍試合の芸をしてみせる？」ある晩、〈ペニー〉が提案した。

「やめたほうがいい」とティリオンはいった。「船乗りの連中に、肥えて旨そうな豚がいることを思いださせるだけだ」

もっとも、〈プリティー〉は日ごとに肉が落ちていき、〈クランチ〉も骨と毛皮ばかりになりつつあったが。

その晩、ふたたびキングズ・ランディングに帰った夢を見た。手には弩弓《クロスボウ》を持っている。

〝どこなりと、娼婦のいくところだ〟とタイウィン公はいった。しかし、ティリオンの指が引き金を引き、弓弦《ゆづる》がブンッと音を立てたとき、腹に太矢が刺さった相手は、〈ペニー〉になっていた。

突然の叫び声に、はっと目を覚ました。叫びは上の甲板から聞こえてきたようだ。からだの下で船室の床が揺れており、混乱のあまり、鼓動半分のあいだ、ここは《内気な乙女》かと思った。コグ船にいることを思いだしたのは、豚の糞の臭気が鼻をついたからだ。〈悲哀の都〉は遠く離れ、世界を半分も越えた場所にある。あの船にいたときのいろいろな喜びもいまは消えた。朝の水浴びをおえたあと、裸身に水滴をきらめかせたリモアがいかに美しかったことか。なのに、いまここにいる唯一の乙女は、〈ペニー〉だけだ。怯えきった小さなこびとの娘だけだ。

ともあれ、なにかが起こっている。ティリオンはあくびしつつ、ハンモックをすべりおり、自分の長靴《ちょうか》を探した。なんともいかれたことに、気がつくと、クロスボウも探していたが、もちろん、そんなものがここにあろうはずもない。

（残念だな。あれさえあれば、でかぶつどもがおれを食いにきても身を護る役にたつのに）

長靴を履き、そっと甲板にあがる。さっきの叫び声はなんだったのだろう。〈ペニー〉はすでに甲板に出ており、目の前に立って大きく目を見開いていた。

「帆が見える」ティリオンに気づいて、〈ペニー〉は叫んだ。「あそこ、あそこ、見える？　帆が。向こうにもこっちが見えてる、まちがいない。帆だよ」

今回はティリオンのほうからキスをした。最初は両の頬、つぎはおでこ、そのつぎは口に。口へのキスに、〈ペニー〉は急に照れてしまい、赤面しつつ笑い声をあげたが、相手の反応など、いまはどうでもよかった。ティリオンとしても、キスせずにはいられない気分だったのだ。

向こうの船が近づいてくる。大型のガレー船だ。舷側にずらりとならんだ櫂が、後方に長々と白い航跡を引いている。

「あれはなんの船だ？」ティリオンはサー・ジョラー・モーモントにたずねた。「船の名が見えるか？」

「名前など見るまでもない。こちらは風下だ。あの船のにおいがぷんぷんただよってくる」

モーモントはすらりと剣を引き抜いた。

「あれはな。奴隷商人の船だ」

41　〈返り忠〉

夕陽が西に沈むころ、最初の雪片が舞いはじめた。とっぷりと日が暮れるころには、雪が霏々《ひひ》として降りしきり、白いカーテンの向こうに昇っているはずの月も見えなくなっていた。

「北の神々はスタニス公に怒りの鉄鎚《てっつい》を下した」翌朝、朝食をとるため、ウィンターフェル城の大広間に集まった諸公に向かって、ルース・ボルトンは言い放った。「スタニス公も、ここでは余所者《よそもの》だ。古《いにしえ》の神々はやつを生かしておかぬことに決めたらしい」

諸将はうおおーっと喚声をあげ、厚板の長テーブルをこぶしで打ち鳴らした。ウィンターフェル城は廃城かもしれないが、花崗岩の城壁はいまなお強風も悪天候も閉めだしてくれる。食料も飲みものも備蓄は充分にあった。豊富な薪のおかげで暖炉の火が絶える心配はなく、休憩の者はこごえたからだをあたためため、服を乾かせるし、あたたかい部屋の隅で横になり、眠ることもできる。ボルトン公は、半年は持つだけの薪を運びこんでいたので、大広間内はつねにあたたかく、居心地がよい。スタニス側にこの快適な環境は望めないだろう。

だが、シオン・グレイジョイは喚声に加わらなかった。フレイ家の者らもやはり加わっていないことにシオンは気がついている。

（この連中とて、ここでは余所者だからな）

エイニス・フレイとその異母兄弟であるホスティーンを見つめたまま、シオンは思った。河川地帯《リヴァーランド》に生まれ育ったフレイの者たちは、このような雪など見たこともないはずだ。

（北部はもう、フレイを三人、血祭りにあげている）

三人というのは、白い港《ホワイト・ハーバー》とバロウトンのあいだで行方不明となり、ラムジーの部下が懸命に捜索したものの、ついに見つからずじまいとなった者たちのことである。

ワイマン・マンダリー公は公壇上で、ホワイト・ハーバーの騎士二名にはさまれてすわり、膨らんだ顔についた口にスプーンでかゆ《ポリッジ》を運んでいる。いまは披露宴でポークパイを食べていたときほど幸せそうには見えない。公壇の上には、隻腕のハーウッド・スタウトもいて、痩せこけた〈淫売殺し《フォアズベイン》〉のアンバーと静かに話をしていた。

シオンは一般の兵とともに、ポリッジを配る列にならんだ。いくつも用意されている銅鍋から、木の椀にポリッジをよそってもらうのだ。諸公と騎士たちは、味つけのため、ミルク、蜂蜜、さらにはバター少々すらも供されるのだが、シオンにはそんな贅沢などゆるされない。ウィンターフェル城の公子《プリンス》として遇された期間は、ごくわずかしかなかった。今回の茶番における役割を演じおえ、偽アリアを結婚相手に引きわたしたいま、もうルース・ボルトンにとってはなんの利用価値もないからだろう。

「はじめての冬のことは憶えてるぜ。おれの頭の高さまで雪が積もったんだ」

列でひとつ前にならぶホーンウッドの男がいった。

「ふうん、だけどおまえ、そのころは背丈が一メートルしかなかったんじゃないか」

答えたのは細流地域《リルズ》からきた騎兵だ。

昨夜は寝つけぬまま、気がつくとシオンは、この城から脱走できないものかと考えていた。ラムジーと父公がほかのことに気をとられている隙に、そっと脱けだせないものだろうか。しかし、どの門も閉じられていて、しっかり閂《かんぬき》がかかっており、厳重に警備されていた。ボルトン公の許可なくして、何者も城の出入りはゆるされない。秘密の抜け道は知っているものの、シオンにはそこを使う勇気はなかった。カイラとその鍵束のことを忘れてはいない。それに、たとえ城壁の外へ出られたとしても、その先はどこへいく？　父上は亡くなった。叔父たちはシオンになど用はない。パイク島の所有権も失われた。自分に残された場所で〝家〟にもっとも近いのはここだ。ウィンターフェル城の遺骨のあいだだけだ。

（廃人には廃城。ここここそは、おれの居場所なんだ）

なおもポリッジの列にならんでいるとき、ラムジーが〈落とし子の男衆《ボーイズ》〉を引き連れて、大広間にずかずかと姿を現わし、音楽を奏でろと命じた。ルーベが眠たげに目をこすりつつ、リュートを手にとり、『ドーン人の妻』を演奏しだすかたわら、ルーベの洗濯女のひとりが太鼓をたたいて、リズムを刻みだす。ただし、吟遊詩人は歌詞をいじっていた。ドーン人の妻の味を見るかわりに、北部人の娘の味を見るという内容に替えていたのだ。

（あの男、あれでは舌を切られるぞ）木の椀にポリッジをよそってもらいながら、シオンは思った。（あの男はただの吟遊詩人でしかない。ラムジー公があの男の両手の皮を剝いでも、

どこからも文句はこないんだ)

しかし、替え歌を聞いて、ボルトン公は薄く笑い、ラムジー公は声をあげて笑った。そのようすを見て、ほかの者たちも、これなら笑ってもだいじょうぶだとわかったようだった。〈黄色いディック〉は替え歌がツボだったらしく、鼻からワインを噴いた。

ただ、レディ・アリアだけはこの場におらず、笑いを分かちあってもいない。それ以前に、挙式の夜以来、自室の外で姿を見られたことはなかった。〈渋面《しぶつら》のアリン〉は、ラムジーが花嫁をはだかに剝き、鎖でベッドの支柱につないでいると吹聴しているが、それが駄法螺にすぎないことはシオンにもわかっている。鎖など使われていない。すくなくとも、はたから見えるところには。見張りについては、花嫁を外へ出ていかせないため、寝室の外に衛兵がふたり立っているだけだ。

(はだかになるのも、入浴するときだけだしな)

もっとも、妻はつねに清潔であるようにとの、ラムジー公のご要望により、入浴は毎晩のようにしている。

なぜ知っているかといえば、あるとき、ラムジー公にこういわれたからだ。

「かわいそうに、あれには侍女がおらん。そこで、おまえが侍女になってやれ、〈リーク〉。いっそのこと、ドレスでも用意してやろうか?」そういって、ラムジーは笑った。「たのみこめば、考えてやってもよいぞ。しかし、当面は湯浴み専用の侍女になるだけでよかろう。ちゃんと世話をしてやれよ。おまえのような悪臭の塊になられてはたまらんからな」

そういうわけで、ラムジーが新妻と褥《しとね》をともにしたくなったときに、レディ・ウォルダかレディ・ダスティンから端《はし》た女《め》たちを借用し、厨房から湯を運んでこさせるのは、シオンの役目となった。シオンにも、どの端た女にも、アリアはけっして話さなかったが、みんな、全身の打ち身には気づいていた。

(これは本人のミスだ。ラムジーを喜ばせそこねたんだ)

「とにかく、アリアになりきらなくてはいけない」と、花嫁が湯につかるのを手伝いながら、そう諭《さと》したことがある。「ラムジー公もきみを傷つけたいんじゃない。あの方がわれわれを傷つけるのは……なにかを忘れたときなんだ。おれだって、なんの理由もなく傷つけられたことはない」

「シオン……」泣きながら、ジェインはつぶやいた。

「〈リーク〉だ」娘の腕をぐっとつかみ、がくがくとゆさぶった。「ここでは、おれの名は〈リーク〉だ。絶対にそれを忘れちゃいけない、アリア」

だが、この娘は本物のスタークではない。結局は、家令の娘にすぎない。

(ジェイン、この娘《こ》の名はジェイン。おれの助けをあてにしてはいけない)

シオン・グレイジョイならば助けようとしただろう。だが、シオンは鉄《くろがね》の者であり、〈リーク〉よりも勇敢な男だった。

(〈リーク〉、〈リーク〉、発音は弱虫《ウィーク》のように)

ラムジーも一時は新しい玩具に夢中になっていた。乳房と女陰を持つ夜の玩具だ。しかし、ジェインが泣いてばかりいるがゆえに興醒めしてしまい、ラムジーはふたたび〈リーク〉をおもちゃにしたがるようになっていた。

（ラムジー公は、おれの皮をすこしずつ剥いでいく。手の指がぜんぶなくなったら、つぎは手だ。足の指がぜんぶなくなったら、つぎは足だ。しかし、おれが懇願しないかぎり、指や手足を切断してはくれない。痛みがあまりにもひどすぎて、おねがいですから痛みの根源を切ってくださいとたのまないかぎり、けっして切ってはくれない）

〈リーク〉が熱い湯につかることはない。今後はふたたび糞尿にまみれて暮らし、からだを洗うことを禁じられるだろう。服はぼろに変わり、汚れきって悪臭を放ち、腐れ落ちるまでずっとそのぼろを着たままだ。期待できるいちばんましなあつかいは、犬舎にもどされて、ラムジーの〈女衆《ガールズ》〉と暮らすことだった。（新しい牝犬のことを、ラムジー公は〈カイラ〉と呼んでいた）

（〈カイラ〉、だったな）と思いだした。

いま、ポリッジの椀を持ち、大広間のうしろにもどった〈リーク〉は、最寄りの松明《たいまつ》から二、三メートル離れたところに無人のベンチを運よく見つけて、そこに腰をおろした。夜であれ昼であれ、大広間の下座側のベンチは、いつもなら最低でも半分は埋まっている。兵士たちが酒を飲み、賽子《サイコロ》にふけり、四方《よも》山《やま》話をしているのだ。静かな片隅のほうでは、着の身着のままで眠っている者もいる。そういう兵士たちは、当直の番がまわってくると、やってきた上官たちに追いたてられ、寝ていた者は蹴飛ばされて起こされ、マントを着こんで城壁の上へ巡回に出かけていく。しかし、〈返り忠のシオン〉を歓迎する者はだれもいないし、こちらとしても、兵士たちのそばに寄りつきたくはない。

ポリッジは灰色をしていて薄く、三口めまで食べたところで食べるのをやめ、あとは椀の中で冷え固まっていくにまかせた。となりのテーブルでは、兵士たちが雪嵐のことを話題にしており、この雪はいつまで降るんだろうと話しあっている。

「一昼夜――いや、もっと長いかもしれないな」

そういったのは、大柄で黒い顎鬚《あごひげ》の弓兵だった。胸にサーウィン家の戦斧《せんぷ》の縫取りがある。年配の男の何人かが、若いころに経験した冬の雪嵐の例を持ちだして、あれにくらべたら、こんなのは小雪でしかないといった。河川地帯《リヴァーランド》からきた者たちは愕然としていた。

(南の兵士たちは、雪も寒いのも苦手らしい)

歩哨から帰ってきた男たちは、大広間に入ると、まず暖炉のそばに集まるか、火鉢の上に手をかざすかする。ドアの内側の掛け具にかけたマントからは、雪の解けた水がぽたぽたとしたたっている。

室内の空気はよどみ、煙でいがらっぽい。ポリッジの表面に膜が張りだしたころ、ふいに背後から女の声がいった。

「――シオン・グレイジョイ」

(おれの名は〈リーク〉だ)といいそうになった。

「なんの用だ?」

女はベンチをまたいで横にすわり、目にかかった赤茶色の髪をかきあげた。髪は手入れをしていない。

「なんだってひとりで食べてんのさ、ム＝ロード？　おいでよ、立って。いっしょにダンスしよう」

シオンはふたたび、ポリッジを手にとった。

「おれは踊らないんだ」ウィンターフェル城のプリンスは華麗な踊り手だった。だが、足の指を何本も失った〈リーク〉が踊れば悲惨なことになる。「ほうっておいてくれ。金なら、ない」

女はいびつな笑みを浮かべた。

「あたしを娼婦だと思ってんの？」

女は吟遊詩人が連れてきた洗濯女のひとりだった。背が高くて細身——というよりもガリガリで、皮膚も革のように硬く、とても美人とはいえない……のだが、かつてのシオンなら、それでもこの女を押し倒し、長い脚ではさまれたらどんな快感が得られるか、ためしてみるだけの気概があっただろう。

「こんなところで、金がなんの役にたつってのさ。なにを買えっていうの、雪かなんか？」女は笑った。「金なんかよりも、笑ってくれればいいよ。あんたが笑ってるところって見たことないし。妹の披露宴のときだって、ぜんぜん笑ってなかったじゃない」

「レディ・アリアは妹じゃない」

(それに、笑うこともしない）もうすこしで、そういいそうになった。（ラムジーはおれの笑顔がきらいで、歯に金槌をたたきこんだんだ。おかげで、ろくにものを食うこともできやしない）

「妹だったこともないしな」

「でも、きれいな子じゃないか」

〝――わたしはサンサのように美しくはなかったけれど、それでもみんな、わたしのことを可愛いといってくれました〟

ジェインのことばが頭の中でこだました。そのことばは、ルーベが伴なってきた女たちのうちのふたりがたたく太鼓のリズムに合わせて、頭の中で踊っているかのようだった。別の娘は、小ウォルダー・フレイをテーブルの上にあがらせて、ダンスの手ほどきをしていた。男たちはみんな笑っている。

「ほうっておいてくれ」とシオンはいった。

「あたしじゃム＝ロードのお好みに合わないってかい？　だったら、マートルをよこしたげよっか。でなきゃ、ホリーを。きっと、あの子なら気にいるよ。男はみんな、ホリーを気にいるんだ。レディ・アリアがあんたの妹じゃないってのといっしょでさ、あの子たちだって、あたしの妹じゃないんだけどね、いい子たちだよ」女がにじりよってきた。吐息はワインのにおいがした。「あたしに笑ってくれる気がないんなら、どうやってウィンターフェル城を陥としたか教えてよ。ルーベがそれを歌にするからさ。そしたら、あんたは歌の中で永遠に生きられるよ」

「裏切り者としてか。〈返り忠のシオン〉としてか」

「どうして〈賢者シオン〉じゃいけないのさ？　大胆不敵な攻略ぶりだったと聞いてるよ？　手勢は何人いたの？　百人？　五十人？」

（もっとすくなかった）

「あれは狂気の行動だった」

「たいした狂気もあったもんだね。スタニス勢は五千人はいるそうだけど、その十倍いても、ここの城壁は破れないっていってルーベはいってるよ。だとしたら、どうやって中に入ったのさ、ム＝ロード？　秘密の抜け穴でも知ってるの？」

（索《つな》があったんだ。引っかけ鉤があったんだ。闇が味方していたし、虚をつけたのも大きい。城の防備は手薄で、しかも不意をついたんだ）

だが、そんなことはいっさい口にしなかった。ルーベにあのときの勲《いさお》を歌にされようものなら、ラムジーの不興を買う。そして、その歌が聞けないようにと、鼓膜を破られてしまう。

「信用しなってば、ム＝ロード。ルーベはきっと歌にしてくれるよ」洗濯女が手を伸ばしてきて、シオンの手に添えた。シオンは左右の手に、ウールと革の手袋をしている。女の手はむきだしで、長い指は荒れており、爪を深く嚙んだあとがあった。「そういやさ、あんた、名前をきこうとしないね。あたし、ロウアン」

シオンは手を引っこめた。これは罠だ。わかってる。

（ラムジーに送りこまれてきたんだな。この女も、いつもの企みのひとつだ。鍵束を持ったカイラと同じだ。面白半分のいたぶり――それだけだ。ラムジーはおれを逃げださせようとしてる。おれを罰せるように）

女をぶん殴ってやりたかった。ぶん殴って、この顔に張りつかせた嘲笑を消し去ってやりたかった。そのいっぽうで、女にキスしたくもあった。テーブルの上で女を抱いて、大声で名前を叫ばせてやりたかった。だが、女に手を触れてはならない。怒りからであれ情欲からであれ、手を出すのは禁物だ。

（〈リーク〉、〈リーク〉、おれの名は〈リーク〉。自分の名を忘れてはいけない）

よろよろと立ちあがり、ひとこともいわないまま、指を切られた足を引きずって、ドアへ向かった。

外ではいまなお雪が降っていた。音もなく降りしきる、湿って重たい雪。すでに大広間に出入りした者たちの足跡は消えはじめている。積雪の深さは長靴《ちょうか》の上あたりまで達していた。〈狼の森〉ではもっと深かろう……そして〈王の道〉でも。あそこでは強風が吹きすさび、雪から身を隠すところとてない）

郭《くるわ》では〝合戦〟が行なわれていた。ライズウェル家の少年たちが、バロウトンの町の少年たちと雪合戦をしていたのだ。城壁の上を見やれば、従士たちが雪だるまをいくつも作っている。雪だるまには槍と楯で武装させ、頭には半球形兜をかぶせて、内城壁の胸墻《きょうしょう》ぞいにずらりとならべていた。雪の歩哨の列だ。

「冬の大将が、徴募兵を連れてこちら側に参陣したぞ」

大広間の外に立っている衛兵のひとりが軽口をたたいた……が、シオンの顔に目をやり、話しかけている相手がだれなのかに気づいたとたん、顔をこわばらせた。ついで、横を向き、ぺっとつばを吐いた。

郭に並ぶ天幕の列の外では、ホワイト・ハーバーと双子城《ツインズ》からきた騎士たちの大型軍馬が連なり、寒さに震えていた。ウィンターフェル城を掠奪したさいに、ラムジーが厩を焼いてしまったため、父のボルトン公は旧厩舎の倍の大きさのものを新設し、自分の旗主《きしゅ》や騎士の軍馬と乗用馬を収容させたのだが、その他の馬は入りきらず、こうして郭で野ざらしのまま杭につながれた状態にある。フードをかぶった厩番たちが各馬のあいだを歩きまわり、多少とも寒さをしのぐために毛布をかけてやっている姿が見えた。

シオンは城の荒廃がひときわひどい部分へと移動した。かつては学匠《メイスター》ルーウィンの小塔であった崩れた石材の山のあいだを通りぬけていくとき、頭上の壁にあいた裂け目から使い鴉たちがこちらを見おろし、たがいにつぶやきあっているのが見えた。ときおり、その一羽が耳ざわりな叫び声をあげた。ほどなく、以前は自分のものであった寝室の戸口に立ちつくし（割れた窓から室内に雪が吹きこみ、足首の高さにまで積もっていた）、つづいて、廃墟と化したミッケンの鍛冶場と、元レディ・キャトリンの聖堂《セプト》を訪ねた。〈焼けた塔〉――別名〈壊れた塔〉の下では、リカード・ライズウェルが女とキスをしているところに出くわした。

ルーベにくっついてきた、また別の洗濯女だ。女はぽっちゃりしていて、林檎《リンゴ》のように赤い頬とずんぐりした鼻を持ち、毛皮のマントをはおってはいたものの、雪の上だというのに、裸足だった。シオンに気づいて、洗濯女が相手になにごとかをささやいた。ライズウェルは声をたてて笑った。

指の足りない足を苦労して動かし、シオンはふたりから離れた。城主用の厩の向こうには、めったに使われたことのない石階段がある。シオンの足は、その階段へと向かった。階段は急勾配で、昇るのに苦労した。慎重に足を動かして石段を昇りつめると、そこは内城壁の上だった。あたりにはだれもいない。従士たちと雪だるまからは、かなり離れている。この城には、シオンに自由を与えてくれる者はいないが、といって、完全に自由を束縛されているわけでもない。城壁の内側ならどこへでもいける。

ウィンターフェル城の二重城壁のうち、内城壁は外城壁より古く、高い。大むかしに建設され、上端が鋸歯《きょし》状の胸壁になった灰色の城壁は、高さが三十メートルにも達し、各々の角には四角い塔が設けられている。何世紀もあとに建てられた外城壁は、高さでは五メートル以上も低いが、そのかわり部厚く、補修の状態もいい。角に設けられている塔の形は、四角ではなく、八角だ。二重城壁のあいだには濠があり、これは深くて奥行もあるが……いまは凍てついていた。その氷の張った表面には、徐々に雪が積もりはじめている。雪はさらに、城壁の上にも積もりだしており、凸壁と凸壁のあいだの矢狭間《やざま》を埋め、塔という塔の屋根に、軟らかな白い帽子をかぶせようとしていた。

城壁の外には、見わたすかぎり、白い雪景色が広がっている。森、草原、〈王の道〉——雪はすべてを白く軟らかなマントで覆い、城のそばにある〈冬の町〉の名残を埋めつくし、ラムジーの部下に焼きはらわれて黒焦げになった家々の壁を覆い隠しつつあった。

(落とし胤《スノウ》が作った傷を、雪《スノウ》が隠そうとしているわけか)

いや、それはちがう。ラムジーはもはや、ボルトンだ。スノウではない。スノウであったこともない。

ずっと向こうには、轍《わだち》だらけの〈王の道〉も連なっているが、道筋が貫く周囲の草原や、ゆるやかに隆起する丘々は、その上をすっかり雪でおおい隠されて、もはや白一色の広大な雪原としか見えない。そのうえ、雪はなおも降りつづけ、無風の空から音もなく舞いおりてくる。

(スタニス・バラシオンはあのどこかにいる——寒さに震えながら)

スタニス公は、ウィンターフェル城を力攻めしようとするだろうか。

(そんなまねをすれば、公の壮図《そうと》は破綻する)

ここは飛びぬけた堅城だ。たとえ濠が凍りついてはいても、ウィンターフェル城の防備はきわめて堅い。シオンがこの城を占領したときは奇襲策をとった。最精鋭の部下を選りぬき、夜陰に乗じて城壁を攀《よ》じ登らせ、濠を泳いで渡らせたのだ。城兵は、攻撃が行なわれていることにすら気づいておらず、気づいたときはもはや手遅れだった。だが、スタニスにそんな奇策がとれるはずはない。

スタニスなら、この城を外界から切り離し、兵糧《ひょうろう》攻めにする策を好むだろう。ウィンターフェル城の倉庫も地下食料庫もからっぽに近い。たしかに、ボルトン勢と盟友のフレイ勢とともに、輜重《しちょう》隊は長い列をなして地峡《ネック》を通ってきた。レディ・ダスティンもバロウトンの町から糧秣《りょうまつ》を運んできたし、マンダリー公もホワイト・ハーバーから大量の補給物資を運んできた。が……軍勢の人数はきわめて多く、これほど口数が多くては、兵糧は長く持たない。

（とはいえ、スタニス公とその軍勢も、糧秣にはこと欠くはずだ。おまけに、寒さと行軍による靴擦れで苦しんでもいる。とても戦える状態ではないだろう。もっとも、そんな状態で城攻めを強行すれば、あたたかい城内に入ろうとして、兵はむしろ、死にものぐるいになるかもしれないが）

城壁を降りて〈神々の森〉に入る。雪は〈神々の森〉にも降っていたが、地面に触れると、かたはしから解けてしまうために、白い衣をまとった樹々の下で、地面はゆるくぬかるんでいた。森にだけ発生した霧の触手が、リボンのようにゆらりとただよっている。

（なぜこんなところへきたんだろう？　おれが信じるのは、北の神々ではないのに。ここはおれの場所ではないのに）

目の前には〈心の木〉がそそりたっていた。白い巨木は彫刻された顔を持ち、赤い葉は、色、形ともに、血まみれの手のようだ。

ウィアウッドの根元の池にはうっすらと氷が張っていた。シオンはそのそばにひざまずき、「おゆるしを」と折れた歯のあいだからつぶやいた。「わたしはけっして……」

その先が、のどにつかえてなかなか出てこない。「お救いください」やっとのことで、ことばが出てきた。「どうぞわたしにお与えください……」

（なにをだ？　力か？　勇気か？　慈悲か？）

まわりに雪が降りしきる。白く、音もなく、すべての音をくぐもらせて。聞こえるのは、小さなすすり泣きの声のみ——。

（ジェインか。ジェインが花嫁のベッドで涙にくれているのか。ほかに泣く者が、この城のどこにいるだろう）

神々は泣かない。

（それとも、神々も泣くのか？）

泣き声はあまりにも痛々しく、聞くに堪えなかった。シオンは横につきでた木の枝に手をかけ、それをたよりに立ちあがって、脚に積もった雪をはらい、脚を引きずりながら灯火のもとへ向かった。

（ウィンターフェル城には亡霊が住む。おれはその亡霊のひとりだ）

シオン・グレイジョイが郭にもどってくると、城壁の上にはさらにたくさんの雪だるまが作られていた。雪の哨兵を指揮させるべく、従士たちは十いくつかの雪の諸公もこしらえていた。一体は明らかにマンダリー公を象《かたど》ったものだ。これまでに見た雪だるまのなかでも、格別に太っていたからである。隻腕の雪の将は、ハーウッド・スタウト以外ではありえない。

雪の女公は女公《レディ》バーブレイ・ダスティンだろう。扉からいちばん近いところで氷柱《つらら》の顎鬚をたくわえているのは、〈淫売殺し〉のアンバー老にちがいない。

大広間の中に入ると、料理人たちがビーフと大麦のシチューを配っていた。人参《ニンジン》と玉葱《タマネギ》もたっぷり入った濃厚なシチューで、皿のかわりに使っているのは、きのう焼いて堅くなったパンをくりぬいたものだ。シチューを食べたあとのパンは、床の上に放りだしてさえおけば、ラムジーの〈女衆《ガールズ》〉やほかの犬たちが始末してくれる。

〈女衆〉はシオンを見て喜んだ。においでそれとわかるのだろう。〈赤のジェイン〉が飛びついてきて手を舐めた。〈ヘリセント〉はテーブルの下をすりぬけてきて、シオンの足元で身を丸め、骨をかじりはじめた。どれもこれも良い犬ばかりだ。どの犬の名も、ラムジーが狩って殺した娘の名前からとられたものだが、それを忘れるのはたやすい。

体力が衰えてはいても、多少の食欲はまだある。シオンは少量のシチューを食べ、エールで流しこんだ。そのころには、大広間は兵でごったがえし、陽気な雰囲気に包まれていた。というのも、ルース・ボルトンが放った物見衆のうち、二名がそれぞれ別個に〈狩人の門〉から帰ってきて、スタニス公の進軍は這うほどの速度に落ちていると報告したからである。スタニスの騎士が乗る軍馬《デストリアー》は大柄なため、雪に足をとられて進むのに難渋しているという。雪中行軍も無理なくこなす小型馬《ガロン》に乗った山岳兵は、全軍の縦列が伸びきるのを防ぐため、本隊からあまり先行して進まぬよう努めているそうだ。気をよくしたラムジー公は、雪中をとぼとぼ進んでくるスタニス公に敬意を表し、行進歌を歌えと吟遊詩人のルーベに命じた。

ルーベがふたたびリュートを手にとるかたわらで、洗濯女のひとりが〈渋面《しぶつら》のアリン〉から剣を借用し、雪片に斬りつけるスタニスの物真似を演じた。

女公《レディ》バーブレイ・ダスティンが大広間に姿を見せたのは、シオンが三杯めのタンカードの底に残ったエールの澱《おり》をぼんやりと眺めていたときのことだった。レディに差し向けられてきた誓約の剣士二名に呼びだされ、公壇の前まで出向いていくと、レディは上から下まで、じろじろとシオンを見まわして、鼻をひくつかせた。

「それ、結婚式のときに着ていた服じゃないの」

「そうです、マイ・レディ。これはわたしに与えられた服ですので」

与えられたものを受けいれ、それ以上はもとめない。これはドレッドフォート城で学んだ教訓のひとつだ。

レディ・ダスティンは、いつものように黒一色の装いをしているが、袖口に栗鼠《リス》の毛皮があしらってあった。ガウンの硬い襟は高く、顔を縁どっている。

「この城のこと、くわしかったわね」

「以前は」

「地下のどこかに墓所があって、スタークの歴代王が暗闇の中で眠っているのでしょう? ありとあらゆる手の者に調べさせたのだけれど、そこへ降りる道が見つからないそうなの。ありとあらゆる地下室と貯蔵庫はもとより、地下牢の中さえも調べさせたのに……」

「地下墓所へは、地下牢からはいけないようになっています、マイ・レディ」

「墓所へ案内できる？」

「あそこにはなにもありません、あるのは――」

「――死んだスタークの像だけ？　いいのよ。たまたま、わたしの好きなスタークはみんな死んでいることだしね。さあ、墓所へ案内できるの、できないの？」

「できます」

地下墓所は好きではない。好きだった例《ためし》がない。とはいえ、行きかたを知らないわけではなかった。

「では、案内なさい。護衛隊長、ランタンを」

「あたたかいマントを召されたほうがよろしいかと」シオンは注意をうながした。「屋外に出ることになりますので」

黒貂《クロテン》のマントをまとったレディ・ダスティンをともない、大広間の外に出てみると、雪はいっそう激しく降りしきっていた。扉の外でフードを引きかぶり、マントをかきよせている衛兵たちは、ほとんど雪だるまと見わけがつかない。かろうじて生きた人間とわかるのは、口元から白く息がただよっているからだ。城壁上では篝火《かがりび》が焚かれていた。暗さを払おうとする試みだが、その程度でどうこうできるはずもない。シオンを含む小人数の一行は、足跡ひとつない純白の平面の上を、ふくらはぎのなかばまで達する雪を踏みながら、ゆっくりと進んでいった。郭《くるわ》の天幕は半分がた雪に埋もれており、積雪の重みでたわんでいる。

地下墓所への入口は、この城でも最古の部分——旧天守の基部付近にある。この天守は、もう何百年も使われたことがない。ウィンターフェル城掠奪のさいに、ラムジーはこの天守にも火をかけており、焼け残った部分も大半は崩落していた。残っているのは外壁だけで、一ヶ所に大きな穴があいて内部が野ざらしとなり、いまは屋内に雪が積もっている。いたるところに瓦礫が転がっていた。崩れ落ちて割れた積石の大きな塊、焼けた梁、壊れた怪物像《ガーゴイル》などだ。降りしきる雪によって、そのほとんどは白くおおわれていたが、あるガーゴイルは吹きだまりの上へ頭をつきだしており、グロテスクな顔を上にふりむけて、なにも見えない目で天をにらんでいた。

(ブランが落ちた場所はここだったな)

あの日、シオンは出かけていて留守だった。エダード公とロバート王のお供で狩りに出ていたのだ。城に帰ってきたとき、まさかあんな悲報が待っているとは思いもよらなかった。話を聞かされたときのロブの表情はよく憶えている。ブランが一命をとりとめるとはだれも思わなかった。

(神々もブランを殺すことはできなかった。おれが殺せなかったように)

奇妙な考えではあった。そして、ブランがまだ生きているかもしれないことを思いだし、いっそう奇妙な感覚に取り憑かれた。

「あそこです」シオンは旧天守石壁の基部に吹きだまった雪を指さした。「あの下に入口があります。割れた積石に気をつけてください」

レディ・ダスティンの護衛たちがシャベルで雪をかきだし、瓦礫を取り除いて入口を掘りだすまで、三十分近くが費やされた。ようやくあらわになった地下への扉は固く凍てついていたので、護衛隊長のベロンが斧を取ってきて氷を打ち砕かねばならなかった。氷の除去がすむと、隊長は蝶番《ちょうつがい》をきしませて、扉を手前に引きあけた。暗黒の底へつづく螺旋階段が現われた。

「かなり深いです、マイ・レディ」シオンは警告した。

レディ・ダスティンは臆するようすもなく、

「ベロン、灯りを」と命じた。

地下への螺旋階段は狭く急勾配で、何世紀も踏まれつづけてきたことにより、石段の中央部分が磨耗していた。一行は一列になって降りていった。先頭はランタンを持った護衛隊長、つぎがシオン、つぎがレディ・ダスティンで、背後にもうひとり護衛がつく。シオンはつねづね、地下墓所は寒い場所だと思っていた。すくなくとも、夏のあいだは寒く感じられた。しかし、いま降りてみると、深く降りるにつれて、空気はあたたかくなっていった。いや、あたたかいわけではない。ここがあたたかいということはありえない。地上にくらべて寒くないというだけだ。地下の空洞は、温度が低めではあるが、一定のまま変化しないのだろう。

「花嫁が泣いているわよ」一段ずつ、足もとに気をつけて下へ降りていきながら、レディ・ダスティンがいった。「わたしたちの小さなレディ・アリアがね」

(気をつけろよ。気をつけろ、気をつけろ)

片手は常時、壁にあてがっている。ゆらぐランタンの光に照らされていると、階段が足の下で動いているかのようだ。

「お……おっしゃるとおりです、ム＝レディ」

「ルースはあまり快く思っていないわ。あなたの〈落とし子〉に伝えておきなさい」

（あの方はおれのものじゃない）といいたいところだった。が、身内の別の声はこういっていた。（いいや、そうだ。〈リーク〉はラムジーのもので、ラムジーは〈リーク〉のものだ。自分の名を忘れてはならない）

「ああして泣いてばかりでは、せっかく灰色と白の装いを身につけた意味がないじゃないの。フレイは気にしないでしょうけれど、北部人はね……。北部の者は、ドレッドフォート城は恐れるけれど、スターク家のことは敬愛しているのよ」

「ム＝レディを除いてですか」

「ええ、わたしを除いて」とバロウトンの町の女領主は答えた。「でも、ほかの者はみんなそう。〈淫売殺し〉のご老体がここにいるのは、甥っ子の〈グレートジョン〉が、フレイの捕虜になっているからよ。それに、ホーンウッド家の者たちが〈落とし子〉の最初の結婚のことを忘れるとでもお思い？　強引に結婚させられたホーンウッド公の未亡人は、塔の中に閉じこめられてね、自分の指を食べるほど飢えるまで放置されていたの。レディ・アリアの泣き声を耳にしたホーンウッド家の者たちの心に去来するものは、なにかしら。なにしろ、花嫁が泣き暮らしているのよ。それも、勇敢なネッドの愛娘がよ」

（ちがう。あれはエダード公の愛娘なんかじゃない。名前はジェイン、ただの家令の娘だ）

レディ・ダスティンが花嫁の素性を怪しんでいることに疑いはない。とはいえ……。

レディはつづけた。

「レディ・アリアが泣き暮らしていれば、スタニス公全軍の剣と楯を合わせたよりも大きな脅威となるわ。あの〈落とし子〉が今後もウィンターフェル城の城主でありつづけたければ、新妻に笑うことを教えこんだほうがよさそ――」

「マイ・レディ」シオンは口をはさんだ。「着きました」

「まだ下へ階段がつづいているじゃないの」

「これはもっと下層へつづいているんです――もっと古い層へ。いちばん下の層は部分的に崩落していると聞きおよんでいます。わたしもそこまで降りたことはありません」

扉を押しあけ、レディたちを長いアーチ天井の通路に導く。通路の左右には太い花崗岩の柱が一対ずつ立てられていて、それが闇の奥に連なっている。

レディ・ダスティンの護衛隊長がランタンを高々とかかげ、奥に進みだした。いくつもの影が床や壁をすべり、移動していく。

（広大な暗黒の中の、ちっぽけな光か）

シオンが地下墓所を心地よく感じたことは一度もない。石の目で見つめてくる石の王たち――その石の指は赤錆びた長剣の柄《つか》を握りしめている。このうちのひとりとして鉄《くろがね》の民に愛情を持っている者はいない。馴じみのある恐怖が身内を満たした。

「かなり多いのねえ」レディ・ダスティンがいった。「石像になった者たちの名前は知っていて？」

「以前は知っていましたが……しかし、もうずいぶん前の話ですから」シオンはいっぽうを指さした。「こっちの側にならぶのが北部の歴代王です。最後の王はトーレンといいます」

「屈伏王ね」

「そうです、マイ・レディ。そのあとの統主《とうしゅ》は、王ではなく、ただの公になります」

「若狼王が起つまではでしょう。ネッド・スタークの墓はどこ？」

「いちばん端に。こちらへ、マイ・レディ」

アーチ天井に足音を響かせながら、柱の列のあいだを歩いていった。死者たちは石の目で四人の動きを追っているように見える。各王の横に座す、石の大狼《ダイアウルフ》たちの目もだ。石の王たちの顔はかすかな記憶を呼び覚ました。ひとりでに、いくつかの名前がよみがえってきて、頭の中に響いた。不気味なその声はメイスター・ルーウィンのものだった。百年にわたって北の地を統治したエドリック雪鬚《ゆきひげ》王。日没海《サンセット・シー》の彼方へ船出したブランドン造船王。餓狼《がろう》王シオン・スターク。

（おれが名をもらった人物だ）

そして、キャスタリーの磐城《ロック》と手を組み、パイク島の島主ダゴン・グレイジョイと戦った、ベロン・スターク公。それは七王国が、事実上、〈血斑鴉《ブラッドレイヴン》〉なる出自不明の魔導師に支配されていた時代のことだった。

レディ・ダスティンがいった。

「あの王、剣を持っていないわよ」

そのとおりだった。王の名は思いだせなかったが、手にしているはずの長剣はなくなっており、剣が前はそこにあったことを示す赤錆の筋だけが残っていた。その光景に、シオンはことばを失った。シオンはつねづね、剣の中の鉄は死者の魂を墓所に結びつけておくものと聞かされてきた。その剣がなくなったとなると……。

（ウィンターフェル城には亡霊がいる。おれもそのひとりだ）

四人は先へ歩きつづけた。一歩ごとに、バーブレイ・ダスティンの表情はこわばっていくように見えた。

（おれと同じで、けっしてここが好きなわけじゃないんだな）

気がつくと、シオンはこう問いかけていた。

「マイ・レディはなぜ、スターク家をきらわれるのです?」

レディはまじまじとシオンを見つめた。

「あなたがスターク家を愛するのと同じ理由からよ」

シオンはとまどった。

「スターク家を愛する? わたしはけっして……わたしはこの城をスタークから奪い取った男ですよ、マイ・レディ。わたしは……わたしはブランとリコンを死に追いやった男です、ふたりの首を杭に刺して。それに、わたしは……」

「ロブ・スタークとともに南の地へ進軍し、〈囁きの森〉とリヴァーラン城で肩をならべて戦ったのち、ロブの使節として鉄《くろがね》諸島を訪ね、自分の父親との交渉にあたったのでしょう。バロウトンとて若狼王に兵力を拠出したのよ。できるだけ数は絞ったけれど、多少とも兵を出しておかなければ、ウィンターフェル城の怒りを買うと思ったものでね。ゆえに、ロブ・スタークの軍勢の中には、わたしの目と耳がまぎれこんでいたの。その者たちから、情報はしっかりとはいってきていたわ。あなたがだれかは知っています。あなたが何者かも知っています。だから、問いに答えてちょうだい。なぜあなたはスターク家を愛するの？」

「わたしは……」シオンは手袋をはめた手を柱の一本にかけた。「……なりたかったのです。スタークの一員に」

「でも、それはかなわぬ夢だった。わたしたちには、あなたが思っている以上に、共通する部分が多いのよ。ともあれ、先へ進みましょう」

もうすこし進んだところには、三つの墓標が緊密に寄り集まっていた。一行はそこで足をとめた。

「リカード公ね」中央の石像を見つめて、レディ・ダスティンはいった。エダード公の父の石像は、一行の眼前に高くそそりたっている。顎鬚をたくわえた長い顔、いかめしい顔つき。ほかの石像と同じく、石の目を持ってはいたが、どこかしら哀しげに見えた。「やはり剣がないわ」

ほんとうだった。

「だれかが地下に降りて、剣を盗んでまわっているようです。ブランドンの剣もなくなっています」

「本人もさぞ立腹しているでしょう」レディは手袋をはずし、エダード公の兄ブランドンの石像のひざに手を触れた。黒い石材の上に置かれた白い手が対照的だった。「ブランドンは自分の剣を溺愛していて、しじゅう研いでいたものよ。〝女の下の毛も剃れるくらい鋭利にしておきたいのさ〟というのが口癖だったわ。それに、その剣をふるうのも大好きな人でね。〝血まみれの剣というのは美しいものだ〟と、いちど、わたしにいったことがあるくらい」

「お知りあいだったのですか？」

ランタンの光を浴びて、レディの目は燃えたっているように見えた。

「ブランドンはバロウトンで養育されていたの。ダスティン老公の――のちにわたしが結婚した人の父親のもとでね。でも、たいていは細流地域《リルズ》で馬を乗りまわして過ごしていたわ。乗馬が好きな人だった。その妹がまた、ブランドンのあとをくっついてまわる子で、いつもふたりで馬を乗りまわしていたわね。いっぽう、わたしの父はといえば、ウィンターフェル城の跡継ぎを招くのが大好きな人。ライズウェル家興隆の野心を持っていたので、たまたま通りかかったスターク家の者にわたしの処女を捧げるつもりだったの。でも、そんな必要はなかったわ。ブランドンは、ほしいものがあればためらうことなく手に入れる人だったから。もはやわたしも年老いた身。未亡人暮らしが長くて、すっかり干からびてしまったけれど、ブランドンに抱かれた晩、あのひとの一物についていた破瓜《はか》の血のことは、いまでも鮮明に憶えていますとも。ブランドンもあの眺めが気にいったと思う。たしかに、血まみれの剣は美しいものね。痛くはあったけれど、あれは甘美な痛みだったわ。けれど、ブランドンがキャトリン・タリーと結婚すると知った日……あの日いだいた胸の痛みには、甘美なところなどいっさいなかった。ブランドンはね、あんな娘なんて、ほしくなかったの。それはたしか。ふたりで過ごした最後の晩、わたしにそう打ち明けたもの……でも、あのひとの父リカード・スタークも、やっぱり野心家でね。自分の跡継ぎを一家臣の娘と——つまりわたしと——結婚させたところで、南部との関係を強める野望の役にたちはしないでしょう。ブランドンとキャトリンの婚約が成立すると、父はわたしをブランドンの弟、エダードに嫁がせることに期待をつないでいたけれど、その嫁ぎ先もまた、キャトリン・タリーは奪ってしまったわ。結局、わたしは若きダスティン公と結婚したの。ところが、そのダスティン公までも、ネッド・スタークはわたしから奪ってしまった」

「ロバートの反乱ですね……」

「わたしがダスティン公と結婚して半年もたたないころ、ロバートが決起して、朋友であるネッド・スタークは旗主に召集をかけたのよ。わたしは夫にすがって、どうかいかないでとたのんだわ。有力な縁者がいるのだから、かわりにその人を派遣すればいいじゃないのとね。斧をふるえば無双なことで名高い叔父がいて、〈九賤王《ナインペニー・キングズ》〉戦争で名をなした大叔父もいたんだもの。でも、あの人は漢《おとこ》だったし、誇り高い人だったので、バロウトンの徴募兵を率いていくのは自分をおいていない、といってきかなくて。出発の日、わたしはあのひとに馬を贈ったわ。父の厩舎から選びぬいた、炎のような鬣《たてがみ》を持つ、赤毛の牡馬をね。戦争がおわったらかならずこの馬で帰ってくる、と夫は誓ったものよ。

でも、ウィンターフェル城への帰路、バロウトンに立ちよってその馬を返しにきたのは、ネッド・スタークだった。そして、〝ご夫君は名誉の戦死をとげた、亡骸《なきがら》は、ドーンの赤い山脈に埋葬されている〟と告げたのもね。自分の妹の遺骨は北まで運んできたくせに。その妹の遺骨はここに眠っているわ……でも、エダード公の遺骨は、断じてここには運びこませない。妹の遺骨のそばになんか眠らせてやらない。見つけだして、犬に与えてやる」

シオンにはわけがわからなかった。

「エダード公の……遺骨……？」

レディ・ダスティンの唇が歪んだ。ラムジーのそれを思わせる醜悪な笑みだった。

「キャトリン・タリーは〈釁《ちぬ》られた婚儀〉に先がけて、エダード公の遺骨を北へ送りだしていたのよ。ところが、あなたの鉄《くろがね》の叔父が要塞《モウト》ケイリンを占領して、南北の通行を断ってしまったでしょう。以来、わたしはずっと目を光らせているの。かりにエダード公の遺骨がケイリン周辺の湿原から見つかったとしても、絶対にバロウトンから北へはこさせないわ」

レディはエダード公に似せて造られた石像に最後の一瞥をくれた。「さあ、ここでの用事はおしまい」

地下墓所の外に出たとき、雪嵐はまだ荒れ狂っていた。出口に昇ってくるまでのあいだ、レディ・ダスティンはずっと沈黙していたが、廃墟と化した旧天守の下にふたたび立つと、寒さに震えながらこういった。

「下でわたしがいったこと、いっさい口外しないほうがよくってよ。わかった?」

よくわかっていた。

「口を閉じていなければ、舌をなくします」

「ルースによく仕込まれているようね」

そういって、レディ・ダスティンは歩み去った。

42 ―――――――――――――――― 王の戦利品

王の軍勢は、払暁《ふつぎょう》の黄金の光に包まれて、深林の小丘城《ディープウッド・モット》を出発した。丸太の防柵の中から軍勢がぞくぞくと出陣してくるさまは、巣穴から這いだしてくる長大な鋼の蛇を思わせた。南部の騎士たちは板金の胸当てや鎖帷子を身につけて軍馬を駆っている。度重なる戦いで鎧はあちこちがへこみ、傷だらけになっているが、昇りゆく朝陽を浴びて燦然と輝くだけの光沢はまだ宿していた。各家の旗標《はたじるし》や外衣《サーコート》にしても、ずいぶん色褪せ、しみができ、破れたところを繕ったあとがあるとはいえ、冬枯れした森の中では、いまなお色彩の氾濫といえるほどのあでやかさだ。空色にオレンジ色、赤色に緑色、紫色に青色に金色――こうした色の数々は、葉の枯れ落ちた枝々の茶色に、松や哨兵の木《センチネル・ツリー》の葉の灰緑色、汚れた積雪の灰白色を背景にして、絢爛《けんらん》とよく映える。

各騎士はそれぞれに従士、従者、歩兵をしたがえていた。そのあとから、武具師、料理人、馬丁たちがつづく。騎士の集団のあとには、槍兵、戦斧《せんぷ》兵、弓兵の隊列がつづいた。百度の合戦を経た半白の古参兵もいれば、はじめて戦《いくさ》を経験する若い新兵もいる。南部先頭集団のあとには、北部の丘陵地帯からきた山岳兵が行軍していた。毛むくじゃらの小型馬《ガロン》に乗った当主や勇士たちのとなりには、粗野な戦士たちが徒歩で駆けている。身につけているのは、毛皮、硬《ボイルド・レザー》革の革鎧、使い古した鎖帷子などだ。顔面に茶色や緑の染料を塗っている者もいれば、からだに枝葉の束をつけている者もいるが、これは樹々にまぎれやすくするためにほかならない。

戦闘集団のあとには、輜重《しちょう》部隊の段列が連なる。騾《ラ》馬《バ》、馬、牛の列のあとにつづく、長さ一キロ半もの馬車と荷車の列に満載されているのは、糧食、飼《かい》葉《ば》、天幕その他の補給物資だ。しんがりには、これもまた板金の胸当てと鎖帷子に身を包んだ騎士の集団がついているが、そのほかに、なかば樹々に隠れつつ側面に展開し、周辺に目を光らせている別動隊もいた。これは敵に忍びよられ、不意をつかれるのを防ぐための用心だ。

アシャ・グレイジョイは、輜重の車列の一台に——巨大な鉄輪の車輪をそなえた幌つきの二輪馬車内に閉じこめられていた。手枷と足枷がはずされることはない。熊《ベア・アイランド》の島を統《す》べるモーモントの一族は、女公だけでなく、娘たちも〈熊御前〉と呼ばれる。アシャのそばには、その〈熊御前〉のひとり、どんな男よりすさまじいいびきをかく娘が張りついて、昼も夜も、かたときも離れることなく見張っていた。スタニス王は、捕虜が脱走する可能性を徹底的に排除しておくつもりなのだろう。アシャをウィンターフェル城まで運ぶのは、鎖につながれ、縛めで身動きのとれなくなったクラーケンの娘を北部諸公の前にさらして、自分の力を誇示するためにちがいない。

あちこちで喇《ラッ》叭《パ》が響くなか、隊列は粛々と進んでいく。昇りゆく朝陽を浴びて光る無数の槍の穂先が目にまぶしい。路傍の草という草は朝霜できらきらと光っている。深林の小丘城《ディープウッド・モット》からウィンターフェル城までは、連綿とつづく森を通過していかなくてはならない。彼我の距離は百リーグ——使い鴉が飛ぶ直線距離にして五百キロだ。

「十五日ほどか」騎士たちは口々にいいあった。

「ロバートなら十日で踏破しただろうがな」フェル公がうそぶくのが聞こえた。フェル公の祖父は夏の城館《サマーホール》でロバートに殺された。どういうわけか、祖父を殺した男が、フェル公の目には神のごとく勇敢な人物と映っているらしい。「それどころか、ロバートなら二週間前にウィンターフェル城入りして、胸壁からボルトンを嘲笑していただろう」

「そんなことはスタニスさまの前で口にせぬがよいぞ」ジャスティン・マッシーがいった。「お耳に入ったら、夜を日についでの強行軍をさせられかねん」

(この王は、つねに兄の影を意識して生きているというわけか)

話を聞いていて、アシャはそう思った。

体重をかけると、いっぽうの足首にまだ激痛が走る。どこかが折れていることはまちがいない。深林の小丘城《ディープウッド・モット》で腫れは引いたものの、痛みはずっと尾を引いていた。ただの捻挫なら、いまごろはもう治っているはずだ。動くたびに、鉄の鎖がジャラジャラと鳴る。枷は手首と足首だけではなく、自尊心にもかけられていた。しかしそれは、降伏したことの代償にほかならない。

「ひざを屈することで死んだ者はおらん」かつて、父にそういわれたことがある。「ひざを屈した者はまた起てばよい。刃を手にしてな。ひざを屈しない者は死んだままだ。脚が棒のようになるまで立ちつくすだけでおわってしまう」

父ベイロン・グレイジョイは、最初の反乱が失敗におわった日、みずからのことばどおりに実行した。牡鹿と大狼《ダイアウルフ》の前にひざを屈したのだ——ロバート・バラシオンとエダード・スタークが死んだのち、再起するために。

ゆえにクラーケンの娘は、ディープウッドで同じふるまいをした。縛りあげられ、足首の激痛にさいなまれて足を引きずりながら（幸いにも犯されずにはすんだが）、王の前に引きすえられたとき、ひざを屈したのである。

「降伏する、スタニス王。わたしのことはお好きになさるがよい。ただし、配下の者どもの命だけは、どうか救ってやっていただきたい」

アシャの念頭には、クァールやトリスをはじめ、〈狼の森〉の襲撃を生き延びた者たちのことしかなかった。死なずにすんだのはわずか九人のみ。クロムは自嘲ぎみに、自分たちを〝ズタボロの九人〟と呼んでいた。ひときわ重傷を負ったのは、そのクロムだ。

スタニスは助命嘆願を受けいれてくれた。しかし、この男には真の慈悲というものが感じられなかった。意志強固な男であることはまちがいない。勇気を欠いているわけでもない。人はスタニスを公正な人物だという。そして、スタニスの正義が苛酷で容赦ないものであるとしても、鉄《くろがね》諸島に生まれ育ったアシャは、そういった苛酷さに慣れている。それでも、アシャはこの王が好きになれなかった。深い眼窩の奥の青い目は、いつも不審そうにすがめられている。その表面下には冷たい怒りが沸きたっているのがわかった。アシャの命など、この男にとってはどうでもいいものにちがいない。アシャはたんなる人質であって、自分が鉄《くろがね》の民を打ち破ったことを北部人に誇示するための戦利品にすぎないのだ。

（これもまた、この男の愚かなところだな）

女をさらし者にしたところで、どの北部人からも畏敬の念を向けられはしない。アシャが北部人を正しく理解しているとすれば、その点はたしかだ。加えて、人質としてのアシャの価値も無に等しい。いや、それ以下だ。いま鉄《くろがね》諸島を支配しているのは叔父であり、その叔父〈鴉の眼《クロウズ・アイ》〉ことユーロンは、アシャが生きていようが死んでいようが気にもかけない。ユーロンが押しつけていった夫君、棺桶に片足をつっこんだエリク・アイアンメーカー老のほうは、すこしは気にするかもしれないが、あの太ったご老体にはアシャの身代金を払える財力などない。だが、そんな説明は、スタニス・バラシオンにはまったく通用しなかった。そもそも王は、アシャの中の女そのものに嫌悪感をいだいているらしい。緑の土地からきた男どもは、女がシルクを身につけて、軟らかでたおやかであることを好む。鎖帷子や革鎧を身につけて、左右の手に投げ斧を持つような女は好まない。それはアシャとて知っている。しかし、短いあいだながら、深林の小丘城《ディープウッド・モット》で王と接してみて、たとえドレスを着てみせたとしても、スタニスに好感を持たれなかったであろうことは読めていた。なにしろスタニスは、城主ガルバート・グラヴァーの弟妃、敬虔なレディ・サイベルといっしょにいるときでさえ、態度こそ几帳面で慇懃ではあるものの、妙に居心地が悪そうなのだから。この南部の王は、女が別の種族であり、巨人、グラムキン、〈森の子ら〉と同様、奇妙で理解しがたい生物と思っているらしい。〈熊御前〉に対してさえ、いらだちを憶えているふしがある。

スタニスがその意見に耳を貸す女はただひとりだけ。そしてその女は〈壁〉に残してきていた。

「やはり、あの方に同行していただけていれば心強かったのだがな」サー・ジャスティン・マッシーがアシャにいった。これは輜重隊を指揮している金髪の騎士だ。「最後にレディ・メリサンドル抜きで臨んだ戦いは、ブラックウォーターの戦いだった。あのときはレンリー公の亡霊に祟られて、わが勢の半数が湾に追いこまれた」

「最後に？」アシャは疑問を呈した。「すると、今回は臨んでいたのか？ あの妖術使いの女は深林の小丘城《ディープウッド・モット》にきていたのか？ 姿が見えなかったが」

「〝戦い〟といっただろう？ たしかに、あなたがた鉄人《くろがねびと》は勇敢に戦ったとも。しかし、こちらははるかに多勢で、おまけに不意をついたのだ、あれはとうてい、戦いと呼べるものではない。しかし、ウィンターフェル城は、わが勢が攻略に向かっていることを知っている。そして、ルース・ボルトンの兵力はわがほうと同等だ」

（あるいは、もっと多いかだな）

とアシャは思った。

捕虜にさえ耳はある。深林の小丘城《ディープウッド・モット》ではスタニス王と部将らがこの進軍について交わした議論の一部始終も耳にした。サー・ジャスティンははなから、ウィンターフェル城攻めには反対していた。それには南部からスタニスに同行してきた騎士や諸公の多くも同意見だった。が、狼たちはゆずらなかった。ウィンターフェル城は断じてルース・ボルトンの好き勝手にさせてはならないし、ネッドの愛娘はルースの落とし子の手から救いださなければならない――。以上は、モーガン・リドル、ブランドン・ノレイ、〈大桶のウル〉、フリント一族の共通した見解であり、〈熊御前〉でさえその点は意見を同じくしていた。

「深林の小丘城《ディープウッド・モット》からウィンターフェル城までの距離は百リーグ」ガルバート・グラヴァーの長広間《ロングホール》で議論が沸騰した晩、アートス・フリントはそういった。「使い鴉が飛ぶ直線距離にして五百キロだ」

「長い行軍になるぞ」騎士コーリス・ペニーがいった。

「たいして長くはないさ」サー・ゴドリーが異論を唱えた。これはみなから〈巨人退治〉と呼ばれている、からだの大きな騎士だ。「すでにここまできているのだ。〈光の王《ロード・オブ・ライト》〉がきっと、われらがゆく道を照らしてくださる」

「では、ウィンターフェル城の前に着いたあとは?」ジャスティン・マッシーが問いかけた。

「行く手をはばむのは二重の城壁とそのあいだの濠だ。内城壁は高さ三十メートルもある。ボルトンは城から平地に打って出て合戦をするようなまねはすまい。といって、腰をすえて攻囲網を敷くだけの糧秣《りょうまつ》は、こちらにはない」

「アーノルフ・カースタークが軍勢を率いて参着するゆえ、心配にはおよばん」ハーウッド

・フェルがいった。「モース・アンバーもだ。こちらにはボルトン側と同数の北部勢がつく。城の北に広がる森には、樹々がたっぷりとある。攻城櫓《こうじようやぐら》を造りあげてもいいし、破城槌《はじようつい》をこさえても……」

（そして何千人もが死ぬわけだ）とアシャは思った。

ピーズベリー公が提案した。

「それより、ここで越冬したほうがよくはないか？」

「越冬する？　こんな小城でか？」〈大桶〉が吠えた。「ガルバート・グラヴァーが大量の糧秣を備蓄しているとでも思っとるのか？」

顔面に無惨な傷が走り、サーコートに〝三羽の髑髏蛾《ドクロガ》〟の紋章をあしらった騎士、サー・リチャード・ホープがスタニスに顔を向け、上申しかけた。

「陛下、この場合、陛下の兄上でしたら――」

王はさえぎった。

「われわれはみな、兄であればどうするか知っている。ロバートならば、単騎で馬を駆ってウィンターフェル城の大手門に乗りつけ、戦鎚《せんつい》で扉をたたき壊し、瓦礫を乗り越えて城内に乗りこみ、左手でルース・ボルトンを叩き斬り、右手で〈ボルトンの落とし子〉を撲殺していただろう」スタニスは立ちあがった。「わたしはロバートではない。しかし、ウィンターフェル城へ進軍し、あの城を解放する……その過程で死ぬもやむなしと考えている」

配下の諸公がいかに戦況を危ぶんでいても、兵士たちはこの王に信頼を置いているふしがあった。じっさい、スタニスはマンス・レイダー率いる野人勢を〈壁〉で粉砕し、アシャと鉄《くろがね》衆を深林の小丘城《ディープウッド・モット》から追いはらった。そして、ロバートの弟であり、有名なフェア島《アイル》沖海戦の勝者でもあり、ロバートの反乱が成功するまで嵐の果て城《ストームズ・エンド》を支えきった勇将でもある。そのうえ、勇者の剣も携える。夜の闇を払って燦然と輝く魔法剣、〈光をもたらすもの《ライトブリンガー》〉だ。「われらが敵は、一見して思えるほどに強力なわけではない」進軍を開始した初日、サー・ジャスティンはアシャに説明した。「ルース・ボルトンは恐れられているが、敬愛されてはいないんだ。それに、やっと同盟を結ぶフレイがどうにもな……北部は〈釁《ちぬ》られた婚儀〉を忘れてはいない。ウィンターフェル城に集う領主の全員が、あの婚儀で縁者を殺されている。そして、スタニス王がもとめるのは外道ボルトンの首だけだ。となれば、北部人はあの男を見捨てるだろう」

(それはおまえの希望的観測だろうが)とアシャは思った。(向こうの北部人を離反させるためには、まず王が手痛い打撃を与えねば。優勢な側を見捨てるのは阿呆だけだ)

その日、サー・ジャスティンは五、六回もアシャの馬車を訪ねて、食べものと飲みものを運んでは、行軍の進行状況を伝えた。愛想がよくて、しきりに冗談をいい、大柄で筋骨隆々、頬はピンクで目は青く、風にあおられて縺《もつ》れたホワイト・ブロンドの髪は、亜麻糸のように色が薄い。そんな特徴を持った騎士は、思いやりある見張り役であり、つねに捕虜のことを気づかってくれた。

「ありゃあね、あんたがほしいんだよ」

三度めにサー・ジャスティンが訪ねてきたあとで、〈熊御前〉がいった。

〈熊御前〉はモーモント家のアリサンというのだが、鎖帷子を好んで着用するところから、二つ名のほうが通りがいい。熊の島《ベア・アイランド》の跡継ぎであるアリサンは、背が低く、ずんぐりして筋肉質で、太腿は太く、胸は大きく、手も大きくて胼胝《たこ》だらけだ。寝ているときでさえも、毛皮の下に環帷子《リングメイル》をつけ、その下に硬革を着こみ、さらにその下に使い古した羊の鞣《なめ》し革を、防寒のため裏表を逆にして身につけている。こんなにも厚着をしているので、横幅が背丈と同じくらいあるように見えた。

（それに、獰猛だ）

ときどきアシャ・グレイジョイは、〈熊御前〉が自分とほぼ同い年であることが信じられなくなる。

「あの男がほしいのは、わたしの土地さ」とアシャは答えた。「鉄《くろがね》諸島がほしいんだ」

じっさい、サー・ジャスティンには、下心がある者の特徴が随所に見られた。これまでの求婚者に共通する特徴だ。マッシーが持っていたという、ずっと南にある父祖伝来の所領が失われたため、有力者の娘と結婚する必要があるからか――でないとこのまま、王室づきの一介の騎士でおわることになる――サー・ジャスティン・マッシーは、野人のプリンセスと結婚したがっていたものの、それはスタニスに阻まれたそうだから、新たな標的をアシャに定めたのだろう。ということは、アシャをパイク島の〈海の石の御座《ぎょざ》〉にすえて、アシャの夫兼あるじとなり、妻を通じて鉄《くろがね》の民を支配しようと夢見ているにちがいない。そのためには、現在の夫兼あるじを排除する必要がある……アシャをあのご老体と結婚させた叔父を排除することはいうにおよばずだ。

（夢のまた夢だな）とアシャは思った。（〈鴉の眼〉なら、サー・ジャスティンなど朝メシがわりに食って、げっぷすら漏らさないだろう）

だが、そこは問題ではなかった。父親の土地は、だれと結婚するにせよ、もはやアシャのものになることはない。鉄《くろがね》の民は寛容な民族ではないし、アシャはすでに二度もの敗北をこうむっている。一度めは選王民会でユーロン叔父に敗北し、深林の小丘城《ディープウッド・モット》ではスタニスに敗北したのだ。統治不適格者の烙印を押されるには、充分以上の失敗といえた。このうえ、ジャスティン・マッシーなり、スタニス・バラシオンの側近のだれかなりと結婚でもすれば、経歴にはさらに傷がつくことになる。

〝クラーケンの娘とて、結局はただの女だったんだな〟と、船長にして王たちはうわさするだろう。〝見ろ、軟弱な緑の土地の領主ごときに、大股おっぴろげちまってよ〟

もっとも、サー・ジャスティンが、食料、ワイン、情報を貢いでくれるというのであれば、無下に断わるつもりはなかった。寡黙な〈熊御前〉よりは、よほど話ができる。そもそも、五千の軍勢は敵ばかりで、ほかに話し相手はひとりもいない。トリス・ボトリー、〈乙女のクァール〉、クロム、ロゴン、その他の手負いの鉄《くろがね》衆は、深林の小丘城《ディープウッド・モット》に留めおかれて、ガルバート・グラヴァーの地下牢に収容されているのだ。

第一日め、スタニス勢は三十五キロを踏破した。レディ・サイベルがつけてくれた道案内——深林《ディープウッド・モット》の小丘城に忠誠を誓った猟場案内人や狩人のおかげである。案内人はみな、森の人《フォレスター》、森《ウッズ》、枝《ブランチ》、幹《ボール》など、現地に特徴的な姓を持つ者ばかりだった。二日め、軍勢は三十八キロを踏破し、先鋒はグラヴァー領を抜けて、鬱蒼《うっそう》たる〈狼の森〉に入った。

「ル＝ロールよ、汝の御光《みひかり》もてこの闇をゆくわれらを導きたまえ」

その晩、王の天幕の前で、ゴウゴウと音を立てて盛大に燃える篝火《かがりび》のまわりに集まって、信徒たちは祈りを捧げた。南部の騎士と歩兵のうち、かなりの割合が集まっている。アシャとしては、この者たちを〝王の兵〟と呼びたいところだったが、他の嵐の地《ストームランド》人や王領の者は、信徒を〝王妃の兵〟と呼んでいた。ただし、信徒が奉ずる〝王妃〟とは、陰で〝真の王妃〟といわれる女性、黒の城《カースル・ブラック》にいる〈紅《あか》の女祭司〉のことであり、スタニス・バラシオンが東の物見城《イーストウォッチ》に残してきたセリース王妃のことではない。

「おお、〈光《ロード・オブ・ライト》の王〉よ、われら願い奉る——炎の眼もてわれらを見そなわし、われらに安寧とぬくもりを与えたまえ」信徒たちは、篝火に向かって詠誦した。「夜は暗く、恐怖に満てり」

唱和を主導しているのは、サー・ゴドリー・ファーリングと呼ばれる大柄な騎士だ。

（〈巨人退治のゴドリー〉か。小物のくせに、ごたいそうな二つ名だ）

板金の胸当てと鎖帷子の上からでも、ファーリングの胸の幅が広く、筋肉が発達していることはひと目でわかった。同時に、アシャの目には、この男が傲慢で虚栄心が強く、栄光に飢えていて、用心深さなどかけらもなく、賞賛に貪欲で、一般兵と〝狼〟と女を蔑んでいるように映った。女を蔑むという点では、戴《いただ》く王に似ていなくもない。

「馬でいかせてくれないか？」あるとき、アシャはサー・ジャスティンにたのんだ。騎士が一本のハムを半分に切ったものを持って、馬車にやってきたときのことである。「この鎖につながれていると気が狂ってしまいそうだ。逃げようとはしない。その点は誓う」

「そうしてやりたいのはやまやまなんだがね、マイ・レディ。あなたは王の捕虜であって、わたしの捕虜ではないんだ」

「あんたの王は、女のことばなど信用しないというわけか」

それを聞いて、〈熊御前〉がうなるようにいった。

「あんたの弟がウィンターフェル城であんなことをしでかしたあとだぞ。どうして鉄人《くろがねびと》のことばなんか信用できるっていうんだい」

「わたしはシオンとはちがう」とアシャは答えた。

……が、鎖をはずしてはもらえなかった。

輜重の段列にそって駆けていくサー・ジャスティンを見送りながら、アシャは最後に母と会ったときのことを思いだした。あれはハーロー島にある十塔城《テン・タワーズ》でのことだった。母の部屋では一本の蠟燭が灯されており、ほこりにまみれた天蓋つきの、彫刻を施された大きなベッドの上にはだれも横たわっていなかった。母レディ・アラニスは窓ぎわにすわり、海の彼方を眺めていた。

口をわななかせながら、そのとき、母はいった。

「わたしの赤ちゃん、連れてきてくれた?」

「シオンはもどってこられないんだ」

自分を産んだ女を——女の抜け殻と化した母を見おろして、アシャはそう答えた。むりもない。上の息子ふたりを失ってしまったあげく、三人めの息子も……。

(〝各々に鉄《くろがね》の公子《プリンス》の皮を贈る〟か)

ウィンターフェル城攻略戦が行なわれたとき、どのような運命に見まわれたにせよ、弟がその運命を生き延びたとは、アシャ・グレイジョイにはとても思えなかった。

(〈返り忠のシオン〉か。この〈熊御前〉でさえ、シオンの首を杭に刺してさらしたがっている)

「あんた、兄弟は?」アシャは見張りにたずねた。

「姉妹がいる」いつものようにむすっとした声で、アリサン・モーモントは答えた。「五人姉妹——だった。男の兄弟はいない。末の妹のリアナがいるのは熊の島《ベア・アイランド》だ。妹のライラとジョリーは母とともにいる。姉のデイシーは殺された」

「〈嬲《ちぬ》られた婚儀〉か」

「そうだ」アリサンはしばし、アシャを凝視した。「あたしには息子がいる。まだ二歳だ。娘は九歳になる」

「ずいぶん早く産んだんだな」

「早すぎた。だが、遅すぎるよりはいい」

（わたしへのあてこすりか。まあいい、いわせておこう）

「結婚していたわけだ」

「していない。あたしの子供たちは熊が父親なんだ」アリサンはにやりと笑った。はなはだ歯ならびが悪かったが、その笑みには妙に人好きのするものがあった。「モーモントの女は皮装者《スキンチェンジャー》だ。われわれはみんな熊となり、森の中で交合相手を見つける。だれもが知っていることだ」

アシャは笑みを返した。

「モーモントの女というのは、みんな戦士でもあるんだろう」

アリサンの笑みが消えた。

「戦士なのはおまえたちのせいだ。熊の島《ベア・アイランド》ではな、すべての子供が、海からあがってくるクラーケンを恐れろと教わる」

（古き流儀か）

アシャは顔をそむけた。鉄鎖が小さくジャランと鳴った。

三日め、森の樹々は間隔がぐっとせばまり、轍だらけの道はけもの道程度にまで縮まって、じきに大型馬車が通る余地はなくなった。そこここで、軍勢は見覚えのある陸標を迂回した。ある角度から見ると、すこし狼の頭のように見える岩石丘、なかば凍った滝、灰緑色の苔が顎鬚《あごひげ》のように垂れさがった天然の岩のアーチなどだ。アシャはそのすべてを見知っていた。弟のシオンに征服などあきらめ、安全な深林の小丘城《ディープウッド・モット》へもどるよう、馬を駆ってウィンターフェル城まで説得しにいったときに見たからである。

（あの説得も失敗におわったんだったな）

その日、軍勢は二十二キロ進んだ。それだけでも喜ぶべきことだった。

黄昏が訪れると、馭者はアシャの馬車を樹の下に駐め、馬を引き綱から解放した。サー・ジャスティンが馬でやってきてアシャの足首から枷をはずしたのは、その直後のことだった。歩けるようになったアシャは、サー・ジャスティンと〈熊御前〉にはさまれる形で野営地を通りぬけ、王の大天幕まで連れていかれた。捕虜とはいえども、アシャはパイク島のグレイジョイ家の者なので、スタニス・バラシオンとしても、部将や諸公と夕食をとる天幕に招き、テーブルのおこぼれを与えるのにやぶさかではなかったのだろう。

王の大天幕は、深林の小丘城《ディープウッド・モット》の長広間《ロングホール》にせまる大きさがあったが、立派なのは大きさだけだった。ぴんと張った厚手の黄色い帆布はひどく色褪せ、泥水のしみだらけで、あちこちに黴《カビ》の塊も生えている。中央に立つ棹の上端には王旗がはためいていた。金色《こんじき》の地に、燃える心臓で囲まれた牡鹿の首の図だ。大天幕の周囲には、左、右、後方の三方を囲むようにして、スタニスとともに北部へやってきた南部の小貴族勢の天幕が並んでいる。大天幕の手前には巨大な篝火が吠え猛り、暗くなりゆく空を逆巻く炎の渦で焦がしていた。

アシャはふたりの見張りにはさまれて、足を引きずりながら、大天幕に近づいていった。

篝火のそばでは、火にくべる薪にするため、十人ほどの兵が丸太を割っていた。

（〝王妃の兵〟か）

この者たちが信仰しているのは紅《あか》のル＝ロールだ。この神は嫉妬深い神といわれている。アシャの信じる神、鉄《くろがね》諸島の〈溺神《できしん》〉は、この者たちから見れば魔神なのだろう。ここで〈光の王《ロード・オブ・ライト》〉を抱きしめなければ、自分は忌避され、破滅を迎えるはめになる。

（こいつらは大喜びでわたしを燃やすんだろうな――あの丸太や折れ枝のように）

じっさい、森の戦いのあと、こんな女は燃やしてしまえと主張する声もあった。さいわい、スタニスに退けられたが。

王は大天幕の外に立ち、篝火を見つめていた。

（あの炎になにを見ているんだろう？　勝利か？　破滅か？　血に飢えた紅い神の顔か？）

スタニスの目は眼窩に奥まっており、短く刈りそろえた顎鬚《あごひげ》は、くぼんだ頬と肉の削げた顎骨を縁どる影でしかない。それでも、その視線には力強さがあった。この男はけっして、絶対に、自分のゆく道を曲げることはない――そうアシャに思わせるだけの、鉄の苛烈さがあった。

スタニスの前で片ひざをつき、アシャはいった。

「お召しにより、参上しました」

（これだけへりくだれば、充分か、陛下？　あんたが満足するほど、打ちのめされ、屈伏し、意気消沈しているように見えるか？）

「この手首の鉄鎖も、はずしていただければとぞんじます。できうるならば、馬にも乗せていただきたく。逃げようとはいたしません」

　スタニスは、脚にすりよる犬を見るような眼差しでアシャを見た。

「その鉄は自分で購ったものだろうが」

「いかにも。このうえは、わが兵、わが船、わが知恵を献上したいとぞんじます」

「そなたの船はもうわたしのものだ。ほかはみんな焼けてしまった。そなたの兵は……何人生き残っている？　十人か？　十二人か？」

（九人だよ。戦える状態の者だけなら、六人だ）

「トーレンの方塞《ズ・スクウェア》は〈割れた顎《クレフトジョー》〉のダグマーが占領しています。あれは屈強の戦士であると同時に、グレイジョイ家に忠実なしもべです。あの城を明け渡させ、現地の守備隊を戦力として提供しましょう」

　もしも説得が通じれば——とつけ加えるべきだったかもしれないが、この王の前で疑念を見せるのは、得策ではない。

「トーレンの方塞《ズ・スクウェア》になど、わが足下の土塊《つちくれ》ほどの価値もない。重要なのはウィンターフェル城だ」

「そのためにも、この鉄の鎖から解放していただき、与力《よりき》させていただきたくぞんじます。陛下の兄君は、降人《こうにん》を友とされたことで名を高められました。このわたしを臣下《マン》になさってください」

「神々はおまえを男《マン》には創られなかった。であれば、わたしにできるはずもない」

スタニスは篝火に顔を向け、オレンジ色の炎の中に躍るなにかに目をすえた。

サー・ジャスティン・マッシーに腕をとられて、アシャはスタニスの大天幕の中へ連れていかれた。

「いまのは不適切な判断だったな、〝マイ・レディ〟」とサー・ジャスティンはいった。「王の前でロバートの名を出してはだめだ」

(思慮がたりなかったか)

アシャは世の弟というのがどんなものかを知っている。子供のころのシオンのことはよく憶えていた。内気な子で、兄のロドリックとマロンに対する畏怖と恐怖に縛られて暮らしていたものだ。

(弟というやつは、兄の呪縛から逃れられない。弟というやつは、百まで生きても弟のままだ)

鉄の装飾品をジャラつかせつつ、アシャは思った。スタニスのうしろに歩みより、手首を縛めるこの鎖を首に巻きつけ、絞めあげてやったら、どんなにか痛快だろう――。

その晩の夕食は、ベンジコット・ブランチという名前の斥候が獲ってきた、痩せた牡鹿のシチューだった。このシチューがふるまわれるのは王の大天幕の中だけだ。帆布の壁の外で各兵に配られるのは、硬いパンと、指ほどの長さに切った黒ソーセージひときれしかない。これをガルバート・グラヴァーの食料庫に残っていた最後のエールで流しこむのである。

深林の小丘城《ディープウッド・モット》からウィンターフェル城までは百リーグ。使い鴉が飛ぶ直線距離にして五百キロある。

「五百キロというのは、おれたちが使い鴉だったらの話だからな」

サー・ジャスティン・マッシーがそう説明したのは、行軍を開始してから四日めの、雪が降りはじめた日のことだった。はじめはちらほらと風花《かざはな》が舞う程度だった。冷たくて湿った雪だったが、進軍にさしつかえるほどではなかった。

しかし、翌日も雪は降りつづけ、その翌日も、そのまた翌日も、降雪はつづいた。狼衆の濃い顎鬚の、吐息が触れるところにはたちまち氷が張り、顎鬚をきれいに剃っていた南部の若者たちは、寒さしのぎに無精髭を伸ばしはじめた。ほどなく、縦列の行く手の地面は白い絨毯におおわれて、石やねじくれた根や倒木もすっかりおおいつくされ、一歩一歩が冒険となった。寒風も勢いを増して、横殴りに雪をたたきつけてくるため、王の軍勢は雪だるまの縦列と化し、ひざまである雪を踏みしめて、のろのろと進まざるをえなくなった。

雪が降りはじめて三日め、王の軍勢の進軍速度にはばらつきが出はじめた。南部の騎士や小貴族の兵がもたつきぎみなのに対し、北部山岳地帯の兵は進みが速い。乗用馬よりも消費する糧秣がすくなく、大型の軍馬とくらべればいっそうすくなくてすむ小型馬《ガロン》は、たしかな足どりで雪中を進んでいく。その背にまたがる北部勢も雪中の暮らしに慣れている。狼衆の多くは、妙な形の履きものを履いていた。北部人が〝熊足〟と呼ぶこの履きものは、曲げた枝と革ひもでこさえた縦長の奇妙なしろもので、これを靴底に結わえつけておくと、雪面を踏んでも凍った表層が割れず、太腿まで脚が沈みこむこともない。

なかには、馬の蹄《ひづめ》に熊足を装着している者もいた。じっさい、毛むくじゃらの小型馬《ガロン》には、他種の馬に鉄蹄をつけるのと同じくらいたやすく熊足をつけることができた。それに対して、乗用馬も軍馬も、なかなかこれをつけさせたがらない。王の騎士の何人かは、自分の乗馬にむりやり装着してみたものの、大柄な南部馬は露骨にいやがって、動くことを拒否するか、足から熊足を振りはらおうとする。ある軍馬にいたっては、熊足を履いて歩こうとした結果、足首を折ってしまったほどだった。

そんな事情で、熊足をつけた北部勢は、すぐに南部の歩兵を追い越し、ますます先行していった。本隊の騎士集団にも追いついて、ついにはサー・ゴドリーの前衛をも追い越した。いっぽう、荷物段列の馬車と荷車はますます遅れがちになり、しんがりの兵たちは、もっと速度をあげろと、絶えず輜重隊をせきたてねばならなくなった。

雪嵐が訪れて五日め、腰の高さまでもある積雪をかきわけていくうちに、輜重段列は雪の下に隠れて凍っていた池に差しかかった。その結果、何台もの馬車の重みに耐えきれずに、表層の氷が急に割れ、馭者三人、馬四頭が冷水に呑まれたうえ、それを助けようとしたもうふたりが死亡するはめになった。そのひとりは、ハーウッド・フェル公だった。フェル公の騎士たちは、公が溺死する前になんとか池から引きずりあげはしたものの、その時点で唇は紫色になり、肌は乳のように真っ白になっていた。そのあとは、どんなに手をつくしても、もう体温を取りもどさせることはできず、濡れた服を切り裂いて脱がせ、あたたかい毛皮でくるんだうえで焚火のそばにすわらせてやっても、がたがた震えるばかりだった。そうして何時間も震えつづけるうちに、とうとう夜になって、公は高熱を発し、昏睡状態に陥った。

そして、そのまま二度と目覚めることはなかった。

供犠《くぎ》——〝王妃の兵〟たちがそんなことばをつぶやくのをアシャが聞いたのは、この晩の夕食の席が最初だった。雪嵐を鎮《しず》めてくださるよう、紅の神に供犠を捧げようというのだ。

「この嵐にわれわれを襲わせたのは北部の神々だ」とサー・コーリス・ペニーがいった。

「まがいものの神々め」〈巨人退治〉のサー・ゴドリーが憤然といきまく。

「ル＝ロールはわれらとともにあり」サー・クレイトン・サッグズがいった。

「とはいえ、メリサンドルはいないぞ」これはサー・ジャスティン・マッシーだ。

王はなにもいわない。だが、耳にはちゃんと入れている——そんな確信をアシャは持った。王は目の前に置かれたオニオン・スープの皿にもほとんど手をつけることがなく、冷えきるままに放置し、くぼんだ眼窩の奥から手近の蠟燭の炎を見つめている。まわりの話し声にはまったく反応を見せない。王に代わって会話を仕切るのは、副将を務める細身で長身の騎士、リチャード・ホープという男だ。

「じきに雪嵐は鎮まる」とホープはいった。

だが、雪嵐はむしろ悪化の一途をたどった。風はますます勢いを増し、奴隷商人のふるう鞭のように、容赦なく軍馬を打ちすえた。パイク島の住人であったアシャは、咆哮をあげて吹きたる海風に何度もさらされて、寒さがどういうものかを知っているつもりでいた。が、これにくらべれば、あんなのはそよ風のようなものだ。

（この寒さは人を狂わせる）

夜営地の設営を告げる叫び声が隊列の前のほうから伝わってきたが、冷えきったからだをあたためるのは容易なことではなかった。天幕はみな湿っていて重く、たたむときほどではないにせよ、立てるのにひと苦労させられる。野営をしている夜間も、積もった雪の重みに耐えかねて、いきなり天幕がひしゃげることがめずらしくない。王の軍勢がのろのろと進軍しているのは、七王国でも最大の森の中心部だが、乾いた木を手に入れるのは、むずかしくなるいっぽうだ。夜営をするたびに焚火の数は減っていき、やっと起こせた焚火にしても、煙ばかりが出て、火のほうはぱっとしない。煮炊きができないので、食材は冷たいままで、ものによっては生のまま食べることもあたりまえになってきた。

〝王妃の兵〟の意気をくじいたのは、篝火でさえ勢いを失い、弱々しくなってしまったことだった。

「〈光の王《ロード・オブ・ライト》〉よ、われらをこの邪悪より護りたまえ」〈巨人退治〉のサー・ゴドリーの深く響く声に唱導されて、〝王妃の兵〟たちは祈りをあげた。「われらにふたたび、燦《さん》たる太陽を授けたまえ、この風を鎮めたまい、この雪を解かしたまえ、われらをして、汝の敵のもとにたどりつかしめ、敵を掃滅させたまえ。夜は暗く、寒く、恐怖に満てり。されど汝の真髄は力と栄光と光なり。ル＝ロールよ、われらを汝の炎で満たさせたまえ」

しばらくのち、サー・コーリス・ペニーが、冬の嵐に遭遇して全軍が凍死した例はあっただろうかと問いかけた。狼たちは大声で笑った。

「こんなものが冬のうちに入るものかよ」といったのは〈大桶のウル〉だ。「山岳地帯では、〝秋はやさしくキスをする、冬ははげしく犯しまくる〟といってな。こんなのは秋のキスにすぎん」

（これはもう、認めざるをえないな。わたしはたしかに、本物の冬を知らない）

アシャ自身は、雪中行軍の最悪の部分から護られていた。なんといっても、アシャは王の戦利品なのだ。ほかの者が飢えているときもたっぷり食事を与えられる。ほかの者が震えているときもあたたかくしていられる。ほかの者が疲弊した馬にまたがり、雪の中を苦労して進んでいるときも、馬車の中で毛皮にくるまり、帆布の幌屋根の下で雪から護られて、鎖につながれているとはいえ、快適に過ごしていられる。

最悪の境遇にあるのは馬と兵士だ。ある晩には、嵐の地《ストームランド》からきたふたりの従士が、歩兵のひとりを刺し殺した。焚火にいちばん近いところにすわったといって、口論になったのだ。あくる晩には、暖をもとめるあまり、弓兵数名がテントに火をつけるという騒ぎを起こした。それで暖をとることができたのは、皮肉にも、隣接するテントの者たちだけだった。疲労と寒さで死ぬ軍馬も出はじめた。

「馬のいない騎士とはなんだ？」兵士たちは謎かけをした。「剣を持った雪だるまさ」

だれのものであれ、倒れた馬はその場で処分され、肉になった。糧食もだいぶ減ってきた。

ピーズベリー、コブ、フォックスグラヴなどの南部諸公は、雪嵐が通りすぎるまでは野営することを進言した。スタニスはいっさい聞きいれようとしなかった。また、〝王妃の兵〟たちから、飢えた紅い神に供犠を捧げてはどうかとの進言を受けても、やはり耳を貸そうとしなかった。

そのようすは、ほかの者ほど敬虔ではないジャスティン・マッシーが話してくれた。

「供犠を捧げれば、われらの信仰がまだ正しく燃えていることの証になります」

サー・クレイトン・サッグズは、王にそう進言したという。

〈巨人退治のゴドリー〉もことばをそえた。

「われらにこの雪嵐を差し向けたのは古き神々です。この嵐を鎮められるのは、唯一、ル＝ロールのみ。そのためにも、異教徒を供犠として捧げねばなりません」

「わが軍勢の半数は異教徒たちなのだぞ」とスタニスは答えたそうだ。「燔祭《はんさい》は行なわぬ。いっそう祈りにはげめ」

（きょうは燔祭はない。あすもないだろう……しかし、このまま雪が降りつづければ、王の覚悟も弱まりだす。それはいつだ？）

アシャはエイロン叔父ほど深く〈溺神〉を信じてはいないが、今晩ばかりは、〈濡れ髪〉エイロンがつねづねそうしていたように、〈波の下におわす神〉に対して一心不乱に祈りを捧げた。結局、雪嵐が鎮まることはなかった。行軍はつづいたが、進みはどんどん遅くなり、ますます遅くなり、とうとう這い進むほどになった。日中ずっと歩き通しても、八キロしか進めない。それが五キロになり、三キロになった。

雪嵐に見舞われて九日めになると、夜営の号令とともに、濡れ鼠になった部将や兵長たちが疲れきった足どりで王の大天幕に出向き、片ひざをついて、その日の損失を報告するのが日課となっていた。

「一名死亡、三名が行方不明です」

「馬六頭死亡、一頭はわたしの馬でした」

「二名死亡、一名は騎士です。馬は四頭が倒れ、一頭はまた動けるようになりましたが——ほかの三頭は死にました。内訳は、軍馬二頭、乗用馬一頭です」

これが〝雪害報告〟と呼ばれるのをアシャは耳にした。

最悪の被害をこうむっているのは輜重隊で、死亡する馬、消える人員、ひっくり返る馬車、壊れる馬車が続出した。

「馬は雪中に倒れて死んでいきます」ジャスティン・マッシーが王に報告した。「どこかに消えてしまうか、その場にへたりこんで死んでしまう人員も増えるいっぽうです」

「捨てておけ」スタニス王は嚙みつかんばかりの声で命じた。「われらはひたすら前へ進む」

小型馬《ガロン》と熊足のおかげで、北部人の損害は軽微ですんでいた。〈黒のドネル・フリント〉と異母兄弟のアートスは、一名を失っただけだ。リドル、ウル、ノレイの各一族はひとりの死者も出していない。モーガン・リドルの騾馬《ラバ》の一頭が行方不明になったが、フリントの者たちに盗まれたと当人は思っている。

(深林の小丘城《ディープウッド・モット》からウィンターフェル城までは百リーグ。使い鴉が飛ぶ直線距離にして五百キロ、かかる日数は十五日、か)

行軍を開始してから十五日めが訪れて去ったが、まだその距離の半分も踏破できていない。縦列の背後には、壊れた馬車や凍てついた死体が点々と残されて、荒れ狂う雪嵐に埋もれていく。太陽も月も星々も姿を見せなくなってひさしく、アシャはあれは夢だったのかと思いはじめていた。

行軍二十日めにして、ついに足首の鎖がはずされた。その午後遅く、アシャの乗る馬車を引いていた馬の一頭が行軍中に死んだからだ。残っている引き馬はみな、糧秣を積んだ馬車の牽引にまわされるので、補充の馬をあてる余裕はない。サー・ジャスティン・マッシーが馬で駆けつけてきて、死んだ馬はただちに肉とし、馬車は壊して焚きつけにするよう、馭者たちに命じた。ついでアシャの足枷をはずし、こわばったふくらはぎをさすりながら、こういった。

「あなたに与えてやれる馬はもうないんだ、マイ・レディ。といって、ふたり乗りをすれば、わたしの馬までもが倒れてしまう。ここは歩いてもらうしかない」

一歩ごとに、ずしりと体重がかかり、痛めた足首がうずく。

(じきに寒さで痛みを感じなくなるさ) そう自分に言い聞かせた。(一時間もすれば、足の存在そのものを感じなくなってしまう)

その読みはすこしまちがっていた。もっと早くに感覚がなくなったのだ。宵闇が訪れて、縦列が停まるころには、もうよろよろとしか歩けなくなっており、足枷で動きを封じられていても快適だったあの移動監獄が恋しくなっているありさまだった。

（鉄鎖で体力が落ちていたせいもあるが……）

夕食どきにはもはやくたくたで、テーブルについたまま眠りこんでしまった。

十五日でおわるはずだった行軍の二十六日め、最後の野菜が尽きた。三十二日め、最後の穀物と糧食が尽きた。なかば凍った馬の生肉だけで、人はどれだけ生きられるのだろう、とアシャは思った。

「ブランチがいっています。ウィンターフェル城まであと三日の距離だと」

その晩、雪害報告のあとで、リチャード・ホープが王にそう報告した。

「それは衰弱しきった者を捨てていけばの話だろう」そういったのは、コーリス・ペニーだ。

「衰弱しきった者は、どのみち、助かるまい」ホープはゆずらなかった。「まだ動ける者はウィンターフェル城へたどりつかねばならん。いかぬ者は死ぬだけだ」

「〈光の王《ロード・オブ・ライト》〉はわれらにあの城をお与えくださる」とサー・ゴドリー・ファーリングがいった。「ああ、レディ・メリサンドルさえいっしょにいてくだされば──」

丸一日かけて行軍しても、たった一キロ半しか進めず、そのあげく、十二頭の馬と四人の人員を失った悪夢のような日の夕暮れに、とうとう南部のピーズベリー公が北部人に憤懣をぶちまけた。

「この行軍はいかれている。毎日毎日、無為に死者を出すばかり。それも、なんのためだ？

どこぞの娘ひとりのためではないか」

「ただしそれは、ネッドの娘だ」

答えたのはモーガン・リドルだった。三人の息子のうちの二番めなので、ほかの狼たちは〈中リドル〉と呼んでいるが、当人の前でそう呼ぶことはめったにない。深林の小丘城《ディープウッド・モット》付近の戦いでアシャを殺しかけたのは、このモーガンだった。行軍をはじめてのち、モーガンはアシャのところへやってきて詫びをいれた。詫びの理由は、斧で頭をかち割ろうとしたからではなく、戦闘の興奮に駆られて、アシャを〝腐れ女陰《アマ》〟と呼んだからだった。

「ネッドの娘だ」〈大桶のウル〉もいった。「じっさい、娘も城も、とっくに取りもどせていたはずなのだ——おまえたち南部のいばりくさった気どり屋どもが、雪に怯えてサテンのズボンを濡らしたりしなければな。まったく、この程度の小雪でチビりおって」

「この程度の小雪だと？」ピーズベリーの上品で女性的な口が怒りに歪んだ。「この無謀な雪中行軍をするはめになったのも、きさまの不適切な進言のせいだろうが、ウル。はなから、おれはきさまがボルトンの手先ではないかと危ぶんでいたのだ。やはり、そうなのだな？

ボルトンは王の耳に毒のことばをささやかせるため、きさまをここに送りこんだのだな？」

〈大桶〉がピーズベリーの面前で高笑いした。

「〈豆莢《ピー・ポッド》〉公よ。うぬが男なら、いまの侮辱でたたっ斬ってやるところだが、わしの剣は上等な鋼を鍛えたものでな、腰抜けの血で穢《けが》すにはもったいない」エールをがぶりと飲み、手の甲で口をぬぐう。「おお、そうとも、人はどんどん死んでいる。ウィンターフェル城を拝む前に、もっとおおぜいが死ぬだろう。それがどうした？　これは戦《いくさ》だぞ。人は戦で死ぬ。死んであたりまえだ。これまでいつもそうだった」

サー・コーリス・ペニーが、ウルの当主に疑わしげな目を向けた。

「きさまは死を望むのか、ウル」

ウルはむしろ、おもしろがっているような顔になった。

「望む？　望みならいろいろあるさ。わしは夏が千年もつづく地で永遠に生きたい。雲中の城に住んで下界を見おろしたい。また二十六にもどりたい。二十六のころはな、一日じゅう戦って、ひと晩じゅうでもサカることができた。だが、望みなどは関係ない。いいか？　冬はもう目睫《もくしょう》に迫っているんだぞ、若僧。冬とは死にほかならん。一族の者を冬に殺されるくらいなら、ネッドの下の娘を助けるために戦い、死なせたほうがましというものではないか。冬きたりなば、人は雪の中で孤独に飢え、流した涙を頬で凍りつかせて、凍《こご》えながら死んでいく。そんな死にかたをした人間のことは、だれも歌には歌ってくれん。わしについては、もはや齢だ。これが最後の冬になるだろう。だったら、せめて死ぬ前に、ボルトンの血で風呂につかりたい。ボルトンの頭蓋骨にわが戦斧をたたきこんで、飛沫《しぶ》いた返り血が顔にかかる感触を楽しみたい。唇についた血を舐め、その血の味を舌に焼きつけて死んでいきたい」

「そうとも！」モーガン・リドルが叫んだ。「血と戦いだ！」

それを機に、山岳の氏族がいっせいに叫びだし、手にしたカップや角杯をテーブルに打ちつけはじめた。王の大天幕の中にガンガンという音が鳴り響く。

アシャ・グレイジョイとしても、戦いは望むところだった。

(一度の合戦だけでいい、そうすれば、このみじめな境遇に別れを告げられる。鋼には鋼、薄赤く染まる雪、割れた楯に、斬り落とされた四肢。それですべてにけりがつく)

翌日、王の斥候隊が偶然に、ふたつの湖のあいだにある捨てられた小農の集落を見つけてきた。なんともみすぼらしい集落で、小屋が数棟に、集会場が一棟、見張り塔が一棟、それだけだった。その日はまだ一キロも進めてはおらず、暗くなるまでには何時間もあったが、にもかかわらず、リチャード・ホープは隊列に停止を命じた。隊列は伸びきっており、月が顔を出すころになって、ようやく輜重隊と後衛部隊が本隊に追いついてきた。そのなかにはアシャもいた。

「ふたつの湖には魚がいます」ホープが王にいった。「氷に穴をあけて魚を釣りましょう。釣りかたは北部人が知っています」

嵩のあるマントと重い甲冑に身を包んだスタニスは、いまではもう墓に片足をつっこんだ人間のようなありさまになっていた。長身でほっそりしたからだに、深林の小丘城《ディープウッド・モット》ではまだ多少はついていた肉が、行軍のあいだに削げ落ちてしまっている。皮膚の上からでも頭骨の形がわかった。あまりにも強くあごを噛みしめているので、アシャにはいまにも歯が割れてしまいそうに思えた。

「では、魚を釣れ」ひとことひとことを咬みちぎるように発音しながら、スタニスはいった。「ただし、夜明けとともに出発する」

しかし、その夜明けが訪れてみると、夜営地は雪と静寂に包まれていた。空は黒から白に変わっただけで、それ以上明るくなるようすはない。毛皮の山の下で縮こまっていたアシャ・グレイジョイは、すっかり冷えきった状態で目を覚ました。すぐそばから、〈熊御前〉のいびきが聞こえる。こんな大いびきをかく女ははじめてだが、行軍するあいだに、いつしかこの大いびきにも慣れて、いまではそこに慰めすら見いだすようになっていた。それよりも気になるのは、この異様な静けさだ。起床喇叭が鳴り響かない。馬に乗り、隊列を作って、行軍の準備をしろと命じる喇叭が鳴る気配がまるでない。北部人に進軍をうながす戦角笛もまったく吹き鳴らされるようすがなかった。

(なにかが変だ)

アシャは毛皮の下から這いだし、天幕の外に出ようとした。垂れ布をめくると、外に雪の壁ができていた。夜のあいだに降り積もったらしい。雪の壁をかき崩して、鉄の鎖をガチャつかせながら立ちあがり、氷のように冷たい朝の冷気を吸いこむ。

雪はいまも降っていた。ゆうべ天幕の中に潜りこんだときよりもいっそう降りがはげしい。ふたつの湖は消えてなくなっていた。それをいうなら、森もだ。

ほかの天幕の輪郭は見える。差し掛け小屋の輪郭も、見張り塔の上で燃える篝火が放つ、オレンジ色のぼんやりした光も見える。だが、塔そのものは見えない。雪嵐がすべてを呑みこんでしまったのだ。

行く手のどこかにルース・ボルトンがいる。ウィンターフェル城の城壁の内側で、いまも待ちかまえている。

だが、スタニス・バラシオンの軍勢は、雪に閉ざされて動くこともできず、氷と雪の壁に封じこまれて、そろって餓死しようとしていた。

43——デナーリス

蠟燭はいまにも燃えつきようとしていた。融けた熱い蠟だまりからつきでた部分は、あと一センチもない。女王のベッドを照らす炎はちらつきだしている。（じきにこの蠟燭は燃えつきてしまう）とダニーは思った。（そして、この火が消えるとき、また新たな夜が終わりを迎える）

夜明けはいつも、訪れるのがあまりにも早すぎる。

今夜も眠っていない。眠れなかったし、眠る気もなかった。まぶたを閉じることさえしていない。目をあけたとき、また朝になっているのが怖かったからだ。自分に神のごとき力があれば、夜を永遠につづかせることだってできただろう。しかし現実には、必死で眠らないよう努め、甘美な一瞬一瞬を堪能するのでせいいっぱいだった。夜が明ければ、その甘美な瞬間も、薄れゆく記憶に変えられてしまう。

となりではダーリオ・ナハリスが、赤ん坊のごとく、安らかに眠っている。自分には眠る才能がある――と、例の自信たっぷりの笑みを浮かべて、ダーリオはそういった。戦場では、戦闘にそなえて充分に休息をとっておくため、鞍にまたがったまま眠ることも多いという。

陽が照っていようと嵐がきていようと、おかまいなしに馬上で眠れるそうだ。

「すぐに眠れるようでないと、戦士というものは力を発揮できません」

とダーリオはいった。いままでダーリオは、いちども悪夢にうなされたことがないらしい。伝説の騎士、〈鏡の楯のサーウィン〉は、自分が殺した騎士たちの亡霊に取り憑かれたそうだけれど、とダニーが水を向けると、ダーリオは笑ってこういった。

「わたしが殺した者たちが化けて出たら、また殺してやるだけですよ、かたはしからね」

それを聞いて、ダニーは気がついた。

(このひとの良心は傭兵の良心なのね。つまり、良心をまったく持っていないということ)

ダーリオはうつぶせに寝ており、長い両脚には軽いリネンの上掛けがからみついていた。顔はなかば枕に埋もれている。

ダニーはダーリオの背に手を這わせ、背骨のラインにそってなでおろしていった。体毛はほとんどなく、手ざわりのいいすべすべの肌をしている。

(シルクとサテンの肌ね)

この肌は指に心地よい。髪を指で梳《す》くのも好きだし、長い一日、鞍にまたがりっぱなしでぱんぱんに張ったダーリオのふくらはぎをマッサージするのも、あてがった手のひらの下で一物が硬くなっていくのも、みんな好きだ。

ふつうの女だったら、ダニーはダーリオをなでさすり、傷痕をなぞり、その武勇伝を聞くだけで、喜んで一生を過ごしていただろう。

（このひとが願うなら、王冠を捨てたっていい）

しかし、ダーリオがそんな願いをしたことはないし、これからもするはずがない。ふたりきりで過ごす親密なひととき、ダーリオはしきりに愛のことばをささやく。が、この人物が愛しているのは〝ドラゴンの女王〟なのである。そのことをダニーは知っている。

（わたしが王冠を捨てれば、このひとはわたしをほしいとは思わなくなる）

それに、王が王冠を失うときは首も失うことが多い。女王の場合には事情が異なるとする理由を、ダニーは見つけることができなかった。

蠟燭の火がちらついて、みずからが融けてできた蠟だまりに溺れ、ふっと消えた。暗闇が羽毛ぶとんとその上に横たわるひと組の男女を押しつつみ、部屋の隅々までも呑みこんだ。ダニーは傭兵隊長に腕をからめ、その背中にぎゅっと抱きつき、ダーリオの体臭に酔い痴れ、肉体のぬくもりを味わい、たがいの肌が触れあう感覚を堪能した。（憶えておくのよ――このひとと抱きあったときのこの感触を）

（憶えておきなさい）とダニーは自分に語りかけた。

ダーリオの肩にキスをした。

ダーリオがあおむけになり、まぶたを開いた。

「デナーリス――」そういって、ものうげな笑みを浮かべてみせる。これもまたダーリオの才能のひとつだ。瞬時に目覚められるのである。まるで猫のように。「もう――夜明けですか？」

「まだよ。もうしばらくは余裕があるわ」

「うそでしょう。あなたの目が見えるんだから。

「真っ暗なら見えるはずがない」ダーリオは上掛けを蹴り飛ばし、上体を起こした。「薄明というところかな。もうじき陽が昇る」

「この夜がおわってほしくない」

「おわってほしくない？　なぜです、陛下？」

「理由はわかっているはずよ」

「結婚式ですか？」ダーリオは笑った。「だったら、かわりにわたしと結婚なさい」

「それが無理なのは知っているでしょう」

「あなたは女王です。なんでも好きなことができる」ダーリオはダニーの脚に手を這わせた。

「われわれに残されている晩は、あと何夜です？」

（二晩。たった二晩しかない）

「それも知っているはずよね。わたしと同じように。今夜と、つぎの晩。それがすんだら、この関係はおわらせなくてはならない」

「わたしと結婚なさい。そうすれば、夜は永遠にわれわれのものだ」

（できることなら、そうしているわよ）

族長《カール》ドロゴはダニーの〈太陽と星々の君〉だったが、落命したのはもうずいぶんむかしのことになる。ダニーはいつしか、愛し愛されるのがどんなものかを忘れかけていた。それを思いだす手助けをしてくれたのが、このダーリオだ。

（わたしは死んでいた。そのわたしを甦らせてくれたのはダーリオ。わたしは眠っていた。そのわたしを目覚めさせてくれたのはダーリオ。わたしの勇敢な傭兵隊長）

とはいえ、このところ、ダーリオの行動は大胆にすぎる。前回の出撃から帰還してきて、謁見の間に出頭したときは、ダニーの足元にユンカイ勢の貴人の首を放りだし、衆人環視の中でダニーにキスをしたのである。ダーリオはいっこうに口を離すようすもなく、見かねたバリスタン・セルミーがふたりをむりやり引き離さねばならないほどだった。老騎士はかんかんに怒っていて、流血沙汰になるのではないかと心配になったことを憶えている。

「わたしたちは結婚できないわ。その理由はわかっているでしょう」

ダーリオはベッドから降りた。

「それでは、ヒズダールと結婚なさるがよろしい。あの男には結婚祝いに一対の立派な角を送っておきましょう。ギスカルの男は角をつけて闊歩《かっぽ》するのが好きですからね。あの連中、櫛と鬢《びん》付け油と鉄の道具を使って、自分の髪を角の形に仕立てあげるのです」

ズボンを見つけて穿《は》いた。下穿きは身につけない。

「結婚したあとでわたしと関係を持てば、反逆罪よ」

上掛けを胸の上に引きあげて、ダニーはいった。

「であれば、反逆者になるほかありません」

ダーリオは青いシルクのシャツを頭から引きかぶり、指で三叉の顎鬚《あごひげ》をととのえなおした。紫から青に染めなおしたのはダニーのためだ。ふたりがはじめて会ったときの色にもどしたのである。

「あなたのにおいがします」

指のにおいを嗅いで、ダーリオはにやりと笑った。

笑うと金の歯がきらりと光る。そのきらめきかたが好きだった。そして、繊細な胸毛も、腕の力の強さも、笑い声も、目を覗きこんでダニーの名前を呼びながら一物を挿入するそのやりかたも、みんな好きだった。

「きょうも美しい」

ダニーは顔を赤らめつつ、ダーリオが長靴《ちょうか》を履き、靴ひもを編みあげるようすを眺めた。いつの日か、ああいった作業をダニーにやらせてくれるかもしれない。だが、きょうは無理そうだ。

(そして、もうできなくなってしまう)

「しかし、結婚できないのなら、その美しさも錯覚に思えてきます」

ダーリオは掛け鉤から剣帯を取った。

「どこへいくの?」

「あなたの市街へ。樽の一本か二本、浴びるほど酒を飲んで、適当に喧嘩をふっかけますよ。最後に喧嘩で人を殺してから、もうずいぶんになる。あなたの婚約者を探すのもまた一興」

ダニーは枕を投げつけた。

「ヒズダールには手を出さないで!」

「わが女王のおおせのままに。本日は臣民に謁見する機会を設けられるのですか？」

「いいえ。あさってになれば、わたしは娶《めと》られた女となり、ヒズダールが王になるんだもの。陳情者の相手はヒズダールにまかせておくわ。ここの民はあのひとの民族なのだし」

「あの男の民もいれば、陛下の民もいる。陛下が解放した者たちです」

「わたしをなじっているの？」

「あなた自身、〝自分の子供〟と呼ぶ者たちですからね。母をもとめるのは当然でしょう」

「やっぱり。やっぱり、わたしをなじっているのね」

「ほんのちょっぴりですよ、気にやむことはありません。それよりも、謁見の機会を設けていただけますか？」

「挙式のあとになら、たぶん。平和が訪れたあとに」

「あなたがいう〝あと〟などけっしてきますまい。謁見はなさるべきです。わたしの新しい部下たち――例の〈風来《ふうらい》〉から鞍替えしてきた連中は、陛下が実在するとは信じていません。が、ほとんどはウェスタロスで生まれ育った者たちで、ターガリエンの物語だけなら山ほど耳にしています。ですから、本物をぜひとも自分の目で見たいのです。なかでも〈蛙〉は、あなたに贈り物を持ってきています」

「〈蛙〉？」くすくす笑いながら、ダニーはたずねた。「何者なの、それは？」

ダーリオは肩をすくめた。

「ドーンの若いやつでしてね。〈緑の腹〉と呼ばれる大きな騎士の従士です。贈り物があるならおれに預けろ、わたしておいてやるといったのですが、ぜひとも自分でわたすといってききません」

「なかなかに賢い〈蛙〉ね。〝おれに預けろ〟だなんて、よくいうわ」別の枕をダーリオに投げつけた。「その贈り物、わたしに渡すつもりがあったの？」

ダーリオは金色の口髭をなでた。

「このわたしが、麗しき女王から盗みを働くとでも？　女王にふさわしい贈り物であれば、わたしが手ずから陛下のやわらかな手にお渡ししよう――そう思ったまでですよ」

「愛のあかしに、自分からの贈り物として？」

「とはいいませんが。とにかく、そこまでいうなら、自分でお渡ししろといっておきました。まさか、このダーリオ・ナハリスをうそつきにはなさらんでしょうね？」

ダニーとしても、断わるわけにはいかなかった。

「しかたがないわ。あす、あなたの〈蛙〉を謁見に連れていらっしゃい。ほかの者たちもよ。ウェスタロス人全員を――」

サー・バリスタン以外の者から共通語を聞くのは、きっと耳に心地よいだろう。

「女王陛下の仰せのままに」

ダーリオは深々と一礼すると、にやりと笑い、マントを翻《ひるがえ》して去っていった。

ダニーはしわくちゃになった上掛けのあいだで、ひざをかかえてすわりつづけた。突然、ひとりきりになって、ぼうっとしてしまい、ミッサンデイがパン、ミルク、無花果《イチジク》の朝食を持ってそっと訪ねてきたときも、気がつきもしなかった。

「陛下？　おかげんがお悪いのですか？　ゆうべは真夜中に叫ばれておいででしたが」

ダニーは無花果を手にとった。黒くてふっくらとして、まだ朝露で濡れていた。

（ヒズダールには、わたしに声をあげさせることができるかしら？）

「あなたが聞いた叫び声は、風の音よ」

無花果をかじった。だが、ダーリオが去ったいま、無花果は味気なく感じられてならない。ためいきをついて立ちあがり、イリを呼んでローブを持ってこさせ、ふらりとテラスに出る。いたるところに敵の姿が見えた。沿岸に迫る敵船の数は十二隻を下まわったことがない。何日間か、その数が百隻にも達して、兵士の群れがぞくぞくと上陸してきたことがあった。兵士のほかに、ユンカイは海路で木材も運びこんできていた。塹壕の向こうでは、ユンカイ勢がせっせと、弩砲《カタパルト》、小弩砲《スコーピオン》、巨大な平衡錘型投石機《トレビュシェット》などを建造している。静かな夜には、あたたかく乾いた空気に響く鎚音が聞こえることもある。

（けれど、攻城櫓《こうじょうやぐら》は造っていない。破城槌《はじょうつい》も）

つまり、ミーリーンを力攻めする気はないのだ。攻囲戦の背後に隠れ、飢餓と病で女王の臣民がひざを屈するまで、投石の雨を降らせつづけるつもりなのだ。

（ヒズダールが和平をもたらしてくれるわ。きっとそうしてくれるはず）

その晩、料理人たちは、〝仔山羊のロースト、棗椰子《デーツ》と人参《ニンジン》添え〟を供したが、ダニーはすこし食べただけだった。ふたたびミーリーンと闘わねばならないと思うと、気が滅入って食欲が出ない。眠りはなかなか訪れず、やっともどってきたダーリオはひどく酔っぱらっていて、まともに立っていることもできないありさまだった。ダニーは夜具の下で輾転《てんてん》反側し、ヒズダールにキスされる夢を見た。が、その唇は青に染まり、局部に挿入された男性自身は氷のように冷たかった。はっと飛び起きて、髪を寝みだれさせ、敷布はくしゃくしゃのまま、肩で息をしながら、上体を起こした姿勢ですわりつづける。傭兵隊長は横で眠っていたが、孤独がひしひしと胸に迫ってきた。ダーリオを揺り起こしたかった。目覚めさせたかった。自分に話しかけさせ、自分を抱きしめさせ、悪夢を忘れさせたかった。しかし、ダニーにはわかっていた。たとえ目覚めたとしても、ダーリオはほほえみを浮かべ、あくびをしつつ、こういうだけだろう。

「それはただの夢ですよ、陛下。安心しておやすみなさい」

だから、ダーリオを起こすかわりに、ダニーはフードつきローブをまとい、テラスに出た。胸壁の手前までいき、そこに立って、これまで百回もそうしてきたように、都を見おろす。

（ここはわたしの都にはならない。ここはわたしの家にはならない）

淡い東雲《しののめ》色の暁光がきざしたのは、ダニーがなおもテラスにいたときのことだった。気がつくと、草の上に横たわり、こまかな朝露の毛布の下でまどろんでいた。

「ダーリオには、本日、謁見を行なうと約束してあるの」起こしにきた侍女たちに向かって、デナーリスはいった。「王冠を見つけるのを手伝ってちょうだい。ああ、それから、なにか着るものを。軽くてひんやりしたものがいいわ」

一時間後、デナーリスは謁見の間に降りていった。

ミッサンデイが呼ばわった。

「一同の者、ひざまずきませい。〈嵐の申し子《ストームボーン》デナーリス〉さま、〈焼けずのデナーリス〉さま、ミーリーン女王、アンダル人・ロイン人・〈最初の人々〉の女王、〈大草海《グレート・グラス・シー》〉の女王《カリーシ》、〈枷を打ち砕く者〉にして〈ドラゴンの母〉のお成りである」

レズナク・モ・レズナクが一礼し、笑顔であいさつした。

「わが女王《きみ》におかれましては、日ごとにお美しくなられますな。おそらくは、目前に迫ったご結婚が輝きを与えているのでございましょう、おお、わが光り輝ける主上《しゅじょう》よ！」

ダニーはためいきをついた。

「最初の陳情者をこれへ」

最後に陳情の機会を設けてからずいぶんになるため、陳情者は気が遠くなりそうなほどの人数に達していた。謁見の間のうしろのほうには密集した人の壁ができ、順番をめぐって、つかみあいをする者たちも出たほどだ。

当然ながら、真っ先に進み出てきたのは、ガラッザ・ガラレだった。こうべをかかげて、光沢のある緑の面紗《めんしゃ》で顔を隠したまま、老巫女《みこ》はいった。

「主上――内々でお話をさせていただいたほうがよろしいかとぞんじます」

ダニーは愛想よく応じた。

「そうしたいところだけれど、時間がないの。あす、わたしは結婚する身なのですからね」〈緑の巫女〉との話しあいは、前回、それほどうまくいかなかったことでもある。「話ならこの場でうかがいましょう」

「ある傭兵隊長の僭越なふるまいについて、申しあげたき儀がございます」

（これだけおおぜいがいる宮廷で、それをいうの）ダニーはかっとなった。（勇気はあるわ。それは認めましょう。でも、こんどもまたわたしがおとなしく説教されると思っているなら大まちがいよ）

「〈褐色《ブラウン》のベン・プラム〉の寝返りには、みな驚かされました」とダニーはいった。「警告してくださるのが遅すぎましたね。かくなるうえは、巫女どのもただちに神殿へ引きとられ、平和を祈念したいと願っておられることでしょう」

〈緑の巫女〉はこうべをたれた。

「お祈りいたします、あなたさまのおんためにも」

（またよけいなひとことを）

怒りで自分の顔に朱が差すのがわかった。

それからあとは、毎度おなじみの退屈な謁見がつづいた。女王はクッションにすわって、片脚をいらいらと小刻みに揺すりつつ、陳情に耳をかたむけた。昼どきになると、ジクィが無花果とハムの皿を持ってきた。陳情の列は途切れることを知らぬらしく、三人にふたりは満足顔で帰らせることができたものの、残るひとりは目を怒らせるか、ぶつぶつ文句をたれながら帰っていくのがつねだった。

ダーリオ・ナハリスが〈襲鴉《ストームクロウズ》〉の新規入隊組——〈風来〉から寝返ったウェスタロス人たちを連れて現われたときには、すでに日没間近になっていた。

（これはわたしの同胞。わたしはこの者たちにとっての正当な女王なんだわ）

見るからにみすぼらしい集団ではあったが、傭兵とはこうしたものだ。いちばん若い者はデナーリスよりせいぜい一歳ほど上で、最年長の者は命名日を六十回は迎えているにちがいない。何人かは、分不相応に立派な装飾品や衣類を身につけていた。黄金の腕環にシルクのシャツ、銀の鋲を打った剣帯などだ。

（死人から剝いだのね）

しかし、ほとんどの者は質素な装いで、そうとう着古していることがわかる。

ダーリオにうながされて進み出てきた新人をよく見ると、ひとりは女であるとわかった。大柄で金髪で、鎖帷子に身を包んでいる。〈可憐なメリス〉と隊長は紹介したが、じっさいには、〝可憐〟ということばの対極にあるような人物だった。身の丈百八十はあり、耳殻がなく、鼻には無惨な傷が走り、左右の頰にも深い傷痕が残っている。こんなにも冷たい目は見たことがなかった。そして、ほかの人物たちは……。

ヒュー・ハンガーフォードは痩せぎすで陰気くさく、脚も顔も長くて、上等な服の成れの果てを身につけていた。ウェバーは短軀で筋肉質の男で、頭、胸、両腕に蜘蛛の刺青《いれずみ》をしている。赤ら顔のオーソン・ストーンは騎士だという。ひょろ長いルシファー・ロングもだ。

〈森のウィル〉は片ひざをついているものの、ちらちらと女王を盗み見していた。〈麦わらディック〉は、矢車草の花のように濃くて鮮やかな青の目と亜麻布を思わせる白い髪を持ち、おどおどとした笑みを浮かべている。〈生姜《ショウガ》のジャック〉の顔は、強《こわ》いオレンジ色の顎鬚に埋もれており、ことばははっきりせず、なにをいっているのかわからない。

「初戦闘で舌を半分がた嚙み切ってしまったのです」とハンガーフォードが説明した。

しかし、ドーン人はだいぶ様相がちがった。

「陛下に申しあげます」ダーリオが紹介した。「この三人のドーン人の名前は、〈緑の腹〉、ジェラルド、〈蛙〉と申します」

〈緑の腹〉はからだが大きく、丸石のような禿頭《とくとう》で、腕は〈闘士《ストロング》〉ベルウァスのそれに匹敵するほど太い。ジェラルドは細身で背の高い若者で、砂色の髪を陽光にきらめかせ、微笑をたたえたブルーグリーンの目の持ち主だ。

（この微笑――さんざん乙女たちの心を虜にしてきたにちがいないわね）

着ているマントは軟らかな茶色のウールで、サンドシルクの裏がついている。そうとうに上等なものらしい。

従士の〈蛙〉は三人のうちでいちばん若く、いちばんぱっとしない男で、生まじめそうな顔をしており、体格はずんぐりとして、髪も目も茶色だった。顔は四角く、額は高く、顎はがっしりとして、鼻は横に大きい。頰と顎の無精髭は、はじめて顎鬚を生やそうとしている若者のような印象を与える。この者がなぜ〈蛙〉と呼ばれているのか、ダニーには見当さえつかなかった。

（たぶん、だれよりも遠くまで跳べるんでしょうね）

「立ちなさい」ダニーは命じた。「ダーリオから聞きました。あなたがたはドーンの出身だとか。ドーン人なら、いつでもわが宮廷に歓迎します。王位簒奪者が〈鉄の玉座〉を奪ったときも、サンスピア宮は父に忠実でいてくれました。わたしのもとにたどりつくには、さぞたくさんの危険を乗り越えねばならなかったのでしょうね」

「それはもう、たいへんなものでした」ジェラルドが答えた。光沢のある砂色の髪を持ったハンサムな男だ。「ドーンを発ったときには、六人おりました」

「三人も亡くしたとは……気の毒に思います」女王は大柄な男に顔を向けた。「〈緑の腹《グリーンガッツ》〉とは変わった名前だけれど」

「これは地口でございます、陛下、船にて運ばれていたころからの。海路、ヴォランティスからくる途中、ずっと船酔《グリーンシック》いでしたので、食べたものをしじゅう……いや、これは申しますまい」

ダニーはくすくす笑った。

「察しはつきます、騎士どの。騎士どの――でよいのかしら？　ダーリオからは、あなたが騎士だと聞いていますが」

「陛下に申しあげます、われらは三人とも騎士でございます」

ダニーはちらりとダーリオに目をやった。その顔に怒りがよぎるのが見えた。

（知らなかったんだわ）

「騎士はおおいに必要です」とダニーはいった。

ここで、サー・バリスタンが疑念を呈した。

「ウェスタロスからかくも遠い地にあっては、騎士位を詐称するもたやすい。いまの高言、剣と騎槍《ランス》で立証する覚悟はあるか？」

「必要とあらば」ジェラルドが答えた。「もっとも、われらのいずれも〈豪胆バリスタン〉に匹敵する腕前を持つとまでは申しません。陛下、なにとぞおゆるしを、拝謁いたしますにさいし、われらが用いた名は偽名でございます」

「同じようにしてわたしのもとへきた者をひとり知っています」とダニーはいった。「その者は〈白鬚《しらひげ》のアースタン〉と名乗っていました。では、本名を名乗りなさい」

「ありがたき幸せ……ただし、そのまえに、まことに僭上不遜の言い分ながら、お人払いをお願いできませんでしょうか」

（ゲームの中のゲームというわけね）

「いいでしょう。スカハズ、人払いを」

〈剃髪頭〉が命令を怒鳴った。あとは〈真鍮《しんちゅう》の獣〉たちが引き受け、ほかのウェスタロス人および残りの陳情者を謁見の間から追いだした。残ったのはドーン人と側近だけとなった。

「さあ」ダニーはうながした。「本名をおっしゃい」

ハンサムな若者ジェラルドがこうべをたれた。

「サー・ジェアリス・ドリンクウォーターと申します、陛下。わが剣は陛下のものにございます」

つづいて、〈緑の腹〉が胸の前で両腕を交差させ、名乗った。

「そして、わが戦鎚も。わたしはサー・アーチボルド・アイアンウッドと申します」

「では、あなたは？」

女王は〈蛙〉と呼ばれた若者に問いかけた。

「陛下が嘉《よみ》したまうならば、名乗る前に、わが贈り物を進呈させていただいてもよろしゅうございましょうか」

「好きになさい」

好奇心をそそられて、ダニーは許可した。だが、〈蛙〉が前に進み出るなり、ダーリオ・ナハリスがその前に立ちふさがり、手袋をはめた手をつきだした。

「その贈り物とやら、まずはおれに差しだせ」

ずんぐりした若者はすこしも表情を変えぬまま、長靴《ちょうか》のひもをほどき、中の隠しポケットからひと巻きの黄ばんだ羊皮紙を取りだした。

「それが贈り物？　ただの書きつけが？」ダーリオはドーン人の手から羊皮紙をひったくり、大きく広げ、そこに記されている印章と紋章、署名に目をこらした。「やけに立派な金印に紋章だな。だが、おまえたちウェスタロス人の文字は、おれには読めん」

「早く陛下にお渡しせよ」サー・バリスタンが命じた。「ぐずぐずするな」

場内の空気がぎすぎすしだしている。

「わたしはほんの小娘だけれど、小娘というものは、贈り物を見たがるものなの」ダニーは努めて気さくな口調でいった。「ダーリオ、おねがい、じらさないでちょうだいな。それをここに持ってきて」

羊皮紙の文字は共通語で記されていた。女王はゆっくりと羊皮紙を広げて、紋章と署名を検分した。サー・ウィレム・ダリーの名を見たときには、少々胸が躍った。書面に目を通し、もういちど最初から読みなおす。

「文書の内容をうかがってもよろしゅうございますか、陛下?」

サー・バリスタンがたずねた。

「秘密協定だわ」ダニーは答えた。「わたしが幼女のころ、ブレーヴォスで調印されたもの。ターガリエンの側を代表して署名しているのは、サー・ウィレム・ダリー——王位簒奪者の軍勢が押しよせてくる前に、ドラゴンストーン城から兄とわたしを逃がしてくれた人物よ。ドーンを代表して署名しているのは、公弟《プリンス》オベリン・マーテル。証人としてブレーヴォスの海頭の署名が付されているわ」

ダニーは羊皮紙をサー・バリスタンに差しだした。老騎士はみずからも内容に目を通した。

ダニーはつづけた。

「同盟は結婚をもって完成する——そう書いてあるわ。ドーンは王位簒奪者追放に協力する。その見返りとして、兄ヴィセーリスは大公《プリンス》ドーランの娘アリアンを王妃に迎える」

老騎士はゆっくりと協定を読んだ。

「もしロバートがこの存在を知っていたら、かつてパイク島を粉砕したように、サンスピア宮をも粉砕し、プリンス・ドーランと〈赤い毒蛇《レッド・ヴァイパー》〉の首を刎《は》ねたことでしょうな……そしておそらくは、ドーンのプリンセスの首をも」

「ええ、プリンス・ドーランがこの協定を秘密裏に結ぼうと考えたのもむりはないわね」とデナーリスはいった。「ドーンの姫君が自分を待っていると知っていたら、結婚できる齢になると同時に、兄ヴィセーリスはサンスピア宮へ飛んでいったことでしょう」

「そして、ロバートの戦鎚も招いていたにちがいありません――ご自身だけでなく、ドーンにも」〈蛙〉がいった。「ゆえに、わが父は待つだけで満足していたのです――プリンス・ヴィセーリスが兵をあげられるその日まで」

「わが父……？」

「プリンス・ドーランでございます」〈蛙〉はすっと片ひざをついた。「陛下――なにとぞ名乗りをあげる栄誉を賜わりますよう。わが名はクェンティン・マーテル。ドーンの公子《プリンス》にして、陛下のだれよりも忠実な臣下と思し召しください」

ダニーは笑った。

ドーンのプリンスは顔を赤らめ、宮廷の側近たちは当惑した顔になった。

「陛下？」〈剃髪頭〉ことスカハズがギスカル語でたずねた。「なぜ笑われるのです？」

「この者が〈蛙〉と呼ばれているからよ。その理由が、やっとわかったわ。七王国にはね、魔法で蛙にされていたプリンスが、心から愛する女性にキスをされることによって、もとの姿にもどる童話がたくさんあるの」ドーンの騎士らにほほえみかけ、共通語に切り換えて、デナーリスはたずねた。「プリンス・クェンティン――いまのその姿は、魔法をかけられたものなの？」

「いいえ、陛下」

「危惧していたとおりだったわね」

（魔法をかけられている《エンチャンテッド》でもなく、魅力《エンチャンティング》的でもない。惨めなプリンスもあったものだわ。肩幅が広いわけでもないし、髪は供のそれのように美しい砂色でもない）

「けれど、キスをもとめてきたのでしょう？　つまり、わたしと結婚するつもりなのね？あなたが携えてきた贈り物とは、愛らしいあなた自身。わたしがドーンをほしいと願うのであれば、協定を成立させなければならないはずよ――ヴィセーリスとあなたの姉ではなく、わたしとあなたが結婚することによって」

「陛下がわたくしを受けいれてくださることを、父は期待しております」

ダーリオ・ナハリスが嘲笑の声をあげた。

「おれにいわせれば、きさまは仔犬にすぎん。陛下がそばに置いておかれるべきは一人前の男だ、赤子も同然の小僧っ子ではない。きさまは陛下ほどの女性にふさわしい夫にはなれん。唇を舐めれば、まだ母親の乳の味がするのではないか？」

無礼なことばに、サー・ジェアリス・ドリンクウォーターが血相を変えた。

だぞ」

「ことばに気をつけよ、傭兵。おまえが話しかけているお方は、ドーンの公子《プリンス》であられるの

「そういうおまえは、こいつの乳母か」

ダーリオはそういって、左右の剣の柄《つか》を親指でなぞり、険悪な笑みを浮かべてみせた。

スカハズが例によって、スカハズにしかできない形で顔をしかめた。

「この若者、事実、ドーンの意を受けてきているのかもしれません。しかし、ミーリーンに必要なのは、ギスカルの血を引く王です」

「ドーンのことなら知っておりますが」レズナク・モ・レズナクがいった。「あれは砂漠と蠍《サソリ》の地、荒涼たる赤い山脈と焼けつく太陽の地にほかなりません」

プリンス・クェンティンは家令を無視した。

「ドーンの槍と剣、総勢五万、いつでも女王陛下のお役にたたんものと、鋭意待機いたしております」

「五万？」ダーリオが嘲った。「おれには三人しか見えんがな」

「そのへんにしておきなさい」デナーリスは命じた。「プリンス・クェンティンは、世界を半分越えてまで贈り物をとどけにきてくれたのよ。非礼をもってもてなしてはなりません」

ついで、三人のドーン人に向きなおった。

「これが一年前であれば、話もちがってきたのでしょうけれど。わたしはすでに、高貴なるヒズダール・ゾ・ロラクと結婚の誓いを立ててしまいました」

「いまからでも遅くは——」サー・ジェアリスがいいかけた。

「それを判断するのはわたしです」デナーリスはぴしりといった。「レズナク、プリンスとその随員の方々に、高貴な生まれにふさわしい宿所の用意を。どのようなご要望にも応えてさしあげるように」

「かしこまりました、陛下」

女王は立ちあがった。

「これにて本日の謁見はおわりとします」

ダニーは階段をあがり、居室へともどった。ダーリオとサー・バリスタンが女王のあとをついてきた。

老騎士がいった。

「これですべてが変わってしまいます」

「なにも変わりはしないわよ」イリが王冠を脱がすのにまかせながら、ダニーは否定した。「あの者たちになにができるというの？　増えるといっても、たった三人でしょう」

「三人の騎士です」とサー・バリスタン。

「三人のうそつきだ」険悪な声で、ダーリオがいった。「あのクソども、このおれをだましやがって」

「おおかた、三人から袖の下も受けとったのだろうが」

ダーリオは否定しようとさえしなかった。

ダニーはもういちど羊皮紙の内容をあらためた。

(ブレーヴォス。この協定は、ブレーヴォスで結ばれたんだわ。わたしたちが赤い扉の家に住んでいたあのころに)

そのことが、どうしてこんなにも奇妙な気持ちをいだかせるのだろう？

気がつくと、前に見た悪夢のことを思いだしていた。

(ときとして、夢の中には真実があるものね)

ヒズダール・ゾ・ロラクが黒魔導師の意志を受けて動いている——あの夢が示唆するのはそういうことだろうか？ あの夢がお告げである可能性は？ 神々はヒズダールを退けて、かわりにあのドーンのプリンスと結婚しろと告げておられるのだろうか？ なにかが記憶の片隅でうごめいていた。

「サー・バリスタン、マーテル家の紋章は？」

「〝槍に貫かれし、光芒放つ太陽〟」

(太陽《サン》の息子《サン》)

震えが全身を走りぬけた。

「影とささやき……」

仮面の女影魔導師クェイスはなんといっていた？

(白《あお》き牝馬と太陽の息子。羅列されたなかには獅子の名もあったわね。そしてドラゴンも。それとも、ドラゴンはわたしのこと？)

「〝薫《かお》り高き家令に注意なさい〟――」そのことばも思いだした。「あの夢は予言なんだわ。けれど、なぜいつも判じ物でなくてはならないの？　判じ物にはもううんざり。ああ、悪いけれど、退出してくださるかしら、サー・バリスタン。あすはわたしの結婚式だから」

その晩、ダーリオは男が女になしうるあらゆる行為を行ない、ダニーも積極的に応えた。最後の一回では、ついに東の空が白々と染まりだすなか、ずっとむかし、侍女のドリアから教わったやりかたで、口を使ってふたたび一物を硬くそそりたたせたあと、ダーリオの上にまたがった。あまりにもはげしく腰をつかったため、ダーリオの傷口が開き、また血が流れだしたほどで、甘美な一瞬、ダーリオが自分の内にいるのか自分がダーリオの内にいるのか、ダニーにはわからなくなった。

だが、結婚当日の朝陽が地平線の上に顔を出すと、ダーリオ・ナハリスは服を身につけ、剣帯を装着しはじめた。剣帯に吊ってある双剣の柄は、一対のきらめく黄金の女体を象《かたど》ったものだ。

「どこへいくの？　きょうは出撃をゆるしませんよ」

「わが君は残酷でいらっしゃる。陛下の敵を殺せないのなら、式をあげておられるあいだ、わたしはどうやって憂さを晴らせばいいのです」

「日暮れまでには、敵はいなくなるわ」

「いまはまだ夜明けです、麗しき陛下。一日は長い。最後の遊撃をするくらいの時間なら、たっぷりとあります。結婚の贈り物に、〈褐色のベン・プラム〉の首を持ち帰ってごらんにいれましょう」

「首はもうたくさん。以前、花を持ってきてくれたことがあったでしょう」

「花を持ってくる役目はヒズダールにまかせなさい。あれは道ばたで腰をかがめて蒲公英《タンポポ》を手折ってくれるタマではないが、あの男のために喜んでその仕事を引き受ける召使いなら、たくさんいます。もう辞去させていただいてよろしいですか」

「だめ」もうすこしのあいだそばにいて、抱きしめていてほしかった。

（いつの日か、このひとは出撃したまま帰らぬ人となる。いつの日か、どこかの弓兵が射た矢がこのひとの胸に突き刺さるときがくる。いつの日か、英雄になりたい者たちが槍や剣や斧をふりかざし、十人がかりでこのひとに襲いかかるときがくる）そのうち五人までは死ぬかもしれない。だが、だからといって、ダーリオを失う悲しみが軽くなるわけではない。

（いつの日か、このひとを失うときがくる――〈太陽と星々の君〉を失ったときのように。

でも、神々よ、おねがいです、きょうはどうか見のがしてください）

「ベッドにもどってきてキスをなさい」いまだかつて、ダーリオ・ナハリスのようなキスをしてくれた者はだれもいない。「わたしはあなたの女王よ。女王として命じます。わたしを抱いて」

軽口のつもりでいったことばだったが、ダーリオの目は険を帯びた。

「女王を抱くのは王の仕事でしょうが。結婚したら、そっちの面倒は高貴なるヒズダールが見てくれますよ。高貴すぎて、こんなに汗をかく仕事はできないにしても、かわりに喜んで奉仕してくれる召使いはおおぜいいるはずです。でなければ、あのドーンの若僧をベッドに呼んだっていい。ついでに、あいつの美形の友人もだ。そうなさい」

それだけ言い残して、ダーリオは大股に寝室を出ていった。

（やっぱり出撃する気なんだわ）とダニーは悟った。（ベン・プラムの首を取れたら、結婚披露宴に乗りこんできて、わたしの足もとにその首を放りだすんでしょうね。〈七神〉よ、われを救いたまえ——なぜダーリオは高い身分に生まれてくれなかったの？）

ダーリオが去ると、ミッサンデイが質素な朝食を運んできた。山羊のチーズにオリーブ、デザートにはレーズンという内容だった。

「朝食にはワインだけではなく、もうすこし精のつくものを召しあがりませんと。まだ成長途中のおからだですし、本日は体力が必要になります」

デナーリスは笑ってしまった。こんな子供の口から、こんなことばが出るとは——日ごろ、この小さな秘書官にはすっかり頼りきっているため、ついつい、ミッサンデイがまだ十一になったばかりということを忘れてしまう。ふたりはテラスで朝食をともにした。オリーブを食べるダニーを、融けた黄金のような目で眺めながら、ナース人の娘はいった。

「結婚をおやめになるとおっしゃるのでしたら、まだ手遅れではありません」

（手遅れなのよ、もう）と女王は思った。

悲しみがこみあげてきた。

「ヒズダールの血脈は、古くからの流れを受け継いで高貴なものなの。わたしたちふたりがいっしょになれば、わたしの解放奴隷はあのひとの臣民になるわ。わたしたちさえひとつになれば、この都もひとつになる」

「けれど陛下は、高貴なるヒズダールを愛してはおられません。夫にはほかの方を選ばれたほうがよい、とこの者は愚考いたします」

（きょうはもう、ダーリオのことは考えないようにしよう）

「女王の愛は立場が定めるものよ。当人の気持ちなんて関係ないの」

ただでさえなかった食欲がすっかり失せてしまい、

「さげてちょうだい」とミッサンデイにいった。「入浴しておかなくては」

後刻、ジクィにからだの水気を拭きとらせているとき、イリが寛衣《トカール》を持って入ってきた。ドスラク人の侍女がうらやましかった。ふたりが着ているのは、ズボン形のサンドシルクの薄物に色鮮やかな胴着だからだ。このほうがトカールよりもずっとすずしい。しかも、このトカールには裾に小粒真珠がたっぷり縫いつけてあり、かなりの重さがあった。

「巻きつけるのを手伝ってちょうだい。こんなにもたくさんの真珠がついていたら、とてもひとりでは着れないわ」

本来なら、結婚式とそれにつづく初夜への期待に、胸をはずませているべき場面ではある。思いだすのは、最初の結婚の初夜だ。見知らぬ星々のもとで、族長《カール》ドロゴはダニーの処女を奪った。あのとき、どんなに恐ろしかったか、そしてどんなに興奮したか、いまもはっきり憶えている。ヒズダールの場合も同じようにことが運ぶのだろうか。

（いいえ。わたしはもう乙女ではない。そしてヒズダールは、わたしの〈太陽と星々の君〉ではない）

ミッサンデイがふたたび、ピラミッドの階下から現われた。

「レズナクとスカハズが、陛下を〈巫女の神殿〉までエスコートする栄誉を賜わりたい、と申し出てまいりました。レズナクはすでに、駕籠《かご》のご用意をすませております」

ミーリーン人は、囲壁内ではめったに馬に乗らない。駕籠、輿《こし》、駕籠椅子などに乗って、奴隷の肩にかつがれていくことを好む。かつてザク家のひとりにこういわれたことがある。〝馬は糞で道を汚しますが――奴隷は汚しませんからな〟。奴隷を解放したいまも、以前と同じく、通りには、駕籠、輿、駕籠椅子があふれている。そしていずれも、魔法の力で宙に浮かんでいるわけではない。

「締めきった駕籠でいくには、きょうは暑すぎます」とダニーはいった。「シルバーに鞍をつけさせなさい。駕籠かきにかつがれて、夫のところまで運ばれたくはないわ」

「陛下」ミッサンデイが意見を述べた。「この者もお気の毒には思いますが、トカールでは馬に乗れません」

たいていそうであるように、こんどもまた、この小さな秘書官は正しかった。たしかに、トカールは馬に乗るようにはできていない。ダニーは顔をしかめた。

「しかたないわね。でも、駕籠はいや。あの垂れ幕の中にいたら窒息してしまう。だったら、椅子駕籠を用意させて」

どうせパタパタ動く耳をつけねばならないのなら、兎たちみんなに見せてやろう。

ダニーが謁見の間へ降りていくと、レズナクとスカハズがひざまずいた。

「なんと燦然たる主上の輝き——あえて主上を見んとする者は、目がつぶれてしまうことでございましょう」レズナクがいった。家令が着ている栗色の絹織物で仕立てたトカールには、黄金の裾飾りが取りつけてある。「ヒズダール・ゾ・ロラクは、このうえもない果報者《サマイト》……また、僭越を承知で申しあげるなら、あの方といっしょになられるのは、主上にとっても、またとない果報と申せましょう。この結婚、かならずや、われらが都を救う結果をもたらすものとぞんじます」

「そうだといいのだけれどね。オリーブの樹を植えたら、実が実るところをぜひ見たいものだから」

(ヒズダールにキスされても、ちっともうれしくないけれど、そんなことが問題になって？ うれしいのは平和が訪れることでしょう。わたしは女王なの？ それとも、ただの女？)

「本日は群衆が蠅のように蝟集《いしゅう》しております」

〈剃髪頭〉スカハズは黒いプリーツつきのスカートと、胸筋を打ちだした胸当てを身につけ、蛇の頭を象った真鍮の兜を左腕にかいこんでいた。

「蠅を恐れる必要があるのかしら。あなたの〈真鍮の獣〉は、いかなる危害からもわたしを護ってくれるのでしょう？」

大ピラミッドの一階部分はいつでも薄暗い。厚さ十メートルもの壁が、街路の喧噪も外の熱暑も閉めだすので、中は薄暗いだけでなく、ひんやりしている。護衛の隊列は門の内側に整列しつつあった。馬、騾馬《ラバ》、驢馬《ロバ》の畜舎は西の壁ぎわに、象の畜舎は東の壁ぎわにある。象の数は三頭だ。この奇妙な大型の動物は、大ピラミッドを入手したさい、いっしょに手に入れたもので、その姿は、無毛で灰色のマンモスを連想させたが、牙は切り詰めて、上から金の飾りをかぶせてある。目はいずれも悲しげだった。

〈闘士〉ベルウァスは葡萄《ブドウ》を食べていた。バリスタン・セルミーは、自分の連銭葦毛《れんせんあしげ》の馬に厩番が腹帯をつけるのを見まもっている。老騎士のそばには三人のドーン人が控えていて、なにごとかを話しあっていたが、女王が姿を見せると、すぐに話をやめた。公子《プリンス》が進み出てきて、すっと片ひざをついた。

「陛下——どうか、わが願いをお聞きとどけください。父の体力は、たしかに衰えてきてはおりますが、陛下に対する献身はいまも変わらず、強固そのものです。わたしの態度なり、わたし自身なりにいたらぬところがあるようでしたら、まことに申しわけなく思いますが、どうぞ、ご機嫌を——」

デナーリスはさえぎった。

「わたしのご機嫌をよくさせたいのであれば、わたしのために祝ってくださいな。きょうはわたしの結婚式。〈黄の都〉では、みな小躍りしていることでしょう」ためいきをついた。「さあ、お立ちなさい、わがプリンス、どうぞほほえんで。いずれわたしがウェスタロスに帰り、父の玉座を奪還するさいには、ドーンの助力をもとめることになりましょう。けれど、きょうのこの日、わが都はユンカイ勢によって厳重に攻囲されているのです。わが七王国を見る前に、わたしは死んでしまうかもしれない。あるいは、ヒズダールが死んでしまうかもしれないし、ウェスタロスが波に呑まれて沈んでしまうかもしれない」

ダニーはプリンスの頬にキスをした。

「いらっしゃい。結婚の時間だわ」

サー・バリスタンの手を借りて、ダニーは椅子駕籠に乗りこんだ。クェンティンは仲間のドーン人たちのもとにもどっていった。〈闘士〉ベルウァスが大声で開門を命じるとともに、デナーリス・ターガリエンは太陽のもとへ姿を見せた。

連銭葦毛の愛馬にまたがったバリスタン・セルミーが、駕籠の横にならんで進みだす。

「ひとつ、教えて」婚礼の場に向かう行列が〈巫女の神殿〉へと向きを変えると、ダニーはたずねた。「父と母がそれぞれの想い人といっしょになれたとしたら、だれと結婚していたかしら？」

「もう遠いむかしの話です。名前をあげても、陛下はごぞんじありますまい」

「でも、知っているんでしょう？　教えて」

老騎士は首をかしげ、語りだした。

「王妃であらせられたお母上、レイラさまは、王妃たる者の務めをはたされるべく、つねに腐心しておられました」

黄金と白銀の鎧を一縮《いっしゅく》し、純白のマントを肩からうしろへ華麗に流した老騎士は、じつに颯爽として美々《びび》しく見える。だが、ひとことひとことがつらい重荷でもあるかのように、その声は苦痛に満ちていた。

「ですが、少女のころに……嵐の地《ストームランド》からきた若き騎士に熱をあげられたことがございました。母君に見染められた騎士が馬上槍試合で優勝し、母君を〈愛と美の女王〉に選んだのです。それはつかのまの恋愛でありました」

「その騎士はどうなったの？」

「お母上とお父上が結婚された日、騎槍を捨てました。そののちは〈正教〉に一身を捧げ、自分がレイラ王妃の代わりに心を捧げられる対象は、唯一、〈乙女〉だけだと述懐した旨が伝わっております。むろん、もともと成就するはずのない熱情でした。土地持ちの騎士など、王家の姫君に釣りあう身分ではなかったのです」

（そして、ダーリオ・ナハリスもまた一介の傭兵にすぎない。土地持ちの騎士の身分にすら遠くおよばない）

「では、父は？　王妃より愛した女性はいたの？」

サー・バリスタンは、鞍の上で居心地悪そうに身じろぎした。

「愛……というのとはちがいます。お求めになった、というのがより適切なことばかもしれません。ただ……これは厨房のうわさ話、洗濯女や厩番のささやき程度の信憑性しか……」

「知りたいのよ。わたしは父上のことをなんにも知らないもの。だから、どんなことだって知っておきたいの。いい面も……そうでない面も」

「御意」

白騎士は慎重にことばを選んで語った。

「太子《プリンス》エイリスは……お若いころ、キャスタリーの磐城《ロック》のとある女性に恋をなさいました。お父上はタイウィン・ラニスターの従姉妹です。この従姉妹とタイウィンが結婚したとき、お父上はその披露宴で御酒《ごしゅ》を過ごされ、臣下に対する主君の初夜権が廃されたのはいかにも残念だ、と放言されたといわれております。もちろん、酒席での冗句以上のものではありませんが、タイウィン・ラニスターは、けっしてこのようなことばを忘れる男ではなく……ましてや、床入りのさい、お父上がなされた専横のふるまいは……」老騎士は顔を赤らめた。「いや、よけいなことを申しました、陛下。わたしは――」

「――仁慈あふれるわが主上、よいところで！」

声がかかった。見ると、もうひとつの行列が横から追いついてきており、ヒズダール・ゾ・ロラクが自分の椅子駕籠の上からほほえみかけていた。

（わたしの王）ダーリオ・ナハリスはいまどこにいるのだろう。なにをしているのだろう。（これが物語なら、神殿へ向かうわたしたちのもとへ颯爽と馬で駆けつけてきて、わたしをめぐってヒズダールに挑戦するところなのに）

女王の行列とヒズダール・ゾ・ロラクの行列は、相並んでミーリーンの街路をゆっくりと進んでいった。やがて行く手に〈巫女の神殿〉がそそりたった。その黄金の円蓋が、陽光を浴びて燦然《さんぜん》と光り輝いている。

（なんと美しい）

女王は自分にそう言い聞かせようとした。しかし、心の中の自分は、ダーリオの姿を探しもとめるばかりの、愚かな小娘でしかない。

（ダーリオがわたしを愛しているなら、わたしのもとに駆けつけてきて窮地から救いだしてくれるはずよ——レイガーが北の娘を救いだしたように）

ダニーの中の小娘はそういいはっていたが、女王としてのダニーは、それが愚かな願望でしかないことを知っている。たとえあの傭兵隊長が、ほんとうに救出しにくるほどいかれていたとしても、女王の百メートル以内にも近づけないうちに、〈真鍮の獣〉たちによって、ずたずたにされてしまうだろう。

神殿の扉の外にはガラッザ・ガラレが待っていた。そのまわりには、白に薄紅に赤、青に金に紫と、各色のローブに身を包む巫女たちが控えている。

（いつもよりも数がすくないわね）〈青の巫女〉エッザラの姿をさがしてみたが、どこにも見当たらない。（赤痢にでもかかったのかしら？）

アスタポア難民を囲壁《いへき》外で飢えさせ、赤痢の蔓延を防ぐ努力はしているものの、市内にも赤痢は確実に広まりつつあった。赤痢に倒れた者は多い。解放奴隷、傭兵、〈真鍮の獣〉、さらにはドスラク戦士までもが病にかかっている。もっとも、〈穢れなき軍団《アンサリード》〉の兵だけはいまだ罹病した者がいない。最悪の時期が通りすぎたのであればいいのだが。

巫女たちが象牙の椅子と黄金の鉢を差しだしてきた。トカールの裾をうっかり踏まぬよう、布を優美に持ちあげて、デナーリス・ターガリエンは椅子の座面に敷かれたフラシ天の上に腰をおろした。ヒズダール・ゾ・ロラクがその前にひざまずき、女王のサンダルの編みあげひもをほどく。そして、五十人の去勢者が歌を歌い、一万の目が見まもるなか、黄金の鉢に張られた香油に素足をひたして洗いだした。

（やさしい手つきだわ）温かい香油が足指のあいだをくすぐる心地よい感触を味わいながら、デナーリスは思った。（心もこんなふうにやさしいのなら、時間さえかければ、このひとを好きになれるかもしれない）

両足ともに浄《きよ》めがすむと、ヒズダールはやわらかなタオルで足をぬぐって、もとのようにサンダルのひもを編みあげ、デナーリスが立ちあがるのに手を貸した。それから、ふたりで手をつなぎ、〈緑の巫女〉のあとにつづいて、神殿の中へ入っていった。香の芳香が濃厚にただよう神殿の壁龕《へきがん》には、影をまとってギスの神々が立っていた。

ふたりが夫と妻となり、神殿の外に出てきたのは、その四時間後のことだった。ふたりの手首と足首は、黄金の鎖でつながれていた。

44

ジョン

黒《カースル・ブラック》の城を訪れたセリース王妃は、王女、王女の道化師、侍女たち、側役《そばやく》の貴婦人たち、騎士および誓約の剣士と兵士五十名からなる護衛隊を引き連れていた。ジョンには護衛隊の素性がわかっている。

(全員が〝王妃の兵〟だ。セリース妃に随行してはいても、仕えている相手はメリサンドルなんだ)

〈紅《あか》の女祭司〉から〝王妃一行がくる〟との知らせを受けたのは、東の物見城《イーストウォッチ》からその旨の伝言を携えた使い鴉が飛来する一日前のことだった。

ジョンは厩舎で王妃一行を出迎えた。連れてきたのは、〈繻子《サテン》〉とバウエン・マーシュのほか、長い黒のマントをまとった警護兵六名だ。王妃についていわれていることの半分でもほんとうなら、自分の随員を連れずに出迎えるのは、賢明なことではない。ジョンを厩番とまちがえて、乗馬の手綱を取らせかねないからである。

雪雲はようやく南へ去り、守人《もりうど》たちはひと息ついているところだった。すこしあたたかさえ感じさせる空気の中で、ジョン・スノウは南部出身の王妃の前に片ひざをついた。

「陛下。黒の城《カースル・ブラック》は陛下とご一行の方々を歓迎します」

セリース王妃はジョンを見おろした。

「大儀です。総帥のところへ案内なさい」

「兄弟たちは、その栄誉ある地位に、わたしを選んでくれました。わたしがジョン・スノウです」

「あなたが？ まだ若いとは聞いていたけれど、まさか……」セリース王妃の顔は、細くて青白い。頭には燃えあがる炎を象《かたど》った、鋭い先端をいくつも持つ朱金色の冠をかぶっている。スタニスがかぶっているのと同じ形をしたものだ。「……立ちなさい、スノウ総帥。これはわたしの娘、シリーン」

「王女さま《プリンセス》」ジョンはこうべをたれた。シリーン王女は不器量のうえ、灰鱗病《グレイスケール》の名残がいっそうその醜さに拍車をかけている。首と頰の一部は灰色に硬変し、ひびが入っていた。

「兄弟たちにもわたしにも、なんなりとお申しつけを」

シリーンは赤面した。

「ありがとう、総帥さま」

王妃はつづけた。

「わたしの伯父、サー・アクセル・フロレントのことは知っていますね？」

「使い鴉を通じてのみですが」

（それと、兄弟たちからの報告を通じてな）

東の物見城《イーストウォッチ》から送られてくる報告の手紙には、アクセル・フロレントのことがいろいろと書いてあった。誉めことばはほとんど見た憶えがない。

「サー・アクセル」

「スノウ総帥」

フロレントはずんぐりとして脚が短く、胸の部厚い男だった。頬とあごは剛毛でおおわれ、耳と鼻孔からも強《こわ》い毛がつきだしている。

「この者らは、わが忠実な騎士たちです」セリース王妃はつづけた。「サー・ナーバート、サー・ベネソン、サー・ブラス、サー・パトレック、サー・ドーダン、サー・マレゴーン、サー・ランバート、サー・パーキン」

各騎士が順に会釈した。王妃は道化師の紹介は省いたものの、一対の鹿角《ろっかく》をつけた帽子、鹿角のあちこちにぶらさがる牛用の鈴《カウベル》、豊頬《ほうきょう》をおおう赤緑市松模様の刺青《いれずみ》などは、いやでも目を引かずにはおかないものだった。

（これが〈まだら顔《パッチフェイス》〉か）

〈小農《コター》のパイク〉からの手紙には、この道化についての言及もあった。パイクにいわせれば、この男は薄馬鹿だという。

つぎに王妃は、随員のなかから、これも独特の人相風体の人物を差し招いた。かなり背が高く、ひょろりと痩せた男で、ただでさえ高い背丈が、異国ふうの三段構造を持った紫色のフェルト帽でいっそう高く見える。

「こちらはティコ・ネストリス閣下。ブレーヴォスの〈鉄の銀行〉からいらした使節です。ここへはスタニス王への融資のご相談でこられています」

銀行家は帽子を脱ぎ、流れるように鮮やかなしぐさで一礼してみせた。

「総帥閣下。あなたとあなたの兄弟たちの歓待に対し、深く感謝します」

流暢な共通語で、訛《なま》りはほとんどなかった。ジョンよりも十五センチほど背が高く、あごからは縄のように細い顎鬚《あごひげ》を生やしており、その先端は腰のあたりに達している。着ているローブはくすんだ紫で、山鼬《オコジョ》の毛皮の縁どりがあった。細い顔をおおっているのは高い立ち襟だ。

「われわれの訪問が、あまり負担にならぬとよろしいのですが」

「すこしも負担にはなりません。心より歓迎します」

(正直にいえば、王妃よりも歓迎したいくらいだ)

コター・パイクが使い鴉で送ってきた手紙には、この銀行家が随伴する旨も書いてあった。おかげでジョン・スノウにも、多少は心の準備ができている。

ジョンは王妃に顔をもどした。

「〈王の塔〉に陛下のお部屋を用意してあります。お好きなだけご逗留ください。こちらはわが雑士長《ロード・スチュワード》、バウエン・マーシュ。随員の方々の宿所はこの者が用意します」

「わたしたちのために住む場所をあけてくださるとは、親切、痛みいります」

言いまわしこそ丁寧だったが、王妃の口調はこうほのめかしていた。

〝そんなのは当然の義務よ。用意した部屋というのが、わたしの気にいるといいわね〟

「そう長くここにいるつもりはありません。長くても二、三日。その後、新しい居城である夜の砦《ナイトフォート》に向けて出発します。ただし、充分に休息をとらなくては。東の物見城《イーストウォッチ》からここまで、それはもう辛い旅だったから」

「承知しました、陛下。道中、寒さと空腹もさぞ堪《こた》えたことでしょう。食堂に温かい食事を用意してありますので」

「それは喜ばしいわ」王妃は郭《くるわ》を見まわした。「でもそのまえに、レディ・メリサンドルのおことばをいただきたいと思うのですが」

「かしこまりました、陛下。レディのご寝所も〈王の塔〉にありますので。よろしければ、こちらへ」

セリース王妃はうなずき、娘の手をとると、厩から塔へ案内することをゆるした。サー・アクセル、ブレーヴォスの銀行家、そのほかの随員もぞろぞろとあとについてくる。まるでウールと毛皮に身を包んだ鴨の雛の群れだ。

「陛下」先導しながら、ジョン・スノウは声をかけた。「わが工士《ビルダー》たちは、夜の砦《ナイトフォート》を陛下がお住まいになれる状態にすべく、全力をあげておりますが……大半はまだ廃墟のままです。あれは大きな城――〈壁〉ぞいで最大の城で、補修できているのはごく一部にすぎません。東の物見城《イーストウォッチ》のほうが快適に過ごせるのではないかと思うのですが」

セリース王妃は鼻を鳴らした。

「東の物見城《イーストウォッチ》にはもう見切りをつけました。あそこは好きではありません。王妃たるもの、自分の居城の屋根の下で暮らさなくてはね。あなたのコター・パイクは粗野で不愉快なうえ、なにかと喧嘩腰で、物惜しみする男でしたよ」

（コター・パイクがあんたのことをなんといっていたか、聞かせてやりたいくらいだ）

「それは申しわけないことをしました。しかし、夜の砦《ナイトフォート》の状態は、いっそう陛下のお好みに合わないのではないかと危惧します。あそこは城郭であって、宮殿ではありません。陰気な場所です。おまけに、寒い。それに対して、東の物見城《イーストウォッチ》は――」

「およそ安全な場所ではありません」王妃は娘の肩に手をかけた。「この子は王の正当なる跡継ぎ。いつの日か〈鉄の玉座〉にすわり、七王国を統治する身です。それまで、危害などおよばないようにしておかなくてはね。東の物見城《イーストウォッチ》は攻撃にさらされる場所です。いっぽう、夜の砦《ナイトフォート》は夫が居城として選んだところなのだから、住みにくさくらい、がまんしましょう。わたしたちは――まあ！」

王妃が小さく声をあげたのは、〈総帥の塔〉の影から、ぬうっと巨大な影が現われたからだった。プリンセス・シリーンが悲鳴をあげ、王妃の騎士のうちの三人が同時に息を呑み、もうひとりは「〈七神〉よ、われらを救いたまえ」と毒づいた。衝撃のあまり、自分が紅《あか》い神に帰依したことを忘れてしまったらしい。

「恐れることはありませんよ」ジョンは説明した。「危害を加える心配はありませんから、陛下。あれはウァン・ウァンといいます」

「ヴァン・ウェグ・ヴァン・ダール・ヴァン」巨人は、山腹を転げ落ちる大岩のような声で名を名乗ると、一行の目の前でひざをついた。こうしてひざまずいていても、人間より背が高い。「ひざまずく、王妃に。小さい、王妃」

このことばは野人の〈革〉が教えたものにちがいない。

目を皿のように大きく見開いて、プリンセス・シリーンがいった。

「巨人だわ！ お話に出てくるみたいな巨人、本物の。でも、どうしてこんな変なしゃべりかたなの？」

「共通語はまだ、ほんのすこししか知りません」ジョンは答えた。「本来住んでいる北の地では、巨人は古語をしゃべるんです」

「さわってもいい？」プリンセスがたずねる。

「やめておきなさい」母親が釘を刺した。「よく見るのよ、あの者を。なんとけがらわしい怪物」

ここで王妃は、ジョンに渋面を向けて、

「スノウ総帥、この巨大なけだもの、〈壁〉の内側でなにをしているの？」

「ヴァン・ヴァンは〈冥夜の守人《ナイツ・ウォッチ》〉の客なのです。みなさんと同じように」

王妃はこの答えが気にいらなかったらしい。王妃の騎士たちもだ。サー・アクセルは不快そうに顔をしかめ、サー・ブラスは神経質そうに顔をひくつかせ、サー・ナーバートはこういった。

「巨人はみな死んだものと聞いていたが」

「みなではなく、ほとんどがだ」とジョンは答えた。

（イグリットは巨人のために泣いたっけな）

「暗闇の中で、死人《しびと》は踊るよ」〈パッチフェイス〉が奇妙なステップで異様な舞を舞った。

「知ってる、知ってる、おうおうおう」

東の物見城《イーストウォッチ》のだれかが、海狸《ビーバー》、羊、兎の毛皮を接ぎあわせ、〈パッチフェイス〉のためにまだら模様のマントを作ってやったらしい。帽子の鹿角には牛用の鈴《カウベル》がいくつもぶらさがり、帽子の左右には栗鼠《リス》の毛皮で作った茶色い垂れ縁がついていて、それが耳をおおっている。一歩動くごとに、鹿角のカウベルがカランカランと鳴った。

そのようすを魅せられたように見ていたウァン・ウァンが、やおら道化に手を伸ばした。道化はカウベルを鳴らしながら、あわてて飛びのいた。

「だめ、やめて、だめ、やめて、だめ、やめて」

巨人は動きをとめ、それですこし前によろめいた。王妃がさっとプリンセス・シリーンの腕をつかんで、うしろへ引きよせる。騎士たちは剣の柄に手をかけ、〈パッチフェイス〉はあわてふためいて足もとがおろそかになり、転んで積雪の上に尻もちをついた。

それを見るなり、ウァン・ウァンが笑いだした。巨人の笑い声は、ドラゴンの咆哮すらもおよぶまいと思えるほどすさまじいもので、〈パッチフェイス〉は耳をふさぎ、プリンセス・シリーンは母親の毛皮に顔をうずめ、王妃の騎士の中でももっとも大胆な者は剣を引き抜き、前に進み出た。ジョンは片手をあげて騎士の前に立ちはだかった。〈革〉、ヴァン・ヴァンを〈ハーディンの塔〉へ連れていけ」

「巨人を怒らせないほうがいい。騎士どの、どうか、剣を鞘に。〈革〉、ヴァン・ヴァンを
「いま、食うか、ヴァン・ヴァン？」巨人がたずねた。

「いま、食う」ジョンはうなずいた。ついで〈革〉に向かって、「すぐに野菜の山を持っていかせるから。おまえには肉を持たせる。先に火を熾こしておいてくれ」

〈革〉がにんまりと笑った。

「連れてはいくがな、ム＝ロード、〈ハーディンの塔〉は寒いぞ。骨身に染みる。からだをあたためるのにワインも持たせてくれないか？」

「おまえは飲んでもいい。巨人はだめだ」

黒の城《カースル・ブラック》にくるまで、ヴァン・ヴァンはワインを飲んだことがなかった。が、ひとたび口にしてからは、すっかり味をしめてしまっている。

（味をしめるなんてもんじゃないからな）

ただでさえ、問題は山積しているのだ。このうえさらに、酔っぱらった巨人をかかえこみたくはない。ジョンは王妃の騎士たちに向きなおった。

「領主であった父がよくいっていた——使う気がないかぎり、剣を抜くものではないと」

「使うつもりだったさ」騎士はきれいに髭を剃り、顔は風焼けしていて、白い毛皮のマントの下に着た銀糸織りの外衣《サーコート》には、青い五芒星の紋章が描いてあった。「〈冥夜の守人《ナイツ・ウォッチ》〉は、

あのような化け物から王土を護るために在《あ》ると聞いている。ペットとして飼っているなどという話は聞いたことがない」

（こいつも南部のうすら馬鹿のひとりか）

「そういう貴兄は……？」

「おたずねとあらばお答えしよう。〈王の山のサー・パトレック〉だ」

「貴兄のお山では客をどのようにあつかうのか知らないが、北部では丁重にあつかうんだ。ヴァン・ヴァンは、ここでは客として遇されている」

サー・パトレックは薄く笑った。

「ではきこう、総帥どの、ほかの巨人どもがきたらどうするつもりだ？　ほかの巨人たちも同様に歓待するのか？」騎士は王妃に向きなおった。「陛下、わたしの目に狂いがなければ、あそこにあるのが〈王の塔〉です。よろしければ、わたしが先導いたしましょうか？」

「まかせます」

王妃は騎士の腕をとり、〈冥夜の守人《ナイツ・ウォッチ》〉の者たちには目もくれず、みなの前を通って塔へ歩きだした。

（冷たい王妃さまだ。あの冠の〝炎〟部分が、身のまわりではいちばんあたたかいといえるしろものだな）

「ティコ公」ジョンは声をかけた。「しばらくお待ちを」

ブレーヴォス人は足をとめた。

ませんよ。わたしはブレーヴォスの〈鉄の銀行〉の、一介の勤め人にすぎません」

「コター・パイクより、閣下は三隻の船とともに、東の物見城《イーストウォッチ》にいらしたと聞いています。ガレアス船、ガレー船、交易船《コグ》が一隻ずつだと」

「そのとおりです《ジャスト・ソー》、マイ・ロード。この季節に海を渡るのは、はなはだ危険でしてね。一隻だけでは沈没するかもしれない。三隻いれば助けあえる。〈鉄の銀行〉は、こういうことにいつも慎重なのです」

「宿所へいかれる前に、どこか静かな場所でお話しできませんか？」

「喜んで、総帥。ブレーヴォスではこういうとき、一期一会というのですが。この場合にも適用できますか？」

「ぴったりですとも。ひとまず、わたしの執務室でくつろがれますか？　それとも〈壁〉の上を見てみますか？」

銀行家は上を――空に白くそそりたつ巨大な氷の壁を見あげた。

「あの上、とても寒そうだ」

「寒いし、風も強い。上にいると、縁から離れて歩く習慣が身につきます。でないと、人間までも吹きとばされてしまいかねませんからね。とはいえ、〈壁〉は、地上にふたつとないしろものです。いまをのがせば、二度と昇る機会はないかもしれませんよ」

「死にぎわに、自分の用心深さを悔いるかもしれませんね。しかし、わたしは鞍の上で長い一日を過ごしてきました。いまはあたたかい部屋が好ましい」

「では、わたしの執務室へ。〈サテン〉、すまないが、ホットワインをたのむ」

ジョンの部屋は武器庫の奥にあり、かなり静かだ。しかし、期待したほどにはあたたかくなかった。しばらく前に暖炉の火が消えていたからである。〈陰気なエッド〉とちがって、〈サテン〉はつねに火を絶やさないように気を配るほどまめなたちではないようだ。

モーモントの使い鴉が「穀粒《コーン》！」の叫び声でふたりを出迎えた。マントを掛け釘にかけながら、ジョンはたずねた。

「渡来の目的はスタニス王に会うこと——ですね？」

「そのとおりです、総帥。セリース王妃からは、使い鴉で深林の小丘城《ディープウッド・モット》へと書を送付して、夜の砦《ナイトフォート》でお目にかかる栄誉に浴したい、その日を楽しみに待っている旨、国王陛下にお伝えするようにいわれました。しかし、わたしが陛下に伝えたいことは繊細すぎて、とても手紙に託せるものではありません」

「貸金の督促ですね？」（ほかにどんな可能性があるだろう）「それはスタニス王の作った借金ですか？　兄王の作った借金ですか？」

銀行家は両手の指先を触れあわせた。

「スタニス公に負債があるのかないのか、それを議論する立場には、わたしはありません。ロバート王については……たしかに、前国王陛下に必要な額を用立てることは、われわれの歓びでありました。ロバート王ご存命のあいだは、すべてうまくいっていました。しかし、いま、〈鉄の玉座〉はすべての返済を停止しています」

（ラニスターがそんな愚かなまねを？　そんなこと、ありうるのか？）

「兄王の借財についても、スタニス王が返済する義務を負うべきだ――とおっしゃるのではないでしょうね」

「負債の返済義務があるのは、〈鉄の玉座〉です」とティコは答えた。「あの椅子にすわる人物がだれであれ、返済はその人物がしなくてはなりません。トメン幼王とその顧問たちは、すこしも説得に耳を貸そうとしませんので、この問題を、スタニス公、いや、スタニス王に相談することにしたしだいです。スタニス王がより信頼に値するとわかりましたら、当然、わたしたちは大いなる歓びをもって、王が必要とするあらゆる力をお貸しするものです」

「力《チカラ》」使い鴉が叫んだ。「力《チカラ》、力《チカラ》、力《チカラ》」

〈鉄の銀行〉が〈壁〉に使節を派遣してきたと聞かされたとき、ジョンもそこまでは見当がついていた。

「最後に聞いたところでは、閣下、陛下はルース・ボルトンとその同盟軍と対戦するため、ウィンターフェル城へ向かって進軍しておられるとのことです。閣下がお望みなら、現地へ出向かれるのも一案でしょう。しかしそれには、危険がともないます。陛下の戦争にも巻きこまれかねません」

ティコは一礼してみせた。

「われわれ〈鉄の銀行〉に仕える者は、いつも死と正面から向きあっています。あなたがた〈鉄の玉座〉に仕える人たちと同じですね」

（おれは〈鉄の玉座〉に仕えているのか？）

　ジョン・スノウにはもう判然としなかった。

「深林の小丘城《ディープウッド・モット》までいくために必要な馬、物資、道案内、そのほか必要なものは、なんでも提供します。が、そこから先、スタニス王のもとへは、自力でたどりついてもらわねばなりません」（たどりついたところで、串刺しになったスタニスの首と対面する結果になるかもしれないがな）「ただし、それにはひとつ、条件があります」

「条件《ジョウケン》！」モーモントの使い鴉が叫んだ。「条件《ジョウケン》、条件《ジョウケン》」

「なにごとにも、条件はつきものです。そうではありませんか？」ブレーヴォス人は微笑を浮かべた。「〈守人《もりうど》〉が必要とするものはなんでしょう？」

「ひとつめは、乗ってこられた船です。その乗組員ごと借用したいのですが」

「三隻とも？　わたしはブレーヴォスへどうやって帰ればいいのでしょう？」

「一度の航海で借りるだけですよ」

「危険な航海のようですね。で、ひとつめは、とおっしゃいましたが？」

「運営資金も必要としています。春まで食いつなぐための黄金をお借りしたい。その黄金で食料を買い、食料をここまで運んでくる船を借ります」

「春まで？」ティコはためいきをついた。「それは不可能ですよ、総帥」

あのとき、スタニスになんといわれた？　〝貴兄は鱈《タラ》を値切らせまいとする老婆のように妥協せん男だな、スノウ総帥。父上のネッド・スタークは、魚売りの女にでも貴兄を孕《はら》ませたのか？〟だ。じっさい、そのとおりなのかもしれない。

その不可能を可能にするまでには、小一時間を要した。双方の条件が折りあうまでには、さらにもう一時間が費やされた。折り合いをつけるのがむずかしい細部の交渉にさいしては、〈サテン〉が持ってきた香料入り《ホット》のワインが役にたってくれた。ブレーヴォス人が羊皮紙に作成した契約書にジョン・スノウが署名をおえるころには、ふたりともなかば酔っぱらい、すっかり消耗していた。ジョンはこれをよい徴候だと判断した。

ブレーヴォスの船三隻が加われば、東の物見城《イーストウォッチ》がかかえる船団は、総数十一隻に増える。現在、動かせる船は、ジョンがコター・パイクに命じて接収させたイッベンの捕鯨船一隻、同様に接収させたペントスからの交易ガレー船一隻、ライスのポンコツ軍船三隻、秋の嵐で北へ押しもどされてきたサラドール・サーンの船団の残存船三隻だ。サーンの船は三隻とも徹底的に改修する必要があったが、現時点では修理もほぼおわっている。

十一隻では、まだ充分とはいえない。しかし、これ以上ぐずぐずしていれば、救出船団が到着するころには、堅牢な家跡地《ハードホーム》の自由の民は全滅しているだろう。

（いま船団を出すか、いっさい出さないかだ）

もっとも、〈母なる土竜《モグラ》〉とその信奉者の野人たちが〈冥夜の守人《ナイツ・ウォッチ》〉を信じ、命を預けるほどせっぱつまっているかどうかは別問題だが……。

ジョンとティコ・ネストリスが執務室をあとにするころには、すでに日は昏《くら》くなっており、ふたたび雪が降りはじめていた。
「降雪から解放されたのは、つかのまだったらしい」
ジョンはいっそうしっかりとマントをかきよせた。
ティコがいった。
「冬は目前です。わたしがブレーヴォスを発った日、運河は氷が張っていました」
「そういえば、わりと最近になって、うちの者が三名、ブレーヴォスへと渡りましたよ」と
ジョンはいった。「老学匠《メイスター》のほか、吟遊詩人と若い雑士《ぞうし》です。三人は野人の娘とその赤子を
オールドタウンまで送っていったのですが。たまたま、その三人に出会ったりしてはおられ
ませんか?」
「残念ながら、総帥。ウェスタロス人は毎日ブレーヴォスを経由しますが、ほとんどの人が
出入りにラグマンの港《ズ・ハーバー》を使うのに対して、〈鉄の銀行〉の船は紫《パープル・ハーバー》の港に舫《もや》うのです。
しかし、ご希望があれば、帰りついたとき、消息をたずねましょう」
「いや、その必要はありません。いまごろはもうオールドタウンに着いて、安全に暮らして
いるはずですから」
「だといいのですがね。〈狭い海〉は、一年のこの時期、とても危険です。つい最近では、
踏み石諸島《ステップストーンズ》のあいだで怪しい船の集団が目撃されたという、気がかりな報告もあること
ですし」

「サラドール・サーンでしょうか」

「あのライスの海賊ですか？　うわさでは、あの者は古巣に帰ったといいます。これはそのとおりなのでしょう。また、レッドワイン公の艦隊も、ドーンの東端に位置する折れた腕《ブロークン・アーム》の前の海峡を通過しています。故郷に帰ったことは疑いありません。ただ、この両者の船なら、われわれはよく知っています。そうではありません。この怪しい帆船の集団は……おそらく、ずっと東から渡ってきたものです。ドラゴンに関する奇妙なうわさも伝わっています」

「ドラゴンなら、一頭、ここにきてくれるといいんですがね。ドラゴンさえいれば、多少はいろいろとあたたかくなるでしょうから」

「総帥は冗談をいいます。その冗談でわたしが笑わないことをゆるしてください。われわれブレーヴォス人は、ヴァリリアとドラゴン公たちの怒りから逃げてきた者の子孫なのです。われわれはけっして、ドラゴンを冗談の種にしません」

（ああ、おれもだよ。本気でいったんだ）

「それは失礼しました、ティコ公」

「あやまることはありませんよ、総帥。ところで、わたしはおなかがすきました。あれほど巨額の資金を貸しつけると、人は食欲が湧くものです。ご親切にも、食堂の場所を教えてはいただけませんか？」

「ご案内しましょう」ジョンは一方を指さした。「こちらです」

いっしょに食堂へきた以上、銀行家と食事をともにしないのもぶしつけなので、ジョンはふたりぶんの食事をテーブルまで持ってくるようにと〈サテン〉に命じた。

新来者に対する物めずらしさから、当直中の者と就寝中の者を除くほぼ全員が地下食堂に集まっていたため、室内は混みあい、熱気にあふれていた。

見たところ、王妃の姿はなかった。王女の姿もだ。すでにもう、〈王の塔〉に腰をすえてしまったのだろう。しかし、サー・ブラスとサー・マレゴーンは食堂におり、東の物見城《イーストウォッチ》や海の向こうからとどいた最新の情報を披露して、集まった黒の兄弟たちを楽しませていた。あるテーブルには、王妃の貴婦人のうち三人が着席し、それぞれの侍女たちにかしずかれている。そのあでやかさに見ほれて周囲を取りかこむのは、十余人の黒の兄弟たちだ。

ドアの付近では、〈王妃の手〉たるアクセル・フロレントが果敢に兎肉を攻略し、骨から肉を噛みちぎり、ひとくちごとにエールで流しこんでいたが、ジョン・スノウが見ていると気づくと、途中で骨を放りだし、手の甲で口をぬぐってから、ふらりと立ちあがって、歩みよってきた。脚はがにまたで、胸は樽のようだし、耳が大きくつきだしているので、一見、滑稽に見えるが、これはけっして笑うべき相手などではないことをジョンは承知している。なにしろ、セリース王妃の伯父であり、王妃に追随して、もっとも早くメリサンドルの紅い神を受けいれた人間のひとりなのだから。

(これで親族を見殺しにしていなければ、もうすこしいい位置にいたんだろうが)

アクセル・フロレントの兄はメリサンドルによって焚殺《ふんさつ》された。メイスター・エイモンの話によれば、サー・アクセルはまるでとめようともしなかったという。

（自分の実の兄が生きたまま焼き殺されているというのに、漫然とそれを眺めているとは、どういう男なんだろう、これは）

「ネストリス」サー・アクセルがいった。「総帥どの。ごいっしょしてもよろしいかな？」

ふたりが返事をするひまもなく、サー・アクセルはベンチに腰をおろしていた。

「スノウ総帥、ひとつきいてもよろしいか……スタニス王陛下が書いてこられたあの野人のプリンセスだが……あれはいま、どこにいる？」

（ずっと遠くだよ）とジョンは思った。（神々が嘉《よみ》したまうならば、いまごろはもう〈巨人殺しのトアマンド〉を見つけているだろう）

「ヴァルのことか？　ヴァルはダラの妹なんだ。ダラというのは、マンス・レイダーの妻であり、その息子の母でもある。ダラが産褥で死んだあと、スタニス王はヴァルとダラの子を連れてきたんだが、ヴァル自身はプリンセスじゃない。あなたがいうような意味ではね」

サー・アクセルは肩をすくめた。

「身元はどうあれ、東の物見城《イーストウォッチ》ではみな、その女が美人だといっていた。ぜひともこの目で拝んでみたいものだ。どうせ、ここにいる野人の女の一部については、だれかが夫としての務めをはたすため、あおむけにして検分せねばならんのだろう？　総帥どののさえよければ、ヴァルとやらを連れだして、われわれに披露してくれんか」

「ヴァルは品評会で引きまわす馬じゃない」

「約束しよう、歯の数を数えたりはせんよ」フロレントはにやりと笑った。「ああ、恐れることはない、立場にふさわしい礼儀はきちんとつくしてやるからな」

(この男、ヴァルがここにいないことを知っているな)

村落では秘密がたもてない。黒の城《カースル・ブラック》ではもっとたもてない。ヴァルがいないことは、おおっぴらに語られてこそいないが、何人かは知っているし、夜になると兄弟たちは食堂に集まってうわさ話にふける。

(なにを聞きこんだ？　どこまで信じてる？)

「それはかんべんしていただこう。ヴァルがみんなのところへ顔を出すことはない」

「では、こちらから赴こうではないか。その女をどこに隠している？」

(あんたの手のとどかないところにだよ)

「安全な場所にだ。どうかもう、このへんで」

騎士の顔に朱が差した。

「総帥どのは、おれが何者かを忘れてしまったのか？」〈王妃の手〉が吐く息は、エールと玉葱《タマネギ》のにおいがした。「この件、王妃に報告することになるが、それでもよいか？　おれが王妃にお願いすれば、野人の娘をみなで検分できるよう、はだかにひんむいて食堂に連れてくることもできるのだぞ？」

(それはむずかしいだろうな、たとえ王妃でも)

「王妃ともあろう方が、われわれの歓待につけこむようなまねはなさるまい」そのとおりであってくれればいいのだが。「さて、そろそろ引きあげねばならないようだ。のんびりしていると、もてなし役のいろいろな仕事を忘れてしまう。ティコ公、申しわけないが、これで失礼しますよ」

「ああ、もちろん」と銀行家は答えた。「お話ができて光栄でした」

食堂の外に出ると、雪はいっそうはげしさを増していた。郭《くるわ》の向こうにそそりたつ〈王の塔〉は巨大な影としか見えず、窓々の灯りも降りしきる雪でぼやけている。

執務室では、架台テーブルの向こうにあるオークと革の椅子の背もたれに〈熊の御大《オールド・ベア》〉の使い鴉がとまっており、部屋に入ったとたん、大声で餌をねだった。ジョンはドアのそばに置いてある袋から穀粒をひとにぎりつかみ、床にばらまいて、あいた椅子を取りもどした。ティコ・ネストリスは契約書の写しを残していっていた。ジョンはそれに三回、目を通し、思った。

（思いのほか、すんなりいったな。想定していたよりも簡単だった。ほんとうなら、もっと手こずってもおかしくはないところだったのに）

それは不安な気持ちをもたらした。ブレーヴォスの資金が入れば、食料の備蓄がとぼしくなったときにも、〈冥夜の守人《ナイツ・ウォッチ》〉は南部に頼んで不足分を購《あがな》うことができる。どれだけ冬が長びいたとしても、しのげるだけの食料を確保できる。

（だが、長く苛酷な冬がつづけば、〈守人《もりうど》〉は莫大な負債をかかえこむことになるだろう。

返済は不可能だ）ジョンはそのことを肝に銘じた。（しかし、負債か死かとなれば、負債のほうがましだからな）

もちろん、返すあてのない借金を苦々しく思っていないわけではない。春になり、借金を返済しなければならないときがきたら、苦々しさはいっそうつのる。ティコ・ネストリスについては、文化的で礼儀正しい人物という印象を持った。しかし、こと債務回収にかけては、ブレーヴォスの〈鉄の銀行〉には恐ろしい評判がつきまとう。自由九都市には各々に銀行があり、都市によっては二系統以上の銀行があって、骨を取りあう犬のように金を取りあっているが、〈鉄の銀行〉は他行をすべて合わせたよりも、資金力、実行力、ともに大きく勝る。どこかのプリンスが債務不履行に陥ったとして、その相手が並の銀行なら、銀行は破産し、銀行家は妻子を奴隷に売って命を断つ。しかし、相手が〈鉄の銀行〉の場合、どこからともなく新しいプリンスが現われて、跡を襲い、借金を返しつづけることになる。

（ぽっちゃり坊やのトメンも気の毒に。身をもって返済地獄を経験することになるわけだ）

ラニスター家がロバート王の負債を返済しない裏には、一応の事情があるにちがいない。しかし、同時に愚かでもある。スタニスが提示される条件を断わるほど頭が固くなければ、〈鉄の銀行〉から必要とするだけの金銀を――十個の傭兵部隊を傭い、百の諸公を買収し、配下の将兵に俸給を払い、衣食を足らせ、潤沢な武器を与えるだけの資金を――提供されるだろう。

（スタニスが戦死して、ウィンターフェル城の城壁の手前に転がっているのでないかぎり、

もはや〈鉄の玉座〉を手に入れたも同然だ）

はたしてメリサンドルは、炎の中にそんな未来を見たのだろうか。

ジョンは椅子の背にもたれかかり、あくびをし、のびをした。あしたはコター・パイクに宛てて命令書を書こう。

（〝十一隻の船を率いてハードホームへ向かえ。女子供を優先して、できるだけおおぜいを救出してこい〟）

船出するとしたら、いましかない。

（だが、救出には自分で赴くべきか？　それとも、コターに一任するべきか？）

〈熊の御大〉はみずから大物見を率いた。

（そのとおりだ。そして、帰ってこなかった）

目を閉じた。ほんのすこしだ。ほんのすこし、目をつむるだけ……。

……はっと目覚めた。からだがひどくこわばっている。〈熊の御大〉の使い鴉が「スノウ、スノウ」とつぶやいており、マリーが自分を揺り起こしていた。

「ム＝ロード、きてください。すいません、ム＝ロード。娘が見つかったんです」

「娘？」ジョンは背もたれから身を起こし、手の甲で目をこすって眠けをふりはらった。

「ヴァルか？　ヴァルがもどってきたのか？」

「ヴァルじゃないです、ム＝ロード。〈壁〉のこっち側の話です」

（アリアか）

ジョンはさっと背筋を伸ばした。アリアにちがいない。

「娘《ムスメ》」使い鴉が叫んだ。「娘《ムスメ》、娘《ムスメ》」

「土竜の町《モウルズ・タウン》の南十キロのところでタイとダネルが見つけました。〈王の道〉を南へ逃亡した野人どもを追いかけていって、とっつかまえてしょっぴいてくる途中、その娘に出くわしたとか。貴族の娘だそうです、ム＝ロード。で、総帥に会わせてくれといってるそうで」

「いっしょにいたのは何人だ？」

洗面所にいき、顔に水をかける。はっきり目が覚めたが、ひどく疲れているのがわかった。

「だれもです、ム＝ロード。ひとりできたんです。乗ってた馬は死にかけてました。骨と皮ばかりになってて、脚を引きずってて、泡汗を流してて。タイとダネルは馬を放して、話を聞くため、娘だけ連れてきたそうです」

（死にかけの馬に乗り、灰色の服に身を包む娘）

メリサンドルが炎の中に娘を見たというのは、結局、うそではなかったようだ。しかし、マンス・レイダーと槍の妻たち《スピアワイフ》はどうなったのだろう？

「その娘はいまどこにいる？」

「メイスター・エイモンの部屋の中に、ム＝ロード」いまごろ老メイスターは、あたたかいオールドタウンで安全に暮らしているはずだが、黒の 城《カースル・ブラック》の者たちは、いまもあの部屋をそう呼んでいる。「娘は寒さで血の気が失せてて、がたがた震えてましてね。クライダスに診てもらうといって、タイのやつがあそこへ入れたんです」

「それでいい」

ジョンはふたたび、自分が十五歳にもどったように感じていた。

（妹が……）

立ちあがり、マントをはおる。

なおも降りしきる雪の中、マリーとともに郭を横切っていった。東に金色の曙光が兆しているが、背後にある〈王の塔〉では、メリサンドルの窓にいまも赤い光がちらついている。

（メリサンドルは眠らないのか？　いったいあんたはなんのゲームにふけっているんだ？　マンスにほかの任務も与えていたのか？）

見つかったのがアリアであると信じたかった。もういちどアリアの顔が見たい。アリアにほほえみかけ、髪をくしゃくしゃにし、もうだいじょうぶだ、安全だといってやりたい。

（だが、ほんとうは安全なんかじゃない。ウィンターフェル城でさえ、火をかけられて破壊されたんだから。安全な場所なんてどこにもないんだ）

アリアをここに置いておくわけにはいかなかった。どれだけそうしたくても、それだけはできない。〈壁〉は女がいていい場所ではないし、北部の大貴族の娘となればなおさらだ。といって、スタニスやメリサンドルに渡す気も毛頭ない。王はアリアを自分の部下のだれか──ホープかマッシーか、〈巨人退治のゴドリー〉あたりと結婚させようとするだろう。〈紅の女《レッド・ウーマン》〉がアリアをどうしたがっているかは、神々にしかわからない。

思いついたなかで最良の解決策は、アリアを東の物見城《イーストウォッチ》に送り、船に乗せ、〈狭い海〉の向こうへ、抗争に明け暮れる王たちの手がとどかないところへ連れていってくれるようにと、コター・パイクにたのむことだった。しかし、そのためには、コターの船団がハードホームからもどってくるのを待たなくてはならない。

（ティコ・ネストリスが帰るさいに、ブレーヴォスへ連れていってもらうという手もある。うまくいけば〈鉄の銀行〉が、アリアの里親となるのにふさわしい、高貴な一族を見つけてくれるだろう）

だが、ブレーヴォスは自由都市のなかでもっとも近くにある……とすれば、あそこに逃げこむのは、最高の選択であると同時に、最悪の選択ということでもある。

（ロラスか〈イッベン港〉のほうが安全だろうな）

どこへ逃げるにしても、アリアには逃亡生活を送るための資金、雨風をしのぐための屋根、保護してくれる人物が必要だ。まだ子供なのだから。

メイスター・エイモンが使っていた部屋はそうとうにあたたかく、マリーがドアをあけたとたん、冷気にふれた空気が一気に霧と化して、ふたりとも室内が見えなくなった。室内に入ると、暖炉で盛大に火が燃えていた。薪がパチパチと音高く爆ぜている。ジョンは濡れた服の山をまたぎ越えた。

「スノウ、スノウ、スノウ」

使い鴉たちが上から呼びかけてきた。娘は暖炉のそばで身を丸めており、からだの三倍はある黒いウールのマントにくるまって、ぐっすり眠りこんでいた。

アリアだ、と思い、その場で凍りついた。が——それはつかのまのことだった。

似ている部分はある。背が高く、ガリガリで、仔馬を思わせる面があり、細い脚とひじがよく目だつ。茶色の髪は太い三つ編みにして、革ひもで束ねてあった。顔は長くて、あごがとがり、耳は小さい。

とはいえ、アリアほど若くはない。齢がいきすぎている。

（ほとんどおれと同じ齢ごろじゃないか）

「なにか食べさせてやったか？」ジョンはマリーにたずねた。

「パンとスープだけ、だがね、マイ・ロード」答えたのはクライダスだった。椅子から立ちあがりながら、老人はつづけた。「こういうときは、あわてず、ゆっくりと——メイスター・エイモンの口癖だよ。それ以上与えても、消化できなかっただろう」

マリーがうなずいた。

「ダネルがホッブのソーセージを持ってて、ひとくち食えといったんだけど、手をつけようともしませんでした」

むりからぬところではあった。ホッブのソーセージは、脂と塩のほか、考えるだにぞっとするしろものでできているからである。ジョンはいった。

「このまま寝かせておいたほうがよさそうだな」

娘が目を覚まし、上体を起こしたのはそのときだった。マントの縁を握りしめて、小さな白い乳房を隠す。混乱している顔だった。

「ここはどこ……？」

「黒の城《カースル・ブラック》だよ、マイ・レディ」

「〈壁〉なのね」目から涙があふれだした。「わたし、たどりつけたんだわ」

クライダスが近づいてきた。

「かわいそうに。何歳だね？」

「こんどの命名日で、十六歳。もう子供じゃなくて、一人前の女よ。初花も咲かせてるし」マントで口を押さえて、娘はあくびをした。マントのひだのあいだから、むきだしのひざが覗いている。「学鎖をつけていないのね。それなのに、メイスターなの？」

「いいや」とクライダスは答えた。「しかし、メイスターに仕えてはいた」

(アリアにちょっぴり似ているな)とジョンは思った。(ろくに食べていないせいなのか、ガリガリで。髪の色も同じだし、目の色も同じだ)

「おれを頼ってきたそうだが。おれは——」

「——ジョン・スノウでしょう」娘は三つ編みにした髪を肩のうしろにまわした。「うちの家とあなたの家は、血と名誉で縛られているのよね。わたしたち、遠縁なのよ。いい、よく聞いて。わたし、叔父のクレガンに追われているの。カーホールド城に連れもどされたら、たいへんなことになるわ」

ジョンは娘を見つめた。

（おれはこの娘を知っている）

その目、その姿勢、そのしゃべりかたのなにかに、見憶えがあった。しばし、記憶に逃げまわられたものの、やっとのことで尻尾をつかまえた。

「アリス・カースタークか」

娘の口もとに、うっすらと笑みが浮かんだ。

「憶えていてくれてるかどうか、心もとなかったけれど。前に会ったのは、わたしが六歳のときだったから」

「父君にくっついて、ウィンターフェル城まできたんだったな」（その父親の首を、ロブは刎《は》ねてしまった）「なんの用だったかは憶えていない」

アリスは赤面した。

「あなたのにいさまに引き合わせてもらうためよ。ほかに訪問の口実はあったんだけれどね、ほんとうの目的はそれ。わたしはロブにつりあう齢で、父は結婚相手にほどよいと思ったの。あのときは、歓迎の宴《うたげ》が催されてね。あなたとも、にいさまとも踊ったものよ。にいさまはとても礼儀正しくて、わたしのダンスが美しいといってくださったわ。いっぽう、あなたはといえば、愛想が悪かったわね。父にいったら、庶子とはああしたものだって」

「あの宴のことは憶えてる」

まるっきりのうそではない。

「いまでもまだ、すこし愛想が悪いわね」娘はいった。「でも、ゆるしてあげる。叔父から助けてくれるなら」

「きみの叔父……というのはアーノルフ公のことか？」

「あんなやつ、公じゃないわよ」アリスは蔑むようにいった。「正当な現城主は兄のハリー。そして兄の跡継ぎは、法律的にはこのわたし。娘のほうが叔父よりも継承権が上でしょう？　アーノルフ叔父はたんなる城代にすぎないわ。正確には、わたしから見たら大叔父で、父の叔父だけれどね。クレガンはその息子なの。わたしから見たら、従弟叔父というんだと思うけど、わたしたちはいつも、叔父さんと呼んできたから。でも、そのクレガンを、急に夫と呼ばせようというのは筋が通らないわ」

アリスはぎゅっとこぶしを握りしめ、語をついだ。

「戦争がはじまるまで、わたしはダリン・ホーンウッドと婚約していたの。結婚せずにいたのは、わたしが初花を迎えるまで待っていたから。けれど、そのダリンは、〈囁きの森〉で〈王殺し《キングスレイヤー》〉に殺されてしまった。そのあと父は、わたしの結婚相手にふさわしい、南部の領主を見つけるつもりだと手紙を送ってきたんだけど、それも実現しなかったわ。あなたのにいさまのロブに、ラニスターの者たちを殺したかどで首を刎ねられてしまったからよ」

アリスの口が歪んだ。

「そもそも、南へ進軍した理由は、ラニスターを殺すためだったはずなのにね」

「あれは……そんなに単純な話じゃない。カースターク公が殺した相手は捕虜だったんだ。

それも、牢屋に入れられて武器も持っていない、ふたりの子供──従士だった」

娘はすこしも意外そうな顔をしなかった。

「父は〈グレートジョン〉のように吠えたことはなかったけれど、ひとたび怒れば、負けず劣らず危険な人だったわ。でも、その父も死んでしまった。あなたのにいさまも。それでも、あなたもわたしもここにいる。生きてまだ、ここにいる。わたしたちのあいだに、まだ血の確執はあって、スノウ総帥？」

「黒衣をまとうとき、人は過去の確執と無縁になる。〈冥夜の守人《ナイツ・ウォッチ》〉は、カーホールド城と対立関係にない。きみともだ」

「よかった。それを心配していたの……。父には、城代として兄のだれかを残してほしいとたのんだんだけれどね、南部で手に入るはずの栄光と、捕虜にした貴族の身代金ほしさに、三人とも聞きいれてくれなくて。結局、トーとエドは戦死したわ。最後に聞いた消息では、ハリーは乙女の池《メイドンプール》の町で虜になっているそう。でも、一年近く前の話だから、いまはもう、死んでいるかもしれない。だから、エダード・スタークの最後に残された息子のところしか、逃げこむ先を考えつけなかったのよ」

ハリー、トー、エドはアリスの兄たちで、ハリオン、トーレン、エダードのことを指す。

「なぜ王のもとへ逃げない？　カーホールド城はスタニス支持を表明しただろう？」

「スタニス支持を表明したのは叔父なの。ラニスター家を挑発して、あわれなハリーの首を刎ねさせようという腹。兄が死ねばカーホールド城はわたしが継承することになるわ。でも、叔父たちはわたしの生得の権利がほしい。クレガンにあいつの子を産まされたら、わたしはもう用済みでしょう。すでにあいつ、妻をふたりも死なせているのよ」アリスは憤然と涙をぬぐった。アリアがやりそうなしぐさだった。「どう？　わたしを助けてくれる？」

「結婚と継承は王の管轄だ、マイ・レディ。きみに代わってスタニスに手紙を書く。しかし――」

アリス・カースタークは笑った。それは絶望の笑いだった。

「手紙を書いても、返事は返ってこないわよ。あなたの手紙がとどく前にスタニスは死んでいるわ。叔父の企みでね」

「どういう意味だ？」

「アーノルフがウィンターフェル城へ急行していることはほんとう。でもそれは、あなたの王の背中に短剣を突きたてるためなの。ずっと以前に、叔父はもう、ルース・ボルトン側に加担しているのよ……金銭、赦免、あわれなハリーの首を条件にね。スタニス公が進軍する先には、虐殺が待っているだけ。だから、スタニスではわたしを助けられない。もっとも、たとえ可能であっても、あの王は助けようとしないだろうけど」

アリスは黒いマントを握りしめ、胸にあてがったまま、ジョンの前にひざまずいた。

「だから、あなたがわたしの唯一の希望なの、スノウ公。あなたの父の名において、お願いします。どうかわたしを護って」

45

盲《めしい》の娘

夜のうちは遠くの星々が見える。月光にきらめく雪面が見える。しかし、夜明けを迎えて目覚めると、そこにはただ暗黒しかない。

まぶたを開く。見えない目で前を見つめる。夢はすでに薄れかけており、そこにあるのは自分を取りまく暗闇だけだ。

（あんなに美しかったのに）

思いだしながら、唇を舐める。羊たちの鳴き声、羊飼いの目に浮かぶ恐怖。牧羊犬を一頭ずつ殺していき、殺される犬が鳴き叫ぶ声。自分が率いる群れが歯をむきだして、唸る声。雪が降りだして以来、獲物は徐々にすくなくなっているが、昨夜は饗宴を開くことができた。仔羊、犬、羊、そしてヒトの肉。小柄な灰色の従弟のなかには、ヒトを恐れるものもいる。死んだヒトを恐れるものさえいる。だが、彼女は恐れない。肉は肉。ヒトは獲物だ。彼女は夜の狼なのである。

ただしそれは、夢を見ているだけのことでしかない。

盲《めし》いた娘は横にころがって起きあがり、ベッドの縁にすわってから、立ちあがってのびをした。このベッドは、冷たい石の棚にぼろを詰めたマットレスを敷いただけのしろもので、目が覚めたときはいつも全身がこわばっている。小さくて胼胝《たこ》のできた素足で、影のように音もなく水盤まで歩いていき、冷たい水を顔にかけ、布で拭いた。

(サー・グレガー)と心の中で唱える。(ダンセン、〈善人面のラフ〉、サー・イリーン、サー・マーリン、太后《クィーン》サーセイ)

　これは毎朝の、日課の祈りだ。いや……そうだろうか?

(ちがう。わたしの祈りじゃない。わたしはだれでもない者なんだから。いまのは夜の狼の祈り。いつの日か、夜の狼はこの六人を見つけだして、狩りたてて、連中の恐怖のにおいを堪能してから、血を味わう。いつの日か)

　下着の山を探りあてた。においを嗅ぎ、洗濯したものであることをたしかめ、暗闇の中で身につける。下働き用の服はゆうべ掛けたとおりの場所に掛かっていた。織りが粗くて肌にちくちくする、生成りのウールの長い上っぱりだ。それを掛け釘から取ると、慣れた動きで頭からかぶった。最後に、靴下を履く。かたほうは黒、かたほうは白。黒いほうには上部に丸い縫取りがあり、白いほうにはない。手さぐりで識別して、左右それぞれ正しい足に履くことができた。ガリガリではあるものの、彼女の脚は力強くて、バネがあり、日ごとに長くなっていく。そのことがうれしかった。〈水の踊り子《ウォーター・ダンサー》〉にはよい脚が要る。〈盲《めしい》のベス〉は〈水の踊り子〉ではないが、いつまでも〈ベス〉でいるわけではない。

厨房への行きかたはわかっていた。が、たとえわからなくとも、においをたよりにたどりつけただろう。

（唐辛子オイルで焼いた魚だわ）廊下を進みながら、においで見当がついた。（それから、ウマの焼き竈《がま》で焼いたばかりのパン）

旨そうなにおいに、腹がぐうぐう鳴りだした。夜の狼は饗宴にふけったが、それで盲《めし》いた娘の腹がふくれるわけではない。夢の肉が血肉にならないことは、ずっと前に学んでいた。

朝食は唐辛子オイルでカリカリに焼いた鰯《イワシ》で、熱々だったため、指を火傷してしまった。ウマが朝いちばんで焼いたパンの塊の端をちぎり、それで皿に残ったオイルをぬぐって食べ、カップ一杯の水割りワインで流しこむ。そうしながら、味覚、嗅覚、触覚をすべて使って、食べるという行為を堪能した。指にふれるパンの硬い皮の感触、オイルのぬるぬるした感触、手の甲の治りかけた傷に滲《し》みる唐辛子の刺激。

（音を聞き、においを嗅ぎ、舌で味わい、手でさわる。ものが見えない者にも、世界を知る方法はいろいろとある）

背後から、だれかが厨房に入ってきた。室内履きでそっと歩く、鼠のように小さな足音。鼻孔をふくらませた。

（〈親切な男〉ね）

男のにおいは女のにおいとちがう。それに加えて、あたりにただようかすかなオレンジのにおい。司祭は息のにおいを甘くするため、手に入ったときはいつもオレンジの皮を噛んでいるのだ。

「けさのきみはだれかね？」

テーブルの上座につきながら、司祭がたずねる声がした。ついで、コンコンという音と、小さくひびが入る音。ひとつめの茹で卵の殻を割る音だ。

「だれでもない」と答えた。

「それはうそだね。わたしはきみがだれか知っている。きみは目が見えない物乞いの娘だ」

「じゃあ、ベス」

むかしベスのことは知っていた。まだアリア・スタークだったころ、ウィンターフェル城でのことだ。この名を選んだのはそのためかもしれない。あるいは、盲《ブラインド》ということばと組み合わせて〈ブラインド・ベス〉にすると、ごろがいいからだろうか。

「気の毒にな」と〈親切な男〉はいった。「視力を取りもどしたいかい？　だったら、そうたのんでごらん、そうすれば、もどってくる」

〈親切な男〉は、毎朝、この問いを投げかけてくる。

「あしたになったら、ほしくなるかもしれない。でも、きょうはいいわ」

自分の顔はいまも凪《な》いだ水面のような状態をたもっている。すべてをおおい隠して、なにひとつあらわにしない。

「好きにしなさい」卵の殻をはがす音と、小さな塩用《ソルト》のスプーンを取る、かすかな金属音。〈親切な男〉は卵にたっぷり塩を振って食べるのが好きだ。「昨夜、わたしの目の見えない気の毒な娘は、どこへ物乞いに出かけたのかな？」

「〈緑鰻亭《りょくまん》〉」

「きみが出ていったときに知らなかった、どんな三つの新しいことを学んできたのかね？」

「それは新しいことではないな。海頭《シーロード》はきのうも病気だった。あすも病気のままだろう」

「あるいは、死んでいるかも」

「死んだ場合は、新しいこととして数えてもいい」

（死んだら選挙になって、あちこちで白刃が舞うことになるわ）

ブレーヴォスではそんなふうにことが運ぶ。これがウェスタロスなら、王が死ねば長子が跡を継ぐが、ブレーヴォスには王がいない。

「新しい海頭にはトーモ・フレガーがなるって」

「それは〈緑鰻亭〉でいわれていたことかい？」

「うん」

〈親切な男〉が卵をほおばった。咀嚼する音が聞こえた。食べものを口に入れた状態では、司祭はけっして口をきかない。ごくりと嚥下《えんげ》してから、〈親切な男〉はいった。

「世の中には、ワインは知恵の源という者がいるが、そういうことをいうのは愚か者だな。ほかの居酒屋ではほかの名前が喧伝されているだろう。まちがいない」

〈親切な男〉はもうひとくち卵をほおばり、咀嚼し、嚥《の》みこんだ。

「それまで知らなかった、どんな三つの新しいことを学んできたのかね？」

「学んだのは、〝新しい海頭職には、確実にトーモ・フレガーが就任する〟といっている者たちがいること。みんな酔っぱらいだけど」

「ましになった。では、ほかに学んできたことは？」

（ウェスタロスの河川地帯《リヴァーランド》では雪が降ってる）

もうすこしで、そういいそうになった。しかし、そういえばかならず、どうしてそうだとわかったのかきかれるだろうし、その答えを聞けば司祭は快く思わないだろう。唇をかんで、昨夜のことを思い返す。

「娼婦のス＝ヴローンが妊娠したんだって。父親がだれだかは知らないけど、本人は自分が殺したタイロシュの傭兵じゃないかと思ってる」

「それを知るのはよいことだ。ほかには？」

「〈人魚の女王《マーリング》〉が新しい〝人魚の娘〟を選んだそう。溺れた子の代わりにね。新しい子はプレスティン家の侍女の娘で、齢は十三、貧乏だけど可愛い子」

「みんなそうなんだよ、最初はね」と司祭はいった。「しかし、その子が可愛いかどうかは自分の目で見てみないことにはわからない。そしてきみは目が見えない。きみはだれかな、子供よ？」

「だれでもない」

「わたしに見えているのは、物乞いの娘で、〈盲《めしい》のベス〉なんだがね。やれやれ、みじめなうそつきだな、ベスという娘は。さあ、務めをはたしにいきなさい。すべての者《ヴァラー》は、いつか死なねばならぬ《モルグリス》」
「すべての者は《ヴァラー》・仕えねばならぬ《ドヘリス》」

仕事道具の鉢、カップ、ナイフ、スプーンをかき集めて立ちあがる。最後に杖をつかんだ。杖は長さが一メートル半あり、細くてしなやかで、太さは彼女の親指ほどだ。上端から三十センチのあたりまでは薄い革を巻きつけてある。

〝使いかたさえわかったら、目よりもいいくらいよ〟

といったのは〈浮浪児〉だ。

それはうそだった。ここの司祭たちは、彼女を試すためだろう、よくうそをつく。一対の目よりも杖のほうがましとは思えない。もっとも、杖があると重宝するので、いつもそばに置いていた。ウマは彼女のことを〈杖〉と呼ぶようになったが、呼ばれかたなんてどうでもいい。自分は自分なのだから。

（わたしはだれでもない。ただの盲《めしい》の娘。〈数多《あまた》の顔を持つ神〉のしもべ）

毎晩、夕食どきになると、〈浮浪児〉はカップ一杯のミルクを持ってきて、飲み干せ、という。ミルクは苦くて妙な味がしたので、盲《めしい》の娘はすぐに、これがいやでたまらなくなった。ほんのかすかなにおいだけでもそれとわかるほどだし、舌に触れたとたん、吐きそうになる。それでも、カップの中身をぜんぶ飲み干した。

「いつまで盲《めしい》のままでいるの？」と彼女はたずねる。

「暗闇が光と同じくらい甘美なものになるまでよ」と〈浮浪児〉は答える。「でなければ、あなたが目を返してくれとたのむまで。たのみさえすれば、また見えるようになるわ」

（たのんだら、わたしを追いだす気でしょう）

たのむくらいなら、目が見えないままでいたほうがましだった。こちらからひざを屈するようなまねは断じてしない。

目が覚めて盲《めしい》になっていることを知ったあの日、彼女は〈浮浪児〉に手をとられ、〈黒と白の館〉が建てられた岩石丘内の地下室と隧道《トンネル》を通り、地上の神殿部分に通じる急な石段をあがっていった。

「昇るとき、石段の数を数えて」と〈浮浪児〉はいった。「指は壁に言わせること。壁にはしるしがつけてあるの、目では見えにくいけれど、さわればはっきりわかるしるしがね」

それが、目が見えなくなって最初に学んだことだった。学ぶことはほかにも山ほどあった。

毎日、午後になると、毒物と薬物の手ほどきを受ける。嗅覚、触覚、味覚は助けになるが、毒物を擂《す》るさいには、触覚と味覚の器官に危険がおよびやすく、〈浮浪児〉特製のひときわ毒性が強い毒物を調合する場合は、嗅覚を通じてからだに危険がおよぶことがある。小指の先を火傷したり唇に水ぶくれができたりは日常茶飯事となった。いちど、あんまり気持ちが悪くなって、何日も食べものを受けつけないという経験もした。

夕食どきには言語の教育を受ける。盲《めし》いた娘は、いまはブレーヴォス語を理解し、かなり話すこともできるし、〝野蛮人〟のなまりもだいぶ消えていたが、〈親切な男〉はそれでは満足しなかった。ハイ・ヴァリリア語に磨きをかけると同時に、ライスとペントスの言語も修得させるのが司祭の方針なのだ。

宵になれば、〈浮浪児〉とうそつきゲームを行なう。目が見えなくなると、このゲームはひどく勝手がちがった。口調とことばの選択だけで判断しなければならないこともあるし、〈浮浪児〉が顔を触って表情を読む試みをさせてくれることもある。最初のうち、ゲームはこのうえなくむずかしくて、プレイ不可能に思えた……が、あまりもどかしくて、いまにもわめきちらしそうになったころ、ゲームは急に、ずっと簡単になった。耳で聞きわけ、口と目のまわりの筋肉を手さぐりすることで、うそをうそと感じとれるようになってきたのだ。

日常の雑事をこなす役目はあいかわらずだったが、館の中を歩きまわるさいには、家具につまずいて転んだり、壁にぶつかったり、盆を落としたり、館のどこにいるのかがさっぱりわからないほど迷ってしまったり、ということがしょっちゅうだった。いちど、階段を転げ落ちそうになったこともある。だが、まだアリアと呼ばれる娘だった他生《たしょう》において、シリオ・フォレルから教わったバランスの取りかたがさいわいし、なんとか体勢を立てなおして、あやういところでことなきを得た。

就寝時の状況しだいでは、つらくて泣いてしまいそうになったこともある。自分がアリーなら、〈鼬《ウィーゼル》〉なら、〈猫《キャット》〉なら、きっと泣き寝入りをしていただろう。スターク家のアリアでさえもだ。しかし……だれでもない者に涙はない。

目が見えないと、ごく簡単な仕事にも危険がつきまとう。ウマといっしょに厨房で作業をしていて火傷したことは、十回ではきかなかった。あるとき玉葱《タマネギ》を刻んでいて、骨に達するほどざっくりと指を切ってしまったことがある。地下の自分の部屋を見つけられず、石段を降りきった場所の床の上で眠らざるをえないことも二度あった。盲《めし》いた娘が耳の使いかたを覚えたあとでさえも、数々の窪みや壁龕《へきがん》のおかげで、館は危険きわまりない場所になった。足音が天井に反響し、石でできた三十柱の巨神像の脚にまわりこんで、壁そのものが動いているかのような印象を与えるのだ。鏡面のような黒い水の池も奇妙な形で音を反響させる。

「きみには五感があるだろう」と〈親切な男〉はいった。「視覚以外の四つの感覚、これを使うことさえ学べば、切り傷、擦り傷、抉《えぐ》れ傷はすくなくなるよ」

いまでは肌にふれる気流も感じとれるようになっている。厨房の場所はにおいでわかるし、体臭で男女を識別できるようにもなった。足音のくせから、ウマかほかの使用人か侍祭かの区別もつくし、体臭がわかるほどそばに近づけば個人まで特定できる（ただし、〈浮浪児〉と〈親切な男〉のふたりは、足音では区別できない。当人たちがその気にならないかぎり、いっさい音をたてないからだ）。神殿で燃やす蠟燭にもにおいがあった。においのない蠟燭でさえも、気まぐれにかすかな煙を出すことがある。鼻の使いかたを学んでからは、蠟燭はそれぞれが大声で叫んでいるも同然となった。

死者たちにもそれぞれのにおいがあった。池の黒い水を飲んだ人間は、思い思いの場所に横たわって目をつむる。毎朝、神殿をめぐり、そうして息を引きとった死者を見つけるのは、彼女の仕事のひとつだ。

けさはふたりの死体を見つけた。

ひとりは〈異客《いかく》〉の足もとで死んでおり、そのそばでは一本の蠟燭が燃えていた。蠟燭の熱が感じられるし、灯心が放つにおいが鼻孔をくすぐる。蠟燭の炎が暗赤色であることも、そのにおいの質から見当がついた。目が見える者には、この死体は暗い赤の光を浴びているように見えるはずだ。死体を運ぶため、使用人たちを呼ぶ前に、彼女はひざをついて死体の顔に手をあてがい、あごのラインをなぞり、指先で頬と鼻をなで、髪をまさぐった。

(巻毛、ふさふさしている。ハンサムな顔だち、しわはない。若い男だ)

ここへ死という贈り物をもとめてきた裏には、どんな理由があったのだろう。死にかけた壮士《ブラーヴォ》は、よく死に場所をもとめて〈黒と白の館〉へとやってくる。苦しみを長びかせずに、一刻も早く死ぬためだ。この男も壮士のようだった。だが、男のからだにはどこにも外傷がなかった。

もうひとつの死体は老女のものだった。隠し壁龕のひとつにある夢見台に横たわり、死の眠りについたらしい。夢見台では、特別の蠟燭が燃やされていて、かつて愛おしみ、失ったものの幻を見ながら眠れるようになっている。〈親切な男〉が好んで使う形容を用いるなら、〝甘美でやさしい死〟だ。指先で顔をなぞってみると、老女は微笑を浮かべて死んでいた。死んでからさほどたっていないらしく、からだはまだ温かかった。

(肌が軟らかい。千回も折って揉みほぐした薄い古革のようだわ)

死体を運ぶために、ふたりの使用人がやってくると、盲《めし》いた娘はそのあとについていった。

たよりは使用人たちの足音だ。ふたりが階段を降りはじめるとともに、こんどは段数を数えだす。各石段が何段かは暗記している。神殿の下には、地下室と地下通路の迷宮が広がっており、一対のちゃんと見える目を持った者でさえ迷いがちだが、盲《めし》いた娘は地下の隅々までしっかり構造を憶えていたし、記憶ちがいにそなえて杖も持ち歩いていた。

　死体は安置所に運びこまれた。盲《めし》いた娘は暗闇で作業をし、死者から長靴《ちょうか》、服、その他の持ちものを剝ぎとって、財布の中身をからにし、入っていた貨幣の数を数えた。触覚だけで貨幣を区別するすべは、視力を奪われたあと、〈浮浪児〉から最初に教わったことのひとつだった。ブレーヴォスの貨幣は旧友だ。いまでは指先で表面をさっとなぞっただけでも識別できる。よその大陸や都市の貨幣は識別が困難で、遠隔地の貨幣の識別はとくに苦労する。いちばんありふれている外国貨はヴォランティスのアナー貨だった。この貨幣は、せいぜい一ペンス銅貨ほどの大きさしかなく、一面には冠が、もう一面には髑髏《どくろ》が刻印されている。ライスの貨幣は長円形で、刻印されているのは女の裸身だ。ほかにもいろいろな貨幣があり、刻印されている図案も、船、象、山羊など、さまざまだった。ウェスタロスの貨幣の場合、表面には王の顔が、裏面にはドラゴンが描かれていた。

　老女は財布を持ってはおらず、財産といえるものは一本の細い指にはめた指輪ひとつだけだった。ハンサムな男のほうはウェスタロスのドラゴン金貨を四枚持っていた。そのなかでいちばん磨耗のはげしい金貨を選び、親指の腹でなぞって、描かれているのがどの王なのか判別しようとしていたとき——ふいに、背後でドアが静かに開く音がした。

「だれ？」と問いかける。

「だれでもない」

深く響く男の声が答えた。酷薄そうで冷たい。

そして、動いている。

盲《めし》いた娘は一歩脇へ動き、杖をつかむと、身を護るため、さっと顔の前にかかげた。ほぼ同時に、木が木を打つ音が響いた。強烈な打撃に、手にした杖をもうすこしで弾き飛ばされそうになった。なんとか持ちなおして、打撃のきた方向へと打ちかかる……が、いるはずの場所に男はおらず、杖は空を切った。

「そっちじゃない」男の声がいった。「目が見えないのか？」

返事はしない。しゃべっても相手がたてる音をかき消すだけだからだ。向こうが移動する気配が感じられた。

（左？　右？）

左へ跳びつつ、右に打ちかかる。杖はからぶりした。

いきなり、背後から脚の裏側をつつかれた。

「耳も聞こえないのか？」

ふりむきざま、左手の杖を横に薙《な》ぐ。やはり当たらない。左のほうから笑い声が聞こえた。それを踏まえて、右に打ちかかる。

今回は手ごたえがあった。こちらの杖が相手の杖をたたき落としたらしい。衝撃が左腕を走りぬけた。

「それでいい」と男の声。

盲《めし》いた娘にはだれの声かわからなかった。たぶん、侍祭のひとりだろう。聞き覚えのない声だが、〈数多の顔を持つ神〉に仕える者は、顔を変えるのと同様、声も簡単に変えられるはずだ。〈黒と白の館〉には、自分を除けば、使用人がふたり、侍祭が三人、料理人のウマ、〈浮浪児〉に〈親切な男〉というふたりの司祭が住んでいる。このほかに、秘密の出入口を通じて出入りする者が何人かいるが、ここに住んでいるのは、自分を含む九人だけだ。いま自分を襲っているのは、そのうちのだれであってもおかしくない。

盲《めし》いた娘は、杖をふりまわしつつ横に走った。背後から音が聞こえたので、そちらに杖を振る。またからぶりした。つぎの瞬間、左右のふくらはぎのあいだに男の杖が差しこまれた。ふりかえろうとしたとたん、その杖が脚にからみつき、片方の向こう脛をしたたかに打った。よろめいて片ひざをつく。その拍子に、思いきり舌を嚙んでしまった。

そこで、ぴたりと動きをとめた。

(石のように動くな。あいつはどこ?)

背後で男が笑った。ついで、片耳を打たれ、急いで立ちあがろうとしたとたん、こんどは両のこぶしを打たれた。握りしめていた杖が石の床に落ちる。思わず怒声が漏れた。

「貨幣調べをつづけろ。杖を拾え。きょうはもう、おまえをいたぶるのはやめだ」

「いたぶられてなんかない」

娘はよつんばいになり、杖をさぐりあてると、打ち身とほこりにまみれたまま、勢いよく起きあがった。安置所はしんとして、動きも気配もない。男は立ち去ったらしい。いや……ほんとうにそうか？　もしかすると、目の前に立っているかもしれない。

（息づかいに聞き耳を立てろ）と自分に言い聞かせた。

だが、なにも聞こえない。もうしばらく待ってから、杖を脇に置き、貨幣調べを再開した。

（目さえ見えれば、ずたぼろにしてやったのに）

いつの日か、〈親切な男〉は視力を返してくれる。そうしたら、目にもの見せてやる。

老女の死体はいつしか冷たくなっており、壮士《ブラーヴォ》の死体は硬直しはじめていた。娘はもう、こんな流れに慣れている。たいていの日は、生者よりも死者と過ごす時間のほうが長いのだ。

ただ、〈運河の猫《キャット》〉であったときにできた友だちが恋しかった。背中の悪い老ブルスコ、その娘のタリアにブレア、〈船〉の役者たち、〈幸せの港亭〉の女将《おかみ》メリーとその娼婦たち、そのほかのごろつきや波止場界隈のあぶれものたち。とりわけ恋しいのが、〈キャット〉であった自分自身で、失った目よりもなお恋しいくらいだった。〈キャット〉でいるのは楽しかった。〈ソルティー〉、〈雛《ヒヨコ》〉、〈鼬《ウィーゼル》〉、アリーでいるときよりも楽しかった。

（でもわたしは〈キャット〉を殺してしまった。あの吟遊詩人を殺したとき、いっしょに）

〈親切な男〉によると、いずれ、視覚以外の感覚を研ぎ澄まさせるため、視力を奪うつもりではいたのだが、半年もこの状態に置いておくつもりはなかったのだそうだ。目の見えない侍祭は、〈黒と白の館〉ではめずらしくないものの、彼女ほど若い者で視力を奪われる者はめったにいないという。もっとも彼女は、悪いことをしたとはこれっぱかりも思っていない。ダレオンは〈冥夜の守人《ナイツ・ウォッチ》〉からの脱走者だ。問答無用で死に値する。〈親切な男〉にもそういった。すると司祭は、こうたずねた。

「だれが生きるべきであり、だれが死ぬべきかを決めるとは、きみは神かね？　われわれは〈数多の顔を持つ神〉にしるしをつけられた者に贈り物を授ける。祈りと供犠《くぎ》を捧げたそのあとに。始まりの時から、ずっとそうだった。わが教団創立の経緯は――われわれの最初のひとりがいかにして死を願う奴隷たちの祈りに応えたかは――すでに話して聞かせたとおりだよ。贈り物は、当初はみずから求めた者にだけ与えられていた……が、ある日、われわれの最初の者は、ある奴隷が自分自身の死ではなく、自分の主人の死を願う祈りを耳にした。願いを聞きとどけてくれるのなら持てるすべてを差しだしてもいいという、はなはだ熱心な祈りをだ。われらが最初の兄弟は思った――この種の犠牲を〈数多の顔の神〉は嘉《よみ》したまうのではないか。そこで彼は、その晩、祈りを聞きとどけることにして、祈った奴隷のもとに赴き、こう告げた。

〝その男が死ぬなら、持てるすべてを差しだすとおまえはいう。しかし、奴隷が持っているものはおのれの命のみ。ゆえに、神が望まれるのはおまえのその命となる。以後、おまえがこの世に在るかぎり、神にお仕えしろ〟

そして、その瞬間よりのち、われわれはふたりとなったのさ」

司祭はやさしく、それでいてしっかりと、娘の腕をつかんだ。

「すべての者は死なねばならぬ。しかし、われわれは死の神の道具であり、死の神そのものではない。きみがその吟遊詩人を殺したとき、きみはみずからの神の力を自身に宿したのだ。われわれは人を殺す。だが、人を裁くようなまねはしない。わかるかね？」

（わからない）

と思った。が、口に出してはこういった。

「うん」

「うそだな。だからこそ、きみはこれから暗闇の中を歩かねばならない。道が見えるようになるそのときまで。われわれのもとを出ていきたくならないかぎりはね。ひとこと、たのみさえすればいいんだよ。そうすれば、きみの視力はもとどおりになる」

（たのまない）

と思った。そして、口に出してそういった。

「たのまない」

その夜、夕食がすみ、短いうそつきゲームのやりとりののち、盲《めし》いた娘は目の上にぼろの細きれを巻いた。使いものにならない目を隠すためだ。それから、物乞いの鉢を見つけて、〈浮浪児〉にベスの顔を作る手伝いをたのんだ。視力を奪ったさい、〈浮浪児〉は娘の頭をつるつるに剃りあげている。〈浮浪児〉はこれを、役者剃りと呼んでいた。役者の多くは、かつらがぴったり合うよう、こうして頭を剃っているのだそうだ。それに、蚤や虱が頭部にたかるのを防ぐため、剃髪している物乞いも多いという。もっとも、物乞いになりきるには、ただ頭を剃っただけではだめで、もっとそれらしく見せなくてはならない。

「あちこちがただれてるように見える化粧を施してもいいんだけど」と〈浮浪児〉はいった。「それだと、宿屋や酒場の亭主に追いだされてしまうものね」

かわりに〈浮浪児〉は、随所に模造の疱瘡の痕をつけ、黒い毛が一本生えたつけぼくろを頬に貼った。

「醜い？」盲《めしい》の娘はたずねた。

「可愛くはないわ」

「よかった」

愚かなアリア・スタークであった当時でさえも、自分が可愛く見えるかどうかはどうでもよかった。自分を可愛いといってくれたのは父だけだったし。

（とうさまと、ときどき、ジョン・スノウもだ）

母はいつも、あなたもサンサと同じようにきちんと入浴をして、髪をブラシで梳《くしけず》って、ドレスにもっと気を使ったら、すこしは可愛く見えるのに、としかいわなかった。サンサとサンサの友人たち、その他のみんなにとっては、彼女は〈馬面のアリア〉でしかなかった。しかし、そのみんなはひとり残らず死んでしまった。アリアでさえもだ。生き残ったのは、庶子の兄、ジョンひとりだけ。何度かの晩には、ラグマンの港《ズ・ハーバー》の酒場や娼館で、ジョンの話が出るのを耳にした。ひとりはジョンのことを、〝〈壁〉の黒い落とし子〟と呼んでいたものだった。

(でも、そのジョンも〈盲《めしい》のベス〉を知ることはない。それはたしかだわ)

そう思うと、悲しくなった。

着ていくのはぼろ服だ。色褪せて擦り切れている。ただ、清潔に洗ってあり、あたたかいぼろ服ではあった。服の下には、三振りの短剣を忍ばせていく。一振りはかたほうの長靴《ちょうか》の中に、一振りは袖の中に、もう一振りは背筋の窪みに。ブレーヴォス人はおおむね親切で、目が見えない気の毒な物乞いの娘に危害を加えたりはせず、むしろ助けてくれようとするが、数すくないとはいえ、ここにも悪党はいる。その手の連中が〈盲《めしい》のベス〉を見たら、ものを盗むなり犯すなりが簡単にできる相手だと見るだろう。三振りの短剣は、そんな悪党どもに襲われたときの用心だ。さいわい、いまのところ、短剣を使う必要にはせまられずにすんでいるけれど。ぼろ服はベルトがわりの麻縄で締める。最後に、ひびの入った木の物乞い椀を手に持って、物乞いの扮装は完了だった。

巨大なタイタン像が日没を告げる時咆を発するころ、〈盲《めしい》のベス〉は〈館〉をあとにし、階段の数を数えながら、扉から下へとつづく斜面を降りていって、運河にかかった橋に杖をつきながら、〈神々の島〉へと渡った。服が肌にへばりつく感じと、むきだしの手に触れる空気の湿っぽさから、今夜は霧が深いことがわかる。ブレーヴォスの濃霧は、音にも奇妙な影響をもたらしていた。

（街の半分が、今夜はなかば盲目の状態なんだわ）

寺院のあいだを歩いていくさいに、星の智慧派教会の侍者たちが水晶占塔の頂《いただき》に集い、宵の星々に詠誦する声が聞こえた。空気中には、芳香豊かな煙がたなびいており、物乞いの娘はそのにおいをたよりに、曲がりくねった道をたどって、〈光の王《ロード・オブ・ライト》〉の拝火寺院へと向かっていった。寺院のすぐ外では、紅《あか》の祭司たちが、いくつもの巨大な鉄の火鉢で篝火《かがりび》を焚いていた。まもなく、空気中にただよう熱までもが感じられるようになり、ル＝ロールの信徒たちが祈る声がいちだんと大きく聞こえるようになってきた。

「夜は暗く、恐怖に満てり――」

（わたしにとっては、そうじゃないけどね）

娘の夜は月光にあふれ、群れの歌声、骨からむしりとった赤い肉の味、灰色の従弟たちのあたたかく馴じみ深いにおいで満ちている。孤独であって、かつ目が見えないのは、むしろ昼間のほうだ。

波止場の界隈には土地鑑があった。〈キャット〉はよく、ブルスコのためにラグマンズ・ハーバーの波止場や路地を流して、貽貝《イガイ》、牡蠣《カキ》、二枚貝を売っていたからである。こうしてぼろをまとい、頭をつるつるに剃り、つけぼくろをつけていたら、貝売りの娘と同一人物に見えないだろうが、念のため、〈船〉や〈幸せの港亭〉のほか、〈キャット〉がよく出入りしていた場所には近づかないよう心がけた。

どの宿屋も酒場も、においで区別がつく。たとえば〈黒の艀乗《はしけ》り亭〉は潮のにおいがする。

〈パイントの店〉は酢になったワインと臭いチーズ、パイント自身のにおいが強い。本人が服を着替えないうえ、頭も洗わないためだ。〈帆直しの店〉に充満する煙には、つねに肉を焼くにおいがただよっている。〈七つのランプの館〉はいつでも香の香りをまとっているし、〈繻子《サテン》の宮殿〉は、高級娼婦になることを夢見る若い娘たちの香水がむせかえらんばかりにきつい。

どの店にも特有の音があった。〈モロッゴの店〉と〈緑鰻亭〉では、たいていの晩、吟遊詩人が歌を披露している。〈宿なしの宿〉では、酔っぱらった客たちが五十もの言語で歌を歌う。〈霧の館〉はいつも蛇舟《へびぶね》の棹手《とうしゅ》で混みあい、神々と高級娼婦の談議や現海頭《シーロード》が阿呆かどうかで議論かまびすしい。〈サテンの宮殿〉はずっと静かで、愛のささやきや、シルクのガウンのかすかな衣ずれの音、娘たちがくすくす笑う声しか聞こえない。

〈ベス〉は毎晩、物乞いする場所を変える。物乞いをはじめて間もない晩に、しょっちゅう店の前にいすわらないかぎり、宿屋でも酒場でも、亭主が大目に見てくれることがわかったからだ。昨夜は〈緑鰻亭〉の外で物乞いをしたから、きょうは〈血の橋〉を渡って左にではなく、右に曲がり、ラグマンズ・ハーバーの反対端、溺れた町《ドラウンド・タウン》のはずれにある〈パイントの店〉に向かった。パイントは騒々しいし臭い男ではあるが、その不潔な服と荒っぽい態度の下には、やさしい心が隠れている。店がそれほど混んでいないときは、あたたかい店の中へ入れてくれることもあったし、身の上話を語りながら、一杯のエールとわずかな食べものを奢ってくれることもめずらしくない。若い時分、パイントは踏み石諸島一有名な海賊として鳴らしていたという。その当時の活躍を、微に入り細にわたって吹聴するのが、パイントのなによりの楽しみなのだ。

今夜の〈ベス〉は運がよかった。店には客がほとんどおらず、暖炉からさほど遠くない、静かな一角にすわらせてもらえたからである。そこに腰をおろして脚を組むなり、なにかが太腿にふれた。

「またあんた？」

盲《めしい》の娘はそういって、猫の耳のうしろを掻いてやった。猫はひざに飛び乗り、ゴロゴロとのどを鳴らした。猫の多いブレーヴォスだが、〈パイントの店〉はひときわ多い。元海賊の老人は、猫が幸運を呼ぶと思っていて、猫を自由に出入りさせているためだ。

「わたしがわかるんだね」と猫にささやきかけた。猫たちは、つけぼくろになどだまされない。みんな〈運河の猫〉を憶えているのだろう。〈盲《めしい》のベス〉にとってはいい夜だった。パイントも上機嫌で、水割りワインをカップ一杯、においのきついチーズをひときれ、鰻《ウナギ》のパイを半きれ出してくれた。

「なにせ、パイントさんはいい人だからよ」

店主はそういって、目の前に腰を落ちつけ、香料船を襲ったときの武勇伝を語りだした。この話はもう十回以上も聞かされている。

だが、時間がたつにつれて、酒場は混みだした。パイントはじきに〈ベス〉などかまっていられないほど忙しくなったが、馴じみ客の何人かは物乞いの鉢に小銭を放りこんでくれた。

ほかのテーブルは知らない客ばかりだ。血と脂肪のにおいをぷんぷんさせているイッペンの鯨取りたち。髪から香油のにおいをふりまいている壮士《ブラーヴォ》がふたり。ロラスの出で、この店の客席はおれの腹にはせますぎるとぼやいている、太った男がひとり。しばらくして、三人のライス人もやってきた。三人ともガレー船《グッドハート》の乗組員だという。嵐で半壊し、昨晩、いまにも沈みそうなありさまでブレーヴォスにたどりついた同船は、けさがた海頭の警備隊に拿捕《だほ》されたらしい。

三人のライス人は、暖炉にいちばん近いテーブルに陣どり、タールのような黒いラム酒のカップを片手に、静かに話しだした。かなり静かな声なので、本来なら、だれにも聞きとれなかっただろう。だが、〈ベス〉はだれでもない者なので、〝だれにも〟には該当しない。音に敏感な暮らしを送ってきたおかげで、会話はほぼすべて聞きとることができた。しばし、ひざの上でのどを鳴らしている牡猫の、瞳が細くなった黄色い目を通して、ライス人たちの姿が見えるような気もした。ひとりは老人、ひとりは若者、ひとりは片耳がない。三人とも髪はホワイト・ブロンドで、ライス人特有のなめらかな白い肌を持っている。かの地では、旧永世自由領《フリーホールド》の血がまだ濃く流れているのだ。

あくる朝、〈親切な男〉から、それまで知らなかった、どんな三つの新しいことを学んできたかとたずねられたとき、〈ベス〉には答える準備ができていた。

「どうして海頭が《グッドハート》を拿捕したのか、知ってる。奴隷を運んでたからだよ。女子供だけの奴隷を何百人も、縄でつないで船倉に押しこんでたんだって」

逃亡奴隷が建設した都市だけに、ブレーヴォスでは奴隷貿易が禁じられているのだ。

「その奴隷がどこから連れてこられたかも知ってるよ。奴隷はみんなウェスタロスの野人で、ハードホームと呼ばれるところから連れてこられたんだってさ。そこは古い集落の廃墟で、呪われた場所だって聞いた」

ハードホームの話は、アリア・スタークだったころに、ウィンターフェル城でばあやから聞いたことがある。

「〈壁の向こうの王〉が殺された大戦争のあとで、野人たちが北へ逃げだしたとき、とある森の魔女が、〝堅牢な家《ハードホーム》にいけば船が迎えにきて、もっとあたたかいところへ連れていってくれる〟といったんだって。けれど、船はこなかった。きたのはライスの海賊船が二隻——《グッドハート》と《エレファント》だけ。嵐で北まで押しやられてきて、修理をしようとハードホームに錨を降ろしたとき、野人たちを見つけたんだってさ。でも、野人は何千人といて、とてもぜんぶは収容しきれないものだから、女と子供だけを連れていくことにしたの。野人たちには食べるものがなかったので、女房と娘を優先的に船に乗せたらしいわ。そして、船が沖に出たとたん、野人を船倉に押しこんで、縄でつないでしまったそう。ライスで奴隷として売り払うために。ところが、途中でまた別の嵐に遭って、二隻は離ればなれになってしまってね。《グッドハード》はひどく損傷したため、船長はブレーヴォスに避難せざるをえなくなったんだけど、《エレファント》はライスまでたどりつけたかもしれないそうよ。〈パイントの店〉のライス人たちは、《エレファント》がもっとたくさんの船を引き連れてハードホームへもどるだろうっていってた。奴隷の値段があがってるし、ハードホームには女子供がまだ何千人もいるからって」

「それを知るのはいいことだ。これでふたつ。三つめはあるのかな?」

「うん。知ってるよ。わたしに打ちかかってきたのが、あなただってこと」

〈ベス〉の杖が一閃し、〈親切な男〉の指を打ちすえた。男が持っていた杖が、音をたてて床に転がった。

司祭は苦痛に顔をゆがめ、手をひっこめた。

「盲《めしい》の娘が、どうやってそれを知ったのかね?」

(だって、見えたもの)

「もう三つ答えたでしょ。四つめを答える必要はないわ」

あすになったら、ゆうべ、〈パイントの店〉から〈館〉までついてきて、垂木のあいだに隠れ、ふたりを見おろしていた猫のことを話すかもしれない。

(でも、話さないかも)

向こうが秘密を持ってるなら、こっちも持っていい道理だ。

その晩、ウマは夕食に蟹の塩蒸しを出した。妙な飲みものを入れたカップも出されたので、盲《めしい》の娘は鼻にしわを寄せてにおいを嗅ぎ——覚悟を決めて、三口で一気に飲み干した。飲みおえたとたん、あえぎ声を漏らし、カップを取り落とした。舌が燃えるようだった。カップ一杯のワインをがぶがぶと飲んだが、炎はかえってのどを流れ落ち、鼻の奥を昇って、燃え広がっていくばかりだ。

「ワインを飲んでもむだよ。水は炎を押し広げるだけなの」〈浮浪児〉がいった。「これを食べなさい」

ひとかたまりのパンが片手に押しつけられた。娘はそれを自分の口に押しこみ、咀嚼し、嚥《の》みこんだ。すこし楽になった。もうひとかたまりを嚥みこむと、もっと楽になった。一夜が明けて、夜の狼が立ち去ったのち、目をあけてみると——昨夜はなかった場所に、一本の獣脂蠟燭が燃えているのが見えた。不安定な炎が左右にくねくね揺れている。まるで〈幸せの港亭〉の娼婦のようだ。

こんなに美しいものを、かつて彼女は見たことがなかった。

46——ウィンターフェル城の亡霊

死体は内城壁の基部で見つかった。首の骨が折れており、左脚だけが雪面の上に突き出た状態だった。夜のあいだに降った雪で埋もれてしまったのだ。

ラムジーの牝犬たちが掘りださなかったら、春までそうして埋もれたままだっただろう。〈骨のベン〉が犬たちに饗宴をやめさせたとき、死体の顔は〈灰色のジェイン〉にあらかた食いつくされてしまっており、だれの死体かわかるまでに半日を要した。死んだのは四十四歳の歩兵——ロジャー・ライズウェルにしたがって北に進軍してきた男だった。

「酔っぱらったんだろうな」とライズウェルはいった。「おおかた、内城壁の上から小便をしようとしたのだろう。そこで足をすべらせて落ちたんだ」

だれも異論は唱えなかった。だが、シオン・グレイジョイは奇異な思いをぬぐえずにいた。夜の夜中に、小便をするだけのために、雪ですべる階段を昇って、わざわざ城壁の上に昇る者などいるだろうか。

その朝、守兵らがベーコンの脂で焼いた古パンで朝食をとるさい（城主と騎士はベーコンそのものを食べた）、食堂は死体の話で持ちきりとなった。それは昼どきも同様だった。

「この城の中に、スタニスの息がかかったやつがいるんだ」シオンが聞くとはなしに聞いていると、兵長のひとりが小声でそうささやくのが聞こえた。

これはトールハート家の老兵で、擦りきれた外衣《サーコート》には〝三本松〟の紋章の縫いとりがある。哨兵は交替したばかりで、屋外の寒さから逃げこんできた兵士たちは、足踏みをして長靴《ちょうか》やズボンについた雪を落としながら列にならび、昼食が配られるのを待っているところだった。献立はブラッド・ソーセージに葱《ネギ》、焼きたての黒《ブラウン・》パン《ブレッド》だ。

「スタニスの？」ルース・ライズウェルの騎兵のひとりが笑った。「スタニスはいまごろ、雪に埋もれて死んでるさ。でなきゃ、凍えた尻尾を巻いて〈壁〉に逃げもどってるかだ」

「案外、城壁から二メートルと離れてないところに野営してるかもしれないぜ。十万の兵を連れてな」サーウィンの色をつけている弓兵がいった。「なにしろ、この雪嵐だ。一寸先も見えやしねえ」

その後も、尽きることなく、やむことなく、情け容赦もなく、昼も夜も雪は降りつづけた。雪の吹きだまりは城壁の外側に斜面を作り、胸壁の矢狭間《やざま》を埋めていく。白い絨毯は屋根という屋根をおおいつくし、天幕は積雪の重みでたわんだ。郭《くるわ》を横切るさいに兵員が迷わないよう、建物から建物へは縄が張られた。なかば凍りついた手を赤々と燃える火鉢にかざしてあたためるため、哨兵たちは各塔の詰所にこもっている。城壁上での見張りは、従士たちが作った雪だるまの歩哨たちにまかせることにしたようだ。その雪だるまたちは、風と天候が気ままに創造性を発揮するにつれて、夜ごと、ますます大きく、ますます奇妙な形になっていった。雪のこぶしに突きたてられた槍から、長さの不揃いな氷の顎鬚《あごひげ》が垂れさがっていく。多少の雪などものの数ではないと豪語したホスティーン・フレイは、凍傷で片耳を失う始末だった。

いちばんつらい思いをしているのは郭の馬たちだ。寒さをしのぐためかけてやった毛布は、定期的に替えてやらないと、雪が解けてびしょぬれになり、それがすぐに凍りついてしまう。寒さを防ごうと火を焚いてやっても、これはむしろ、逆効果となった。軍馬が火を怖がり、つながれた状態で逃げようとして暴れるため、自分やほかの馬を傷つけてしまうのである。安全でぬくぬくとしていられるのは厩の中に収容された馬だけだが、その厩もぎゅうづめの状態にあった。

「天はわれらを見放したか」大広間でロックの老公がいうのが聞こえた。「この嵐は神々の怒りだ。寒冷地獄のように冷たい風、終わることなき降雪。われわれは呪われているんだ」

「呪われているのは、むしろスタニスのほうだ」ドレッドフォート城のだれかが言い返した。「城の外で雪嵐に見舞われてるのは、当のスタニスなんだぞ」

「いや、しかし、スタニス公はわれわれが思っているよりあたたかくしているかもしれん」頭の悪い自由騎兵が反論した。「スタニス公の女魔法使いは火をあやつれる。あの女の紅《あか》い神なら、この雪を解かしてしまえるかもしれんじゃないか」

(賢い発言ではないな)とシオンは思った。

男は声高にすぎるし、声がとどく範囲には、〈黄色いディック〉も、〈渋面《しぶつら》のアリン〉も、

〈骨のベン〉もいたのである。ただちに注進を受けたラムジー公は、〈落とし子の男衆《ボーイズ》〉に命じて男を雪のただなかへ引きずりださせ、その顔前でこういった。

「そんなにスタニスが好きなら、やつのところへ送ってやる」

最初に〈〝おれのために踊れ〟のデイモン〉が、油を塗った長鞭で何度も男を打ちすえた。つづいて、男の血がどれくらいの早さで凍るか賭ける〈皮剝ぎ人〉と〈黄色いディック〉に命じて、ラムジーは男を城の通用門まで引きずっていかせた。

ウィンターフェル城の南北の大門は強固に閉じられて、閂《かんぬき》をかけられており、氷と雪に閉ざされているため、落とし格子を引きあげるためには、まず雪をかいて、氷を割る必要がある。〈狩人の門〉のほうは最近も使われたので、すくなくとも氷は張っていなかったが、雪に閉ざされていることには変わりない。いっぽう、〈王の道〉に通じる東門はといえば、もうずいぶん使われたことがなく、跳ね橋を引きあげる鎖は岩のように固く凍りついている。したがって、門ですぐに使えるのは通用門だけだ。通用門といっても、これは内城壁だけに設けられた小さなアーチ門で、城の外に通じているわけではない。門の外には内濠があり、その上に跳ね橋を降ろせば、凍結した水面を渡って外城壁の基部に達したのち、城壁の上にあがれるようになっているものの、外城壁自体には対応する門がないのである。

ラムジーの手下たちは、やめてくれと叫ぶ血まみれの自由騎兵をかかえ、跳ね橋を渡って階段をあがり、外城壁の上にまで運びあげた。そこで、〈皮剝ぎ人〉と〈渋面のアリン〉が両手と両足を持ち、外城壁の外の、二十五メートルほど下にある地面へ騎兵を放りだした。

雪が高く積もっているので、男はすっぽりと雪の中に埋もれてしまった……が、ややあって、胸墻《きょうしょう》の弓兵たちが、折れた脚を引きずりつつ、雪をかきわけ、城壁を離れていく男の姿を発見して、ひとりがその尻に矢を射かけた。のちに、その報告を屋内で受けたラムジー公はこういった。

「あの男、一時間以内に死ぬな」

「でなければ、陽が沈む前に、スタニス公の一物をしゃぶっていることだろうて」〈淫売殺し《フォアズベイン》〉のアンバーが調子を合わせた。

「せいぜい、折れないようにしゃぶらなくてはいかんな」リカード・ライズウェルが笑った。

「こんな雪の中にいるやつだ、だれであれ、一物がカチカチに凍りついているだろう」

「スタニス公はこの雪嵐で身動きがとれずにいるわ」と女公《レディ》ダスティンがいった。「死んでいるにしろ生きているにしろ、現在地はまだ、ここから何十キロもの彼方。冬にはこのまま猛威をふるってもらいましょう。もう二、三日もすれば、スタニスもその軍勢も、雪の下にすっかり埋もれてしまうわよ」

（それはおれたちも同じだがな）とシオンは思った。

レディの愚かさにはあきれてしまう。北部出身のレディ・バーブレイは、雪の恐ろしさをよく知っているはずなのに。古《いにしえ》の神々が聞いていたら、やはりあきれているだろう。

夕食は豌豆《エンドウ》豆のかゆ《ポリッジ》と、きのうのパンで、さすがに一般兵のあいだではざわめきが起きた。上座を見れば、城主や騎士たちはハムを食っている。

シオンが木の椀にかがみこみ、豌豆豆のポリッジの最後のひとすくいを口に運ぼうとしたとき、だれかが軽く肩にふれた。シオンはぎょっとして、スプーンを取り落としてしまった。

「さわらないでくれ」そういって身を横にひねり、ラムジーの〈女衆《ガールズ》〉にかっさらわれないうちに、床のスプーンを拾おうと下に手を伸ばす。「絶対にさわらないでくれ」

手をふれた人物は、シオンにへばりつくようにしてとなりにすわった。見ると、ルーベの洗濯女のひとりだった。前に声をかけてきたロウアンとちがって、この女は若い。十五、六だろう。手入れなどしておらず、ぼさぼさの金髪は、徹底的に洗う必要がありそうだ。唇をとがらせているところを見ると、キスをしようとしているらしい。

「女の子のなかには、さわるのが好きな子もいるんだよ」薄笑いを浮かべて、娘はいった。「名前、いっていい？　あたし、ホリー」

（娼婦のホリーか）とシオンは思った。

たしかに、可愛くはある。以前の自分なら、笑ってひざの上にのせたかもしれない。だが、そんな日は過去のものだ。

「なんの用だ？」

「ここの地下墓所、見てみたいな。どこにあるの、ム＝ロード？　見せてくんないかな？」ホリーはひとふさの髪をもてあそび、小指に巻きつけながら語をついだ。「深くて暗いって話じゃない？　触れあうのにいいところかなと思って。死んじゃった王さまたちが見てるんでしょ？」

「ルーベにいわれてきたのか？」

「かもしんないし、自分できたのかもしんない。だけど、ルーベに用があるんなら、連れてきたげる。ム＝ロードに甘い歌を歌ってくれると思うんだ」

ホリーのひとことひとことが、いかにも罠くさかった。

（だが、だれが罠を？　なんのために？）

ルーベごときが、自分をどう利用できるというのだろう。あの男はただの吟遊詩人であり、リュートを弾いて作り笑いをふりまくだけの女衒《ぜげん》だ。

（きっと、おれがどうやって城を陥としたか知りたいんだな。ただしそれは、歌にするためじゃない）

答えはひとりでに浮かんできた。

（どうやって侵入したかを知りたいんだ。ここからこっそり脱け出すために）

ボルトン公はウィンターフェル城を産着のように隙間なく封鎖している。公の許可なく、だれも出入りはできない。

（ルーベは逃げたいんだ。洗濯女たちを連れて）

気持ちはわかった。だが、それでもシオンはこういった。

「ルーベとなど関わりあいになりたくない。おまえとも、おまえの姉妹たちともだ。おれのことはほうっておいてくれ」

女から離れ、外に出た。表には雪が渦を巻いており、はげしく舞っていた。シオンは雪をかきわけて内城壁にたどりつき、そこから壁づたいに、通用門まで移動した。門の手前には小ウォルダーが作った雪だるまが二体置いてあるように見えたが、鼻から立ち昇る白い息に気づいて、それが人間の哨兵だとわかった。みずからも口から白い息を立ち昇らせながら、そのふたりに声をかける。

「すこし外城壁の上を歩きたいんだが」

「あそこ、とんでもなく寒いぞ」ひとりがいった。

「ここだって、とんでもなく寒いぜ」もうひとりがいった。「だけどまあ、好きにしな、〈返り忠〉」

そういって、門に手をひとふりし、シオンを内城壁の外へ通した。

外城壁にあがる階段は雪が踏み固められてすべりやすく、暗闇の中ではいっそう危ない。それでもなんとか、外城壁の上にたどりついた。自由騎兵が放りだされた場所を見つけだすのに、長くはかからなかった。矢狭間に新しく積もった雪を突き落とし、凸壁のあいだから外に身を乗りだす。

(飛びおりられそうだな)と思った。(あの騎兵は死ななかった。おれも死ぬはずがない)

飛びおりることはできる。そして……。

(そして、どうする？　片脚を折って、雪の下で死ぬのか？　這いずっていって、凍死するのか？)

飛びおりるのは狂気の沙汰だ。ラムジーは〈女衆《ガールズ》〉を動員して狩りたてにかかるだろう。

神々がやさしければ、〈赤のジェイン〉と〈ジェズ〉と〈ヘリセント〉にずたずたにされる。だが、運が悪ければ、生きたまま連れもどされてしまう。

「自分の名前を思いださなくては……」とつぶやいた。

あくる朝、城の古い墓地のただなかで、サー・エイニス・フレイつきの文句の多い従士が、全裸で死んでいるところを発見された。顔は白霜におおわれていて、まるで仮面をかぶっているかのようだった。サー・エイニスは、きっと飲みすぎて雪嵐に巻かれたんだろうといい、この件を落着させたが、屋外へいくのになぜ服を脱いだのかは、だれにも説明できなかった。

(これも酒のせいでかたづいたか)とシオンは思った。

ワインはいろいろな疑念を払拭してしまう。

ところが、日が変わらないうちに、フリント家の弩弓兵《クロスボウ》のひとりが厩舎で死んでいるのが見つかった。頭がぱっくりと割れており、死因は馬に蹴られたことによる、とラムジー公は宣言した。

(むしろ棍棒で殴られたようだぞ)とシオンは思った。

どこかで経験した展開だった。いちど見た芝居が、役者だけを入れ替えて再演されているかのようだ。前回、いまルース・ボルトンが演じている役まわりを演じたのはシオンであり、前回、死者の役どころを演じたのは、アッガー、〈赤鼻のギニア〉、〈冷酷なゲルマール〉だ。

（〈リーク〉も役者のなかにいたな）と思いだした。（ただし、いまとちがう〈リーク〉だ。手が血で赤く染まり、唇からしたたる蜂蜜のように、甘美なうそを垂れ流す〈リーク〉だ。〈リーク〉、〈リーク〉、発音は密告者《スニーク》のように）

昨日はひとり、きょうはふたりと、あいついで三人が死んだことがきっかけで、ルース・ボルトン麾下《きか》の諸公は大広間でおおっぴらに口論をはじめた。一部の者が忍耐の限界に達しつつあるのだ。

「襲ってくる気配すらもない王を待って、いつまでここにいなければならんのだ？」サー・ホスティーン・フレイが語気を強めた。「こっちからスタニスに勝負を挑み、やつに引導をわたしてやればよいではないか」

「城から打って出るのか？」低いしわがれ声で、隻腕のハーウッド・スタウト公がいった。そのくらいなら、残った片腕をたたっ斬られたほうがましだ、といわんばかりの口調だった。

「雪の中へやみくもに突撃しろというのか？」

「スタニスと戦うためには、まずあいつを見つけねばならん」ルース・ライズウェルが指摘した。「〈狩人の門〉から放った物見の者どもは、このところ、だれももどってこないではないか」

ワイマン・マンダリー公が、大きな腹をぴしゃりとたたいた。

「白い港《ホワイト・ハーバー》は、貴公とともに出撃することをいとわぬぞ、サー・ホスティーン。ぜひとも先導してくれ。わが騎士たちは貴公のすぐあとにつづく」

サー・ホスティーンは肥満公に向きなおった。

「おれの背中に騎槍《ランス》を突きたてられるほど近くにか？　おれの親族をどうした、マンダリー。答えろ。あの者たちはおまえの賓客だったのだぞ。おまえの息子をおまえのもとへとどけにいった者たちなのだぞ」

「貴公がいうのは息子の遺骨のことかな？」ワイマン・マンダリーは短剣でハムの塊を突き刺した。「あの三人のことなら、ようく憶えておるとも。肩が丸くて口先の達者なレイガー。すぐに剣を抜く短気なサー・ジャレッド。いつも金をいじっている細作《さいさく》使いのサイモンド。だが、あの三人が運んできたのは、次男ウェンデルの遺骨だけにすぎん。約定どおり、長男ウィリスを五体無事で返してくれたのはタイウィン・ラニスターだ。〈七神〉よ、彼の魂を救いたまえ」

ワイマン公は、いったんことばを切り、ハムを口の中に放りこむと、ピチャピチャと唇を鳴らして音高く咀嚼してから、語をついだ。

「街道には、あまたの危険がつきものだ。ホワイト・ハーバーを出発するさい、貴公の兄弟たちと子息には、わが賓客として馬を進呈した。そのさい、たがいに結婚式で会おうと誓いあったものだよ。われらが出発の場面は、おおぜいが目撃しておる」

「おおぜいがだと？」エイニス・フレイが嘲るようにいった。「そのおおぜいとはおまえの身内か、おれの身内か？」

「ふむ、なにをほのめかしておるのかな、フレイ？」ホワイト・ハーバーの町の領主は袖で口をぬぐった。「気に食わんな、その口調。貴公の口から出る不遜な言辞は、どれもこれも、いちいち気に食わん」

「郭に出ろ、この脂肪の塊が。そんなにおれのことばが気に食わんのなら、いやというほど別のものを食らわせてやる」

ワイマン・マンダリー公は高笑いした。即座に、公の騎士六名がすっくと立ちあがった。双方をなだめるのは、ロジャー・ライズウェルとバーブレイ・ダスティンの役目となった。ルース・ボルトンはいっさい口をきかない。しかし、シオン・グレイジョイは気がついた。その色の薄い目には、かつてそこに見たことがない表情が浮かんでいることに。不安と――そしておそらくは、若干の恐怖だ。

その晩、新設の厩舎が雪の重みに耐えかねて崩壊し、二十六頭の馬とふたりの厩番が死亡した。屋根と雪の下敷きになっての圧死か、雪に埋もれての窒息死か、そのどちらかだった。死体を掘りだすには、おおぜいの兵士が午前中の大半を費やさねばならなかった。ボルトン公は、わずかな時間だけ外郭《そとぐるわ》に顔を出し、現場をあらためたのち、生き残った馬ともども、外郭につながれていた馬をすべて大広間内に移すよう指示した。

新たな死体が発見されたのは、厩番と馬の死体がすべて掘りだされた直後のことである。

こんどの死体は、泥酔して城壁から落ちただの、馬に蹴られただのという説明ですむ状態ではなかった。死んでいたのはラムジーの取り巻きのひとり――ずんぐりとして品性下劣で不細工な兵士、〈黄色いディック〉だったのだ。一物《ディック》が黄色いかどうかは、もう知るすべがなかった。というのは、何者かに一物を切りとられたうえ、歯が三本も折れるほどの猛烈な力で口にねじこまれていたからである。発見したのは料理人たちだった。場所は厨房のすぐ外で、死体は雪の吹きだまりの中に首まで埋まり、寒さのあまり一物も当人も紫色になっていたという。

「死体を燃やせ」ルース・ボルトンは指示した。「この件はいっさい口外するな。うわさが広まるのを避けたい」

それでも、うわさはとめられず、正午まではウィンターフェル城じゅうに広まっていた。うわさの出どころの大半は、自分の〈男衆《ボーイズ》〉のひとりである〈黄色いディック〉を殺されたラムジー・ボルトンだった。

「こんなまねをした犯人を見つけたら」とラムジー公は宣言した。「そいつの生皮を剝ぎ、パリパリになるまで焼いてから、食わせてやる。ひとかけらも残さずにだ」

犯人の名を報告した者には、ドラゴン金貨一枚を与えるとの触れが出された。

大広間内の悪臭は、夕間暮れのころには、もはや手でさわれそうなほど濃厚に立ちこめていた。馬が数百頭、多数の犬、おおぜいの人間がひとつ屋根の下に暮らしているため、床は泥や、解けかけた雪、馬糞、犬糞、さらには人糞でどろどろのありさまで、それに加えて、濡れた犬、濡れたウール、濡れそぼった馬用の毛布が強烈なにおいを放っていたのだ。幸いなのは、一時的に食材が増えたことだった。料理人たちは、死んだばかりの馬の肉を調理し、外側はこんがり、内側は血がしたたる状態に焼きあげ、それに玉葱《タマネギ》と蕪《カブ》のローストを添えて出した。今夜ばかりは一般兵も、諸公や騎士なみに、たっぷりの肉にありつくことができた。もっとも、シオンの歯の残骸には、馬の肉は硬すぎて、嚙もうとするとかなりの痛みをもたらした。やむなく、蕪と玉葱を短剣の側面でつぶし、食べやすくしておいてから、馬肉をこまぎれにし、ひときれずつすすりこんで、しばらくしゃぶったのち、ぺっと吐きだした。すくなくとも、こうすれば味わうことはできるし、脂と血から栄養分を摂ることもできる。そもそも、骨には歯が立たないので、犬たちに投げ与えた。〈灰色のジェイン〉がすばやく骨をかっさらい、走り去っていった。〈サラ〉と〈ウィロウ〉がそのあとを追いかけていく。

食事中、ボルトン公がルーベに、なにか演奏しろと命じた。吟遊詩人は『鉄騎槍』を歌い、ついで『冬の乙女』を歌った。バーブレイ・ダスティンがもっと元気の出るものを求めると、こんどは『女王はサンダルを脱ぎ、王は冠を脱いだ』を、つづいて『熊と美女』を歌った。フレイ勢もいっしょになって歌いだす。少数の北部人さえも、こぶしでテーブルをたたいて合唱に加わり、「熊！　熊！」と大声ではやしたてだしたが、馬が怯えだしたため、歌声はすぐに途絶え、音楽も消えた。

〈落とし子の男衆〉は、壁の突き出し燭台の下に集まり、くすぶる松明《たいまつ》の灯りをたよりに、思い思いに過ごしていた。ルートンと〈皮剝ぎ人〉は賽子《サイコロ》を振っている。〈呻き声《グラント》〉は女をひざの上にのせており、〈〝おれのために踊れ〟のデイモン〉は、鞭に油を塗りこんでいる最中だ。

「〈リーク〉」いきなり、自分の犬を呼ぶときのように、自分のふくらはぎを鞭でぴしゃりとたたいて、デイモンが呼びかけてきた。「きさま、またにおいだしたな、〈リーク〉」

シオンとしては、小さな声で「はい」というほかに答えようがなかった。

「ラムジー公は、諸々の件がかたづきしだい、おまえの唇を切りとるおつもりだ」

油布で鞭に油をすりこみながら、デイモンはいった。

（おれはラムジーの妃の股間に唇をあてた。その不遜な行為はゆるされるものではない）

「お望みのままに」

ルートンが馬鹿笑いした。

「こいつ、唇を切ってほしいらしいぞ」

「あっちにいけ、〈リーク〉」〈皮剝ぎ人〉がいった。「おまえのにおいを嗅いでいると、吐き気がしてくる」

仲間たちがげらげら笑った。

〈男衆〉の気が変わらないうちに、シオンは急いでその場を離れた。自分をいたぶって喜ぶ者たちは、屋外までは追ってこないだろう。屋内に食べもの、飲みもの、抱かせてくれる女、あたたかい火があるかぎり、外には出てくるまい。大広間を出ていくとき見ると、ルーベは『春に花咲く乙女たち』を歌っていた。

外では雪がいっそうはげしく降りしきり、視界はわずか一メートルほどしかきかなかった。気がつくと、シオンは白い荒野のただなかにいた。左右には雪の壁が胸の高さまで積もっている。上をふりあおぐと、雪片がつぎつぎに頰をかすめた。冷たくてやわらかなキスのようだった。背後の大広間からは楽の音が聞こえている。いま奏でられているのは、おだやかな、しかし悲しげな音楽だ。シオンはつかのま、安らぎに近いものをおぼえた。

扉からだいぶ離れたころ、向こうからすべるようにやってくる男に出くわした。フードをかぶり、マントをうしろにはためかせた男だ。正面から顔が見える距離まで近づいたとき、つかのま、たがいの目が合った。男は手に短剣を持っていた。

「〈返り忠のシオン〉」

「ちがう。おれはけっして……おれは〈身内殺しのシオン〉だ。おれは鉄《くろがね》の者だ」

「きさまは虚飾の塊だ。なぜまだ息をしている？」

「神々はまだ、おれに見切りをつけてはおられない」

シオンは答えつつ、これが例の殺人鬼なのだろうかといぶかった。〈黄色いディック〉の一物を口の中に押しこみ、ロジャー・ライズウェルの歩兵を胸墻から突き落とした、あの夜の彷徨者《ナイト・ウォーカー》なのだろうか。奇妙なことに、ちっとも怖くなかった。左手の手袋をはずして、シオンはいった。

「ラムジー公はまだおれに見切りをつけてはいない」

男はその手を見つめ、笑った。

「では、おまえはやつにまかす」

シオンは苦労して雪の中を歩きつづけた。じきに、腕と脚には雪がびっしりと積もって、手足は冷たいのを通り越し、感覚がなくなった。その状態で、内城壁の上へとあがる。三十メートルの高みでは弱い風が吹いており、降ってくる雪を乱れさせていた。胸墻の矢狭間はすべて完全に埋まっており、その向こうを見るには、雪の壁を突き落として穴をうがたねばならなかったが……結局、濠から先は見えないことがわかった。外城壁の上には、ぼんやりした影がひとつと、暗闇に浮かぶ二、三の暗い光を除けば、なにも見えなかったのだ。

（世界は消えてしまった）

キングズ・ランディング、リヴァーラン城、パイク島、鉄《くろがね》諸島、七王国のすべて——。これまでに見知ったすべての場所、本で読み、夢に見たすべての場所が、ことごとく消えてしまった。残っているのはウィンターフェル城だけだ。

自分はここに、亡霊たちとともに閉じこめられた。地下墓所に宿る古くからの亡霊たちと、自分が産みだした新しい亡霊たち——ミッケン、ファーレン、〈赤鼻のギニア〉、アッガー、〈冷酷なゲルマール〉、殻斗《エイコーン》川からきた水車場《すいしゃば》の粉屋の女房、その幼い息子ふたり、その他おおぜいの者たち。

（おれがしたことだ。おれが産んだ亡霊たちだ。それがみんなここにいる。そしてみんな、怒っている）

地下墓所のことを思い、失われた剣のことを考えた。

ややあって、自分の部屋にもどり、濡れた服をほぼ脱ぎおえたとき、〈鉄の脛《スティールシャンクス》〉ことウォルトンがやってきた。

「いっしょにこい、〈返り忠〉。閣下が話をなさりたいそうだ」

汚れていない乾いた服などなかったので、いま脱いだばかりの濡れたぼろ服をもういちど身につけて、〈鉄の脛〉のあとにつづいた。連れていかれた先は、大天守の一角の、かつてエダード・スタークが執務室として使っていた部屋だった。ボルトン公はひとりではなく、数人がいっしょだった。レディ・ダスティンは公のそばにすわっている。顔が蒼ざめていて、表情が険しい。ロジャー・ライズウェルのマントを留めているのは鉄の馬頭《ばとう》のブローチだ。エイニス・フレイは暖炉のそばに立っている。削げた頰が赤いのは寒いせいだろう。

「城の中をうろついているそうだな」おもむろに、ボルトン公が切りだした。「厩、厨房、兵舎、胸墻――いろいろなところでおまえを見たという報告が入っている。崩れた旧天守の廃墟のそばや、レディ・キャトリンの古い聖堂《セプト》の外で姿が見られているし、〈神々の森〉に出入りするところも目撃されている。否定するか？」

「しません、ム＝ロード」シオンは意識して、〃ム＝ロード〃と庶民が使うことばを使った。そのほうがボルトン公が喜ぶことがわかっていたからだ。「眠れないのです、ム＝ロード。ですので、歩きまわっています」

しゃべるときはうつむき、床の上にばらまかれた、古くなって饐《す》えたにおいのする藺草《イグサ》を見つめた。ボルトン公の顔を正面から見るのは賢いことではない。シオンは語をついだ。

「戦争がはじまる前はここに、子供のころから住んでおりましたので。わたしはエダード・スタークの被後見人でしたから」

「事実上、人質だったのだろう」

「そのとおりです、ム＝ロード。人質です」

（しかしここは、おれの家だった。ほんとうの家ではないが、知っているかぎり、いちばんいい家だった）

「だれかがわが兵を殺してまわっている」

「はい、ム＝ロード」

「よもや、おまえのしわざではないだろうな？」ボルトンの声がいっそうおだやかな調子になった。「まさか、このような反逆行為によって、これまでに施した数々の恩をあだで返すまねはするまいな」

「しません、ム＝ロード。わたしにかぎって。わたしが人を殺すはずもなく。わたしはただ……歩きまわっていただけです」

レディ・ダスティンが口を開いた。

「手袋をはずしなさい」

シオンは鋭く顔をあげた。

「どうか、お慈悲を。わたしは……わたしは……」

「いわれたとおりにせんか」サー・エィニスがいった。「手袋を両方ともはずして、両手を見せろ」

シオンは手袋をはずし、状態がよく見えるよう、一同の前に両手をつきだしてみせた。

（何人もの眼前で、全裸で立たされたことだってある。あれにくらべたら、これはたいした

屈辱じゃない）

左手の指は三本、右手の指は四本残っている。ラムジーが右手から奪ったのは小指だけ、左手から奪ったのは薬指と人差し指だ。

「〈落とし子〉にこんなまねをされたのね」

レディ・ダスティンがいった。

「そのとおりですが、ム＝レディ、わたしから……わたしからお願いしたのです」

ラムジーはいつでもこちらから願わせる。ラムジーはいつでも請い願わせる。

「なぜそんな願いをしたの？」

「そんなに……そんなには指がいらないからです」

「四本あれば充分だ」サー・エィニス・フレイがいって、貧弱なあごに生えた、鼠の尻尾のようにひょろりとした茶色の顎鬚をなでた。「右手には指が四本。四本あれば剣を握れる。短剣なら問題ない」

レディ・ダスティンが笑った。

「フレイというのは、みんなそんなにも愚かなの？　この者をごらんなさいな。短剣を持つですって？　満足にスプーンも持てないのよ。こんな男が〈落とし子〉の醜悪なけだものを倒せるとでもいうの？　一物を切りとって、のどに突っこめるというの？」

「殺されたのはみんな、屈強な男たちだった」ロジャー・ライズウェルがいった。「刃物で殺された者はひとりもおらん。〈返り忠〉は犯人ではあるまい」

ルース・ボルトンの色の薄い双眸が、ひたとシオンにすえられた。〈皮剝ぎ人〉の皮剝ぎナイフのように鋭い眼差しだった。

「わしもその見解に賛成する。たとえそれだけの力があるとしても、この男にはわが息子を裏切るだけの気骨などない」

ロジャー・ライズウェルがうめくようにいった。

「しかし、こいつではないとしたら、だれだ？　スタニスがこの城に手の者を忍びこませているのはたしかだぞ」

（〈リーク〉は男じゃない。人間ですらない。〈リーク〉はちがう。おれはちがう）

レディ・ダスティンはボルトン公たちに、地下墓所のことや、消えていた剣のことなどを話したのだろうか。

「やはり、マンダリーに目を光らせておくべきではないのか？」サー・エイニス・フレイがつぶやくようにいった。「ワイマン公はわれらに好意を持っておらん」

これに対して、ライズウェルが疑念を呈した。

「しかし、ワイマン公が好意を持っているのは、ステーキにチョップにミートパイだからな。暗くなったのち城内をさまようとなれば、テーブルを離れねばならん。あの男がテーブルを離れるのは長雪隠《ながせっちん》のときだけだ」

「ワイマン公がみずから殺しまわっているといっているわけではない。あいつは三百の兵を連れてきているんだぞ。うち百人は騎士だ。だれかひとりをうろつかせれば――」

「夜間にこっそり人を殺すなど、騎士の所業ではないわ」レディ・ダスティンがいった。「それに、〈嬲《ちぬ》られた婚儀〉で身内をなくしたのは、ワイマン公だけではないのよ、フレイ。〈淫売殺し〉がフレイに対して、ワイマン公以上に好意を持っていると思うの？　フレイが〈グレートジョン〉の身柄を拘束していなかったら、あなたのはらわたを引きずりだして、あなたに食べさせているところよ——レディ・ホーンウッドが自分の指を食べたときのようにね。ほかにも、フリント家、サーウィン家、トールハート家、スレート家……どこの家も、〈若き狼〉とともに人員を出征させているわ」

「ライズウェル家もな」ロジャー・ライズウェルがいった。

「バロウトンのダスティン家もね」レディ・ダスティンの唇がわずかに開いて、獰猛そうな薄笑いを浮かべた。「北部の者はみな、けっして恨みを忘れないのよ、フレイ」

エイニス・フレイの口が怒りにわなないた。

「われらが名誉に泥を塗ったのはスタークの側だぞ。おまえたち北部人がなによりも忘れてならないのは、そのことだろうが」

ルース・ボルトンがひびの入った唇をこすり、

「こんな口論をしていたところで、なんにもならん」というと、片手でシオンを指し示した。

「おまえはもうさがってよい。今後はさまよう場所に留意せよ。さもないと、明日、耳まで裂けた真っ赤な笑みを浮かべているところを発見されるのは、おまえかもしれんぞ」

「おっしゃるとおりにします、ム＝ロード」

シオンは指の欠けた両手に手袋をはめ、足指のかけた足をひきずって、ルース公の部屋をあとにした。

狼の刻《とき》になっても、シオンはまだ起きており、厚手のウールと脂じみた毛皮に身を包んで、ふたたび内城壁の上をさまよっていた。こうしていれば、疲れはてて眠れるかもしれないと思ったからだ。両脚はひざまで雪にまみれ、頭と肩も白い衣でおおわれている。城壁の上をめぐるあいだ、顔は絶えず寒風にさらされつづけ、顔にふれて解けた雪は冷水の涙となって頬を流れ落ちた。

角笛の音が聞こえたのはそのときだった。

長く響く、低いうなり――それは胸墻の上にたゆたい、暗黒の夜気の中にたれこめ、その音を聞いたすべての者の身内に染みこんで、骨を震撼させた。城壁の上全体で、哨兵たちが槍の柄を握りしめ、音が聞こえてくる方向に顔を向ける。ウィンターフェル城じゅうの荒廃した広間や天守の中で、まだ起きて話をしていた諸公は相手を制しあい、馬たちはいななき、眠っている者たちは暗い片隅で身じろぎした。戦角笛の音がようやく途切れると、すぐさま戦鼓の音が低く轟きだした。

ドーン、ドーン、**ドーン**、ドーン、**ドーン**、ドーン。

それにともなって、城の兵士から兵士へと、白い息まじりに、ひとつの名前がつぎつぎに伝わっていった。スタニスだ、と兵士たちはささやきあった。スタニスがきた、スタニスが攻めてきた、スタニスだ、スタニスだ、スタニスだ。

シオンは身ぶるいした。バラシオンでもボルトンでも、シオンにとってはなにも変わりはしない。ただし、スタニスは〈壁〉のジョン・スノウと大義を同じくする。ジョンは一瞬で自分の首を刎《は》ねてしまうだろう。

（ここの落とし子の呪縛から解放されたら解放されたで、別の落とし子の手で死ぬとは――なんという皮肉だ）

笑いかたさえ憶えていれば、シオンは大声で笑っていただろう。

戦鼓の轟きは、〈狩人の門〉の外、〈狼の森〉から聞こえてくるようだった。

（外城壁のすぐ外にいるんだな）

シオンは内城壁の上の雪を踏みしめ、〈狩人の門〉へ急いだ。城壁の上にいる約二十名の哨兵も同じようにしている。だが、〈狩人の門〉の両脇にそびえる一対の塔にたどりついたところで、白いベールの向こうになにかが見えるわけではない。

「角笛を吹いたら、この城壁を吹き飛ばせるとでも思ってるんじゃないのか？」またしても戦角笛が吹き鳴らされると、フリント家の兵が冗談をいった。「もしかすると、スタニスのやつ、〈ジョラマンの角笛〉を見つけたつもりでいるのかもしれないぜ」

別の哨兵が問いかけた。

「スタニスはこの城を力攻めするほど馬鹿なのか？」

「ロバートとはまたちがうからな」バロウトンの哨兵がいった。「見ていろ、スタニスなら腰を落ちつける。こっちの兵糧《ひょうろう》が尽きるのを待つ手だろう」

「その前に、自分の金玉が凍っちまうぞ」と別の哨兵。

「こっちから打って出るべきだ」フレイの哨兵がいった。

(ぜひそうしてくれ)とシオンは思った。(降雪のさなかに出撃して死んでしまうがいい。ウィンターフェル城はおれと亡霊たちにまかせろ)

ルース・ボルトンなら、いまはその手の戦いを歓迎するだろう。

(現状を打開する必要を感じているからな)

城には兵が多すぎる。とても長期の攻囲には耐えられそうにない。それに、籠城している諸公には忠誠心の定かならぬ者が多すぎる。肥満公ワイマン・マンダリーに、〈淫売殺し〉のアンバー。そして、ホーンウッド家とトールハート家に、ロック家とフリント家とライズウェル家――いずれの家の者も北部人であり、数えきれないほどたくさんの世代のあいだ、スターク家に忠誠を誓ってきた。北部人をここにつなぎとめているのは、あの娘、エダード公の血を引く娘の存在だ。しかし、あの娘はたんなる替え玉であり、大狼《ダイアウルフ》の皮をかぶった仔羊でしかない。であれば、その化けの皮がはがれる前に、北部人をスタニスと交戦状態に追いこんでおくにしくはない――そうボルトン公は考えるだろう。

(雪中での殺しあい。どちらの陣営の者が戦死しても、それはドレッドフォート城にとって、敵がひとり減ったことを意味する)

自分は戦うことをゆるされるのだろうか。ゆるされれば、すくなくとも剣を手に男らしく死ぬことができる。その贈り物を、ラムジーは絶対に与えてくれないだろうが、ルース公は与えてくれるかもしれない。

（そう、おれが地に頭をすりつけて請い願いさえすれば。おれはルース公のどんな要求にも応えてきた。自分の役割を演じぬき、あの娘をボルトン家に与えもした）

自分に望めるかぎり、もっともありがたい恩寵とは、死なのである。

〈神々の森〉では、大地にふれるかたはしから雪が解けていく。温泉からは湯気が立ち昇り、苔と泥と腐敗のにおいをただよわせている。空気中にはあたたかい霧がたゆたい、まわりの樹々を哨兵のように――暗闇のマントをまとった長身の兵士たちのように見せていた。昼のうちならば、霧にけぶるこの森も、古《いにしえ》の神々のもとへ祈りにくる北部人であふれることがあるが、こんな時間にここへくるのは、シオン・グレイジョイただひとりだ。

森の中央では、すべてを見通すかのような一対の赤い目をかっと見開き、ウィアウッドが待っていた。シオンは池のほとりで足をとめ、樹幹に彫刻された赤い顔にこうべをたれた。ここにいてさえ、戦鼓の轟きは聞こえている。

ドーン、ドーン、**ドーン**、ドーン、**ドーン**、ドーン。

遠い雷鳴のごとく、その轟きは四方から同時に聞こえてくるように思われた。今夜の地表には風がなく、雪は冷たい暗黒の空からまっすぐ降ってくる。にもかかわらず、〈心の木〉の赤い葉むらはざわざわとひとりでに動き、彼の名を呼んだ。

「シオン」木の葉はそうささやいているようだった。「シオン――」

（古の神々だ）とシオンは思った。（神々はおれを知っている。神々はわが名を知っている。かつてのおれは、グレイジョイ家のシオンだった。エダード・スタークの被後見人であり、その子供たちの友人であり、兄弟だった）

「おねがいです」地にひざまずく。「剣をください。ほしいものはそれだけです。わたしをシオンとして死なせてください、〈リーク〉としてではなく」

涙が頬を流れ落ちていく。それが信じられないほどあたたかい。

「わたしは鉄《くろがね》の者でした。そして、息子でした……パイク島の、鉄《くろがね》諸島の――」

そのとき、頭上から一枚の葉がひらひらと降ってきたかと思うと、シオンの額をかすめ、池の水面に落ちた。水面に浮かぶ葉は赤く、五裂で、真っ赤な手のような形をしていた。

「……ブラン」〈心の木〉がつぶやいた。

（知っているんだ。神々は知っているんだ。おれがしたことを見ていたんだ）

奇妙な一瞬、ウィアウッドの幹に彫ってある顔は、ブランの顔のような気がした。赤くて聡明そうで悲しげな目で、ブランがこちらを見おろしている。

（ブランの亡霊だ）とシオンは思った。

しかし、そんなのはいかれている。なぜブランが自分に祟ろうとする？　ブランのことは好きだったし、危害はいっさい加えたことがない。

（じっさいにおれたちが殺したのは、ブランじゃない。リコンでもない。殼《エイコーン》斗川の水車場からきた粉屋の息子たちだ）

「わたしはふたつの顔を持たざるをえませんでした。そうしないと、馬鹿にされたからです……笑われたからです……みんなに……」

ふいに、背後から声がいった。

「だれに話しかけてる？」

くるりとふりむく。ラムジーに見つかったと思い、血の気が引いたが――そこにいたのは三人の洗濯女だった。ホリー、ロウアン、名前を知らないひとりだ。

「亡霊たちにだよ」と、思わず口走っていた。「亡霊たちがささやきかけてくるんだ。亡霊たちは……亡霊たちは、おれの名を知っている」

「〈返り忠のシオン〉だろ」ロウアンに耳をつかまれて、ぎゅっとひねられた。「それで、ふたつの顔を持たざるをえなかったってのは？」

「そうしないと笑われた、ともいってたね」

これはホリーだ。

（こいつらになにがわかる）

シオンはロウアンの手をふりほどいた。

「なにをしにきた」

「あんたに用があるんだよ」

三人めの洗濯女がいった。ほかのふたりよりも年かさで、深く響く声を持ち、髪には白いものがいくすじか走っている。

「いったでしょ、〈返り忠〉、あんたと触れあいたいってさ」

ホリーがいって、ほほえんだ。つぎの瞬間、その手には刃物が現われていた。

（大声を出す手もある）とシオンは思った。（だれかが聞きつけるはずだ。城内は武装兵でいっぱいなんだから）

しかし、助けが駆けつけてくるころには、自分は死んでいるだろう。〈心の木〉の養分となるべく、自分の血潮が大地に染みているだろう。

（それのどこがいけない？）

「なら、触れるがいい。さっさと殺せ」自分の声には、挑戦的な響きより、あきらめが強くにじんでいた。「さあ、やれ。おれを殺せ。ほかの者たちを殺したときのように。〈黄色いディック〉やほかの連中を殺したときのように。あれはおまえたちのしわざなんだろう」

ホリーが笑った。

「なんであたしたちのはずがあるのさ？　あたしたちはね、女だよ。おっぱいとおまんこのある女だよ。ここへはいいことをしにきたんだ、怖がらせるためじゃない」

「あんたさ、あの〈落とし子〉に傷つけられたんだろう？」これはロウアンだ。「指を斬り落とされたんだろう？　足の指の皮を剝がれたんだろう？　歯を何本も折られたんだろう？　かわいそうにね」

ロウアンは軽くシオンの頰をたたき、語をついだ。

「これからはもう、そんな目に遭うことはないよ、約束する。あんたは祈った。だから、神々があたしたちを遣わしたのさ。あんたはシオンとして死にたいんだろう？　だったら、そんな死を与えてやろうじゃないか。苦しみが長びかないように、一瞬ですむ死をさ。痛いことなんか、なにもない」

　そういって、ロウアンはにっと笑った。

「ただしそれは、ルーベのために歌ってくれてからのことだよ。おいで。ルーベがあんたを待っている」

47 ――ティリオン

「つぎ、競《せ》り番号、九十七番」競売人が鞭でバシッと床を打った。「こびとふたり、娯楽の仕込みあり」

　競り市が設けられているのは、幅の広いスカハザダーン河の茶色い流れが〈奴隷商人湾〉に流れこむ河口のそばだ。ティリオン・ラニスターの鼻は、空気中にただよう潮の香りと、それに混じった悪臭――奴隷舎の裏に掘られた便所溝からただよう臭気を感じとっていた。なにより、蒸し暑い。暑いのもこたえるが、蒸すのはいっそうこたえる。まるで頭と肩に、ぬるま湯にひたした毛布をかぶせられているかのようだった。

「この九十七番には犬と豚もつくよ」競売人が付言した。「こびとたちがこの二匹に乗るという趣向だ。つぎの宴《うたげ》なり、なぐさみものなり、ご自由にどうぞ」

　買い手はみんな、木のベンチにすわり、果汁が主体の飲みものを飲んでいる。奴隷たちに扇であおがせている者がそここに見えた。寛衣《トカール》着用の者が多い。これは〈奴隷商人湾〉の旧家の人間が好んで着る衣装で、優美ではあるが実用性を欠く。しかし、もっと簡素な服を着た人間もおおぜいおり、男はシャツとフードつきのマントを、女は多彩なシルクの薄物を身につけていた。女は娼婦のようでもあり、司祭女のようでもある。こうも東の果てでは、どちらか見分けがつかない。

ベンチのうしろには西方の人間とおぼしき一団が立ち、冗談をいいながら、奴隷の競りをひやかしていた。

(傭兵か)とティリオンは気がついた。

着ているマントの下には、長剣、短剣、ナイフ、投げ斧の柄などが覗いている。髪、顎鬚《あごひげ》、顔には自由都市の者の特徴が顕著だが、ちらほらとウェスタロス人らしき者も混じっている。

(あいつらも買い手か？　それとも、ただ競りを見物しにきているだけか？)

「さあさあ、このふたり、競り値はいくらから？」

「三百」古風な輿《こし》に乗った婦人がいった。

「四百」これは怪物的に肥満したユンカイ人だ。

担い駕籠《かご》の上に寝そべった肥満体は、まるで大海獣《リヴァイアサン》のようだった。着ているシルクは黄色一色で、裾に黄金の縁飾りを連ねている。その巨体は、イリリオ・モパティスの四人ぶんはありそうで、あれを運ばねばならない奴隷たちの負担を考えるだに、ティリオンはあわれをもよおした。

(すくなくともおれたちは、ああいった仕事をさせられることはない。こびとであることのありがたさよ)

「上乗せ、一」菫《スミレ》色のトカールを着た老婆がいった。

競売人は老婆に、またこいつかといいたげな目を向けたが、競り値を退けはしなかった。ティリオンたちに先立ち、《セレイソリ・クォーラン》の船乗りたちはひとりずつ競りにかけられて、銀貨五百枚から九百枚で売られていった。年季を積んだ船乗りは、商品価値が高いのである。奴隷商人たちが難破した交易船《コグ》に乗りこんできたさいに、抵抗した船乗りはひとりもいなかった。彼らにとっては、たんに持ち主が替わるだけにすぎないからだろう。航海士たちは自由民だったが、このような場合にそなえて、〈湾岸の未亡人〉から引受証を持たされていた。つまり、身代金の支払い保証だ。生き残った三人の〝炎の指〟も競りにはかけられていない。三人は〈光の王《ロード・オブ・ライト》〉の財産なので、十中八九、いずれかの紅《あか》の寺院に返還されると見ていい。顔に入れられた炎の刺青《いれずみ》が〝炎の指〟の引受証というわけだった。

しかし、ティリオンと〈ペニー〉には、そんな保証などない。

「四百五十」声がかかった。

「四百八十」

「五百」

競りの声はハイ・ヴァリリア語のこともあれば、ギスの雑種言語のこともある。なかには何人か、指を一本だけ曲げ伸ばししたり、手首をひねったり、派手な色の扇を振ったりと、手ぶりで競りに参加している者もいた。

「ひと組にしてあつかってくれて、よかったわ」〈ペニー〉がささやいた。

「しゃべるな」競売人にぎろりとにらまれた。

ティリオンは力づけるように〈ペニー〉の肩をぐっとつかんだ。ティリオンの額には色の薄い金髪と黒髪が、背中にはずたずたになったシャツがへばりついている。へばりつかせているものは、一部は汗だが、一部は乾いた血だ。ジョラー・モーモントとはちがって、奴隷商人を相手に戦う愚は犯さなかったが、だからといって、懲罰をまぬがれるとはかぎらない。ティリオンの場合、鞭打たれる原因となったのは口だった。

「八百」

「上乗せ、五十」

「上乗せ、一」

(どうやら、船乗り程度の価値はあるらしい)とティリオンは思った。もっとも、買い手がほしがっているのは〈可愛い豚《プリティー・ピッグ》〉かもしれない。(訓練された豚というのは、得がたいものだからな)

すくなくとも、目方で競りが行なわれているのでないことはたしかだ。

銀貨九百枚に達すると、競り値の伸びは小幅になった。九百五十枚で(値をつけたのは、例の老婆だった)、競りの声はついに止まった。だが、競売人はまだまだいけると判断し、こびとたちに芸を披露させることに決めた。〈バリバリ《クランチ》〉と〈プリティー・ピッグ〉が競り台にあげられた。鞍も頭絡《とうらく》もつけていない状態で二頭に乗るのはなかなかむずかしく、豚が動きだしたとたん、乗っていたティリオンは尻からすべり落ち、尻もちをついてしまった。買い手のあいだで、どっと笑い声があがった。

「千」グロテスクな黄色い肥満漢がいった。

「上乗せ、一」これまた、あの老婆だ。

〈ペニー〉の口は愛想笑いをへばりつかせている。

(芸人として、みごとに仕込まれたもんだ)

こびと用にどれほど小さな地獄が用意されているのか知らないが、いまごろ〈ペニー〉の父親は、仕込んだ報いをその地獄で受けていることだろう。

「千二百」

黄色のリヴァイアサンがいった。そばの奴隷が肥満体に飲みものを差しだした。

(レモン果汁だな、まちがいなく)

あの黄色い目でじっと競り台を見つめられていると、なんだかこう、落ちつかない気分になってくる。

「千三百」

「上乗せ、一」

(親父がいつもいっていたっけ、ラニスターの者は庶民の十倍の価値があると)

銀貨千六百枚で、競り値はまた踊り場に達したので、競売人は主だった買い手を競り台に招き寄せ、こびとを間近から検分させた。

「女のほうは、まだ若いからね。ふたりに子供を作らせることもできるよ。子供を売ったら大儲けだ」

「鼻が半分、ないじゃないのさ」間近からしげしげとティリオンを眺めて、老婆がいった。ただでさえしわだらけの顔に嫌悪でいっそう深くしわが寄っている。肌の色は蛆《ウジ》を思わせる白さだった。菫《スミレ》色のトカールを着ていると、いまにも黴《カビ》が生える寸前の、干し紺李《プルーン》のようだ。

「目の色も左右でちがうし。あんまり食指の動くしろもんじゃないねえ」

「マイ・レディは、おれのいちばんいい部分を見てないだろう」

意味がちゃんと伝わらないといけないので、ティリオンはさらに股間を握ってみせた。

老婆が怒声を発した。ティリオンは背中に懲罰の鞭を食らい、激痛にがっくりと両ひざをついた。口の中に血の味が広がった。にやりと笑い、ぺっと血を吐く。

「二千」

ベンチの列のうしろのほうから、新たな声が呼ばわった。

(傭兵か？　傭兵がこびとなんかに、なんの用だ？)

よく見ようと、ティリオンは立ちあがった。新たな買い手は老齢の男で、総白髪ながら、長身でいまも身体頑健、革のような褐色の肌を持ち、短く刈ったごま塩の顎鬚をたくわえていた。色褪せた紫色のマントでなかば隠れているが、長剣をひと振りと、短剣を数本差した腕甲をつけているのも見えた。

「二千五百」

こんどは女の声だった。まだ小娘だ。背が低く、腰は太く、胸が大きくて、装飾的な鎧が目を引く。彫刻を施された黒鋼《くろはがね》の胸当てには、黄金の象嵌《ぞうがん》によって、鉤爪に鎖をぶらさげて舞いあがろうとするハーピーの姿が描きだされていた。娘はふたりの奴隷兵士に一枚の楯をかつがせており、その楯の上に立っていた。

「三千」

例の褐色で総白髪の男が値を吊りあげて、前に進み出てきた。男の仲間らしい傭兵たちが先に立って買い手をかきわけ、道をあけさせている。

(ようし、もっとそばにこい)

傭兵連中の考えることなら、ティリオンも心得たものだ。この男が自分を宴席の余興用にほしがっているとは、一瞬たりとも思わない。

(こいつ、おれを知っているな。おれをウェスタロスまで連れていって、姉貴に売りわたすつもりなんだ)

思わずほくそえみ、それを隠すため、口もとを手のひらでこすった。サーセイと七王国は、世界を半分も越えた彼方にある。王都へたどりつくまでには、なにが起こるかわかったものじゃない。

(おれはあのブロンをも手なずけた男だ。すこしでも機会があれば、この褐色の男だって、手なずけられるかもしれん)

老婆と楯に乗った娘は、三千の値を聞いて、競りをあきらめた。が、黄色に身を包む例の肥満漢は別だった。黄色い目で傭兵たちを値踏みしたのち、黄色い歯のあいだから舌をつきだし、べろりと唇をなめて、こう宣言したのだ。

「この競り番号に、銀貨五千枚」

傭兵は顔をしかめ、肩をすくめて背を向けた。

（七つの地獄《なんてこった》よ）

あの黄色いでか腹大将の財産になるのだけはごめんこうむりたい。担い駕籠をたわませた巨体といい、黄ばんだ肉の山といい、豚のような黄色い目や、トカールの生地を膨らませた左右それぞれが〈プリティー・ピッグ〉ほどもある胸といい、見ただけで肌がぞわぞわしてくる。それに、巨体が放つ異臭は、競り台の上にいてさえ嗅ぎとれるほど強烈だった。

「これ以上、競る方がいないなら——」

「七千」ティリオンは叫んだ。

買い手席で笑いが湧き起こった。

「そのこびと、自分を買いたがってるよ」そういったのは、楯の上に立った娘だ。

ティリオンは煽情的な笑みを浮かべてみせた。

「頭のいい奴隷は、頭のいい主人にこそふさわしい。しかしだ、そこにならぶあんたらは、みんな阿呆面に見える」

買い手たちがますます笑うのをよそに、競売人だけは渋面を作り、対応を決めかねているようすで鞭をまさぐっている。この流れを放置しておくのが自分の利益になるのかどうか、見きわめがつかないのだろう。

「たった五千ぽっちでは屈辱だ！」ティリオンは叫んだ。「おれは馬上槍試合もこなせば、歌も歌えるし、おもしろいこともいろいろといえる。あんたらの女房をこましてやるってな。ヒイヒイいわせることだってできる。でなけりゃ、あんたらの敵の女房をだ。敵を辱めるのに、これ以上効く手はあるまい？　弩弓《クロスボウ》で人を殺すのも得意だぞ。サイヴァスのテーブルをはさめば、おれの三倍は大きな男たちがみな恐れおののく。ときには料理だってするさ。買うのに、おれなら銀貨一万枚を出すぞ！　それだけの価値はあるんだ、このおれにはな。それに、おれの親父はいつもいっていた──借りはかならず返さねばならないと」

紫のマントの傭兵がふりかえった。そして、ほかの買い手の列ごしに、ティリオンの目をじっと見つめ、にっと笑った。

（あたたかい笑顔だ）とこびとは思った。（親しげでもある。ただし──目が冷たい。結局、あいつには買われないほうがいいかもしれんな）

黄色の巨漢が、担い駕籠の上でもぞもぞと身を動かした。巨大なパイを思わせる顔には、いらだちの表情が浮かんでいる。おもむろに、不快そうなようすでギスカル語をつぶやいた。ティリオンには理解できないことばだったが、その口調からして、不快の念は明白だ。

「また競り値をあげたのか？」ティリオンは首をかしげた。「おれのほうは、キャスタリーの磐城《ロック》の黄金をぜんぶ差しだすぞ」

たたかれるよりも先に、音でわかった。かぼそいが鋭い音──鞭が空気を切り裂く音だ。打擲《ちょうちゃく》を受けてティリオンはうめいたが、今回はなんとか立っていることができた。思いは、この旅をはじめたときのことにもどっていった。あのころは、いちばん差しせまった問題といえば、午前なかばの蝸牛《カタツムリ》と合わせるのに、どのワインが最良かという程度のことだったのだが……。

(ドラゴンを追って、はるばるやってきた結果がこれか)

あまり可笑《おか》しくて爆笑してしまい、最前列の買い手たちに血とつばが飛び散った。

「売却成立」

競売人が宣言し、ついでにもうひと鞭くれた。いまのうちならまだたたけるからという、ただそれだけの理由だった。さすがに今回は、ティリオンもひざをついた。

警備の者のひとりにむりやり立ちあがらされた。もうひとりが槍の石突きで〈ペニー〉をこづき、競り台の下に降ろさせた。見ると、早くもつぎの奴隷が引いてこられていた。齢のころは十五か十六の娘——《セレイソリ・クォーラン》でつかまった者ではない。知らない娘だ。

(デナーリス・ターガリエンと同い齢か、ちがっても、ひとつふたつというところか)娘はすでに、奴隷商人によってはだかに剝かれていた。(おれたちはすくなくとも、あの辱めは受けずにすんだわけだ)

ティリオンは、ユンカイ人の野営地からミーリーンの囲壁へと視線を移した。囲壁の門は、もうそう遠くないように見える。そして、奴隷舎でのうわさを信じるのなら、ミーリーンはいまも、とりあえずは自由の都であるらしい。あの崩れかけた囲壁の内側では、奴隷制度も奴隷貿易も、いまなお禁じられたままなのだ。ティリオンとしては、あの門にたどりつき、中に駆けこみさえすればよかった。そうすればふたたび自由な人間になれる。

しかし、そうするためには、〈ペニー〉を見捨てていかねばならない。

（〈ペニー〉は犬と豚も連れていきたがるだろうな）

「そんなにひどい目には遭わないわよね」〈ペニー〉がささやきかけてきた。「あれだけのお金を出して買ってくれるんだもの。きっと親切な人よね？」

（おれたちがおもしろがらせているうちはな）

「まあ、あれだけの大金をはたいたんだ、そうそうひどいあつかいはするまいさ」

最後に二回、鞭打たれた傷からなおも血をしたたらせながら、ティリオンは〈ペニー〉を力づけた。

（しかし、おれたちのショーに飽きがきたら……そして、じっさい、いずれかならず飽きはくる……）

新しい主人の奴隷監督が、ふたりを受けいれるため、騾馬《ラバ》車一台と兵士四名をしたがえて待っていた。監督は顔の細長い男で、顎鬚を金線で縛り、こめかみから後方へ赤黒くて強《こわ》い髪をなでつけ、一対の鉤爪の生えた手の形にととのえてあった。

「これはこれは、また愛らしい生きものだな」と監督はいった。「わたしの子供たちを思いださせる……わが子たちが生きていたらこうもなっていたろうか。おまえたちのめんどうはわたしがしっかりと見てあげよう。名前をいいなさい」

「〈ペニー〉」

蚊の鳴くような、小さくて怯えた声で、〈ペニー〉が答えた。

(ラニスター家のティリオン、キャスタリー・ロック城の正統継承者だ、この腰巾着の蛆虫野郎め)

「ヨロ」

「ふうむ、〈大胆なヨロ〉、〈聡明なペニー〉というところかな。おまえたちのご主人は、高貴にして勇敢なるイェッザン・ゾ・クァッガズさま——学者にして戦士たる、ユンカイの〈賢明《ワイズ・》なる主人《マスター》〉でもひときわ尊敬されているお方だ。買っていただいて、運がよかったと思うがいい。イェッザンさまは、親切で慈悲深いご主人《マスター》さまだからな。おまえたちの父親も同然と考えればよかろう」

(おれの父親？ 喜んでそうさせてもらおう)

ティリオンはそう思ったものの、今回は口に出さなかった。もうじき新しい主人のために芸を披露せねばならないことはまちがいない。いま鞭打たれては、その芸に支障が出る。

「おまえたちの〝父上〟さまは、特別な宝をなによりも慈しまれる。がんばれば目をかけていただけるぞ」監督はつづけた。「それから、わたしだが、わたしのことは、小さいころに世話をしてもらった保父と思いなさい。じっさい、わたしの〝子供たち〟はみな、わたしのことを〈保父さん〉と呼ぶ」

「競り番号、九十九番」競売人が大声で告げた。「戦士」

さっきの娘の競りはあっという間にすみ、乳首がピンクの小さな胸を服で隠そうとしつつ、新しい主人のもとへ連れていかれようとしていた。入れ替りに、ふたりの奴隷商人によって競り台の上に引っぱってこられたのは、ジョラー・モーモントだった。下帯以外ははだかにされ、背中には鞭打ちのあとが生々しく、顔はほとんど見わけがつかないほど腫れあがり、手首と足首には鉄の鎖がつけられている。

（おれにした仕打ち、すこしは思い知れ）

ティリオンはそう思ったものの、大柄な騎士の窮境を喜ぶ気持ちはこれっぱかりも湧いてこなかった。

ああして鎖につながれてはいても、大きくていかつい体格と太い腕を持ち、両肩の筋肉が盛りあがったモーモントは、依然として危険人物に見える。黒々とした粗い胸毛のおかげで、見る者に与える印象は、人間よりけものに近い。顔がグロテスクに腫れているため、両目は一対の黒い孔のように見える。いっぽうの頰には奴隷の種別を示す焼きごてを押されていた。

〝悪魔の仮面〟だ。

奴隷商人の船乗りが大挙して《セレイソリ・クォーラン》に乗りこんできたとき、サー・ジョラーは長剣を片手に迎え討ち、三人を斬り伏せた。取り押さえられたのは、そのあとのことである。そのままなら、船乗りたちは喜び勇んでサー・ジョラーを殺していただろうが、船長はそれを厳に禁じた。戦士は高く売れるからだ。そのため、モーモントは鎖で櫂の座につながれ、死ぬ一歩手前の状態まで手ひどく打ちすえられ、食事もろくに与えられないまま、焼きごてを押されるはめになった。

「大きいし、強いよ、こいつはね」競売人がいった。「かなりの猛者《もさ》であることは保証する。闘技窖《あな》でいい殺しあいをすること請けあいだ。競り値は三百から。さあ、乗る人は？」

だれも応じなかった。

モーモントのほうは、雑多な買い手たちなど眼中にないらしい。その眼差しは攻囲網と、多彩な色の古い煉瓦壁で囲まれた遠い都にすえられている。ティリオンは本を読むように、やすやすとその表情を読むことができた。

（こんなに近いのに、こんなにも遠い——そういう顔だな）

この男、あわれにも、帰ってくるのが遅すぎた。奴隷舎の警備員たちが笑いながら奴隷に話したところによると、デナーリス・ターガリエンはすでに結婚してしまったらしい。王として迎えた相手は、身分が高くて裕福なミーリーン人の奴隷使いで、平和条約が署名・調印されれば、ミーリーンの闘技場も再開されるという。ほかの奴隷たちは、そんなのはうそだ、デナーリス・ターガリエンが奴隷使いと和平を結ぶはずがない、といいはった。奴隷たちはデナーリスのことを〝ミサ〟と呼んでいる。だれかが教えてくれたのだが、これは〝母〟という意味だそうだ。その後も奴隷たちは、もうじき白銀の女王が都から出てきて、ユンカイ勢を一掃し、奴隷たちの鎖を断ち切ってくれるはずだとささやきあっていた。

こびとは思った。

（そのあと、女王はレモンパイを焼いてくれて、おれたちのささやかな傷にキスしてくれて、癒してくれるんだろうさ）

ティリオンは王が民草《たみくさ》を助けてくれるなどとは信じていない。いざとなれば、みずからをこの世から解放する覚悟をかためておかなくては。自分と〈ペニー〉だけなら、長靴《ちょうか》の内側、つま先に隠してある毒茸《キノコ》で間にあうだろう。〈クランチ〉と〈プリティー・ピッグ〉には、自力でなんとかしてもらうほかない。

〈保父〉はなおも、主人の新しい落札物に対し、奴隷としての心得を説きつづけていた。

「いわれたことはみなやる、それ以上のことはしない。そうすれば、おまえたちは小貴族のように気ままな暮らしを送って、まわりから敬意を払ってもらえる。その逆に、いいつけにしたがわない場合は……いやいや、しかし、おまえたちはそんなまねなどするまい？　わが愛し子たちなら、そんなことはしないはずだ」

〈保父〉は手を伸ばし、〈ペニー〉の頬を軽くつねった。

「――では、二百からということでどうだ」競売人が競り値を下げた。「こんなに大きくてたくましいんだからね、ほんとならこの三倍の価値はあるよ。用心棒にも最適だ！　どんな敵もちょっかいを出してこないよ！」

「さて、いこうか、わが小さな友人たちよ」〈保父〉がいった。「おまえたちに新しい家を見せてあげよう。ユンカイにもどれば、クァッガズの黄金のピラミッドに住まい、銀の皿で食事をすることになるが、ここでは質素に、兵士用の粗末な天幕で寝泊まりしてもらう」

「百だ。買い手はないか？」競売人が叫んだ。

ここにきて、やっと応じる者が出てきたが、その人物が口にしたのは銀貨五十枚だった。

革のエプロンをつけた細身の男だ。

「上乗せ、一」菫色のトカールを着た老婆がいった。

兵士のひとりが〈ペニー〉をかかえあげ、騾馬《ラバ》車の荷台に載せた。その兵士に向かって、ティリオンはたずねた。

「あのばあさん、何者だい？」

「ザーリナか？　安い兵隊ばっかり飼ってるやつでな。敵の英雄たちの、格好の餌食だよ。おまえの友だちも、じきに死ぬぞ」

（あんなやつ、友だちなんかじゃない）

心の中ではそう思ったのに、気がつくと、ティリオン・ラニスターは〈保父〉に顔を向け、こういっていた。

「あいつをあのばあさんに買わせちゃだめだ」

〈保父〉は目をすがめてティリオンを見た。

「なにをわけのわからんことをいってるんだ？」

ティリオンはモーモントを指さした。

「あいつはおれたちのショーの一部なんだ。〈熊と美女〉ショーの。熊の役はジョラーが、美女の役は〈ペニー〉が演じる。おれが演じるのは乙女を助ける騎士の役所《やくどころ》でな。あいつのまわりを踊りながら、金玉を蹴る。みんな笑いころげるぞ」

奴隷監督は目をすがめ、競り台を眺めやった。

「あの男か？」

ジョラー・モーモントの値が銀貨二百枚に達した。

「上乗せ、一」

ふたたび、菫色のトカールを着た老婆がいった。

「おまえの熊か。なるほど」〈保父〉は買い手たちをかきわけていき、担い駕籠に寝そべる肥満した黄色いユンカイ人にかがみこむと、なにごとかを耳打ちした。太いあごをぷるんと震わせて、主人はうなずき、扇をかかげ、苦しげに息をしながら、呼ばわった。

「三百」

老婆は鼻を鳴らし、あきらめた。

「どうしてあんなことをいったのよ？」

共通語を使って、〈ペニー〉がたずねた。

（いい質問だ）とティリオンは思った。（ほんとうに、どうしてなんだろうな？）

「きみのショーは陳腐になってきてるからな。どんな興行にも、踊る熊はつきものだ」

〈ペニー〉は詰《なじ》るような視線を向けたが、荷台の奥にもどってすわりこみ、〈クランチ〉を両手で抱きかかえた。あの犬が世界で最後の真の友だとでも思っているようなようすだった。

（じっさい、そのとおりなんだろう）

〈保父〉がジョラー・モーモントを連れてもどってくると、奴隷兵士のうちの二名が大男を荷台に押しあげ、ふたりのこびとのあいだに押しこんだ。騎士は抵抗しようとしなかった。

(敬愛する女王が結婚したと知って、闘志がすっかり失せちまったか）とティリオンは気がついた。奴隷舎でささやかれたふたことみことが、こぶしでも鞭でも棍棒でも不可能だったことをなしとげてしまった。この男の心を折ったのだ。（いっそ、あのばあさんに買わせてやったほうがよかったかもしれんな。これでは胸当ての乳首なみに役にたたんぞ）

〈保父〉が騾馬車の馭者席に乗ってきて手綱をとった。騾馬車は攻囲勢の野営地をつっきり、新しい主人、高貴なるイェッザン・ゾ・クァッガズの本陣へ進みだした。騾馬車を護送していくのは、左右にふたりずつ、合わせて四人の奴隷兵士だ。

〈ペニー〉は涙こそ流さなかったものの、いまにも泣きだしそうに真っ赤な目をしており、その目を〈クランチ〉から離そうとしなかった。

（いやなことから目をそむければ、そのいやなことが消えてしまうとでも思ってるのか？）

サー・ジョラー・モーモントはといえば、だれも見ていないし、なにも見ていない。鎖につながれたままうずくまり、ひたすらじっとしている。

ティリオンはすべてのものを目に収め、すべての人間に目を配った。

ユンカイ勢が寝泊まりしているのは、ひとつではなく、百もの野営地の一大集合体だった。相互に密集した各隊の大野営地は、ミーリーンの囲壁を三方から取りまき、シルクと帆布の大きな三日月地帯を形成している。大路と小路が交錯する野営地群は、もはやひとつの街といってよく、ところによっては酒場と娼館が軒を連ね、健全な地区もあれば、いかがわしい地区もあった。攻囲線から湾にかけて立てられた無数の天幕は、黄色い茸の大群生のようだ。各隊ごとに状態はさまざまで、小さくてみすぼらしく、雨と陽をしのぐのがせいいっぱいの、薄汚れた帆布の天幕がならぶ野営地もあれば、それに隣接して、百人の人間が寝られるほど大きな兵舎天幕が連なる野営地もあり、さらには宮殿のようにばかでかい大天幕がそびえる野営地もある。その手の大天幕を支える棹の上端には、ハーピー像が陽光にきらめいていた。ところどころ、やけに整然とした野営地もあり、中央には炊事場を中心とした円形の広場を設け、そのまわりに同心円を描くようにして天幕を立てならべたうえで、円形広場の外縁に武器と鎧を集積し、天幕の外側に馬をならべた野営地もあったし、その正反対に、純然たる混沌に支配された野営地もあった。

ミーリーンの周辺は何キロにもわたって焼け野原となり、地面がむきだしで一本の樹木もない、平坦で乾いた地形が広がっている。その平地に、ユンカイの運搬船は南方から運んできた材木や革を荷揚げして、六基の巨大な平衡錘型投石機《トレビュシェット》を造りあげていた。六基はすべて、ミーリーンの三方に設置してあり——一方は湾口なので配置できない——各基の周囲には、砕いた岩や瀝青蒸留滓《ピッチ》と樹脂の樽が積みあげられて、もはや投擲を待つばかりの状態だった。ティリオンの視線に気づいて、騾馬車の横を歩いている兵士のひとりが誇らしげに説明した。各トレビュシェットは、それぞれに名前がつけられているという。〈ドラゴンを討つもの《ブレイカー》〉、〈ハリダン〉、〈ハーピーの娘〉、〈邪悪な妹〉、〈アスタポアの亡霊〉、〈マズダーンの拳〉だ。天幕の群れを睥睨《へいげい》して、十二メートルもの高さにそそりたつトレビュシェットは、攻囲網の主要な陸標といえた。

「あれを見ただけで、女王はがっくりひざをついちまってな」兵士が自慢そうにいった。

「そのまんまの格好で、ヒズダールの高貴なるチンポをしゃぶるってわけさ。さもないと、囲壁をぶっ壊されちまうからな」

進むうちに、奴隷が鞭打たれる場面を見た。何度も何度も打ちすえられるうちに、背中は血まみれになり、ずたずたの肉の塊と化していった。また別の場所では、鉄の手枷と足枷をはめられて、一歩ごとに金属の音を響かせながら、一列縦隊で行進する男たちを見かけた。手には槍や小剣を持っているが、手首同士、足首同士を鎖でつながれているため、とうてい戦うことはできそうにない。あたりには肉を焼くにおいが充満しており、ふと見ると、ある男が犬の皮を剝いで、その肉をシチュー鍋に放りこんでいた。

死体も見かけたし、死にゆく者の声も聞いた。ただよう煙のにおい、馬の体臭、湾の鼻を刺す潮の香りに混じって、血と糞便の悪臭もただよっている。

（赤痢も流行《はや》っているのか）

それに気づいたのは、ふたりの傭兵がある天幕から仲間の死体を運びだす場面を見たためだった。そうと知って、指がわななないた。疫病はどんな戦いよりも早く軍勢を壊滅させうる。それは父親から、一度ならず聞かされたことだ。

（脱出しなければならない理由が、またひとつ増えたな。それも、急がないとまずい）

だが、四百メートルほど進んだところで、考えなおすべき理由を目のあたりにした。脱走しようとしたところをつかまった三人の奴隷のまわりに、人だかりができていたのである。

「わたしの小さな至宝たちがいい子にして、いいつけに服従することはわかっているがね」

〈保父〉がいった。「逃げようとした者がどうなるか、よく見ておくといい」

三人はそれぞれ、十字架に磔《はりつけ》にされており、その三人を標的にして、ふたりの投石兵が技倆を試されていた。

「投石兵はトロス人だな」護送の兵士のひとりがいった。「トロスの投石兵は世界最強だ。石のかわりに、やわらかい鉛の玉を放つ」

ティリオンはいままで石投げ器の利点がわからずにいた。弓のほうが射程では大きく勝るからだ。しかしそれは、いまだかつてトロス人が使う石投げ器の威力を見たことがなかったからだとわかった。トロスの鉛玉は、よその投石兵が使うなめらかな石よりはるかに強力で、いかなる強弓《ごうきゅう》が放つ矢にも勝る破壊力を持っていたのだ。一発めは、磔刑《たっけい》にされたひとりのひざに命中し、血と骨を飛散させた。砕かれたひざから下は、暗赤色の腱だけでつながった状態で、だらんとぶらさがっていた。

（あれではもう走れんな）

悲鳴をあげはじめた男を見ながら、ティリオンはそう思った。朝の空気の中、男の悲鳴は、非戦闘従軍者たちの笑い声や、投石兵が仕損じるほうに大金を賭けた者たちの罵り声と入り交じっている。〈ペニー〉が男から顔をそむけた。〈保父〉はそのあごの下に指をあてがい、男のほうに顔を向けさせて、

「見なさい」と命じた。「おまえもだ、熊」

ジョラー・モーモントは顔をあげ、〈保父〉を見つめた。腕に力が入るのをティリオンは見てとった。

（こいつ、この男を絞め殺す気か。そんなことをしたら、おれたちみんな、終わりだぞ）

だが、騎士は渋面を作っただけで、惨劇のショーに顔を向け、ようすを見つめた。

東の彼方には、ミーリーンのごつい煉瓦囲壁がそそりたち、朝の熱暑を受けてきらめいている。それはすなわち、このあわれな愚者たちが逃げこもうとした先だった。

（しかし、いつまで避難所でいられるだろう？）

脱走の未遂者が三人とも死ぬと、〈保父〉はふたたび手綱をとった。騾馬車がごとごとと進みだした。

主人《マスター》の野営地は、大型投石機《トレビユシエット》〈ハリダン〉の南東に、その陰に隠れるようにして広がっていた。面積にして二万平米はあるだろう。イェッザン・ゾ・クァッガズの〝粗末な天幕〟は、レモン色のシルクでできた宮殿であることがわかった。尖り屋根は九つあり、各々を支える中央支柱の上部には、陽光のもと、金鍍金《きんときん》を施したハーピー像が燦然《さんぜん》と輝いている。宮殿の周囲には、同心円状に、小規模な天幕が何張りもならんでいた。

「周囲の天幕には、われらが高貴なる主人の料理人、愛妾、戦士、少数のさほど寵愛が深くない親族が寝泊まりしている」〈保父〉が説明した。「だが、おまえたち小さな愛し子には、イェッザンさまご自身の大天幕内で眠るという、稀有な特権が与えられる。宝物はおそばに置いて愛でられる方なのでな」

〈保父〉は眉をひそめてモーモントに目を向けた。

「しかし、おまえはだめだ、熊。おまえは大きくて醜悪だから、天幕の外で鎖につながれることになる」騎士は返事をしなかった。「ともあれ、なによりもまず、全員、首輪をつけてもらわねばならん」

首輪は鉄製で、光を浴びて輝くよう、薄く金鍍金が施してあった。側面にはヴァリリアの象形文字でイェッザンの名が彫ってあり、左右の耳の真下にくる位置には一個ずつ、小さな鈴が取りつけてある。これによって、一歩歩くたびに、装着者はリンリンとすずやかな音をたてることになるわけだ。ジョラー・モーモントはむすっとして自分の首輪を受けとったが、〈ペニー〉は武具師に首輪をつけられたとき、とうとう泣きだした。

「重いのよ」

泣きながらこぼす〈ペニー〉の手を、ティリオンは力強く握ってやり、

「重いのは金無垢の塊だからさ」と、うそをついた。「ウェスタロスでは、高貴な生まれの淑女はみんな、こういうネックレスに憧れるんだ」

（首輪なら焼きごてよりましだ。取りはずせるからな）

シェイのことを思いだした。シェイの首にかけた金鎖で、ぐいぐい喉を絞めあげたさいの、あのきらきらした光——。

ややあって、〈保父〉はサー・ジョラーの鎖を料理用焚火のそばに打ちこんだ杭につなぎ、ふたりのこびとを主人の大天幕に導いて、どこで眠ればいいかを教えた。そこは主区画から黄色いシルクで隔てられた絨毯敷きの小区画で、以後はこの小区画に、イェッザンのほかの宝物と住むことになるのだという。ほかの宝物というのは、毛むくじゃらのうえ形も異常な〝山羊脚〟の少年と、マンターリスからきた双頭の少女に、顎鬚をたくわえた女、月長石《ムーンストーン》とミア産のレースのスカートを身につけた、身体のしなやかな人間のことだった。スカートの人物の呼び名は〈スウィーツ〉だという。

「男か女か、あててごらん」こびとたちの前に連れてこられたとき、〈スウィーツ〉はそういった。ついで、スカートをたくしあげ、その下にあるものを見せた。「わたしは両方なの。ご主人さまの、いちばんのお気にいり」

（奇怪《グロテスク》趣味か）とティリオンは気づいた。（どこかでどれかの神さまが笑ってるぞ）

「いいねえ」ティリオンは〈スウィーツ〉にいった。〈スウィーツ〉の髪は紫、目は菫色だ。「おれたちも可愛がってもらえる身分になりたいもんだ」

〈スウィーツ〉はくすくす笑ったが、〈保父〉はにこりともしなかった。

「今宵まで人を笑わす言動は控えておきなさい。高貴なるご主人さまの前で演技をするときまではな。ご主人さまを喜ばせることができれば、ご褒美がもらえる。喜ばせられなければ……こうだ」

〈保父〉はいきなり、ティリオンの頬に平手打ちを食らわせた。

「あの〈保父〉には気をつけたほうがいいわよ」監督が引きあげたあと、〈スウィーツ〉がいった。「ここではね、ほんとうに残酷なのは、あの人でなしなの」

顎鬚の女は、ティリオンには理解できないギスカル語方言しかしゃべれず、山羊脚少年は交易語と呼ばれる、喉音の多い船乗り系の混成語しかしゃべれなかった。双頭の娘は知能が未発達らしく、片方の頭はオレンジ程度の大きさしかなくて、まったくことばを話せないし、もう片方の頭は歯をヤスリで尖らせてあり、だれかが檻に近づくと、そのたびに、唸り声をあげて威嚇する。対照的に、〈スウィーツ〉は四つの言語を流暢にあやつった。そのうちのひとつはハイ・ヴァリリア語だった。

「ここのご主人、どんな人なの？」〈ペニー〉が不安そうな顔でたずねた。

「目は黄色で、からだがにおうわね」と〈スウィーツ〉は答えた。「十年前、ソゾリオスにいったとき、なぜかしら体内が腐りだしてね。以来ずっと、腐敗が進行しているの。自分が死にかけていることをほんのちょっとでも忘れさせてやれば、あの人はとても寛大になるわ。なにをいわれても、けっして断わらないことよ」

奴隷の心得を学ぶ時間は、その日の午後しか与えられなかった。まず、イェッザンの沐浴奴隷たちによってバスタブに湯が張られ、こびとたちは入浴をゆるされた。先に〈ペニー〉、つぎにティリオンの順番だった。入浴がすむと別の奴隷がやってきて、ティリオンの背中の鞭打ち跡にちょっと滲《し》みる化膿止めの軟膏を塗りつけ、冷たい湿布を貼った。〈ペニー〉は整髪してもらい、ティリオンの顎鬚もきちんと整えられた。そののち、軟らかな室内履きと、質素だが清潔な真新しい服を与えられた。

日が暮れるころ、〈保父〉がやってきて、演芸を披露してもらうときがきた、と告げた。イェッザンがユンカイ勢の総司令、高貴なるユルカズ・ゾ・ユンザクをもてなす手はずで、こびとの演技を見せたがっているという。

「どうするね？ おまえたちの〝熊〟の鎖も解いてやろうか？」

「今夜はまあやめておこう」とティリオンは答えた。「初回はおれたちの馬上槍試合だけでご機嫌をうかがって、熊もまじえた芸は、またの機会にとっておくよ」

「それならそれで《ジャスト・ソー》いい。芸がおわったら、給仕と酌の手伝いをしなさい。けしてお客さまに酒をこぼさぬように。こぼしでもしたら、ただではすまないぞ」

今夕の余興は、投げ物曲芸師《ジャグラー》の芸からはじまった。つづいて、三人組によるめまぐるしいとんぼ返り。つぎに山羊脚の少年が登場し、ユルカズの奴隷のひとりが吹く骨のフルートに合わせてグロテスクな踊りを披露した。『キャスタミアの雨《レイン》』を知らないか？ と吹奏者にききたい気持ちを抑えながら、出番を待っているあいだに、ティリオンはイェッザンとその客たちをしげしげと観察した。

上座にすわるしなびきった老人は、その席次からして明らかに総司令のはずだが、まるでぐらつく椅子のように、いまにも倒れそうなありさまだった。いっしょに招かれた十人強のギスカル人は、ユンカイの貴人たちらしい。傭兵部隊の隊長も、それぞれ十名ほどの部下を連れて、二名が出席していた。ひとりは品のいいロマンスグレイのペントス人で、シルクの装いを身につけているが、マントだけは趣《おもむき》が異なり、血に染まった布きれを何十枚も縫いあわせてあった。もうひとりの隊長は、けさがたティリオンたちを買おうとしたあの男──褐色の肌とごま塩の顎鬚を持った、あの人物だった。

「〈褐色《ブラウン》のベン・プラム〉」〈スウィーツ〉が名前を教えてくれた。「〈次子《セカンド・サンズ》〉の隊長よ」

（ウェスタロス人か。それも、プラム家の。ますますもって好都合だ）

「つぎ、おまえたちの出番だ」〈保父〉がいった。「せいぜい娯《たの》しませたまえ、わが小さな愛し子たちよ。さもないと、あとでおおいに悔やむことになるぞ」

ティリオンはまだ、〈四ペンス銅貨《グロート》〉が考案した数々の芸の半分も極めてはいなかったが、豚には乗れたし、意図したタイミングで転げ落ち、地に転がり、すばやく起きあがることはできた。それだけでも大受けだった。小さな人間たちが、おぼつかない足どりで駆けまわり、木の武器で打ちあうさまは、キングズ・ランディングで催されたジョフリーの披露宴と同様、〈奴隷商人湾〉で攻囲中の軍勢の野営地でも、申しぶんなく滑稽に見えるらしい。

（人を見くだす気持ちというのは）とティリオンは思った。（万国共通なんだな）

いちばん大きな声で、いちばん長々と笑ったのは、ふたりの主人であるイェッザンだった。こびとが〝落馬〟して、へっぽこな打撃を受けるたびに、地震で揺れる脂肪《スエット》の塊のように、巨体をぷるぷると震わせて延々と笑いつづける。イェッザンの賓客たちは、ユルカズ・ゾ・ユンザクが見せる反応を待って、それに合わせた。総司令の反応も上々だったが、なにしろ、棺桶に片足をつっこんでいるような状態なので、あまり笑うと死んでしまうのではないかと、ティリオンは気が気ではなかった。

そのとき、〈ペニー〉の兜が打撃で吹っとんで、緑金縦縞のトカールを着た、苦虫を嚙みつぶしたような顔のユンカイ人のひざ上に落ちた。ユルカズが鶏のような声をあげて笑った。さらに、くだんのユンカイ人が兜の中へ手をつっこみ、果汁をしたたらせて、割れた大きな紫色の甜瓜《メロン》を取りだすにおよび、総司令は喘鳴《ぜんめい》を漏らしつつ、息も絶えだえに笑いつづけ、ついには割れた果実の色と同じ顔色になった。やっと笑いの発作が収まるころ、ユルカズはイェッザンに顔を向け、なにごとか耳打ちした。イェッザンは声をあげて笑い、唇を舐めたものの……細めた黄色い目に、一瞬、怒りがよぎったようにティリオンには見えた。

芸がおわると、こびとたちは木の鎧と汗で濡れた服を脱いで、黄色いリネンの上っ張りに着替えた。これは給仕用としてあてがわれたものだ。ティリオンは紫色のワインの細口瓶を、〈ペニー〉は水の細口瓶を持たされた。当面の仕事は、天幕内をまわり、客たちのカップを満たすことだった。厚手の絨毯を敷きつめてあるので、室内履きで歩きまわってもほとんど音がしない。ただ、これは一見して思えるよりもたいへんな仕事で、ほどなく、ひどく脚が痙《つ》りだしたうえ、背中の傷からまたも血が流れだし、上っ張りの黄色いリネンに赤い染みがにじんだ。ティリオンは懸命に痛みをこらえ、血を流しながら給仕をつづけた。

招待客のほとんどは、ほかの奴隷たちに対するのと同様、こびとにもまったく注意を払わなかったが……とあるユンカイ人は、すっかりできあがった声で、このふたりをみなの前でまぐわわせろ、とイェッザンにうながした。また別のひとりは、ティリオンの鼻が欠けるにいたった理由を知りたがった。

(あんたの女房のあそこにつっこんで、嚙みちぎられたのさ)

もうすこしでそう答えそうになったが、例の嵐のさいに、まだ死にたくないという認識を新たにしたことでもあり、かわりにこう答えた。

「傲慢の罰として切りとられたのでございます」

つづいて、こんどは青いトカールを着た貴人が——その裾には虎目石飾りがならんでいる——競り市でティリオンがサイヴァスの腕前を自慢したことを思いだし、自分がその腕前をためしてやろうといいだした。さっそくサイヴァス台と駒一式が用意された。またたく間に勝負はついて、ユンカイ人たちが笑うなか、貴人は顔に朱を注いでテーブルをひっくり返し、駒を絨毯の上にぶちまけた。

「勝たせてやればよかったのに」と〈ペニー〉がささやいた。

思いがけなく、〈褐色のベン・プラム〉が歩みよってきて、倒れたテーブルを起こすと、ほほえみを浮かべてこういった。

「こんどはおれと指さないか、こびと。おれが若かったころ、〈次子〉はヴォランティスと契約していたことがあってな。あそこで少々、このゲームをたしなんだんだ」

「わたしは一介の奴隷にすぎません。わたしがいつ、どなたとサイヴァスを指すのかを決められるお方は、わが高貴なるご主人さまだけでございます」ティリオンはイェッザンに向きなおった。「ご主人さま？」

黄色の貴人は興味をそそられたようだった。

「この勝負になにを賭ける、隊長？」

「わたしが勝てば、この奴隷をちょうだいしたく」

「それはだめだ」イェッザン・ゾ・クァッガズは拒否した。「しかし、貴兄がわしの奴隷を打ち負かせれば、一局ごとに、この者に払ったのと同じ額を進呈しよう。金貨でな。貴兄が負ければ同額を払ってもらう」

「では、その条件で」と傭兵隊長は答えた。

絨毯の上にちらばった駒が集められ、ふたりはサイヴァス台の前にすわった。一局めはティリオンが勝った。二局めは先方が勝ち、掛け金はチャラになった。三局めをはじめるにあたって、こびとは対戦相手をしげしげと観察した。肌は褐色、頬とあごは短く刈りこんだ半白の強《こわ》い顎鬚におおわれている。顔をおおうのは一千のしわと二、三の古傷だ。人好きのする顔で、ほほえむとそれがいっそうきわだつ。

(信頼できる臣下といった趣《おもむき》だな)とティリオンは思った。(だれからも好かれる好々爺といったところか。静かに笑い、よく古諺《こげん》を口にし、たたきあげの知恵を口にする)

だが、それはみんな見せかけだろう。顔とは裏腹に、この男、目だけはほほえんでいない。慎重さのベールの裏には貪欲さが見え隠れしている。

(野心的なのに用心深い。そういう男だ、これは)

傭兵隊長は、さっきのユンカイの貴人に劣らず弱かったが、攻めるよりも守りが重視の、ねばり強い指し手だった。緒戦の配陣は毎回変えてくる。そのくせ、いつも地道な手だけで防戦し、受け身にまわってばかりいる。（これは勝つための指し方じゃない）とティリオンは気がついた。（負けないための指し方だ）

二局めでは、ティリオンが無謀な突撃を仕掛けたこともあり、防戦の方針が奏効したが、三局めでは通用しなかった。四局めでも、五局めでもだ。この一局を最後に対局は終わりとなった。

五局めの終盤ちかくになって、〈要塞〉を壊され、〈ドラゴン〉が死に、前からは〈象〉部隊に、うしろからは〈重騎兵〉部隊にはさまれて包囲されたとき、プラムは顔をあげて、ほほえみを浮かべた。

「またヨロが勝つな。あと四手だ」

「三手です」ティリオンはそう答え、自分の〈ドラゴン〉をつついてみせた。「とはいえ、運がよかったにすぎません。つぎの対局をする前に、わたしの頭をなでてみてはどうです、隊長。指に運が宿るかもしれませんよ」

（それでもあんたは負けることになるがな。多少ましな対局になるかもしれんぞ）

勝負がつくと、ティリオンは笑顔でサイヴァス台を離れ、イェッザン・ゾ・クァッガズにワインをつぐため、細口瓶のところへもどった。イェッザンは労せずして大金を手に入れ、

〈褐色のベン・プラム〉は大金を失ったことになる。巨大な主人は三局めにして酔いつぶれ、黄色い指からゴブレットを落とし、中身のワインで絨毯を濡らしていたが、目が覚めたら、きっと喜ぶことだろう。

体格のいい奴隷ふたりに左右から支えられ、総司令ユルカズ・ゾ・ユンザクが引きあげた時点で、ほかの客たちも引きあげどきだと判断したらしい。客たちが出ていくと、ふたたび〈保父〉が現われ、給仕たちに向かって、残り物で簡単な宴を開いてもよいといった。

「ただし急いで食べるようにな。寝るまでにはかならず、ここをきれいにしておきなさい」

立ちっぱなしで脚が疼《うず》き、血のにじむ背中が悲鳴をあげていたが、それでもティリオンは床にひざをついて、高貴なるイェッザンがこぼしたワインを高貴なるイェッザンの絨毯からぬぐおうとした。おりしも、監督がそばにやってきて、鞭の柄頭でそっと頬をつついた。

「ヨロ。よくやった。おまえも、おまえの女房もだ」

「〈ペニー〉は女房じゃないですよ」

「では、おまえの愛人といおう。ともあれ、立ちなさい、ふたりとも」

ティリオンはふらふらと立ちあがろうとした。片足が痙《つ》っているうえ、太腿もぱんぱんに張っていたため、自力では立つに立てず、〈ペニー〉に手を貸してもらわねばならなかった。

「われわれがよくやったって、なにをです？」

「芸だよ。じつに受けた」と監督は答えた。「おまえたちの〝父上〟を喜ばせたなら、それなりの褒美があるといっただろう？　さっき見たように、高貴なるイェッザンさまとしても、小さな宝物を手放したくないのはやまやまながら、ユルカズ・ゾ・ユンザク総司令から説得されてな。これほど可笑《おか》しな笑劇をひとりじめにするのは利己的だとおっしゃる。そこでだ、喜べ！　和平の調印を祝して、おまえたちには〈ダズナクの大闘技場〉で馬上槍試合を披露する名誉が与えられる。何千人もの客がおまえたちの芸を見物することになるぞ！　いいや、何万人もがだ！　いやはや、大笑いするのは客だけではない。笑いがとまらんとはこのことだ！」

48　ジェイミー

〈使い鴉の木《レイヴンツリー》〉城館《ホール》は造りが古い。大むかしの積石と積石の隙間には苔がびっしりと生えており、城壁には老婆の脚に浮きあがる血管のように、大量の蜘蛛の巣が這いまわっている。大手門の両脇には門楼として一対の大塔がそびえているほか、城壁の角々にもやや小ぶりの塔があり、城を護っているが、どの塔も形は四角だ。円筒形や半円筒形の塔のほうが弩砲《カタパルト》の攻撃に対する耐久力は高い。湾曲した壁のほうが投擲《とうてき》された石をそらしやすいためである。それなのに塔が四角いのは、ここが築城された時期が、こういった築城家の知見が得られる以前だったからだ。

この城は、広くて肥沃な谷にあってひときわ目だつ。地図上の表記でも住民の呼び名でも、この地を指す呼称としては〈黒森谷《ブラックウッド・ヴェイル》〉が使われており、ここが谷であることに異論の余地はないのだが、森のほうはどこにもなかった。この数千年間、一帯には一本の樹すらも生えたことがない。黒い樹も、茶色い樹も、緑の樹もだ。たしかにむかしは鬱蒼とした森におおわれていたが、その森の樹々は一本残らず伐採されてしまった。かつてオークの巨木がそびえていたところには、住居や水車場《すいしゃば》、砦などが設けられている。降雪後にはむきだしの地面がぬかるんで、そこここに解けかけた雪が見られるが、樹の姿はまったく見られない。

しかし、城壁の中には森の一部が存続していた。ブラックウッド家は古《いにしえ》の神々を祀っており、アンダル人がウェスタロスにくる以前の〈最初の人々〉のように樹々を信仰している。城にある〈神々の森〉には、四角い塔と同じほど古いといわれているウィアウッドが何本かあり、その一本である〈使い鴉の木〉はそうとう巨大に成長していて、樹冠付近の枝々は、天をひっかく骨の指のような形状が、何十キロもの彼方から見えるほどだ。

ジェイミー・ラニスターとその護衛隊が、ゆるやかに起伏する丘のあいだを蛇行して進み、〈黒森谷〉に入っていった時点で、かつて〈使い鴉の木〉城館を取りまいていた畑、農場、果樹園はすっかり姿を消して、もはや泥と灰しか残っておらず、そこここに住居や水車場の成れの果て——黒焦げになった材木が山をなしている状況だった。荒れ野と化した一帯には、雑草、茨《イバラ》、刺草《イラクサ》なら生えているが、穀物と呼べるものは影も形もない。ジェイミーがどこを向いても、亡夫タイウィン公の苛烈な意志を感じずにはいられなかった。ときどき道の脇に見える骨にすらもだ。ほとんどは羊の骨だったが、馬や牛の骨も混じっており、ときおり、人間の髑髏《どくろ》もころがっていた。首のない白骨が横たわり、肋骨のあいだから草が伸びている光景も見かけた。

〈使い鴉の木〉城館を攻囲しているのは、リヴァーラン城のときとちがって、大規模な軍勢ではない。ここの攻囲は身内同士の揉めごとの性格が強く、何世紀にもわたる確執の舞の、いちばん新しい段階にすぎないのである。

ジョノス・ブラッケンの率いる攻囲勢は、せいぜい五百がいいところだった。攻城櫓《こうじょうやぐら》は見当たらないし、破城槌《はじょうつい》も弩砲《カタパルト》も見えない。〈使い鴉の木〉の大手門を打ち破るつもりも、高くて部厚い城壁を力攻めするつもりも、ブラッケンにはないらしい。籠城側に救援がくる恐れがない以上、兵糧《ひょうろう》攻めで開城に持ちこめれば充分なのだろう。むろん、攻囲の初期には、城からの出撃や小競り合いもあったろうし、矢の応酬もあったにちがいない。だが、籠城がはじまって半年が経過し、もうだれもがこんな茶番にはうんざりしていた。蔓延する退屈と代わり映えのしない日々は軍律の敵だ。

（いいかげん、かたがついてもいいころだな）

と、ジェイミー・ラニスターは思った。リヴァーラン城がラニスター家の手中に収まったいま、〈使い鴉の木〉は短命におわった〈若き狼〉の王国の、最後の残滓《ざんし》だ。この地域さえ平定してしまえば、三叉鉾河《トライデント》流域でするべき仕事はすべておわり、大手をふってキングズ・ランディングに帰れる。

（王のもとへだ）と自分に言い聞かせたが、心の別の部分はこうささやいていた。（いや、サーセイのもとへだ）

妹のサーセイとは、いやでも対面しないわけにはいかない。もちろん、王都に帰りついたとき、総司祭《ハイ・セプトン》がまだサーセイを処刑していなかったらの話だ。〝大至急、帰ってきて〟――リヴァーラン城で従士のペックに燃やさせたあの手紙の中で、サーセイはそう訴えていた。〝わたしを助けて。わたしを救って。いまのわたしは、かつてなくあなたの力を必要として

いるの。愛してる。愛してる。愛してる。大至急、帰ってきて〃

切実な訴えだった。そこには疑いをいだいていない。しかし、その他の点については……。

〃ランセルとも寝た。オズマンド・ケトルブラックとも寝た。おれの見るところ、〈ムーン・ボーイ〉とも……〃

たとえあのとき王都に駆けつけていたところで、サーセイを救える望みはなかったろう。姉はいくつもの反逆行為で罪を問われているし、自分には剣をふるう利き手がないのだから。

騎馬隊の縦列が荒れ野から姿を見せると、攻囲陣の歩哨たちは、恐怖よりも好奇の視線を向けてきた。だれも警報を鳴らそうとしない。ジェイミーにとっては、それはむしろ好都合だった。

ブラッケン公の天幕を見つけるのは、さしてむずかしいことではなかった。攻囲陣最大の天幕であり、もっとも見張らしのいい位置に立っていたからである。川のそばに盛りあがる低い隆起の上という立地なので、〈使い鴉の木〉の大手門と通用門ごしに、城の内側がよく見える。

天幕は茶色で、中央の支柱の上に翻る旗標《はたじるし》の地色も茶色だが、そこには黄金の楯を背景に、棹立ちになった真紅の牡馬が描かれていた。ブラッケン家の紋章だ。ジェイミーは騎馬隊に下馬を命じ、部下たちに攻囲勢と交流することを許可した。

「ただし、おまえたちはまだだ」と旗手ふたりには命じた。「わがそばを離れるな。長くはかからん」

　ジェイミーは名誉号《オーナー》を降り、ブラッケンの天幕へゆっくりと歩いていった。鞘の中で剣がカタカタと音を立てている。

　天幕の入口の前に立った衛兵たちが、近づいていくジェイミーに気づき、不安そうに顔を見交わした。

「閣下」ひとりがおずおずと声をかけてきた。「わがあるじに、ご到着をお伝えしましょうか？」

「自分でいうさ」

　ジェイミーは天幕の垂れ布を黄金の手で押しのけ、頭を低くして中に入った。

　ジョノス・ブラッケンと愛人はすっかり愛欲に夢中で、ジェイミーが足を踏みいれたことにもまるで気づかなかった。女は目をつむり、背中にまわした両手でブラッケン公の背中に生えた茶色の剛毛をぎゅっとつかんでいる。貫かれるたびに、剛毛をつかむ手に力が入る。ブラッケン公のほうは顔を乳房にうずめ、両手で女の尻をつかんでいた。

　ジェイミーは咳ばらいをした。

「ジョノス公」

　女がぎょっとして目を開き、悲鳴をあげた。ジョノス・ブラッケンは女の上で横に転がり、剣に手を伸ばすと、起きあがって鞘を払いつつ、毒づいた。

「七《く》つの地獄《そったれ》よ。いったいどこのどいつが――」そこで、ジェイミーの白いマントと黄金の胸当てに気づき、剣先を降ろして、「――ラニスターか？」

「お娯しみのところ、じゃまをしてすまんな」薄笑いを浮かべつつ、ジェイミーはいった。「おれも少々急いでいるんだ。すこし話せるか？」

「話か。いいでしょう」ジョノス公は剣を鞘に収めた。ジェイミーほど背が高くはないが、体重ではジョノスが勝る。肩はいかつく盛りあがり、腕は鍛冶がうらやむほどたくましい。頬とあごは茶色の無精髭でおおわれている。これも茶色の目は怒りをほとんど隠せていない。「それにしても、唐突な。こられるという話は聞いていませんでしたぞ」

「おれとしても、こんな場面に闖入《ちんにゅう》するとは思ってもみなかったさ」ジェイミーはベッドの女にほほえみかけた。女は右手で左の乳房を隠し、左手では股間を隠している。右の乳房は丸見えだ。乳首の色はサーセイのそれよりも黒く、大きさは三倍あった。女はジェイミーの視線に気づき、左手で右の乳房を隠した。こんどは陰部《カント》が丸見えになった。「ここの非戦闘従軍者は、みなこんなに慎み深いのか？　だれかが蕪を売ろうと思ったら、まずはその蕪をならべなくてはならん道理だろう」

「入ってきたときから、ずっとあたしの蕪を見てたでしょ」女は毛布を見つけて腰まで引きあげ、片手で目にかかった髪をかきあげた。「それにね、この蕪は売りもんじゃないの」

ジェイミーは肩をすくめた。

「それは失礼。別の職業の者とまちがえたらしい。おれの弟は百人の娼婦と寝たが、おれはひとりとしか寝たことがなくて、その方面にはうとくてな」

「この女は戦利品です」ブラッケンは床のズボンを拾いあげ、バサッと振って伸ばした。

「ブラックウッドに忠誠を誓っていた剣士の女だったのですが、そいつの頭をまっぷたつに割ってやって以来、おれの女になったというしだいで。手を降ろせ、女。わがラニスターの御大将《おんたいしょう》が、おまえの胸をじっくりごらんになりたいそうだ」

ジェイミーはそのことばを無視し、ブラッケンにいった。

「それより、ズボンが後ろ前だぞ」

ジョノスが小声で毒づくかたわらで、女はベッドを降り、床に散らばった服を拾い集めた。かがみこんで向きを変え、片手を伸ばすたびに、胸と秘所を隠そうとして反対の手が上下に動く。あくまでも隠そうとする姿は、かえって煽情的だった。全裸を気にせず、堂々と服を着られていたら、むしろなんとも思わなかっただろう。

「名前はあるのか、女?」

「かあさんからは、ヒルディーって名前をもらったわよ」土で汚れたスリップをかぶって、頭をふるい、髪を外に出す。足と同じく、顔にも土がついており、陰毛はブラッケンの妹といっても通じるほど濃かったが、にもかかわらず、どこかしら魅力的な女だった。獅子鼻やぼさぼさの豊かな髪のせいだろうか……それとも、スカートの中に足をすべりこませたとき、小さくひざを曲げてお辞儀をしてみせたせいか？ ジョノス公に向かって、女はたずねた。

「あたしの靴のかたっぽ、知らない、ム＝ロード?」

ブラッケン公はむっとしたようすで答えた。

「おれはおまえの侍女か? いちいち靴の面倒まで見てやらねばならんのか? 靴がないの

なら、はだしで帰ればよかろう。とにかく、出ていけ」

「それさ、わたしを家に連れていって、小さな奥さんといっしょにお祈りさせたくないってこと？」笑いながら、ヒルディーはジェイミーに露骨な色目を使った。「こっちの殿方は、奥さん、いるの？」

(いいや。いるのは姉だけだ)

「おれのマントは何色だ？」

「白」と女は答えた。「だけど、その手は金無垢でしょ。男はやっぱり、黄金よねえ。女はなんだと思う？　黄金のム＝ロード？」

「純潔だな」

「女は、っていったじゃない。娘じゃなくってさ」

ミアセラのことを考えた。

(あの子とも話をせねばならないな)ドーン人はいい顔をするまい。ドーラン・マーテルがあの子と息子の婚約に同意したのは、ロバートの子供だと思ってのことだったのだから。

(もつれにもつれて、やっかいなことこのうえない)

剣のひとふりでそのもつれを断ち切ってしまえれば、どんなに楽なことか。

「おれは誓いを立てた身だ」

いいかげん、うんざりしながら、ジェイミーはヒルディーに答えた。

「じゃあ、あんたに蕪はあーげない」女が僭上《せんじょう》の口をきいた。

「いいから、出ていけ！」ジョノス公が怒鳴りつけた。

女はいわれたとおりにしたが、靴の片方と服の束をかかえてジェイミーの横をすりぬけるとき、さっと手を伸ばし、ズボンの上から股間をなでていった。そして、

「ヒルディーだからね」

と自分の名前をくりかえし、半裸で天幕を飛びだしていった。

（ヒルディーか）とジェイミーは思った。

そして、女が姿を消すと、ジョノス公にたずねた。

「で、おまえの細君はどうしている？」

「おれが知るはずないでしょう？　あれの司祭《セプトン》にきいてください。あなたの父上がわが城を焼いたとき、あれは神々がわれわれを懲らしめているのだと判断した。いまではもう、神に祈ることしかしません」ジョノスはやっとズボンの後ろ前を直し、股のひもを結びはじめた。

「ときに、ここへはなににしにいらしたのです？　〈漆黒の魚《ブラックフィッシュ》〉ですか？　あいつは逃げたと聞きましたが」

「聞いた？」ジェイミーは将几《しょうぎ》に腰をおろした。「もしかすると、当人からか？」

「おれのところに逃げこんでくるほどサー・ブリンデンも阿呆ではありますまい。あの男のことは好きですよ、それは否定しません。だからといって、おれやおれの腹心の面前に顔を見せたとき、鎖で拘束しないということにはなりません。そもそも、あの男はおれがひざを屈したことを知っている。本来なら、同じくひざを屈するべきだったのでしょうが、あれは

頑固な男ですからな。それはあの男の兄からもお聞きおよびではありませんか」

「だが、あそこの城に立てこもるタイトス・ブラックウッドはまだひざを屈してはいない」

ジェイミーは指摘した。「〈漆黒の魚〉《ブラックフィッシュ》が〈使い鴉の木〉に逃げこもうと考えても不思議はあるまい？」

「考えたかもしれませんが、逃げこむためには、わが攻囲線を突破しなければなりませんし、あの男が羽を生やしたという話は聞いておりません。そもそも、遠からず、タイトス自身がよそへ逃げださねばならん状況なのです。城内ではもう鼠の一匹、根の一本も残さず、食いつくしてしまいました。つぎの満月までには降伏するほかありません」

「降伏はきょうの日没までになされる。条件を提示して、王の平和のもとに組みこむつもりだ」

「なるほど」ジョノス公は茶色いウールの鎧下をかぶった。前面にブラッケンの赤い牡馬が刺繍されている。「ところで、角杯《つのさかずき》でエールでもどうです？」

「いや、いい。だが、おれに遠慮することはない」

ブラッケンは手酌で角杯にエールをつぎ、半分ほど飲んでから、口をぬぐった。

「条件といわれたが。どんな条件です？」

「いつもの手さ。ブラックウッド公には、反逆を自認し、スターク家とタリー家への忠誠を捨てる旨、宣言してもらわねばならん。そして、神々と家臣の前で、以後はハレンの巨城《ホール》と〈鉄の玉座〉の忠実な臣下たることを誓言してもらう。それと引き替えに、おれが王の名において赦免を与える。もちろん、金貨を収めた壺のひとつふたつは、反逆の代償として差しだしてもらうことになるがな。人質も要求する。〈使い鴉の木〉を二度と反逆させぬための用心だ」

「娘がいいでしょう」ブラッケンは提案した。「ブラックウッドには六人の息子がいますが、娘はひとりだけで、これを溺愛しています。まだほんの小娘で、齢はせいぜい、七歳というところでしょうか」

「幼いな。しかし、それでかまわん」

ジョノス公はエールを飲み干し、空の角杯を横に放りだした。

「われわれに約束された土地と城はどうなります？」

「どの土地だ？」

「後家の洗い場《ウィドウズ・ウォッシュ》川の東岸の、弩弓の尾根から轍の草原にかけてと、川にある中島のすべてを。施設については、粉碾きの水車場《すいしゃば》と領主の水車場を。城については泥濘城館《マディ・ホール》、掠奪城《ラヴィッツシュメント》、合戦谷城《バトル・ヴァレー》、古鍛冶城《オールドフォージ》の四廃城、村は尾錠《バックル》、黒尾錠《ブラックバックル》、石塚《ケアンズ》、泥の沼《クレイプール》の四カ村。市場町は泥の墓《マッドグレイヴ》の町を。森は〈狩蜂の森〉と〈ロージェンの森〉を、丘は〈緑の丘〉と、そのほかに、〈バーバの乳房〉という、一対の乳房のような形の丘を。ブラックウッドのやつら、ここを〈ミッシーの乳房〉と呼んでいますが、もとは〈バーバの乳房〉だったんです。それから、蜂蜜の樹村《ハニーツリー》とその養蜂場のすべてを。ひと目でわかるようにと、地図にしるしをつけておきました」

ジョノスはテーブルのまわりをあさり、羊皮紙に描かれた地図を差しだした。

ジェイミーはそれを生身のほうの手で受けとったが、巻かれていた羊皮紙を開き、広げるためには、黄金の手も使わざるをえなかった。

「かなりの範囲だな。おまえの領地は現有の四分の一ほども広がることになるぞ」

ブラッケンは頑《かたく》な表情で口を引き結んだ。

「もともとは石垣《ストーン・ヘッジ》の町の領地でした。それをブラックウッドが盗んだのです」

「この村はどうする？　一対の乳房のあいだの、ここ」

ジェイミーは黄金のこぶしで、コンコン、と地図をたたいた。

「銅貨の樹《ペニーツリー》村ですな。そこもかつてはわれわれの領地でしたが、百年前からは王領となっています。それはそのままでかまいません。われわれがもとめているのは、ブラックウッドに盗まれた土地なのです。お父上は、われわれがタイトス公を降《くだ》せられるのであれば、以上の所領を安堵すると約束してくださいました」

「だが、ここへ騎馬でくる途中、城壁にタリーの旗が翻っているのが見えた。スターク家の大狼旗《ダイアウルフ》もだ。であれば、まだタイトス公を降《くだ》せてはいないことになる」

「荒れ野からやつらを追いたてて、〈使い鴉の木〉に押しこめたのはわれわれです。やつの城壁を力攻めするのに足る兵力を与えてくださるのでしたら、守兵の大半を墓に送りこんでみせましょう」

「おれが相応の兵を与えれば、落城はおまえではなく、その兵らの手柄となるぞ。その場合、報賞もおれのものになるが、それでもよいのか」ジェイミーは地図を巻いた。「ともあれ、この地図はおれが預かろう」

「地図はどうぞ。われらは土地さえ安堵されればいいのですから。ラニスター家は、借りはかならず返すそうですな。われわれはラニスター家のために戦ったのですよ」

「われわれと戦った期間の半分にも満たない期間だがな」

「その点はもう王の赦免を受けています。おれは閣下の剣によって甥を失いました。庶子もです。閣下のところの〈山《マウンテン》〉は、わが収穫物を奪ったうえ、運びきれないものはみんな焼きはらいました。そのうえ、わが城にまで火をかけ、娘のひとりを犯していったのです。その償いをしていただきたいくらいですよ」

「〈山〉は死んだ。わが父もだ。おまえの首が胴とつながっているだけでも充分な償いだと見る向きもあろう。なにしろおまえはスタークに臣従を誓い、〈若き狼〉がウォルダー公に殺されるまでは、あいつに忠誠を尽くしていたのだからな」

「フレイに〝謀殺された〟というべきでしょう。わが血族の優秀な者ども十余名もろともにです」ジョノス公は顔をそむけ、ぺっとつばを吐いた。「たしかにおれは、若狼王に忠誠を誓いました。そして、閣下にも忠誠を誓います――おれを公正にあつかってくれるかぎりは。おれがひざを屈したのは、死んだ者のために死ぬのも、失われた大義のためにブラッケンの血を流すのも、無意味だと思ったからです」

「分別のある男だ」（もっとも、敵対するブラックウッド公のほうが誉れある男だ、と人はいうだろうがな）「土地は安堵してやる。すくなくとも、一部分は。ブラックウッド討伐に多少とも貢献したのはたしかなのだから」

それでジョノス公は満足したようだった。

「閣下が正当だと思う範囲で満足しましょう。ただし、ひとつ助言をさせていただければ、ブラックウッドの連中にはあまり寛大な処置をなさらないほうがよろしい。反逆はやつらの血に流れている属性です。アンダル人がウェスタロスにやってくるより前、わがブラッケン家は、この川の流域を支配していました。われわれは王であり、ブラックウッドはわれらが家臣でした。なのに、われらを裏切り、王冠を簒奪した。ブラックウッドはひとり残らず、生まれついての返り忠です。降伏条件を検討されるさいには、それを肝に銘じておかれるとよろしい」

「ああ、そうしよう」とジェイミーはいった。

ブラッケンの攻囲陣をあとにし、〈使い鴉の木〉の大手門へ騎馬で向かう。ジェイミーのすぐ前には、ペックが和平旗をかかげて進んでいる。城にたどりつく前に、門楼の胸墻《きょうしょう》に城兵たちが現われ、二十対の目でこちらを見まもりだすのが見えた。ジェイミーは濠のすぐ手前でオーナー号を停止させた。濠は石で縁どった深い溝で、緑色の水は浮きかすだらけだ。おもむろに、サー・ケノスに命じて、ハーロックの角笛を吹かせようとしたとき、跳ね橋が手前に降ろされはじめた。

タイトス・ブラックウッド公は、外郭《そとぐるわ》でジェイミーを出迎えた。乗っているのは、本人と同じくらいガリガリに痩せた軍馬だ。〈使い鴉の木〉城館の城主は、おそろしく背が高く、おそろしく痩せていて、鼻は鷲鼻、髪は長髪、乱れたごま塩の顎鬚《あごひげ》は、黒い毛より白い毛のほうが多かった。ぴかぴかに磨きあげた真紅の板金鎧の胸甲には、葉の枯れ落ちた白い樹が白銀で象嵌《ぞうがん》されて、その周囲を飛びかう使い鴉の群れは黒瑪瑙《オニキス》で象嵌されている。肩からは、使い鴉の羽毛で作ったマントを風になびかせていた。

「タイトス公」ジェイミーは呼びかけた。

「騎士どの」

「入城させてくれたことに対し、礼を申しあげる」

「貴公を歓迎するとはいわぬ。だが、貴公がきてくれぬかと期待していたことも否定はせぬ。これをわが剣に対する表敬の訪問と見るは僻目《ひがめ》か」

「推参したる目的は、この戦いを終息させることにある。尊公は勇敢に戦われたが、もはや勝ち目はない。降《くだ》る覚悟は固められたか？」

「王に対しては降伏もしよう。ジョノス・ブラッケンめに対しては、断じて降るつもりなどない」

「気持ちはわかる」

つかのま、ブラックウッドはためらった。

「いまこの場で下馬し、貴公にひざを屈することを望まれるか？」

周囲からは百の目が見まもっている。

「ここは風が冷たいし、郭《くるわ》はぬかるみだらけだ」とジェイミーはいった。「条件さえ呑んでくれるなら、尊公の執務室でひざを折られてもよい」

「さても騎士道にかなう寛大さよな」とタイトス公はいった。「ならば、どうぞ参られよ。わが城は糧食にこと欠くといえども、礼節だけは欠かしたことがない」

ブラックウッドの執務室は、洞窟のような造りをした木造天守の二階にあった。ふたりが入っていったときには、暖炉に火が燃やされていた。執務室は広々としていて、高さもあり、ダークオークの太い梁が何本も横に走って、高い天井を支えていた。壁は何枚ものウールのタペストリーでおおわれている。一ヵ所には幅の広い格子細工の両開き扉があり、そこから〈神々の森〉を展望できるようになっていた。格子にはめられた黄色い菱形板ガラスごしに、この城の名の由来となった使い鴉の木のねじくれた枝々が見える。そびえる巨大な白い樹はウィアウッドの古木だ。キャスタリーの磐城《ロック》の石の庭園《ストーン・ガーデン》にあるものの十倍は大きい。ただし、この大木は葉をつけておらず、枯死していた。

「ブラッケンのやつらが毒を流しおったのだ」と城主はいった。「それ以来、千年間、葉の一枚も生えたことがない。あと千年もすれば、巨木は石になってしまうと学匠《メイスター》たちはいう。それでも、ウィアウッドはけっして朽ちることがない」

「では、使い鴉は？」とジェイミーはたずねた。「使い鴉は、いまどこに？」

「日が暮れると帰ってきて、ひと晩じゅう、樹に止まっておるよ。何百羽という数だ。大枝にも小枝にも、一本の例外とてなく、びっしりと鴉どもが止まっていると、まるで黒い葉でおおわれたかに見える。何千年も前からそうだったとか。どのような経緯で、なぜあの樹を寝ぐらにするようになったのかはだれにもわからぬが、いずれにしても、あの樹は夜ごと、使い鴉であふれかえる」ブラックウッドは背もたれの高い椅子に腰をおろした。「さて——名誉のために問わねばならん。わが主君はいかにしておわす？」

「サー・エドミュアは、わが捕虜としてキャスタリー・ロック城へ護送されている最中だ。公妃は出産まで双子城《ツインズ》にとどめおかれる。出産後は赤子とともに夫のもとへ合流することになろう。脱走や反逆を試みないかぎり、エドミュアは長い生を送ると思ってよい」

「長くてつらい生——。名誉のない生をか。死のそのときまで、人はわが君を、戦うことを恐れた腰抜けと呼ぶのであろうな」

（それは正当な評価ではない）とジェイミーは思った。（エドミュアはわが子の身を案じて降人《こうにん》になったのだ。エドミュアはおれがだれの息子かをよく知っている——おれ自身の叔母よりもよく）

「その道を選んだのはエドミュアだ。もしエドミュアの叔父が判断する立場にあったなら、われわれに血を流させていただろうな」

「わしもそう思う」ブラックウッド公の声は、本心をすこしもうかがわせないものだった。「よければ聞かせてくれぬか。主君の叔父殿を——サー・ブリンデンをどうした？」

「黒衣を着てもよいと持ちかけた。が、条件を容れるかわりに、逃げた」ジェイミーは薄く笑った。「よもや、ここにかくまっていたりはするまいな？」

「それはない」

「かくまっていたとして、尊公がそれを認めるか？」

薄く笑うのは、こんどはタイトス・ブラックウッドの番だった。

ジェイミーは両手を前に出し、黄金の手を生身の手で包みこむようにして組みあわせた。

「そろそろ降伏条件の話に移ったほうがよさそうだ」

「ここでひざを屈すればよろしいか？」

「そうしたければ。だが、そんなことをせずとも、あとでそうしたと口裏を合わせるだけでよい」

ブラックウッド公はすわったまま、ひざを折ることはなかった。ややあって、降伏条件の大枠で折り合いがついた。反逆の自認、ハレンホールと王に対する忠誠、それらを踏まえたうえでの赦免、賠償としてそれなりの額の金銀を差しだし、一定の土地を手放すこと。

「召しあげる土地はどこがいい？」タイトス公はたずねた。ジェイミーが地図を手わたすと、公はひと目見ただけで、くっくっと笑った。「なるほどな。あの返り忠にも、褒美をくれてやらねばならんというわけか」

「そのとおり。ただし、当人が思っているよりも報賞はすくなくなる。報賞は働きに応じたものでなくてはならない。そこに記された土地のうち、手放してもよいところはどこだ？」

タイトス公はしばし考えた。

「生垣城《ウッドヘッジ》、弩弓の尾根、尾錠《バックル》の村」

「廃城、尾根、あばら家数軒の集落か？　いくらなんでも、それはすくなすぎよう。反逆の代償は、もっと重くあるべきだ。ブラッケンは、すくなくとも水車場《すいしゃば》のひとつをほしがっている」

水車場は貴重な税収源だ。領主は水車場で碾《ひ》かれる粉の十分の一を徴収できる。

「では、領主の水車場を。粉碾きの水車場はわれわれがもらう」

「もうひとつ、村がほしい。石塚《ケァンズ》の村はどうだ？」

「石塚《ケァンズ》に連なる自然石の墓標の下にはわが祖先が眠っている」タイトス公はふたたび地図を眺めた。「では、蜂蜜の樹村《ハニーツリー》とその養蜂場を。ジョノスのやつめ、蜂蜜をたっぷり食らってでぶになり、虫歯だらけになるがいい」

「それで手を打とう。ただ、いまひとつ条件がある」

「人質か」

「そのとおり。尊公には令嬢がいたと思うが」

「ベサニーを？」タイトス公は愕然とした顔になった。「わしには弟がふたり、妹がふたりおる。夫をなくした叔母もふたりだ。姪も甥も従兄弟も、おおぜいおる。そのあたりで折りあってくれると思っておったのだが……」

「尊公の血を引く子供でなければ、人質にはならん」

「ベサニーはまだ八歳だぞ。よく笑う、気だてのいい子だ。わが城から馬で一日以上かかるところへはいったことがない」

「王都キングズ・ランディングに住まわせてみるのもよいのではないか？　国王陛下はほぼ同い齢だ。友人が増えれば喜ばれる」

「親が不興を買えば、たちまち本人も吊るされてしまう——そんな友人の立場に置かせろというのか？　息子は四人おる。かわりに、そのうちのひとりでいかがか。アリンは十二歳、冒険をしたい盛りだ。よければ、閣下の従士にでも使っていただきたい」

「従士なら、もう十二分に間にあっている。おれが小便をするたびに、だれがおれの一物を持つかで競いあう始末だ。しかし、尊公の子息は四人ではなく、六人ではなかったか？」

「以前はな。末子ロバートは蒲柳《ほりゅう》の質《たち》で、腹を下して死んだ。九日前のことだ。ルーカスは〈釁《ちぬ》られた婚儀〉で謀殺された。ウォルダー・フレイの四番めの妻はブラックウッドの出だというのにだぞ。やつらにとっては、婚姻の絆など、双子城《ツインズ》の客の立場と同じく、ごく軽いものでしかないらしい。ルーカスの亡骸《なきがら》はウィアウッドの根元に埋葬してやりたいのだが、フレイどもめ、いまだに遺骨を送ってよこそうともせん」

「それについては、責任を持って善処する。ルーカスは長男だったのか？」

「次男だ。長男で跡継ぎはブリンデンという。そのつぎはホスターというが、残念ながら、これは本の虫でな」

「キングズ・ランディングにも本はたくさんある。弟がしじゅう読みふけっていたものだ。三男どのも、あの蔵書を見てみたいと思うかもしれん。では、人質はホスターとしよう」

タイトス・ブラックウッドは目に見えて安堵した。

「かたじけない、総帥どの」そこでタイトス公は、しばらくためらった。「僭越を承知で、ひとつご助言申しあげてよかろうか。人質はジョノス公からも取られるのがよろしかろうと存ずる。そのさいは、娘のひとりを求められよ。あれだけ女ぐせが悪いというのに、あの男、いまだ男子には恵まれておらんのだ」

「庶子がひとりいて、戦乱で死んだはずだが」

「あれがやつの息子とな？　たしかにハリーはやつの庶子とされていたが、ジョノスが実の父親かどうか怪しいものだ。ハリーは金髪で、しかも端整な顔だちをしていた。ジョノスはそのどちらでもない」タイトス公は立ちあがった。「もしよければ晩餐をともにする栄誉を与えていただけまいか」

「またの機会にさせてもらおう」この城は飢えている。城兵たちの口から食物を奪っても、こちらの得になることはなにひとつない。「そうのんびりしてもおれん。リヴァーラン城が待っている」

「リヴァーラン城？　キングズ・ランディングではないのか？」

「両方だ」

タイトス公は引きとめようとはしなかった。

「ホスターには、一時間以内に出発の準備をととのえさせる」

そのとおりになった。三男の少年は厩のそばでジェイミーにあいさつをした。寝袋を肩に斜めがけし、片腕には巻物の束をかいこんでいる。まだ十六にもなっていないはずなのに、背丈はすでに父親を越えており、ゆうに二メートルはありそうだった。全体にひょろ長く、脚、向こうずね、ひじがよく目だつ、ぶざまな感じの子で、額の上には逆毛が生えていた。

「総帥閣下。わたしが閣下の人質となりますホスターです。みんなはホスと呼びます」

そういって、ホスターはにっこりと笑った。

(こいつ、人質の立場を舐めていないか?)

「答えろ。〝みんな〟とはだれだ」

「友人たちです。兄弟たちです」

「おれはおまえの友人ではないし、兄弟でもない」

少年の顔からすっと笑みが消えた。ジェイミーはタイトス公に向きなおった。

「タイトス公。誤解のなきよう、はっきりと申しあげておく。ベリック・ドンダリオン公、ミアのソロス、サンダー・クレゲイン、ブリンデン・タリー、例の〈石の心〉《ストーンハート》という女……以上の者どもは法外の者であり、逆賊であり、王およびその忠実な臣民の敵だ。もしも尊公なり尊公の関係者や臣下なりが以上の者どもをかくまい、保護していることが知れれば——あるいはなんらかの形で援助していることが発覚すれば、ためらうことなく、尊公の子息の首を送り返す。そこのところを、とくと理解しておいていただきたい。それに、このことも理解しておいてもらおうか。おれはライマン・フレイではない。口先だけの男とはちがう」

「たしかにな」ブラックウッド公の口もとからは、いっさいの好意的な表情が消えていた。

「わしが相手にしている人物が何者かは承知しておる。〈王殺し《キングスレイヤー》〉だ」

「それでよい」ジェイミーはオーナー号にまたがり、大手門に向けて馬首をめぐらした。「以後、この地の物成りがよく、王の平和の歓びを満喫されるよう祈念している」

長く馬を駆ることはなかった。ジョノス・ブラッケン公が、〈使い鴉の木〉の外、強力な弩弓《クロスボウ》のぎりぎり射程外で待っていたのだ。乗っているのは馬鎧を着せた軍馬で、みずからも鎖帷子と板金鎧を一縮《いっしゅく》し、馬毛《ばもう》飾りの頭立《ずだて》をつけた灰色鋼の大兜をかぶっていた。

「大狼《ダイアウルフ》旗が降ろされるのを見ました」ジェイミーがそばまでいくと、ジョノス公はいった。「すんだのですな？」

「ひとどおりはな。このうえは、自分の居城に帰り、畑の作付けでもしていろ」

ブラッケン公は面頬《めんぽお》をはねあげた。

「あの城に入っていかれたときより、作付けする畑が広くなっていると信じておりますぞ」

「尾錠《バックル》の村、生垣《ウッドヘッジ》城、蜂蜜の樹《ハニーツリー》村とその養蜂場のすべてだ」ひとつ忘れていた。「ああ、それと弩弓の尾根もか」

「水車場は？」とブラッケン。「水車場は不可欠です」

「領主の水車場だ」

ジョノス公は鼻を鳴らした。

「まあ、それでよしとしましょう。いまのところは」そこでジョノス公は、背後でペックととなりあって馬に乗っているホスター・ブラックウッドを指さした。「それが差しだされた人質ですか？　ペテンにかけられましたな。そいつは軟弱者です。血のかわりに水が流れている。背の高さにだまされてはいけません。うちの娘のだれであれ、こんなやつは、腐った小枝のようにへし折ることができます」

「貴公には何人、娘がいた？」ジェイミーは水を向けた。

「五人です。ふたりは最初の妻、三人は三番めの妻との子供で」

よけいなことまでしゃべりすぎた、と当人が気づいたときには、もはや手遅れだった。

「それでは、ひとり宮廷に出仕させてくれ。摂政太后陛下のおそば近くにお仕えする特権を与える」

ブラッケンの顔がみるみる険悪になった。その意味に気づいたのだ。

「それが石垣《ストーン・ヘッジ》の友情に対する見返りですか」

「太后陛下のおそばに侍《はべ》るのはおおいなる名誉だぞ」ジェイミーはジョノス公にいった。

「そこのところを、娘御にはようく含ませておくことだな。年内には迎えをやる」

ジョノス・ブラッケン公に返答するひまを与えず、ジェイミーはオーナー号の馬腹に軽く黄金の拍車を当てて、その場を走り去った。すぐさま、配下の者たちが背後に隊伍を組み、旗標を翻《ひるがえ》してついてきた。城館と野営地はたちまち後方に去り、馬蹄が立てる土ぼこりにかすんで見えなくなった。

〈使い鴉の木〉にくる途中、逆徒にも狼の残党にも悩まされることはなかったので、帰りは別の経路を通っていくことにした。神々のご加護があるなら、〈漆黒の魚《ブラックフィッシュ》〉と遭遇するかもしれないし、ベリック・ドンダリオンの不用意な襲撃を誘えるかもしれないと考えたのだ。後家の洗い場川《ウィドウズ・ウォッシュ》にそって進むうちに、陽は大きくかたむいた。ジェイミーは人質を先頭に呼びよせると、いちばん近い浅瀬の場所をたずねて、そこへ先導させた。隊列が水しぶきをあげて浅瀬を渡る途中、夕陽は一対の丘の向こうに沈んでいった。

「あれが〈乳房〉です」

ホスター・ブラックウッドがいった。

ジェイミーはブラッケン公の地図を思いだした。

「あのふたつの丘のあいだに村があるはずだな」

少年はうなずいて、

「はい、銅貨の樹《ペニーツリー》の村が」

「今夜はそこで夜営しよう」

村人がいれば、サー・ブリンデンか逆徒どもの情報が手に入るかもしれない。

影に沈む双丘にだいぶ近づき、天に宿る最後の残照が徐々に消えゆくなか、ジェイミーはふたたびブラックウッド少年を呼びよせた。

「ジョノス公から、あの〝乳房〟の領有権にまつわる話を聞いた。ブラッケン側とブラックウッド側では、双丘の呼び名がちがうそうだな」

「そうです、閣下。百年ほど前からそんな状態がつづいています。その前までは、あそこは

〈慈母の乳房〉か、またはただの〈乳房〉と呼ばれていました。なぜかといいますと、ああしてふたつそろって盛りあがった形が……」

「なんに似ているかは、見ればわかる」ジェイミーはふと、ジョノス公の天幕にいた女が、大きな黒い乳首を隠そうとしていたときのことを思いだした。「百年前になにがあった？」

「エイゴン下劣王がバーバ・ブラッケンを愛人になさったんです」本好きの少年は答えた。「はなはだ豊満な女の人だったそうで、その当時石垣《ストーン・ヘッジ》の町に滞在されていた王が狩りに出かけられたところ、あの〈乳房〉をごらんになり……」

「その愛人の名前をつけたというわけか」エイゴン四世は、ジェイミーが生まれたときにはとうに死んでいた人物だが、その治世の歴史を思い起こせば、命名後になにが起こったかは明白だ。「そして、のちにブラッケンの娘に飽きて、ブラックウッドの娘を愛妾にした──そうだな？」

「はい、レディ・メリッサを」ホスターはうなずいた。「みんなからはミッシーと呼ばれていました。わたしたちの〈神々の森〉には彫像も立てられています。レディ・メリッサは、バーバ・ブラッケンなどよりもはるかに美しく、細身の女性でしたが、あるときバーバが、ミッシーには胸がない、男の子も同然だといったそうです。それをお聞きになったエイゴン王が……」

「……ミッシーに〈バーバの乳房〉を下げ渡したわけか」ジェイミーは笑った。「ブラックウッド家とブラッケン家の確執は、どのような発端ではじまったのだ？　文字による記録はあるのか？」

「あります、閣下。ただしその歴史は、発端になったできごとから何世紀もたったころに、向こうとこちらの学匠《メイスター》たちがそれぞれにつづった年代記の、双方の内容が入りまじったものでして。発端は〈英雄の時代〉にまで遡ります。そのころ、ブラックウッド家は王の家柄であったのに対して、ブラッケン家は小貴族でしかなくて、馬の繁殖で名をなしていました。ところが、王に正当な税金を納めるかわりに、ブラッケン家は馬で儲けた金で傭兵を傭い、王を追い落としたんです」

「具体的には、いつごろだ？」

「アンダル人侵入の五百年前です。『正史』を信用できるのならば、一千年前ということになります。ただ、アンダル人がいつ〈狭い海〉を渡ってきたのかはだれにもわかりません。渡来後、四千年がたつ、と『正史』はいっていますが、メイスターのなかには、二千年しかたっていないという者もいます。ある時期よりも過去に遡ると、すべての時日があいまいになり、矛盾だらけになって、歴史の澄明さは伝説の霧に呑みこまれてしまうんです」

（ティリオンの好きそうな話だな。ティリオンとなら、この三男息子、夜どおし本のことで語り明かせるだろう）

つかのま、弟に対する憤懣を忘れかけたが、それも、〈小鬼《インプ》〉がしたことを思いだすまでだった。

「すると、両家の諍《いさか》いは、いまは亡きキャスタリー家がキャスタリー・ロック城を保持していたころ、ブラッケン家がブラックウッド家から奪った王冠をめぐる争いに端を発する――そういうことなのだな？　存在しなくなって何千年もたつ王国をめぐっての戦いなのだな、これは？」ジェイミーはくっくっと笑った。「長の年月、たび重なる戦い、何代もの王……なかには、平和をもたらした王もいただろうに」

「いました、閣下。何人もです。ブラッケンとの和平なら百回も結ばれていますし、婚姻を通じての関係強化もたびたび行なわれています。どのブラッケンにもブラックウッドの血が流れていますし、どのブラックウッドにもブラッケンの血が流れているんです。たとえば、〈老王の平和〉は約五十年つづきました。ところが、そこでなんらかの新しい悶着が起きて、古傷が開いてしまい、またも血が流れだしてしまいました。父によれば、いつもそんな調子だったそうです。人が祖先に対してなされた非道を憶えているかぎり、平和がつづくことはありません。そんなふうにして、何世紀も何世紀ものあいだ、われわれはブラッケンを憎み、ブラッケンはわれわれを憎む、という構図がつづいています。父にいわせれば、この諍いがおわることはないそうです」

「かもしれんな」

「でも、どうしてなんでしょう、閣下。古傷はけっして癒されることがない……これが父の一家言なのですが」

「それについては、おれの父にも一家言あったぞ。敵を殺せるときは、傷を負わすだけではすませるな。死体は復讐をもくろまぬ――だそうだ」

ホスターが申しわけなさそうに反論した。

「敵の息子たちは、復讐をもくろむと思うのですが」

「その息子たちも殺してしまえば、あとくされはない。疑うのなら、キャスタリー家の者にきいてみるがいい、ターベック城の城主と妃に、あるいはキャスタミアのレイン家にきいてみるがいい。ドラゴンストーン城の太子《プリンス》にきいてみるがいい」

西の丘陵の上にかかった深紅色の雲は、つかのま、真紅のマントにくるまれた、レイガー太子の子供たちを思いださせた。

「スターク家の血統の者をみんな殺してしまったのも、そういう理由からですか？」

「みんなではないさ。エダード公の娘たちは生きている。ひとりは結婚したばかりだ。もうひとりは……」（ブライエニー、いまはどこだ？　サンサは見つかったか？）「……神々が慈悲深ければ、自分がスタークの者であることを忘れて生きるのではないかな。たくましい鍛冶なり、丸顔の宿屋の亭主なりと結婚して、相手の家を子供たちであふれさせるだろう。どこかの騎士がきて、自分の子の頭を壁にたたきつけるのではないかと、戦々兢々《きょうきょう》とすることもない」

「神々は慈悲深いと思います」

と人質はいった。が、あまり自信はなさそうだった。

（せいぜいそう信じていることだ）

ジェイミーはオーナー号に軽く拍車を当てた。

銅貨の樹《ペニーツリー》の村は予想していたよりずっと大きな村であることがわかった。戦争はここにも影を落としていた。黒焦げになった果樹や家の焼け跡を見ればそれとわかる。だが、焼け跡一軒につき、新たに三軒の家が新設されていた。深まりゆく宵闇の中でも、何十棟もの家の草葺き屋根が真新しく、ドアも新たに伐った樹を加工したものであることは一目瞭然だった。鵞鳥《ガチョウ》の池と鍛冶場のあいだには、この村の名の由来となった樹が――高くそびえるオークの古木があった。ねじくれつつ地面に潜りこみ、また地表に出ている多数の根は、ゆっくりと這う茶色い蛇の群れのようにも見える。その巨大な幹には、何百枚もの古い一ペンス銅貨《ペニー》が打ちつけられていた。

ペックは樹を見つめてから、がらんとした家々を見まわした。

「住民はどこにいるんでしょう」

「隠れているのさ」とジェイミーはいった。

どの家でも、火はすべて消されていたが、まだくすぶっている火床もあり、すっかり冷めきっているものはひとつもなかった。唯一の生物は、〈勇み足《ホット》〉ハリー・メレルが野菜畑で野菜を食んでいるところを見つけた、一頭の山羊だけだった。が……村には河川地帯《リヴァーランド》のどこにも負けないほど堅固な砦が設けられていた。部厚い石積みの塁壁は、高さ三メートル半はあるだろう。村人はここに立てこもっているにちがいない。

（掠奪者が襲ってきたとき、村人はここに隠れてしのいだのか。だから、まだ村が存続して

いるんだな。そして、村人はまた隠れている――このおれから)

ジェイミーはオーナー号を砦の門前に進めた。

「砦の中の者たちよ。危害を加えるつもりはない。われわれは王の兵だ」

門の上の塁壁に、いくつかの顔が現われた。

「おれたちの村を燃やしたのも、王の兵隊だったぞ」ひとりが上から叫んだ。「その前は、別の王の兵隊が羊を持っていった。王が別でも、そんなこと、おれたちの羊にゃ関係ねえ。そのうえ王の兵隊は、ハースリーとサー・オーモンドを殺したし、死ぬまでレイシーを犯しやがった」

「おれの兵隊は、そんなことはしない」ジェイミーは答えた。「門をあける気はないか？」

「あけるさ、あんたらが去ったらな」

サー・ケノスがそばに馬を寄せてきた。

「こんな門、押し破るのはたやすいことです。火をかけることもできますが」

「投石と矢の雨に降られつつか？」ジェイミーはかぶりをふった。「それなりの流血沙汰は避けられんぞ。そこまでする意味がどこにある？　ここの村人がわれらに危害を加えたわけではない。夜露は村の家々でしのげばよかろう。ただし、村人の食料等には、いっさい手をつけるな。われわれには自前の糧食があるのだからな」

半月がゆっくりと宵の空を這い昇りだすころ、一行は馬を村の共有地につなぎ、マトンの塩漬け、干し林檎《リンゴ》、ハードチーズなどで夕食をとった。ジェイミーは控えめに食べ、革袋のワインをペックや人質のホスと分かちあった。オークの古木に打ちつけられた銅貨を数えてみようとしたが、数が多すぎて、途中でわからなくなってしまった。

(なんのためにこんなことをした?)

たずねれば、ブラックウッドの少年が教えてくれるだろう。しかし、早々に答えを教えてもらっては、せっかくの謎が楽しめない。

だれも村境から勝手に出ていかぬよう、要所要所に歩哨を立てた。敵に不意をつかれないようにと斥候も放った。そして、真夜中近くになったころ、騎馬の斥候二名が、不審な女をとらえたといって駆けもどってきた。

「大胆にも、ご報告することがある、ぜひとも御大将にお目どおり願いたいといって、馬で近づいてきまして、ム＝ロード。この女です」

女を見るなり、ジェイミーは立ちあがった。

「これは――マイ・レディ。こんなに早く再会できるとは思ってもみなかった」

(なんということだ。送りだしたときより十歳は老けて見える。それに、この顔のありさま……なにがあった?)

「その繃帯……怪我をしたのか……?」

「噛み傷です」そう答えて、女は自分の剣の柄《つか》に軽く手をかけた。ジェイミーが与えた剣、〈誓約を守るもの《オウスキーパー》〉だった。「閣下――あのとき命じられた探索の旅ですが」

「あの娘か。見つけたのか?」

「見つけました」

〈タースの乙女〉こと、ブライエニーはうなずいた。

「どこにいる？」

「馬で一日のところに。あの娘《こ》のところへお連れすることはできます……が、ひとりで来ていただかなくてはなりません。さもないと、あの娘が〈猟犬《ハウンド》〉に殺されてしまうのです」

訳者略歴　1956年生，1980年早稲田大学政治経済学部卒，英米文学翻訳家　訳書『デューン　砂の惑星〔新訳版〕』ハーバート，『複成王子』ライアニエミ，〈ハイペリオン四部作〉シモンズ，『乱鴉の饗宴』マーティン，『ジュラシック・パーク』クライトン（以上早川書房刊）他多数

HM=Hayakawa Mystery
SF=Science Fiction
JA=Japanese Author
NV=Novel
NF=Nonfiction
FT=Fantasy

氷と炎の歌⑤
竜《りゅう》との舞踏《ぶとう》
〔中〕

〈SF2094〉

二〇一六年十月十日　印刷
二〇一六年十月十五日　発行

（定価はカバーに表示してあります）

著　者　ジョージ・R・R・マーティン
訳　者　酒《さか》井《い》昭《あき》伸《のぶ》
発行者　早川　浩
発行所　株式会社　早川書房
郵便番号　一〇一 - 〇〇四六
東京都千代田区神田多町二ノ二
電話　〇三 - 三二五二 - 三一一一（大代表）
振替　〇〇一六〇 - 三 - 四七七九九
http://www.hayakawa-online.co.jp
乱丁・落丁本は小社制作部宛お送り下さい。
送料小社負担にてお取りかえいたします。

印刷・三松堂株式会社　製本・株式会社明光社
Printed and bound in Japan
ISBN978-4-15-012094-8 C0197

本書は活字が大きく読みやすい〈トールサイズ〉です。

本書は、早川書房から単行本『竜との舞踏 2』として
二〇一三年十月に刊行された作品を文庫化したものです。